KB104382

아들이 있는 풍경

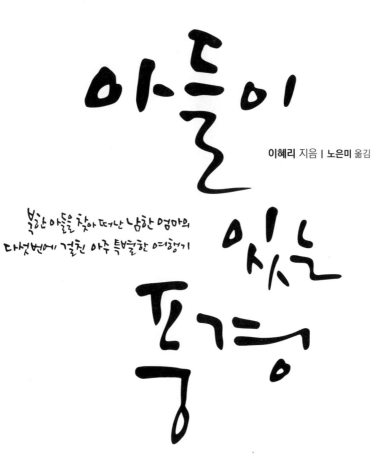

이혜리 지음 | 노은미 옮김

북한 아들을 찾아 떠난 남한 엄마의
다섯번에 걸친 아주 특별한 여행기

디오네

—

북한의 형제자매들에게 우정과 평화를 보낸다.

—

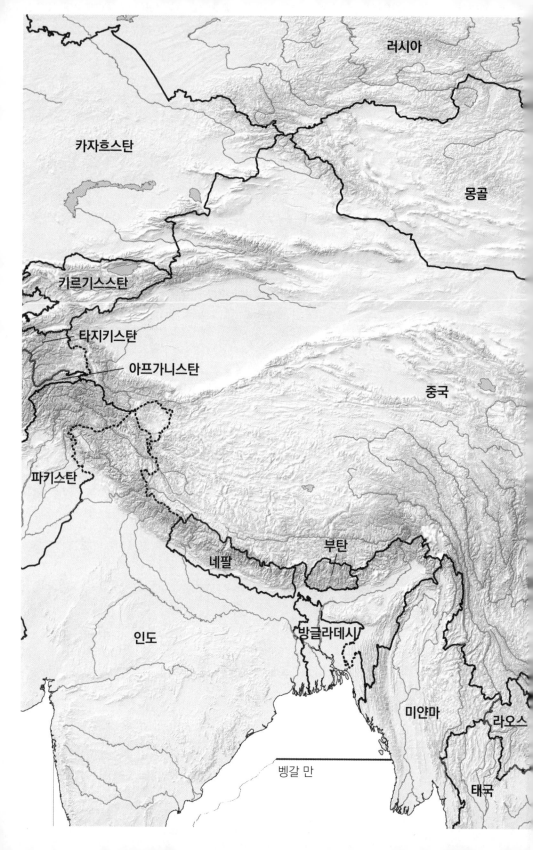

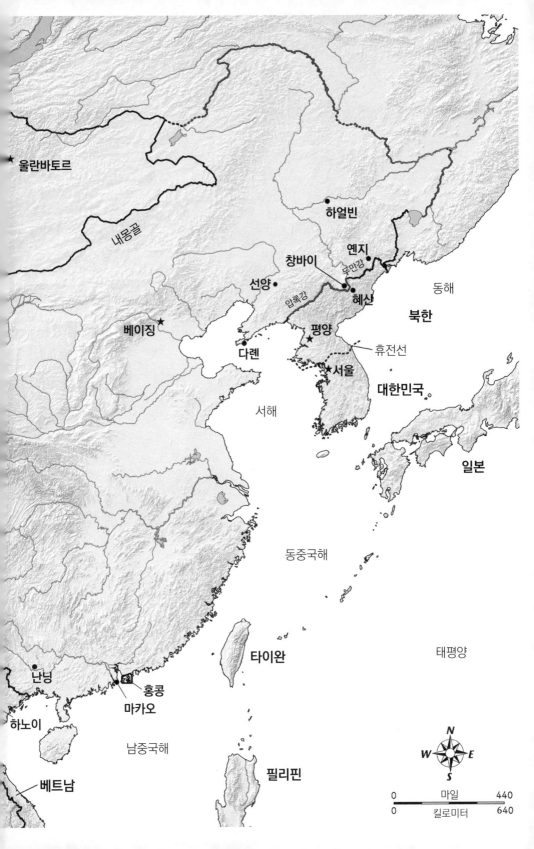

자유를 찾아서

어둠 속
허허벌판에 깔아 논
바람의 여울목 지나서
갈망을 쫓아
큰 새 작은 새 모두 아홉
들켜도 괜찮은 나무에 앉아
서로 죽지를 비벼 댄다

응어리로 얼어붙은 인내 가누지 못해
눈멀고 귀머거리로
반백년을 잠가 두었던
가슴앓이

이젠
실컷 울어라
노래가 아니면 어떠랴
그것이 자유인 것을……

이재학

차례

헌시 | **자유를 찾아서**   _ 009

프롤로그   _ 012

첫 번째 여행   _ 025

두 번째 여행   _ 149

세 번째 여행   _ 245

네 번째 여행   _ 393

마지막 여행   _ 469

한국어판 작가의 말 |
과연 누가 이들을 도울 것인가?   _ 496

감사의 글   _ 501

압록강

"맙소사!" 숨이 막혔다.

세찬 바람과 함께 진눈깨비가 얼굴에 달라붙어 눈을 연신 깜박였다. 중국 접경의 압록강 변에 서서, 탁한 강물 저편에 모습을 드러낸 세상에서 가장 폐쇄적이고 고립된 나라를 바라보고 있자 하니, 섬뜩한 공포로 온몸이 오싹해졌다. 도저히 믿기지가 않았다. 부츠가 부드러운 진흙 속으로 푹푹 빠지는 것을 느끼면서도, 내가 실제로 그곳에 서 있다는 것이 실감 나지 않았다. 짙게 깔린 안개 너머로 높은 산들이 병풍을 이룬 북한의 풍경이 눈에 들어왔다. 강의 폭은 60여 미터 정도 되었고, 강물은 허리 깊이도 안 돼 보였다. 강둑은 돌과 바위로 덮여 있었고, 그 뒤로 보이는 높은 돌담까지는 한 15미터 정도 떨어져 있었다. 담벼락 위에는 투광 조명등이나 고리 모양의 철책선도 없었다. 돌담은 도망가는 사람들을 막으려는 목적보다는 담 뒤에 펼쳐진 모든 쇠락과 흙먼지와 황량함을 은폐하기 위하여 만들어진 것이었다. 하지만 돌투성이의 강둑길을 따라 10에서 15미터마다 배치된 무장 군인들은, 담을 넘어 강 저편으로 탈출하려는 사람이 있다면 누구든지 총으로 쏘아 넘어뜨릴 만반의 준비가 돼 있었다.

나는 너무 겁이 나고 무서워 지금 막 강물 쪽으로 비틀거리며 내려오는 주름진 얼굴의 노인을 부르지도 못하고 그저 숨을 죽이고 서 있었다. 고요하고 어두운 강가에 다다르자 노인의 어깨가 축 처졌다. 그는 곧장 축 늘어진 레닌 모자를 벗고 낡은 녹색의 인민복을 천천히 벗었는데, 앙상하게 뼈가 드러난 그의 모습에 깜짝 놀랐다. 그는 얼음같이 찬물에 몸을 적시면서 절망에 찬 어둡고 퀭한 눈을 나에게 고정시켰다. 먹을 것도 따뜻한 옷도 미래도 그리고 살아갈 이유도 없는 그런 삶이었으리라.

그가 바로 나의 외삼촌 이용운이었다.

나는 그 순간이 현실이기를 바라는 마음과 다른 곳으로 벗어나고픈 생각으로 갈등했다. 발밑에서는 진흙땅이 무너져 내리는 것처럼 현기증이 났다. 몸을 돌려 무릎에 얼굴을 묻고 두 팔로 머리를 감싼 채 흐느껴 울기 시작했다. 처음에는 눈물이 천천히 얼굴을 타고 흘러내렸지만, 이내 감정은 걷잡을 수 없이 격해져 통곡으로 변했다. 울다가 헉헉거리며 숨이 찼다. 마술이라도 부릴 수 있다면 발뒤꿈치를 세 번 두드려 웨스트 할리우드에 있는 내 아파트로 순간 이동해 따뜻하고 포근한 남자친구의 품에 안기고 싶었다. 하지만 비통한 마음에 이전 미국에서 즐겼던 안락했던 삶에 대한 기억이 희미해졌다. 갑자기 내가 입었던 따뜻한 옷들, 남겼던 음식들, 당연한 것으로 여겼던 자유 따위에 대하여 죄책감이 들었다. 당장 내가 입고 있던 방한용 외투라도 외삼촌에게 건네주고 싶은 심정이었고, 아니면 최소한 외삼촌을 목 놓아 불러라도 보고 싶었다. 하지만 이렇게 지척에 있는데도, 총을 든 군인들을 보니 발이 얼어붙었고 입이 다물어졌다.

'하나님 제발 외삼촌을 도와주세요'라고 기적이 일어나기를 기도했다. 모세가 지팡이를 내리쳐 홍해를 가르고, 독재자인 파라오로부터 자기 민족을 구해 낸 것처럼, 신께서 기적을 나타내 고국에서 나의 가족들과 만나게 되기를 바랐다.

고통스러운 정적 속에서 기다리고 또 기다렸으나, 아무 일도 일어나지 않았다. 신은 어디에 있나요? 어디에 있나요? 젠장, 왜 이런 일이 일어나야 하나요? 하고 물었다.

비로 인한 냉기라기보다도 무언가 오싹한 기운이 나를 감쌌다. 홀로 남겨진 느낌이었고, 내 신앙에도 금이 생겼다.

이 숨 막히는 정적과 무기력함을 더 이상 견딜 수가 없었다. 가슴이 터져 버릴 것만 같았다. 나의 외할머니가 아들인 외삼촌에게 전하고 싶었던 말을 꼭 전해 주고 싶었다. 그 말을 전하려고 그 오랜 세월을 기다려 이 먼 거리를 달려온 것이다. 그때 갑자기 나도 모르게 입을 열어 긴장한 목소리로 외쳤다.

"할머니는 외삼촌을 계속 찾았어요. 큰외삼촌, 할머니는 절대로 외삼촌을 잊지 않았어요!" 영어 발음이 섞여 나왔다. 그러고는 혹시 총알이라도 날아올까 봐 재빨리 입을 다물었다.

할머니는 결코 외삼촌 찾는 것을 포기한 적이 없다는 것을 아들이 알아주기를 바랐다. 할머니는 언젠가는 아들을 찾을 것이라는 희망으로 늙은 육신을 버티고 있었다. 나는 할머니에게 약속했었다. 할머니는 잃어버린 아들을 꼭 찾게 될 것이며, 그런 날이 오면 아들과 만나게 해 주겠다고.

외삼촌의 목소리를 들으려고 귀를 기울여 봤으나, 그는 알았다는 듯이 눈물만 훔쳤다. 말을 하고 싶어도 그럴 수 없는 상황이었다. 그가 몸을 떨며 우는 것을 보고, 나도 어느새 또 눈물이 났다. 눈물과 빗물이 범벅이 되어 뜨겁게 내 얼굴을 타고 흘러내렸다. 외삼촌이 불쌍해서 울었고, 근 40년 동안 아들의 부재를 슬퍼한 할머니가 불쌍해서 또 울었다. 이제야 겨우 그를 찾았는데……. 우리를 갈라놓은 정치적 상황이 얄궂었고, 강물은 깊고 탁해 보였다.

그날 겪었던 절망과 광기 어린 두려움에 대하여 나는 마음의 준비가 되어 있지 않았었다. 세상을 달관한 듯한 외삼촌의 모습은 할머니가 성경 속에 끼워 둔 빛바랜 사진 속의 앳된 소년과는 전혀 딴판이었다. 그날 압록강 변에서 공포에 질린 외삼촌의 얼굴을 속절없이 바라보면서도, 바로 전해에 내가 한 일이 얼마나 위험한 것이었는지를 충분히 깨닫지 못했었다. 내가 그와 그의 가족을 위험에 빠뜨린 것이었다. 내가 쓴 책에서 외삼촌의 삶을 자세히 소개함으로써, 눈에 띄지 않는 편이 더 좋은 북한에서 비밀스러운 당 지도부에게 외삼촌 가족의 정체를 알린 셈이었다.

그 책(『할머니가 있는 풍경』을 가리킴 - 편집자 주)은 외할머니의 삶을 통해 나의 뿌리를 찾고픈 단순한 소망에서 시작되었다. 우리가 1968년 한국을 떠났을 때 나는 네 살이었고, 언니 줄리는 여섯 살이었다.

나의 부모님은 캐나다 몬트리올행 비행기 표를 사기 위해 가지고 있던 것을 탈탈 털어 팔았다. 나는 금세 캐나다의 새 보금자리가 좋아졌다. 내 침대에서 자 본 것도 처음이고, 달콤한 잼이 잔뜩 있는 크루아상을 먹어 본 것도 그때가 처음이었다. 하지만 부모님은 미국에서 꿈을 이루고자 하셨다. 젊은 군인 시절에 아버지는 존 웨인과 엘비스 프레슬리의 영화들을 보고 미국으로 가기로 결심했다고 한다. 1년 후인 1969년 남동생 데이비드가 태어난 후에, 다섯 명의 우리 가족은 따뜻한 캘리포니아의 로스앤젤레스에 도착했다. 아버지는 GTE(General Telephone Electronic, 미국의 통신회사)에서 전기기사로 일했고, 엄마는 공장에서 옷감에 바느질을 했다. 부모님이 일주일에 6일씩 장시간을 쉬지 않고 일한 덕분에 우리는 드디어 센 페르난도에 집을 얻게 되었다. 그곳에는 베이글 가게는 많았지만, 중국 식당은 단 한 곳뿐이었다. 부모님은 우리 남매가 백인들처럼 영어를 잘할 수 있게 배우라고 백인 거주지로 이사한 것이었다. 부모님은 우리가 당신들처럼 'l'과 'r'의 발음이나 'b'와 'v'의 소리를 혼동하는 걸 원치 않았다. 발음이 부정확하면 미국에서 성공하는 데 걸림돌이 될 거라 생각했던 것이다. 미국에서는 우리가 열심히 공부해서 좋은 대학에 가면, 박사도 되고 외교관도 되고 원하는 대로 무엇이든 될 수 있다고 아버지가 말하곤 하셨다. 미국에서는 여자도 얼마든지 성공할 수 있다고도 했다. 나는 아버지의 말을 철석같이 믿었고, 학교에서 아이들과 어울리고 싶어서 백인이 되고 싶었다. 나는 머리를 노랗게 염색하여 파마를 하고, 내 황색 피부를 검게 그을렸으며, 눈에 쌍꺼풀을 만들려고 접착테이프를 붙였다. 심지어 유행이던 「하바 나길라」(Hava Nagilah)풍으로 노래하는 법을 익혔고, 록밴드 '더 폴리스(The Police)'의 노래에 맞춰 춤도 추고,

아들이 있는 풍경

냄새 고약한 코티지치즈를 즐길 줄도 알게 되었다. 나는 굳게 결심했었다. '동양인'이라는 꼬리표가 붙는 게 싫었다. 텔레비전에서 방영하던 한국전쟁에 관한 드라마 「매시」(Mash)에서처럼, 우리를 누더기를 입고 개고기나 먹는 피난민으로 생각하는 게 싫었다.

나는 미국 사람들과 어울리려고 하지 않는 부모님과 할머니의 고집이 못마땅하고 이해할 수 없었다. 그들은 한국인 아이가 SAT에서 만점을 받거나, 어느 탁구 결승전에서 한국인이 우승을 하거나, 도로에서 현대차를 보면 무한한 자부심을 느꼈다. 뻔한 소수 인종으로 사는 게 뭐가 그렇게 대단한 것인지 의아했다. '한국인'이라는 게 뭐가 그리 대단한 일이란 말인가? 그들은 왜 저렇게도 과거를 놓지 못하는 것일까? 그래서 나는 스물네 살이 되던 해에 아무도 생각지 못했던 엉뚱한 계획을 세웠다. 내가 태어난 곳에 가기로 결심한 것이었다. 부모님은 몹시도 감격해했다. 그들은 내가 신랑감을 찾아 금의환향하게 해달라고 열렬히 기도했다. 사실 나는 리바이스 청바지와 금발의 남자친구 사진을 여행 가방에 챙기면서도, 신랑감 따위에는 눈곱만큼도 관심이 없었다.

서울 김포국제공항에 도착해 세관을 지나 유리문을 걸어 나오자마자, 나를 환영하러 나온 사촌, 오촌, 육촌뻘 되는 친척들에게 순식간에 둘러싸였고, 곧 그들의 집으로 인도되었다. 그들로부터 전설적인 할머니의 옛날이야기를 들었고, 평양에서 부모님과 함께 살던 할머니의 어린 시절부터 중국에서 아편장사로 성공한 이야기, 공산주의자들에 대항하고 한국전쟁에서 구사일생으로 살아남은 이야기 등에 관하여 전해 들었다. 할머니는 더 이상 전자레인지나 리모컨조차 사용할 줄 모르는 이상하고 아둔한 백발의 노인이 아니었다. 할머니는 그야말로 불굴의 여전사였다.

1년 6개월 후 미국에 돌아왔을 때, 할머니의 과거에 대해 좀 더 알고 싶은 엄청난 호기심에 사로잡혔다. 이용운이라는 이름을 처음 듣게 된 것도 그때 즈음이다. 그때까지만 해도 첫째인 나의 엄마를 비롯해 할머니에게 네 명의 자녀만 있는 것으로 알고 있었다. 내가 꼬치꼬치 캐묻고 나서야, 전혀 알지 못했던 이 실종된 아들에 대해 알려 주었다. 그들이 울면서 들려준 내용에 따르면, 이용운은 할머니의 다섯 자녀 가운데 한국동란 중에 유일하게 북한을 빠져나오지 못한 자식이다.

할머니의 가족이 6년 동안의 중국생활을 청산하고 막 평양으로 돌아온 때였다. 그들은 일제의 인정사정없는 압제를 피해, 1939년 중국으로 피신했었다. 일본은 언어와, 문화, 심지어는 이름까지도 한국의 고유한 모든 것을 빼앗으려 들었다. 2차 세계대전 말 일본의 항복을 계기로 할머니의 가족은 희망에 부풀어 고향으로 돌아왔지만, 돌아오자마자 알게 된 것은 한반도가 38선을 경계로 분단되었다는 것이었다. 미국의 군대가 제멋대로 만들어진 경계의 이남 지역으로 행군해 들어왔고, 소련의 군대는 할머니의 가족이 살던 이북 지역에 진입해 들어왔다. 소련은 북한 지역을 통치하기 위해 김일성을 지도자로 임명했는데, 그는 초기에는 민병대의 대장으로서 일본에 대항하여 중국에서 투쟁했으며, 그 후 2차 세계대전 막바지에는 소련군대의 지휘하에 있던 만주의 훈련캠프지에서 활동한 것으로 알려진 인물이었다.

분단은 일제통치 후 임시 해결책으로 결정된 것이었으나, 시간이 지남에 따라 두 통치체제는 점점 더 정치적으로 대립하게 되었다. 오랫동안 들끓던 충돌과 팽팽한 긴장이 폭발하여, 결국 1950년 6월 25일

전쟁이 발발하였다. 소련의 지원을 받는 북한이 미국의 지원을 받는 남한을 무력으로 통일하기 위해 침략전쟁을 일으킨 것이었다. 그 결과, 미국과 남한 그리고 15개국이 유엔(UN)의 깃발 아래 뭉쳐 전쟁에 참여하게 되었다.

　북한은 밀리기 시작했고 짧은 기간 안에 많은 군사를 잃었다. 군인들은 시골까지 들어와 사상자를 대신할 신병들을 마구 잡아갔다. 할머니는 공산당에게 남편과 열여섯 살짜리 아들 용운이를 희생시키고 싶지 않았다. 공산당은 기독교인이고 부유했던 지주라는 이유만으로 이미 그들을 박해해 왔다. 할머니는 집안의 두 남자에게 남쪽으로 피신할 것을 권하고, 자신은 갓 태어난 막내를 포함해 네 명의 아이들을 돌보겠다며 집에 남았다. 남자들이 도망친 것을 알아차린 경찰은 할머니를 무참히 폭행하고 감옥에 처넣어 버렸다. 할머니는 다른 여자들과 함께 차가운 감옥에 갇혀 있다가 수주 후에 풀려났다.

　집에 돌아온 할머니는 전쟁이 빨리 끝나 남편과 아들이 돌아오기만을 학수고대했다. 그러나 수도인 평양은 계속되는 폭격의 공포 속에 놓여 있었다. 할머니는 마냥 기다리고 있을 수만은 없다고 판단했다. 결국 갓난아이를 등에 업고, 여섯 살과 아홉 살 난 아들들을 양손에 잡고, 열세 살짜리 딸아이를 뒤따르게 하고 피난길에 올랐다. 1950년 11월 말 유엔의 공습이 한창이던 무렵, 그들은 남쪽을 향하여 가는 거대한 피난행렬에 합류했다. 폭탄과 저공비행하는 B-29기의 폭격을 피해 몸을 숨겨 가며 걸음을 재촉했다. 차디찬 겨울바람을 마주하고, 동상 걸린 발을 달래 가며 할머니와 아이들은 지친 걸음을 옮겼다. 그러고는 크리마스이브에, 그 위험천만한 여정을 시작한 지 거의 4주 만에 드디어 남한의 수도인 서울에 도착했다. 그러나 그들을 기다리고 있던 것은 중공군이 이 피비린내 나는 전쟁에 뛰어들었다는 달갑지 않은 소식이었다. 중공군은 압록강을 건너 물밀 듯이 몰려왔고, 유엔군과 남한군에 총부리를 휘두르며 서울까지 진격해 내려왔다.

또다시 할머니와 아이들은 지친 몸을 이끌고, 한반도 남단의 항구 도시인 부산으로 향했다. 그곳은 남한의 도시 중 유일하게 공산군에 점령당하지 않은 곳이었다. 부산에서 천만다행으로 할머니는 헤어진 가족을 찾고 있던 난민의 무리에서 할아버지를 찾았다. 그러나 큰아들은 찾지 못했다.

아무도 그의 생사를 몰랐다. 할머니가 아들에 대해 마지막으로 들은 소식은 그가 친구 두 명과 함께 38선 바로 이북에서 북한군에 잡혔다는 것이다. 그 친구 중 한 명이 가까스로 도망하여 부산까지 왔다가 할머니에게 소식을 전해 주었다.

1953년 휴전협정이 체결되어 3년간의 유혈 전쟁이 일시적으로 중단되었을 때, 할머니는 아들의 행방을 찾아 백방으로 수소문했다. 그러나 전쟁 후에도 남북 두 진영 간의 정치적 노선과 이념 대립은 누그러들지 않았고, 오히려 냉전체제는 심화되었다. 북한은 전 세계에서 가장 고립된 사회가 되었다. 김일성은 북한에서 철저히 폐쇄적이고 중앙집권적인 체제를 건설했고, 남한은 경제대국으로 발전했다.

할머니는 여전히 아들 찾는 일을 포기하지 않았다. 그녀는 대사들과 선교사들에게 부지런히 편지를 썼고, 이산가족을 찾는 남한 방송에 나갔으며, 북한 방문을 위한 입국비자를 지속적으로 신청하였다. 그녀의 모든 노력이 빛을 보지 못하자, 할머니는 남북의 통일을 위하여 기도했다. 매일 새벽과 잠들기 전, 할머니는 무릎을 꿇고 한두 시간, 혹은 그 이상을 기도했다. 통일은 일어나지 않았다.

아들과 헤어진 지 41년이 지난 1991년 내가 컴퓨터 앞에 앉아 할머니에 대한 이야기를 쓰기 시작했을 무렵에, 천지가 개벽할 일이 일어났다. 외삼촌의 유령이 되살아나기라도 한 듯, 편지 한 통이 북한에서 날아왔다. 그 편지는 할머니의 셋째 아들인 건삼 삼촌에게 보내온 것이었다. 그는 1988년 골프공 크기만 한 신장결석 두 개를 제거하기 위하여 할머니가 병원에 입원한 뒤로 큰삼촌 찾는 일을 담당해 왔다. 그 예기치 못한 편지는 용운 삼촌의 맏딸인 애란이 쓴 것인데, 그녀의 나이는 나보다 겨우 몇 개월 위였다. 얇은 노란색의 편지지는 노동당의 상징인 망치, 낫, 펜이 붉은색으로 새겨진 투박한 편지봉투 안에 들어 있었다.

　작은아버지께,

　안녕하세요? 제가 이씨 집안을 대표해서 한 번도 만나 뵌 적이 없는 작은아버지께 이 편지를 씁니다. 어떻게 지내고 계신지 어떤 모습이신지 궁금하군요. 건강하신지요?

　저는 작은아버지의 큰형님이신 이용운 씨의 장녀 애란입니다. 퍽 오랫동안, 심지어는 꿈속에서조차 그동안 저희를 찾으셨다고요. 형님을 분명하게 기억하고 계신지요.

　시간은 유수같이 흐릅니다. 작은아버지와 저희 아버지가 헤어지시던 41년 전, 두 분은 아주 어린 나이셨겠지요. 하지만 이제 작은아버지는 머리가 희끗희끗한 50대가 되셨겠지요.

　저는 올해 스물여덟 살로 그 비극적인 분단이 있을 때는 태어나지도 않았지요. 저희 부모님은 작은아버지가 살아 계신지조차 모르고 지내셨습니다. 두 분은 작은아버지가 살아 계시고 모두 잘 계신다는 소식을 듣고 무척 기뻐하셨습니다. 작은아버지가 태평양 저편의 먼 나라에 가 계시지만 않는다면 두 팔을 벌리고 달려가 꼭 안아 드릴 텐데요. 미국의 야만인들만 없다면, 피를 나눈 형제들이 만날 수 있었을 텐데요.

전쟁이 어떤 것인지 너무 잘 알고 있습니다. 전쟁으로 나라가 남북으로 갈라졌지만, 가장 나쁜 일은 가족이 강제로 헤어진 일입니다. 전쟁으로 우리 국토는 두 동강이 났지만, 가족을 찾으려는 열정은 결코 식은 적이 없습니다.

저와 형제들은 우리에게 할머니, 작은아버지, 고모, 그리고 사촌들이 있다는 사실도 모르고 자랐습니다. 하지만 이제는 알게 되었습니다. 지금 미국 작은아버지께서도 대가족을 거느리고 계시겠지요. 저희 가족은 모두 여섯입니다. 아버지, 어머니, 남동생 둘, 여동생 하나, 그리고 제가 있지요. 아버지는 혁명건축조합의 지도자이시고, 어머니는 요리사입니다. 저는 식품품질관리부의 품질관리관으로 일하고 있습니다. 스물여섯인 남동생 학철이는 보천보공업대학의 학생이고, 그 아래 남동생인 스물네 살의 문철이는 인민군으로서 국방의 의무를 다하고 있습니다. 막내 여동생 미란이는 스물한 살로 현장학습을 오는 방문객들을 안내하는 자원봉사자로 일하고 있습니다. 이렇게 저희 가족 모두는 최선을 다해 조국에 헌신하고 있습니다.

이제 저희 가족에 대해 모두 아셨으니, 작은아버지께서 미국 생활에 대한 이야기를 들려주실 차례입니다. 작은아버지의 답장이 도착하기를 애타게 기다리겠습니다. 가족들에 대한 재미있는 소식이 가득 담겨 있기를 바랍니다. 북한에 있는 저희를 한번 방문해 주세요. 금지된 조국 땅을 밟는 것이 굉장한 경험이 되실 것입니다.

살아 계실 줄은 꿈에도 몰랐습니다. 게다가 미국같이 큰 나라에서 살고 계실 것이라고는 상상도 못했습니다. 우리가 만나게 되면 작은아버지를 꼭 안아 드리고 싶습니다. 한 번도 뵌 적은 없지만 같은 피를 나누었기 때문인지 작은아버지가 무척 가깝게 느껴집니다. 핏줄은 숙명적인 끈이니까요. 피는 물보다 진하다고 하는데, 그 의미를 알 것 같아요. 가족은 어떤 일이 있어도 헤어져서는 안 됩니다. 물론 한 국가도 마찬가지입니다.

가족들에 대해 궁금한 것과 물어보고 싶은 것도 많고, 걱정과 관심도 끝이 없습니다. 미국에 계시는 가족들을 떠올릴 때마다 잠도 설치고 일도 잘 손에 잡히지 않습니다. 타국에서 고생하실 가족들을 생각하니 가슴이 타들어 갑니다.

이제 이만 글을 줄여야겠군요.

부디 몸조심하세요. 그리고 모두에게 밝은 미래가 펼쳐지기를! 우리 가족 모두의 사랑을 담아 이만 편지를 줄입니다.

1991년 6월 4일

가장 가깝고도 먼 나라 북한에서

조카, 애란 올림

첫 번째
여행

I

1997년 4월 18일

드디어 출발이다!

할머니, 아버지, 그리고 나까지 삼대가 모인 우리 가족은 과거를 되찾기 위해 함께 중국으로 향했다. 곧 지린(吉林) 성의 옌지(延吉)라는 도시에 도착할 것이다. 옌지의 북쪽에는 시베리아가 위치하고 서쪽으로는 내몽골이 그리고 남쪽으로는 북한이 자리한다. 이 소도시는 서양인들은 거의 찾지 않는 북동부의 오지로, 사람의 왕래가 극히 드문 곳이다. 우리는 비행기를 두 번이나 갈아탔고, 드디어 세 번째 비행기에 올랐다. 이것이 여정의 마지막 행보가 될 것이다.

꿈같은 일이었다. 47년간의 생이별 후에 드디어 할머니가 자신의 아들 용운을 만나러 가는 것이다. 외삼촌이 북한에 살아 계신다는 소식을 듣고도, 이렇게 만나게 되리라고는 상상도 못했다. 꿈도 꿀 수 없는 일이었다. 북한은 소련의 붕괴와 중국, 쿠바의 개혁정책 이후 지구상에서 가장 적대적이며 출입이 어려운 나라로 전락했다. 그런 곳에 들어간다는 것은 상상조차 할 수 없었고, 빠져나온다는 것은 더욱이 그러했다. 우리는 그저 기적이 일어나기만을 기도했었다.

그러니까 이 여행이 시작되기 한 달 전, 자신을 최순만이라고 밝힌 한 중국동포가 수신자부담으로 전화를 걸어왔다. 그는 우리가 외삼촌에게 보낸 편지를 보고 전화번호를 알게 되었다고 했다. 용운 삼촌이 그에게 편지를 보여 주었던 것이다. 그는 북에 인접한 중국 국경을 통해 용운 삼촌을 몰래 데리고 나와 옌지에 있는 자신의 집에서 할머니를 만나게 하고 북한 당국이 눈치채지 못하게 되돌려 보내 주겠다고 제안했다. 수년 전 사업차 북한에 갔다가 외삼촌과 알게 된 모양인데, 할머니에 대하여 오직 외삼촌이 알려 줬을 법한 몇 가지 세세한 내용을 알고 있었다.

우리 가족은 망연자실했고, 며칠 동안 이 엄청난 제안에 대하여 곰곰이 생각해 보았다. 결국 지금이 아니면 다시는 기회가 없을 것이라는 데에 모두가 동의했다. 할머니가 마냥 기다릴 수만은 없는 상황이었다. 한 달만 더 있으면 미국 나이로 85세요, 태어나면서 한 살을 먹는 한국 나이로는 86세셨다. 벌써 두 번이나 병원 신세를 졌고, 그때마다 할머니가 거의 돌아가시는 줄 알았다. 병상에서 할머니를 일으켜 세운 것은 죽기 전에 한 번만이라도 아들을 안아 보리라는 놀라운 의지와 소망의 힘이었다. 바로 이 강인한 의지와 소망으로 할머니는 로스앤젤레스를 출발하여 서울과 베이징(北京)을 거쳐 드디어 옌지에 도착하는 이 힘겨운 여정을 버티고 계신다.

나도 전에 아시아 지역을 여행하던 중에 '나'를 찾는답시고 이 깊숙한 지역까지 들어왔던 적이 있다. 거의 10년 전의 일이다. 그 이후 나에게 너무 많은 일이 일어났다. 미국에 돌아온 후로 내가 전혀 상상하지 못한 미래로 나의 삶이 움직여 가고 있음을 느꼈다. 그래서 글을 쓰기 시작했다. 그때까지 내가 무언가에 대해 글을 쓸 수 있을지조차 몰랐다. 할머니의 놀라운 이야기들에 감동받으면서, 내가 그동안 차곡차곡 쌓아 온 그릇된 자아상을 되돌아보게 되었다. 나의 참된 자아가 머리를 들고 모습을 드러냈다. 나는 더 이상 백인의 모습을 갈망하지 않게 되었다. 이것은 새로운 자각과 열정에 불을 지폈다. 할머니의 파란만장한 삶을 기록한 내 책이 출간된 후로 나의 한국적인 유산을 자랑하고 그에 대해 강연하느라 전 지역의 대학 캠퍼스들을 누비고 다녔다. 부모님은 그런 나의 모습을 자랑스러워하는 눈치였으나 나의 자유분방한 생활방식과 나이 먹는 것은 여전히 걱정하셨다. 그들에게는 결혼하여 가정을 일구는 것이 가장 중요한 일이었으며, 서른세 살이 되기 전에 당시의 남자친구인 스티븐과 결혼하라고 성화셨다. 부모님에게 스티븐은 완벽한 신랑감이었다. 매일 양복을 입고 사무실로 출근했고, 한국에서 태어난 교포였다. 불행히도 그는 당시 홍콩에 살고 있었는데, 먼 곳에 있는 탓에 나의 곁에 있어 주지를 못했다. 솔직히 말하면, 그 거리감과 이번 옌지로의 여행이 나의 감정을 정리할 시간을 주었다.

내가 은행가의 아내가 되어 아시아에서 산다면 행복할 수 있을까? 이 질문을 수없이 되뇌며 비좁은 이코노미 좌석에서 편한 자세를 찾아 몸을 더 깊숙이 파묻었다.

할머니는 내 옆에 앉아 계셨다. 할머니는 벌써 회색의 투박한 척추 교정용 신발을 벗어 놓고, 눈은 움푹한 컵 모양으로 푹 꺼져 감은 채였다. 커다란 금테 안경은 납작한 코 밑으로 미끄러져 내려와 있다. 안경은 창백한 뺨 위에 걸쳐 있고 평소 빗질도 생략하고 머리핀도 안 하는 짧은 은색의 파마머리는 좌석 뒤의 푸른색 직물에 부채처럼 퍼져 있었다. 지난 몇 년 동안 할머니의 동작은 상당히 느려졌고, 몸이 더 이상 제대로 움직이지를 않았다. 팔다리의 근육은 더 쪼그라들었고 소변도 참기 힘들어졌다. 그러나 할머니의 총기는 그 어느 때보다 밝았고, 모습도 멋졌다. 나는 잠시 할머니를 지켜보았다. 자고 있는 듯했지만 아닌 것을 알았다. 할머니 마음은 이미 어디론가 멀리 가 있었다. 애란의 편지를 받은 이후로 할머니는 기억의 우물 속으로 침잠하곤 하셨다.

1991년에 있었던 첫 번째 연락 이후, 북한이 한국전쟁 이산가족의 만남을 허가한다는 소식에 고무되어 할머니는 또다시 비자를 신청했다. 북한은 절박한 상황이었다. 100만 명이나 죽었다고 하는 에티오피아의 1988년 기근보다 더 극심한 가뭄을 겪고 있었다. 혹독한 겨울과 대규모 홍수 그리고 부패하고 무능한 정부 시스템이 나라를 좀먹고 있었다. 2400만에 달하는 거의 모든 인구가 심한 굶주림에 시달리고 있었다. 할머니가 초조히 비자 허가를 기다리는 동안 우리는 몇 통의 편지를 더 주고받을 수 있었다.

사랑하는 어머니를 그리며,

어머니!!? 이게 꿈인가요? 생시인가요? 저에게는 이 모든 일이 꿈만 같아요. 꼭 41년이 지났습니다.

어머니, 눈물을 삼키며 이 편지를 씁니다. 물질주의가 판을 친다는 타국의 땅에서 어떻게 네 명의 아이들을 키우셨나요? 거기는 산과 물도 다르고, 문화와 전통도 다르고, 게다가 피부색도 다르다고 들었습니다.

저는 전쟁 중 모두와 헤어진 다음에 국가의 보살핌을 잘 받았습니다. 군 복무가 끝난 후에는, 결혼하여 가족을 꾸렸고, 후에 혜산으로 이사 왔습니다. 네 명의 아이들이 모두 장학금을 받고 대학에 갔습니다. 지금은 다들 일을 하고 있지요. 그래서 저는 사람들의 부러움을 한 몸에 받으며 지상낙원에서 살고 있습니다. 저희 가족은 다 잘 지내고 있습니다. 저는 우리 국가가 통일을 이루어 새롭게 일어서는 밝은 미래를 꿈꾸며 삽니다.

국가는 우리에게 이념이나 종교에 상관없이 모두 통일에 기여해야 한다고 가르칩니다. 각자 자기만의 방식과 생각에 따라서 그리고 각자의 능력과 경제적 범위 안에서 그렇게 하는 것입니다. 어머니께서도 통일 과업에 한몫하셔서 자손들에게 길이 기억되시기를 진심으로 바랍니다.

어머니는 이제 여든이십니다. 50대가 된 나의 머리에도 희끗희끗 서리가 내렸습니다. 죽기 전에 꼭 어머니를 뵙고 집사람과 함께 큰절을 올리고 싶습니다. 우리 아이들도 아직 만나 보지 못하셨습니다. 우리 아이들도 간절하게 할머니께 절을 올리고 싶어 합니다.

어머니, 조국에 한 번 오셔서 조국의 모습을 보시고 우리가 사는 모습도 봐주세요.

어머니, 항상 잘 지내시고 우리 만나서 얘기해요. 이만 줄입니다. 건강히 잘 지내세요.

1991년 6월 20일

아들 용운 올림

네 사진을 보고 편지를 읽으면서 참으로 가슴이 찢어지는 것 같았다. 그 모진 세월을 혼자 어떻게 견뎠는지 이 어미는 상상할 수도 없구나.

지난 41년은 한 많은 세월이구나. 절대로 우리가 너를 버린 것이 아니었다. 네 아버지가 남자들과 떠나고 네가 친구들과 피난을 떠난 후에, 더 이상 고향집에서 네가 돌아오기를 기다릴 수가 없게 되었다. 도시에 폭격이 심해 마치 비가 퍼붓는 듯했다.

41년이나 지났는데 네가 살아 있다니, 마치 꿈만 같다. 하나님의 은혜에 감사한다. 내 아들과 며느리 그리고 손주들을 만나려고 이렇게 여든이 되도록 살아 있었나 보다. 한시라도 빨리 그곳에 가마.

아버지는 41년 전 남한에서 기적적으로 다시 만난 후에 곧 돌아가셨다. 우리가 예천에서 피난 생활을 할 때, 그러니까 음력으로 12월 29일에 돌아가셨다. 하나님의 은혜로 나 혼자서 네 동생들을 잘 키웠다. 덕화는 고려대학교에서 영어를 공부했고, 건일이는 서라벌 예술대에서 작곡을 공부해 지금은 교회에서 성가대를 지휘한다. 건삼이는 한양대에서 공학을 공부했고, 덕혜는 내가 덕화와 살러 미국에 왔을 때 이모들과 한국에 남아 있다가 결혼을 했다.

우리 만나서 41년의 한 많은 세월을 얘기하자꾸나. 매일 네 생각을 하며 눈물지은 세월이 41년이 되었구나. 가족이 너를 버렸다고 생각하며 많이도 울었겠구나 생각하면, 나도 눈물이 난다.

아직도 꿈만 같구나. 잘 지내거라.

1991년 8월 10일

엄마가

사랑하고 존경하며 또한 보고픈 오빠에게,

목이 메어 말이 잘 나오지 않습니다.

너무나 많은 시간이 지났고 많은 것이 변했습니다. 10년이면 강산이 변한다지요. 조카에게서 온 편지를 처음 받고 믿을 수가 없었습니다. 오빠의 편지를 받고서야 확신이 들었습니다. 우리는 밤새 울었습니다. 오빠가 보내 준 두 장의 사진을 보고 옛날 우리 어린 시절에 대한 생각이 많이 났고, 마음이 찡했습니다.

우리는 평양에 살았었는데, 지금 사는 혜산은 어떤 곳인가요? 어디이든 중요하지 않아요. 모두가 건강하게 잘 지낸다는 것이 중요하지요.

우리는 다 미국으로 이민 왔어요. 두 남동생과 여동생도 각자의 가족들과 함께 이곳 미국에서 잘 정착했어요. 내 가족이 이곳에서 25년을 살았으니 제일 오래 있은 셈이죠. 오빠와 나이가 같은 내 남편은 GTE회사에서 전기엔지니어로 24년을 일하고 은퇴했어요. 내 큰 딸 줄리는 스물아홉 살이고 병원에서 검안의로 일해요. 둘째 딸 혜리는 스물여섯으로 TV 방송국에서 일하고, 막내아들 대건이는 스물두 살로 대학 3학년에 재학 중이에요.

이모님 두 분도 자녀와 다 이곳에 살고 계세요.

나중에 만날 날을 기약하며 사진을 몇 장 보내요. 우리는 비록 멀리 떨어져 있지만 혈육이고 가족인 것을 잊지 말아요.

잘 지내시고 한국이 통일될 때까지 오래오래 사세요.

만사 화평하시기를 바라요.

1991년 8월 16일

동생 덕화 올림

존경하고 보고픈 할머님께,

할머니께서 보내 주신 편지와 꿈에도 그리던 할아버지의 사진을 받았습니다.

할머니의 따뜻한 말씀들을 읽고 있자니 마치 지척에 계신 것 같았고, 언제든지 달려가 우리 사는 이야기를 할머니와 나눌 수 있을 것 같았습니다. 하지만 정신을 차리고 보니, 내 앞에는 미국이라는 나라와의 멀고 먼 거리만 남아 있었습니다.

할머니께서 살아 계신지 돌아가셨는지 몰랐을 때는 그저 생사만이라도 아는 것이 중요했습니다. 살아 계시는 것을 아는 지금은 보고픈 마음 형용할 길이 없습니다. 하늘땅만큼이나 보고 싶습니다. 할머니께로 향한 마음이 그지없습니다.

제 동생 학철이는 현재 대학 2학년에 재학 중입니다. 그는 요즈음에 두툼한 옷과 교복을 상으로 받았습니다. 그 다음이 문철인데, 지금 조선인민군에 복무 중입니다. 복무가 끝나면 대학에 보내 줄 것입니다. 마지막으로 여동생 미란이는 전화교환원으로 일하고 있습니다. 저는 대학을 졸업했습니다.

저희는 모두 걱정 없이 잘 지내고 있지만, 우리의 혈육이 머나먼 타국에 있는 것을 생각하면 잠을 이룰 수가 없습니다. 고생하시는 것은 아닌가 생각하면 음식도 입에 잘 안 들어갑니다.

할머니, 절대 포기하지 마시고 우리가 만나는 날까지 건강하셔야 돼요. 할머니의 건강한 미소를 뵈올 날을 손꼽아 기다릴게요. 밝은 미래가 머지않았다고 믿으세요. 그때까지 하루가 천년 같겠지만, 이 모든 시간이 지나고 우리가 극적으로 만날 날이 오겠지요.

평안히 잘 지내시고 답장에 사진 몇 장 더 보내 주세요.

1991년 11월 4일

머나먼 조국에서

할머니를 사랑하는 손녀 올림

친애하는 오빠 부부에게,

어머니의 신실한 기도 덕분에 우리는 최근에 평양방문 신청 절차를 마무리했습니다. 어머님의 연세도 있고 건강도 고려해서 겨울보다는 봄에 여행하는 것으로 신청했습니다. 5월로 신청해 놨는데, 허가서가 나올지 기다려 봐야 해요. 모든 절차가 끝나면, 머지않아 어머니는 오빠를 방문할 겁니다. 할머니를 모시고 갈 두 사람은 내 남편과 내 둘째 딸 혜리입니다. 우리 모두 함께 가고 싶지만 직장과 집안일 때문에 다음 기회로 미뤘습니다.

이곳 미국에서는 명절 때마다 50명의 친지가 모여 한복도 입고 한국 음식을 먹으면서 서로를 의지합니다. 그래서 타국에 살지만 그렇게 외롭지는 않습니다. 그럴 때마다 어머니는 오빠를 무척 그리워했습니다. 하지만 이제는 더 이상 오빠가 어디 계신지 몰라서 괴로워하지는 않습니다. 서로 멀리 떨어져 있지만, 참으로 다행인 것은 이렇게 편지로나마 왕래할 수 있다는 겁니다. 우리 언젠가는 꼭 만나게 될 거라고 믿읍시다.

어머니는 연세에도 불구하고 교회와 사람들을 위하여 계속 봉사하십니다. 이모님들과 어머니는 매주 수요일과 일요일에 손수 김치와 한국 음식을 만들어 모든 교인을 대접합니다. 어머니는 지칠 줄 모르는 선행으로 많은 사람의 존경을 받고 있고, 이번에는 '올해의 어머니상'도 수상했습니다.

다음 달에는 여든 번째 생신을 맞습니다. 우리는 큰 잔치를 준비하고 있지만, 어머니는 오빠 생각으로 생일상을 마다하실지도 모릅니다. 어머니가 늙어 가는 것이 가슴 아픕니다. 그래서 여행도 조금 미룬 것이니 오빠가 이해하리라 믿습니다.

이번 만남이 마지막이 될 수도 있다고 생각하니 마음이 찢어집니다. 내가 바라는 것은 이번 만남이 어머니 여생에 좋은 추억으로 오래오래 간직되었으면 하는 것입니다.

한국 사람들이 즐겨 부르는 노래 중에 「우리의 소원은 통일」이라는 노래가 있습니다. 오빠, 그런 날이 올 때까지 건강하고 오래 사세요. 우리도 이 머나먼 타국에서 서로 만날 날을 기다리고 있을게요.

하나님의 축복이 가정에 함께 하시기를 기도해요. 어머니를 만날 날을 기대하세요.

1992년 4월 3일
그리워하는 마음으로
덕화 올림

북한에서 온 시 같은 편지들은 감정적인 선전문구들로 물들어 있었으며, 철의 장막에 가려진 그들의 삶이 어떠했는지 어렴풋이나마 알 수 있게 해 주었다. 그들이 외부세계에 대해 너무 모르고 있다는 것이 충격적이었다. 북한의 친척들은 당이 자신들에게 두툼한 옷과

　　　　　아들이 있는 풍경

당복을 선물해 준 반면에 우리는 미국에서 고통스러운 삶을 살았다고 믿고 있었다. 그들은 우리가 계속 떨어져 살게 된 것은 미국 야만인들의 탓이라고도 했다.

할머니와 우리 가족은 조심스러운 마음으로 답장을 썼다. 모두를 보호하기 위해 우리는 미국에서의 안락한 생활에 대해 말을 아꼈다. 가족은 편지에서 통일이라든지 다가오는 봄에 대한 얘기를 나누며 들떠 있다가도 북한에 들어갔던 사람들이 들려주는 매우 열악한 주거 환경이나 영양실조에 관한 목격담에 적잖이 놀라고 있었다. 북한을 찾았던 부모님의 친구 한 명은 맨몸에 신발을 신고 트렌치코트만을 걸친 채 돌아왔다. 당신의 쇠약한 어머니가 다 쓰러져 가는 오두막에서 이가 득실거리고 실밥이 다 풀어진 이불을 덮고 사는 것을 보고, 짐 가방이며, 옷이며, 시계에 속옷까지도 전부 남겨 두고 왔다고 했다.

할머니는 하루라도 속히 북한에 가기를 원하셨다. 그렇게 수개월이 지나고 또 일 년이 지났다. 우리 가족 모두는 외투와 내의, 약품과 건조식품들로 가득 찬 구호물품 박스를 준비하였다. 그러나 1993년에 북한으로 가는 문이 닫혀 버렸다. 비자 발급도 중단되었다. 당시에 북한에 관하여 나돌던 소문들과 불리한 보도들이 북한을 화나게 했던 것이다. 그들은 세상이 자신들의 슬럼가와 빈곤에 대해 아는 것을 원치 않았다. 사회주의 사회에서 그런 모습은 존재하지 않아야 하는 것이었다.

상심이 컸던 할머니는 폐렴에 몸져누우셨고 병원 신세까지 지게 되셨다. 산소와 수액을 전달하는 갖가지 호스와 기계들에 몸을 의지하고 있는 할머니의 모습은 창백하고 한없이 연약해 보였다. 곁을 지키고 있던 나에게는 할머니가 포기할 준비가 된 것처럼 보였다. 그러나

나는 할머니를 아직 보낼 수가 없었다. 할머니가 삶을 포기하지 않고 더 싸우기를 바랐다. 그래서 뭐라도 해야 했다. 나는 새끼손가락을 할머니의 손가락에 끼고 불가능해 보이는 것을 약속했다.

때로는 불가능한 일이 현실에서 이루어지기도 한다.

비행기가 어두운 구름을 헤치고 나와 옌지라는 불빛 하나 없는 도시를 향해 고도를 낮추자, 할머니가 긴장하였다. 할머니는 무릎이 가슴에 가까워지도록 몸을 곧추세워 앉았다.

할머니 쪽으로 팔을 뻗어 따뜻한 할머니 손안에 내 손을 넣으며 한국어로 물었다. "외삼촌을 만나면 처음에 무슨 말이 하고 싶으세요?" 할머니의 작은 눈이 나를 쳐다보았다. 속눈썹이 거의 없고 눈빛도 흐릿하지만 그래도 무언가 날카로운 데가 있다. "첫마디라. 뭐라 하지? 그러고 보니 생각해 보지 않았구나." 잠시 후에 내 뒤의 먼 곳을 응시하다 이내 부드러우면서도 단호한 목소리로 말씀하셨다. "네 외삼촌이 제 어미가 한시도 아들을 잊어 본 적이 없다는 것을 알아 줬으면 좋겠구나. 이렇게 오랫동안 혼자서 살아 있었다니 참으로 용감했다고 말해 주려무나. 이 할미가 아들을 보러 가는 데에 비자 얻기가 더 쉬울 거라고 하여, 내 나이 여든에 미국 시민이 되었잖니. 그런데 결코 쉽지만은 않았어. 네가 말렸어도 내가 부시 대통령에게 한 표 찍었던 거 기억나지?"

"기억나요." 나는 웃으며 답했다. "그럼 할머니가 이제 미국 사람이 되었다는 거예요?"

"그건 아니지. 나는 변함없이 한국인이지만 미국이 이제 나의 집이야. 가족이 있는 곳이 내 집인 셈이지. 내가 죽으면 나를 미국에 묻어주려무나."

"할아버지 묘가 한국에 있는데 곁에 있고 싶지 않으세요?"

"다리뼈와 갈비뼈 몇 개밖에 별로 남은 것도 없더라."

"뼈라니 끔찍하네요." 내가 영어로 응수했다.

"끔찍이 어째?" 할머니가 틀니까지 흔들거리며 발음을 따라 하다 웃으셨다.

"더 좋은 묏자리에 모시려고 할아버지를 이장할 때 봤어."

"재혼할 생각은 안 해 봤어요?"

"남편은 하나로 충분하다." 할머니 농담에 예전에 할아버지를 얼마나 사랑했는지를 떠올렸다. 그러고 나서 할머니 얼굴이 어두워졌다.

"어머 어떡하니." 할머니가 한숨 지신다.

"왜요?" 내가 묻는다.

할머니는 기내용 냅킨으로 눈물을 훔치시며 입을 뗀다. "북한 당국이 그나마 허락하여 받아 본 용운이의 사진을 지금 생각하고 있었어. 얼굴이 수척하고 근심 있어 보이더라. 나이는 네 아버지와 같은데, 나만큼 나이 들어 보여. 머리도 나처럼 하얗게 세고. 네 아버지는 그저 새치 몇 가닥 정도인데."

우리는 통로 건너편에 앉아서 세관서류와 예방접종 카드며 이것저것을 확인하느라 분주한 아버지를 힐끗 보았다. 삼촌과 아버지 두 분이 나이로 불과 몇 개월 차이라는 것이 믿기지 않았다. 두 분은 미국 나이로 예순둘이다. 사진에서 외삼촌은 머리숱이 더 많고 아버지는 정수리 부분이 살짝 벗겨지셨지만, 달처럼 널찍한 아버지의 얼굴은 눈가에 난 잔주름만 빼면 피부도 좋고 골프장에서 보기 좋게 태운 모습이다. 게다가 아버지는 또래의 한국인 남자들이 주로 입는 복장을 하고 있지도 않다. 아버지는 인공으로 처리한 색 바랜 청바지에 연한 하늘색에 단추가 있는 폴로셔츠를 입고 세 개의 줄무늬가 있는 아디다스 테니스화를 신고 있었는데, 현대적이고 멋스러워 보였다. 아디다스 신발은 내가 수년 전 선물로 사 드린 건데 꾸준히도 신으신다.

아버지와 나는 할머니의 중국행에 함께하기를 자청했다. 우리 가족 중에 직장이나 아이 돌보는 일에 얽매이지 않은 사람은 결국 우리 둘 뿐이었기 때문이다. 아버지는 GTE에서 20여 년을 근무하신 후 55세에 일찌감치 은퇴하셨는데, 로스앤젤레스 시내에서 규모가 커져 가던 엄마의 의류공장 일을 돕기 위해서였다. 아버지는 운전기사처럼 엄마를 매일 출퇴근시켰고, 직원들 월급을 나누어 주고, 우편물에 답장을 쓰고, 막힌 변기를 뚫어 주면서 엄마가 사업을 이끌어 가는 데에 필요한 것이라면 무엇이든지 도왔다. 다른 남자들은 마누라의 '잘난' 비서 노릇을 하는 아버지를 멀리하였지만 아버지는 그런 식으로 생각하지 않고, 엄마의 성공을 자신의 것으로 여겼다. 두 분은 모든 것을 함께 나누었고 함께 잘도 해내셨다. 그러다 틈이 나면 골프도 치고, 여행도 하고, 당신이 그렇게 좋아하는 시 쓰기도 할 수 있었다.

자라면서 물질적으로 그리 풍요하지는 않았지만, 아버지가 시를 써서 상품으로 탄 텔레비전 세트가 우리 집에 방마다 놓여 있었다. 가족에 대한 애정을 좀처럼 표현하지 않는 아버지는 시에 온갖 감정을 쏟아 부었다. 아버지는 감정을 별로 드러내지 않게끔 교육받았다. 아버지는 나를 "이쁜이"나 "귀염둥이" 같은 애칭으로 불러 준 적도 없고 사랑한다는 말을 한 번도 안 했다. 아버지의 방식은 내 차의 오일을

　　　　　　아들이 있는 풍경

교체해 주고, 엄마의 사업을 열심히 도와주고, 할머니의 중국행에 기꺼이 동행하는 그런 식이었다.

우리는 비행기 밖으로 나오면서 추위에 대비하여 단단히 마음의 준비를 했다. 밖으로 나오자 역시 매섭고 날카로운 바람이 내 검고 긴 머리카락을 날리며 지나간다. 이곳에는 비행기와 게이트를 연결하는 중간 통로가 없는 모양이다. 노란 꽃밭처럼 안개가 자욱이 깔린 아스팔트 길 위로 내려진 간이계단은 가팔라서 잘 보이지도 않았다. 아버지가 할머니의 짝퉁 루이비통 백을 어깨에 메고 삐거덕거리는 계단을 먼저 내려갔다. 아버지는 뒤따라오는 할머니가 혹시 넘어질까 봐 몸을 바짝 뒤로 붙이고 계단을 한 걸음씩 내려갔다. 나도 뒤에서 베개처럼 부드러운 할머니의 허리를 안아 부축이며 계단을 내려왔다. 겨우 내려와서는 서둘러 움직이는 다른 승객들을 따라 교도소를 연상케 하는 녹슨 철문을 통과했다. 철문을 지나자 혼잡한 주차장이 나타났다. 수상쩍은 택시기사들이 서서 연기 자욱이 담배를 피며 거칠게 호객행위를 하고 있었다. 그들은 순식간에 우리를 에워싸고 내가 입고 있던 백금색 재킷과 은빛의 남성용 시계를 마구 잡아당기고, 할머니의 앙고라 스웨터를 잡아채고 있었다. 50킬로에 165센티미터가 되는 내 몸으로 할머니의 방패막이가 되어 보려 했으나, 너무 많은 손들이 우리를 밀치고 당기고 있었다.

"이거 놔요." 그들을 밀어 대며 내가 쏘아붙였다.

내가 영어하는 것을 듣자 이번에는 나의 영어를 흉내 내며 더욱 사납게 굴었다. "레트 코(Let's go)! 레트 코!"

그때 단정한 단발머리에 몸집이 크고 활기차 보이는 여인이 무리를 팔꿈치로 밀치며 나타났다. 그녀는 아버지의 이름이 한글로 쓰여 있는 피켓을 들고 있었다. 아버지가 자신이 이재학이라고 밝히자, 그 거구의 여인은 들고 있던 피켓으로 무리들을 쫓아냈다. 곧이어 두 명의 사내가 또 모습을 드러냈다. 그들은 높낮이가 귀에 익은 억양의 한국말로 무언가를 시끄럽게 떠들고 있었는데, 그 소리가 어찌나 컸던지 귀청이 따가웠다.

그중 나이 들어 보이는 남자가 손바닥이 보이게 누렇고 투박한 손을 내밀며 서양식으로 악수를 청했다. 그가 어찌나 반가운 듯이 얘기를 건네고 손에 힘을 주어 악수를 나누던지, 마치 여러 해를 알고 지낸 친구 같았다. 나는 그가 마음을 진정하고 천천히 말해 주기를 바랐다. 그의 거침없이 발사되는 북한말은 중국말 어투와 섞여 이해하기 어려웠다. 그래도 그럭저럭 자신을 소개하는 부분은 알아들을 수가 있었다. 그 나이 지긋한 사람은 한국식으로 성을 먼저 말하며 자신을 '최순만'이라고 소개하였다. 최순만은 한 오십대 중반의 건장한 몸집의 사나이로 옆 가르마에 뒤로 넘겨 빗은 머리를 하고 어설프면서도 무언가 유쾌한 인상을 주었다. 멋 부린 단발머리에 체구가 컸던 여성은 그의 아내였다. 최순만은 아내의 이름은 대지 않고 그저 '집사람'이라고 소개했다. 집사람은 하녀가 아니라 아내를 지칭한다는 것을 곧 깨달았다. 이 대륙에서 남자와 여자는 보통 각자의 역할이나 관계에 의해 구별된다. 젊은 남자는 그들의 사위였다. 건장하고 어깨가 널찍한 사내로 운동선수다운 넓은 보폭으로 가볍게 걸었다. 그는 아버지보다 머리 하나가 더 컸으니 꽤 큰 편이었다. 그러고 보니 이곳 사

아들이 있는 풍경

람들은 보통 한국인이나 일본인 혹은 남태평양제도에 사는 사람들보다 넉넉잡아 10센티미터는 커 보였다. 추위가 한몫했을 수도 있는 것이, 이렇게 척박한 지역에서는 다윈의 이론처럼 신체적으로 크고 강인한 자가 환경에 더 잘 적응했으리라.

"내 아들은 어디 있어요?" 할머니는 가장 궁금했던 것을 단도직입적으로 물으셨다.

"나와 내 집사람이 내일 아침 일찍 아드님을 데려오기 위해 출발할 겁니다." 최순만이 대답했다.

할머니는 적잖이 실망하셨다. 그러고는 미간을 찡그리며 물으셨다. "벌써 와 있는 줄로 알았는데요. 엄마가 온다는 걸 알리지 않았나요?" 나도 같은 걸 물으려던 참이다.

"아들을 북조선에서 몰래 데리고 나오려면 할머니가 도착하시는 것을 먼저 확인해야 했습니다."

할머니는 낙심하여 아무 대꾸도 없이 앞서 걸으셨고, 커다란 짐 가방까지 있는 우리 여섯 명의 일행은 이윽고 사위가 직장에서 빌린 소형차에 겨우 올라앉았다.

주차장을 빠져나오는 데는 다소의 위험이 뒤따랐다. 유일한 출구는 혼잡하게 여러 갈래로 빠져나가려는 차들로 꽉 막혀 있었다. 사위가 운전대를 힘껏 돌리며 색 바랜 흰색 선을 따라 원을 그리더니, 이내 우리는 어느 자갈길에 들어섰다. 차는 어둠을 뚫고 달렸다. 거리에는 길을 밝힐 만한 가로등이나 반짝이는 상점의 네온사인 하나 없었지만, 사위는 고르지 않고 균열 있는 아스팔트 도로를 잘도 달렸다. 깨진 창틈으로 매서운 바람이 들어왔다. 먼지와 녹이 섞인 듯한 내음이 바람에 묻어 들어왔고, 나는 빈 깡통이 짤랑대는 소리를 들었다.

철거지역으로 보이는 곳에 다다르자 사위가 차를 세웠다. 사위는 성냥갑 모양을 한 7층짜리 콘크리트 건물 앞에 차를 주차했고, 건물 주변의 웅덩이와 흙더미들이 눈에 들어왔다. 사위는 아파트 5층에 살고 있었는데 이곳에 승강기가 있을 턱이 없다. 깨진 벽돌 조각과 꽈배기 모양의 철근 쪼가리들이 널려 있을 뿐이었다.

"아버지, 할머니를 호텔로 모시면 어떨까요?" 흐뭇해하는 집주인의 마음을 다치지 않게 하려고 영어로 물었다.

사위가 내 염려를 알아차렸는지 자신의 늠름한 등을 가리켰다. "제가 할머니를 업고 올라갈게요." 사위의 차분하면서도 살짝 쉰 목소리가 듣기 좋았다.

"내가 이왕 이 멀리까지 왔으니, 내 발로 마저 가고 싶구나." 할머니가 계단 난간을 잡고 고집을 부리신다.

그러고는 계단을 오르기 시작하셨다. 나머지 사람들도 줄지어 그 뒤를 따랐고, 할머니의 걸음과 속도를 맞추며 계단을 올랐다. 할머니는 처음에는 속도를 냈으나 3층 계단 구석에서 몸을 가누지 못하고 휘청하였다. 할머니의 몸은 페인트칠 벗겨진 계단 난간을 부여잡고 있었다. 할머니는 난간을 잡은 팔의 힘에 더 의지하며 몸을 이끌었고, 눈을 들어 얼마나 더 올라가야 하는지를 가늠해 보았다. 발에 걸려 휘청하다가도 할머니는 이내 균형을 잡곤 했다. 아파트 5층에 도착하여서는 땀에 흠뻑 젖어 숨을 가쁘게 몰아쉬셨다. 할머니는 문 앞에 잠시 서서 숨을 고르는 듯했다.

'송월'이라는 최순만의 딸이 문을 열었는데, 멜빵 달린 빛바랜 작업복이 임신으로 불어난 배를 넉넉히 가려 주고 있었다. 기껏해야 스무 살 정도밖에 안 돼 보였다. 그녀는 백옥같이 매끈한 피부에 짧게 내

아들이 있는 풍경

린 앞머리와 길게 늘어트린 뒷머리를 하고 있었다. 앳된 얼굴에도 책임감을 아는 성숙한 여자의 표정을 하고 있었다.

송월은 고개 숙여 인사한 후, 할머니가 신발 벗는 것을 도왔다. 그들의 집은 작은 회벽의 원룸형 아파트였다. 아파트는 서양식 변기가 있는 작은 욕실, 작은 부엌, 그리고 역시 작은 다용도 거실로 이루어졌다. 덩그마니 놓인 퀸사이즈 침대 하나가 거실의 대부분을 차지했다. 다른 가구라고는 36인치짜리 소니 컬러TV하고 울퉁불퉁한 인조가죽 소파가 전부다. 소파 위쪽 벽에는 중국을 정중앙으로 하는 래미네이트 처리된 세계지도가 압정에 고정되어 있다. 그것은 먼지가 뽀얗게 쌓이고 손가락 자국으로 얼룩져 있다. 반대쪽 벽에는 젊은 남녀가 전통혼례식의 한복 차림을 한 대형 사진이 걸려 있다. 사진에서 송월은 장식 달린 빨간 비단 족두리를 하고 고개를 살짝 숙였는데, 목뒤로 쪽진 머리에는 유부녀임을 알리는 옥비녀가 곱게 꽂혀 있다. 신랑은 날개 같은 것이 양쪽에 달려 있는 검은색의 딱딱한 모자를 머리에 쓰고 있다. 신랑 신부는 둘 다 잘생긴 얼굴이지만 너무 근엄한 표정을 짓고 있다. 신랑 신부가 혼례 때 너무 많이 웃으면 첫딸을 낳는다는 옛말을 의식한 것 같다.

할머니가 눕고 싶어 하셨다. 계단을 오르느라 안간힘을 쓰시더니 마지막 기운까지 다 쏟은 모양이다. 나는 슬슬 걱정이 돼서 언제든지 병원으로 모시고 갈 태세였다.

"많이 아프세요?" 내가 염려스런 얼굴로 물었다.

"괜찮아. 너나 뭐 좀 먹어라." 하품으로 답하시며 평소처럼 나를 챙기셨다.

송월이 친절하게 할머니를 침대에 눕히고 연한 하늘색 비치타올을 이불 삼아 덮어 주었다. 붉은색 수건이 딱딱한 씨로 채워진 베개를 감싸 덮고 있었다.

나는 울퉁불퉁한 소파의 아버지 옆자리에 앉았다. 집주인 식구들은 바닥의 방석에 앉아 우리에게 간간이 미소도 건네며 무언가에 열중해서 얘기를 나누었다. 금세 아버지는 그들의 특이한 사투리를 알아들을 수 있게 되었다. 아버지는 그들과 편하게 이야기 나누었고, 나도 곧 그들의 대화를 조금 더 이해할 수 있게 되었다. 이 지역에 사는 사람들에 대하여 몇 가지 사실을 알게 되었다. 이곳 주민의 40퍼센트가 조선족이라고 하였다. 최순만의 부모도 다른 한국인들과 마찬가지로 1910년에서 1945년 사이에 일제 치하의 탄압을 피해서 이곳으로 이주했다고 했다. 그들은 북한이 공식명칭으로 쓰는 '조선민주주의인민공화국'처럼 자신들을 조선인이라 불렀다.

이 조선족 사람들은 중국어를 말하고 쓸 줄 알았지만, 한민족으로서의 정체성과 전통방식을 고수했고, 중국정부도 그들에게 어느 정도의 자주성을 허락했다. 조선족은 티베트족과는 다르게 자신들이 사는 지역에서의 정치적 자율권도 어느 정도 누리고 있었고, 어떤 공무에서는 허가나 면제받는 것도 수월했다.

특별히 조선족에게만 용납됐던 것 중의 하나로, 중국의 1가구 1자녀 정책과는 다르게 한 가구당 2명의 아이를 갖는 것이 허락되었다. 또 다른 면제정책의 하나는 최순만을 사업가로 만들어 주었다. 그는 옷, 신발, 양말, 건조된 약초나 쌀 같은 중국산 제품들을 북한으로 밀반입하여 암시장에서 팔고 또 가치 있는 골동품을 사들이는 일을 했다. 사들인 골동품은 부유한 중국인과 일본인 구매자에게 높은 이윤을 내며 되팔았다. 때로는 북한의 암시장에서 원가의 10배나 되는 가격에 물건을 팔았는데, 북한의 절대적인 소비재 부족으로 가능했던 상황이다. 북한 사람들에게 가장 탐나고 효과적인 뇌물용 화폐는 역시 미국달러였다.

"맏딸 줄리에게는 아이들이 있습니까?" 송월의 엄마가 단조로운 어투로 물었다.

"아들이 하나 있습니다." 아버지가 대답했다.

"안과 의사라 했지요?"

"네, 이게 딸이 해 준 안경입니다." 아버지는 금테 안경을 벗어 당신의 눈앞에서 들어 보였다. "가족 중에 의사가 있으니 좋겠네요. 선생님 아들은 나이가 어떻게 되죠? 아직도 대학생이던가요? 할머니의 아들 건일이하고 건삼이는 잘 지내지요? 건삼이의 자동차 사업이 망해서 안됐네요." 최순만은 담배를 찾아 겉옷 주머니를 뒤지면서 안타깝다는 듯 혀를 찼다. 그는 손을 깊이 넣어 담배를 하나 꺼내더니 입에 갖다 댄다. "그래도 혜리 어머니의 의류공장은 잘 돼서 다행이네요."

그들은 우리에 대해서 아는 게 너무 많았고, 사적인 질문도 너무 많이 해서 마음이 불편해졌다. 이게 한국식인 것을 어느 정도는 알고 있었다. 한국 사람들은 서로 소개가 끝나기가 무섭게 어느 학교를 나왔고, 무슨 일을 하는지, 교회는 다니는지, 나이는 어떻게 되는지, 결혼은 했는지, 안 했으면 이유가 뭔지 등에 대해 거침없이 묻는 경향이 있다.

송월의 어머니가 두려워하던 질문을 던졌다. "혜리는 결혼했나요?"

"우리도 곧 그랬으면 좋겠다고 생각합니다." 아버지가 내 쪽으로 고개를 돌려 눈총을 보냈다. 그러면서도 무언가 미안한지 애원하는 표정이다.

최순만이 또 한 번 혀를 차며 거든다. "빨리 결혼해서 자기 아이들이 북적이는 집에서 살아야지요."

내가 항변하려고 하자 아버지가 대화를 우리의 여행 얘기로 돌렸다. 아버지는 북한의 가뭄이 신문기사나 항간에 떠도는 얘기처럼 심각하냐고 물었다. "내 처남의 식구들이 식사는 제대로 하고 있나요?" 아버지는 좀 더 정확하게 물었다.

"그 집의 한 달 수입이 겨우 24,000원 그러니까 22달러로 정도였는데요, 당이 제공하는 배급식량이 있어서 그럭저럭 먹고살았지요. 요즈음에는 식량 배급도 예전 같지 않고 그나마 있어도 몇 달씩이나 걸려요." 최순만이 담배를 입에 물고 그쪽 상황을 전했다. 담배 끝의 빨간 불꽃이 입이 움직일 때마다 위아래로 춤을 췄다.

"그럼, 요즘은 뭘 먹고, 어떻게들 지내고 있지요?" 내가 끼어들었다.

통역 좀 해 달라는 듯이 모두 아버지 쪽으로 고개를 돌렸다. 언어의 힘을 잘 알고 있는 나도 답답한 노릇이었다. 영어로는 장난치고, 까불고, 울고, 웃고, 떠들고 다 할 수 있었지만, 한국어로 뭐 좀 말하려고 하면, 내가 자란 캘리포니아 억양이 어색하게 튀어 나왔다. 나는 내 말을 듣는 사람들이 그들의 귀를 내 한국어에 맞추어 어색한 부분까지도 알아서 이해해 주기를 바랐다. 게다가 나는 적절한 단어가 생각나지 않으면 단어를 만들기까지 했다. 집에서 자랄 때, 부모가 한국어로 말하면, 우리 아이들은 영어로 대답하는 식이었기 때문에, 말은 잘 못해도 꽤 많이 알아들을 수는 있었다. 할머니하고는 다른 선택의 여지가 없었기 때문에 잘 못하는 한국어를 그냥 편하게 말할 수 있었다. 할머니는 영어를 전혀 못했다.

"외삼촌네가 어떻게 살고 있는지 혜리가 궁금하다네요."

"그저 죽지 못해 사는 거죠." 최순만이 딱딱하게 답하고는 한마디 덧붙인다. "미국에 사는 가족에 대한 생각으로 버티는 거지요. 당신들이 큰 힘이 되는 거예요. 그들처럼 살기 힘든 시골로 보내지는 사람들이 최하위층이 되지요. 특권층만 현대적인 주택과 의료시설, 특수학교들이 있는 평양에서 살 수 있어요."

송월의 엄마가 말을 잇는다. "우리도 그들을 위해서 도울 수 있는 일은 다하고 있어요. 음식을 아껴 두었다가 큰 가방에 싸서 그쪽으로 보내 줍니다. 당신의 네 명 조카들은 지금 다 우리의 헌 옷들을 입고 있지요. 그곳 사람들은 겨울에도 양말이나 속옷 하나 변변히 갖춰 입지 못해요. 나뭇가지처럼 여윈 노숙자와 아이들을 많이 봤어요. 정말이지 사람들이 길에서 픽픽 쓰러져 죽는다니까요. 사정이 최악인 곳에서는 가족이 죽어도 시체에 부패가 시작될 때까지 집에 둔대요. 동네 사람들이 시체를 꺼내 먹을까 봐 두려워서 그런대요. 같은 조선족으로서 우리 민족이 그 지경으로 고통을 겪고 있는 것을 보면 가슴이 찢어져요."

"친절함에 감사드립니다." 아버지가 대답하며 무거운 한숨을 내쉰다.

"우리 가족이나 마찬가진데 별거 아니죠." 최순만이 말을 받는다.

나는 대화를 다시 시도해 보고 싶었다. "우리 미국집의 전화번호를 어떻게 알게 되었나요?" 도움이 될까 하여 가능한 한 큰 목소리로 물었다.

최순만은 이해했다는 듯이 고개를 끄덕였다. "당신의 외삼촌과 친해진 후에, 외삼촌이 당신들의 사진과 편지들을 보여 주었습니다. 편지지 윗부분에 적힌 전화번호를 보고 한번 전화를 걸어보기로 결심했죠. 그래서 우리가 이렇게 만나게 된 겁니다." 그가 환하게 웃었다. "당신들에 대해서 아는 사람은 우리들뿐이에요. 외삼촌이 적절한 절차 없이 당신들에게 연락한 것을 혹시 누가 당국에 보고라도 하면 외삼촌네 식구에게는 아주 큰일이 나는 것입니다."

이번에는 좀 더 자신감을 갖고 물었다. "외삼촌이 잡힌 후에 어떻게 됐어요?"

모두가 다시 한 번 나를 묘한 표정으로 쳐다보았다.

아버지가 구원군으로 나섰다. "외삼촌이 전쟁 초기에 북한군에 잡힌 후, 그에게 어떤 일이 일어났는지 묻는 겁니다. 우리는 그가 늦게 결혼한 것을 보고 혹여 감옥에 갇혔던 것은 아닌가 하고 의심했죠."

"무슨 말인지 알겠습니다." 최순만이 웃었다. 채신머리없이 입을 크게 벌리고 웃는 웃음에서 오랜 세월 동안 지켜 온 흡연의 흔적을 보았다. "외삼촌이 잡혔을 때 목숨만 살려 달라고 애원했답니다. 그나마 당시에 꽤 어려 보여서 살려 주었나 봅니다. 그러고는 몇 년간 교화소 같은 곳에서 보냈습니다. 교화소에서 풀려났을 때, 살기 위해서 부랑자들이랑 어울리다가 후에 군에 징집되었다고 합니다. 북조선에서는 모든 남자아이는 14세가 되면 군입대를 위하여 등록을 해야 합니다. 보통 군에 입대하는 연령은 17세이고 26세가 돼서야 제대를 합니다. 일단 군에 들어가면 완전히 갇히는 겁니다. 가족도 만날 수 없고 결혼도 할 수 없어요. 그래서 다들 늦게 장가를 가는 겁니다." 그렇게 말하고 무슨 생각이라도 난 듯이 잠시 멈추었다가 이내 경고조로 말한다. "북조선은 중무장되어 있는 곳입니다. 그들을 화나게 하는 것은 매우 위험한 일입니다. 무기 훈련을 받는 위험한 사람들입니다."

생각이 꼬리를 물고 이어졌다. 나는 열 가지가 넘는 질문을 한꺼번에 떠올렸다가, 그날 밤은 일단 그만하기로 했다. 대신에 방금 들은 이야기들을 마음에 새기며 다시 곰곰이 생각해 보았다. 무언가 심오하

　　　　　아들이 있는 풍경

면서도 마음을 환하게 밝히는 것이 있었다. 잠을 이룰 수가 없었다. 지난 6년 동안 매 휴가 때마다, 경조사 때마다, 가족 모임 때마다 답답함으로 모두의 마음을 안타깝게 했던 할머니의 아들 외삼촌에 대해서 드디어 무슨 일이 일어났던 것인지 알게 된 것이다.

II

잠결에 눈을 뜨니, 할머니가 침대에 엎드려 베개 위에 손을 모으고 기도하는 모습이 어렴풋이 눈에 들어왔다. 침대 옆 램프의 포근한 빛이 할머니의 부드러운 손, 무한한 신앙과 힘의 근원이 되는 그녀의 손을 비추었다. 지난 50년 남짓한 세월 동안 할머니는 중국에서 배운 고대의 '경락' 기술을 이용하여 사람들을 치료해 왔다. 할머니는 그 행위가 '사람을 낫게 한다'는 뜻으로 '치료'라고 불렀다. '치료'는 숟가락 끝으로 피부를 찰싹 때리고, 꼬집듯이 당기고, 긁어 줌으로써 피를 정화시키는 의료행위이다. 그것은 매우 고통스러운 치료방법이었지만, 사람들은 그들의 상처와, 부어오른 관절, 병든 몸들을 이끌고 끊임없이 할머니를 찾아왔다. 할머니의 강인한 손이 부지런히 환자들의 몸을 움직여 다니며 피부에 멍 자국을 만드는 동안에, 그녀의 확고하면

아들이 있는 풍경

서도 빛을 발하는 신앙에 감화되어 환자들은 세상이 6일 만에 창조되었으며, 예수 그리스도는 구세주라고 확신하게 되었다. 나와 신과의 관계는 이보다는 더 사적인 것이며 분명히 더 즐거운 경험이었는데, 나는 누군가를 개종시켜야 한다는 의무감을 느끼지는 않았다.

할머니는 기도가 끝나자, 나를 흔들어 깨웠고, 곧 바닥에서 커다란 장식용 담요를 덮고 자고 있던 아버지도 깨웠다. 시계를 보니 오전 6시였다. 나는 보통 오전 10시가 돼서야 일어나는 사람인데, 오늘 아침만큼은 재빨리 일어났다. 간밤에 할머니와 함께 누웠던 딱딱한 매트리스로 인해 엉덩이에 멍이 들고, 온몸의 관절이 뻣뻣해진 느낌이었다. 침대에서 일어나 옷을 입는 것도 고통스러웠다. 간단한 화장을 마치려는 참에, 최순만과 그의 아내, 딸과 사위가 어제 입었던 같은 옷을 입고 아파트에 다시 나타났다. 그들은 어제 한밤중에 아파트를 떠났다. 어젯밤의 상황으로 말할 것 같으면, 모두가 어깨를 나란히 하고 침대와 마루에 눕는다 해도 집이 비좁아서 도저히 함께 잘 수가 없었다.

송월과 그녀의 엄마는 곧장 옷장만 한 크기의 작은 부엌으로 물러났다. 나는 돕겠다고 나서지 않는 편이 낫겠다고 생각했다. 할머니나 엄마와는 달리 나는 요리에는 젬병이었고, 요리 자체에 거부감을 가졌는데, 이는 점점 거세지던 결혼에 대한 압박을 요리와 연관시켰기 때문이다.

나는 여인들이 분주히 움직이는 모습을 거실과 부엌 중간에 놓인 유리문을 통하여 지켜보았다. 송월의 엄마는 온수가 따로 없이 냉수만 나오는 낡은 수도꼭지가 달린 비좁은 개수대에서 채소를 씻었다. 그러고 나서는 돼지고기를 잘라 휴대용 버너 위의 중국식 팬에서 볶았다. 고기가 요란한 소리를 내며 익기 시작하자, 무슨 양념을 조금 던져 넣었고, 무언가 다른 재료를 또 한 움큼 집어넣었다. 음식 냄새가 퍼졌다. '김치' 냄새에 침이 고였다.

송월이 세제 없이 그냥 행주로만 씻은 접시에 배추김치를 올려 담았다. 그러고는 김치접시와 물이 뚝뚝 떨어지는 다른 그릇들과 수저들을 거실로 날라 왔다. 그녀는 부엌에서 옮겨 온 누런색의 광택 나는 상 위에 수저와 그릇 들을 차례로 놓았다. 식사가 끝나면 역시 순서대로 치워질 밥상이다.

드디어 아침식사가 나왔다. 모든 음식은 다 같이 먹기 좋게 커다란 그릇에 담겨 있었다. 기름에 볶은 돼지고기와 쫄깃한 송이버섯이 담긴 접시, 파와 함께 볶은 달걀, 물에 씻은 고추와 토막 낸 대파, 뚝배기 그릇에서 보글보글 끓고 있는 찌개로 한 상이 차려져 있었다.

송월이 부엌에서 다시 나타났을 때는 집에서 담근 투명한 술병을 하나 끌어안고 있었는데, 대추와 잣과 큰 생강뿌리 하나가 알 수 없는 나뭇가지같이 생긴 내용물과 섞여 있었다. 커다란 생강뿌리는 두툼하고 붉은 빛이 도는 것이 팔다리는 잘리고 머리는 없는 사람의 몸통을 연상시켰다. 자세히 보니 배꼽과 고추까지 달려 있는 모습이었다. 생강은 남성에게 좋은 양기 음식으로 알려져 있다.

송월은 옆에서 대파를 우적우적 씹고 있는 자신의 부친 곁으로 다가갔다. 그러고는 그 앞에 무릎을 꿇고 두 손을 받쳐 술을 조심스럽게 그의 잔에 따랐다. 한국인들은 상사나 연장자에게 예를 갖추기 위해 양손으로 물건을 주거나 받는다.

그러고 나서 송월은 같은 태도로 내 아빠의 잔에도 술을 따랐다. 할머니는 음식에서 눈을 돌려 못마땅한 듯 아버지에게 눈치를 주었다.

"이거 너무 이른데요." 아버지는 주저하며 최순만에게 말했다.

아들이 있는 풍경

"무슨 소리를요. 이것은 건강에 좋은 약술입니다." 최순만도 물러서지 않는다.

나는 그가 상 위의 냄비에서 개구리 한 마리를 건져 올려 뼈와 눈과 물갈퀴 발이 있는 그것을 통째로 입으로 가져가 씹다가 술과 함께 목 뒤로 넘기는 것을 놀란 눈으로 보고 있었다.

"요것은 혜리를 위한 것이죠. 배에 알이 가득 찼네." 송월의 엄마가 퉁퉁 불은 개구리 한 마리를 내 접시 위에 올려놓았다. 그놈의 덩어리가 내 접시에 놓이자 끈적끈적한 점액질의 피부가 벌어지며 보랏빛의 알주머니가 모습을 드러냈다. 내 앞에 놓여 있는 것이 캐비어라고 상상해 봤지만, 내 눈을 속일 수는 없었다. 죽은 개구리 시체로부터 눈을 뗄 수가 없었다. 그놈은 얼굴을 위로 하고 발을 벌린 채 누워 있었다.

"고놈 맛나 보이네요." 아버지는 흐뭇한 듯이 고개를 끄덕였다. 아버지에게는 꺼림칙해하는 기색이 전혀 없었다. 아버지는 최순만처럼 고기를 입에 넣고 술을 한 모금 넘겼다. 아버지의 얼굴색이 창백하게 변하는 것을 보고 과연 예사롭지 않은 음식이라고 생각했다.

"자, 드세요." 최순만은 껄껄거리며 또 한 마리를 집어 입에 넣고, 술 한 잔을 들이켰다. 그의 눈썹 밑으로 땀방울이 흘러내렸다.

예의상 조심스럽게 다리 한 개를 잘라 입술에 닿지 않게 조심하며 이로 물었다가 그것을 겨우 씹어 넘겼다. 씹는 느낌은 고무 같았지만, 맛은 생각보다 좋아 얼핏 마늘을 넣은 닭고기 맛이 났다.

내가 음식과 씨름하고 있는 동안 송월의 엄마가 내 모습을 평가하듯 뜯어본다. "몸이 너무 말랐네요. 바람 불면 부러질까 걱정되네요."

"미국여자들은 항상 살을 빼느라 정신이 없어요. 사람들 살 빼는 거 돕는 게 큰 장사예요." 아버지가 거들었다.

"아휴, 미국에서는 무슨 일을 해도 돈을 번다면서요. 여기 같지 않게. 우리도 미국에 가는 것이 꿈이에요." 남편의 잔을 채우면서 송월의 모가 한숨 섞인 투로 말했다.

최순만은 술잔을 입에 갖다 대고 단숨에 들이키고는 만족을 표하는 트림소리를 냈다. 그의 입을 타고 흘러내리는 술 방울을 마저 혀로 닦아 내고는, 압록강의 북쪽에 위치하는 창바이(長白)까지는 버스로 이동할 것이라고 설명했다. 용운 삼촌의 가족이 살고 있는 혜산시는 창바이 반대 방향에 위치한다고 하였다. 도로 사정에 따라 버스 이동은 대략 15시간에서 25시간까지도 걸릴 수 있다고 하였다. 그들은 용운 삼촌이 강을 건너 몰래 빠져나와, 옷을 갈아입고, 옌지까지 버스로 이동한다는 계획을 세워 놓았다. 그렇게 되면 엄마와 아들이 드디어 하룻밤 동안 만날 수 있게 되고, 북의 사람들이 그가 없어진 것을 알아채기 전에 다시 데려다 준다는 것이었다.

"이 계획은 안전한가요?" 아버지는 갑자기 불안해했다.

"걱정 마세요." 최순만은 무언가 우습다는 듯이 말했다. "내가 전화로 말했듯이, 북조선 사람들은 음식을 찾아 시도 때도 없이 강을 건넌다니까요. 국경 경비대에게 담배건 술이건 무엇이든 건네면, 보내 주는 것이지요. 그러나 가족 전체가 움직일 때에는 도망치는 것으로 의심을 사기가 십상이지요."

"버스 타는 시간이 너무 길어요." 내가 한마디 거들었다. 인내심이 부족한 것은 내 성격의 약점이다. "기차나 비행기를 탈 수는 없나요?"

"거기까지는 안 가요. 그곳이 관광명소는 아니거든요. 더 빨리 갈 수 있는 방법이 한 가지 있기는 해요. 자동차를 렌트하는 것이지요." 송월의 엄마가 덧붙인다. "하지만 우리 같은 사람에게는 가격이 너무 비싸요."

"얼마인데요?" 아버지가 물었다.

최순만은 헝클어진 머리의 이마를 긁었다. "내 생각에 한 3,500위안은 될 것 같습니다."

나는 머릿속에서 계산기를 돌려, 1달러가 8.6위안이니 자동차 빌리는 가격이 400달러가량 될 것이라는 것을 가늠했다. 나는 영어로 아버지에게 말했다. "그만한 가치가 있어요."

"그래도 너무 비싼데." 아버지도 영어로 응수했다.

400달러면 그들에게는 큰돈이었다. 사위가 주민증을 검사하는 제법 괜찮은 공무원직에 종사하며 버는 수입이 월 60달러 정도인데, 중국 평균 수입이다.

"아버지, 지금 돈을 따지고 있을 때가 아니에요. 그 정도 가격은 감당할 수 있어요." 나는 계속 영어로 지껄였다.

"할머니에게 40시간이 될지 그보다 더 길어질지 모르는 시간을 또 기다리게 하는 것은 너무나 잔인한 일이에요."

아버지가 고민하는 것이 보였다. 생각에 잠긴 채 술 한 잔을 비우고 있었다. 술을 목으로 넘기는 시간이 너무 길어 호기심 어린 눈으로 바라보았다. 마침내 아버지는 그 어쩔 수 없는 가격에 동의하셨다. 아버지의 승낙이 떨어지기가 무섭게 사위는 어딘가와 통화를 했고, 한 시간 후에 애벌레 빛 녹색의 미츠비시 지프차 한 대가 등장했다. 서류를 작성한다든지 하는 절차는 없었다. 보험에 대한 언급이나 빨간색 이름이 찍히는 도장 따위도 없었다. 그야말로 직접 운전에 나설 것처럼 보이는 차주 쪽과 우리가 서로를 믿고 거래하는 수밖에 없는 상황이었다. 차주는 작은 키에 눈이 작아 잘생긴 얼굴은 아니지만, 수입이 좋아 괜찮은 신랑감으로 통한다고 옆에서 귀띔해 주었다.

"차에 자리가 있으니, 혜리가 함께 갈 수 있으면 좋겠네요. 창바이의 산들을 사진에 담을 수도 있을 겁니다." 최순만이 떠날 채비를 하느라고 양말목을 올리면서 불쑥 말을 꺼냈다.

나도 물론 중국과 북한을 가로지르는 강과 그 주변의 국경지역을 직접 보고 싶었다. 한국을 절반으로 나누는 또 다른 경계선인 38선 지역은 이미 가 본 적이 있었다. "저도 갈래요." 흥분해서 말했다.

아버지는 팔짱을 낀 채 딸에 대한 걱정으로 얼굴이 굳었다. "그게 좋을 것 같지는 않은데. 할머니가 적적해하실 텐데." 아버지가 만류할 핑계를 찾으며 말했다.

"나는 괜찮다." 할머니가 당신의 머리를 쓰다듬으며 일어나 앉으셨다.

"송월이가 할머니의 말동무가 되어 줄 거예요." 송월의 모가 해결책을 내놓았다.

"혜리는 아무 염려 마십시오." 최순만은 아버지의 걱정을 호탕한 웃음으로 날려 버리며 아버지와 자신의 잔에 또 술을 채웠다. "선생님도 함께 가시지요. 그럭저럭 재미있을 겁니다."

아버지는 내 안전이 걱정되어 결국 동승하기로 했다. 운전자와 사위까지 총 여섯 명이 같이 이동하게 되는 것이다. 나는 돌아오는 길에 용운 삼촌을 태울 자리가 충분히 있는지 물었다. 최순만은 한 명 더 끼어 앉는 것은 문제될 것이 없지만, 우리가 준비했던 거대한 생필품 꾸러미는 나중에 전해 주기로 했다.

나는 스포츠용 어깨걸이 가방을 집어 들고 옷 몇 가지와 일기장, 녹음기, 카메라 등을 챙겼다.

"할머니, 우리를 위해 기도해 주세요." 할머니를 꼭 껴안았다.

아들이 있는 풍경

웃음을 머금은 할머니가 답했다. "나야 항상 기도하지. 내가 할 줄 아는 건 그것뿐이야."

동네 주변은 마치 폭격 후에 마을을 재건하고 있는 것처럼 어수선했다. 몇몇 철거된 건물 터 위로 3층이나 5층짜리 상자 모양의 아파트 건물 공사가 한창 진행 중이었고, 깨진 벽돌 조각과 잔해 들이 여기저기 지저분하게 널려 있었다. 쓸모없는 쓰레기는 나무나 꽃이나 풀포기 하나 없이 구멍 숭숭 난 도로변으로 옮겨졌다. 그곳에는 잎 하나 없이 바싹 마른 몇몇 그루의 관목들이 살아남으려고 버티고 있는 듯했지만, 관목들은 보기에도 흉측한 것이 차라리 뽑아버리는 편이 낫겠다고 생각되었다.

우리의 차가 간선도로라고 불릴 만한 곳으로 들어섰을 때, 초만원인 버스 한 대가 굉음을 내며 우리 앞을 지나갔다. 다행히 사고는 일어나지 않았다. 우리 운전기사는 침착하게 브레이크 페달을 밟고 경적을 울렸다. 그러고는 아무 일도 없었다는 듯이 다시 운전에 집중하였다. 차는 중국어와 한글 간판이 색색이 걸린 수많은 작은 식당과 가게 들을 지났다. 도로에 승용차는 거의 없었고 버스나 택시, 자전거가 온갖 종류의 물건들을 실어 나르고 있었다. 한 여인이 우리 옆에서 힘겹게 자전거 페달을 밟고 있었다. 그녀는 뒤에 연결되어 있는 수레를 끌고 있었는데, 그 안에는 김이 모락모락 나는 갓 만든 두부가 나무 상자 안에 층층이 담겨 높게 쌓여 있었다. 또 다른 사람은 자전거 뒷자리에 버드나무 가지로 엮은 바구니를 단단히 고정하여 살아있는 돼지 한 마리를 운반하고 있었다. 그 옆에는 두 대의 자전거가 사이에 대나무 장대를 걸쳐 놓고 그 위에 커다란 캐비닛 한 대를 받친 채 아슬아슬하게 균형을 맞추며 전진하고 있었다.

저 멀리 남쪽 방향에는 판매용 석탄을 가득 실은 하늘색의 픽업트럭들이 찐빵과 약초와 먼지 냄새가 흘러나오는 도로변 농산물 장터 앞에 주차되어 있었다. 아직 오전 8시가 채 안 된 시간이지만 점점 더 많은 사람들이 시끌벅적하게 떠들며 길가에 늘어선 좌판대와 판매대로 몰려들고 있었다. 음식은 풍성했다. 여기저기에 닭장, 기름병, 양념과 재료 통, 흰쌀이 담긴 바구니, 황금빛 밀, 누런 콩과 그 외 형형색색의 곡식들이 널려 있었다. 푸른 잎이 달린 채소 종류는 바닥의 돗자리 위에 전시되어 있었다. 한 판매대의 아낙네들은 흰색의 의사용 캡과 가운을 걸치고 온갖 종류의 김치와 양념된 마른 오징어를 여러 사이즈의 플라스틱 통에 담아 팔고 있었다.

물건을 사고파는 사람들은 대부분이 여자였다. 아낙네들이 물건 가격을 깎고 흥정하는 동안 남자들은 카페 주위를 서성이거나 무료하게 거리를 거닐었다. 분주한 교차로 주변의 인도에는 무료한 남자들을 달래 주기 위해 열 대 정도의 당구대가 줄지어 나와 있었다. 당구를 하지 않는 남자들은 웃음기 없는 얼굴로 쭈그리고 앉아 옆 사람과 떠들거나 침을 뱉고 담배를 피우면서 당구를 구경했다. 당구대 옆쪽에서는 거대한 닭장처럼 생긴 트램펄린 위에서 아이들이 위아래로 점프하며 놀고 있었다. 까르륵거리는 아이들의 웃음소리는 아까 그 생기 없는 관목처럼 그 장소와 별로 어울리지 않았다.

우리는 곧 시내를 벗어나 외각으로 향했다. 옌지를 벗어나자마자 요금을 걷고 통행을 확인하는 제복 차림의 경비요원과 방호벽이 도로를 막아섰다. 우리는 요금을 지불하고 표를 사서, 한 6미터 정도 떨어진 부스에서 기다리고 있던 사람에게 표를 건넸다. 곧 큰 문제없이 그곳을 통과했다. 생기 없는 경비요원은 지프 안을 한 번 힐끗 살핀 후, 중국어로 무언가 말하며 손으로 지나가라는 신호를 했다. 돌아오는 길에는 잠시지만 탈북자를 태울 것이므로 각별히 조심해야 한다는 것을 깨달았다.

어느새 우리는 시골의 휘어 감기는 길을 올라가고 있었다. 눈이 닿는 사방으로 탁 트인 평야와 누렇고 푸른 목초지뿐이었다. 목초지 저편으로는 나지막한 산등성이가 저마다 특색 있게 앉아 있었다. 이 굴곡 있는 풍경 속에 흙벽의 초가들이 태양과 남쪽을 향해 점점이 흩어져 있었다. 이따금씩 도로 가까이에 초가집들이 옹기종기 모여 있는 모습도 보였다. 울타리는 죽은 나무의 상하고 약한 가지로 만들어져 있었다. 뒤틀리고 휘어진 나뭇가지들은 마른 뼈를 연상시키며 흉측한 그림자를 땅에 던지고 있었다. 가끔 예기치 못하게 놀라운 색을 목격하기도 했다. 푸른 바다 빛이나 에메랄드 선녹색 위에 행운의 상징들이 그려져 있는 아치형의 문이 초가로 이어지는 입구를 구성하고 있었다. 그 상징들은 보통 붉은색과 황금색으로 그려진 한자이거나 통통한 남자아이의 익살스러운 모습이었다.

바퀴자국이 선명한 일차선 도로에는 교통이 거의 없었다. 우리의 차가 도로에서 유일한 승용차였다. 우리를 제외한 다른 차량은 푸른색 픽업트럭들과 농산물과 사람을 실은 삼륜차들이었다. 때때로 우리는 속도를 줄여야 했는데, 왕방울 눈을 한 황소나 풀을 뜯는 소떼를 만나거나 양떼가 냄새나는 배설물을 뚝뚝 떨어트리고 있을 때였다. 한 무리의 여인들이 주름이 자글자글한 얼굴로 거울처럼 반짝이는 논을 향하여 걷고 있는 것이 보였다. 그들은 원시적으로 보이는 호미나 낫을 튼튼한 어깨에 둘러메고 있었다. 사실 가장 이상한 광경은 어느 예쁘장한 젊은 여인이 스쿠터를 타고 털털 소리를 내며 지나가던 모습이다.

그녀는 다림질한 흰색 바지와 밝은 분홍색 블레이저 상의에 굽 낮은 흰색 에나멜 가죽신발을 신고 커다랗고 둥근 선글라스를 착용하고 있었다. 그 여자의 정체를 도저히 알 수가 없었다. 우리가 마지막 마을을 지나온 지 두 시간은 지났다. 그녀가 그 미개발지인 초가마을에서 출발했을 리는 만무했다. 흰색 바지를 맵시 있게 다림질하기 위하여 사용할 전기는커녕 수도시설도 제대로 갖추지 못했을 곳이기 때문이다.

그러나 나의 생각은 곧 다른 것으로 옮겨 갔다. 심한 두통을 느꼈기 때문이다. 도로는 심하게 울퉁불퉁했기 때문에, 우리 차의 바퀴가 몇 분 간격으로 도로의 둔덕이나 꺼진 부분을 지날 때마다 몸은 심하게 흔들렸고 내 머리는 차의 얇은 천장에 부딪쳤다. 뒷좌석인 내 옆자리에 잠자코 앉아 있는 아버지에게 이 모든 상황이 더욱 힘겨울 것이라는 것을 알기에 불평은 할 수 없었다. 아버지는 지치고 힘겨워 보였다. 아버지에게 좀 더 많은 자리를 내주려고 했지만 나의 몸은 계속하여 아버지 쪽으로 떠밀려 갔다. 내 오른쪽에서 머리를 앞으로 기울이고 옆으로 흔들거리며 졸고 있는 송월의 엄마가 부럽기까지 했다. 최순만도 뒤편의 짐칸에서 어린아이처럼 몸을 웅크린 채 깊이 잠들어 있었다. 덩치가 제일 큰 사위는 조수석에 편안히 앉아 있었다.

그렇게 고단한 다섯 시간을 달려 목적지인 창바이의 중간 즈음에 도착했을 무렵 우리를 멈춰 세우는 정지신호를 보았다. 또 다른 검문소였다. 소방차처럼 붉은색을 한 구조물은 풀이 마구 자란 도로 위에서 섬뜩하게 외로워 보였다. 요금을 지불하고 또 통과신호를 받았다.

잠시 후 시골풍경이 끝나자 지형이 거칠어지고 30미터 높이는 족히 돼 보이는 아름드리 소나무들이 울창한 아름다운 지역에 들어섰다. 빽빽이 들어선 소나무 숲 뒤로 모습을 드러낸 것은 마천루처럼 하늘

아들이 있는 풍경

을 향해 들쑥날쑥 솟은 봉우리를 뽐내고 있는 백두산이었다. 멋지게 높이 치솟아 푸른빛의 눈으로 덮여 있는 산맥을 보는 순간 완전히 그 마력에 빠져 버렸다. 그 순간 마치 시간이 멈춘 것처럼 정적이 깔렸고, 나는 중국과 북한 국경을 따라 북동과 남서방향으로 1,000킬로미터나 뻗어 있는 전설의 산맥에 가까이 와 있다는 생각에 경외감이 들었다.

남한은 백두산을 양쪽에 걸치고 있는 북한과 중국의 국경선을 이제까지 공식적으로 인정하지 않았다. 그런 맥락에서 남한의 애국가는 "동해물과 백두산이 마르고 닳도록, 하느님이 보우하사 우리나라 만세"라고 천명했다.

중국은 한국이 통일되어 백두산을 되찾으려 시도한다면, 매년 백두산을 보기 위해 모여드는 수많은 한국인과 일본인 관광객들로부터 벌어들이는 수입을 잃게 될까 봐 노심초사라 들었다. 관광객들은 대체로 정상에 오르기가 수월한 늦은 6월부터 9월까지 백두산을 찾는다. 그렇지 않으면 스노우모빌을 이용해 산에 오르는데, 이 방법은 4월에조차도 위험천만한 일이다. 높이 올라가면 올라갈수록 기온이 급격히 떨어지기 때문이다. 히터를 켠 지프차 안에서도 우리의 입김이 보였다. 차는 눈 덮인 울창한 나뭇가지들이 거대한 천장을 이룬 곳을 지나고 있었기 때문에 햇빛을 전혀 받을 수가 없었다. 운전수에게 히터를 더 올릴 수 있느냐고 물었지만, 그는 엔진에 무리가 가서는 안 된다고 하였다. 갈 길은 아직 멀었고, 희귀종의 호랑이나 표범이 자유롭게 배회할 것만 같은 이 황량한 숲 속에서 차에 이상이라도 생기는 날에는 간이 정비소도 없는 이곳에서 큰 낭패였다.

얼마의 시간이 지난 후 마침내 우리는 언덕을 유유히 내려오고 있었다. 도로 옆에는 가장자리가 레이스 장식처럼 얼어붙은 황색 모래

바닥 위에 시냇물이 거침없이 흐르고 있었다. 물살은 장엄한 리듬을 만들며 흘렀다. 물결소리는 자동차의 카세트테이프에서 흘러나오는 중국 여가수의 빠른 디스코풍의 노래와 박자를 맞추었다. 이 냇물은 눈 덮인 산꼭대기로부터 흘러 내려와, 동서쪽으로 흐르는 압록강과 합류한다. 두만강은 북동쪽으로 굽어 흐른다. 이 두 줄기의 강은 중국과 북한을 구분 짓는 자연적 경계가 되었다.

우리는 이 물줄기를 따라 내려왔는데, 길을 벗어났다가도 다시 물줄기를 찾아 들어오고 하면서 유일한 길잡이 표시를 용케도 놓치지 않고 따라갔다. 저녁 8시 즈음 옌지를 출발한 지 11시간 반 만에, 우리는 세 번째 검문소를 통과하고 하늘이 검은 잿빛으로 변하던 창바이에 들어섰다. 누런 흙먼지를 입과 코와 심지어 발가락 사이에서도 느낄 수 있었으며, 마치 두드려 맞은 것처럼 온몸이 뻣뻣하고 아팠다. 그러나 송월의 엄마가 용운 삼촌이 강을 건널 수 있는지 알아보기 위해 국경 쪽으로 가자고 했을 때, 다시 정신을 차렸다.

운전기사는 측면에 미로와 같이 복잡하게 얽힌 물길을 천천히 통과하여 압록강 근처의 어둑어둑한 자갈길로 들어섰다. 그 길은 거대한 목재를 잔뜩 싣고 반대방향으로 향하여 줄지어 서 있는 푸른색 트럭들에 막혀 있었다. 북한은 중국으로부터 옥수수를 사들이기 위해 백두산 숲의 귀중한 자원을 중국에 팔아넘기고 있었다. 줄지어 서 있는 그 많은 트럭을 보니 북한의 기근이 더욱 실감 났다.

송월의 엄마가 운전기사에게 쓰레기와 깨진 돌조각이 높이 쌓인 곳 뒤쪽에 차를 세우고 헤드라이트도 끌 것을 지시했다. 사방이 쥐 죽은 듯이 조용해서 발을 움직일 때마다 발밑에 깔린 해바라기 씨와 파인애플 껍질이 버석거리는 소리가 들렸다. 이곳에 와 있다는 사실에 너무 흥분돼 가만히 있을 수가 없었다. 차 옆문이 열리는 소리에 몸을 돌려 보니 송월의 모가 벌써 차 밖에 서 있었다. 내 눈에 들어온 것은 그녀의 밤색 재킷과 검은 색 바지 안으로 넣어 입은 오렌지색 셔츠이다. 남편과 강가 쪽으로 가 볼 테니 우리는 차 안에 남아 있으라고 했다. 어두워서 아무것도 보이지 않았지만, 나도 그들을 따라가고 싶었다. 내 생각을 눈치챈 아버지가 내 손목을 잡으며 말했다. "문제 일으키지 마라." 그러고는 내 손을 꼭 눌렀다. 그래도 아쉬워 그들이 가는 쪽을 바라보았다. 문을 박차고 나가고 싶은 충동을 억누르며, 문 밖으로 목만 뺀 채 차 안에 남아 있었다. 그들의 발자국 소리라도 들으려고 귀를 기울였다. 그들의 발이 멈추고, 송월의 모가 누군가를 부르는 소리가 어렴풋이 들려왔다. 그녀는 양손을 입가에 동그랗게 모아 확성기처럼 소리를 높이고 있었다.

"거기요! 물가에 있는 사람, 우리를 알아보겠어요? 송월이 엄마입니다."

"네." 희미한 목소리가 대답했다.

"이애란의 집에 가서 그 집 식구들을 데려오면 나중에 그쪽으로 장사하러 갈 때 보상하리다."

그 희미하던 목소리가 이번에는 대답이 없다.

우리는 긴장 속에서 기다렸고, 마치 하루가 지난 것 같은 긴 기다림 끝에 또 다른 희미한 목소리가 다시 강을 건너왔다. "네."

"그쪽 누구신가요?" 최순만이 물었다.

"애란이 어미입니다."

내 심장이 갑자기 세 배 빨리 뛰기 시작했다. 저곳에 서 있는 여인은 용운 삼촌의 아내, 그러니까 나의 외숙모였다.

"할머니가 덕화의 남편과 둘째 딸 혜리와 함께 여기 와 있어요." 송월의 엄마가 이어 나갔다. 또다시 대답이 없다. "애란 엄마, 내 말 들려요? 할머니가 여기 와 계시다고요."

"할머니가요?" 작고 갈라지는 목소리가 답한다.

"네, 그러니까 내일 바로 이곳으로 가족 모두를 데리고 오세요. 당신들 친척들과 인사하게 가족을 데리고 오란 말입니다. 알겠어요?"

"네, 일곱 시예요. 감사합니다. 감사합니다."

곧이어 우리 쪽으로 재빨리 되돌아오는 발걸음 소리가 들렸다.

"들었어요?" 부부는 얼굴에 남은 냉기를 떨쳐 버리려는 듯 손으로 얼굴을 비벼 대며 물었다.

"네." 내가 끄덕였다. 놀라운 일이었다. 거의 50년이나 되는 분단의 상황 속에서도 그들은 같은 언어로 소통하고 있었다. 그들이 한국어로 소통하는 것을 보고 아직 한 민족이라는 생각이 들었다.

"다른 사람들도 들었으면 어떡하죠?" 아버지가 걱정되어 물었다.

"걱정할 것 없습니다." 최순만이 별것 아니라는 듯이 어깨를 으쓱였다. "다 보상을 바라고 하는 일이지요. 아까 처음에 강에 있던 여자도 도와준 것에 대해 내가 무슨 보상을 할 것이라는 것을 알아요. 나의 이름은 그런 식으로 이 마을에 잘 알려져 있거든요. 나를 보면 마치 중요한 인물을 만난 것처럼 몰려들어요.

"외삼촌이 지금 올 수는 없나요?" 내가 참지 못하고 궁금한 것을 물었다.

"그건 불가능해요. 그의 집은 언덕 저 멀리에 있어요. 걸어서 한 시간은 족히 되는 거리고, 택시나 버스도 없고 전화로 부를 수 있는 곳도 아닙니다. 애란 엄마가 우연히 애란의 집에 있었던 것은 천만다행입니다."

"애란의 집은 강과 얼마나 가까운 거리에 있나요?" 내가 물었다.

"꽤 가까운 편이죠. 강으로부터 한 세 번째 줄의 집입니다."

국경에 이렇게 가까이 살고 있는 줄을 알았더라면, 할머니의 건강이 더 좋았던 몇 년 전에 할머니를 이곳으로 모셔 올 수 있었을 텐데 생각하니 안타까운 마음이 들었다.

우리는 서둘러 도로로 돌아와 묵을 곳을 찾았다. 창바이의 중심 대로는 200미터가 채 안 되는 길이었지만 떠들썩한 사람들의 왕래로 활기가 있었다. 사람들은 계절이 바뀌는 정취를 즐기고 있었다. 형형색색의 크리스마스용 전등으로 장식된 간이 텐트식당이 인도 쪽에 테이블과 의자를 내놓았다. 그들은 마른 도마뱀과 참새를 녹슨 석쇠 위에 올려놓고, 붉고 푸른 불빛이 이글거리는 숯불 위에서 굽고 있었다. 한 무리의 노인들이 불 켜진 램프 주위에 모여 중국의 게임인 마작에 몰두하고 있었다. 은행처럼 보이는 건물 앞에는 양옆에 나무판이 날개처럼 달린 최신유행의 TV세트가 가라오케 화면으로 개조되어 있었다. 기계에서 나오는 높은 비음의 음악이 한 구역 멀리까지 들렸다. 밤무대 가수가 되기를 원하는 한 무리의 젊은이들이 기기의 주인이 자신의 이름을 부를 때까지 긴장이 역력한 표정으로 순서를 기다리고 있었다.

조금 더 가 보니 전기소총 사격장이 있는 야외 아케이드가 나왔다. 놀이하는 사람이 중앙을 맞출 때마다 불이 깜박이고, 가라오케의 노랫소리를 잠재울 만한 종소리가 요란하게 울렸다. 사격게임 중 하나가 특히 내 눈길을 끌었다. 목표물은 히틀러, 무솔리니, 마오, 스탈린 등 인물의 특징을 살린 작은 인형들로, 20세기에 가장 독재적인 살인자들이라 부를 수 있는 인물들이었다. 중국은 변하고 있었다. 몇 년 전만 해도 이런 놀이는 금지됐을 것이며, 주인은 재교육 수용소에 보내졌을 것이다.

우리는 외진 골목에 들어서서 여인숙보다는 비싼 숙박업소인 '여관' 앞에 차를 주차했다. 나는 조심스럽게 몸을 숙여 발을 차 밖으로 내딛고 단단한 땅을 밟고 섰다. 머리와 엉덩이가 너무 쑤셔서 몸을 제대로 펴 걸을 수가 없었다. 할머니처럼 구부정한 폼으로 다른 사람들을 따라 적막한 콘크리트 건물 안으로 들어갔다. 여관은 어두웠고, 외풍이 좀 있었으며, 가구나 장식은 전혀 없었다. 못에 걸쳐 놓은 겨자색 커튼 뒤로 아직 사춘기도 안 지난 것처럼 앳돼 보이는 소심한 여자아이가 나타났다. 여자아이는 거의 마루에 닿는 긴치마를 입고 앞가슴 쪽에 뜨임새를 넣은 블라우스를 입고 있었다. 아이는 우리의 입실을 돕는 동안 송월이 보여 줬던 것과 비슷한 태도로 책임의 무게를 느끼는 표정을 지었다. 여자아이는 우리가 묵을 방으로 안내했는데, 공동주방과 씻는 곳으로 보이는 구역을 지나서 갔다. 거친 대리석 마루는 젖어 있었고, 회벽은 군데군데 벗겨져 있었다.

송월의 엄마와 내가 첫 번째 방을 쓰기로 했다. 방은 텅 빈 좁은 방으로 방 마루가 허리께까지 우뚝 높이 올라와 있었다. 잠자리가 둘둘 말려 벽에 기대어져 있었다. 나는 송월의 엄마를 따라 부츠를 벗고 높은 마루 위로 올라갔다. 광나는 노란색 장판지 사이로 따뜻한 온기가 느껴졌다. 전통적인 한국식으로 부엌의 화로에서부터 전달된 온기가 온돌을 타고 방에까지 전달돼 오는 한국의 '온돌' 방과 비슷했다.

천장에서부터 길게 늘어뜨려진 줄을 당겨 불을 켰다. 전구는 마치 터질 것처럼 지지직 소리를 내며 켜졌다. 사실 차라리 터져 버렸으면 더 좋았을 것을 하고 생각했는데, 거친 불빛 아래서 보니 방은 100배는 더 형편없어 보였기 때문이다. 벽지 없는 벽은 온통 흠집이 나 있었고, 온돌마루 한쪽은 새까맣게 타 있었으며, 방 전체에는 담배 쩐 냄

아들이 있는 풍경

새와 과일 썩는 냄새 같은 것이 진동을 했다.

창문을 열어 보려고 했으나 미닫이 창문은 꿈쩍도 하지 않았다. 창문 다리가 옆으로 밀려나 꽉 끼어 있었고, 말라 죽은 벌레가 창틀에 잔뜩 끼어 있었다. 창문은 포기하고 잠자리에 들 준비를 했다. 청바지와 스웨터를 그대로 입고 양말도 신은 채로 잘 생각이었다. 송월의 엄마는 살색 내복만 입은 채로 '요'라고 불리는 두터운 이불을 펴 깔았다. 넉넉잡아 100명은 사용한 것 같은 불쾌한 채취가 입과 코로 올라왔다. 역한 냄새가 나는 요 위에 억지로 몸을 뉘었다.

송월의 엄마가 하품을 하며 옆에 놓여 있던 이불을 당겨 내 위에 덮어 주었는데, 이 이불은 '요'보다 더 심한 냄새가 나서 더한 고통이었다.

"당신네 가족은 우리가 만났던 다른 남조선 가족과는 좀 다르네요." 송월의 엄마가 말했다. 그녀의 거친 손이 내 팔을 부드럽게 만졌다. "당신들은 이곳 형편에 대해서 불평하지를 않네요. 대부분의 외국인들은 이런 곳에 오면 아무것에도 만족하지 못해요. 그들은 우리가 사는 모습을 경멸해요. 훌륭하지는 않지만 우리는 이런 환경에서 그럭저럭 지내요. 당신들은 좋은 사람들입니다."

나는 억지 미소를 지었다. 사실 그때 머리에 작은 벌레들이 기어 다니는 것 같아서 벌떡 일어나 이불을 젖히고 머리를 벅벅 긁고 싶었기 때문이다. 갑자기 천장에서 무언가 움직이는 소리가 들렸다. 우리 머리 바로 위에서 쥐들이 날카로운 발톱으로 천장의 얇은 나무판을 갉아 대고 있었다. 목구멍 밖으로 삐져나오려는 비명소리를 참으려고 아랫입술을 꽉 깨물었다.

III

아침에 깨어 보니 아직 살아 있는 것이 놀라웠다. 밤새 자는 동안, 온돌바닥이 너무 뜨거워서 통구이가 되는 줄 알았다. 송월의 엄마는 밤새 별다른 기색 없이 곤히 잘 자는 것 같았다. 열기를 더 이상 견디기 힘들었고 마침 소변이 급한지라 일어나서 시간을 보니 6시 15분 전이었다. 조용히 일어나 화장실을 찾아 밖으로 나갔다. 조용히 뒷문으로 빠져나가 안뜰로 갔다. 피부를 에이는 차가운 공기는 회색빛 안개에 젖어 있었고, 석탄을 때는 난로에서 나오는 재와 모래가 날리고 있었다. 밤새 기온이 20도는 떨어진 것 같았다.

새까맣고 몸집이 큰 근육질의 개 한 마리가 야외화장실 아랫부분을 킁킁대며 맴돌고 있었다. 나를 알아차린 개가 으르렁거리며 달려들었다. 나는 건물 벽에 몸을 바짝 붙이고 얼어붙은 듯이 서 있었다.

아들이 있는 풍경

뛰는 것이 나을까, 이 자리에서 당할까? 도무지 묘책이 떠오르지 않았다. 이제 막 잠에서 깨어난 터라 몽롱한 상태였다. 바로 그때, 위층에서, 으르렁대는 개에게 개집으로 돌아갈 것을 명령하는 여자의 거친 목소리가 들렸다.

단숨에 야외화장실의 보호막 안으로 뛰어 들어가 빗장을 걸었다. 화장실 벽의 갈라진 나무판 틈새로, 침으로 범벅이 된 코를 다리 사이에 들이밀고 자신의 생식기를 질겅질겅 씹어 대고 있는 개의 날카로운 송곳니가 눈에 들어왔다. 갑자기 코를 찌르는 냄새가 밑에서 올라와 나를 감쌌고, 아래를 내려다보고 싶은 충동에 휩싸였다. 누렇게 쌓여 있는 사람의 배설물 더미를 보는 순간 다리에 힘이 빠지면서 균형을 잃을 뻔했다. 재빨리 눈을 위로 돌리고 25센티 정도 벌어져 놓여 있는 휘어진 나무발판 위에서 버티고 서 있었다. '절대로 떨어지면 안 돼, 혜리.' 주문을 걸었다.

화장실용 휴지를 찾아 이리저리 둘러봤지만, 찾을 수가 없었다. 갈수록 태산이라 생각하며 주머니를 뒤져 보니, 송월의 엄마가 건네주었던 분홍색 휴지조각 하나가 마침 있었다. 재빨리 볼일을 마치고, 바지 지퍼를 올리고, 화장실 문을 박차고 나와, 뒤도 돌아보지 않고 건물 안으로 되돌아왔다.

난로 위에는 투숙객들이 아침에 마실 차와 간단한 세수용 물이 끓고 있었다. 얼굴에 묻은 먼지와 연탄재로 피부가 숨이 막혀 있던 터라 더운 물을 보니 신이 났다. 지독한 먼지와 잿가루로 인하여 호흡기가 상했을지도 모르지만, 그런 것은 생각하고 싶지도 않았다. 사람들이 무슨 국민스포츠라도 되는 양 연신 기침을 해 대며 가래를 뱉어 내고 있는 것도 다소 이해가 되었다. 그렇지만 폐를 청소해 내기라도 하듯 사람들이 여기저기서 캑캑거리며 가래덩어리를 뱉어 내는 것을 보고 있자니 내 속이 다 뒤집어지는 것 같았다.

아버지가 어떻게 세수하는 건지 보여 주었다. 물이 끓고 있는 양동이에서 물을 한 바가지 퍼서 바닥에 놓여 있는 구릿빛 대야에 부었다. 그러고는 대야를 무릎 사이에 오게 쭈그리고 앉아 얼굴과 목과 팔을 차례로 씻었다. 세수가 끝난 후에는 물을 바닥에 뿌렸고, 물은 바닥에 있는 작은 구멍을 통해 빠져나갔다. 그러고는 나를 위하여 물을 대야에 다시 채웠다. 김이 모락모락 나는 물에서 돼지고기 냄새가 강하게 올라왔고, 기름기가 둥둥 떠다녔다. 결국 그냥 손만 씻었다. 세수를 하지 않는 편이 더 낫겠다고 생각했다.

방으로 돌아갔을 때, 송월의 엄마는 일어나 있었다. 그녀는 쭈그리고 앉아 무슨 편지를 쓰고 있었지만 그녀의 왼팔에 가려 어떤 내용인지는 알 수 없었다. 별다른 설명 없이 같은 내용을 두 번째, 세 번째 종이에 베끼고 있었다. 곧 각각의 편지는 매끈한 돌과 함께 파란색 비닐봉지에 넣어져 끈으로 묶였다. 노란색 장판지 위에 줄지어 놓여 있는 세 개의 돌을 호기심 어린 눈으로 내려다보았다. 송월의 엄마가 방을 나갔을 때, 재빨리 맨 처음의 편지를 풀어 사진을 찍은 후 다시 잘 접어 원래의 모습대로 해 놓았다. 그다음에 내 가방에서 소니 워크맨 녹음기를 꺼냈다. 할머니와 엄마를 위해 세세한 내용들을 기록해 두기 위함이었다. 무엇보다도 용운 삼촌의 모습과 목소리를 필름과 녹음기에 기록했다가 삼촌이 북한으로 되돌아간 후에도 삼촌을 기억하고 싶었다. 녹음기와 빈 녹음테이프를 준비했고, 소형 마이크 코드를 나의 재킷 안에 넣어 실로 꿰매 놓았다. 은색의 작은 마이크 머리가 첫 번째 단추 구멍에 감쪽같이 부착되어 있었다. 아무도 의심하지

아들이 있는 풍경

못할 것이다. 이곳에서 이러한 장치는 아직 생소한 것일 게다.

7시가 채 안 된 시간에, 안개로 더욱 흐려진 잿빛 하늘을 보며, 우리 일행은 피곤한 표정으로 다시 차에 올랐다. 차에는 시동이 걸렸고, 우리는 천천히 차를 움직여 '여관'을 떠났다. 운전기사는 어제와 같은 길을 밟아 간밤에 보았던 쓰레기 더미와 돌무덤 뒤에 차를 주차했다.

이번에는 아버지와 나도 최순만 부부를 따라 강둑까지 동행하기로 했다. 우리의 존재가 북한 친척들에게 할머니가 중국에 와 있다는 것을 확인시켜 줄 테고, 삼촌이 밤에 강을 건널 수 있는 방법을 찾게 해 줄 것이다.

아버지가 차 문을 열자, 찬 공기와 함께 오물냄새와 인분냄새가 섞여 들어왔다. 차에서 내려 문을 닫았다. 입에서는 뿌연 입김이 나왔다. 정말이지 매섭게 추웠고, 이 부딪히는 소리가 들릴까 봐 입술을 깨물었다.

나만 서두르고 있는 것 같았다. 비포장도로를 걸으면서 다른 사람들과 속도를 맞추기 위해 걸음을 늦춰야 했다. 길 중앙에는 보기 흉하게 하수가 가득 찬 도랑이 흐르고 있었으며, 도랑은 강까지 연결되어 있었다. 길을 따라가니 꼬불꼬불 미로 같은 골목길들이 나타났는데, 골목길 담 너머로 작은 안뜰들이 보였다. 담은 벽돌, 나무판, 나뭇가지, 진흙 같은 재료들로 만들어졌는데, 담과 담 사이에는 몇 세대가 함께 살고 있는 것처럼 사람들로 북적거리는 단층집들이 앉아 있었다. 일찍 일어난 몇몇 여인들이 출입구 문턱에 쪼그리고 앉아 아침 일을 돌보고 있었다. 한 여자는 삶은 달걀을 까고 있었고, 또 다른 여자는 주홍색 플라스틱 대야를 앞에 놓고 그릇을 씻고 있었다. 어느 할머니는 어린아이가 도랑 양쪽에 다리를 걸치고 앉아 용변 보는 것을 돕고 있었다. 아이는 용변 볼 때 바지를 벗지 않아도 되게 가랑이가 트인 바지를 입은 채로 하얀 엉덩이를 삐쭉 내밀고 있었다. 나는 발걸음을 조심하며, 그들 주위를 돌아 앞으로 나아갔다.

강에 가까워지자, 무언가를 때리는 듯한 이상한 리듬소리가 여럿이 만들어 내는 합창소리처럼 들리기 시작했다. 무슨 소리이며 어디서 들려오는 것인지 도저히 알 수가 없었다. 그 소리를 듣자 괜히 내 심장 박동이 빨라졌고, 피가 혈관을 따라 질주하는 느낌이었다. 일행으로부터 빠져나와 걸음속도를 높였다. 눈앞에 나타난 광경에 놀라 눈이 휘둥그레지고 입이 쩍 벌어졌다.

"어머나." 말문이 막혔다. "세상에나." 말을 잇지 못했다.

바로 내 눈앞에 그곳이 있었다. 국경이었다. 믿기지 않았다. 압록강이 매우 위험스럽고 강폭도 몇 킬로미터는 되는 줄로 알았다. 하지만 강은 매우 고요했고 강폭은 60미터도 채 안 되어 보였다. 어떤 지점은 폭이 더 좁아 보였다. 강 건너편에는 돌이 깔린 강둑이 있었다. 강둑은 그 너머에 우뚝 솟은 돌담까지 한 10미터가량 이어졌다. 그 돌담은 강 쪽으로 줄지어 서 있는 집들을 가리고 있었다. 내가 알아볼 수 있는 거라고는 담 뒤편으로 솟아 있는 가늘고, 녹슨 굴뚝의 파이프들이었다. 추운 아침이었는데도 대부분의 굴뚝에서는 연기가 보이지 않았다. 담 너머로 좀 더 높이 지어진 회색빛 콘크리트 건물과 공장들이 눈에 들어왔다. 건물들은 금이 갔고, 비와 세월의 풍파로, 검은 재와 먼지로 물들어 있었다. 돌보지 않는 무덤의 비석과도 같은 모습을 하고 있었다. 모든 것에서 죽음의 냄새가 났다.

푸른 잿빛의 안개 사이로 뒤에 어렴풋이 모습을 드러낸 바위산들을 보았다. 높은 산들은 거칠고 아름다웠으나, 땔감으로 사용되었는

아들이 있는 풍경

지 나무와 풀이 전혀 보이지 않았다.

내가 좀 전에 들었던 이상한 드럼소리는 아낙네들이 모여서 빨래하는 소리였다. 이 고요하고 어두운 강의 양쪽에 여자들이 웅크리고 앉아, 넓고 평평한 돌 위에 빨랫감을 올려놓고 짧은 나무방망이로 두드리며 빨래를 하고 있었던 것이다. 중국 쪽의 여자들은 방한복으로 잘 무장되어 있었다. 그들은 찬물에 대비하여 팔꿈치까지 오는 고무장갑을 끼고, 알록달록한 바람막이 잠바들을 입고 있었다. 북한 쪽의 여자들은 짙은 색의 얇은 옷을 입었고 장갑도 없었다. 그들은 모자도 없이, 회색 두건을 머리에 두르고 있었다.

"저기 좀 봐요." 송월의 엄마가 조금 떨어진 곳을 손으로 가리켰다.

그쪽에 세 명의 여인이 서로 조금씩 떨어져 서 있었다. 나이 많은 여자는 나의 숙모로, 목깃을 세운 회색의 중국식 인민복을 입고 꼿꼿이 서 있었다. 왼쪽 눈에는 하얀 안대를 하고 있었다. 둘째 딸 미란은 우산에 몸을 살짝 기댄 채 강 가까이 내려와 있었다. 미란은 머리를 뒤로 묶고 녹색의 모직 재킷을 입고 있었다. 몇 걸음 뒤쪽에 애란이 쭈그리고 앉았다. 털썩 주저앉은 그녀의 몸 옆으로 팔이 기운 없이 내려져 있었다. 애란은 딱 붙는 검은 바지와 얇은 검은색 재킷을 입고 검은 목도리로 얼굴을 감싸고 있었다. 그들의 얼굴을 더 자세히 보려고 눈을 가늘게 떠 봤으나, 선명히 보이지는 않았다.

용운 삼촌의 모습을 찾아 이리저리 눈을 돌리니 총으로 무장한 군인들이 돌 덮인 강가를 정찰하고 있는 모습이 눈에 들어왔다. 군인들은 녹색의 군인 복장에 빨간 테가 둘린 챙이 넓은 모자를 쓰고 좁은 어깨에 긴 소총을 메고 있었다. 그들 중 한 명이 앉아서 빨래하고 있던 여자에게 윽박지르는 소리를 듣고 얼은 듯이 서 있었다. 그 여자는 좀 전에 강 건너 우리 쪽에 서 있던 어느 남성을 불렀었다. 군인은 목소리를 거칠게 높이면서 위협적인 총을 칼 휘두르듯이 여자의 머리 쪽에 흔들어 댔다. "왜 여기 나와 있어!" 그는 더 큰소리로 여자를 몰아 댔지만, 여자는 고개를 숙인 채 모욕을 참아 내고 있었다. "네 물건 챙겨서 빨리 꺼져." 그는 총의 개머리판으로 여자의 등을 내리쳤다. 여자는 앞으로 고꾸라졌지만, 곧 짐을 챙겨 황급히 그곳을 빠져나갔다.

두려움에 몸이 떨렸다. 공포가 용암처럼 팔과 다리를 타고 온몸으로 퍼져 나갔고, 숨이 멎을 것만 같았다.

"여기 혜리하고 혜리 아버지예요." 송월의 모가 우리 쪽을 가리키며 외쳤다.

가만히 있으라고 소리칠 뻔했다. 그녀는 모두를 위험하게 만들고 있었다.

"안녕하세요?" 외숙모가 인사했다.

감히 응답할 수가 없었다. 아버지도 마찬가지로, 우리 부녀는 마치 석고상처럼 굳어 있었다.

"괜찮아요. 군인들에게는 미리 손을 써 놨어요." 최순만이 우리를 안심시켰다. "군인들을 먼저 챙기지 않으면 아까 그 여자처럼 말 한마디 할 수 없게 되는 거죠."

그래도 어째 불안했다. 내 이마에 땀이 송송 맺혔다.

"고모부, 할머니가 안 보여요." 미란이 소리쳤다.

"여기까지 차로 여행하시기에 너무 늙으셔서 할머니는 옌지에서 기다리신다. 할머니는 모두를 너무나도 보고 싶어 하셔." 아버지가 긴장한 목소리로 대답했다. "아버지는 어디 계시지?"

"지금 오고 계셔요." 외숙모가 전하면서 애란이 일주일 전에 아들을 출산했다는 내용도 덧붙인다.

애란이 피곤한 모습으로 돌 위에 털썩 주저앉아 있던 것도 이제야 이해가 갔다. 음식이 부족한 상황에서 어떻게 출산을 했을까? 아기의 상태가 걱정되었다. 아기는 건강할까? 배 속에서 제대로 컸을까?

"애란이가 불쌍해요. 애들 중에는 제일 똑똑했는데, 남자 복이 없어서요. 남편이 아무짝에도 쓸모가 없고, 게다가 술에 취하면 막 때리기도 하나 봐요." 송월의 엄마가 솔직하게 속사정을 전했다. 그녀의 말이 뇌리에 남았다. 마음 아픈 생각을 떨쳐 보려고 했으나, 오히려 내 가슴 깊은 곳에서 불타올랐다. 이상하게도 애란에게 특별한 애착을 느꼈다. 6년 전 처음으로 그녀의 편지를 받은 후, 그녀에 대해서 많이 생각했다. 그녀의 편지는 열정적이면서도 가슴을 쥐어짜는 내용이었다. 우리가 같은 나이라는 것에 놀라워하면서 편지를 한참 동안 들고 있던 것이 생각났다.

"당신들을 만나려고 오랜 시간을 기다렸어요. 혜리, 우리가 마침내 만났네요." 애란이 가녀리고 슬픈 목소리로 말했다.

그녀에게 말하고 싶은 것이 많았고, 내가 느끼는 감정도 구구절절 전하고 싶었다. 하지만 목이 메어 와 아무 말도 할 수가 없었다. 이 중요한 순간에 무슨 말을 해야 할지 내가 알고 있는 한국어를 다 기억해 보려 했지만, 간단한 말도 할 수가 없었다. 이 답답한 순간에 불쑥 튀어나온 말은 고작 "미안해요. 나는 한국말을 잘 못해요"였다.

"혜리가 중국어에는 능통한데, 한국말은 잘 못해요. 그래도 웬만한 건 다 알아들을 수 있습니다." 최순만이 내 말을 낚아채듯 말하고는, 재빨리 나에게 몸을 돌려 나직한 목소리로 설명했다. "미국인인 것이 알려지는 것은 좋지 않습니다. 당신들이 비행기를 타고 여기까지 온 것을 알면, 동요가 있을 거요."

그의 목소리에서 처음으로 경계심을 읽었다. 이상하게도 그들이 보여 주었던 차분한 안정감보다 이편이 더 안심이 되었다.

송월의 엄마가 외숙모와 미란에게 관목이 덮인 강가 저쪽으로 오라고 손짓했다. 그들이 약속된 방향으로 걸어가는 것을 곁눈질로 보았다. 그들이 무엇을 하려는지 알고 있었다. 최순만은 돌로 묶은 편지를 강 건너로 던지려는 것이다. 아까 던지는 연습을 하던 것도 보았다. 그는 납작한 돌을 주워 던졌었는데, 강 끝까지 못 미치어 퐁당하며 물속으로 떨어져 버렸다. 두 번째 돌은 탁한 갈색 물 위를 몇 번 스치며 날아가다 시야에서 사라졌다.

"고모도 왔나요?" 애란이 엄마에 대해 물었다.

"고모는 올 수 없었다." 아버지가 대답했다. 그의 입술은 추위로 파랗게 질려 있었다.

1968년 우리 가족이 한국을 떠난 이후, 유일하게 엄마만이 한국 땅을 다시 밟지 못했다. 엄마는 회사를 관리하느라 짬을 낼 수 없었다고 변명했지만, 나는 진실을 알고 있었다. 그것은 아픈 기억 때문이다. 사진을 다 없애고 누군가의 이름을 지우려 해도, 기억은 끝낼 수 없는 것이다. 최순만, 송월 엄마, 외숙모, 그리고 미란이 돌아오기를 기다리는 동안 더 어둡게 짙어진 회색 구름 무리에서 빗방울이 떨어지기 시작했다. 처음에는 모래바람으로 착각했으나, 곧 머리에 빗방울이 타고 내리기 시작했다. 짙은 안개가 모든 것을 덮었고, 좀 으스스한 기분이었다. 장막에 가려진 북한을 보는 기분이었다.

기다리던 네 명이 돌아왔을 때는 기온이 더 뚝 떨어졌고, 더 많은 비가 내리고 있었다. 한기가 나의 방한 재킷을 뚫고 뼈에까지 엄습해

아들이 있는 풍경

왔다. 몸이 얼어붙는 것 같았다. 햇빛이 많기로 유명한 남부 캘리포니아에서 살던 나로서는 20도 이하의 날씨는 힘겨웠다. 게다가 나에게는 장갑도 없었다. 노출된 나의 손가락들이 붙어 버린 것 같았고, 발은 땅 밑에서 올라오는 냉기로 감각이 없었다. 손을 모아 입김을 후후 불고, 혈액순환을 위해 발을 동동 굴러 보았으나, 별로 도움이 안 됐다. 손과 발이 몸에서 떨어져 나간 것처럼 감각이 없어졌다.

"미란이가 쪽지를 받았어요." 송월의 엄마가 흥분해서 속삭였다.

갑자기 군인이 외숙모와 미란, 애란에게 앉아서 조용히 있으라고 했다. 또 다른 담당 군인이 근무 중이었다. 송월의 엄마가 우리 보고 똑같이 하라고 손짓했다. 우리는 그 새로 온 군인이 멀리 사라질 때까지 꾸부려 앉아 있었고, 위험은 일단 면했다. 최순만은 손으로 입 주위를 가리키며, 다시 이야기를 해도 된다고 신호했다.

나와 아버지는 공포에 질려 여전히 꼼짝 않고 있었다.

이 줄타기 같은 긴장의 순간에 먼저 용기를 낸 것은 송월의 엄마였다.

"애란 엄마, 애란 아버지가 왜 늦어지는지 가서 알아봐요." 외숙모는 서둘러 높은 담 쪽으로 갔고, 담벼락에 만들어진 계단을 올라 이내 담 안쪽으로 사라졌다.

"혜리는 결혼했나요?" 애란이 불쑥 물었다.

"혜리는 아직 미혼이다." 아버지의 대답이다.

"혜리, 얼굴도 예쁜데 어서 결혼해야지." 애란의 답은 칭찬보다는 훈계조다.

"한국 남자 중에서 짝을 찾아 줄 거다." 최순만이 양손을 허리춤에 쥐고 몸을 앞뒤로 흔들면서 응수했다. 그들은 잠시 우리의 상황을 잊고, 웃음에 빠졌다. 나는 이 어처구니없는 상황에 하늘만 쳐다봤다.

비가 얼굴을 때렸다. 총을 든 군인들이 서성이는 이곳에서 나의 결혼이 얘깃거리가 된다는 것이 믿기지 않았다. 차라리 솔직하게 나는 남자도 있고, 연애도 해 봤다고 말하여 그들의 웃음을 멈추게 하고 싶었지만, 말문이 막혀 버렸다.

"무슨 일이지?" 최순만의 목소리가 날카로운 것이 예사롭지 않아 머리를 앞으로 내밀어 보니, 두 명의 군인이 미란의 팔을 거칠게 잡고 어디론가 데려간다. 아까 던져서 받은 편지를 들켰나 보다.

"어디로 데려가는 거지요?" 나도 모르게 중얼거렸다.

"영어로 말하면 안 돼요." 최순만이 나의 말을 막았다.

나는 입을 다물었다. 의도하지는 않았지만, 나도 모르게 영어가 나온 것이다.

"군인들이 무언가를 더 바라는 것인지도 몰라요. 미란이는 똑똑하니까 어떻게 해야 할지 알 겁니다. 뭐 먹을 거나 마실 거라도 주면 괜찮을 겁니다. 군인들도 굶주려 있거든요. 배가 고프면 성자도 도둑이 되지요." 최순만은 군인들이 왜 미란을 데려갔는지에 대하여 나름대로 상황을 설명하고 있었다.

"어머나." 송월의 엄마는 초초한 듯 손을 비비며 나와 최순만의 앞을 오갔다.

철썩철썩 빨랫감을 때리던 소리가 갑자기 사람이 맞는 소리로 들렸다. 괴로워서 견딜 수가 없었다. 미란이 무사히 돌아오기만을 기다리는 동안 내 몸이 부들부들 떨렸다.

"그가 여기 왔어요." 누군가가 긴장하여 갈라지는 목소리로 조그맣게 외쳤다. 나는 그 말을 분명하게 알아들었다. 재빨리 몸을 세워 남쪽의 강둑을 바라보았다.

나의 사촌 문철이 물 쪽으로 걸어 내려왔다. 그는 곧바로 신발을 벗고 바짓가랑이를 걷어 올렸다. 그는 발가락을 문지르며 발을 씻기 시작했다. 우리에게 조심스럽게 손을 흔들어 보이더니, 다시 발 씻는 일로 돌아갔다.

"외삼촌이 왔어." 아버지가 속삭였다.

나의 눈은 돌투성이의 강둑을 다시 한 번 훑었다. 외삼촌이었다. 나이 든 모습의 외삼촌이 비틀거리며 앞으로 걸어 나왔다. 할머니가 간직해 온 낡은 사진 속의 생기 넘치던 소년의 모습은 온데간데없었다.

"여기 왔네요." 우리는 외삼촌이 돌 깔린 둑길을 넘어지지 않고 조심히 발을 옮겨 가까이 오기를 바라며 함께 중얼거렸다.

용운 삼촌은 축 처진 레닌모자를 쓰고, 밋밋한 녹색바지와 인민재킷을 입고 있었는데, 재킷의 벌어진 옷깃 사이로 때 묻은 내복이 보였다. 삼촌의 얼굴은 누르스름하고 살이 별로 없어 다른 사람들보다 윤곽이 더 뚜렷했다. 그의 얼굴은 마치 조각칼로 깎아 낸 것처럼 볼이 어둡고 깊게 파여 있었고 눈과 입은 퀭한 구멍 같았다.

삼촌이 맥없이 젖은 돌바닥 위에 쭈그리고 앉을 때, 삼촌을 잡아 주고 싶은 마음에 나도 모르게 팔을 뻗쳤다. 삼촌은 차례로 모자와 재킷을 벗었다. 그의 희끗희끗한 머리는 뻗쳐 있었고, 그의 앙상한 몸통은 생각했던 것보다 더 말라 있었다. 고통스럽게도, 그의 여윈 모습이 기이하게 보이기까지 했다. 나에게는 그러한 정도의 기아 모습을 본 경험이 없었다. 삼촌은 내의의 소매를 걷어 올리고는, 시선을 끌지 않으려는 듯이 태연하게 얼굴과 목을 씻기 시작했다. 삼촌의 움푹 들어간 눈이 나를 응시하는 것 같았다. 나는 삼촌의 눈에 비친 절망과 공포, 비애를 보았고, 마치 누군가가 나의 심장을 움켜쥐기라도 한 것처럼 심장이 쪼그라드는 느낌이 들었다.

나도 모르게 몸서리를 쳤다. 이게 악몽이라면 깨어나, 웨스트 할리우드에 있는 내 아파트에서 남자친구의 품에 안기고 싶었다. 그렇게 생각하는 것만으로도 죄책감이 들었다. 이런저런 생각에 마음이 복잡했지만, 한 가지 분명한 것은 삼촌과 가족을 돕고 싶다는 것이었다.

내 뒤에서 아버지가 흐느끼고 있었다. 아버지는 고개를 숙이고 어깨가 처져 있다. 그의 울음소리는 덫에 걸려 상처 입은 짐승이 내는 울부짖음 같았다. 아버지가 우는 것을 보는 것은 처음이었다. 내가 아주 어렸을 때, 우는 소리를 딱 한 번 들었던 것 같다. 모두가 잠든 후에 거실에 혼자 남은 아버지는, 미망인이었던 당신의 어머니가 멀리 한국에서 돌아가셨다는 소식을 듣고 슬퍼하며 우셨다. 지금 아버지의 애처로운 울음소리를 듣고 있으려니 그의 흐느낌이 어릴 때처럼 나의 마음을 흔들었고, 나도 땅에 주저앉고 말았다. 나도 무릎과 양팔에 얼굴을 묻고 울었다. 눈물이 펑펑 쏟아져 멈출 수가 없었다.

신에게 왜냐고 따지고 싶었다. 기도하려고 했으나, 너무 떨려 말이 나오지 않았다. '하나님, 제발 도와주세요.' 마법의 램프라도 되듯이 내 손을 비비면서 기적이 일어나기를 마음속으로 빌었다. 구름을 올려다보며 하늘에 떠 있는 구름의 틈새로 빛줄기가 내려와 강과 산천을 움직여 이 분단된 나라를 하나로 합쳐 주기를 간절히 염원했다. 신이 기적을 행해 주기를 고통스러운 침묵 속에 기다렸다.

시간이 멈추어 선 것 같았다. 매초가 영원처럼 느껴졌다.

아무 일도 일어나지 않았다.

신의 침묵에 화가 치밀어 올랐다. 신은 어디에 있나요? 당신은 어디에 있느냐 말입니다. 왜 삼촌을 돕지 않죠?

정적이 나를 감싸고 목에 핏줄이 설 때까지 단단히 옭죄어 왔다.

나의 신앙에 금이 갔다.

나의 침묵과 무기력함을 견딜 수 없었다. 갑자기 용운 삼촌에게 무언가 매우 중요한 것에 대해 말하고 싶어 견딜 수가 없었다. 즉시 나도 모르게 입을 열었다.

"할머니는 큰삼촌 찾는 것을 포기한 적이 없어요. 할머니는 삼촌을 잊은 적이 없어요." 나는 물 위를 향해 소리쳤다. 재빨리 입을 다물고 삼촌의 목소리를 듣기 위하여 귀를 기울였지만, 군인들이 꽤 멀리까지 멀어진 후에도 삼촌은 말이 없었다. 그는 그저 눈물만 훔치고 있었다. 삼촌이 우는 것을 보니 내 눈가에 다시 눈물이 고였다. 그는 너무도 가까이에 있었다. 방한복이 조금이라도 도움이 된다면, 내 입고 있던 재킷이라도 벗어 주고 싶었다.

그때 삼촌이 일어서려고 몸을 펴는 것을 보았다. 그는 축 처진 모자를 들어 작별인사를 하고 가느다란 등을 돌렸다. 그가 멀어지고 있었다. 나는 벌떡 일어났다. 삼촌이 왜 떠난 것일까? 슬픔과 무기력함 속에서 삼촌의 멀어지는 모습을 애써 태연하게 바라보았다.

이를 악물고 가방에 손을 넣어 황급히 사진기를 찾았다. 사진기를 꺼내어 가능한 한 빨리 손가락을 움직이며 사진 몇 장을 찍을 수 있었다. 윙윙대며 자동으로 필름 감기는 소리가 들렸다. 옆에 있는 아버지도 비디오카메라를 작동하려 하였으나, 손이 너무 떨려 작은 화면 안에 초점을 제대로 맞추지 못했다. 내가 그의 비디오카메라를 막 뺏어 들었을 때, 송월 엄마의 비명이 나를 멈추게 했다. "당신 둘을 잡으러 오고 있어. 빨리 차로 돌아가요." 그녀가 다급하게 말했다.

어찌된 영문인지 모른 채 우리 부녀는 뛰지 않으려고 노력하면서 가능한 한 빨리 강둑을 벗어나려고 했으나, 우리 발걸음을 따라 사방으로 튄 진흙 자국이 우리의 당황스러움을 대변해 주었다. 발걸음을 옮기기가 수월치 않았고, 청바지는 물을 먹어 무거웠다. 마치 물속을 걷는 느낌이었다. 우리 바로 뒤에 누군가가 알아들을 수 없는 중국어로 소리를 지르고 부츠를 터벅터벅 요란하게 움직이면서 우리를 쫓아오고 있었다. 내 옷깃에 녹음용 마이크가 숨겨져 있다는 사실을 기억하자 아드레날린이 내 혈관을 따라 질주하는 것 같았다.

그 터벅대던 부츠가 우리의 앞길을 막아섰다.

우리는 멈출 수밖에 없었다.

얼굴에는 마마자국이 있고 역기운동이라도 한 것처럼 단단한 체구의 남자가 중국어로 무언가를 따지고 들었다. 그가 입은 녹색의 경찰복 셔츠는 어울리지 않는 짙은 청색의 사복 바지에 대충 넣어져 있었고, 바지 아랫단은 두꺼운 종아리를 드러내며 말려 올라가 있었다.

"우리는 중국말을 못해요. 우리는 조선사람입니다." 아버지가 침착하게 대답했다.

경찰은 얼굴을 찡그리더니 곧 한국어로 말하기 시작했다. "카메라 이리 내놔요." 위협적으로 요구하더니 나에게는 앞으로 나오라는 신호를 했다. 내가 응하지 않자 오른손으로 내 팔을 잡아끌었다. 그가 내 팔을 너무 세게 잡아 움찔했다.

"여기 가져가요." 아버지가 우리 사이에 끼어들며 비디오카메라를 건넸다. 그제야 내 팔이 풀려났다.

경찰은 비디오카메라를 손바닥에 놓고 허공에 높이 들어 무게를 가늠해 보고는 구경거리라도 되는 듯 주위로 둥글게 모여든 사람들 앞을 거닐었다. 아버지와 나는 구경꾼들이 만든 원의 중앙에 갇혀 있었다.

경찰은 야비한 눈으로 나를 보았다. 입은 굳게 다물어 있었다. "국경에서는 사진을 찍으면 안 된단 말입니다. 이것은 간첩행위죠."

"저는 안 했어요." 뒤꿈치에 힘을 주면서, 확고한 표정으로 답했다. 필름을 빼앗기고 싶지 않았다. 필름은 용운 삼촌이 살아 있음을 알릴 수 있는 유일한 증거였고, 나는 이를 내줄 마음이 없었다.

"사람들이 봤다고 해요."

"저는 진짜로 안 했어요."

"누가 이 여자가 이걸 사용하는 것을 봤습니까? 이 여자가 사진 찍는 것을 누가 봤습니까?" 그는 경찰의 권위를 내세우며 무리에게 물었다.

아무도 대답하지 않았다.

"나랑 갑시다." 그는 더욱 소리 높여 말했다. 나와 아버지를 경찰서로 데려갈 참이었다.

"여기에는 촬영금지에 관한 표지판이 하나도 없고요, 우리는 그저 관광을 하고 있었던 것뿐입니다." 아버지가 설명해 보았다.

나도 이 상황이 두려웠으나, 거리낄 것이 없다는 듯이 정면으로 경찰을 응시했다. 이러한 행동이 분명히 그를 더 화나게 했다. 이곳이 미국이 아니라는 것을 깨닫고, 눈을 얌전하게 내리깔고 몸가짐을 온순하게 바꿨다. "진짜로 사진을 찍지 않았습니다. 시도는 했었으나 사진기가 망가져 잘 되지 않았습니다." 아버지의 당황한 눈을 피해 가며 애써 부드러운 목소리로 애교도 떨어 보았다. 그가 조금 수그러드는 느낌이 들자 부끄럽기도 했다. 나는 그의 옆으로 다가가 어깨에 손을 살짝 얹고는, 이빨이 드러나지 않으면서도 매력적인 지극히 한국적인 미소를 한껏 지어 보였다. 미소 지으며 계속 그를 바라보았고, 그는 결국 얼굴이 발개졌다.

"나도 원해서 하는 것이 아닙니다." 잠시 전의 날카로움이 그의 목소리에서 없어졌다. "돌려주고 싶어도 어쩔 수가 없어요. 우리 뒤에, 언덕 위에, 길 건너에서 경비병들이 강가의 모든 활동을 감시하고 있어요." 그는 턱으로 저편을 힐끗 가리키며 설명했다.

"알려 줘서 고마워요. 잘 몰랐어요." 한 번 더 그의 어깨를 치며 웃어 보였다.

"우리 조카가 실례했습니다. 여기 사람이 아니고, 옌지에서 와서 잘 몰라요." 최순만이 구경꾼들 사이를 뚫고 들어와 사람 좋은 웃음을 지어 보이며 경찰에게 담배 한 대를 권했다. 다행히도 최순만이 경찰의 아버지와 조금 안면이 있어 우리는 풀려날 수 있었다.

최순만과 경찰이 담배 피우며 얘기를 나누는 동안, 최순만의 사위가 내 귀에 속삭였다. "빨리 갑시다. 여자들이 당신의 신발에 대해서 얘기하는 걸 들었어요."

더 이상의 관심을 끄는 것은 매우 위험하다는 것을 깨닫고, 그를 따라 무리 사이를 지나 지프차로 갔다. 태연하려고 애썼으나, 내 걸음걸이, 발이 미끄러진 것, 부츠에 걸려 넘어질 뻔한 것 등 모든 것을 의식하며 걸었다. 우리가 지프에 도착했을 때는 두려움으로 다리가 거의 굳어 있었다. 나는 균형을 잃고 차의 보닛 위로 쓰러졌다. 그러고는 겨우 몸을 추슬러 차 안으로 들어갔다.

여관에 돌아와 서둘러 인사를 마치고는 따뜻하고 네모진 내 숙소의 고요함 속으로 들어갔다. 베니어판 문을 닫고, 재킷과 부츠를 벗어 던지고는 벽에 기대어 앉았다. 몸이 녹으면서 이마가 지끈대기 시작했다. 두통과 함께, 강가에서 들었던 내려치고, 두드리고, 세차게 때리던 소리들이 아직도 귀에 생생했다. 손으로 귀를 막고 눈을 감았다. 마치 극장에서 영화를 보는 것처럼 장면들이 스쳐 지나갔다. 나는 베를린의 장벽이 무너지고 동구권이 해체되는 것을 보았고, 베이징의 톈안먼(天安門) 뒤쪽에 있는 KFC 체인점에서 콘슬로 샐러드를 파는 것도 보았다. 이러한 장면들은 반으로 갈라진 한반도의 모습과 오버랩되었다. 남북의 운명이 2차 세계대전 후 미국, 영국, 소련과 같은 열강에 의해 결정되었다고 생각하는 사람들도 있을 것이다. 하지만 소위 비무장지대를 정하여 나라를 두 동강나게 한 것은 다름 아닌 한국의 지도자들이고, 그것은 이념전쟁으로 포장한 거대한 두 아집의 싸움이었다고 믿는다. 내가 질질 끌고 다녔던 진흙투성이의 부츠에 시선을 고정하고 한참을 앉아 최근에 일어난 일들을 되돌아보았다.

내가 깨어났을 때, 사방은 고요했고 창밖은 더 어두워져 있었다. 혀가 붙고 바짝 말라 입천장에 붙었다. 김치의 신맛을 생각하자 침이 돌아 입이 조금 편해졌다. 물이 필요했다. 부츠의 지퍼를 올리고 터벅터벅 라운지로 걸어 나갔다. 아버지가 입구를 서성이고 있었다. 아버지는 손을 앞주머니에 깊이 넣고, 얼굴에는 걱정이 가득했다. 어깨 너머로 나를 알아보고는 묘한 표정을 지었다. 창에 비친 나의 꼴이 가관이었다. 얼굴에 묻은 검은 먼지가 눈물과 비에 범벅이 되어 줄무늬를 만들어 놓았다. 소매에 침을 묻혀 얼굴을 대충 닦았다. 내가 얼굴을 더 자세히 보려고 창에 다가섰을 때, 최씨 부부와 사위가 여관으로 돌아오는 것이 보였다. 그들은 말없이 그저 방으로 따라 들어올 것을 눈짓으로 알렸다.

우리끼리 모이자 송월 엄마가 미란이 풀려났다고 전했다. 미란을 데려간 군인들이 우리가 누구인지 혹은 우리가 남한 사람인지를 알아내기 위해 그녀를 심문했다고 했다. 미란은 우리와는 모르는 사이이지만 최순만은 먼 친척이어서 아버지의 약을 던져 준 것이라 둘러댔다고 했다. 군인들이 약을 보여 달라고 하자 미란은 영리하게도 물속으로 떨어졌다고 하여 위기를 모면했다.

용운 삼촌에 관한 소식은 좋지 않았다. 우리를 만난 충격이 커서 혈압이 올라갔고, 결국 정신을 잃었다고 했다. 그의 가족은 용운 삼촌이 기운을 차리기를 바라면서, 우리 보고 아침까지 기다려 달라고 했다. 그들이 할 수 있는 것은 그저 기다리는 것이었다. 그들에게는 써볼 만한 약도 변변히 없었다. 혜산이나 인근에는 병원이 없거니와, 다른 지역의 병원으로 그를 옮길 만한 구급차나 수송차량도 구할 수가 없었다. 혹여 병원에 간다 해도, 의료기기나 약품이 부족하여 하찮은 병으로 목숨을 잃는 경우가 종종 있다고 했다. 병원이 수술 장갑을 살 돈이 없어 의사가 맨손으로 수술을 하는 때도 있다고 송월의 엄마가 덧붙인다. 북한에 살던 그녀의 여동생이 2년 전 수술 후에 지혈이 안 되어 목숨을 잃었다고 했다.

"북한에서는 사람들의 몸이 약에 내성이 없어서 알약 하나로 기적처럼 치료가 되기도 해요. 불쌍하죠." 그녀가 혀를 찼다.

"우리가 약을 사서 던져 주면 안 될까요?" 나는 목이 타서 갈라지는 목소리로 제안했다.

"지금은 너무 어두워서 찾을 수가 없을 거예요. 보나마나 손전등도 없을 거예요."

"오늘 밤에 돌아갑시다." 아버지가 주머니에 있던 손을 꺼내 옷깃을 만지며 말을 꺼냈다. 아버지는 베이지색 가죽잠바 속으로 몸을 움츠리는 것처럼 보였다.

"그들이 말하는 것처럼 한 번 기다려 보지요." 내가 한국말로 말했다. 내 귀에조차 나의 영어 섞인 발음의 한국말이 어색하게 들렸다.

아버지가 천천히 고개를 흔들었다. "혜리야, 냉정하게 생각해야 돼. 삼촌은 많이 아프셔."

"할머니는 어떻게 하고요? 할머니도 생각해야죠." 다른 사람들이 알아듣지 못하도록 다시 영어로 바꾸어 말했다. 이 사회에서 자녀는 특히 딸인 경우에는 어른이 되어서도 부모에게 말대꾸하지 않는다는 것을 알고 있었다. 이곳에서는 나와 같은 경우에 자기 분수를 알고, 입을 다물어야 하는 것이다. 나는 마음을 가다듬고 목소리를 낮추려고 노력했다. "내가 돌아가서 할머니를 데려올게요. 조심히 운전하면 오실 수 있을 거예요. 시간이 두 배는 더 걸리겠지만 문제될 게 없어요."

아버지가 엄숙한 얼굴로 나를 보며 영어로 반박했다. "할머니가 잘못되어 돌아가시기라도 한다면 어쩔 거니?"

나는 큰 한숨을 내쉬었다. "할머니는 이번 한 번의 기회를 위하여 너무 오래 기다렸어요. 아무도 그 기회를 빼앗을 수 없어요." 내가 할머니의 인생을 걸고 싸우고 있다고 느껴졌다. 나는 목청껏 외쳐 아버지를 흔들고 그의 두려움을 떨쳐 주고 싶었다. 화가 났어도 아버지를 모욕 주어서는 안 되었다.

"할머니가 여기 오면 총을 보고 무서워서, 말도 못하고 울기만 할 텐데도?"

"그래도 아들을 만나게 되잖아요."

우리 둘 대화의 긴장감을 눈치챈 최순만이 할머니 당신이 결정하게 하자고 제안했다. 나는 곧바로 동의했지만, 아버지는 제안에 주저했다. 할머니가 내 의견을 따를 것이라고 판단했기 때문이다. 결국 아버지도 할머니에게 물어보자는 제안에 마지못해 동의했다. 아버지는 2층에 사는 여관주인의 전화를 이용하여 할머니에게 전화를 걸었다. 아버지의 음성은 감정이 밀려오는 듯 목소리가 메어 왔다. 우리는 아버지가 할머니에게 용운 삼촌의 건강상태를 전하는 말을 무거운 마음으로 듣고 있었다. "알았어요. 그렇게 하겠습니다. 장모님." 통화가 끝났다.

"할머니가 뭐라 하세요?" 내가 흥분되어 물었다.

"할머니는 금세 마음을 정하셨어. 우리 보고 옌지로 돌아오라고 하셔. 할머니는 아들을 죽게 하려고 이 긴 세월을 기다리고, 이 먼 거리를 여행한 것이 아니라고 하셨어."

내 희망이 꺾였다.

"애란 아버지에게 용기가 있다면, 모든 일이 좀 더 쉬워질 텐데. 그가 두려워한다는 것이 가장 큰 위험이지요. 그 집에서는 남자들이 마음이 여리고 여자들이 오히려 강한 편인데, 참 신기하죠." 최순만이 말했다. "가는 게 좋겠네요. 그렇게 충격을 받았다가 뇌졸중이라도 오면 어쩌게요."

나는 삼촌네 식구들이 아침에 우리를 기다리지 않게 작별인사라도 하고 가자고 졸랐다. 아버지는 몸을 앞뒤로 천천히 흔들면서 생각에 잠기더니, 고개를 끄덕여 승낙을 표했다.

곧장 우리는 모두 지프차에 올라 길을 떠났고, 강 인접지역에서 지난번과 다른 곳에 차를 세웠다. 벌써 어둑어둑했고, 달도 별도 없었다. 일행을 쫓아 바위와 잔해들 위로 비틀비틀 걸어가고 있자니 빗방울이 눈물처럼 볼을 타고 흘러내렸다. 이 음산한 풍경에서 강이 코앞에 있다는 것보다는 차라리 없는 것처럼 느껴졌다. 주위는 고요하고 어두웠다. 강 건너 돌담 위로 솟아 있는 건물들도 고요한 어둠에 쌓였다. 창가에 불빛이라고는 찾아볼 수가 없었다. 유일하게 왼편으로 한 곳에만 불빛이 있었다. 강한 투광조명이 인공기 모양의 동상을 비추고 있었다. 적어도 5층 높이는 되어 보이는 그 동상은 거의 천상의 것으로 보였다. 동상 아래쪽으로는 깃대를 잡고 사회주의의 영광을 향해 행진하는 작은 인물상들이 보였다. 그 사람의 상들이 깃발의 명성을 떠받치기에는 너무 작아 보였다.

강어귀에서 최순만은 강 저편에 있는 누군가를 불러 보려 했다. 나는 경외심에 목을 숙이고 귀를 기울였다. 처음에는 반응이 없었으나, 이윽고 모습들이 돌담 위에 나타났다. 최순만은 그들에게 애란네 집에 가서 사람들을 불러 오라고 외쳤다.

"그들은 죽었어요." 누군가 소리쳤다. "죽었다고요."

나는 손을 입에 대고 신음소리를 참았다. 우리 때문에 이런 일이 생긴 것일까?

곧이어 아이들이 낄낄대는 소리가 들렸고, 안도감이 온몸으로 퍼져 손끝에까지 느껴졌다. 참고 있던 숨을 마시느라 공기 덩어리가 기도를 통과하며 꿀꺽 넘어갔다. 현기증이 느껴졌다.

저편에서 쉰 목소리의 어른이 들릴락 말락 한 작은 소리로 불렀다. 최순만은 놀라운 청력으로 목소리의 주인공인 여자를 알아보았다. 최순만은 남편을 위한 약주를 준비하겠노라고 약속하며, 여자를 심부름 보냈다. 나는 돌담 위로 사라지는 여자의 실루엣을 눈으로 좇았다. 대나무처럼 깡마른 그녀의 몸과 돌담 밖으로 삐죽삐죽 솟은 굴뚝들이 비슷해 보여 분간할 수가 없었다.

짙게 깔린 어둠, 언덕 위에서 환하게 조명 받고 있는 북한의 깃발, 이 모든 것이 너무 비현실적이었다. 몸을 숙여 젖은 자갈을 주워 들어 보았다. 돌의 촉감을 통하여 현실을 확인하고 싶었다. 우리가 얼마나 가까이에 와 있는지 그리고 얼마나 많은 거리를 여행하여 왔는지를 생각하니 이렇게 끝나는 것이 못내 아쉬웠다. 한국전쟁 중 1·4 후퇴 때 용운 삼촌이 다른 가족들과 함께 피난했다면 상황이 어떻게 달라졌을까 생각해 보았다. 모든 것이 달라졌을 것이다.

"고모부!" 또 다른 목소리가 들렸다. 그것이 애란의 목소리라는 것을 깨닫자, 몸에 전율이 흘렀다. 눈을 동그랗게 뜨고 깜깜한 어둠 속에서 애란의 모습을 찾았다. 얼굴에 두꺼운 담요가 덮여 있는 것처럼 앞을 분간할 수가 없었다. 애란이 돌담 위에 서 있는 것인지, 아니면 강가에 내려와 있는 것인지조차 구별할 수가 없었다.

"애란, 우리는 오늘 떠나요." 아버지가 추워서 어깨를 움츠리면서 외쳤다.

"조금만 기다려 주세요. 우리가 내일 밤 아버지를 모셔 올게요. 쉴 시간을 조금 주세요."

"우리가 가는 편이 낫겠어요."

"제발 우리를 떠나지 마세요." 애란의 간청은 절박했다.

"그래도 어쩔 수가 없네요."

"애란 언니!" 내가 그녀를 불렀다.

응답이 없다.

"네, 가세요." 외숙모의 목소리였다.

"안녕히 계세요." 나의 인사는 힘이 없고 아무런 도움이 되지 않았

아들이 있는 풍경

다. 내가 정말로 하고 싶었던 말은 당장 강을 헤엄쳐서라도 그 무시무시하고 끔찍한 곳을 떠나라는 것이었다.

손을 모아 입에 대고 더 크게 외쳤다. "안녕히 계세요." 여전히 애란은 대답이 없다. 나는 다급해져서 말까지 더듬으며 아빠에게 부탁했다. "애란에게 한국말로 말해 주세요, 아버지. 우리도 이렇게 떠나고 싶지 않다고 설명해 줘요. 애란 언니가 이해할 수 있게 적당한 말을 찾아 주세요."

갑자기 손전등의 빛이 하늘을 갈랐다. 빛이 흔들리며 이리저리 움직이는 것을 보니, 두 개의 손전등이 애란이 있는 쪽으로 다가오고 있었다. 불빛이 다가오자 구부정한 두 여인의 모습이 재빨리 사라지는 것을 보았다. 나는 차의 운전석으로 달려와서, 아버지 쪽으로 불을 깜빡였다. 아버지는 손을 흔들며 작별을 고하고 있었다. "우리 평화로운 때에 만나요." 수백만 이산가족의 희망을 말하며 아버지가 울고 있었다.

북한쪽에서는 더 이상 아무 소리도, 아무 불빛도 없었다.

총소리처럼 섬뜩한 소리를 내며 나를 태운 차 문이 쿵 하고 닫혔다. 마음 깊은 곳에서 차오르는 공포로 몸이 덜덜 떨렸다. 아버지는 내 몸의 경련을 추위 탓으로 생각하고, 재킷을 벗어 덮어 주었다. 우리가 뒤에 두고 떠나는 저 세계를 이해해 보려 했으나, 그 세계는 나의 이해 범주를 벗어났다. 저곳에서 삼촌과 그 가족의 삶이 얼마나 암울한 것이었는지를 결코 헤아릴 수 없을 것이다. 원래 공산주의나 사회주의는 불의를 없애고 모두에게 동등한 기회를 제공하여 완벽한 사회를 건설하겠다고 고안된 제도가 아니었던가? 대신 그들의 정치적 교리는 영원히 독재나 인민의 비참한 고통이라는 개념과 연결될 것이며, 원흉인 김일성과 같은 부류의 사람들은 자신들이 꾸며 낸 이상에 취하여 무자비한 개인숭배집단을 건설한 자들로 남을 것이다.

우리의 차가 그곳을 벗어나면서 일종의 역겨움을 느꼈다.

열세 시간쯤 후에, 시골풍경은 점점 사라지고 집들과 상점이 나타나기 시작했다. 우리는 쉬지 않고 달려 옌지에 들어섰고, 옅은 분홍빛과 회색이 감도는 하늘 아래에서 해가 조금씩 모습을 드러내고 있었다.

지친 몸으로 할머니가 계시는 5층까지 카메라 가방을 끌고 올라갔다. 중간의 계단참에서 어느 노인이 '타이치' 동작을 연습하고 있었다. 나는 앞으로 일어날 일들을 골똘히 생각했고, 한 걸음 떼기조차 힘겨웠다. 할머니와의 약속을 지키지 못했다. 녹음테이프와 현상되지 않은 필름이 내가 할머니에게 줄 수 있는 모든 것이었다. 할머니를 위로하기에는 보잘것없는 것이었다.

우리를 맞이하는 할머니의 얼굴에 따뜻한 함박 미소가 퍼지면서 눈가에 주름을 만들었다. 할머니는 며칠 전 우리가 집을 떠날 때 보았던 부드러운 천의 파란 잠옷을 그대로 입고 계셨다. 말을 꺼내기 전에 할머니를 물끄러미 쳐다보았는데, 그 순간이 방금 다녀온 여행보다 더 길게 느껴졌다. 할머니에게 매우 죄송하다고 말하고 싶었다.

할머니가 녹음기를 받아들었다. 할머니는 눈이 부신 것처럼 얼굴을 찡그리더니 차가운 플라스틱 몸체를 귀에 갖다 대었다. 낡은 녹음기를 든 할머니 손가락의 금반지가 유난히 반짝였다. 음량을 최대로 했는데도 애란, 미란, 외숙모의 목소리는 들릴락 말락 했다. 할머니는 입술을 굳게 다물어 가늘고 슬픈 입술 선을 만들었다. 눈물이 고였다.

아들이 있는 풍경

눈물방울이 안쓰러울 만큼 천천히 뺨을 타고 흘러내렸다. 눈물은 할머니의 입술에 머물렀다가 잠옷으로 떨어졌다.

"할머니…… 할머니!" 내가 두 번 부르자 할머니가 나를 바라보았다. 할머니는 알 수 없는 표정을 지었다. "우리 다시 해 봐요." 의기양양하게 말했으나, 머릿속으로는 할머니가 1년을 더 사실 수 있을지 장담할 수 없었다. 할머니는 내가 한 말을 한참 생각하더니, 숨을 참았던 것처럼 한숨을 크게 내쉬었다. "내가 용운이의 병을 치료해 줄 수 있는데." 할머니가 슬프게 말했다.

할머니의 말에 번쩍 생각 하나가 떠올랐다. 할머니가 송쩔 엄마에게 '치료'를 가르치면 어떻겠냐고 제안했다. 치료를 배워, 조선족 여행증으로 북한에 들어가 용운 삼촌에게 치료를 시도한다는 계획이었다. 새로운 희망을 본 할머니의 눈이 빛났다. "할 수 있어. 나는 얼마든지 여기서 지내면서 치료를 가르칠 수 있어." 할머니가 재빨리 대답했다.

"나도 할머니와 있겠어요." 나도 나섰다. 향기 나는 도자기 욕조에 몸을 푹 담그고 푹신한 침대에서 자고 싶은 마음이 간절했지만, 할머니 혼자서 비행기에 타고 내리게 할 수는 없는 노릇이었다.

"할머니와 너는 여기에 머무를 수 없어. 우리 비행기는 내일 떠나기로 되어 있어." 아버지가 찬물을 끼얹었다.

"이번 기회에 삼촌을 치료할 수 있어요." 화가 치밀어 올라 영어로 말했다. 너무 피곤하여 평정심을 찾기 어려웠지만, 내 목소리에서 느낄 수 있었던 분노는 여행에서부터 시작된 것이었다.

"우리가 돌아가서 다시 차근차근 생각해 보는 것이 더 나을 것 같아." 그는 무언가를 암시하듯 조심스럽게 말했다. "어쩌면 그들 모두를 빼내 올 수 있을 거야. 가능한가요?" 아빠가 최순만에게 물었다.

"가능하긴 하죠." 최순만이 대답하는 동안, 송월이 약주를 따랐다. 그는 약주 한 잔을 단숨에 마시더니, 잔을 방바닥에 내려놓았다. "아, 나에게 맡겨 주시면, 해 드리겠습니다. 강물이 어는 1월이나 2월에 하는 것으로 계획합시다. 그때에는 강을 걸어서 건너기만 하면 되는 겁니다."

"나는 여기 머물면서 송월 엄마에게 치료를 가르칠 거야." 할머니는 완강했다. 차마 아들의 병을 몰라라 할 수는 없었다.

아들이 있는 풍경

IV

　다음 날 아버지는 혼자 공항으로 떠날 채비를 하셨다. 나와 할머니를 두고 떠나는 것이 내심 걱정되는 표정이었지만, 그 문제를 다시 거론해 봤자 소용이 없다는 것도 알고 계셨다. 우리의 마음이 이미 확고했기 때문이다. 짐 싸는 일이 마무리된 후에, 아버지는 100달러짜리 지폐 뭉치를 하나 꺼내 날렵한 동작으로 돈을 세었다. 1,000달러를 떼어 최순만의 손에 쥐어 주면서 용운 삼촌에게 전해 달라 했고, 2,000달러는 우리를 도와준 최순만과 그의 가족이 베푼 호의에 대한 사례였다. 할머니에게는 만약을 대비하여 200달러를 남기셨다. 마지막으로 나하고는 짧게 작별의 포옹을 했는데, 아버지의 품이 따뜻하면서도 어색했다. 표정이 무언가를 말하고 싶은 눈치였는데, 나도 같은 마음이었기에 그 뜻을 알아차렸다. 아빠는 허리춤에 찬 작은 주머니를 뒤져 국제전화카드를 하나 꺼내고는, 굳이 있다고 하는데도 막무가내로 내 손에 쥐어 주었다. 나도 마지못해 받아 넣었다.

"할머니가 큰삼촌을 만나게 되면, 가능한 한 빨리 되돌려 보내드려야 해." 아버지의 당부였다.

"알았어요. 우리가 잘 알아서 할게요." 나도 영어로 안심시켰다.

"그래, 조심해라."

아버지를 떠나보내고, 나와 할머니는 최순만의 집으로 짐을 옮겼다. 그의 집은 작은 벽돌집들이 다닥다닥 붙어있는 빈민촌에 자리하고 있었다. 오물 썩는 냄새가 진동하는 도랑이 사람 다니는 길 중앙에 흐르고 있고, 차로 집 앞까지 진입하기에 곤란한 지역이었다. 우리는 차에서 내려 최순만을 따라 걸었는데, 끈적대는 도랑을 피해, 흙으로 된 텃밭을 지나고 또 줄지어 선 공용화장실을 지나 걸었다. 공용화장실은 콘크리트 바닥에 용변 보는 틈을 여러 개 뚫어 놓은 것으로, 위에는 초가지붕이 씌워 있었다. 그곳에서 새어 나오는 암모니아 가스에 눈이 따가울 정도였다.

최순만의 집은 화장실에서 떨어진 측면의 골목 안에 위치해 있었다. 하얀 회벽의 벽돌집으로 붉은 점토로 된 지붕이 눈에 들어왔다. 그을음으로 얼룩진 높은 굴뚝 위로 하얀 연기가 정겹게 피어오르고 있었다. 정면의 현관문과 옆의 창문은 청록색으로 칠해져 있고, 창문에는 먼지와 냉기가 스며드는 것을 막기 위하여 비닐덮개가 씌워져 있었다. 집 끝 쪽에 있는 창 밑에는 녹슨 자전거 한 대가 벽에 기대어 세워져 있었다.

보통 집주인이 그러하듯이, 최순만은 환한 미소와 함께 팔을 벌려 보이며 우리를 안으로 안내했다. 문이 삐거덕 소리를 내며 힘겹게 열렸다. 집 안에 들어서자, 마치 시간여행을 하여 한국 고전소설의 한 페이지 속으로 들어온 기분이었다. 허리 높이까지 되는 황토 항아리가 벽 쪽으로 줄지어 서 있고 아궁이에는 시꺼먼 가마솥을 걸어 놓았다. 아궁이 앞에는 들어 올리는 나무 해치가 있어서 석탄 때는 난로가 있는 지하실과 연결되었다. 부엌 벽에 설치된 낡은 수도꼭지에는 짧은 호스가 끼워져 한 방울씩 떨어지는 물을 받아 내고 있었다. 방에는 가구가 거의 없었고, 구석에 큰 장롱 하나와 티크 서랍장이 놓여 있었다. 장롱 안에는 밤에 꺼내 덮을 색색의 비단 요와 담요 들이 켜켜이 개어져 있었다.

"어머니, 손님이 있어요." 최순만이 알렸다.

그의 목소리에 해치 문이 열리고 노파가 얼굴을 내밀었다. 할머니는 곱게 늙은 둥근 얼굴형으로 진회색의 머리를 뒤로 곱게 쪽 쪄 올렸다.

"누가 오셨나?" 할머니는 우리를 확인하느라 눈을 찡그렸다. 손님이 있는 것을 보자, 할머니는 고기며 생선이며 음식을 내오기 시작했다. 그러고는 야무진 팔로 가마솥 뚜껑을 열었다. 할머니는 뜨거운 김이 모락모락 피어오르는 가마솥에 허리를 숙여 나무주걱으로 잘 익은 감자와 밥을 뒤적여 섞었다. 밥이 되자 할머니는 우리를 둥글고 낮은 플라스틱 상에 둘러앉게 했다. 최순만의 모는 우리 할머니가 식사하는 동안 깍듯이 시중들며 할머니를 살폈다. 그날 이후로 며칠 동안 송월의 모는 우리 할머니가 한참을 예수에 대하여 얘기하거나 '치료'를 가르치는 내내 잠자코 할머니 말에 귀를 기울였다. 일주일이 지날 즈음에는 최순만과 그의 아내는 입북할 준비를 끝마쳤고, 그의 가족은 모두 기독교로 개종한 거나 마찬가지였다.

할머니는 육체적으로나 심리적으로 소진되었다. 할머니는 북으로 갔던 일행이 아들과 함께 돌아올 때까지 푹 자기를 원했다. 나는 용케도 할머니가 용운 삼촌에게 보내는 메시지를 녹음했다. 우리가 준비한 '치료'에다가 타이레놀 알약 그리고 할머니가 정겨운 목소리로 전하는 진심의 말을 들으면 삼촌이 건강을 되찾으리라 기대했다.

은색의 소형 마이크를 할머니의 파란 잠옷 깃에 꼽았다. 할머니는 내가 녹음기를 준비하는 동안 얌전히 기다렸다. 두 손은 포개어 무릎 위에 놓여 있었다. 수년 전에도 구술로 전하는 할머니의 이야기를 녹음하기 위하여 같은 녹음기를 사용한 적이 있었다. 그 당시에 할머니는 녹음기가 낯설어 뱀처럼 늘어진 가는 선을 자꾸 만져 댔고, 할머니 품에서부터 작은 흑색 녹음기까지 이어진 선이 마치 탯줄이라도 되는 양 신기해했다.

내가 시작 신호를 주자, 할머니는 얼굴을 숙여 인사를 하고 생각에 잠긴 듯 눈을 감고는 이야기를 시작하였다.

"마음속에 오랫동안 간직했던 것을 이렇게 너에게 말할 수 있게 된 것에 감사한다. 우리는 평생을 헤어져 살았다. 네가 힘들게 산다는 소리를 듣고, 선물 꾸러미를 준비하여 이렇게 먼 거리를 왔다. 아이고, 네가 얼마나 고생을 했겠나 생각하면 가슴이 찢어진다. 전쟁 때 네가 평양에 있던 집을 떠나 우리와 헤어지게 된 날 밤을 생각하면, 어미는 아직도 몸이 떨린다. 나는 하나님 아버지께 너를 볼 수 있게 해 달라고 기도드린다. 방법을 알려 달라고 말이다."

"여기에 계시는 친절한 분들이 너를 데려올 수 있도록 다시 한 번 노력해 보신단다. 어미는 너를 기다리고 있을 테다. 지금 당장 너를 만나 얘기를 나누고 싶지만…… 그리고 싶지만…… 그렇게 할 수가 없어서……." 할머니는 몸 전체를 떨며 흐느꼈다. 곧 잠잠해지더니 한동안 조용히 앉아 계셨다.

휴지 뭉치로 얼굴을 닦으시더니 더 침착한 모습으로 다시 말을 이었다. "내 무슨 일이 있어도 너를 그 어두운 곳에서 빠져나오게 할 거니까. 나는 이 일에 내 모든 것을 걸었다. 이제 너를 찾았으니, 다시는 잃지 않을 것이다. 나의 자식들아, 너희도 그때를 준비하며 잘 지내거라. 우리가 다시 만날 때까지 함께 힘을 합치고 마음을 강하게 먹어라. 어떤 일이 있어도 거기에 한 명도 남아서는 안 된다. 강을 건널 때 모두 함께 와야 한다."

할머니는 지친 표정으로 나를 쳐다보았다. "끝났다." 그러고는 코 푸는 소리가 들렸다.

나는 90분짜리 테이프를 계속 돌렸다. "할아버지에게 어떤 일이 있었는지 큰삼촌에게 말씀해 주세요. 삼촌이 궁금해할 거예요." 내가 할머니에게 권하였다.

할머니는 잠시 생각하더니, 손을 포개고, 머리를 숙여 인사를 하고, 눈을 감고는 다시 시작하였다. "너의 아버지는 중국에 있을 때 술을 좋아하고, 놀기를 좋아하고, 기생에게 돈도 많이 탕진했다. 광복 후 평양에 돌아와서는 많은 것이 변했다. 기억하니? 귀한 것만 먹던 네 아버지는 고생스러운 삶에 힘들어했고, 전쟁 통에 예천에서는 우리 모두 먹고살기 힘들 때 병까지 얻었다. 그래서 결국 내가 아이들을 키워야 했다. 우리 다시 만나면, 그때 서로 고생한 얘기하며 함께 울자꾸나." 할머니는 여기서 말을 멈추었으나, 할 말이 남은 듯 입을 벌리고 있었다. 잠시 후 할머니는 눈시울을 붉히며 나와 누군가를 향하여 말하였다. "이거 더는 못하겠구나. 할 말이 너무 많은데, 다 마음속에 있으니 어떻게 그걸 다 말로 할 수 있겠니? 네 삼촌은 피난 때 왜 계속 가지 않았을까? 왜 계속 내려가지 않았니? 용운아! 해주에서 어미를 기다릴 것이 아니라, 남으로 남으로 계속 갔어야지. 계속 갔으면, 공산군에게 잡히지 않았을 것을. 남자로서 마음을 단단히 먹었어야지……. 이제 이거 꺼라." 할머니의 손이 마이크를 긁었다.

"삼촌에게……." 나도 할 말을 잃었다.

"삼촌을 곧 만날 거라고 말했잖니." 할머니의 표정이 부자연스럽게 굳었다.

내가 마이크를 빼자, 할머니의 굳은 표정은 사라졌다. 나는 테이프와 워크맨 녹음기와 여분의 배터리를 송월 엄마에게 넘겼다. 모든 것을 삼촌에게 잘 전해 달라고 부탁했다. 애란에게는 샤넬 립글로스 하나를 보냈다. 먹을 것도 부족한 사람들에게 바보 같은 선물이라고 여겨졌지만, 애란이 출산 후에 작은 기쁨이나마 맛보기를 원했다. 힘겨운 결혼 생활과 지금의 상황이 괴롭겠지만, 조그만 화장품으로라도 잠시 위로받기를 바랐다.

부부가 떠난 지 닷새가 지나, 저녁 8시 즈음에 창바이에서 우리가 기다리던 전화가 왔다. 최순만이 알려오기를, 아내가 혼자 강을 건너가 용운 삼촌을 치료하였지만, 삼촌이 옌지까지 여행하기에는 아직 몸이 너무 쇠약하다는 것이었다. 모자 상봉은 아직 요원했다. 대신 편지가 한 통 보내어졌다고 했다. 다음 날 밤까지는 도착할 것이라는 얘기였다.

할머니가 상심하여 눈물이라도 보이면 어쩌나 하며 다가갔다. 하지만 뜻밖에도 할머니는 담담한 표정이었다. "혜리야, 우리 돌아가자."

"편지는 어쩌고요?" 할머니의 손을 잡으려 했는데, 항상 따뜻하게 나를 맞아 주던 손이 웬일인지 냉랭하게 반응이 없다.

"우리에게 부치라고 해라."

"중간에 분실되면 어떻게 하라고요? 여기서 기다려야 해요."

"그냥 편지일 뿐이야."

놀라서 할머니를 쳐다봤다. 할머니가 혹시 포기하는 것은 아닌가 하는 생각이 들었다. 벌떡 일어났다. "옷 입으세요. 압록강까지 모셔다 드릴게요."

할머니는 고개를 저었다. "내가 너무 늙어 어디 갈 수나 있겠니?"

나는 심각하고 굳은 표정으로 할머니를 다시 보았다. 이런 약한 마음이 어디서 오는 것일까? 할머니는 그야말로 여전사였는데. 두려움이나 연로한 나이가 할머니를 가로막은 적은 없었다. 할머니는 같은 해에 출생한 인물들인 스탈린, 마오쩌둥(毛澤東), 김일성이 죽은 후에도 여전히 살아 계신다. 대한민국에서는 여섯 명이 대통령 자리에 오르고, 미국에서는 아홉 명의 대통령이 바뀌는 동안 김일성의 통치는 거의 반세기 가까이 진행되었다. 사망 당시 그의 나이는 82세였다. 나의 할머니는 아직 생존해 계신다.

"할머니 일어나세요. 지금 당장 떠나요." 할머니의 소매를 잡아당겼다.

"무슨 소용이 있겠니? 안경을 쓰고도 눈이 흐린데. 용운이를 코앞에 두고도 잘 볼 수 없다면, 그보다 고통스러운 일이 어디 있겠니? 용운이가 나를 불러도 내가 잘 들을 수나 있겠니? 나와 용운이에게 한 맺힌 기억들이 한꺼번에 몰려와 우리가 그 자리에서 쓰러져 죽을지도 모르는 일이다. 그러면 우리 가족은 어떡하니? 아이고." 할머니는 절망의 한숨을 내쉬고는 조용해졌다. 잠시 후에 할머니가 불쑥 말을 꺼냈다. "나는 서울을 가야 해. 그곳에서 돈을 벌어 용운이의 자유를 살 거야. 나는 많은 돈을 벌 자신이 있어. 내 환자들 중에는 성공한 사람들이 많아." 할머니는 진짜로 흥분하여 나를 쳐다보셨다.

할머니의 얼굴에 생기가 돌아오는 것을 보고, 내 입가에 미소가 절로 지어졌다. "우리 편지를 기다려요. 하루만 더 기다려 봐요." 내가 졸랐다.

할머니는 잠시 생각에 잠기셨고, 결국은 나의 채근에 마음이 바뀌어 기다리기로 했다.

그러나 기다리던 편지는 끝내 도착하지 않았다. 다음 날 아침 일찍 심부름꾼이 집으로 찾아와서, 편지를 싣고 오던 차량이 고장이 났다고 전했다. 하루가 더 걸릴 것이라 했다. 무언가 잘못되었다는 느낌으로 불안해졌다. 그날 오후로 중국을 떠나야겠다고 결정했다.

어깨에는 사진기 가방을 걸고 두 손으로는 할머니의 팔을 부축하며, 나와 할머니는 활주로를 지나 비행장에 도착했다. 몇몇 승객이 밀치면서 우리 앞으로 끼어들었다. 어깨에 멘 가방을 방패 삼아 무리가 할머니 쪽으로 밀고 들어오지 못하게 막았다. 흔들거리는 계단을 겨우 다 올라갔을 때는 숨이 차 헉헉거렸다. 좌석 번호를 확인해 보니 공교롭게도 맨 뒤쪽이었다. 이미 지친 할머니를 더 이상 걷게 하고 싶지 않아서, 승무원용으로 비워 둔 앞줄 빈자리에 앉혀 드렸다. 일어나라 하면 한판 할 작정이었지만 다행히도 그럴 일은 없었다. 할머니의

아들이 있는 풍경

축 처진 턱과 수척한 얼굴을 본 승무원은 그저 우리에게 안전벨트를 착용하라고만 일렀다.

옌지발 서울로 가는 직항이 없기 때문에 베이징에서 환승해야 했다. 기다리는 동안 나는 영문판 중국일보를 집어 들었다. 남북적십자사가 식량 원조를 위한 협상을 벌인다는 기사가 있었다. 우리가 중국을 떠나는 바로 그 시간에 협상이 진행되고 있었다.

양측의 협상을 축하하는 의미로, 정말 그리웠던 커피 한 잔을 사서 손에 들었다. 인스턴트커피는 크림과 설탕이 들어가 맛이 강했다. 나는 갈색의 액체가 목을 적시는 것을 느끼며 천천히 커피를 마셨다. 세 모금을 넘기자 오랫동안 카페인 섭취가 없었던 몸이 반응했다. 즉시 기분이 좋아지는 것 같았고, 그러한 흥분은 한국에 도착할 때까지 계속되었다.

김포국제공항을 향하여 고도를 낮추는 일은 흡사 곡예와도 같았다. 공항으로의 접근은 고도의 정확성을 요했다. 그도 그럴 것이 북한의 창공은 김포에서 제트기로 불과 몇 분 떨어진 곳에 인접해 있고, 일반항로는 청와대 인근을 지나기 때문이다. 그렇기 때문에 항로를 북쪽으로 조금이라도 벗어나면 투박한 레이더는 청와대를 공격하러 다가오는 북한의 테러리스트로 오인할 수도 있다. 예전에 노스웨스트 항공이 비슷한 상황에 처해 하마터면 한국공군으로부터 공격받을 뻔 했다고 들었다.

내가 탄 비행기는 조종사들의 노련한 솜씨로 매끄럽게 착륙하였고, 끼익하는 소리와 함께 제시간에 김포에 도착했다. 한 시간 즈음 후에 나와 할머니는 택시 안에 있었다. 중국의 동북부에서 16일간을 체류하고 서울에 온 나는 문화충격을 경험했다. 나에게는 중국의 푸른 농경지보다는 번쩍번쩍 빛나는 수많은 상점들과 구찌, 패스트푸드, HDTV와 고급승용차 등 진보한 사회의 갖가지 물건들이 더 친숙한 풍경이었다. 마침 어린이날 휴일이 끼는 주말이어서 매끄럽게 포장된 고속도로에는 평소보다 더 많은 차들이 눈에 띄었다. 대도시의 교통은 길게 늘어서 있었고, 도시를 동서로 나누는 거대한 한강을 따라 거의 정체되어 있었다. 강의 양쪽에는 공원과 고층건물이 들어서 있었다. 사람들은 유람선에 올라 있거나 물 위에서 윈드서핑을 즐기고 있었다. 음료나 간식을 팔던 간이 텐트들이 보이지 않는 것을 보니 시 당국이 판매를 금지한 모양이다. 간이 판매대의 풍경은 폭격으로 폐허가 되고 피난민의 행렬과 연기 나는 탱크만 남았던 전쟁 직후 서울의 모습을 떠오르게 한다. 현재 나라의 심장부가 된 현대적인 도시 서울에서 그러한 과거의 모습은 찾아보기 어렵다. 이제 1100만이 넘는 서울은 증가하는 인구를 수용하기 위하여 급속하게 모습을 바꾸며 계속 공사 중이다.

택시는 우리를 신라호텔 앞에서 내려 주었다. 신라호텔은 단아한 모습으로 전통적인 우아함과 훌륭한 서비스로 유명하다. 내 남자친구인 스티븐이 대신 예약을 해 주었다. 그는 이런 점에 있어서는 배려가 깊고 믿을 만한 사람이다. 나는 그저 서명만 하고 들어갈 수 있었다. 미국이름과 한국이름을 모두 적었다. 그저 서명일 뿐이지만, 어느 한쪽을 부정하고 싶지 않았다.

옷을 잘 차려 입은 여자가 거의 뛰다시피 하여 승강기 안까지 우리를 따라왔다. 그녀는 고개를 숙여 인사를 하고 미소를 지었다. "백홍용 할머님이시지요?" 그녀가 조심히 물었다.

놀랄 일은 아니었다. 할머니는 가는 곳마다 수년 전에 치료해 주었던 사람들이나 지인들과 마주치곤 했다. 단지 그녀가 그곳에서 치료를 부탁하지 않기를 바랐다. 할머니는 몸이 아픈 사람은 절대 거절하지 못하는 성미시다.

그녀는 내 쪽을 향하더니 이내 눈이 커졌다. "당신이 손녀딸이군요. 당신의 책을 잘 읽었어요. 사진 좀 찍어도 될까요?"

누군가 우리를 알아보았다는 사실에 얼굴이 붉어졌으나, 할머니는 이 새로운 유명세에 별로 영향을 받지 않는 듯했다. 우리는 그녀가 마음껏 사진 찍게 허락했다.

호텔 방에 들어서서 눈에 들어오는 높은 침대, 좌식변기, 최신 샤워기와 향기로운 꽃 따위를 맘껏 음미했다. 장미꽃이 담겨 있는 꽃병 쪽으로 걸어갔다. 부드러운 꽃잎과 달콤한 향기에 취할 것만 같았다.

할머니가 나를 현실로 돌아오게 했다. 할머니는 고무줄에 묶여 있는 낡은 전화번호부 같은 것을 내 손에 쥐어 주시며 일감을 주었다. 할머니의 환자들에게 전화를 걸어 달라 했다. 고무줄을 벗기려는 찰나에 전화벨이 울려 스티븐일 것으로 생각하고 받았다. 낯선 남자의 목소리가 책을 쓴 작가인 백홍용의 손녀냐고 물어왔다. 내가 피곤한 듯 대답하자, 그는 대뜸 나의 책에 대하여 의논할 것이 있다며 아버지가 보낸 사람이라고 밝혔다. 그는 나의 아버지를 이 선생님이라 존칭했다. 아래층 로비에서 우리를 만나고 싶다고 했다.

그것은 내가 제일 원치 않은 일이었다. 나는 사진 찍기나 인터뷰에는 신물이 나 있었다. 중국으로 떠나기 전에 나의 책을 출간한 한국의 출판사와 여러 홍보행사에 참여했었다. 우리는 서울의 주요 신문사와 잡지사, 방송국을 찾았었다.

전화 상대방은 나의 거절에도 불구하고 집요하게 요청해 왔다. 남자가 포기하지 않자, 할머니에게 뒷일을 맡겼다. 할머니는 벌써 침대에 누워 잠이 든 것처럼 편안한 모습이다.

할머니가 일어나 앉았다. 손녀의 일과 성공에 보탬이 되려는 마음으로 피로한 몸을 일으켜 앉으신 것이다. 나는 죄스러운 마음으로 할머니의 부은 발에 정형외과 보호용 신발을 다시 신겨 드리고, 화장실로 뛰어가 기름진 머리를 질끈 하나로 묶고 화장을 급히 매만졌다.

엘리베이터를 나가자 우리에게 다가온 남자는 광대뼈가 튀어나오고 얇은 입술에 눈꺼풀이 두터운 날카로운 인상의 사람이었다. 중간 키에 어깨가 넓은 이 남자는 사십대 중반이나 후반으로 보였다. 그의 얼굴은 깔끔히 면도되었으나, 흰머리가 살짝 섞여 있는 검푸른 머리는 단정치 못하게 헝클어져 있었다. 어두운 색의 편한 옷차림을 했고, 컬러가 있는 스포츠 셔츠에 구두를 신고 있었다. 겉옷과 셔츠가 어깨 넓은 그의 풍채에 잘 어울리지 않았다.

우리가 라운지에 앉자마자, 그는 인터뷰 대신에 곧장 심각한 얘기를 꺼냈다. 깊고 걸걸한 목소리를 더욱 낮추어 무슨 작당이라도 꾸미는 것처럼 속삭였다. "최근에 출간된 이혜리 씨의 책이 북한에 계신 이용운 씨의 가족을 위험에 빠트렸습니다."

잠시 동안 그가 한 말의 의미를 이해하려 애썼다. 그의 말의 의미를 깨닫자, 둔한 통증이 가슴을 때렸고, 나는 의자의 팔걸이를 꽉 쥐어 잡았다. 의자를 얼마나 세게 잡았는지 팔에 불같이 뜨거운 기운이 퍼지는 것 같았고, 근육이 팽팽해졌다. 하지만 애써 동요하지 않으려고

아들이 있는 풍경

했고, 오히려 그의 오만함과 무뚝뚝함이 불쾌하게 느껴졌다. 이 사람의 정체가 도대체 뭐란 말인가? 그는 나를 잘 알지도 못했다. 그를 노려보았지만 그는 좀체 시선을 맞추지 않았다. 그는 주변을 힐끔힐끔 살피고 있었다. 그에게 따져 묻고 싶었지만, 마음 깊은 곳에서는 그의 말이 옳다는 것을 나도 잘 알고 있었다. 압록강에서 건너편의 북한 땅을 바라보았을 때, 내 책이 북한에 있는 가족에게 위험이 될 수도 있겠다는 생각이 스쳐 지나갔었다. 그때는 그 생각을 밀어냈었다. 인정하고 싶지 않았다.

"할머니, 이 선생님께서 미국으로 돌아가기 전 지난주에 저와 만났습니다. 이 선생님께서 저에게 할머니의 아드님을 도와 달라고 부탁했어요. 저는 지난 15년 동안 중국의 동북부를 오가며 일한 사람입니다. 저는 그 지역을 아주 잘 압니다. 매우 위험한 일이지만, 계획만 잘 세우면 못할 것도 없습니다. 저는 오늘 가이드 일을 수락하기 전에 할머니의 동의를 얻으러 온 것입니다." 그는 실명 대신에 자신을 '가이드'로 소개했다.

나는 침을 꼴깍 삼켰다. 마음속에 자리 잡은 강한 죄책감과 염려를 잠시 잊고, 그가 우리에게 제안한 내용과 그의 말을 곰곰이 되새겨 보았다.

"당신은 신경 쓰지 않아도 됩니다. 강물이 얼면 우리 식구들을 데리고 나올 사람이 이미 정해져 있습니다." 할머니가 단호하게 대꾸했다.

가이드라는 사람은 의자를 당겨 좁혀 앉았다. 할머니가 자신의 말뜻을 제대로 알아듣지 못했다는 표정이다. "아드님에게는 그때까지 기다릴 시간이 없어요. 가능한 한 빨리 그들을 탈출시켜야 한단 말입니다. 북한의 보안국이 압록강에서 있었던 접촉에 대해서도 이미 알고 있을 겁니다. 상황이 좋지 않습니다. 그곳에 간 것이 그쪽 가족들을 위험하게 만든 것입니다." 그는 긴장한 목소리로 말했다.

"그곳에서 얘기도 별로 나누지 못했어요. 외삼촌은 강을 건너지도 못하고……."

가이드가 내 쪽은 눈길도 안 주면서 말을 가로막았다. "네, 알고 있어요. 하지만 한국과 미국에서 판매된 당신의 책에 그의 이름과 사진이 모두 공개됐어요. 대서특필된 당신 가족의 이야기에서 평양은 악당이지요. 그 때문에 상황이 악화된 것입니다. 할머니, 북한의 가족이 다른 곳으로 재배치되거나 영영 소식이 끊기기 전에 5월이나 6월에 빨리 그들을 나오게 하는 것이 좋겠다고 이 선생님도 동의했어요."

"겨울이어야만 됩니다." 할머니는 틀니를 덜거덕거리며 말했다.

"겨울은 탈출하기에 가장 안 좋은 계절입니다. 험한 산을 넘어야 해요. 눈 위를 걷다가 동사하기 십상이죠. 그 지역은 매우 추워서 모피 코트를 입어도 추위를 면하기가 어려워요."

국경지에서 겪었던 이가 덜덜 떨리는 추위와 눈이 녹아내리던 강을 기억하자 등골이 오싹해졌다. 최순만이 탈출을 너무 간단한 일로 얘기했기 때문에 차의 연료가 바닥난다든지 눈에서 오도 가도 못하게 되는 비상상황에 대해서는 생각해 보지도 않았다.

"나의 아들은 강을 걸어서 건너지 못할 겁니다. 피가 머리 쪽으로 쏠려 익사할 겁니다."

"혜산과 창바이 지역에서 강폭이 가장 좁아지고 일 년 중 지금이면 강물이 무릎까지밖에 안 돼요. 강을 건너 탈출하는 것이 가장 용이합니다. 그냥 몇십 미터를 걸어서 강을 건너기만 하면 됩니다."

할머니는 고개를 저었고 눈가에 깊은 주름이 잡혔다. "아닙니다. 우리는 겨울까지 기다릴 겁니다."

"할머니, 저는 이제까지 많은 가족으로부터 탈북을 도와 달라는 부탁을 받았지만 거절한 적이 많았어요. 어떤 경우에는 가족이 국경지역에서 너무 먼 거리에 살거나, 아니면 식구가 너무 많은 경우도 있었어요. 아드님의 경우는 위치도 좋고 식구도 겨우 일곱 명이에요. 힘든 일이긴 하지만 그래도 좋은 조건이에요."

"이런 일을 하는 이유가 뭐죠? 무엇을 원해요?" 할머니가 쏘아붙였다.

가이드는 자신의 손을 내려다보며 헛기침을 했다. 그러고는 얼굴을 들었다. "저도 북에 아버지와 형이 있었습니다. 전쟁 전에 어머니가 나와 누나를 서울로 데리고 왔습니다. 아버지와 형도 곧 뒤따라오기로 되어 있었습니다. 그렇게 한 주 한 주 지난 것이 50년이 되었습니다. 몇 년 전에 북의 가족과 은밀히 연락이 되었지만 그들은 너무 안쪽 깊숙이에 거주합니다. 일단 탈출을 시작하면, 경찰에 발각되기까지 한 다섯 시간이 걸립니다. 무장군인이 파견될 것이고, 그들은 중국까지도 탈북자들을 뒤쫓아 올 것입니다. 나의 가족은 도울 수 없었지만, 할머님의 가족은 도울 수 있습니다. 할머니의 결정에 달렸습니다. 아들과 그의 가족을 구하고 싶으시죠?"

"그야 물론이지요." 할머니는 턱을 들며 대답했다. "구하고 싶지만, 조금 더 기다릴 수 있어요. 지금 아들을 잃을 수는 없어요."

"그의 상황을 확인하기 위해, 나의 연락원을 그의 집으로 보내겠어요." 가이드가 말했다. "나의 연락원이 할머니가 보낸 사람이라는 것을 확인시켜 줄 무언가가 필요해요. 이용운 씨가 어머니의 것으로 기억할 만한 물건이 있나요?"

할머니가 성경 속에 간직해 온 용운 삼촌의 사진이 생각났다. 그 소중한 것을 이 사람에게 건네주어야 하는 것인지 고민했다. 그는 나의 아버지가 보낸 사람이라 말했었다. 그렇지 않으면 그가 어떻게 우리가 국경에 갔던 일과 친척을 북에서 나오게 하려는 계획에 대해 알고 있을까? 그 무엇보다도 그가 북의 가족을 구할 수 있을 거라고 믿고 싶었다. "호텔 방에 사진이 몇 장 있어요." 드디어 내가 말했다.

호텔 방에 들어서서 가이드가 구석에서 어색한 듯 쭈뼛거리자 할머니가 손짓을 했다. 그는 "예"하고 대답했지만 여전히 앞에 손을 모은 채 서 있었다. 내가 낡은 가죽성경을 꺼내 북한에.있는 가족의 사진 세 장과 편지 한 장을 책상 위에 놓자 가이드가 조심히 다가왔다. 그 위에다 내가 찍은 할머니 팔순잔치 때의 사진을 한 장 올려놓았다. 사진에서 할머니는 고운 분홍빛 한복을 입고 계신다. 길게 내려뜨려진 치마는 가슴까지 높이 당겨져 묶여 있다. 짧은 저고리 곡선의 소매와 브이자형 옷깃에 리본이 대칭적으로 묶여 있다. 비단한복을 입으신 환한 미소의 할머니는 촛불을 불려고 삼단케이크 쪽으로 몸을 살짝 기울였다.

가이드는 사진들을 살폈다. "아드님이 어머니를 알아볼 수 있을까요?" 그가 물었다.

"당연히 어미를 알아보겠죠." 할머니는 기분이 상했다.

그는 팔순 사진과 용운 삼촌이 외숙모와 광활한 하늘을 배경으로 푸른 잔디 위에 앉아 있는 사진을 골랐다. 그는 북에서 온 편지도 달라 했다. 원본을 내주고 싶지 않아서 호텔 복사기로 복사본을 만들었다. 그러자 그는 할머니를 불러 책상 옆 등받이 의자에 앉게 했다. 그러고는 팔순 사진 뒤에다 그의 말을 받아 적게 했다. '용운아, 이 편지를 가지고 너를 찾아가는 사람의 말을 잘 듣고 그의 말을 따라야 한

다. 어미가 1997년 5월 3일.'

할머니가 글을 쓰는 동안 가이드는 할머니의 어깨 위로 몸을 숙여 확인했다. 할머니는 이제 손힘이 약하다. 글씨는 거미줄처럼 꾸불꾸불했다. 시간이 좀 걸렸지만 충분히 알아볼 수 있었다.

"비용은 얼마나 들죠?" 할머니는 펜을 내려놓으며 물으셨다.

"염려 마세요. 돈을 벌려고 이런 일을 하는 것이 아니니까요. 하지만 가족들의 이동에 필요한 교통비와 기타비용, 다른 가이드들의 수고비 정도는 생각하셔야 될 겁니다."

"비용이 많이 들까요?" 할머니가 또 캐물었다.

그가 막 대답하려는 참에 문에 노크소리가 들렸다. 가이드는 하던 얘기를 멈추고 목을 빼 문 쪽을 보았다. 그는 나에게 누구인지 확인할 것을 손짓했고 구석으로 몸을 숨겼다. 문 밖의 남자가 자신은 할머니 오라버니의 손주사위인 김 장로라고 밝혔다. 문을 열어 주었다. 그는 할머니를 자신의 집으로 모시려고 왔다고 말하면서 자신의 집도 '치료원'이라 설명했다. 할머니는 다음 날 나와 함께 미국의 집으로 떠나기로 되어 있었지만, 할머니는 결심이 선 것 같았다. 할머니는 서울에 남아서 아들의 자유를 사기 위한 돈을 벌기로 했다.

가이드는 구석에서 꼼짝하지 않았다. 그는 구석에 몸을 숨긴 채 할머니에게 목례를 하고는 나에게 아래층에서 잠시 보자고 했다. 그러겠다고 했지만 할머니와 따로 할 얘기가 있어서 잠시 방에 머물렀다.

그가 방을 나가고 문이 닫히자, 의자를 할머니 쪽으로 가까이 당기어 앉았다. 할머니가 그 가이드라는 남자를 그리 탐탁지 않게 생각했으며 신뢰하지 않으리라는 것을 알았다. 충분히 이해할 만했다. 그는 약간 불쾌하고, 심술궂고, 권위적인 태도를 보였다. 친해지기 쉬운 유형은 절대 아니었다.

"저 사람은 너무 많은 것을 알고 있어," 할머니가 너무 조용히 속삭여서 잘 들리지 않았다. "저 사람 보고 도움은 필요 없다고 해. 그 사람 눈 보았지? 무언가를 원하는 눈이야. 그렇지 않으면 왜 죽음을 무릅쓰고 이런 일을 하겠어? 자신의 아버지와 형도 구하지 못했다고 하잖아. 왜 네 아버지는 그에게 우리의 계획을 알렸는지 모르겠다. 그냥 놔뒀으면 좋았을 것을. 우리가 큰돈을 보냈으니 네 큰외삼촌의 가족은 당분간 괜찮을 거다. 게다가 내가 쌀이며 간장이며 고추장을 다섯 꾸러미나 사 주었다."

"뭐라고요? 쌀을 사요?" 내가 할머니의 말을 가로챘다. "할머니, 아버지가 할머니에게 줬던 돈까지 최순만이 가져갔어요?"

"가져간 것이 아니라 내가 주었다. 어미로서 식량을 마련해 주고 싶었다."

"사기꾼 같으니라고." 내가 영어로 욕했다. 아버지는 이미 최순만이 옌지에서 집 한 채를 장만할 수 있는 거금을 그에게 주었다. 의자를 할머니에게 더 가까이 붙였다. 내 코가 할머니의 얼굴에 닿을 정도였다. "할머니 잘 생각해 보세요. 이 가이드는 그를 돕는 사람들이 있고, 차와 지도도 있어요. 북에 대해 많이 알고 있어요. 최순만은 너무 조심성이 없고 술을 많이 마셔요. 그는 우리 가족과 자신까지도 죽음에 처하게 할 수 있어요."

"그 일이 그렇게 위험한 일이라면, 우리가 어찌할 도리가 없는 것이다. 쌀이라도 보내 줄 수 있다면 그것으로 만족해야지."

"아니오, 만족할 수 없어요. 그들은 죽어 가고 있어요." 나의 말투는 불손하고 퉁명스러웠다.

"그러기 전에 통일이 되게 해 달라고 기도해야지."

"통일은 한참 후에 이루어질지도 몰라요. 우리에게는 지금이 기회예요."

"너는 이해 못하겠지만, 나는 매우 간절히 매일 기도한다. 너무 걱정 말거라." 할머니의 답이다.

나는 움찔했다. 물론 걱정이 되었다. 가이드는 내 책 때문에 용운 삼촌의 가족이 위험에 처했다고 했다. "할머니, 할머니는 그곳에 안 계셨잖아요. 압록강 너머의 가족들을 보지 못했잖아요. 나는 그들을 절대 잊을 수가 없어요." 그들의 모습을 기억하자 목이 메어 왔다.

할머니는 고개를 흔들며 한숨지었다. 할머니가 내가 한 말에 대해 생각하시는 동안 숨죽여 기다렸다. 그렇게 고통스러운 시간이 한참 지난 후, 드디어 할머니는 한숨소리를 멈추고 자리에서 일어났다. "좋다. 네가 하자는 대로 따를 것이지만, 저 사람에게는 조심히 말해야 한다."

두 팔을 벌려 할머니를 꼭 끌어안고, 포근한 할머니의 품을 느꼈다. 그렇게 언제까지고 할머니 품에 머물고 싶었다. "다 잘될 거예요." 할머니의 말을 따라 중얼거렸다. 그러고는 당장 급한 일을 기억해 냈다. 너무 늦기 전에 아래층에서 기다리고 있는 가이드를 만나야 했다. 지금 그와 틀어져서는 안 된다. 그는 왠지 차가운 인상을 주지만, 그가 약속한 대로만 해 줄 수 있다면 우리에게는 분명히 필요한 사람이다.

로비에 내려가자, 깔끔하게 정리된 정원이 내다보이는 대형 창가로부터 떨어져 후미진 구석에 자리를 잡고 앉은 가이드가 눈에 띄었다. 실내에는 저녁 분위기에 맞게 어두운 조명이 켜져 있었으며 테이블에는 촛불이 깜빡이고 소규모 밴드가 연주를 하고 있었다. 밴드의 연주는 별로였다. 연주곡들은 보통 엘리베이터 안에서나 듣게 되는 한물 간 발라드풍의 팝송이었다.

내가 가이드를 마주하며 자리에 앉는 동안 그는 그대로 앉아 있었다. 그는 복사한 편지를 꼼꼼히 살피고 있었다. 담배를 감추듯이 교묘하게 손에 든 채, 말없이 편지를 읽고 있었다. 나는 그가 끝나기를 기다리며 천천히 에스프레소를 마셨다. 그는 다시 편지 앞부분으로 가더니 파란색 사인펜으로 여기저기 밑줄을 긋고, 어떤 부분에는 두 번이나 밑줄을 그었다. 그 일이 끝나자 펜 뚜껑을 닫고 담배를 한 모금 길게 빨았다.

"이 편지는…… 가짜입니다. 최순만이 당신의 아버지를 속이기 위해 편지를 위조한 것 같습니다." 가이드가 불쑥 말을 꺼내며 한국어를 이해하느냐고 물었다. 내가 가이드를 만난 이후로 별로 말을 하지 않았기 때문이다.

"네." 나는 웬만한 것은 대충 알아듣고, 그렇지 않은 경우에는 앞뒤 문맥으로 대충 이해한다고 설명했다. 그는 통명스럽게도 나에게 조용히 하라고 하더니, 소리를 낮추어 편지를 읽기 시작했다. 산스크리트어처럼 들리는 한글의 소리를 구별해 가며 편지의 내용을 따라갔다.

살아서 뵙고 싶은 어머니,

고통과 근심으로 보낸 시간이 46년이나 되었다니 믿을 수가 없습니다. 얼마나 더 이렇게 지내야 할까요?

지난 번 편지에 수표를 받았다고 말씀드렸습니다. 수표의 수취인을 중국에 있는 최순만으로 하시면 더 좋을 것 같습니다. 그럼 그가 다시 저에게 돈을 보내 줄 것입니다. 최순만 씨는 저에게 동생과도 같습니다.

그는 북에서 장사를 합니다. 최순만이 20만 원을 융통해 주어서 조그만 장사를 시작했고 덕분에 그럭저럭 지낼 수 있었습니다. 불행히도 집사람이 눈 수술을 하느라 병원에 가 있는 동안 집에 강도가 들었습니다. 순만이가 만 원어치의 물건을 주어서 다시 시작할 수 있었습니다.

어머니, 동생들에게 미화 5,000달러 정도를 더 보내 달라고 부탁해 주세요. 그러면 빚도 갚고 한 3,000달러 남는 돈으로 장사도 새로 시작할 수 있을 거예요. 3,000달러가 큰 사업을 꾸리기에 충분한 돈은 아니지만, 그래도 노점에서 이것저것 잡다한 물건을 팔 수는 있을 거예요. 조국이 그런 일을 권장하는 것은 아니지만 지금은 살려면 뭐라도 해야 하는 상황입니다.

순만이가 미국에 갈 수 있도록 도와주신다면 내 빚을 탕감해 줄 것입니다. 동생들에게 어떻게든 그를 도와주라고 부탁해 주세요.

어머니, 저는 엄마 품에서 떨어져 가시밭에 버려진 양입니다. 제발 5,000달러를 이 불쌍한 양에게 보내 주세요. 여기 조국의 상황은 이루 말로 다 표현할 수 없습니다. 인플레가 하늘을 찌르고, 그나마 조금씩 주던 배급이 지난 3년 사이 거의 끊겼습니다. 올해에는 심한 홍수가 생겨 그나마 집들과 추수한 식량이 다 떠내려갔습니다. 게다가 미국이 경제 제재까지 가하고 있어 살기가 이만저만 힘든 게 아닙니다. 우리 형편도 최악의 상황입니다.

이만 줄여야겠습니다. 올해가 다 가고 곧 새해가 밝아 옵니다. 소나무처럼 강하고 꿋꿋하게 지내세요. 그리고 당신의 아들을 꼭 보게 될 거라는 희망을 잃지 마세요.

1996년 12월 23일
장남 용운 올림

가이드는 빨갛게 타 들어가는 담배 끄트머리를 재떨이에 굴리면서 능숙하게 담뱃재를 털어 냈다. 그러고는 짧아진 담배꽁초를 재떨이에 비벼 끄더니, 다시 새것을 피워 물었다. "이런 편지는 절대로 북한을 빠져나오지 못해요. 이런 편지는 반역으로 치부되고 죽음을 불러올 수도 있어요."

"그 편지는 몰래 숨겨져 나왔고, 중국에서 부쳐졌어요." 내가 대답했다.

"아직도 북에 사는 주민들은 생명의 위협을 받는다고 생각하며 살아요. 그들에게는 생존에 대한 동물적인 본능이 있어요. 아무리 친한 친구라 할지라도 국가기밀에 해당하는 경제적 어려움에 관한 내용을 담은 편지를 믿고 맡길 수는 없는 것이지요. 사람들은 경제가 엄청나게 번영했다는 식의 얘기를 해야 하며, '위대한 지도자 아버지' '위대한 영도자 김일성' '사회주의가 최고다' 같은 뚱딴지 얘기를 으레 늘어놓아야 하는 거지요. 그런 것 외에 다른 얘기는 할 수가 없어요. 그런데 여기 보세요. 하나님이라고 했지요." 가이드가 손으로 가리켰다. 그러고는 갑자기 한국 상표의 88담뱃갑을 들어 보이며, 담배를 펴도 괜찮겠느냐고 물었다.

"네" 하고 대답하면서도, 나는 혹시 금연 표시가 있었으면 좋겠다고 생각하며 실내를 한번 둘러보았다. 금연 표시는 어디에도 찾아볼 수 없는 것이, 이곳에서의 흡연은 일상이다.

가이드는 말을 이어 갔다. "북한에서 사람들은 별거 아닌 것 때문에도 총살당해요. 그것도 한 방에 죽이는 것이 아니라, 열 발 정도가 발사돼요. 처음에는 양쪽 무릎에, 그러고는 양팔에, 목 쪽에, 그리고 맨 마지막으로 머리를 향해 발사하죠. 가족 한 명이 중형을 받게 되면, 아이들과 할머니, 할아버지를 포함해 가족 전체가 형을 받고 수용소에 보내져요. 북한에는 그런 종류의 수용소가 열 군데도 넘어요."

충격적인 얘기였다. 한반도의 면적을 어림잡아 뉴욕 주와 펜실베이니아 주를 합친 크기로 볼 때, 북한에 수용소가 열 군데 혹은 그보다 많이 있다는 것이다. 나는 그저 멍청하게 "그게 사실인가요?"라고 응수하고 말았다. 담배 냄새와 카페인이 만들어 낸 각성효과에다 두려움이 더해지면서 가슴이 쿵쾅거렸다.

"내가 최순만이라고 가정할 때, 내가 알고 있는 이용운 씨에게 미국에 부유한 가족이 있는 것을 알게 되었단 말이지요. 그러면 내가 이용운 씨를 이용할 수도 있는 거죠. 이해하겠어요?" 그의 설명이었다.

"네." 나는 그의 눈을 바라보며 대답했다.

가이드는 눈을 재빨리 편지로 돌렸다. "아버지께 이 일을 시작하기 전에 내가 세 가지를 부탁하더라고 전해 주세요. 먼저 할머니의 동의가 필요하고요. 둘째로 큰외삼촌의 동의도 필요합니다. 마지막으로 이 일은 전적으로 이혜리 씨 가족에 의해 진행되는 것임을 분명히 하고 싶습니다. 나는 가족이 아니어서 이런저런 결정을 내릴 만한 위치에 있지 않습니다. 나는 그저 조력자에 불과합니다." 그는 편지를 접어 테이블 위에 놓았다. "다시 확인합시다. 누가 결정을 내리는 거죠?"

"우리 가족이 할 겁니다."

"나는 누구인가요?"

"우리를 도와주는 사람입니다."

가이드는 내가 이 모든 상황을 진지하게 받아들인 것인지 의심하는 표정이었다. 나는 아무 대꾸도 하지 않았다. 그저 그곳을 떠나고 싶을 뿐이었다. 그가 들려준 이야기로 인해 머릿속이 복잡했다. 생각하면 생각할수록 몸이 긴장되어 왔다.

 짐도 풀지 않고, 샤워도 생략한 채, 그날 밤을 뜬눈으로 지새웠다. 침대에 누워 천장을 뚫어져라 보며 나의 어리석음을 자책했다. 내가 왜 내 책에서 용운 삼촌의 실명을 사용했을까? 왜 내가 애란의 편지를 책 뒤편에 수록했을까? 솔직히 말해서 책을 쓰던 당시에 어딘가에서 들었던 비밀경찰, 간첩, 세뇌교육 등의 이야기들이 머리를 맴돌았었다. 하지만 어쩐지 우리 가족과는 무관한 일들처럼 느껴졌었다. 내가 책에 적었던 내용 중에 위험 요소가 있을 것이라고는 전혀 생각하지 못했다. 북한에 대하여 쓴 다른 책들도 많이 나와 있었다. 내가 좀더 현명했더라면, 편지나 실명은 거론하지 않았을 것이다. 하지만 집단 수용소나 사형에 관한 무시무시한 얘기는 전혀 몰랐었다. 단지 전쟁으로 이별한 이산가족들의 상황에 대하여 얘기함으로써 무언가 뜻있는 일을 한 것이라고 생각했었다.

아들이 있는 풍경

V

동이 틀 때까지 이 생각 저 생각에 잠을 설치다가, 로스앤젤레스로 떠나려던 계획을 잠시 접고 홍콩에 있는 남자친구 스티븐과 시간을 보내기로 결심했다. 대충 샤워를 마치고 호텔을 나왔다. 오전 7시 즈음에는 다시 김포국제공항에 나와 있었다. 탑승을 위해 게이트로 향하던 길에 잡지판매대를 둘러보았다. 높이 쌓인 내 책이 판매 중이었다. 하이칼라의 인민복에 당원 모자를 쓴 용운 삼촌의 흑백사진이 표지를 장식하고 있다. 지금보다 더 좋은 시절에 찍은 사진이다. 사진에서 삼촌은 복장이 깔끔하고, 다소 슬퍼 보이기는 하나 몇 년은 젊어 보였다. 비행기에 오르면서 사진 생각으로 목이 뻣뻣했다.

비행기 좌석에 몸을 깊숙이 파묻고 긴장을 풀어 보려고 했다. 스티븐의 각진 얼굴과 가는 눈매의 매력적인 모습을 떠올리며 마음에서 잡념을 떨쳐 버리려고 했다. 이제 곧 그를 만나게 될 거라 생각하니 마음이 한결 진정되었다. 예전과는 다르게 처음으로 남자친구와의 관계에 확신이 생겼다.

스티븐을 알게 된 것은 UCLA대학 3학년 때의 일이다. 그 당시 나는 한국 남자와 결혼하지 않기로 결심했기 때문에 스티븐과는 좋은 친구 사이로 지내고 있었다. 10대 때부터 한국 남자애들은 내가 머리 숙여 인사하지 않고 자기들이 생각하는 여성상에 부합하지 않는다며 나를 백인 행세나 하는 이상한 아이로 몰았다. 반면 백인 남자들은 스물다섯 살의 여성이 결혼보다도 일에 더 흥미를 느낀다는 것에 별로 비판적이지 않았다. 그들은 소위 야망 있는 여성에 떨떠름해하지 않았고 오히려 나의 지성을 자극했다.

하지만 백인 남자들과의 관계는 오래 가지 못했다. 처음에는 그들을 감동시켰던 것들이 나중에는 그들의 신경에 거슬리게 되었다. 나와 만날 때면 항상 쌀밥을 먹어야 한다며 싫증을 냈고, 김치 냄새도 역하다고 했다. 내가 모든 문장을 '우리'로 시작한다며 부담스럽다고도 했다. 그들에게 나는 납득하기 힘든 여자였나 보다. 나에게 이상적인 부부의 모습을 보여 준 나의 부모는 시간을 거의 항상 같이 보냈다. 그들은 모든 것을 함께했으며 손발이 척척 잘 맞는 팀이었다.

나는 모든 것을 백인 남자친구들의 탓으로 돌리다가, 결국 나에게 문제가 있다는 것을 깨달았다. 한국계 아이들을 보면 '한국적인 유산을 받아들이고 자부심을 가져야 해'라고 훈계했지만, 정작 나 자신의 정체성은 온전히 받아들이지 못했다. 주윤발의 외모보다는 브래드 피트처럼 생긴 백인 남자들에게 여전히 끌렸다. 남자의 인품보다는 인종에 따라 매력을 느낀 것이다. 더 한심한 것은 내가 사랑하고 자랑스러워하는 나의 아버지가 속한 집단을 거부했다는 것이다. 하지만 아버지를 위해서라도 그리고 그가 나를 위해 희생한 모든 것을 생각해서 아시아인을 한번 만나보기로 했다.

서른 살이 막 되었을 때였다. 나는 당시 수염을 길게 기르고 음악을 하던 백인 남자친구와 막 결별한 상황이었는데, 홍콩에 있던 스티븐에게서 전화가 왔다. 그는 통화 말미에 홍콩에 한번 놀러 오라고 권했다. 그 통화 이후 1년 반이 지나서야 그를 만나러 갈 수 있었다. 나로서는 상당한 용기가 필요했던 것이다.

공항에 도착하자마자, 스티븐은 선물공세와 칭찬과 상냥한 매너로 나의 마음을 사로잡아 버렸다. 그는 나를 외로움의 껍질 밖으로 나오게 해 주었다. 그와 즐거운 시간을 보내고, 실컷 웃으면서 전에 다른 남자에게서는 느끼지 못했던 '정(情)'이라는 것을 느꼈다. 우리는 금세 가까워졌다. 연애기간도 필요 없이 연인이 되었다. 말 안 해도 서로의 마음을 읽는 듯했고, 거리낌 없이 음식을 같이 떠먹기도 했다. 내가 한국의 역사나 음식, 가족에 대한 의무 따위에 대하여 비판적일 때조차도 나를 충분히 이해해 주었다. 우리는 미래를 함께하는 것에 대해 끊임없이 얘기를 나누었다. 하지만 막상 그가 청혼했을 때, 나는 할 말을 잃었다. 기쁨과 함께 두려움이 엄습했다. 아시아에서는 나의 참모습으로 살 수 없다고 느껴졌다. 미국에서처럼 내 견해를 표현하고, 독립적으로 행동하고, 나의 일에 몰두하며 살 수 없을 거라고 생각되었다. 그곳에서 투자은행가의 아내로 사는 것이 행복할지 자문해 보았다. 그래서 좀 더 시간을 갖고 진지하게 생각해 보기로 했다. 중국의 압록강가에서 가족의 소중함을 깨달았고, 가족을 비롯해 소중하게 여기던 것들이 순식간에 사라질 수 있다는 것을 깨달았다. 내 마음도 변했다.

스티븐과 결혼하기로 마음을 정하고 나니 진정할 수가 없었다. 하루라도 빨리 소식을 전하고 싶어 예정되었던 다음 여행까지 기다릴 수가 없었다. 미국에 돌아가기 전에 그를 만나야만 했다. 홍콩이 눈에 들어오자 흥분으로 심장이 뛰었다. 하지만 비행기가 바다에 접한 활주로를 향해 하강하면서 아래에 펼쳐진 건물들의 밋밋한 지붕 위로 비행할 때, 잠시 주저하는 마음이 든 것도 사실이다. 홍콩은 바다에 접한 만이나 언덕들의 모습, 거대하게 얽혀 있는 고층건물들의 풍경이 맨해튼을 연상시켰다. 이곳이 아시아라는 점만 제외하면 말이다. 19세기 초만 해도 이곳이 돌과 산으로 이루어진 섬이었다는 것이 믿기지가 않았다.

카이탁 공항에 내리자마자, 거의 달리다시피 하여 카펫 깔린 복도와 공항터미널을 지나 출국심사대로 향했다. 그곳은 공항이라기보다는 흡사 가두 행진이 진행되는 거리 같았다. 곳곳에 붉은색, 푸른색, 노란색의 삼각기들이 '환영 97년,' '축 97년,' '홍콩 97년' 등의 문구를 달고 머리 위에서 펄럭이고 있었다. 대영제국이 그해 7월 1일에 가장 부유했던 식민지를 중국에 반환하기로 되어 있었다.

세관을 지나자마자 육상선수처럼 민첩하게 군중 사이를 헤치며 나아가 목을 숙여 낮게 걸린 빨간 벨벳 띠를 빠져나왔고 겨우 택시 뒷자리에 몸을 실었다. 택시는 좌측 도로에서 하얀색 라인에 바짝 붙어 운행하며 홍콩 섬 쪽으로 향하였다. 얼마 지나지 않아 공기에서 무언가 활기에 넘치면서도 왠지 거슬리는 냄새를 맡았다. 그것은 매연도, 음식 냄새도, 소금기 먹은 항구의 바다 냄새도 아니었다. 맨 처음에 홍콩을 방문했을 때는 이 냄새의 정체를 무어라 정확히 집어낼 수 없었다. 그 후 이곳에 차차 익숙해지면서 그 냄새가 '부'의 냄새인 것을 알았다. 이 음탕한 풍요로부터 피할 방도는 없다. 그것은 금과 옥과 다이아몬드로 가득 찬 상점에서 반짝거렸다. 벤츠와 롤스로이스에서도 반사되어 나왔다. 이층버스들, 건물들, 남자들이 매고 있는 넥타이, 여성들이 멘 핸드백이 그것을 말한다. 구찌 가방 하나와 프라다 부츠 한 켤레의 가격으로 북한 주민의 목숨을 살릴 수도 있다고 생각하니 정신이 번쩍 들었다.

택시는 휘어 감기는 언덕길을 돌아 섬에서 가장 높은 지역으로 향하는 도로에 들어섰다. 고가도로를 떠받치는 거대한 기둥에 아이들이 붉은색 스프레이로 낙서한 문구 'MTV Rules'가 눈에 들어왔다.

스티븐이 살고 있는 건물은 그 기둥들 저편에 있었다. 그의 아파트는 5층 전체 공간을 차지했다. 홍콩에서는 상당히 넓은 아파트였다. 스티븐은 이 집을 장만할 때 내 방까지 고려했었다.

스티븐이 주었던 복제열쇠로 문을 열고 들어갔다. 집 안에 들어서자, 필리핀 파출부 아주머니가 부엌에서 뛰어나왔다. 달랑 단출한 가방 하나만을 들고 서 있는 나를 보고 의아하다는 표정이다. 보통은 가방 여러 개를 거느리고 와서 몇 주를 지내곤 했기 때문이다. 나는 당황한 아주머니 앞에서 옷을 벗어 하나하나 건네주고 속옷 차림으로 서 있었다. 모두 쓰레기통에 버려 달라고 했다가 북한의 친척이 입었던 낡은 옷을 기억하고는 마음을 바꿨다.

곧장 침실로 향했다. 거울 앞에 선 내 모습에 놀라 멈춰 섰다. 내 모습은 온통 여행에 찌든 몰골이었고, 온몸이 근질근질하였다. 팔과 다리는 벌레 물린 자국으로 불그스름했고, 질끈 묶은 머리는 엉겨 붙어 있었다. 두 손으로 두피를 마사지하며 머리를 긁었다. 손톱 밑에 머리

비듬이 허옇게 묻어 나왔다. 빨리 여독을 씻어 내고 싶었다. 더운 물이 콸콸 쏟아지는 샤워기 아래에 서니, 탄성이 절로 나왔다. 향기 좋은 샴푸의 거품을 머리에 바르면서 이 모든 것이 과분하다는 생각까지 들었다. 더러운 때를 밀어 닦아 내자, 윤기 나는 부드러운 피부가 모습을 드러냈다.

옷장에는 모든 것이 질서정연하게 정리되어 있었다. 맨 위의 선반에서 옥색의 목욕가운을 잡아 다른 옷가지들이 흐트러지지 않게 조심하면서 끌어 내렸다.

사이즈가 큰 목욕가운으로 몸을 감싸고, 아파트를 살피기 시작했다. 모든 것을 마치 처음 보는 사람처럼 눈여겨봤다. 침실에는 철제 프레임에 캐노피 침대가 자리하고 있었고, 네 개의 캐노피 기둥에 걸쳐진 투명한 흰색 천이 바닥까지 늘어져 있었다. 침대 끝에는 커다랗고 화려한 벤치가 멋을 더했고, 그 위에 푸른색 붉은색이 어우러진 비단 쿠션이 놓여 있었다. 방에는 진주 모양을 한 꽃병과 담쟁이덩굴 화분이 하나 있을 뿐 단조로웠다. 창에는 커튼이 없었고, 벽에는 그림도 없다.

벤치에 앉아 보았으나 딱딱하고 별로 편하지가 않았다. 거실로 나가 눈에 띄는 의자들 위에 다 앉아 보고 나서, 기다란 등받이가 있는 편한 의자를 택해 앉았다. 거실은 중국식과 한국식을 조합한 분위기를 연출했으며 수작업으로 짠 페르시아풍의 양탄자가 깔려 있었다. 유일하게 미국적인 것은 수직으로 서 있는 캔우드 피아노였는데, 스티븐은 직장 스트레스가 쌓일 때면 영화 「사랑의 은하수」(Somewhere in Time)의 주제가를 연주하며 마음을 달래곤 했다.

내 양팔을 머리 위로 올려 마른 팔뚝을 올려다보았다. 지난 여행 중에 할머니를 계속 부축하며 다닌 덕분에 팔이 뻐근했다. 등받이 의자

126   아들이 있는 풍경

에 누워 그림 같은 창밖의 풍경을 바라보았다. 전망이 훌륭했다. 창밖 항구 저편으로 카울룬(kowulun)과 승객을 실어 나르는 페리까지 홍콩 전체가 눈에 들어왔다. 빨간 태양이 첨탑처럼 솟은 고층건물들 사이로 천천히 내려앉다가 이내 어둠 속으로 완전히 사라졌다. 그러나 어두움은 이 잠들지 않는 도시가 만들어 내는 화려한 불빛들로 반짝이기 시작했다.

8시가 다 되어 열쇠가 딸랑거리는 소리가 들렸다. 문으로 달려가 스티븐의 목을 감싸 안았다. 흠칫 놀란 그는 그저 목석같이 서 있었다. 보통 가까이 붙어 있는 그의 검은 눈썹 사이가 확 벌어졌다. 흠잡을 데 없는 감청색 양복에 흰 셔츠를 입고, 단정한 머리는 이마 뒤로 멋지게 넘겨져 있다. 그의 냄새도 친숙했다. 그의 체취를 맡으면서 더 가까이 끌어안았다. 그의 규칙적인 심장소리가 가까이서 들려왔다. 그의 손이 나를 감싸 안자, 드디어 나의 반쪽을 찾은 기분이었다.

다음 날 왠지 마음이 편치 않았다. 이따금씩 몸을 돌려 스티븐을 살펴보았다. 그가 변한 것인지 아니면 내가 변한 것인지 알 수가 없었다. 그는 변한 게 없어 보였는데, 그래도 무언가 예전 같지가 않았다. 오히려 멀리 떨어져 중국에 있을 때 그와 더 가까운 느낌이었다. 내가 그의 청혼을 받아들이겠다는 얘기를 꺼냈을 때, 그의 생각은 마치 다른 곳에 가 있는 것처럼 느껴졌고, 나는 입을 다물어 버렸다.

내가 예민한 것이라고 자책했다. 스티븐은 홍콩에서 가장 잘나가는 증권회사에서 두 번째로 높은 중요한 자리에 있었다. 그의 직업은 성격상 고도의 집중력을 요했다. 미국의 증권시계가 그의 머릿속에서 항상 움직였고, 증권시장의 폭발력에 따라 그의 심장이 같이 뛰었다. 이 모든 것을 알면서도 근심이 되었다. 불안한 마음을 떨쳐 버릴 수가 없었다. 그래서 내가 그를 배려하기로 했고, 나 스스로를 가꾸기로 했다. 시간이 지나면서 아파트를 장식해 보려고 꽃이나 커튼이나 바구니를 사들였고, 사진도 걸어 보았다. 식사가 적절히 준비되는지 확인하며 각별히 신경을 썼다. 당시 유행하던 내 옷 대신에, 스티븐이 사줬던 수수한 샤넬 옷으로 갈아입었다. 그러나 혹 스티븐에게 여유가 있어 저녁에 대화라도 나누려 하면, 단조로운 대답과 형식적인 웃음만이 돌아왔다. 다른 날에는 나와 마주하느니 차라리 자신의 친구들과 라켓볼을 치러 나갔다.

주말이 다가오자 더 이상 참을 수가 없었다. 주말에 집에 있지도 않았다. 토요일 아침 일찍 일하러 나가서는, 밤늦게 술 냄새를 풍기며 지친 모습으로 들어와 정신없이 잠에 골아 떨어졌다. 화가 났다. 화가 치밀어 불쾌감이 혈관을 타고 온몸으로 퍼지는 것 같았다. 겨우 마음을 진정하고 잠이 들었다가 옆방에서 들리는 이상한 소리에 잠이 깼다. 스티븐을 깨우려 팔을 뻗었으나 침대에 없었다. 심장이 두근거렸다.

일어나 차가운 마루 위에 섰다. 조심히 문을 열고 소리가 나는 쪽으로 향했다. 아무래도 옆방에서 소리가 점점 커지는 것 같아 무슨 일인가 하여 살짝 들여다보았다. 스티븐은 한 손에 담배를 들고, 검은색 파자마 바지만 입고 소파에 누워 있었다. 그는 TV에 나오는 쿵푸영화에 빠져 있었다. 담배 연기 자욱한 방에서 번쩍이는 화면에 비친 그의 모습은 평소보다 더 수척해 보였다.

나는 그의 옆을 지나 도발적인 표정으로 소파 주변에 섰다. 화가 치밀어 오르면서도 그의 곁에 있고 싶었다. 그러나 그는 나에게 관심을 보이지 않았다. 그의 눈은 TV에 고정되어 있었다. 갑자기 웃음이 터져 나왔다. 이 상황까지 온 것이 믿기지가 않았다. 나 이혜리가 남자를 유혹하느라 애쓰는 모습이 한심했다. 웃음소리가 딸꾹질 소리로 변하더니 이내 눈물이 볼을 타고 내렸다.

스티븐이 손을 내밀었다. 그렇게 한참 동안 손을 잡고 있었지만, 그는 여전히 낯설었다. 나는 뭐가 잘못된 것인지 몰랐고, 울음을 그칠 수가 없었다.

"왜 이렇게 됐지?" 내가 그에게 물었다.

그는 말이 없다.

그에게로 다가갔다. 가까이서 그의 얼굴을 들여다보았다. 다른 일 다 잊고 오로지 그의 눈을 바라보는 동안, 어떤 진실을 찾고 싶었다. 그의 눈에는 여전히 나의 마음을 녹이는 강렬함이 있었다. 그는 무언가로 인하여 고민하고 갈등하고 있었다. "무언지 말해 봐요." 내가 간청했다.

"나는 당신이 여기서 행복하지 않다는 것을 드디어 깨달았어." 그는 긴장한 목소리로 말했다.

"나는 행복해요." 나도 역시 두렵고 긴장되었다. "여기서 살 수 있어요. 당신과 함께 살고 싶어요. 이곳에 도착한 이후로 이 말을 하고 싶었는데, 당신이 그동안 너무 바빴어요. 나는 당신과 결혼할 마음의 준비가 됐어요."

그는 몸을 일으켜 내 앞에 섰다. 양팔로 자신의 어깨를 감싸고는 진지한 표정으로 가구들 사이를 왔다 갔다 했다. 그가 차갑고 멀게만 느껴졌다. 불현듯 나 때문만이 아닐 수 있다는 생각이 들었다. 다른 여자가 생긴 것일까? 두려웠지만 알아야만 했다. "다른 여자라도 있어요?" 단숨에 질문이 나와 버렸다.

긴 침묵 뒤에 스티븐이 조심스럽게 대답했다. "당신만큼 누군가를 사랑한 적은 없어." 그의 볼을 타고 눈물이 흐르기 시작했다. 조금도 빈틈이 없는 사람이 눈물을 보이자, 내가 오히려 당황했다.

스티븐은 마치 혼잣말을 하듯 계속했다. "내 자신에 대해서도 깨달은 것이 있어."

그다음 말은 왠지 듣고 싶지 않았다.

"내 가족을 만나 봐서 알겠지만, 내 아버지의 가족에 대한 사랑은 가족을 부양하는 것으로 표현되었고, 나의 어머니는 그것을 받아들였어. 당신은 그 이상을 기대해." 그는 평정심을 찾으려는 듯 어깨를 뒤로 젖히면서 담배에 불을 붙였다. "나는 지금의 위치에 오려고 정말 열심히 일했어. 내 목표는 물론 돈도 많이 버는 것이지만, 무엇보다도 아시아에서 가장 성공한 투자은행가가 되는 거야. 하지만 그 일은 잡념이 생기면 할 수 없는 일이야. 당신을 만나고 처음으로 미국으로 돌아갈까 생각도 해 봤어. 당신과 함께 있기 위해서 말이야. 이 일을 그만둘까도 생각해 봤어. 당신을 사랑하면서 이런 식으로 다른 생각을 하게 된 거야." 이 말을 마치고 그는 허공을 물끄러미 응시했다.

스티븐이 미국에 돌아가는 얘기까지 꺼낸 것으로 봐서 분명 나를 좋아하는 것 같았다. 그는 미국과 서구문화에 불만을 가지고 있었다. 그의 가족은 그가 열두 살 때 미국으로 이주했다. 그는 영어를 잘하지 못했기 때문에, 보수 백인층이 많았던 캘리포니아 오렌지카운티에서 보낸 그의 유년 시절은 고통스러웠다. 그는 '일본 놈'이니 '중국 놈'이니 하는 소리를 들으며 자랐다. 자신의 아버지가 음료수나 담배 노점상으로 뼈 빠지게 일하며 삶에 찌들어 가는 모습을 목격했고, 부모님이 누나의 서구 자유주의를 이해하지 못해, 결국 두 사람이 파경으로 치닫는 모습을 지켜봤다.

"나는 한 번도 당신의 일을 그만두라고 한 적이 없어요. 당신은 자신의 일을 잘 해내고 있어요."

스티븐은 나는 바라보며 고개를 갸우뚱했다. 그의 턱이 굳어졌다.

"혜리, 내가 어떤 일을 하는지 알아요?"

"물론이지요."

"내가 어떤 일을 하지요?"

"당신의 회사를 위해서 채권판매를 승인하죠." 이 질문이라면 처음이 아니어서 자신 있게 대답할 수 있었다.

"하지만 당신은 이 일이 재미없다고 생각하잖아, 내 말이 맞지요?"

"그렇지 않아요."

"인정하지 그래. 예술 하던 전 남자친구들이 더 흥미롭다고."

"틀렸어요."

"나는 내 일이 자랑스럽고, 누구보다 잘하고 있어." 일종의 분노가 그의 눈을 스치고 지나갔다.

"스티븐, 왜 그런 말을 하죠?" 그가 두렵기도 했지만, 무엇보다도 마음이 아팠다.

"혜리, 당신은 현모양처의 삶으로 만족할 사람이 아니야. 당신과 결혼할 수 없어." 그가 불쑥 말했다.

한 대 맞은 사람처럼 몸이 휘청했다. 차라리 맞는 편이 더 나았겠다. 눈물이 하염없이 흘러내렸고, 슬픔과 상실감으로 입술이 덜덜 떨렸다. 그가 무슨 말을 또 했는지 더 이상 들리지도 않았다. 목이 뜨거워졌고 숨이 가빠왔다. 홍콩으로 오는 비행기 안에서 스티븐과 결혼을 다짐하는 장면을 마음속으로 그려 보았었지만, 지금의 상황은 전혀 예기치 못했었다. 그가 무릎을 꿇고 변치 않는 사랑의 맹서를 해 줄 것으로만 생각했었다.

하늘에 번개가 쳤다. 창문을 부수기라도 할 것처럼 세찬 빗줄기가 유리창을 때리고 있었다. 몇 시나 됐을까? 어둠 속에서 침대 옆에 세워 둔 자명종을 끌어당겨 눈을 가늘게 뜨고 시간을 확인했다. 6시 45분이다. 스티븐은 벌써 일어나 욕실에서 출근 준비 중이다. 15분 후에 욕실에서 나왔을 때는 상큼하게 면도도 끝났고 양복도 입었다. 그는 면도하고, 머리를 손질하고, 하루를 위해 양복을 선택하는 일에 꽤 신경을 썼다. 주로 단색의 양복을 고집했고, 외줄 단추 디자인에 맵시 나는 삼단 단추 맞춤양복을 선호했다. 셔츠는 커프스단추가 있는 흰색이나 연한 하늘색의 셔츠를 애용했다. 넥타이는 생각할 것도 없이 항상 에르메스 제품이었다.

그의 삶을 복잡하게 하는 것은 바로 나였다.

스티븐은 손목시계와 출근가방을 집어 들며 뭔가 말하려는 것 같았지만, 귀 기울이지 않았다. 나는 조금이나마 그가 나를 염려해 주기를 바랐다. 혹여 그가 나가기 전에 사랑한다고 말해 주지 않을까 바라면서 철제침대에서 몸을 일으켜 봤지만, 왠지 팔다리가 떨려 다시 누웠다.

"원한다면 나중에 다시 얘기해." 그는 여전히 굳은 얼굴로 말했다.

나의 어깨를 살짝 눌렀을 뿐 다정한 입맞춤도 없었다. 이런 식으로 출근한 것은 처음이다. 실망감과 눈물을 보이지 않으려고 애써 태연한 척했다.

그가 문을 열고 다시 돌아오리라 바라면서 문을 뚫어져라 바라보았다. '하나님, 그가 잘못 생각한 겁니다. 제발 내 곁으로 돌아오게 해 주세요.' 그러나 스티븐은 다시 나타나지 않았다. 예전에 그는 나의 생각을 읽을 줄 알았다. 이제는 아닌가 보다. 내가 떠날 시간이 온 것을 알았다. 내 옷장이 빈 것을 보고 그가 안도할지 궁금했다. 그가 슬퍼할까? 그가 슬퍼서 꺼이꺼이 우는 것을 보면 후련할 것 같았다. 하지만 스티븐이 그런 약한 모습을 보일 리가 없다는 것도 잘 안다.

짐도 다 싸고 아파트를 떠날 준비가 끝났다. 현관을 나서기 전 차마 발걸음이 떨어지지 않아 문을 바라보며 잠시 머뭇거렸다. 스티븐의 물건을 하나 가져가고 싶었다. 그를 기억하기 위해서가 아니라, 오히려 그를 보내기 위해서.

물건을 찾아 이리저리 다녔다. 욕실에 그가 전날 입었던 하얀 셔츠가 걸려 있었다. 셔츠를 코에 대고 익숙한 화장수 냄새를 맡았다. 셔츠를 가방에 밀어 넣고 몸을 돌려 현관을 나왔다.

VI

1997년 5월 11일

공항 셔틀버스가 산타모니카 대로를 벗어나 내가 사는 동네로 들어섰을 때, 2미터 높이의 철제대문에 프랑스풍의 창과 아기천사 무늬의 테두리로 장식된 로열가든 아파트 단지가 눈에 들어왔다. 이 특이한 외관의 2층짜리 아파트에서 거의 3년을 살았다. 뜰에는 내가 '애들'이라고 부르는 나의 이웃들이 속옷 차림으로 일광욕을 즐기면서 차가운 마가리타를 마시고 있었다. 그들의 밝은 인사가 나를 멈춰 세웠다. 사람들이 좀 더 진지해지고 세상이 좀 달라졌기를 바랐었는데, 그렇지 않은 모양이다. 사람들은 여전히 웃어 대고, 일광욕을 즐기고, 마가리타를 마셨다.

아들이 있는 풍경

나의 아파트는 뜰 뒤편에 있었고, U자형 건물에서 왼쪽 코너에 위치했다. 아파트 현관문을 힘차게 밀고 들어섰다. 공기가 탁했다. 내 룸메이트였던 티파니는 동네 저편에 사는 남자친구와 살기 위해 떠났다. 사방이 흰색 벽으로 둘러싸인 이 아파트에 나 혼자인 것이다.

집에 돌아온 후로 3일 동안 거의 잠만 잤다. 고요한 아파트의 정적을 깬 요란한 전화벨 소리만 아니었으면 그렇게 계속 잠에서 헤어나지 못했을 것이다. 비몽사몽간에 헤엄치듯 손을 휘저어 전화기를 찾았다. 입이 바짝 말라 목소리도 나오지 않았다. 수화기 저편에서 깊고 낮은 목소리로 "여보세요" 한다.

"왜 집에 연락을 안 하니?" 익숙한 아버지의 목소리다. 아버지의 음성은 마치 천을 입에 대고 말하는 것처럼 탁하게 들렸다.

"아이고." 소파에 주저앉으며 내가 앓는 소리를 했다. 대낮에 다짜고짜 나를 깨운 아버지가 원망스러웠다.

가이드와의 무슨 중요한 약속이 있다고 나오라고 하셨다.

6시에 '용궁(Dragon)'이라 불리는 식당에 제일 먼저 도착한 것은 나였다. 이곳은 코리아타운의 번화가인 버몬트와 올림픽가에서 좀 떨어진 곳으로, 어느 미니 마트 옆에 위치했다. 나는 보호벽 역할을 하던 내 차에서 내려 꿈꾸는 기분으로 현관에 들어섰다. 식당은 한산했지만 거울로 이루어진 벽이 착각을 불러일으켜 넓은 곳에 많은 사람이 있는 것처럼 보였다.

좀 이상하고 종잡을 수 없는 목소리로 큰 테이블을 요청했다. 지난 며칠 동안 가장 길게 말해 본 것이다. 여종업원의 안내를 따라 탁한 물에 대게가 미끄러지듯 움직이고 있는 거대한 수조를 지나 거울 옆의 테이블로 갔다. 거울을 등지고 현관을 향해 앉았다. 곧 아치형 입구에 들어서는 엄마를 알아볼 수 있었다. 엄마는 어느 곳이든 항상 당당하게 나타났다. 엄마의 짧은 곱슬머리는 귀 뒤로 넘겨져 있었고 얼굴은 로션을 많이 발라 윤기가 났다. 엄마는 자신의 공장에서 만드는 편한 옷을 입고 있었다.

엄마의 꿈은 의사가 되는 것이었다. 전쟁이 한창이던 열한 살 때 공부를 계속하겠다고 결심했다. 남쪽으로 피난 오던 길에도 할머니 모르게 저고리 밑에 책을 숨겨 왔다고 했다. 공습을 피하고 꽁꽁 언 길을 지나 험한 산을 넘으면서도 책을 꼭 쥐고 있었다. 몇 주 동안을 동생들과 할머니 옆에서 꽁꽁 얼어붙은 발을 질질 끌며 걷고 또 걸었다. 하지만 할머니가 더 이상 업고 있던 아기의 무게를 버틸 수 없게 되자, 엄마는 그녀의 책과 꿈을 포기하고 할머니 대신 동생을 등에 업었다.

남한에서 할머니는 아이들을 위하여 겨우 생계를 꾸려 나갔다. 학교는 고사하고 먹을 것도 구하기 힘든 때였다. 엄마는 배추 트럭을 얻어 타고 할아버지 친구 분들에게 도움을 청하러 길을 떠났다. 그녀의 용기에 감동받은 할아버지의 친구들이 등록금을 마련해 주었다. 밤낮으로 공부에 열중한 엄마는 한국에서 상위권 대학인 고려대에 입학했다. 엄마가 의대 공부를 하겠다고 선언하자, 그녀의 교수님들이 불가능한 일이라고 만류하고 나섰다. 교수님들은 가정학을 공부해서 결혼하고, 과부인 할머니에게 맏딸 노릇을 하는 것이 마땅하다고 설득했다. 그 당시 여성들에게는 선택권이 많지 않았다.

우리 가족이 미국으로 이민 왔을 때, 영어가 짧은 엄마가 일을 찾는 것은 쉽지 않았다. 하지만 엄마는 반드시 일을 찾겠다고 결심했고, 아이들의 대학등록금을 벌겠다고 동분서주했다. 미국에는 무한한 가능성이 있다고 믿었다.

엄마는 싱어사(Singer, 세계 최대의 재봉틀 제조업체 - 편집자 주)의 재봉틀을 하나 구입해서 천쪼가리들을 모아 박으며 재봉연습에 매진했다. 재봉질이 어느 정도 능숙해졌을 때는, 아빠에게 운전을 가르쳐 달라고 했다. 매일 아침 아빠와 우리들을 각각 직장과 학교에 내려 주고, 시내에 있는 의복제조구역으로 향했다. 영어로 겨우 인사 정도나 할 수 있는 무경력자를 원하는 곳은 없었다. 그러나 포기하지 않았다. 모든 공장을 샅샅이 다 찾아다니다가 드디어 엄마에게도 일할 기회를 주려는 사람을 만났다. 엄마를 고용한 사람은 미국에서 엄마가 만난 첫 번째 흑인이었다. 그는 친절하고 인내심이 있었으며, 엄마가 할당량을 미처 다 처리하지 못할 때에는 일감을 집으로 가져가 마칠 수 있게 해 주었다.

길고 긴 수많은 밤을 환기가 되지 않는 차고에서 재봉틀에 매달려 있다가 일요일 아침이 되어서야 차고에서 나와 교회 갈 준비를 서두르곤 하던 것이 생각난다. 엄마는 그 후 재봉질에는 자신 있어도 운전을 하지 못해 일감이 없던 동네 한국아줌마들에게 일감을 주는 하청업을 시작했다. 어느새 도시 여기저기에 엄마로부터 일감을 받는 여자들이 늘어났다. 그렇게 엄마는 의류하청업자가 되었다. 아버지의 전폭적인 지지와 산타모니카의 집을 저당 잡혀 빌린 자본으로, '릴리(Lily)'라는 이름의 공장을 시작했다. 공장은 곧 100여 명의 직원을 둔 큰 사업으로 성장했다.

부모님은 그 어느 때보다도 더 열심히 일하셨다. 평일 저녁에는 아버지가 집안일을 분담했다. 아버지는 장을 봐서 요리를 하고 청소를 하면서 아이들의 숙제와 잠자리까지 챙기셨다. 주말에는 엄마의 공장 일도 도왔다. 그런 식으로 부모님은 그들의 젊음을 희생하셨고, 그 덕분에 나와 내 형제는 센 페르난도의 큰 집으로 이사하고 최고의 공립 학교를 졸업하여 의사도 되었다.

나는 부모님에게 항상 빚진 기분이었다. 스티븐과 결혼했다면 그동안 내가 속 썩인 일들과 나만 의사가 되지 않았다는 부분에 대하여 보상이 되었을 것이다. 그들을 매우 행복하게 해 주었을 것이다. 나는 그들을 실망시킨 것이었다. 실망은 일종의 재앙이다. 엄마가 내 옆자리에 앉을 때 차마 얼굴을 볼 수가 없었다. 내 속을 훤히 꿰뚫어 보는 엄마의 눈을 피하고 싶었다. 엄마는 내가 외모에 무신경해지고 잘 먹지도 않고 기도하지 않으면 단번에 알아봤다. 애써 태연한 척했지만, 엄마의 날카로운 눈이 내 얼굴과 내 몸가짐과 입고 있던 검은 바지정장을 살피는 것이 느껴졌다. 나는 일부러 등을 꼿꼿이 하고 앉아 있었는데 1센티미터라도 흐트러지면 바닥으로 무너질 것 같았다.

"아버지는 어디 있어요?"

"차를 주차하고 있다. 건삼 삼촌이 올 거다. 덕혜 이모는 아이를 데리러 갔다." 엄마가 대답했다. "스티븐은 어떠니?" 순간 내가 움찔했다.

"잘 지내요." 수치스러워서 사실대로 얘기할 수가 없었다. "건일 삼촌은요? 삼촌은 무슨 일인지 알아요?" 다른 주제로 말을 돌렸다.

엄마는 고개를 내저었다. 그러고는 잠시 생각에 잠겼다. "슬픈 일이다. 할머니에게는 아들이 셋이나 있는데, 결국 이렇게 되었구나. 아들 하나는 북한에 갇혀 있고, 둘째는 여기 살면서 연락도 잘 안되고, 막내는 살기가 어려워 할머니를 돌볼 겨를이 없으니. 모든 책임이 나와 네 아버지의 어깨에 있구나."

둘째 아들인 건일 삼촌은 55세가 되던 해에 동부의 해안가로 떠났다. 우리 가족 거의 모두가 미국이라는 나라가 허락한 혜택을 누리며 성공적인 삶을 살고 있을 때에, 삼촌은 자신의 삶을 야무지게 일으켜 세우지 못했다. 그것은 어찌 보면 할머니에게 원인이 있기도 한데, 서울에서 음악의 꿈을 키우던 삼촌을 재촉해서 우리가 살던 로스앤젤레스로 건너오게 했던 것이다. 자신이 사랑하던 기타를 포기하고 대신 미국여권을 쥐어 들었던 삼촌은 그 후 시작하는 사업마다 실패했고, 그 와중에 세 번의 결혼에 실패했다.

막내아들인 건삼 삼촌은 그래도 형편이 나은 편이었다. 그에게는 부인과 두 아이가 있었고 꽤 잘되는 사업도 있었는데, 일본에서 중고 엔진을 싸게 수입해 미국에서 이윤을 붙여 되파는 사업이었다. 엔화가 오르고 달러의 가치가 하락했을 때, 사업은 부도를 맞았다. 남은 것은 가족뿐이었다.

"내가 여자로 태어난 것이 한이다. 남자였으면 어떻게 해서든지 우리 집안을 일으켜 세웠을 텐데." 엄마가 신세한탄을 했다.

엄마의 목소리에서 묻어나는 고뇌가 내 마음에 전해졌고, 팔을 벌려 엄마를 감싸 안고 싶었다. 하지만 이마저도 내가 무너질까 봐 두려웠다. 컵에다 물만 자꾸 따랐다. 컵을 입에 대고 한 모금 마시니, 건삼삼촌이 날씨에 비해 두꺼워 보이는 모직양복을 입고 도착했다. 그러고 보니 삼촌을 본 지 꽤 오래 됐다. 사업이 부도를 맞은 후 삼촌의 모습이 변했다. 좀 더 마르고 안색이 어두운 데다 코를 찡긋거리며 이상한 콧소리까지 냈다. 더 슬픈 것은 우리와 왕래가 줄어든 것이다.

"들었어요? 총 12명이나 되는 두 가족이 5월 9일에 남으로 내려왔대요. 할머니하고 두 살짜리 어린애도 있었대요. 보트 배를 타고 내려오다 남한 해군에 의해 구조됐대요." 건삼 삼촌이 나지막한 목소리로 말했다. "서울당국은 그들이 누군가의 도움을 받은 것으로 추정한대요. 인스턴트라면이랑 담배와 휴대전화가 같이 발견됐대요."

"우리가 아는 가이드도 그 일에 관계했을지 몰라." 엄마가 희망적으로 추측했다.

"그런 일을 하는 사람들이 있는 줄 몰랐어요." 건삼 삼촌이 받았다.

고개를 들어 보니, 아버지가 식당 저편에서 이쪽으로 오고 있는 것이 보였다. 아버지는 미간을 찌푸리며 말했다. "가이드가 오기 전에 우리는 이 일을 할 것인지 말 것인지 결정해야 돼요. 그는 우리의 결정을 직접 듣고 또 우리 가족을 만나기 위해 여기까지 온 거예요."

"먼저 우리는 그의 말을 신중히 들어보고, 그가 믿을 수 있는 사람인지 확인해 봐야 해요." 엄마가 침착하게 말했다. 나와는 다르게 엄마는 항상 발은 단단하게 땅을 딛고, 눈은 크게 뜨고 세상을 보았다. "네 아버지의 친구가 그를 그렇게 강하게 추천하지 않았으면 그를 만나지도 않았을 거다." 처음 듣는 말이었다.

나의 호기심을 자극했다. "친구 누구요?"

"그건 알 필요 없다."

"누군데요?" 더 큰 목소리로 엄마를 채근했다.

"네 책을 계기로 알게 된 사람이다." 엄마가 웃었다.

무언가 찜찜했으나, 일단 주제를 벗어나기로 했다. 최순만이 용운 삼촌에게 1,000달러를 진짜 건넨 것으로 생각하는지 엄마가 물었다. "그 정도면 중국에서는 꽤 큰돈이에요. 처음에 몇 백 달러를 주고, 그 돈이 전달된 것이 확인되었을 때 더 주었으면 좋았을 걸 그랬어요. 이제 큰삼촌의 얼굴을 보게 해 준 대가로 그렇게 많은 돈을 받았으니 나중에는 더 많은 돈을 요구할 것이 뻔해요."

"왜 나쁜 쪽으로만 생각해요? 그의 가족은 이미 우리에게 많은 도움을 주었어요." 아버지가 단호하게 말했다.

가이드가 편지에 대해 언급했던 것이 생각나서, 가이드가 파란색 펜으로 줄을 그으며 표시했던 편지와 송월의 모가 압록강 저편으로 던지기 전에 몰래 찍어 두었던 쪽지 사진을 건넸다.

아버지가 큰 소리로 읽었다.

애란 아버지,

우리와 통화한 후에 18일에 할머니, 혜리, 혜리의 아버지 세 분이 중국의 우리 집에 도착했어요. 여기 국경에 그들을 데려왔어요. 할머니는 너무 연로하셔서 여기까지 올 수 없었지만, 혜리와 혜리의 아버지는 여기 우리와 함께 왔으니 나와서 인사해요. 할머니의 소원은 돌아가시기 전에 아들과 며느리를 한 번 만나는 거래요.

애란아,

아버지를 모시고 나와라. 우리에게 차가 있으니, 아버지를 태우고 할머니가 기다리고 계시는 곳으로 모시고 갈 수 있을 거다. 강을 건널 수 있도록 네가 잘 말해 보렴. 그리고 한 가지 부탁이 있는데, 너희 친척들에게 우리 얘기를 좋게 해 줘라. 우리가 그동안 별로 큰 도움이 되지는 못했지만, 큰 도움이 되었다고 말해 주면 고맙겠다. 우리가 중국에서 지내기가 힘드니 미국에 갈 수 있게 해 주라고 말해 줬으면 좋겠구나. 이미 여기는 지내기가 힘들다고 내가 다 말했다.

편지는 읽고 없애 버려라.

아버지의 표정을 살피며 의자 뒤로 몸을 기댔다. 그는 아무 말도 하지 않았지만, 눈가의 주름이 깊어졌고 입꼬리가 내려갔다.

"우리는 최순만과 아직 잘 지내야 하고 겨울의 탈출계획이 아직도 진행 중인 걸로 알게 해야 해요. 지금 연락이 끊기면 우리를 의심할 거예요. 그런 경우에는 그가 무슨 일을 할지 아무도 몰라요." 건삼 삼촌이 경고했다.

"처남 말이 옳아요. 그들이 우리를 적대하게 되면 모든 일이 수포로 돌아가요." 아버지가 단조로우면서도 진지한 목소리로 말했다. 그가 식당의 저편을 응시하면서 하던 말을 멈췄다. 그곳은 어느새 사람들로 붐비고 있었다. 입구 쪽에서 가이드가 성큼성큼 걸어오고 있었다. 푸른빛이 도는 검은 머리는 헝클어져 있었고, 캐주얼한 복장은 보기 좋았지만 역시 구김이 가 있었다. 살짝 미소 짓는 듯했지만, 표정은 여전히 굳어 있었다. 그는 실눈으로 우리를 찾았다.

우리가 모두 일어섰다. 그는 악수를 하고 머리를 숙여 인사했다. 나는 예의상 억지로 웃음을 지어 보였다. 그는 손을 내밀거나 인사도 없이 나를 무시하고 지나갔다.

"제가 셋째 아들입니다." 건삼 삼촌이 인사를 건넸다.

"제가 두 번째이면서 장녀입니다." 엄마가 고개를 숙여 인사를 했지만 눈에는 경계의 빛이 역력했다.

서로 예의를 갖춘 후에 우리는 조용한 방이 나기를 기다리며 시시한 얘기들을 주고받았다. 여주인이 나와 모든 방이 예약되어 있다고 알리면서 매우 난처해했다. 엄마는 감사하다고 답하고 이번에는 주인에게 가서 다시 사정을 얘기했다. 그러고는 곧 방으로 안내되었다.

방은 침대 하나만 들어와도 꽉 찰 것처럼 비좁아 보였지만 그럭저럭 어른 다섯이 상 하나에 둘러앉을 공간은 되었다. 가이드는 아버지와 건삼 삼촌 사이에 앉았다. 나와 엄마는 남자들을 마주보고 앉았다. 엄마는 신속하게 일곱 가지 정도의 요리를 주문했다. 서비스는 빠른 편이어서 15분 즈음 후에 여종업원이 접시들을 팔에 올리고 나타났다.

종업원이 물러가자 건삼 삼촌이 말을 꺼냈다. "본론으로 들어갑시다." 삼촌이 헛기침을 했다.

가이드는 들고 있던 젓가락을 접시 위에 가지런히 내려놓고 목을 가다듬었다. "저는 이번 프로젝트와 관련해서 가족들이 어떤 결정을 내릴지 직접 듣고 싶어서 여기까지 날아왔어요. 만약 이 일을 진행하기로 결정한다면 저는 내일 서울로 떠나 거기서 곧장 중국으로 넘어갈 계획입니다." 그는 인상적으로 들리게 낮은 목소리로 말했으나, 손을 입 주변에 대면서 이상스럽게 여성적인 몸짓으로 말을 마쳤다.

"비용이 얼마나 들까요?" 아버지가 물었다.

"아직 확실하지는 않지만, 배 한 척에 3만, 4만 불은 될 겁니다. 그렇게 되면 한 사람당 5,000달러 정도 드는 셈이죠."

"너무 비싸군요!" 아버지가 외쳤다. 모두 처음에는 비용의 규모에 놀랐으나, 사람의 목숨을 구한다는 생각에 이르자 비용이 그렇게 터무니없어 보이지는 않았다. 사실 한 사람의 목숨이 5,000달러라는 가치로 환산되었다는 것조차도 경박한 일이었다.

가이드는 동요 없이 계속 말을 이어 갔다. "비용은 대충으로 말한 것입니다. 가서 비용을 더 줄일 수 있는지 알아볼 겁니다. 생사가 달린 탈출이지만, 바가지 써서는 안 되지요. 하지만 배를 구하는 것이 쉽지는 않을 것이라고 미리 말해 두지요. 그리고 배에 관하여 몇 가지 중요한 내용을 확인해야만 합니다. 예를 들어 어떤 종류의 배가 적절한지, 바다에서 언제 들어오는지, 어디서 닻을 내릴 것인지, 친척이 곧장 배에 오를 것인지 아니면 다른 더 작은 배로 접근할 것인지, 배의 수용 능력이 어디까지인지, 예측 가능한 도착시간은 언제인지, 그 배로 북한 경계선을 충분히 빠져나올 수 있는지 등등입니다."

"이 모든 일이 진행되는 데에 시간이 얼마나 걸리죠?" 아버지가 또 낮은 목소리로 물었다.

"일단 창바이에서 닷새에서 길면 열흘까지 머무를 것 같아요. 지금이 5월 중순이니, 6월 말을 목표로 해요."

"그렇게 빨리요?" 건삼 삼촌의 눈썹이 올라갔다.

"일단 이용운 씨와 연락이 되고, 그가 모든 계획에 동의하면 지금 말씀드린 때 즈음에 들어가게 됩니다. 그때는 모든 일이 빨리 진행되어야 해요. 동네 사람들이 의심하지 않게 매우 조심해야 해요. 거기는 서로서로를 가까이서 감시해요. 그렇게 살벌한 곳이지요."

"중국에서 한국대사관으로 데리고 가는 것은 어때요?" 건삼 삼촌이 긴장으로 얼굴을 씰룩이면서도 계속 말을 이어 나갔다.

"그 방법으로는 성공을 보장할 수가 없어요. 대사관은 북한과의 평화유지라는 정치논리로, 처벌될 것을 뻔히 알면서도 탈북자들을 되돌려 보내요. 언론은 그런 것을 잘 다루지도 않아요. 황장엽 씨 같은 유명인은 물론 예외죠. 아시다시피 그는 북한에서 망명한 최고위 간부였고 오랜 내부인사였으니 말이죠. 그는 아직도 베이징에 있는 대한민국 영사관 어딘가에 숨겨져 있다고 해요. 그는 2월 12일 이후로 쭉 그곳에서 지내고 있어요. 혜리 씨의 책이 고려되긴 하겠지만, 정치적

망명이 거부될 가능성도 있어요."

대사관이 망명자들을 되돌려 보내고 심지어 아이들까지도 그렇게 한다니 믿기지가 않았다.

"그러면 미국으로 데려와야 할까요?" 아버지가 물었다.

"한국으로 들어가는 것이 비교적 쉽습니다. 7월 1일에 홍콩이 중국으로 반환되면, 홍콩은 더 이상 해양을 경로하는 탈북자를 받지 않을 것이기 때문에 대한민국 정부가 그 역할을 담당할 것입니다. 대한민국은 탈북자들을 위한 프로그램들을 만들어 놓았습니다. 일단 탈북하게 되면 정부가 정착을 도울 것이고 문화충격이 그리 크지 않을 것입니다. 나도 최선을 다해 당신들을 도울 것입니다. 중국에서 당신들을 도와줄 운전자와 가이드 역할을 할 사람들의 이름과 연락처를 드리겠습니다. 그들은 친척들을 위해 신분증을 만들고 숨겨 줄 것입니다. 당신들의 보호를 위해 몇몇 중국기관원에게 소개시켜 줄 수도 있습니다. 하지만 이 모든 결정들을 여러분이 해야 합니다. 당신 가족이 계획하고 결정해야 합니다." 여기서 가이드는 잠시 멈추고 천장을 올려다보았다. "나는 단지 조력자일 뿐입니다. 이해하시죠?"

"네." 아버지가 대표 격으로 대답했다.

"따라서 모든 비용도 가족이 지불해야 합니다." 가이드가 말을 마쳤다.

그때 엄마가 말을 꺼냈다. 그때까지 엄마는 왼팔을 테이블 위에 내려놓은 채 잠자코 듣고만 있었다. "지금 말씀하신 거로는 절반의 성공률이지만 우리는 어쨌든 이 계획을 실행해야만 합니다."

엄마가 이것저것 자세히 묻지도 않고 그의 계획에 동의하는 것 같아 깜짝 놀랐다. 엄마도 나처럼 실낱 같은 희망이라도 잡고 싶었던 것이고, 지금 이 사람이 그런 희망을 보여 준 것이다.

가이드는 말할 때 입을 가렸던 손을 내렸다. "지금 설명한 계획으로 진행하는 것에 동의합니까?" 그는 아버지와 건삼 삼촌의 얼굴을 보며 재차 확인했다.

"네." 부모님이 한목소리로 대답했다.

"그럼 이제부터 조심해야 합니다. 아무에게도 이 계획에 대해서 말하면 안 됩니다. 평양을 과소평가해서는 안 됩니다. 미국에도 많은 북의 간첩이 존재합니다." 가이드가 잠시 멈추었다. "한 가지 더 말씀드리면, 배의 가격을 협상할 때 이혜리 씨가 옆에 있으면 도움이 될 것 같습니다. 혜리 씨의 책을 보여 주면 배 관계자들도 협상이 함정이 아니라 진짜로 북의 가족을 위한 것이라고 신뢰하게 될 것입니다. 가격을 흥정하기에도 더 좋을 것 같습니다."

부모님과 삼촌이 나를 바라보았다. 침묵이 흘렀다. 나의 가족이 긴장했다. "그게 정말인가요?" 모두 이구동성으로 물었다.

가이드가 고개를 끄덕였다. "혜리 씨가 몇 살이죠?" 그는 나를 보지 않고 가족들을 향해 물었다.

모두 어색하게 웃음을 터뜨렸다.

나는 얼굴을 찌푸렸다. 내 접시 위에 있는 국숫발처럼 축 처지는 기분이었다. 상 밑으로 기어 들어가서 사라지고 싶었다.

"미국 나이로 서른둘입니다. 8월이면 서른셋이 되니까 한국 나이로는 서른넷이죠." 아버지가 또 나이를 들먹이며 신상정보를 밝혔다.

"여자는 때가 되면 결혼해서 애를 낳아야죠." 건삼 삼촌이 핀잔하는 투로 끼어들었다.

"한국에서 높은 자리에 있는 좋은 사람에게 혜리 씨를 소개하고 싶습니다." 가이드가 중매쟁이 역할을 자처한 것에 기가 막혔다. 전혀 중매자로 인정할 수 없는 사람이다.

"그게 문제가 아닙니다. 꽤 괜찮은 총각들이 많이 청혼했었는데, 다 퇴짜 놓았지요." 아버지가 신이 나서 자랑을 늘어놓으신다. "고등학교 때도 인기가 많았어요. 치어리더도 했지요. 그게 되기가 되게 어렵다고 해요. 활동도 많이 해야 하고 학생회에서 선출해야 된대요."

얼굴이 화끈거렸다. 나는 그저 팔짱을 낀 채 화를 참으며 앉아 있었다. 아버지가 치어리더 시절 얘기를 들먹이는 것이 싫었다. 그것 말고도 내가 성취한 것들이 더 있을 터인데. 치어리더 경력이나 남편감이 나에 대한 가치의 척도가 되는 것은 아니다. 나 스스로도 무언가 해낼 수 있고, 나만의 색깔이 있는 진정한 모습을 사람들에게 보여 주고 싶었다. 남자들보다 더 잘할 자신이 있었다.

"내가 하겠어요." 아버지와 엄마를 번갈아 보며 말했다.

부모님도 두려운 눈빛을 교환했다.

"내가 할 수 있다니까요." 강해지는 느낌으로 재차 말했다.

잠시 침묵 후에 엄마가 말했다. "혜리는 갈 자격이 있어요. 혜리의 책이 아니었다면, 우리가 오늘 이곳에 모여 이런 계획을 의논할 일도 없었겠지요."

그렇게 나의 합류가 결정되었다.

두 번째
여행

VII

_1997년 5월 28일_

나의 삶은 북에 있는 가족의 탈북을 돕는 일을 중심으로 돌아가기 시작했다. 다른 것은 아무것도 생각할 수가 없었다. 약 2주를 대기상 태로 기다린 후에 드디어 가이드로부터 은밀한 전갈이 왔다. 그즈음 에 나는 기운도 차렸고 정신도 맑아졌다. 이상하게도 두렵지는 않았 다. 조금 꺼림칙한 것은 가이드와 단 둘이 시간을 보내게 될 것이라는 전망이었다. 그는 대체로 뭔가 불편해 보였고, 특히 감긴 듯한 그의 눈은 사람을 똑바로 보지 않았다.

괜한 걱정은 잊고 여행 가방을 챙기는 데에 집중하려고 했다. 친구 로부터 꽤 쓸 만한 등반용 배낭을 하나 빌렸다. 처음에는 여기저기 복잡하게 달려 있는 조임줄과 조절핀 들에 당황했지만, 일단 각각의 용도를 모조리 파악하고 난 후에는 내 등의 사이즈에 딱 맞게 조절할 수 있었다. 어깨와 엉덩이 쪽의 줄들은 척추에 무리가 가지 않게 무게를 분산시키는 역할을 했다. 배낭이 마음에 꼭 들었다.

다음으로 그럭저럭 중국인으로 보일 수 있는 옷을 찾아 옷장을 뒤졌다. 한참 옷장을 쳐다보다가 골라낸 것은 발목이 좁아져 활동하기 편한 밤색 바지, 크림색 반팔 니트, 지퍼 후드와 이것저것 숨길 수 있는 커다란 주머니가 달린 검은 재킷이었다. 이번에는 통굽부츠 말고 다른 것이 필요했다. 옷장 벽 뒤쪽에 가지런히 놓여 있는 신발들을 훑어보고 가장 튀지 않는 것을 한 켤레 골랐다. 낮은 굽의 질긴 밤색 단화가 제격일 것 같았다.

옷을 다 고르고 난 후에는 각종 고지서에 대비하여 수표를 보냈고, 혹시 몰라서 6월분과 7월분에 대한 집세도 미리 지불했다. 필요한 전화번호도 챙겼다. 다이어리를 뒤적이는데, 하얀 명함이 툭 떨어졌다. 샌디에이고에 사는 ABC사의 앵커우먼이 준 것이었다. 방송에서 내 책을 다룬 적이 있는데, 그때 리안 킴을 만났다. 그녀는 남이 써 준 멘트나 읽는, 외모밖에 볼 게 없는 모델 출신의 방송인이 아니었다. 그녀는 훌륭한 기자였고, 만나자마자 호감과 신뢰감을 주었다. 명함을 보고 있자니 좋은 생각이 떠올랐다. 카드가 잘 보이게 스탠드 위에 올려놓고 전화 다이얼을 돌렸다. 접수원이 곧장 리안과 연결시켜 주었다.

"안녕, 잘 지내요?" 리안이 친근한 어투로 전화를 받았다.

나는 일단 너무 많은 것을 밝히지 않는 선에서 그녀에게 상황을 설명했다.

"놀라운 이야기야. 지금 당신이 말하는 일이 성공한다면 방송에 내

보낼게요." 그녀가 말했다.

"이 일은 당분간 비밀로 해야 돼요. 모두가 무사히 나올 때까지는 아무것도 언급돼서는 안 돼요." 주의를 줬다. 마지막 수단으로 필요하다면, 언론을 이용해서라도 대한민국 정부가 친척들의 망명을 허락하게 해야겠다고 생각했다.

"비디오 촬영 장비는 챙겼나요?"

"그럴 계획은 없었는데요." 압록강 지역에서의 사건을 기억하며 내가 대답했다.

"하나 가져가요. 가능한 한 많은 것을 찍는 게 좋겠어요. 대부분의 사람들은 그곳에 가 본 적이 없어요. 그곳 상황을 눈으로 볼 수 있다면 당신의 이야기를 믿어 줄 거예요. '보는 것이 믿는 것'이라는 말이 있잖아요."

그녀의 말에는 일리가 있었다. "알았어요. 그렇게 할게요."

"행운을 빌어요, 혜리."

리안과 전화를 끊으면서 불안한 느낌이 들었다. 그녀와 통화하길 잘했다고 믿고 싶었다. 노트북 컴퓨터를 켜고 북한과 중국에 관한 기사와 글들을 검색하면서, 출발 전에 처리해야 할 일들의 목록을 짚어 봤다. 목록을 몇 번이고 확인하면서, 마지막 항목까지 체크한 후에 차를 운전하여 로렐 캐년으로 향했다. 뱀처럼 구불구불한 길을 올라 101번 도로에 진입하기 위해 속도를 냈다. 이번 여행을 빨리 시작하고픈 생각이 간절했다. 내 옆에 북서방향으로 희뿌연 센 페르난도 밸리 전체가 펼쳐져 있었다. 동쪽으로는 센 가브리엘 산의 거대한 돌출부가 눈에 들어왔다. 내 작은 폭스바겐은 차선을 바꿔 가면서 옆에서 질주하는 덩치 큰 차들을 따돌리며 부모님이 사는 라 크레센타를 향하여 달려갔다.

　부모님의 집은 그 블록에서 가장 큰 집이다. 그 집의 앞뜰에는 거대한 소나무가 세 그루나 있고 으리으리한 나무 대문이 있다. 부모님은 불과 2년 전에 이곳으로 이사하셨다. 나에게는 아직 내 집으로 느껴지지 않는 집이다. 내 눈에는 너무 크고 너무 신식이었다. 집이 커서 주인이 부자일 것 같은 인상을 주었지만, 사실 부모님은 남의 빚을 떠안아 갚고 있었다. 교회의 장로를 믿고 박스 만드는 공장의 계약서에 보증인으로 서명을 했던 것이다. 그 친구는 몰래 부도를 내고 외국으로 도망하였고, 나의 부모님만 남겨져 위협적인 채권자들과 뺀질뺀질한 변호사들을 상대하게 된 것이다. 부모님이 이용당하는 걸 보면 화가 났지만, 부모님은 그렇게 생각하지 않았다. 기독교 신앙의 힘으로 남을 도왔다고 생각하며 용서를 연습하셨다.

　열쇠로 문을 열고 들어갔다. 문에 들어서자마자 할머니의 두 여동생인 이모할머니들이 현관으로 달려 나왔다. 둘째 할머니는 대리석 마루 위에 엉덩이를 끌며 나와 나를 향해 손을 뻗으셨다. 반가운 함박미소가 주름지고 마마흉터가 남은 할머니의 얼굴에 퍼졌다. 놀라운 것은 할머니가 숱한 고생을 하고도 아직 어린아이와 같은 영혼을 가지고 있다는 것이다. 할머니는 네 살에 소아마비로 불구가 되었고, 그 이후로 식사하거나 화장실에 가는 것도 남의 도움 없이는 혼자 할 수 없었다. 불구로 다 죽어 가는 여식에게 아무런 희망이 없다고 생각한 그녀의 어머니는 딸아이를 안뜰에 놓여 있는 커다란 맷돌 위에 올려 놓고 죽게 내버려 두었다. 며칠 동안 내버려졌던 아이는 용케 죽지 않았고, 어머니는 결국 아이를 다시 집 안으로 거두어들였다.

　반면에 막내 할머니는 항상 엄한 모습이었다. 할머니는 얼굴을 찌푸린 채 집 안을 활보했고, 등은 앞으로 굽어 있었다. 세 명의 아이들이 먼저 세상을 떠나는 슬픔을 겪었기 때문이다. 할머니의 아들은 14살 때에 자동차 사고로 목숨을 잃었고, 두 명의 딸은 병으로 세상을 등졌다. 어린 자식들의 죽음으로 할머니는 무서운 여자가 되었다.

"혜리야, 수고했다." 할머니들은 내가 고생했다며 격려해 주셨다. 그들의 떠들썩한 웃음에는 슬픔이 깃들어 있었다.

엄마가 슬리퍼 소리를 내며 뒤따라 나왔다. 엄마는 한국인이 운영하는 부동산업소를 홍보하는 빨강, 파랑, 하얀색의 태극무늬 앞치마를 하고 있었다.

내가 신발을 벗는 동안 세 명의 여인들은 나방처럼 내 주위를 맴돌았다. 그들은 나를 식탁으로 인도했다. 식탁은 잔뜩 차려진 음식들로 그야말로 다리가 휠 지경이었다. 할머니들과 엄마가 사랑을 표하는 방식 중 하나가 음식을 통해서이다. 배가 고프지는 않았지만, 그래도 접시에 음식들을 담았다.

친척과 가족 모두가 서재에 모여 있었다. 사람들은 소파에 붙어 앉거나, 회색 카펫 위에 자리 잡거나, 거실에서 들여온 여분의 의자에 앉아 있었다. 그 의자들은 한인 타운에서 산 루이 14세풍의 촌스러운 의자들이었다. 다른 가구와 어울리지도 않았다. 가구나 장식이라고 해야 어울리지 않는 한국 장식품에 벽 하나를 꽉 채운 TV세트장, 그리고 예수의 모습이 들어간 기념물들이었다. 예수의 십자가상과 마지막 만찬 그림이 비단 수예 벽장식과 함께 아빠가 직접 그린 시화 사이에 걸려 있었다. 장식장에는 부모님의 헌신적인 교회 봉사에 대하여 받은 황금빛 감사패들이 빽빽이 세워져 있었고, 두 살짜리 조카 조단의 사진과 액자들이 또 다른 한쪽 칸을 채우고 있었다.

음식접시를 탁자 위에 놓고 바닥에 앉았다. 조카 조단과 덕혜 이모의 다섯 살 난 딸 제시카가 내 무릎 위에 와 앉았다. 내가 압록강 변에서 찍은 사진들을 하나하나 내놓자 식구들이 몰려들었다. 용운 삼촌의 모습은 어두운 반점 하나로 남았다. 당시에 너무 서둘러 찍는 바람에 초점을 맞추고 할 겨를이 없었다. 모든 일이 너무 빨리 일어났다.

"할머니가 용운이를 봤니?" 막내할머니가 사진을 눈에 가까이 갖다 대며 말했다.

"너는 만나 봤지, 그렇지?"

"어떻게 생겼니?"

"북한은 어때 보였니?"

그들은 모두 나를 빤히 쳐다보며 내 얘기를 경청했고 가끔 혀를 차기도 했다. 나는 쏟아지는 질문들에 영어와 한국어로 최선을 다해 답해 보려 했다. 질문들로 인하여 압록강 변에서 겪었던 일의 기억이 되살아났고, 그때 느꼈던 감정들이 다시금 마음을 때렸다. 끔찍한 냉기와 슬픔과 무력감, 그리고 우리를 도와주지 않던 하나님이 생각났다.

그때 때마침 아버지가 분위기를 정리해 주어서 그저 다행이라 생각했다. 아버지는 내 책의 번역본 한 권과 비행기 표 한 장을 건네주셨다. 그러고는 우리가 옌지에서 받지 못했던 애란의 편지를 보여 주셨다.

보고 싶은 할머니께,

마치 꿈을 꾸고 있는 것 같습니다. 할머니께서 이렇게 가까이 계시는 걸 알면서도 뵈러 갈 수 없다는 게 참 괴롭습니다. 할머니께서 옌지까지 그 먼 거리를 오셨는데, 우리는 이렇게 꼼짝도 못하고 있으니 하늘과 땅이 얼어붙어 버린 것 같습니다. 제가 어떻게 해야 하나요? 제가 며칠 전에 출산한 몸만 아니었으면 당장 할머니께로 달려갔을 겁니다.

지난번에 강을 사이에 두고 고모부와 혜리를 만난 이후로 우리는 눈물로 하루하루를 지낸답니다. 우리는 너무 놀라서 아무것도 할 수 없었습니다. 안타깝게도 아버지의 고혈압이 나빠져 할머니께서 아직 옌지에서 기다리신다는 말을 하지 못했습니다. 가슴 아픈 일이지만 겨울 때까지 기다리는 게 더 좋겠어요. 그때까지 아버지의 건강을 잘 챙길 테니, 우리 그때 모두 만나요.

송월의 엄마와 아버지는 좋은 분들입니다. 우리는 친형제처럼 서로 돕고 있습니다. 불행하게도 그들이 북조선에서 사업을 하다가 부도가 났습니다. 할머니, 그들을 조금 도와줄 수 없나요?

할머니께서 이 멀리까지 오시고도 헛걸음하신 것 같아 괴롭습니다. 할머니, 아버지를 보내지 못한 것은 제 잘못이니 저를 탓하세요. 제가 기력을 회복하면 무슨 방법이건 찾아서 아버지를 만나게 해 드릴게요.

아버지가 나중에 말해 주신 것은 강가에서 두 분과 만날 때 고모부와 혜리가 말하는 소리를 알아들을 수가 없었답니다. 아버지가 할 수 있는 일은 그저 눈물을 흘리면서 강물에 얼굴을 씻는 것뿐이었습니다. 그 얘기를 들으면서 우리도 같이 울었습니다.

송월의 엄마가 가져다준 물건 목록

　여성 내의 긴 것 5, 남성 내의 긴 것 6, 블라우스 5, 팬티 3, 양말 4, 속치마 1, 빨간 내복 1, 수건 2, 러닝셔츠 1, 감기약 3, 시계 2, 바지 2, 립스틱 1, 쌀 5자루, 현금 1,000달러

추가로 우유가루, 양말, 양복감, 속옷 등을 더 받았어요.

1997년 4월 29일

나는 편지를 들고 아버지가 부드럽게 읽어 내려간 단어들을 다시 살피면서 정말로 애란이 쓴 편지인지 아니면 최순만이나 그의 아내가 쓴 것인지 판단해 보려 애썼다. 엄마도 편지의 진실성 여부를 의심하는 눈치였다. "큰삼촌을 만나게 되면 이 편지가 진짜인지 확인하고, 무엇보다도 할머니들의 생신과 외삼촌 형제들의 생일을 순서대로 기억하는지 꼭 확인해야 된다." 엄마가 걱정스레 일렀다.

"그건 어려울 게 없어요. 외삼촌의 얼굴을 여기 사진과 비교해 보면 돼요." 아버지는 책표지에 실린 외삼촌의 흑백사진을 가리켰다. 지금 다시 보니 용운 삼촌의 인민복 가슴 부분에 단추만 한 크기의 김일성 배지가 달려 있다.

엄마가 책을 집어 들고 사진을 손으로 더듬었다. "이 중년의 남자가 과연 내 오라버니인지 잘 모르겠어요. 맞는 것 같기는 한데 확신이 없어요. 헤어졌던 16살 때의 모습만 기억이 나요. 혜리야, 외삼촌한테 우리 가족에 관한 것을 이것저것 물어봐야 해. 진짜로 삼촌이 맞는지 확인하는 것은 다 너에게 달려 있다."

순간 당황하여 머릿속이 하얘졌다. 너무 많은 생각이 머리를 맴맴 돌아서 정작 아무런 생각이 나지 않았다. 책에서 다루었던 여러 가지 이야기들이 떠올랐지만, 그 무엇보다도 할머니와 삼촌이 헤어지기 전에 가졌던 마지막 시간에 대한 기억이 떠올랐다.

"나는 여기서 너를 기다리고 있을 테니, 제발 무사히 돌아와야 한다." 할머니는 아들을 품에 끌어안고 놓고 싶지 않았지만, 결국 아들을 떠나보내야 했다. 외삼촌은 아직 면도도 하지 않는 16세의 나이였지만, 집안의 남자로 여겨졌다. 아들이 남쪽으로 떠날 채비를 하는 동안 할머니는 그저 눈으로 아들을 어루만질 수밖에 없었다. 아들의 모습이 밤의 어둠 속으로 사라진 후에도 할머니는 한참 동안 대문을 열어 놓으셨다. 그런 식으로 장남에게 이별을 고하게 될 줄은 꿈에도 생각지 못했었다. 무고한 사람들에게 너무나 큰 대가를 치르게 한 전쟁을 원망하고 저주했다.

"내가 제대로 확인하지 못하면 어떡해요? 할머니만이 제대로 확인할 수 있어요." 겁이 나서 내가 말했다. 처음으로 주저하는 마음이 생겼다. 엄마에게 생각이 바뀌었다고 말하고 싶었다.

엄마는 나를 충분히 이해한다는 표정으로 미소 지었다. 엄마의 미소는 믿음으로 충만했고 '너는 잘 해낼 거야'라고 말하는 것 같았다. "할머니와 동행하게 되면 시간만 지체될 뿐이야. 너와 북의 가족이 모두 무사히 한국에 도착하면, 할머니는 그곳에서 모두를 만나게 될 거야. 그래서 지금도 서울에 있는 김 장로님 댁에 남아 계신 것이고. 자, 여기 이것도 너에게 도움이 될 거야." 엄마는 밤색 지갑을 열어 짧은 머리의 20대 남성 모습을 담은 오래된 사진을 한 장 꺼냈다. 사진 속의 남자는 줄무늬 양복에 조끼와 넥타이까지 갖춰 입고 한눈에 봐도 멋쟁이다. 그의 진한 눈썹의 시선이 나를 응시한다. "전쟁 통에 겨우 남아 있는 사진 중에 하나다. 진짜 외삼촌이라면 우리 아버지의 모습은 한눈에 알아볼 거다."

사진을 여권 안에 안전하게 끼워 넣었다. "큰삼촌에게 비디오로 전하고 싶은 말 있으세요?" 내가 혹시나 해서 물었다.

엄마는 흥분된 표정으로 소파로 가서 등을 펴고 앉았다. 엄마도 할머니가 그랬던 것처럼 두 손을 다소곳이 무릎 위에 놓았다. 카메라 렌즈를 보며 엄마가 말을 시작했다. "오라버니가 중국에서 혜리를 만날 수 있게 해 달라고 매일 밤낮으로 기도할게요. 혜리를 나로 생각해 주세요. 나와 어머니도 같이 가고 싶지만 너무 위험하대요. 어머니는 서울에서 기다릴 겁니다. 중국에서는 사진으로 인사하지만 한국에서는 우리 직접 만나요. 모두 잘 지내기를 바라요. 몸조심하세요." 여기서 멈추시며 끝내셨다.

엄마는 양손을 내 어깨에 얹고 나를 지긋이 바라보셨다. 엄마는 격해지는 감정을 누르며 말했다. "모두를 다 구해 와야 해. 한 명도 남겨 둬서는 안 된다." 나를 끌어당겨 볼을 대며 꼭 안아 주셨다. 엄마가 내 어깨를 꽉 잡는 것이 느껴졌다.

엄마의 말들을 다시 되새기자니 입에 침이 말랐다. 비극이 다시 되풀이되는 일은 없어야 한다고 생각했다.

10시 30분. 이제 떠날 시간이었다.

모두가 작별을 고하고 있는 와중에 밴드의 연주 연습을 끝내고 돌아온 남동생 데이비드가 세 시간이나 늦게 도착했다. 파랗게 염색한 머리는 야구모자 안에 가려져 있었다. 부모님이 근엄한 얼굴로 동생을 바라봤다. 동생이 사는 방식에 대한 실망감이 역력했다. 부모님은 장남으로서 가족의 이름을 짊어진 동생에게, 드럼을 포기하고 대학으로 돌아가 점잖은 직업을 찾으라고 틈만 나면 설교하셨다. 나는 그럴 때면 건일이 삼촌을 보라면서 보통은 동생을 두둔했는데, 부모님이나 나나 이번에는 다른 생각으로 머리가 복잡해 설교는 생략했다. 아버지가 우리를 태우고 공항으로 가는 차 안에서, 우리는 여러 가지 의혹과 추측으로 가는 내내 마음이 뒤숭숭했다. 북의 가족들이 지금쯤이면 강을 모두 건넜을까? 아니면 이제 막 강을 건너려는 참일까? 그런 생각들을 떨쳐 버릴 수가 없었다. 그들이 차디차고 어두운 강을 터벅터벅 건너는 모습이 계속 떠올랐다.

"다 왔다." 아버지가 로스앤젤레스 국제공항의 터미널 건물 앞에 차를 바짝 붙여 세우며 말했다.

재빨리 차 뒷문을 열고 나왔다. 아버지가 차를 주차하는 동안 엄마와 나는 손을 꼭 잡고 대한항공 카운터로 향했다. 탑승시간이 뒤로 미뤄지면서 출발시간은 새벽 1시 40분이 되었다. 큰 마음먹고 마일리지 포인트를 사용해 좌석을 비즈니스로 변경하기로 했다. 긴 여행이 될 것이고 배낭이 벌써부터 어깨를 눌러 내리고 있었다. 짐이 혹여 분실될까 봐 짐칸으로 보내지 않았었다. 배낭에 든 것은 카메라 장비, 빈 테이프, 기타 서류들이었다. 내 옷가지는 별로 챙기지 않았다. 내가 신경 써서 챙긴 것은 친척들이 갈아입을 옷가지랑 애란의 갓난아기를 위한 아기 옷들이었다. 옷을 건네주기 전에 미국 상표들을 떼어 내야겠다고 생각했다.

아버지가 소란스러운 무리를 지나 민첩하게 이쪽으로 걸어오는 것이 보였다. 우리 가까이에 도착했을 때는 숨을 몰아쉬면서 두려운 표정이었다. "중국에 도착하면 여기저기 다니지 마라. 가능한 한 숨어지내야 한다. 미국 여자는 괜히 시선을 끄니까 각별히 조심해라."

"잘 알아서 할게요." 부모님을 위해서라도 자신 있게 답했다. '나는 잘할 거야.' 혼자 게이트를 향하면서 스스로에게 재차 다짐했다.

새벽 1시가 지나서 탑승이 시작됐다. 지치고 예민해진 승객들은 한 명씩만 지나가게 돼 있는 입구로 한꺼번에 몰려들었다. 비즈니스 칸의 안락한 의자에 자리를 잡자마자 두꺼운 서류뭉치를 꺼내 무릎 위에 올려놓았다. 야후 사이트에서 각종 보고문과 뉴스기사문 들을 황급히 출력해 놓았다.

먼저 목적지인 다롄(大連)이라는 도시에 관하여 읽었다. 다롄은 서해와 랴오닝 성 남부의 보하이 해(渤海)와 접해 있었는데, 랴오닝 지역은 중국의 동북부에서도 남쪽에 위치한다. 항구가 얼지 않는다는 이점으로 인해 러시아는 19세기 이곳에 무역센터를 차렸으나, 러일전쟁 때 일본에 빼앗겼다. 이 항구에 대한 최근의 정보라곤 안타깝게도 1992년에 관한 것이다. 기사는 이곳에 중국 최대의 조선소가 있다는 것과 이곳에서 6700만 톤이 넘는 화물을 처리한다고 설명했다. 그런 정보는 나에게 별 도움이 되지 않았다.

다음으로 북한에 관한 기사를 찾았다. 내가 싸우고 있는 것의 정체가 도대체 뭔지 알고 싶었다. 놀랍고 믿기 힘든 내용들이었다. 김일성이 죽은 지 3년이 지났건만, 1인 독재체제에서 자행되는 온갖 종류의 인권침해에 관한 기사들이었다.

김일성의 당은 사람들을 출생에서 죽을 때까지 통제하였다. 당이 모든 사람의 직업과 일을 결정했다. 어디서, 어떤 집에서 살지와 모든 행동을 감시했다. 북한 내에서조차 마음대로 여행할 수 없었으며 공적인 여행만 허락되었다. 그런 경우에도 직장으로부터 여행 명령서를 얻어야 하며, 거주하는 도시의 인민위원회에다 보고를 해야만 여행증명서를 받을 수 있다. 여행목적지에 도착하게 되면 체류허가를 받기 위해 보위부에 또 보고해야 한다.

북한의 감시 시스템에는 빈틈이 없었으며 나치의 게슈타포보다도 더 살벌한 것으로 언급되기도 했다. 모든 조직과 일터는 크고 작은 규모에 상관없이 당원의 감시하에 있었다. 집에서도 자유롭지 못했다. 모든 마을이 5가구 단위로 나누어져 서로를 감시하게 되어 있었다. 한 가구가 범법행위를 한 것으로 판명되면 다른 네 가구도 함께 처벌되었다. 이러한 제도가 북한을 염탐꾼과 밀고자의 세상으로 만들었다. 가구 단위로 모여 사상연구를 진행하는데, 북한이 신봉하는 이념에서 벗어나는 것은 용납될 수 없기 때문이다. 남녀노소 가리지 않고 모두 '10대 원칙'을 달달 외우고 따라야 했다. 북한의 헌법은 주민의 표현의 자유, 회합의 자유, 시위의 자유를 명시하지만 그것은 어디까지나 명목상의 권리일 뿐 실제로 그러한 자유는 존재하지 않았다. 시민들에게 자유는 지도자인 김일성과 그의 아들 김정일에 대한 절대적인 충성을 맹서할 때에만 주어진다.

고영환 씨(주 콩고 북한대사관 1등 서기관으로 있다가 북한을 탈출. 2016년 현재 국가안보전략연구원 부원장으로 재직 중에 있음 - 편집자 주)는 「북한의 인권상황」이라는 보고서에서 '10대 원칙'을 다음과 같이 나열했다. (1) 김일성의 혁명사상으로 전 사회를 일색화한다. (2) 변함없는 충성심으로 김일성을 받들어야 한다. (3) 김일성의 혁명론을 신념화하고 (4) 그의 교시를 신조화한다. (5) 김일성의 교시는 무조건 철저히 지킨다. (6) 김일성을 중심으로 당의 사상적 통일과 혁명적 단결이 강화돼야 한다. (7) 김일성의 공산주의적 풍모를 배우고 그의 혁명적 사업방법을 배워 이로써 무장한다. (8) 김일성이 준 정치적 생명을 중히 지키고 그의 정치적 신임과 배려에 대해 충성심으로 보답한다. (9) 김일성의 유일한 지도 하에 전당, 전국, 전군이 한 몸으로 움직이는 강한 조직을 세운다. (10) 김일성이 개척한 혁명위업을 대를 이어 최후까지 계승하고 완성한다.

'10대 원칙'은 구체적인 행동강령과 함께 제시됐다. 예를 들어 원칙 3조는 "김일성의 초상화, 석고상, 동상, 초상 휘장, 초상화를 담은 출판물, 김일성을 형상화한 미술 작품, 현지 교시판, 당의 기본 구호들을 정중히 다루며 철저히 보관해야 한다"고 기술한다. 비록 엄격하게 들리지만 북한의 주민들은 이를 철저히 따른다.

1985년 베이징 주재 부룬디 대사는 평양의 보통강호텔에 투숙했다. 짐을 풀다 신발이 납작하게 눌린 것을 본 대사는 신문을 구겨 신발 속에 넣었다. 신문에는 김일성의 사진이 있었기 때문에 사환이 그 '죄'를 경찰에 고발했다. 대사는 김일성의 존엄을 훼손했다는 비판을 받으면서 이 사건은 외교문제로까지 확대될 뻔했다.

심지어 순진한 어린아이의 실수도 처벌을 면하지 못했다. 탈북인 고은기 씨는 증언에서 세 살짜리 아이에 얽힌 비화를 언급했다. 이 어린 아이의 부모는 직장에 가기 위해 매일 아이를 집에 가두어야 했다. 부모가 직장에 간 사이 조사관이 집을 조사하러 갔다가, 김일성 관련 책자가 아기의 오줌에 젖어 있는 것을 보았다. 그 가족은 반동으로 낙인찍혀 체포됐다.

비밀경찰 및 정보기관 역할을 수행하는 국가안전보위부는 시간과 장소를 불문하고 누구든 체포할 수 있는 권력을 갖는다. 조선일보 편집국 부국장 도준호는 북한에 있는 12개의 '정치범 수용소'에 대해 설명했다. 각각의 수용소에는 약 20만 명의 정치범이 수용돼 있다고 했다. 수용소는 3미터가 넘는 높이의 철책이 2중 3중으로 둘러싸고 있다고 했다. 철책에는 전기가 흐르고 아래에는 지뢰와 다양한 덫이 깔려 있다. 20미터 간격으로 6미터 높이의 감시탑이 세워져 있고, 지상에서는 감시병과 저먼셰퍼드 개가 정찰한다.

수용소 내에는 두 개의 구역이 있는데, '일반 교화소'와 무기징역형의 중죄인이 수감된 '완전통제구역'이다. 각각의 구역에는 가족 거처와 독신자 거처가 구분돼 있다. 가족에게는 단 한 장의 이불이 제공되고, 어른들에게는 매 3년마다 누더기 옷과 작업복이 한 세트씩 제공된다. 작업용 신발은 1년 반 만에 한 켤레씩, 겨울용 신발은 5년에 한 켤레씩 제공되고 속옷은 제공되지 않는다고 한다. 독신자는 매일 약간의 소금과 옥수수 360그램을 배급받고, 가족은 옥수수 550그램과 도토리 반죽을 조금 배급받는다. 그나마 나태함을 핑계로 식량배급이 삭감되는 때도 많다.

1994년 국제사면위원회는 전 수감자의 증언에 기초하여 어느 수용소에 대해 보고했다. 보고에 따르면 이 수용소에는 "중대 범죄를 저지른 사람을 감금하기 위한 특별구역이 있었는데, 이곳에는 음식을 비롯한 일체의 생필품이 허락되지 않아 스스로 해결하게끔 내버려졌다"고 기록되어 있었다.

나는 나중에 눈이 피로해지고 읽은 내용들을 제대로 소화하지 못할 때까지 열심히 읽어 내려갔다. 다시 '10대 원칙'의 4조에 대해 읽었다. "외국영화나 잡지 혹은 베토벤과 같은 고전음악 카세트테이프를 소지하다 발각되는 자는 가족과 함께 미지의 장소로 보내진다."

자리에 깊숙이 기대앉았다. 내 선한 의도에도 불구하고 외삼촌의 가족을 위험에 빠뜨리는 결과만 낳았다. 베토벤과 그의 음악이 해를 끼치는 죄로 치부된다면, 내가 최순만을 통해 북으로 보낸 할머니의 테이프는 어떻게 되는 건가? 할머니가 테이프 녹음할 때 하신 말을 기억해 보려 했다. 탈북에 관한 언급을 하셨는지 정확히 기억이 나지는 않지만 가능한 일이었다. 만에 하나 발각되면 처벌은 가혹할 것이다.

왜 최순만은 나에게 경고하지 않았을까? 그들이 뭔가 우리를 속인 것일까?

그 어느 때보다 조심해야겠다. 나는 매우 위험스럽고 이상한 세계와 싸우고 있었다.

VIII

하늘에서 내려다보니, 항구도시 다롄은 인상적이었다. 반도의 끝자락에 위치하여 삼면이 바다로 둘러싸여 있고, 반짝이는 불빛들은 사진엽서에서나 볼 수 있는 광경이었다. 이 도시의 지형은 호랑이의 두상을 닮았다는데, 전설에 따르면 호랑이가 아름다운 소녀의 약혼자를 잡아먹은 벌로 인어공주가 그것의 머리를 눌러 대지로 만들었다는 것이다. 호랑이 얘기는 재미있었지만, 로스앤젤로스에서 다롄까지 28시간이나 되는 비행은 고통 그 자체였다. 비행기의 바퀴가 활주로에 쿵 하는 소리를 내며 닿자마자 어딘가에서 눕고 싶다는 생각이 간절했다. 비행기처럼 흔들리지만 않는 침대라면 더 바랄 것이 없었다.

출입국심사와 세관을 거쳐 좀 멍한 기분으로 공항 로비에 들어섰다. 그저 다른 사람들이 하는 대로 몸을 움직였고, 여전히 굼뜬 기분

아들이 있는 풍경

이었다. 금이 간 기둥 옆에 가이드가 서 있는 것이 보였다. 그를 보자 안심이 되었다. 그는 무언가 불안해 보였다. 볼은 벌겋게 상기되어 있었고 마치 나를 노려보고 있는 듯했다. 역시 상냥함과는 거리가 먼 사람이었다. 인사도 없이 안부는커녕 미소조차 보이지 않았다. 나는 그런 무례한 태도에는 익숙지가 않아서 기분이 상했다.

"아무 말도 하지 마세요. 아무도 쳐다보지 말고, 둘러보지도 마세요. 그냥 나를 따라오세요." 그는 잔소리를 늘어놓고는 내 가방을 잡아 들었다. 가방에 들어 있는 카메라 장비를 못마땅해할까 봐 가방을 놓지 않았다. 다행히도 보고서 뭉치는 서울에서 버리고 왔다.

나와 가이드는 줄다리기라도 하듯 가방을 서로 당겼다. 결국 그가 가방을 빼앗아 들었다. 가방의 무게에 놀라 나를 한 번 흘끗 보더니, 눈을 재빨리 돌려 감시라도 당하는 사람처럼 몸을 움직여 공항을 빠져나갔다. 나도 그를 따라잡기 위해 발걸음을 재촉했다.

택시 정류장에서 가이드는 나를 잠시 비켜서게 한 뒤, 운전석에서 담배를 피우며 앉아 있는 기사와 중국어로 흥정을 했다. 흥정은 빨리 끝났고 우리는 곧 택시에 올랐다. 가이드는 조수석에 앉았고 나는 흰색 봉으로 분리되어 있는 뒷좌석에 혼자 앉았다. 담배연기로 인하여 멀미가 날 것 같아 창문을 반쯤 내렸다. 시원한 바람이 내 속을 좀 진정시켜 주었고, 따끔거리던 눈도 편해지자 다시 생각에 잠겼다.

나는 다롄을 이국적인 중국의 고대 도시로 상상했기 때문에 은은한 불빛이 새어 나오는 빨간 종이랜턴이나 인력거가 등장하는 흥미진진한 장면을 기대했었다. 실상은 그와 거리가 멀었다. 그렇다고 완전히 실망한 것도 아니었다. 이 도시는 옌지나 창바이와는 다른 맛이 있었다. 바다 공기는 상쾌했고 날씨는 따뜻했으며, 넓은 포장도로는 이

도시가 국제도시임을 실감케 했다. 독일제 자동차들, KFC 체인점, 형형색색의 미니스커트를 입은 여성들, 그리고 고급 부티크에서 흘러나오는 서양음악이 국제적인 도시의 향취를 더했다. 도시가 경제적으로 성장하고 있다는 좋은 느낌을 받았다. 다롄에서 중국이 변화하고 있다는 것을 실감했다. 붉은 장막을 걷어 올리고 자본주의와 포용한 격이다. 우리는 일급호텔들과 수입 물건들로 가득한 고층 쇼핑센터들을 지났다.

도시 중심부에 도착하기 직전, 전면에는 영어로 '다롄에 온 것을 환영합니다' 그리고 뒷면에는 '더 아름다운 다롄을 만듭시다'라는 문구가 쓰인 무지개다리 밑을 지났다. 원을 그리며 돌고 있자니 중산광장에서 가장 놀라운 건물이 눈에 들어왔다. 중국인민은행은 오래된 군주제 시대의 건물로서 헬멧 모습을 한 세 개의 녹색 반구형 지붕이 씌워져 있었다. 옆에 자리하는 인민문화관은 조각이 새겨진 석조건물로서 신고전주의 건축양식을 따랐다. 그 외에 식민시대에 지어진 장엄한 건물들은 호텔이나 관공서 또는 극장과 유치원 등으로 사용되고 있었다. 광장 주변의 건물들은 잘 정돈된 잔디와 나무, 가로등으로 이루어진 공원을 마주했다. 공원은 제대로 차려입고 여유를 즐기는 많은 사람들로 생기가 넘쳤다. 한 무리의 청년들이 원형으로 둘러서서 공차기를 즐기고 있었다. 연인들은 옆에 자전거를 세워 놓고 잔디에 편하게 앉아 있었다. 노인들은 감미로운 음악에 맞춰 볼룸댄스를 즐기고 있었다. 이런 풍경은 누구나 부러워할 모범도시의 모습이다.

우리의 호텔은 광장에서 자동차로 불과 몇 분 떨어진 거리에 있었다. 우리가 묵을 호텔은 작업대가 둘려 있는, 공사가 한창인 어느 건물 옆에 위치했다. 두 개의 타워 모양을 한 호텔 전면의 유리에는 일본의 고급 호텔체인 이름인 프라마(Furama)가 적혀 있었다.

가이드는 호텔 앞에 길게 늘어선 택시들 사이로 민첩하게 몸을 움직였다. 입구에 다다르자 발을 돌려 나를 보았다. 무언가 망설이는 듯하더니 드디어 입을 열었다. "들어가기 전에 한 가지 물어봅시다." 그가 차분하게 말했다. "많은 보안요원과 공안경찰들이 호텔 주변에 진을 치고 있어요. 미국 여성이 혼자 여행하는 것을 수상히 여길 수도 있어요. 우리 둘이 같은 방에 묵는 것으로 하겠습니다. 이해하죠?"

망설여졌다. 그가 나를 불편하게 할 뿐만 아니라, 동양에서는 미혼의 남녀가 격 없이 지내는 것을 안 좋게 본다고 수차례 들어왔기 때문이다. 유교사회에서 남녀는 거리를 두어야 한다. 유교의 가르침에서는 가정이나 사회의 조화를 유지하기 위하여 인간관계에 엄격한 규율을 적용한다. 다섯 가지 중요한 관계로 부모와 자녀와의 관계, 군주와 백성의 관계, 부부간의 관계, 연장자와 젊은이와의 관계, 그리고 친구관계를 꼽는다. 유교의 가르침에 따르면 남녀는 7세 때부터 구별되어야 한다.

다른 방을 요청하고 싶었으나, 그와 많은 일을 함께해야 하며, 신뢰해야 하고 무엇보다도 돈을 아껴야 하는 상황이었다.

"알겠어요." 그의 제안에 동의할 수밖에 없었다.

"누가 물으면, 당신은 나의 아내이고, 우리는 서울에서 휴가차 온 것으로 하죠."

나도 모르게 웃음이 나올 뻔했다. 나의 연애사는 코미디로 변하고 있었다. 중국까지 와서 괴팍한 성격에 험악한 얼굴을 한 남자, 게다가 성적 욕구불만으로 보이는 중년의 남자와 이런 식으로 엮이다니.

가이드는 말을 마치고, 천장이 높고 넓은 로비에 앉아 있으라 손짓하고 프런트 데스크로 갔다. 타박타박 소리를 내며 번쩍이는 대리석 마루를 지나 열대 식물과 고급스런 소품들로 장식된 화려한 로비의 안락의자로 갔다. 진한 마스카라가 눈에 띄는 두 명의 여성이 나를 힐 끗 보며 지나갔다. 젊은 쪽은 가죽 반바지에 에나멜가죽 구두로 치장 했고, 포카혼타스처럼 머리를 두 갈래로 땋았다. 옆에 좀 더 나이 들어 보이는 여성은 복숭아색 정장을 하고, 모조 다이아몬드가 박힌 벨트 로 허리를 강조했다. 정장 차림의 여성은 마무리로 큰 꽃 장식이 달린 부활절용 모자를 쓰고 있었다.

진흙색의 무명옷을 입고 머리를 아무렇게나 뒤로 올려 핀으로 고정 한 나의 모습이 너무 간소해 보였다. 이런 장소에서는 나같이 수수한 복장보다는 좀 더 화려한 것이 더 자연스럽겠다고 생각했다. 하지만 나는 여행 준비에서 크리스털 샹들리에나 값비싼 페르시안 카펫은 고 려하지 못했고, 이곳에서 서구형의 부활절 모자를 보리라고는 생각지 도 못했다. 막연히 고달픈 여행이 되리라 생각했었지만 이것은 고생과 는 거리가 먼 상황이었다.

우리의 방은 15층에 있었다. 가이드는 카드키를 넣어 문을 열고 들 어갔다. 좁은 통로에서 그가 갑자기 멈추는 바람에 거의 부딪칠 뻔했 다. 커다란 킹사이즈 침대가 덩그마니 놓여 있는 것을 보고 놀랐지만, 가이드가 더 당황해하는 것 같아 나는 오히려 침착해졌다.

그는 즉시 프런트에 전화했고, 모자까지 갖춘 유니폼을 입은 벨보 이가 우리를 복도의 다른 방으로 안내했다. 그가 방을 안내하자, 가이 드는 재빨리 들어가 동물이 탐색하듯이 소박한 크기의 방을 둘러보

　아들이 있는 풍경

앉다. 그는 조심스럽게 전화기를 확인하고, 환풍구를 점검하고, 붉은색 옻칠서랍을 열어 보고, 창가 쪽에 놓여 있는 둥근 테이블을 흔들어 봤다. 점검이 끝나자 나 보고 침대를 고르라고 하였고, 나는 문과 욕실 가까이에 있는 침대를 택했다. 그는 자신이 사용할 침대 위에 잠시 앉아 보고는 무언가 편치 않은 듯 몸을 이리저리 움직였다.

우리가 할 일들에 대해서 한 차례 설명이 있을 것으로 기대했으나, 그는 미니바에서 하이네켄 맥주를 집어 들었다. 그러고는 실험실의 화학자같이 용의주도한 모습으로 유리잔에 찬 맥주를 채웠다. 나에게는 마실 것을 권하지도 않은 채 담배 한 대를 꺼내 손바닥에 놓고 앞뒤로 굴렸다. 역한 성냥불 냄새가 코를 찔렀다. 그는 담배필터 부분을 꽉 문 채 깊게 한 모금을 빨았다.

궁금한 것을 더 이상 참을 수가 없었다. 외삼촌의 가족이 강을 건넜는지 지금 어디에 있는지 알아야만 했다. 가이드를 무어라 호칭할지 잠시 망설였다. 한국에서 연장자의 이름을 부르는 것은 실례다. 그리고 그건 어차피 그의 이름을 몰라서 걱정할 필요가 없었다. 나이가 몇 살 차라면 '오빠'라고 해도 되겠지만, 아버지뻘의 나이라면 '아저씨'도 괜찮겠다 싶었다. 그의 나이를 가늠해 보았다. 40대 중후반은 족히 될 터이니, 오빠가 되기에는 나이가 너무 들었고, 아저씨라 하면 내가 너무 숙이고 들어가는 것 같아 내키지 않았다. 나는 호칭에 신경쓰지 않고 계속해서 '가이드'로 부르기로 했다.

"지금까지 일은 어떻게 되어 가나요?" 내가 질문을 시작했다.

"내일 해요." 그는 지금은 대답할 기분이 아니라는 듯이 코를 비비며 나의 말을 잘랐다.

나는 모든 것을 알 권리가 있고, 그는 나의 질문에 대답할 의무가 있다고 생각했다. "강을 건넜나요?" 나는 정말 궁금하다는 표정으로 몸을 조금 앞으로 숙였다.

"중국에 와 본 적이 있나요?" 그가 또 말을 돌렸다.

나는 그의 기분을 맞춰 주고 협조를 얻어 보기로 했다. 그래서 차분히 내가 여행한 나라들을 영어로 나열하였고, 덧붙여 '혼자서' 여행했다고 강조했다.

나는 침대에 어깨를 펴고 태연한 척 앉아 있는 동안 가이드는 생각에 잠겼다. 어색하더라도 머리카락을 만지작거리거나 팔짱을 끼지 않으려고 조심했다.

그가 말문을 닫아 버리나 보다 생각하던 차에 드디어 헛기침을 하더니, 조심히 말을 꺼냈다. "일이 좀 지연됐어요. 할머니의 사진과 편지를 전달하고 난 후에 당신의 큰외삼촌이 3일 동안 숨어 버렸어요. 최순만이라는 작자가 돈 벌 기회를 놓칠까 봐 삼촌을 멀리 보낸 거죠. 그자의 짓이 틀림없어요. 내 연락원은 최순만이 혹시 당에 신고라도 할까 두려워 중국으로 탈출했습니다. 나는 5월 17일에 인천에서 출발해 배로 다롄에 도착했고, 배를 융통해 줄 사람과 연락했습니다. 5월 18일에 옌지로 가서 창바이까지 이동했습니다. 내 연락원으로부터 아직 연락이 없다는 소식을 듣고, 내가 잘 아는 조선족 친구 두 명과 여자 한 명을 북으로 또 보냈습니다. 그들은 각기 다른 밤 시간대를 이용하여 강을 건넜습니다." 그는 또다시 말을 끊었다. 나에게 어디까지 밝혀야 하는지 머릿속으로 생각하는 것을 알 수 있었다.

"그래서 어떻게 됐어요?" 재촉하지 않을 수 없었다.

"그래서 결국 28일에 연락이 닿았어요. 애란과 큰외삼촌이 강에 나타난 것이죠. 국경경비에게 담배 좀 쥐어 주고 잠시 얘기 나눌 시간을 벌었어요. 그들에게 말했어요. 나는 다롄으로 돌아가야 하는 몸이지만, 6월 4일이 되기 전에 누구 한 명이 창바이까지 나와서 내 설명을 들어야 한다고요. 나를 완전히 신뢰하는 것 같지는 않았지만, 차차 그렇게 할 것 같아요. 탈출 계획에 관해서는 언급도 안 했어요. 그것은 만나서 해야 하는 얘기죠."

"애란이랑 말하는 게 제일 좋을 거예요. 상황 파악을 잘할 거예요."

"아버지나 아들이어야만 결정권을 갖습니다. 딸이 '갑시다' 해도 아버지가 반대하면, 이 계획은 틀어집니다. 가장으로서 그의 의사가 제일 중요한 것이죠. 자, 내가 지금 한 말을 다시 정리해 보세요."

"왜요?"

"내 말을 얼마나 이해했는지 확인하고 싶어요."

나를 바보 취급하는 것만 같아 기분이 상했다. 숨을 한 번 크게 들이마시어 마음을 가다듬고, 내키지는 않지만 그의 장단에 맞추기로 했다. "당신은 중국에 와서 배편을 알아보고, 옌지를 거쳐 창바이에 갔지요. 두 명의 남자와 한 명의 여자를 북으로 보냈고요. 외삼촌이 겁이 나서 3일 동안 숨어 있었으나, 4일 전에 가족 중에 한 명을 창바이로 보내라고 설득할 수 있었어요." 나는 의기양양하게 미소 지어 보였다. 나 자신도 내 한국어 실력에 놀랐다. 할머니와 보낸 시간들이 분명히 한국어 공부에 도움이 된 것이다.

"그건 내가 한 말의 30프로만 기억한 거예요." 가이드가 트집을 잡았다. "나와 일하는 누구에게보다 당신에게 더 많은 정보를 준 겁니다."

"함께 일하는 사람을 믿지 못한다면 문제가 있는 거지요."

"그들은 좋은 사람들이지만, 이번 같은 일을 할 때에는 아무도 믿을 수가 없어요. 그들은 네 명을 탈출시키는 것으로 알고 있어요. 그렇지 않으면 누가 선양(瀋陽)까지 갔다 오려 하겠어요. 마지막 순간에 구출할 사람이 더 있다고 알리는 거죠. 그래야 벌써부터 지레 겁을 먹고 불가능한 일이라고 말하지 않을 테니까요. 모든 계획을 미리 알았다면 대가를 더 요구했을 거예요. 당신의 책은 가져왔나요?"

고개를 끄덕이고 두 손으로 공손히 책을 건넸다. 사실 그의 머리를 책으로 한 대 때리고 싶은 심정이었다.

"이 책이 북의 가족이 진짜라는 것을 증명할 거예요. 내일 만나는 장소에 가져가요. 내일 배의 가격을 흥정하는 것은 당신의 일이라는 것을 명심해요. 내일 흥정이 끝나면 나는 창바이로 갑니다. 당신은 집으로 돌아가는 거고요. 때가 되면 내가 연락할 테니, 그때 창바이에 와서 외삼촌이 할머니의 아들이 맞는지 확인해 주면 됩니다."

어안이 벙벙했다. "떠난다고요? 나는 이제 막 도착했어요." 단호하게 말하려 했으나, 피로로 인하여 짜증 섞인 목소리가 나왔다. 별로 달갑지 않은 도시인 홍콩을 포함해 두 곳이나 경유하며 28시간을 날아왔는데, 바로 되돌아가야 하다니 기가 막혔다. 나는 결코 그럴 마음이 없었다.

"나도 창바이에 가겠어요."

"왜 거기를 가겠다는 거죠?"

"내가 도움이 될 테니까요."

"어떻게요?" 가이드가 물었다. "중국말을 할 줄 알거나 몰래 북한에 숨어들어 갈 수 있는 것도 아니잖아요? 백두산 쪽 지리를 꿰뚫고 있나요? 대한민국 대통령의 친척이라도 되나요? 한국의 정보국 요원을 남편으로 두기라도 했나요?"

"당신도 이미 말했잖아요. 외삼촌이 당신을 믿지 못한다고. 외삼촌이 나를 봤으니까, 나를 알아보고 내 말을 들으실 거예요."

174   아들이 있는 풍경

가이드는 내 논리가 수상하고 뭔가 어설프다는 표정이다. "당신의 얼굴이 바로 문제입니다. 압록강 국경 지역 사람들이 당신을 알아요. 내가 그곳에 갔을 때, 조선인들은 아직도 친척을 찾아왔던 외국인 모습의 부녀 얘기를 해요. 그들이 그렇게 떠들고 있다는 것은 북한의 비밀경찰이 당신과 친척에 대해 알고 있다는 것이죠. 당신이 나의 일을 위험하게 만들었어요."

마침 엄마의 모습을 녹음한 비디오영상이 생각났다. 가져온 여분의 테이프는 숨기고, 손바닥 크기의 비디오카메라를 꺼내 메시지영상을 틀었다. 엄마의 환하고 둥근 얼굴이 모니터에 나타났다.

"이건 도움이 되겠네요." 그는 몸을 숙여 카메라를 만지작거렸다.

내가 카메라를 낚아채며 말했다. "내가 가지고 가겠어요."

가이드는 팔짱을 끼며 일어섰다. 그는 화가 나고 당황스러운 것 같았지만 자제심을 잃지 않으려 했다. "그럼 혼자 가세요. 당신이 위험을 감수하겠다고 하니 막지는 않겠습니다. 하지만 다른 사람을 위험에 빠트린다는 것을 모르는군요. 당신의 모습만으로도 사람들의 시선을 끌 거예요. 만일 비밀경찰이 우리의 계획을 알게 되는 날에는……." 그는 극적효과를 위하여 집게손가락으로 목을 긋는 시늉을 했다.

"나도 머리를 짧게 자르고 중국 여자들처럼 옷을 입을게요." 허영심은 버리는 게 좋겠다는 생각이 들어 내가 제안했다.

"그래도 사람들은 당신을 외국인으로 볼 거예요. 영락없이 서구적으로 행동한다는 말입니다."

그의 말을 부인할 수가 없었다. 내가 짧은 파마머리를 하고 아까 본 중국 여인처럼 반바지 차림에 가죽구두, 보석 박힌 벨트로 한껏 멋을 내도, 아시아에서 나는 여전히 이방인으로 인식될 것이다.

"그래도 같이 갈 거예요." 포기할 수 없었다.

"아니오, 나는 혼자 일해요."

"나에게 이것은 일이 아니에요."

처음으로 가이드가 나를 정면으로 바라보았고, 나도 그를 똑바로 응시했다. 그는 담배를 한 모금 길게 빨고는 남은 부분을 재떨이에 꾹 꾹 눌러 껐다. 그는 이 모든 동작을 매우 절도 있게 진행함으로써 이 야기가 끝났음을 알렸다. "피곤해 보이는군요. 생각할 시간을 좀 가 져요. 욕실에서 목욕도 하고, 필요하면 옷도 빨고 마음껏 사용해요." 그는 거의 눈을 감고 있었다. "전화는 건드리지 마세요. 국제전화라도 걸게 되면, 밑의 층에서 자동으로 전화를 녹음할 겁니다. 경찰이 우 리를 의심하게 되면, 이 방을 수색할 겁니다. 중국에서 외국호텔은 다 그런 식입니다." 그는 책상에서 카드키를 집어 들고 방을 나갔다.

참으로 이상하고도 묘한 사람이라는 생각이 들었다. 도무지 알 수 가 없는 사람이다. 내가 눈을 비집고 찾는다면, 저 무뚝뚝함 속 어딘 가에 다정함도 있을 것 같았다. 그도 그럴 것이 그가 단지 돈 때문에 우리와 일을 하게 된 것은 아닐 것이다. 우리가 사례하는 것에 비해 더 큰 위험이 따르는 일이었다.

갑자기 피로가 한꺼번에 밀려와, 침대 위로 들어 올리던 백팩을 떨 어뜨릴 뻔했다. 겨우 기운을 내 취침용 옷가지를 찾았다. 티셔츠와 반 바지를 꺼냈다. 낯선 남자와 한 방을 쓰는 줄 알았으면, 긴 바지잠옷과 호신용 스프레이를 챙겼을 것이다.

옷을 갈아입고 엉금엉금 침대로 기어 들어갔다. 침대에 눕는 것조 차도 감사할 따름이었다. 몸을 마음껏 펼 수 있는 것도 호강이었다. 나는 곧 깊은 잠에 빠졌다.

IX

아침에 상쾌한 기분으로 눈을 떴다. 이번 일에 관여한 이후로 그 어느 때보다 더 푹 잤다. 시차가 몰고 온 피로로 세상모르고 잔 것이다.

가이드는 아직 곯아떨어져 있었다. 하기야 이제 겨우 6시다. 나는 옷가지를 집어 들고 욕실로 향했다. 샤워를 마치고 나갈 채비를 했다. 문을 열자 가이드가 놀란 듯 일어나 앉았다. "어디 가는 거요?" 쉰 목소리로 물었다.

"커피 좀 마시려고요." 내가 순진하게 대답했다.

그는 이불을 젖히고 일어나더니, 나를 지나 입고 있던 회색 운동복 차림 그대로 밖으로 나갔다. 구부정한 폼으로 앞서가는 가이드를 따라 몇 걸음의 안전거리를 확보하며 걸었다. 그는 평소보다 더 심술궂어 보였는데, 이젠 그렇지 않으면 이상할 정도였다. 좀 더 정확히 표현하자면 마치 생애 최악의 밤을 보냈다는 표정이었다. 얼굴은 퉁퉁 붓고 벌겠으며, 지저분한 머리는 이리저리 뻗쳐 있었다.

예약계의 호텔지배인 옆을 지나면서 가이드는 후미진 구석에 있는 테이블을 요구했다. 그녀는 방긋 웃었으나, 미소 속에는 왠지 모를 공허함과 피로감이 감돌았다. 나는 거한 뷔페식 대신에 커피를 주문하면서 기운을 차려 보고자 했다. 웨이트리스가 향기 좋은 커피를 잔 가득히 따라 주었다.

"샤샤(shey-shey)." 중국말로 감사를 표했다. 겨우 할 줄 아는 중국말이다.

가이드는 담배로 아침식사를 시작했다. 담배 한 대를 마치고 일어나, 수박과 방울토마토, 스크램블 에그, 식빵, 오이 피클 등이 가득한 접시를 들고 왔다. 그는 포크로 수박과 방울토마토를 한쪽으로 밀더니, 튜브에 든 고추장을 꺼내 빵 위에 마구 뿌렸다. 그의 접시 위에서 벌어지는 놀라운 광경에서 눈을 뗄 수가 없었다. 어떤 사람들은 자신에 대해서 설명하는 것이나 말해 주는 것들보다도, 사실 행동으로 더 많은 것을 말한다.

"셰셰." 가이드가 포크를 내려놓으며 말했다.

그가 무엇에 고맙다는 것인지 몰라서 괜찮다고 대답했다.

"중국어로 고맙다는 것은 '샤샤'가 아니라 '셰셰'입니다." 나의 발음을 정정하고는 방울토마토를 입으로 가져갔다. 음식을 삼키느라 그의 목젖이 올라갔다 내려왔다.

나는 그저 씩 웃어 보였다. 그의 투박함을 나는 인내심으로 넘겼다.

그다지 맛있어 보이지 않는 이상한 식사를 마치자, 그는 소매를 걷어 올리더니 담배 한 대를 또 입에 물었다. 양쪽 팔에 붉은 흉터가 있

아들이 있는 풍경

었다. 반원의 형태가 꼭 이빨에 물린 자국이었다.

"누가 물었어요?" 묻지 않을 수가 없었다.

"개에 물렸어요." 그게 전부였다.

"왜요?"

"미친개들이었어요."

"왜 그렇게 됐는데요?" 무섭게 으르렁대는 개들의 이빨을 떠올리며 물었다.

"개들이 미치는 것을 내가 무슨 수로 알겠어요? 왜들 그러느냐고 물었어야 하는 건가요?"

"병원에는 가 봤나요? 주사를 맞아야 해요."

가이드는 몸을 뒤로 젖히더니 갑자기 무슨 생각이라도 떠오른 듯이 나를 쳐다보았다. "내 걱정은 내가 알아서 할 테니, 당신은 당신 걱정이나 하슈. 나는 둔해서 잘 모르니, 병나지 않게 밥 잘 먹고 잠 잘 자고, 뭐 그래야 된다는 말입니다."

그즈음에서 대화는 멈췄다. 나를 왜 싫어하는지 알 수 없는 노릇이었다. 내 얼굴과 목소리부터 전부가 싫은 건지, 무엇이 그를 화나게 하는 건지 알 수 없었다.

가이드는 아무 말 없이 일어나 배편에 관한 전화를 기다리기 위해 방으로 갔다. 만난 지 얼마 안 돼서 위험한 일을 함께 계획하고 있는 두 사람이 막상 호텔방에 둘만 남게 되자 꿀 먹은 벙어리가 되었다. 숨소리조차 어색하게 느껴져 긴장감과 고요함을 깨트리고 싶은 충동이 생겼다.

"창바이에 같이 가는 건가요?" 내가 먼저 침묵을 깨며 질문을 던졌다.

가이드는 덥수룩하고 헝클어진 자신의 머리를 손바닥으로 쓰다듬었다. "잘 생각해 봐요. 당신은 중국말도 못해요."

"한국어로 할게요."

"당신이 하는 한국어는 영어로 들려요. 게다가 여자이고, 어쨌든 여러모로 불리한 것뿐이라고요." 그가 우쭐거리며 여자를 무시하는 듯한 태도로 답하였다. 바로 그거였던 것이다. 그게 불만이었던 것이다. 맞받아칠 말들을 생각하고 있는데 마침 전화벨이 울렸다.

전화소리가 울리자마자 가이드가 핸드폰의 폴더를 열었다. 그는 불만스러운 듯 통화를 끝내고 나서, 다급한 목소리로 나에게 마지막 지시를 내렸다. "두 가지만 얘기할게요. 그들에게 당신 가족은 돈이 없다고 호소해야 해요." 그러고는 손으로 총 모양을 만들어 내 관자놀이에 대고는 말을 이었다. "도와 달라고 부탁해요. 그 방식이 효과가 좋아요. 말은 될 수 있는 대로 짧게 끝내요. 내가 신호를 주면 당신의 책을 들고 아래층으로 내려와요." 그렇게 말하고는 카드키를 남겨 두고 떠났다.

북한에 있는 가족들의 목숨을 살려 달라고 애원할 마음의 준비를 했다. 책임감이 어깨를 눌렀다. 정확하게 어떤 말을 해야 할지, 모든 게 조심스러웠다. 너무 감정에 호소해도 안 되고 너무 꾸민 듯해도 안 되는 노릇이었다. 너무 직설적이거나 겁먹지도 말고 될수록 자연스럽게 행동해야 했다. 거울 앞에서 말하는 것과 표정을 조금 연습해 보았다. 문제는 표정이었다. 긴장감 탓인지 자꾸 웃음이 나왔다. 좀 더 어른스럽고 진지해 보일 필요가 있었다. 화장을 조금 고치고, 머리를 올려 핀으로 고정했다. 옆머리를 몇 가닥 내리고 거울을 보며 마음을 다잡았다.

호텔방 스탠드 옆에 놓인 전화기가 요란하게 울려 댔다. 내려오라는 신호다. 여권도 챙기라고 한다. 여권 없이는 중국을 떠날 수도 없는데,

여권까지 챙기라니 더욱 긴장되었다. 어쩔 수 없이 여권을 꺼내 들고, 거울에 비친 나의 모습을 한 번 힐끗 보고 방을 나왔다. 1층에서 엘리베이터를 내리자 가이드가 보이지 않았다. 목을 빼고 사방을 둘러보았다. 그는 로비를 마주보는 층계참에서 어떤 두 남자와 얘기를 나누고 있었다. 그들은 하던 얘기를 멈추고, 2층을 향해 계단을 오르는 나를 응시했다. 한 걸음 한 걸음 발을 옮기면서 무도회에 들어서는 신데렐라가 된 기분이었다. 드레스는커녕 요술지팡이로 나를 도와줄 요정도 없었다.

내가 고개 숙여 인사하자, 두 명의 뱃사공이 일어났다. 키가 더 크고 호리호리한 사람은 상쾌하고 앳된 모습이었다. 그는 붉고 푸른 무늬의 바람막이 잠바 안에 엠블럼이 수놓아진 흰색 스웨터를 입고 있었다. 그의 동료는 정반대의 체구를 하고 있었다. 그는 170센티미터가 안 되는 나 정도의 키에, 목이 굵고 땅딸막한 다부진 체구로 정수리가 납작한 상고머리를 했다. 그는 빛나는 회색 줄무늬 정장에 황백색 실크 셔츠와 보랏빛 페이즐리 패턴의 타이를 하고, 푸른빛이 도는 커다란 이소룡 선글라스를 착용하고 있었다. 그들은 내가 미국에서 온 것을 알고 있다는 듯이 서양식으로 악수를 청했다. 키 작은 사람은 여러 개의 금반지와 금빛의 롤렉스시계를 차고 있었다. 나는 손에 힘을 주면서 그들의 악수에 응했는데, 나의 간절함을 조금이나마 전하기 위해서였다.

가이드는 커피 테이블을 사이에 두고 뱃사람들과 마주보고 앉아 있었고, 나를 자신의 옆에 앉게 했다. 나는 등을 곧추 세우고, 무릎을 붙이고, 손을 다소곳이 포개 앉았다. 거액의 대출을 청하러 은행을 찾은 고객이 된 기분이었다. 무슨 말을 해야 할지 몰라 그저 잠자코 앉아 있었다. 가이드는 손을 뻗어 내가 가져온 책과 여권을 집어 들었다. 책의 뒷부분을 뒤적이더니 애란이 쓴 편지의 일부를 조용히 읽었다. 그러고 나서 감동적인 끝맺음을 위하여 할머니의 마지막 말을 읽었다. "내 인생을 생각하니 많은 생각이 밀려옵니다. 슬픔도 많았고 사랑도 많았습니다. 이제는 지치고 피곤하지만, 아직은 눈을 감을 수가 없습니다. 내 아들의 생사를 모른 채 눈을 감을 수는 없습니다." 그는 조심히 책을 덮고는 팔꿈치로 나를 툭 치며 신호를 줬다.

이제 내가 말할 차례이다. 나의 말이 그들의 마음을 움직여야 한다.

"우리와 만나 줘서 감사합니다. 할머니는 너무 늙으셔서 오실 수가 없기 때문에 내가 이렇게 대신 중국까지 왔습니다. 이제 여든다섯 살이 되신 할머니를 생각해서라도 우리를 도와 달라고 부탁드리겠습니다. 마음 같아선 부르시는 가격을 다 해 드리고 싶지만, 그럴 수가 없는 형편입니다. 지금 부모님과 삼촌의 사업이 어렵습니다. 이해해 주세요. 제발 도와주세요. 당신들의 배 없이는 우리가 이 일을 해낼 수가 없습니다." 목소리가 갈라져 더 이상 말을 할 수가 없었다.

통통한 체격의 남자가 안경을 내리고 나를 바라보았다. 그의 눈에는 맑은 회색빛이 돌았고, 무언가 불안해 보였다. "내 결정이라면 공짜로 해 드리고 싶습니다. 안타깝게도 우리의 배가 아닙니다. 우리는 단지 중개인입니다. 어쨌든 가장 좋은 가격에 해 드릴 수 있게 노력해 보겠습니다." 그의 목소리가 불쾌하거나 위협적이지는 않았다.

내가 다르게 말했어야 하는 것은 아닌가 생각하며 고개를 끄덕였다. 다시 시작하고 싶었다. 단어의 선택이 좋았던 것 같지도 않고, 충분히 설득하지도 못한 것 같았다. 내가 느끼는 절박함을 그들에게 전하지 못한 것 같아 아쉬웠다. 하지만 두 번의 기회는 없었다. 얘기는 그렇게 끝났다.

방에 돌아와서야 뱃사람들이 조선족 갱단의 일원인 것을 알았다. 조선족 갱단은 이 지역에서도 악명 높다고 했다. 그들은 잘 조직화되어 있고 연줄이 많았다. 그런 식으로 돈이 되는 불법사업을 해 올 수 있었던 것이다. 우리가 지불하는 4,000불의 10퍼센트를 취하게 되는지 20퍼센트를 가져가는지 모르지만, 중국에서는 꽤 큰돈이다. 어떻게 그들과 연결이 됐는지 가이드에게 묻자, 자신도 갱의 일원이었다고 담담하게 대답했다. 그 외에는 더 이상 말하기를 꺼렸지만 나는 궁금해졌다. 그가 지금 한국 정부와 연결돼 있는 건지, 지하조직에 있는지, 아니면 어떤 정치조직에 속해 있는지 묻고 싶었다. 그는 무슨 혁명가나 전설적인 영웅이라도 되는가? 아니면 정신적으로 문제가 있는 사람인가? 갑자기 여권을 가져갔던 것이 생각나서 달라고 했다.

"아까 그들에게 줬습니다." 역시 무덤덤하게 대답했다.

"왜 그랬어요? 이제 어떻게 집에 돌아가요?"

"창바이에 간다고 하지 않았습니까? 비행기 표를 구하지 말까요?"

도무지 그의 속을 알 수 없었다. 나를 놀리는 건 아닌지 의심스러웠다. "지금 장난하는 건가요?"

가이드가 담배를 입에 가져가다가 멈추었다. "내가 당신에게 장난칠 사람으로 보입니까?" 나의 질문에 그가 까칠하게 받아쳤다.

나는 흥분해서 의자 앞으로 몸을 숙이면서 고맙다고 했다.

가이드는 가슴에 팔짱을 끼고 정색을 하면서 말했다. "고맙다는 말은 필요 없으니까, 내가 하라는 대로 그냥 따라 주세요."

같이 가고 싶은 마음과 기대로 흥분됐다. 하지만 가이드를 돕는 두 명의 조선인 친구는 아직 용운 삼촌이건 누구건 아무도 강 건너로 빼내 오지 못했다. 게다가 보천보전투 기념일인 6월 4일까지는 3일이 남아 있다. 보천보전투는 김일성이 이끄는 부대가 백두산 인근의 마을인 보천보에서 일본군을 대패시킨 전투로 선전된다. 그날에는 군사력 과시의 목적으로 국경 지역의 경비가 크게 증원된다. 삼촌과 만나는 것은 거의 불가능했다. 4일까지 만남이 이루어지지 않는다면, 가이드는 중국을 떠났다가 관광비자로 재입국해야 할 것이다. 현재 그에게 허락된 30일 비자가 거의 만료되어 가지만, 불필요한 의심을 피하기 위해 연장하지 않을 것이기 때문이다. 가이드는 조선족 친구들이 그만 뜸을 들이고 거래를 성사시키기를 바랐지만, 그들은 우리가족으로부터 돈을 더 뜯어낼 요량으로 이런저런 어려움을 호소하고 있었다. 가이드는 그들의 게임에 말려들지 않았다. 그래서 우리는 인내심을 가지고 기다리기로 했다. 대부분의 시간을 호텔 방에서 보냈기 때문에 기다림의 시간은 답답했고 고통에 가까웠다. 가이드는 끊임없이 담배를 피워 댔고, 뚫어져라 천장을 응시하는 것으로 시간을 때웠다. 무슨 생각을 골똘히 하는지 담뱃재를 여기저기 흘려 댔다. 그러다가 침대에서 벌떡 일어나 방을 나가 버렸다. 그가 나간 자리에는 진한 담배 연기만이 남았다. 그가 떠난 것을 확인하자마자, 서울에서 환승하면서 샀던 어깨걸이 가방을 꺼냈다. 튼튼하고 앞에 주머니가 있는 덮개식 가방이었다. 이상한 영어문구가 수놓아져 있었다.

　나는 바닥에 가방과 소형 바느질세트, 양말, 면도기, 촬영장비 등을 펼쳐 놓았다. 칼이 필요할 줄은 미처 생각하지 못했었다. 면도날을 사용해서 가방의 주머니에 카메라 렌즈용으로 작은 구멍을 냈다. 구멍 주위에 생긴 실밥은 성냥불로 태워 처리했다. 그러고는 가방 주머니

　　　　아들이 있는 풍경

안에 양말을 넣고 바느질로 고정하여 그 안에 카메라를 담을 계획이었다. 손잡이 밑에 칼집을 내어 소형 마이크를 끼워 넣고 단단히 고정했다. 코드 선까지 천 안쪽으로 넣고 처리를 끝내자 투박하긴 해도 견고한 작품이 완성됐다.

욕실 거울 앞에서 내 아마추어 비밀 기기를 시험해 봤다. 몸을 어느 정도 숙여야 하는지 혹은 엉덩이를 어떻게 움직여야 하는지, 제대로 촬영하기 위해서는 초점을 맞추는 것이 관건이었다. 두 번 시도해 봤지만 내 머리 부분과 어깨가 잘려 나왔다. 다시 시도해 보려 하는데 문을 노크하는 소리가 들렸다. 급하게 바느질세트를 침대 밑에 밀어넣고, 떨어져 있던 실밥들을 치우고 문을 열었다.

"담배 피웠어요?" 가이드가 킁킁댔다.

"티가 났나요? 가끔 몰래 피워요." 대충 둘러댔다.

가이드는 어리둥절해했다. "숨어서 몰래 하다가 불내기 십상이죠." 그러고는 욕실 환풍구에 중요한 물건을 숨길 수 있다며 어떻게 하는지 가르쳐 주었다. 그는 변기 위에 올라가 먼지 낀 환풍구를 들어내는 법을 가르쳐 줬다. 정말 금세 들어낼 수 있었다. 내 생각에는 너무 뻔한 장소였지만, 그와 논쟁해 봤자 나에게 득이 될 것이 없었다. 게다가 그의 말에 고분고분 따르겠다고 이미 약속한 터였다.

환풍구 입구를 다시 제자리에 놓고 내려와 가이드에게로 갔다. 그가 나의 짐 가방과 그의 가방을 잠그고 작은 종잇조각을 맨 위에 살짝 올려놓는 것이 어깨너머로 보였다. 이렇게 표시해 놓으면 우리가 없는 동안 누군가 우리 물건을 뒤지더라도 금세 알 수 있을 터였다.

가이드는 이내 방을 나갔고, 나도 007 어깨가방을 메고 그를 뒤따랐다. 전에는 몰랐는데 그의 걸음걸이가 매우 당당해 보였다. 궁금증을 자아내는 사람이다. 따지고 보면 그에 대해 아는 바가 거의 없었다. 어디 출신이며, 어떻게 지금의 일을 하게 되었는지, 그 조선족 갱단 외에 어떤 사람들과 연결되어 있는 것인지 궁금한 것투성이였다. 그는 항상 눈에 띄는 것을 꺼리고 구석을 좋아하는 것이 자신의 그림자도 의심할 사람이었다. 내가 읽은 책의 인물들과 방송 관련 일을 하면서 만났던 유별난 사람들을 통틀어도 내 평생 이런 인물은 한 번도 만나본 적이 없었다.

호텔 정문에서 왼쪽으로 나갔다. 택시와 삼륜자전거가 대기 중이었지만, 가이드는 걷는 것을 택했다. 한적하고 넓은 거리로 나오자 도시의 풍경을 제대로 감상할 수 있었다. 식민시대를 견딘 러시아, 유럽, 일본풍의 건축물들이 매력을 더했고, 상하이와 비슷한 국제적 풍취가 있었다.

호텔 구역을 벗어나자 심장이 두근거렸다. 고가도로 위에 서 있었다. 아래에는 여러 개의 철로가 만나고 갈라져 있었다. 한쪽 방향에서 철로가 왼쪽 방향으로 굽어지더니 창고와 건물들 뒤편으로 시야에서 사라졌다. 반대쪽에서는 철로들이 제각각 갈라져 나갔고, 철로 사이가 점점 벌어지면서 쭉쭉 뻗어 나갔다.

항구는 철로에서 가까운 거리에 있었다. 그 방향에서 불어오는 선선하고 소금기 먹은 바람을 느낄 수 있었다. 부둣가를 따라 온갖 종류의 배들이 정박되어 있었는데, 나무로 만들어진 부두에서 바다 쪽으로 마치 손가락처럼 뻗어 있었다. 배의 종류는 녹슨 예인선에서부터 중간 크기의 증기선과 흰색의 거대한 크루즈까지 다양한 배들이 줄지어 있었다. 작은 낚싯배나 소형보트들은 부둣가에 묶여 있지 않고, 바람을 피해 항구 가까이에 모여 있었다.

아들이 있는 풍경

항구 주변 검푸른 바다의 물결을 바라보며 침을 꼴깍 삼켰다. 이곳이겠구나. 북의 가족이 압록강을 건너 이곳 다롄까지 올 수만 있다면, 그다음에는 배에 오르기만 하면 되는 것이다. 배는 서해 남북의 해양 경계선인 북방 한계선까지 그들을 데려다 줄 것이다. 그들이 남한의 경계선 내로 들어가게 되면 정찰 중이던 해군이나 경비정의 눈에 띌 것이고 즉시 구조될 것이다.

모든 것을 기록하기로 했던 것을 기억하고는 비디오카메라를 켜고 가방의 덮개를 들어 렌즈구멍을 내놓았다. 가이드 모르게 항구의 전경을 촬영했다.

"뭐 먹고 싶어요?" 그가 물었다.

"한국음식이오." 가이드는 의외라는 표정이었다. 햄버거나 피자를 생각했던 모양이었다.

한국식당은 우리가 지내는 호텔에서 건물 몇 개만큼 떨어진 거리에 있었고, 다롄 해운대리점 건너편이었다. 중간 크기의 식당 내부에는 꽃무늬의 커튼이 내려져 있었고, 코팅 처리된 메뉴판이 있었다. 마늘 냄새와 숯불에 고기 굽는 냄새가 코를 진동했다. 고기의 지방이 지글지글 타는 소리를 냈다. 입에 침이 고이고 배가 꼬르륵댔다. 작은 종기에 반찬들이 나오자 입맛이 돌았다. 너무 게걸스럽게 먹지 않으려고 자제하며 식사를 시작했다.

멸치 반찬을 맛보고 있는데, 가이드가 소주를 유리잔에 따랐다. 긴장이 풀린 듯 독특하게 턱의 근육을 움직이면서 단번에 잔을 비웠다. 두 번째 잔을 채울 때에는 거의 미소가 스치는 듯했다. 세 번째 잔을 비운 그는 요란하게 탁 소리를 내며 잔을 테이블에 내려놓았다. 얼굴이 불그스름하게 취기가 돌더니 돌연 말이 많아졌다. 유쾌한 대화라고도 할 수 없는 나에 대한 일방적인 비판이었다.

"당신의 일은 당신에게 잘 맞지가 않아요. 당신은 네 살에 한국을 떠나 서구사회에서 자랐기 때문에, 한국에 대해서 더 이상 글을 쓰지 않는 게 좋을 것 같아요." 나에게 충고를 했다.

"그럼 내가 무슨 일을 하면 좋을 것 같아요?"

"그걸 내가 대답할 수는 없죠."

"당신은 모든 것을 잘 알잖아요. 내가 무슨 일을 하면 되죠?" 내가 쏘아붙였다.

"왜 화를 내요? 나는 당신에게 화난 것이 없어요. 그냥 솔직한 의견을 말한 것뿐이오." 그가 소주잔에 대고 투덜거렸다. 그는 술을 아끼듯이 천천히 마시다가 갑자기 잔을 단숨에 비우더니 소주 한 병을 더 주문했다. "당신은 한국인과 미국인으로 반반 나뉘어 있으니까 어찌 보면 둘 다 아닌 거죠. 한국에 너무 집착하지 말라고요."

"그게 그렇게 쉬운 줄 아세요?" 내가 대꾸했다.

"그럼 백인과 결혼해서 애들이 편히 살게 해 줘요. 그러면 걔네들은 완전히 미국사람이 되는 거죠."

"그러지 않을 거예요."

"그럼 한국에 와서 결혼하고 살면서 미국과는 모든 관계를 끊어요."

"그것도 틀려요." 그는 자신이 무슨 말을 하고 있는지 모르는 것 같았다. 그는 다른 문화 속으로 던져져 외모나 생각이 완전히 다른 문화 속에서 자라는 것이 어떤 것인지 전혀 알지 못했다. 내가 하나의 신분을 고르는 것이 그리 쉬운 일이 아니다. 내가 한국에 갔을 때는 한국적이지 않다고 핀잔을 들었다. 미국에서는 내가 미국인이라고 하

아들이 있는 풍경

면 사람들은 끝까지 물고 넘어졌다. "진짜로 어디서 왔어요?" 결국은 양보하여 한국에서 왔다고 말하곤 했다. 가이드가 내 사정을 알 리가 없다. 내가 어떻게 살아야 한다는 둥 뭐가 잘못됐다는 둥 나를 가르치려 드는 것이 불쾌했다. 내가 그를 불편하게 만들기 때문에, 나를 통제하고 자신이 생각하는 어떤 이미지로 나를 바꾸려고 하는 것이 뻔히 보였다. 그의 눈에 나는 순수하지 않았다. 나의 전 남자친구 스티븐도 아마 같은 생각이었을 것이다. 나로 인해 그의 일이 방해받는다는 둥 내가 홍콩에서 지내는 것이 불편할 것이라는 것은 모두 핑계였다. 그가 생각하는 아내의 모습은 그의 어머니처럼 순수하고, 조용하고, 소박하고, 순종적이며, 직업에 대한 욕심이 없어야 했다. 내 과거의 연애경험과 서구의 자유분방한 기질을 지워 보려고 했지만, 그건 진정한 나의 모습이 아니었다. 그것은 나에게 맞지 않는다. 이제는 남자에게 맞추려고 억지로 노력하지 않을 것이다.

"충고는 스스로에게나 하시죠. 나는 이대로가 좋으니까요."

"마음대로 하세요. 당신에 대해서 이젠 말 안 할게요." 그는 술을 부으며 중얼거렸다.

"좋아요. 나에 대해서 함부로 말하지 않았으면 좋겠어요." 의자를 뒤로 밀며 일어나는데 바닥에 의자 긁히는 소리가 요란하게 났다. 다른 손님들이 나를 힐끔힐끔 보며 무어라 중얼대는 것 같았다.

"좋아요, 가라고요." 가이드가 경멸스럽다는 듯이 손짓했다.

X

짙은 회색 구름이 도시 위로 낮게 내려앉았다. 가이드와 함께 짐을 들고 호텔 밖으로 나오자 공기에 실려 있는 수분과 재 냄새를 맡을 수 있었다. 구름이 천둥번개를 수반한 폭우를 몰고 다가오고 있었다. 이 지역에서의 폭풍은 거의 태풍 수준이다. 휘어 감기는 강풍과 폭우를 동반하는 태풍이 한번 휩쓸고 지나가면, 집이고 사람들이고 모조리 날아가고 마을은 아수라장으로 변하기가 일쑤다. 불길한 예감이 들었지만, 나쁜 생각을 떨쳐 버리고 시간에 맞춰 공항에 도착하려고 서둘렀다. 공항에 도착하고 나서야 우리가 타려던 옌지행 비행기의 이륙이 엔진 고장으로 연기된 것을 알게 되었다. 다른 설명은 없었다. 이미 수백 명의 사람들로 붐비는 대기 장소로 더 많은 사람들이 밀려들었다. 앉을 의자가 남아 있을 턱이 없었다. 가이드가 신문지로 바닥의

아들이 있는 풍경

먼지를 쓸어 내고 자신의 겉옷을 깔아 앉을 자리를 만들어 주었다. 일단 편하게 양반다리를 하고 앉자, 왜 갑자기 나에게 잘해 주는 것인지 궁금해졌다. 좋기보다는 불편한 심정이었다.

처음 세 시간 동안은 랑콤과 로레알사의 화장품으로 가득 찬 유리 진열대를 눈으로 왔다 갔다 하며 무료함을 달랬다. 그 뒤에 몸에 좋다는 로열젤리, 인삼, 녹용, 웅담 등의 다른 상품들까지 수십 번 훑어보고 나서는 무척이나 지루해졌다. 하지만 가이드가 간단한 몸풀기 동작을 하러 저쪽에 가 있는 동안에도, 나는 꾹 참고 얌전히 앉아 있었다. 가이드는 김이 모락모락 나는 인스턴트 라면 세 그릇을 들고 돌아왔다. 그중 한 그릇을 나에게 건네고, 다른 하나는 옆에 앉아 있는 노신사에게 건넸다.

"왜 나에게 잘해 주죠?" 궁금해서 견딜 수가 없었다.

그는 우습다는 듯이 눈을 한 번 굴리고 입가에는 미소를 띠었다. "내가 좀 달라지기로 했습니다. 일전에는 내가 좀 과했지요. 이해하죠? 이젠 더 이상 싸우고 싶지 않단 말입니다. 내가 생각을 바꿨어요." 그가 천연덕스럽게 대답했다.

그의 말이 곧이곧대로 믿기지가 않았다. 세계의 성자들이 되살아나 증언한다 해도, 그가 진심으로 변했다고 도무지 믿을 수가 없었다. 내가 또 뭔가 그의 성미에 뒤틀리는 말이나 행동을 하면 그의 친절이 얼마나 얄팍한 술수인지 곧 드러나게 될 것이다. 나는 그저 내 생각에 빠져 지루한 시간이 빨리 지나가기를 기다렸다. 안내 전광판은 계속 우리 비행시간의 연기를 알렸다. 공항에 도착한 지 7시간이 지나고 오후 5시가 돼서야 하이 톤의 여성이 쩌렁쩌렁한 목소리로 안내방송을 했다. 엔진 고장이 수리된 것이다. 우리는 문제가 있었던 같은 비행기를 타는 것이었다. 활주로 아스팔트 위에 산뜻하게 대기 중인 소형비행기를 보고도 반신반의했다. 마음속으로는 비행기에 아직 문제가 있는 것으로 느껴졌다. 하지만 빨리 옌지에 가고픈 마음이 공중폭파의 두려움을 떨쳐 낼 수 있게 해 주었고, 지치고 멍한 표정의 다른 승객들과 함께 나도 비행기에 올랐다.

비행기가 힘겹게 덜커덩, 으르렁거리며 공중으로 날아오를 때까지 내 심장은 오그라드는 줄 알았다. 드디어 비행기가 무리 없이 안정감 있게 비행하게 돼서야 마음을 조금 놓았다. 가이드는 이륙한 지 5분도 안 돼 머리를 뒤로 젖힌 채 잠이 들었다. 이렇게 가까이서 그의 얼굴을 본 적이 없었다. 이참에 그의 얼굴을 자세히 볼 수 있었다. 길고 각진 얼굴이었다. 피부는 창백했고, 턱에는 사춘기 시절에 겪은 것으로 보이는 심한 여드름의 흔적이 남아 있었다. 사실 두려워할 얼굴은 아니고, 차라리 어딘가 슬퍼 보이는 얼굴이다. 그의 얼굴에는 아련한 고독함이 있었다.

착륙을 알리는 승무원의 목소리가 실내에 날카롭게 울려 퍼지자, 가이드가 잠에서 깼다. 나는 재빨리 그의 손으로 눈을 돌렸다. 손이 떨리고 있는 것이 담배가 간절한 모양이다.

"여관에서 자야 하니까 그런 줄 알아요. 추우니까 옷을 껴입고 얼굴을 수건으로 감싸야 해요. 그래야 벌레들이 얼굴을 기어 다니지 못해요." 가이드가 손을 겨드랑이 밑에 감추며 말했다.

"알았어요." 별것 아니라는 듯이 대답했지만, 벌써 내 이마 위로 벌레가 스멀스멀 기어가는 느낌이었다.

비행기의 바퀴가 덜컹하고 땅에 닿자마자 모든 것이 혼돈으로 변했다. 승객들이 한꺼번에 분주하게 움직이며 머리 위의 짐칸에서 짐들을 내리느라 난리 법석이었다. 내가 통로로 나가는 길을 터 주느라고 가이드가 몸으로 길을 막아서기도 했다. 우리는 가까스로 출구까지 갈 수 있었다.

비행기 계단 위에서 내려다보니 바람이 강하게 부는 활주로 끝에 교도소를 연상케 하는 큰 철문이 있었다. 드디어 옌지에 온 것이다. 만약 한 달 전 즈음에 내가 할머니의 아들을 압록강 변에서 만나고, 그의 가족 탈북을 돕기 위해 다시 중국에 돌아올 것이라고 누군가가 농담조로 말했다면 절대로 믿지 못했을 것이다. 철문을 바라보며 이 자리에 서 있으면서도, 이 모든 일이 실제로 일어나고 있는 것인지 실감할 수가 없었다.

"서둘러요." 가이드의 목소리가 정신을 차리게 했다.

눈을 돌려 다시 가이드를 보았다. 가이드를 따라 계단을 내려오면서 혹시 최순만을 만나게 될까 두려워 머리를 숙이고 앞머리로 얼굴을 가렸다. 가이드의 발을 보며 계단을 따라 내려갔다. 계단에 너무 집중하다가 오히려 촬영장비가 담겨 있는 가방의 무게에 눌려 발의 균형을 잃고 마지막 계단에서 넘어졌다. 몸이 넘어가는 순간에 먼저 떠오른 것은 촬영장비였고, 손으로 땅을 짚어 몸을 보호하는 대신에 가방을 부여잡고 넘어졌다. 덕분에 무릎하고 어깨가 땅에 쓸렸다. 나도 모르게 나온 비명 소리에 모두의 눈이 나에게로 향했다. 일어나 보려 했지만 무릎 뼈가 콘크리트를 치며 느낀 고통이 온몸에 전율하며 꼼짝도 할 수가 없었다. 그때 두 손이 나를 잡아 몸을 일으켜줬다. 가이드의 손이 몸을 꽉 잡아 주었다.

"괜찮아요?" 그도 놀란 표정이었다.

피가 정강이를 타고 흘러내리는 것을 느낄 수 있었다. 다리의 신경이 욱신거렸고, 통증에 정신을 차릴 수가 없었다. 상처가 심하게 따끔거렸지만 꾹 참았다. 내가 눈물이라도 보였다가는 가이드가 나를 창바이까지 데리고 가지 않을 것 같았다. "괜찮아요." 그의 손을 뿌리치며 계속 걸었다. 피나는 상처에 바지가 스칠 때마다 찌릿찌릿 전해지는 고통을 무시하고 걸었다.

"당신 역할을 잘 해야 돼요. 이 지역의 비밀경찰은 더 무서워요. 어딘가에서 우리를 지켜보고 있을 겁니다." 그가 내 귓가에 속삭였다.

나는 알았다는 듯이 고개를 끄덕였다.

그때 나폴레옹의 헤어스타일로 앞머리를 살짝 내리고 장신의 깡마른 30대 중반 남성이 통통한 체격에 아기천사의 얼굴을 지닌 아내를 뒤에 거느리고 나타났다. 그녀의 검은 단발머리가 타원형의 베레모 밑에 단정하게 가르마져 있었다. 좀 이상한 커플이라 여겨졌다. 남자는 매우 엄해 보이고 팔다리가 길쭉길쭉한데, 여자는 작고 통통하며 귀염성이 있었다.

가이드는 그를 '짬뽕'이라 불렀다. 두 사람은 꽤 친분이 있는 것처럼 보였지만, 철문 가까이에 주차되어 있는 짬뽕의 택시에 오를 때까지 어느 누구도 나를 의식하지는 않았다.

"보고 싶었다." 가이드가 담배에 불을 붙이며 정감 있게 말했다.

"왜 내가 당신 애인이라도 되는가요?" 짬뽕도 기어를 바꾸고 엑셀을 밟으며 기분 좋게 응수한다.

"농담이 아냐. 너는 나에게 둘도 없는 친구야." 가이드가 서운한 듯 말했다.

"우리야 죽이 잘 맞는 술친구지요." 짬뽕이 낄낄거렸다.

나는 호기심이 발동하여 둘 사이에 오가는 대화에 귀 기울였다. 가이드는 보통 감정을 잘 드러내지 않는데, 지금은 무슨 영문인지 아부를 떠는 것이 안쓰러울 정도다. 가이드가 그제야 나를 의식하고 자랑스럽게 소개했다. "여기는 혜리 씨야. 편하게 사는 타이타이야."

"아니에요." 나도 모르게 끼어들었다. 그의 소개가 영 마음에 들지 않았다. 홍콩에서도 타이타이(tai-tai)라는 말로 소개되었었는데, 남편이 힘들게 벌어 온 돈을 값비싼 미용실이나 옷가게에 다니면서 펑펑 쓰고 돌아다니는 여자들을 일컫는 말이다. 가이드의 소개도 그렇고, 내가 발끈한 것도 그렇고, 처음 만난 사람들에게 좋은 인상을 주기는 글렀다고 생각했다. 차 안의 분위기가 썰렁해졌다. 어색한 침묵이 흘렀다. 가이드가 헛기침을 했는데, 그 기침 소리는 내가 좀 더 얌전하게 행동하지 않은 것에 대해 나중에 혼내 주겠다는 소리로 들렸다. 가이드는 한 번 더 헛기침을 하더니, 아까의 감상적인 태도로 다시 돌아갔다. 커플도 그의 분위기에 맞춰 대화를 이어 갔다. 그들은 내 쪽으로 눈길도 안 주더니, 호텔 앞에서 나와 가이드를 내려 주고서도 그렇게 떠났다.

대우호텔이라는 간판을 보자 아까 가이드가 겁주었던 벌레에 대한 걱정이 확 사라졌다. 새로 지은 회벽 건물의 호텔이 평평하게 다진 매립지 위에 서 있었다. 로비에 들어서자 제복을 입은 두 명의 경비원이 눈에 들어왔고, 그들을 지나 접수대로 향하면서 가이드가 긴장하는 것이 느껴졌다. 무심코 주위를 둘러봤더니, 그들이 딱딱하게 굳은 얼굴로 나를 노려봤다. 그들은 우리가 엘리베이터에 오를 때까지 모든 행동을 지켜봤다.

호텔방에 들어가서야 안도의 한숨을 쉬었는데, 가이드는 마음이 놓인 모양인지 내가 있는 것도 잠시 잊은 채, 옷을 벗기 시작했다. 그가 셔츠를 풀고 허리띠를 느슨하게 푸는 모습을 흥미롭게 지켜봤다. 내가 있는 것을 깨달은 가이드는 얼굴을 붉히며 셔츠로 엉덩이를 가렸다. "이래서 혼자 일해야 하는 겁니다." 그는 세수용 물건을 집어 들고 방을 나갔다.

그가 나간 후 좁은 욕실에 들어가 상처를 살펴보았다. 왼쪽 정강이는 꽤 긁혀 있었고 무릎도 울긋불긋한 상처로 덮여 있었다. 흉터가 남을 상처였다.

욕실에 있을지 모를 비상약을 찾아보았다. 욕실 기본용품들만 있었다. 룸서비스를 청하고 싶지도 않았다. 대신에 지혈을 위해서 바셀린을 상처 부위에 발랐다. 「록키」(Rocky)라는 영화를 보면서 배운 것이다.

XI

새벽이 되자 가이드는 일찌감치 일어나 앉았다. 나는 아직 일어날 엄두를 못 내고 있었다. 침대에 누워 가이드가 서울에서 가져온 신문지로 욕실의 잡다한 물건들을 싸는 것을 잠자코 지켜보았다. 신문지의 머리기사는 낚싯배를 타고 탈북한 두 가족에 관한 이야기였다. 가이드는 용운 삼촌에게 그 기사를 보여 주고 배로 탈북하는 것도 가능하다는 것을 설득할 요령이었다. 그 일을 끝내고, 그는 내가 할 일을 정확히 지시했다. 옷을 한 벌만 챙기고 비닐봉지에 싸서 가이드의 가방에 넣으라는 것이었다. 나머지 짐은 모두 짬뽕의 집에 보관될 예정이었다. 그는 내 옷이 자신의 옷에 닿지 않게 조심하라고 주의시켰는데, 참 별난 사람이라는 생각이 들었다.

나는 편한 잠옷차림으로 일어나 옷가지와 짐들을 챙겼는데, 가이드는 내가 짐을 정리하는 동안 눈을 다른 곳으로 돌렸다.

"카메라 가방도 치워요." 가이드가 갑자기 의심스러운 눈초리로 눈을 가늘게 뜨며 말했다. "도대체 뭐하려는 거지요? 그리고 뭔 테이프가 이렇게 많아요? 아무것도 촬영하면 안 돼요. 장비를 들고 다니는 것조차 위험해요. 장비를 들고 있다가 넘어지거나 해서 잡히면 간첩으로 의심받을 게 뻔해요."

내 가방을 몰래 훔쳐본 것이 아닌가 싶어 비밀이 탄로 난 기분이었다. 그가 다른 것도 뒤졌을까? "관광객인 척할 거예요. 우리는 어차피 서울에서 관광 온 사람들이잖아요."

"아니오. 당신은 어디로 튈지 모르는 럭비공에 더 가까워요."

"뭐라고요?"

"럭비공은 어떻게 생겼어요? 둥근가요?" 그가 불쑥 물었다.

그와 농담할 기분이 아니었다.

"럭비공은 미식 축구공과 다를 게 없어요. 공을 차면 어디로 갈지 알 수 없어요. 왼쪽으로 떨어질 수도 있고, 오른쪽으로 떨어질 수도 있고, 아니면 똑바로 날아갈 수도 있어요. 당신이 그렇단 말입니다. 예측을 할 수가 없어요. 이쪽으로 갈 거라 생각하면, 아마도 짐을 싸서 반대 방향으로 나가겠죠. 당신이 어디에 있는지 알아야 하기 때문에 걱정이 될 수밖에 없죠."

가이드가 알아채지 못한 것은 나도 그에 대해서 같은 심정이라는 것이었다. 나도 그가 어떤 일을 벌일지 걱정하며 지켜보고 있었던 것이다.

"장비는 가져갈 거예요." 이것만은 양보할 수 없었다. 필사적으로 설득했다. 결국 서로 반씩 양보하기로 했다. 카메라에 공테이프 한 개,

아들이 있는 풍경

한 시간짜리 배터리 하나만을 허락했다. 사진기와 녹음기, 일기장 등 다른 물건과 여행가방은 가이드에게 넘겼다. 그가 짬뽕에게 짐과 물건들을 전달하러 간 후에 몰래 숨겨 둔 여분의 테이프와 3시간용 배터리를 꺼냈다. 내 잠바의 목덜미에 달린 후드 안에 숨겨 뒀었다.

우리가 밖에 나와서 제일 먼저 한 것은 하늘을 살피는 것이었다. 간밤에 보슬비가 내렸건만, 하늘이 맑지 않고 구름도 뽀송뽀송하게 하얀 양떼구름이 아니었다. 어둡고 거대한 구름이 낮게 깔려 있었고, 무겁고 음산한 비의 기운이 두통처럼 찌뿌드하게 우리를 감싸고 있었다. 불길한 예감이 들었다. 기다리면서 더 속을 태울 때가 있다.

가이드가 먼저 입을 열었다. "하늘도 우리를 도와주지 않는군요."

짬뽕과 그의 아내가 그들의 빨간 택시를 타고 우리를 기다리고 있었다. 그들은 어제 입었던 옷을 그대로 입었고, 짬뽕의 아내는 뒷좌석에 앉아 있었다. 얼굴이 창백하고 눈이 부은 게 몸이 안 좋아 보였다. 그래도 가이드는 매우 반기는 표정이다. 여자가 한 명인 것보다는 두 명인 것이 의심을 덜 받을 거라고 중얼거렸다. 내 생각에는 나를 감시하라는 가이드의 부탁으로 짬뽕의 아내가 우리 팀에 합류한 것 같았다. 나는 별로 개의치 않았다.

짬뽕이 시동을 걸고 몇 차례 부릉부릉하더니 차는 길을 달리기 시작했다. 이브생로랑 상표의 담배 한 갑이 계기판 위에서 흔들거렸다. 마을을 벗어나기 전에 환전을 해야 했기 때문에 가까운 교차로에서 멈추었다. 근처에는 중년의 여성들이 검은 백을 어깨에 메고 진을 치고 있었다. 짬뽕이 창문을 내리자 여자들이 몰려들었다. 가장 극성스러워 보이는 여자 한 명이 세파에 찌든 얼굴을 창 쪽으로 들이밀었다. 짬뽕이 가이드의 돈을 환전하기 위하여 중국어로 환율을 협상했다. 여자는 펄쩍뛰며 고개를 흔들더니 자신의 숫자를 쪽지 위에 휘갈겨 썼다. 하지만 짬뽕이 빳빳한 100달러 지폐 뭉치를 보여 주자, 태도가 바뀌어 거스름돈 내듯이 태연하게 짬뽕의 손 위에 중국화를 올려놓았다.

환전이 끝난 후, 오전 7시 30분에 마을을 떠났다. 옌지 외각에서 첫 번째 검문소에 도착했다. 짬뽕이 요금을 지불하고 곧장 통과할 수 있었다.

홈이 파인 1차선 도로는 같은 길로 갔던 지난번 여행 때보다 덜 흔들거렸다. 간밤의 비가 땅을 부드럽게 하여 타이어의 움직임을 좋게 해 준 것이다. 대신 속도를 마음껏 낼 수 없다는 것이 좀 아쉬웠다. 풍경들이 뒤로 미끄러져 지나갔고 먼 산의 언덕은 끝도 없이 펼쳐졌다. 지루함을 달래려고 눈에 익숙한 건물들을 찾아보았다. 울타리 있는 집 몇 채와 들판이 어디서 본 듯했지만 확신할 수 없었다. 논에 벼가 심어져 있는 것 빼고는 모든 것이 똑같아 보였다. 수영이라도 할 수 있을 것처럼 깊어 보이는 논이 영롱한 녹색으로 빛나고 있었다. 주로 여자들이 많이 눈에 띄는 농부의 무리가 헐렁한 바짓단을 올려 다리를 드러낸 채 진흙투성이의 논에서 일을 하고 있었다. 아직 벼를 심지 않은 곳에서는 여인들이 한 줄로 늘어서서 모종을 심고 있었다. 모든 일이 직접 몸을 숙여 하나하나 손으로 진행되니 허리가 고달프겠단 생각이 들었다. 농기구는 거의 보이지 않았고, 이따금 사람을 잔뜩 실은 트랙터가 도로에서 눈에 띌 뿐이었다.

아들이 있는 풍경

드디어 녹음이 우거진 백두산 입구에 들어섰고, 소나무가 빽빽이 줄지어 선 능선들을 지나 달렸다. 공기는 상쾌하고 소나무향내가 났으며 묘한 소리들이 숲을 채우고 있었다. 아름드리나무들이 우거진 숲의 한쪽 구석에 파란 문이 두 개 달리고 벽돌로 만들어진 창고가 한 채 서 있었다. 창고 앞에는 차양 달린 야외 카페 테이블이 한 개 놓여 있었다. 옆의 기다란 널빤지 탁자 위에는 콜라, 주스, 커피 등의 각종 음료수 캔이 진열돼 있다. 이렇게 외떨어진 곳에서 카페를 만난 것 자체가 뜻밖의 행운이라 생각하며 소나무향과 커피향이 섞인 공기를 깊이 들이마셨다. 커피를 준비하는 여인은 볼이 장미처럼 빨간 큰 사내아이를 업고 있었고, 가이드와 짬뽕에게 인사를 건넸다. 내가 커피를 블랙으로 주문하자, 아이의 엄마는 내가 무례한 요구라도 한 것처럼 흘끗 보았다. 그러고는 커피는 제대로 먹어야 한다며 가루로 된 크림과 설탕을 두 스푼씩 마구 넣었다.

우리는 따뜻한 커피를 두 손으로 만지작거리며 택시로 돌아와 다시 달리기 시작했다. 완만했던 능선들은 협곡으로 바뀌었고, 이내 백두산의 가파른 지형을 오르고 있었다. 전에는 산의 변함없는 모습에 반해 일이 잘 안 풀릴 때는 등산도 하고 하이킹도 가고 했었다. 그러나 지금 백두산의 높은 지형을 오르다 보니, 날씨가 급격히 변했다. 타원형의 구름이 점점 납작해지더니 바람에 날리며 저 높이서 사라지기도 하고, 때로는 어둡고 거친 모양의 구름이 우리 머리 위로 낮게 내려앉았다. 우리가 가장 높은 봉우리에 도달했을 때에는, 구름이 우리 주변으로 사방에 깔려 마치 땅 위에 앉은 것 같았다. 안개인지 구름인지 길에 장막을 친 것처럼 내리덮어 자동차의 헤드라이트를 켜고도 한 치 앞을 볼 수 없었다. 그러다가 안개는 빗방울로 변하기 시작하더니 이내 동전 크기의 빗방울이 창을 때리다가 앞 유리창에 퍼붓기 시작했다. 우리의 여행을 시샘이라도 하듯이 엄청난 폭우가 우리의 길을 막아섰다. 차 안에서 밖에 펼쳐지는 광경들을 보고 있자니 음향효과가 큰 영화관에 앉아 있는 기분이었다. 갑자기 으르렁대던 폭우가 잔잔한 빗방울로 변했다. 햇살이 삐죽 나오면서 숲과 하늘을 밝혀 주고 구름을 쫓아냈다.

마음이 경건해지는 경험이었다. 자연의 힘은 가장 거대한 산마저도 자유자재로 변화시킬 수 있는 강력한 것이었다. 숲은 여전히 평화로웠다. 크고 작은 변화들은 오히려 숲을 충만하게 하고, 식물과 동물들은 자연에 순응했다. 동식물들은 나무나 시냇물의 변화 속에서 새로운 생명의 기회를 찾았다. 나도 예전에는 순리를 잘 따랐던 것 같다. 지금은 작은 일로도 폭발하고 만다.

자연의 순리에 따르고 싶었다.

그날 저녁 7시경, 창백한 태양이 백두산의 협곡 뒤로 내려앉을 무렵에 우리는 세 번째 경비초소를 지났고, 지그재그로 이어지는 산길을 따라 창바이로 내려갔다. 산길을 벗어나자 도로가 급히 우회전했고, 왼쪽으로 압록강을 내려다보며 달리게 되었다. 지난번과 비교할 때 물이 더 불었고 백두산 꼭대기에서부터 녹아내린 눈으로 물살이 빨랐다. 강물은 하얀 포말을 날리며 힘차게 달리고 있었다. 처음으로 돌담 뒤에 숨겨져 있던 북한의 모습을 볼 수 있었다. 돌담 뒤의 풍경은 모든 것이 낡고 다닥다닥 붙어 있는 데다 음침하기까지 했다. 줄지어 있는 집들은 어찌나 바짝 붙어 있는지 한 평의 여유도 없어 보였다. 변변치 않은 재료로 만들어진 집들 사이를 좁은 골목이 누비고 있었고, 집들은 무너지기 일보 직전이었다. 몇몇 집은 이미 반쯤 무너져 내려 지붕만 보였다. 그래도 사람들이 살고 있는 듯했다. 다 쓰러져 가는 집에서 붉은 스웨터를 입은 사람이 나오는 것이 보였다.

빈민촌 뒤쪽으로는 그나마 형편이 조금은 나아 보이는 빌딩들이 눈에 들어왔다. 5층에서 7층짜리 건물들은 같은 디자인의 직사각형 건물들로 층마다 똑같은 창문들이 줄지어 있었다. 그 건물들은 숨구멍을 겨우 뚫어 놓은 신발상자들 같았다.

이 광경 뒤로는 석양에 물든 장엄한 산들이 자리하고 있었다. 잠시 태양이 하늘과 산을 이어 주며 밝게 빛났는데, 이곳에도 평화가 깃들 것이며 내 생전에 통일을 볼 것이라는 생각이 스치고 지나갔다. 그때 선전문구가 눈에 들어왔다. 할리우드의 간판처럼 황량한 산 중턱에 한글로 세워져 있었다. 옆에서 '함께 전진하자'라는 문구라고 설명해 주었다. 바로 아랫동네의 비참한 빈곤을 비웃고 있는 것 같았다. 북한의 지도자는 남한과 협력할 마음이 전혀 없다는 신문기사를 읽은 적이 있다. 베이징에서 열렸던 남북적십자회의는 북한 대표들로 인하여 결렬되었다. 남한 정부로부터의 원조를 강력히 요구하던 북한의 대표들은 일이 뜻대로 되지 않자 회의장을 박차고 나갔다. 그들은 원조 쌀자루에서 상표를 뗄 것도 요구했다. 전 세계가 굶주리고 있다는 선전이 거짓이라는 게 들통날까 두려웠던 것이었다. 세계식량계획(World Food Program, WFP)의 보고에 따르면, 용운 삼촌이 거주하는 북부 지역의 빈곤이 심각하여 양강도 당위원회가 주민들에게 돌이라도 파서 식량과 교환하라고 명령했다고 한다.

가이드는 마을에 도착하자마자 나와 짬뽕의 아내를 내리게 했다. 우리를 어느 낡은 호텔 주차장에 내려 주었다. 얼룩덜룩한 군대 지프들이 현관 가까이에 주차되어 있었고, 다섯 개의 금박별이 붙어 있는 중국공산군 메달이 현관 위에 장식되어 있었다. 중국공산군 본부에 들어온 기분이었다.

"사람들의 눈에 띄지 않게 있어요." 가이드가 짬뽕의 아내에게 당부했다.

"큰삼촌이 강을 건너면 나를 부를 거죠?" 내가 재빨리 물었다.

"알았어요." 가이드와 짬뽕은 뽀얀 매연을 날리며 떠났다. 그는 강가에 사는 조선족 친구네 집에서 밤을 묵으며 협조를 구할 계획이었다. 시간이 촉박했다. 다음 날이 6월 4일로 북한의 승전기념일인 보천보전투 기념일이었다. 용운 삼촌을 만나 탈출에 대한 계획을 설명하고, 그의 동의를 얻어 탈출의 세부 계획을 확인하기로 한 날이었다. 성공적인 탈출을 위해서는 몇 가지 조건이 맞아야 했는데, 국경 경비대의 교대시간, 달의 밝기, 그리고 물의 수위가 맞아떨어져야 했다. 미처 예상치 못한 일이 발생할 가능성이 충분히 있었기 때문에 아무것도 장담할 수 없는 상황이었다. 하루에 보통 한 명이나 두 명이 강가를 오가며 보초를 섰다. 두 명으로 이루어진 두 팀이 동시에 강가를 지날 수도 있다. 용운 삼촌은 튜브 안에서, 또 다른 누군가는 튜브를 끌면서 강을 건너기로 되어 있었다. 목표는 가이드의 30일짜리 비자가 만기되는 17일 전에 모두를 다롄까지 빼내는 것이었다.

짬뽕의 아내는 나를 호텔 안으로 인도했다. 현관 쪽으로 몇 걸음 걸

아들이 있는 풍경

었더니 엉덩이가 뻐근했고 무릎이 삐거덕거렸다. 현관 왼편으로는 유리로 된 상자 안에 김일성의 사진들이 전시되어 있었다. 이 세상을 떠난 지도자의 모든 사진에는 번쩍이는 태양과 한복을 입은 어린이들이 배경을 장식하고 있었다. 행복한 표정의 아이들은 흠 없는 유리인형들처럼 보였다. 볼은 붉은 장밋빛에, 눈두덩은 푸른색으로 빛나고 있었다.

사람들의 눈을 피해 건물의 내부를 훑어보았다. 가구가 하나도 없는 것이 꼭 무슨 무덤 같았다. 조명도 밝다기보다는 어두운 갈색으로 한기를 불러일으켰다. 빗물에 얼룩진 천장에 걸려 있는 멋진 크리스털 샹들리에를 감상하려고 눈을 위로 올리다가 2층 발코니에서 내부를 감시하던 여인을 보았다. 그녀는 20대 초반의 여성으로, 녹색 제복을 입었고 머리를 두 갈래로 땋아 올렸다. 어리다고 얕잡아 보면 안 되었다. 젊은이들이 가장 위험하고, 광적이며, 눈에 불을 켜고 고발 건수를 찾는 부류였다.

짬뽕이 10분 후에 가이드 없이 혼자 나타났다. 그는 자신의 방을 따로 예약했고, 나와 그의 아내는 방을 함께 쓰기로 했다. 우리가 묵을 방은 아주 남루한 방이었다. 벽은 누렇게 절어 있었고, 손자국과 신발 자국들이 여기저기 찍혀 있었다. 서양식 트윈베드는 다리가 부러졌거나 아예 없어서 밑으로 축 처져 있었다. 짬뽕의 아내가 다리가 부러진 침대 위에 앉자, 삐거덕 소리를 내며 아래로 더 내려앉았다. 더 심각한 것은 빨간색 카펫이었는데, 여기저기 팬 홈에는 온갖 더러운 이물질이 끼어 있었고 담배꽁초에 눌린 자국들로 덮여 있었다. 검게 그을린 담배 자국들은 한 떼의 바퀴벌레를 연상케 했다. 카펫을 보고 있자니 온몸이 근질근질했다.

스스로에게 정신 차리라고, 이 정도쯤은 견딜 수 있다고 다짐했다.

청결함조차도 사치인 곳에서 특별대우를 요구할 수는 없는 노릇이었다. 이 모습이 이곳의 삶의 방식인 것이었다. 나도 내가 살던 곳과 비교하고 평가하는 것을 그만두어야 했다. 부부가 식사하러 나가자고 했을 때 기분이 한결 나아졌다. 인구 대국이며, 여러 번의 가뭄을 경험한 중국에서의 식사는 모든 일에 우선하는 중요한 일이기에, 눈에 띄지 말라는 가이드의 명령도 뒷전으로 밀렸다.

부부가 나를 데려간 식당은 두 건물 지나서 있었다. 먼지 낀 커튼 사이로 안을 들여다보니 텅텅 비어 있었지만, 짬뽕은 아랑곳하지 않고 낡은 문을 열어 우리를 안으로 이끌었다. 제일 먼저 눈에 띈 것은 실내 장식이었다. 달력에서 뜯어낸 동양 여성들의 모습이 벽에 줄지어 붙어 있었다. 그들의 헤어스타일은 한결같이 길고 깃털처럼 부풀려져 있는 것이 70년대 말의 유행을 따르고 있었다. 낡은 사진들은 낭만적이고 몽환적인 분위기를 자아내고 있었다. 다른 쪽 벽에는 역시 동양 여성이 강렬한 붉은색 배경에 검은색 가죽옷을 입고 오토바이를 타고 찍은 사진이 붙어 있었는데, 앞가슴을 훤히 드러내 보이며 섹시함을 연출하고 있었다.

우리 셋은 요리사의 숙소 겸용 온돌 마루에 자리를 잡았다. 바로 옆의 부엌에서 핏자국이 묻은 앞치마를 두른 요리사가 나타났다. 그는 주문을 받고 다시 부엌으로 들어갔다. 요리사가 긴 사브르 칼과 식칼을 앞치마로 쓱쓱 닦고 큰 고깃덩어리에서 살점을 저미는 것이 보였다. 그는 칼질을 하며 콧노래까지 흥얼거렸다. 이내 실내는 각종 양념과 음식 냄새로 가득 찼고 요리사는 신나는 팔놀림으로 음식을 상에 차렸다. 상 한가운데를 차지한 커다란 뚝배기에는 불고기가 보글보글 끓고 있었고, 중간 크기의 접시에는 네모나고 하얀 것이 높이 쌓여 있었다.

아들이 있는 풍경

휴지인 줄 알았던 것은 두부로, 이것으로 음식을 싸서 먹는다고 했다.

짬뽕의 아내를 따라 하면서 고기 한 점과 김치를 넣고 두부쌈을 만들어 입에 넣었다. 콩팥 맛이 나는 고기는 맛이 진하고 기가 막히게 맛있었다. 중국에서 먹은 음식 중에 최고였다.

"혜리 씨, 이 집은 개고기로 유명해요." 짬뽕의 아내가 입에 가득 찬 음식을 씹으며 자랑스럽게 말했다.

"뭐라고요?" 나는 막 먹으려던 두부쌈을 내려다보았다.

"여기 고기가 아주 신선해요. 개고기는 건강에도 좋아요." 그녀는 남편의 배를 두드리며 낄낄대고 웃었다.

나는 허겁지겁 물컵을 찾아 입안에서 고기 맛을 씻어 내고, 겨우 불편한 속을 가라앉혔다. 보신탕은 인삼, 뱀탕, 녹용 등과 더불어 보양식으로 유명하다. 남자들에게는 특히 기운을 북돋아 준다 하여 즐겨 먹는 진미였다. 하지만 나에게 개는 충성스러운 친구이다. 어린 시절부터 개는 같이 산책하고, 나뭇가지 던지기 놀이를 함께하고, 사랑해 주는 동물이지 탕으로 끓여 먹는 음식으로는 상상도 할 수 없는 일이었다.

차마 식사를 계속할 수가 없어서, 정보를 좀 얻을 요량으로 차라리 부부와 대화를 시도했다. 처음에는 머뭇머뭇하더니 곧 그들도 이야기를 시작했다. 아내는 고등학교에서 영어선생 노릇을 했지만 영어는 유창하지 않다고 했다. 영어로 몇 마디 겨우 하는 수준이라고 했다. 남편은 가이드와 함께 일하지 않을 때는 택시를 몬다고 했다. 그들은 13년간 부부로 함께 살았지만 슬하에 아이는 없었다. 나는 눈치로 그들이 아이를 꽤 기다렸지만 결국 생기지 않았다는 것을 알 수 있었다.

짬뽕의 눈빛을 보아 하니, 아내가 기가 세고 수다스러워도 그녀를 유난히 아끼는 것 같았다. 아기천사 얼굴에 귀여운 보조개까지 있고 여학생 머리를 한 이 여인은, 반항적인 매력을 가지고 있었고 자기만의 방식을 고수하는 타입이었다. 나는 이 두 사람이 마음에 들었다.

"이 여자 때문에 친구들이랑 술집에도 못 가요. 여자들이 저랑 놀아 주질 않아요. 우리 마누라에게 두들겨 맞고 싶지 않은 거죠." 짬뽕이 입술을 삐죽거리며 말했다.

짬뽕의 아내가 장난스럽게 남편의 등을 때렸다. "맞아요. 가만두지 않죠."

"어디 감히 남편을 때리고 그래?" 으름장을 놓아도 별로 무섭지도 않았다. 아내가 하이 톤으로 깔깔거리니 나도 절로 웃음이 났다. 같이 한바탕 웃어 젖히며 오랜만의 여유를 만끽했다. 그때 짬뽕이 최순만을 알고 있다고 말하자, 내 얼굴에서 웃음기가 사라졌다.

"친구 사이예요?" 조심스럽게 물었다.

"그런 건 아니에요." 짬뽕이 소주를 잔에 부으며 말했다. "어느 임신한 북조선의 여인이 식량을 구하러 강을 건너 창바이로 온 후 소식이 끊겼어요. 그래서 친척 중에 한 명이 최순만에게 도움을 청하면서 여자에게 돈을 전해 달라고 했죠. 하지만 도움은커녕 최순만이 그녀에게 수작을 걸다가 반항하자, 여자를 길거리로 쫓아내고 돈을 갈취했죠. 그 여자는 지금 아이를 낳을 때까지 다른 곳에서 보살핌을 받고 있어요."

"내가 아는 같은 사람인가요?" 그래도 최순만을 믿고 싶어 내가 재차 물었다.

"바로 그 사람입니다. 완전히 사기꾼이에요. 돈이 되는 일이라면 무엇이든지 하는 사람입니다. 그는 핍박받는 기독교인이라고 속이고 해외단체들로부터 위로금을 받아 챙기는 그런 사람입니다."

아들이 있는 풍경

짬뽕의 이야기를 들으며 끓어오르는 분노를 참기 힘들었다. 최순만 이 할머니를 속인 것이었다. 머릿속이 복잡해졌다. 눈에는 눈이란 말이 떠올랐다. 이런 자에게는 관용과 동정심을 베풀 필요가 없었다. 북한의 수용소에라도 보낼 수 있다면, 그렇게 하고 싶었다. 할머니가 겪은 고통을 생각하니 분해서 참을 수가 없었다.

식사 후 호텔로 돌아가는 길에 젊은 낯선 조선족 남자와 마주쳤다. 그는 우리를 보자, 곧장 우리 쪽으로 걸어와서 짬뽕에게 북한에는 무슨 볼일이 있느냐고 다짜고짜 물었다.

짬뽕의 아내가 팔을 잡아끌어 잠자코 계속 걸었다. 우리는 호텔에 들어가지 않고 호텔을 지나 어두운 골목으로 몸을 숨겼다. 짬뽕의 아내는 계속 주위를 살폈고, 두 남자는 아직도 길에 남아 무언가 얘기 중이었다. 혹여 누군가 우리를 이상히 여기기 전에 호텔로 돌아가기로 했다. 우리 둘은 팔짱을 꼭 끼고 어두운 골목에서 빠져나와 재빨리 호텔로 들어갔다. 호텔 방에서는 욕실의 조명만 켜 놓은 채 짬뽕이 돌아오기를 기다렸다. 쌀쌀한 실외에 비해 방의 공기는 탁하고 갑갑했다.

자정이 지나서야 짬뽕이 문을 노크했다. 짬뽕의 나직한 목소리를 듣자마자, 아내가 짬뽕을 안으로 잡아당겼다. 얼굴이 붉고 얼큰하게 취해 있었다. 아까 길에서 마주친 사람은 가이드가 조선족 친구라고 부르는 형제 중에서 동생으로, 짬뽕을 술집으로 데려가 옆에 있던 두 여자가 누구인지 알아내려 했다고 한다. 내가 용운 삼촌의 조카인 것을 알면 더 많은 돈을 요구할 수도 있다고 했다.

다음 날 아침까지 가이드로부터 소식이 없어, 우리가 혹 일을 위험하게 만든 것은 아닌지 걱정됐다. 오후 2시가 돼도 연락이 없자, 짬뽕에게 부탁해 조선족 형제네 집에 전화하게 했다. 그는 능청스럽게 연기를 했고, 가이드가 마을에 있다니 뜻밖이라 말했다. 그러고는 곧 가이드와 통화를 했고 몇 마디의 암시적인 대화를 통하여 전날 밤에 무슨 일이 있었는지 설명했다. 통화는 금세 끝났다.

"뭐라고 해요?" 걱정돼 물었다.

"모든 일이 잘 풀렸다고 해요. 오늘 밤 해가 지면, 당신의 큰외삼촌이 강을 건널 거래요. 성공하면 가이드가 나에게 전화를 할 것이고, 내가 당신을 강가로 데리고 갈 거예요." 그는 나갈 준비를 했다.

"어디 가요?" 아내가 물었다.

"혜리 씨에게 커피를 사 주래요."

나도 모르게 얼굴을 붉혔지만, 태연한 척했다. 나와 가이드 사이에 호감이라도 있는 것처럼 괜한 오해를 받고 싶지 않았다.

짬뽕이 곧 더운물과 커피믹스를 들고 들어왔다.

"괜한 수고를 하게 했네요." 내가 겸연쩍게 말했다.

"하라는 대로 안 했다간 가만두지 않아요." 그가 즐겁게 낄낄거렸다.

우리 셋은 방에 옹기종기 모여 앉아 커피를 마시며 TV를 시청했다. 깜박거리는 TV는 작고, 화질이 안 좋았다. 채널은 세 개뿐이었는데, 그나마 한 개는 대부분 김일성의 공적을 치하하는 프로그램으로 구성되어 있었다. 발명품을 소개하는 프로도 하나 있었는데, 주방용 석탄을 가열하는 도구를 홍보하고 있었다. 깡통 재질의 실린더는 미국에서 야밤에 보던 광고에서도 보았던 기억이 났다. 북한 실린더의 디자인은 세련되지 못하고 어설펐지만, 광고자는 핵무기라도 개발한 것처럼 호들갑을 떨었다.

내가 넋을 놓고 시청한 것은 지난해 노래대회의 재방송분이었다. 북한의 어린이들이 장밋빛 볼에 인형 같은 모습으로 레이스 달린 한복을 입고 무대를 뛰어다니며 노래하는 모습이었다. 어린이들의 발랄한 표정과 무용의 내용을 설명하자면, 한마디로 '사회주의의 영광'이었다. 그들은 앞으로 함께 전진하라는 공산주의의 구호에 걸맞게 입을 맞춰 노래하고 몸을 이리저리 돌렸다.

노래대회를 시청하다가 불현듯 불안해지기 시작했다. 곧 있으면 일몰 시간이었다. 언제 전화가 울릴지 모르는 일이었다. 7시가 되어도 전화가 울리지 않자, 짬뽕이 전화를 했다. 조선족 형제의 연로한 어머니가 약 45분 전에 가이드가 급히 밖으로 나갔다고 전해 줬다. 공포로 심장이 오그라들었다. 가이드가 그렇게 급히 떠난 것을 보니 뭔가 문제가 생긴 게 틀림없었다. 나쁜 생각들이 꼬리를 물었다.

우리는 짐을 챙겨 호텔을 나왔다. 우리 셋은 거의 뛰다시피 하여 울타리를 지나고 지름길을 골라 강으로 향하였다. 잘 정리된 채소밭 사이로 구불구불 이어진 축축한 길을 따라 숨죽이며 걸었다. 발밑에서 진흙이 질퍽거렸고, 우리는 겨우 강가 근처까지 갈 수 있었다.

벌써 어두워지고 있었다. 지평선이 붉게 물들어 마치 혜산시가 불타고 있는 것 같았다. 한 1.5킬로미터쯤 아래로 처음 용운 삼촌의 가족을 비록 멀리서나마 만났던 장소가 보였다. 바로 그 지점에 지금은 30마리는 족히 되는 덩치 큰 검은색 개들과 무장군인이 여기저기 흩어져 국경 보초를 서고 있었다. 그들의 그림자는 어둠이 짙어지면서 더 길고 커다랗게 늘어져서 괴물처럼 공포스러웠다. 우리가 서 있는 곳에서도 개들이 짧은 줄에 목이 죄어 이리저리 킁킁대며 흥분하여 짖어 대는 소리를 들을 수 있었다. 개들은 마치 먹잇감을 발견하고 쫓지 못해 안달이 난 것처럼 흥분해 있었다. 개들이 쩌렁쩌렁 짖어 대는 소리에 심장이 멎을 것만 같았다.

"돌아갑시다. 저들이 우리를 감시하는 것 같아요." 짬뽕이 산마루에서 불이 깜빡이는 지점을 가리켰다. 호기심에 가방 안에 있는 비디오카메라를 켜고 렌즈를 빼내었다. 더 잘 보기 위해 야간렌즈를 작동시키고 가방을 기울여 망원렌즈가 산꼭대기를 잡을 수 있게 했다. 화면에 작은 경비초소 하나가 눈에 들어왔다. 위로 수많은 안테나가 뻗어 있었다. 그 위치에서는 동서남북을 다 주시하며 강을 건너거나 접촉하는 사람들을 감시할 수 있었다.

이 무시무시한 광경에 나도 모르게 뒷걸음질했다.

가이드를 찾을 길이 없어서, 우리는 택시를 타고 여기저기 둘러보았다. 짬뽕은 사람들로 북적이는 거리와 상점 주위를 살폈다. 그때 모퉁이를 돌아 나오는 가이드를 발견했다. 그의 얼굴은 수염이 자라 까칠했고 옷은 구겨지고 얼룩져 있었다. 가이드의 얼굴이 그렇게 반가웠던 적은 없었다. 동시에 그의 몰골을 보고 무엇이 잘못된 것인가 하여 걱정이 되었다.

"빨리 여기를 빠져나갑시다." 가이드는 마구 소리를 지르다 온 사람처럼 쉰 목소리로 말했다. 그는 내가 있던 뒷좌석에 타더니 잠자코 앞만 응시했다. 짬뽕이 지체 없이 시동을 걸고 앞으로 달렸다. 천천히 소리를 내며 모퉁이를 돌던 짬뽕은 이내 속도를 4단으로 올리더니 2차 세계대전의 전투기 같은 소리를 내며 질주했다. 너무 빨리 달리는 바람에 골이 진 도로에서 택시가 심하게 튕겨 올랐다. 나도 몸이 많이 기울면서 가이드의 가슴에 부딪쳤다. 나는 재빨리 몸을 세우고 흔들리지 않으려고 차 문을 꽉 잡았다.

첫 번째 경비초소를 무사히 지나고, 산이 나타나기 시작해서야 가이드가 내 쪽으로 몸을 돌려 편지 하나를 건넸다. 편지는 두 번 접힌 얇은 종이 한 장이었다. 어두운 달빛 아래서도 그것이 재활용 종이에 쓰였으며 분명히 북한에서 온 편지임을 알아볼 수 있었다. 나는 긴장되고 손에 땀이 나 그것을 제대로 펼 수조차 없었다. 짬뽕의 아내가 친절하게도 편지를 대신 읽어 주었다. 그녀는 더 잘 보려고 편지를 들어 올리고 읽었다. 그 편지는 꾹꾹 눌러쓴 편지로, 뒷장에까지 글씨 자국이 남아 있었다.

가이드 보세요,

오랫동안 고생하게 해서 죄송합니다. 이곳에서 살다 보니 모든 사람과 사건을 의심하게 됩니다.

선생님, 아버지와 할머니를 꼭 만나게 해 드리는 것이 우리 가족의 바람입니다. 우리는 선생님의 계획을 따를 것이고, 이제 즉시 지시에 따라 움직일 준비가 됐습니다. 생사가 달린 위험한 일이지만, 우리는 시도해 볼 것입니다. 지난번에는 모든 것이 너무 갑작스러웠고, 전혀 예상치 못한 일이라 마음의 준비가 되어 있지 않았습니다. 마른하늘에 날벼락 같은 일이었습니다. 게다가 안전도 걱정이었습니다.

선생님, 제발 계획대로 일을 진행해 주세요. 백홍룡 할머니가 찾는 이용운은 저희 아버지가 맞습니다.

선생님이 여기 와 주신 것에 대해 감사하는 마음을 이루 형용할 길이 없습니다.

애란 올림

나는 편지를 잘 접어 내 신발 안에 끼워 넣고, 가이드의 옆모습을 쳐다봤다. "애란을 만났네요." 내 감정을 억누르느라 입술을 깨물었다.

"아니오, 큰외삼촌만 강을 건넜어요."

"왜 나를 부르지 않았어요?" 내가 삼촌을 확인해 주기로 되어 있었다. 그래서 내가 창바이까지 갔던 것인데 왜 나를 부르지 않았느냐고 따져 물었다.

"그럴 시간이 없었어요. 일몰 때 경비들이 모두 강가로 나왔어요. 천만다행으로 내가 책임자를 알고 있어서 일이 쉽게 풀렸어요. 나를 돕는 조선족 동생이 이용운 씨를 튜브에 태워 오는 동안 모두 뒤돌아 있게 했어요. 그 책임자 친구를 이쪽으로 건너오도록 해서 강가에서 같이 맥주도 한잔했어요. 그래도 몰라서 맥주랑 과자랑 사탕을 한 자루 가득 담아 줬어요. 삼촌하고는 길게 얘기하지 못했어요. 그래도 우리의 계획에 대해서는 잘 얘기했어요. 이제 가족이랑 상의할 차례죠." 가이드가 나를 쳐다보며 말했다.

나는 자리에 깊숙이 기대앉았다. 화나고 걱정돼 더 이상 묻지 않았다. 눈물이 나오는 것을 이를 악물고 참았다. 그 앞에서 울고 싶지 않았다.

XII

우리가 옌지에 도착했을 때는 동쪽 하늘에서 해가 떠오르고 있었다. 진흙이 잔뜩 튀어 희뿌옇게 된 창문 너머로 대우호텔이 눈에 들어왔다. 문을 열고 한 발을 쭉 뻗어 근육을 풀고, 뒷좌석에서 일어났다. 몸도 머리도 뻣뻣하기는 매한가지였다. 다리가 저려 왔지만, 그럭저럭 서 있을 수 있었다. 지금부터는 어떻게 행동해야 하는지도 이제 안다. 가이드가 방을 잡는 동안 얌전한 아가씨처럼 뒤에 붙어 있어야 한다. 방에 도착해서는 목이며 어깨며 혼자 여기저기를 주무르며 딱딱하게 굳은 근육과 몸을 풀었다. 조금 편해지자 안도의 한숨과 함께 푹신한 매트리스에 편하게 몸을 던졌다. 은은한 비누향기 나는 낯선 호텔이 이렇게 기분 좋게 느껴진 적은 없었다.

가이드의 기분을 살피면서 궁금한 것을 물어보았다. "외삼촌은 어때 보였어요?" 내가 아무 일도 없었다는 듯이 물었다.

"이런 말 하고 싶지 않았는데요," 가이드가 담배연기를 내뿜으며 말했다. "외삼촌은 넋이 반쯤 나가 있었어요. 요즈음에 술도 많이 마신다고 했어요. 술을 드시면 말이 많아진대요. 만에 하나라도 우리 계획을 누설하면, 우리는 다 죽은 목숨이에요. 왜 그렇게 조심성이 없는 거죠?"

"힘든 일을 많이 겪으셔서 그래요." 내가 외삼촌 편을 들었다. 남의 심정을 조금이라도 헤아릴 줄 알면, 용운 삼촌이 어떤 절망에 빠져 있는지 볼 수 있을 텐데 가이드가 실망스러웠다. 외삼촌이 겪은 전쟁, 가족과의 생이별, 혜산으로의 추방, 총을 휘둘러 대는 군인들의 등쌀. 이런 일들을 당하고도 정신이 멀쩡할 사람이 많지는 않을 것이다. 내친 김에 궁금한 것 하나를 더 물었다. 우리가 최순만을 통해 보낸 돈을 받으셨는지 궁금했다. 가이드의 말에 따르면, 최순만은 돈을 전달하지 않았다. 옷 몇 가지와 쌀을 보내온 것이 전부란다. 사기당했다는 뼈아픈 사실을 결국 확인하고 나니, 고공의 비행기에서 낙하산 없이 떠밀려진 기분이었다.

"지금부터 가족은 대기상태입니다. 비밀암호에 따라서만 움직일 것입니다. 최순만이나 내 쪽 사람이 우리 계획을 방해할 경우를 대비하여 암호를 생각해 낸 것입니다. 하지만 지금은 그게 문제가 아닙니다. 북의 가족에게 복잡한 일이 생겼습니다. 당신과 아버지가 방문했었다는 소식을 듣고, 애란의 남편이 집에 돌아왔습니다. 애란의 남편은 뭔가 수상한 일이 진행되고 있다고 의심하고는 어린아이와 애란을 볼모로 잡고 있습니다. 외삼촌은 누구를 데려가야 할지 누구를 남길지 결정하지 못했습니다. 그들이 이 부분에서 의견을 한데 모을 수 없다면 우리 일도 위험해집니다. 그래서 몇 명인지 빨리 결정하라고 말해 놓았습니다. 최종 인원을 확인하는 것은 매우 중요합니다." 가이드가 담배를 찾아 주머니를 뒤졌다. 주머니에서는 구겨진 빈 담뱃갑과 녹색 라이터가 하나 나왔다. 여기저기 주머니를 살피던 가이드는 얼굴을 찌푸리더니 밖으로 나가 버렸다.

오후가 한참 지나서도 가이드는 돌아오지 않았다. 그리고 또 한참이 지나서야 어슬렁어슬렁 호텔 방으로 들어온 가이드를 침침한 눈으로 쳐다보았다. 한동안 방을 서성이던 그가 핸드폰을 꺼내 들었다. 외삼촌의 이름을 듣고, 침대에서 벌떡 일어나 앉아 가이드를 주시했다. "주위 사람들이 듣지 못하게 손으로 수화기를 가리세요. 아무 말 마시고 그냥 '네' '아니오'라고 답하세요." 가이드는 상대방의 응답을 확인한 뒤 자신의 말을 이어갔다. "이제 잘 들으시고 암호를 기억하세요……."

처음 것은 남한의 국화 '무궁화'였다. 나머지 두 개는 너무 작게 말해 잘 안 들렸다.

"셋 다 여름에 피는 꽃이니까 기억하기 쉬워요……. 짬뽕이라는 사람이 내일 그곳에 가서 손으로 신호하는 법을 몇 가지 가르쳐 줄 거예요. 그러고 나서 하루 더 그 집에서 머물게 될 테니 혜산으로 되돌아가기 전에 뭐 좀 드세요. 그리고 빨리 가족들을 불러 모아 상의하세요. 가족들에게 설명할 때, 중언부언하지 말고 분명해야 해요. 이용운 씨, 이 계획은 중국을 넘어 할머니께로 가는 엄청난 계획입니다. 만에 하나 일이 틀어져 고문을 당하거나 칼이 목에 들어와도 무덤까지 가져가야 하는 비밀입니다. 아시겠어요?…… 지금부터 명심하세요. 정확한 암호를 대지 않으면, 아무도 믿어서는 안 돼요. 말조심하고 용기

잃지 마세요."

가이드가 통화를 끝냈다.

목에서 무언가 치밀어 올랐다. 마음을 가다듬으려고 큰 숨을 내쉬고 윗몸을 쭉 펴 보았지만, 치밀어 오르는 화를 막을 수가 없었다. 용운 삼촌이 아직 창바이에 계신 것이었다. 삼촌을 지척에 두고도 가이드가 의도적으로 막는 바람에 만나 뵙지 못했던 것이다. 가이드가 증오스러웠다. 그 무거운 듯한 눈으로 나를 쳐다보는 것조차 진저리가 났다. 친구고 어쩌고 하던 것도 다 끝났다. 따져 묻지 않을 수 없었다. "당신은 나를 속였어요." 영어로 소리쳤다.

"아니오. 단지 모든 것을 다 말하지 않았을 뿐이에요."

"왜 못 만나게 했어요?"

"그럴 시간이 없었다고 말했잖아요."

"믿을 수 없어요. 당신이 하는 말은 하나도 믿을 수가 없어요. 왜 항상 그런 식이죠? 다른 사람들도 이런 식으로 대하나요? 아니면 내가 여자라고 귀찮고 무시하는 건가요?" 내 목소리 톤이 자꾸 올라갔다.

가이드가 분통을 터트렸다. 얼굴뿐 아니라 목까지 붉으락푸르락해지고, 윗입술에 땀이 맺혔다. "당신은 자신이 옳다고 생각하는 한 가지만 봐요. 한 가지만 보고 내 인격을 막 판단해요. 당신이 이곳에 도착한 이후로 편하게 해 주려고 얼마나 노력했는지 알아요? 식사할 때도 소리 내지 않으려고 조심하고, 당신을 배려해서 옷도 입은 채로 자요. 욕실도 편하게 쓰라고 나는 호텔 로비의 화장실들을 찾아다녀요."

"나는 그런 부탁한 적 없어요. 맘대로 먹고 맘대로 입고 자요. 나는 하나도 관심 없어요. 내가 바라는 건 나를 인격적으로 대해 달라는 겁니다. 가끔씩 상냥하게 대해 주고 웃어 주면 어디 덧나나요?" 그의 눈치 안 보고, 하고 싶은 말을 막 해 댔더니 속이 후련했다.

"이혜리 씨, 당신한테 예절교육을 받으러 중국까지 온 것이 아닙니다. 그렇지 않습니까?" 그가 거들먹거리며 말했다.

"그만하죠." 내가 몸을 돌렸다.

그가 내 팔을 잡아당겼다. "나는 이대로가 좋으니까 상관하지 말라고요. 나는 미국에서 살 계획은 없으니까, 여자가 어떻게 생각할지 어떻게 행동할지 그런 거 골치 아프게 생각하지 않을 거예요. 여자는 그냥 나를 따르면 돼요."

불쾌해서 그를 밀어냈다. "여자가 불쌍하네요." 내 목소리에는 조소가 섞여 있었다.

"그래서 미국에서는 이혼율이 높은 거예요. 미국 남자들은 여자에게 항상 예쁘다고 말해 줘야 하고, 의자를 빼 주고, 차 문을 열어 주죠. 행동으로 보여 줘야 하는 거죠. 한국에서는 그렇지 않아요. 내가 미국 남자들처럼 행동하지 않는다고 모든 한국 남자를 무식하고 예절 없다고 비난하지 말아요."

"아니오. 모두 그런 것이 아니라, 바로 당신이 그렇다는 거예요."

가이드는 화가 나서 무언가 되받아치려다가 몸을 돌려 창가로 갔다. 그는 화를 참는 것처럼 등을 돌린 채 잠시 창틀을 잡고 서 있었다. 그가 돌아섰을 때는, 묘한 표정을 지었다. 옆에 있는 의자를 꺼내더니 앉으라고 했다. 이게 우스꽝스런 평화의 제스처라면 따르고 싶지 않았다. 참으로 속을 알 수 없는 사람이다.

한참을 기다리다 그가 침대에 앉았다. 도대체 무슨 말을 하려는 건지 궁금했다. "혜리 씨," 호칭의 끝 부분을 길게 강조하며 조용히 말했다. "당신은 아주 똑똑하고 좋은 여자예요. 내 행동이 당신의 감정을 상하게 했다면 미안해요. 하지만 내가 그렇게 행동할 때는 다 이유가 있어 그러는 거예요."

그의 말은 나를 놀라게 했다. 그렇게 부드럽게 얘기한 것도 처음이었다. 언제 그랬냐는 듯이 화가 풀리고, 둘 사이의 긴장감도 사라졌다. 우리는 한바탕의 권투경기를 마친 선수들처럼 진이 빠져서는 각자의 침대에 털썩 누웠다.

뱃사람들을 한 번 더 만나기 위해 다롄으로 가야 했는데, 비행기가 또다시 연기되었다. 가이드는 마실 것을 찾으러 갔다가, 내가 좋아하는 블랙커피 한 잔을 들고 돌아왔다. 그러고는 셔츠 주머니에서 무언가를 주섬주섬 꺼내 건넸는데, 빨간색 통에 담긴 호랑이연고였다.

"이건 뭐예요?" 내가 의아해 물었다.

"다친 데 발라요." 내가 다쳤던 걸 알고 있었나 보다.

내 마음을 풀어 주기에 충분한 배려였다. 약을 바르려고 바지를 걷어 올렸다. 무릎과 정강이에 아직도 상처가 선명히 남아 있었다. 보랏빛 멍이 진하게 남아 있었지만, 그나마 많이 아프지는 않았다. 나는 고마움의 표시로 약을 열심히 문질러 발랐다. 연고의 효과가 금세 피부로 스며드는 것 같이 기분이 좋아졌다.

이것을 지켜보던 가이드는 만족스러운 표정 대신, 얼굴을 찡그렸다.

"여기서 이러면 안 돼요."

"왜요?" 중독성 있는 연고를 계속 문질러 대며 내가 물었다.

"미국에서는 괜찮을지 몰라도 동양에서 이런 행동은 사람이 없는 곳에서나 하는 거예요. 집에서조차 아무도 안 볼 때 하는 거지요. 옷 갈아입고, 화장하고, 머리 빗고, 연고를 바르는 그런 행동은 당신처럼 나 보란 듯이 하는 게 아니라고요."

"그런 게 무슨 죄라고 남몰래 해요?" 그의 어깨를 살짝 때렸다.

그가 움찔했다. "내가 방금 말했잖아요. 한국인들은 이런 식의 신체접촉을 불편하게 여긴다고요."

"그럼 저기에 있는 할머니는 왜 어린 손주의 고추를 장난스럽게 만지고, 그 옆에 있는 엄마는 그냥 웃고만 있는 거죠?"

"그런 단어는 함부로 쓰면 안 돼요." 가이드가 웃음을 참으며 말했다.

"뭐요, 고추요?" 나도 장난기가 발동했다. 금기시하는 말을 거침없이 내뱉을 때에 따라오는 쾌감이 있다. 가이드도 한번쯤은 여유를 갖고 웃어 주기를 바랐다.

우리의 대화는 비행기의 탑승시간을 알리는 안내방송으로 인하여 중단됐다.

우리는 다롄으로 날아가서 지난번과 마찬가지로 프라마호텔에 투숙했다. 우리가 도착한 지 얼마 되지 않아, 오후 4시 즈음에 조직폭력배이자 뱃사람인 남자들이 도착했다. 그중 체구가 땅딸막한 자는 지저분한 푸른색 외투와 컬러를 풀어 헤친 흰색 셔츠에, 민망할 정도로 튀는 파란색 바지를 입고 있었다. 그는 내 책을 손에 들고, 무언가 열심히 파트너와 얘기하고 있었다. 우리가 들어서자 하던 얘기를 멈추고 재빨리 우리 쪽을 쳐다보았다. 그러고는 우리 쪽으로 곧장 걸어왔다.

"다시 보니 반갑습니다." 그는 힘을 주어 악수하고, 손을 한 번 더 쥐었다.

"안녕하세요?" 나도 웃으며 고개 숙여 인사했다.

"머리를 내리셨네요." 뒤에서 의자를 빼 주며 말했다.

모두가 테이블에 착석하자, 그 땅딸막한 작자가 불쑥 책에 서명을 해 달라고 부탁했다. 생사가 달린 문제를 상의하러 모였는데, 서명을 부탁하는 것이 우스꽝스럽게 느껴졌다. 어쨌든 서명에 넣을 문구를 생각하며 고개를 들다가 땅딸보와 눈이 마주쳤다. 그가 수줍은 듯 얼굴을 붉혔다.

서명을 마치자 가이드는 나를 방으로 올려 보냈다.

한 30분이 지나서 가이드가 방으로 되돌아왔다. 그의 덤덤한 표정만 봐서는 방금 모임의 결과에 대해서 전혀 알 수가 없었다. "우리 나갑시다." 그가 문을 열고 기다렸다. 복도를 지나 거리로 나오기까지 묵묵히 그의 뒤를 따랐다. 가이드는 석양이 지는 서쪽 하늘을 우러러보며, 잠시 시원한 여름이 저무는 모습을 감상했다. 모차르트의 곡처럼 들리는 발랄한 노래까지 흥얼거리고 있었다.

"그래서 배를 얻었나요?" 여간해서는 말해 줄 것 같지 않아, 내가 먼저 물었다.

가이드가 갑자기 내 길을 가로막더니 과장된 동작으로 팔을 벌렸다. 그러고는 상기된 얼굴로 작은 소리로 속삭였다. "협상이 기대 이상으로 잘 됐어요. 중국 해군함정을 얻게 됐어요."

"낚싯배가 아니고요?"

"낚싯배는 믿을 게 못 돼요. 낚싯배는 항구에서 벗어나기도 전에 낡고 녹슨 엔진이 꺼지거나 터져 버릴 때가 종종 있어요. 게다가 해안경비도 탈북자나 불법행위를 감시하느라고 낚싯배들을 더 주시해요. 당신의 가족들은 '한국'이라고 표시된 컨테이너 안으로 숨어 들어갈 겁니다. 그 컨테이너는 배로 들어 올려질 거고, 안에는 식량과 물과 담요가 준비되어 있을 거예요. 한숨 자고 일어나면 자유의 몸이 되는 것입니다. 이게 다 당신 덕분이에요."

그가 빈정대는 것은 아닌가 하여 그의 얼굴을 뚫어지게 쳐다봤다.

"농담이 아니라고요. 당신 때문에 잘된 거라고요. 당신이 저들의 마음을 움직여 가장 안전한 수단을 확보한 거라고요."

"정말이에요?" 내가 환하게 웃었다. 나도 큰 활약을 했다고 생각하니, 발걸음이 절로 가벼웠다. 우리는 중산광장의 중심부까지 공원을 여기저기 산책했다. 저녁 공기에 음악소리와 웃음소리가 섞여 들려왔다. 그날 밤, 어느 남녀가 부드러운 램프 빛 아래에서 춤추는 광경을 바라보며, 다롄이 무척 아름답게 느껴졌다. 그들은 원을 그리며 우아하게 움직였다. 남자가 민첩하게 파트너를 돌리자, 잘록한 허리에 폭 넓은 핑크빛 치마가 확 퍼졌고, 손이라도 놓으면 어디론가 날아갈 것처럼 펄럭였다. 남자의 한 손은 여자의 손을 잡고, 다른 한 손은 파트너의 날씬한 허리를 감싼 채, 그들은 몸을 흔들고 고개를 숙이며 아름다운 동작을 만들었다.

우리가 그들을 지켜보는 것을 깨닫자, 춤추던 커플이 미소를 머금고 고개를 끄덕이며 오라고 손짓했다. 나도 그들의 춤에 반해 가이드를 부추겨 봤다.

그는 이를 드러내 보이며 환하게 웃었다. "그럴 일은 절대 없을 겁니다."

"한 번만요. 운동도 돼요." 나도 진심으로 원하는 것에 스스로 놀랐다.

"나는 구경하는 것만으로도 피곤해요. 시장한데 밥이나 먹으러 갑시다. 당신 하루 종일 아무것도 못 먹었잖아요. 뭐 먹고 싶어요? 프랑스 요리, 이태리 요리, 일식, 중식 뭐든 말만 해요."

"한식으로 할래요."

"한국음식 참 좋아하네요."

내가 목청을 높였다. "내 마음이에요."

가이드가 호탕하게 웃었다. 그 순간 그의 그런 모습이 멋져 보여 잠시나마 호감을 느꼈다.

우리는 지난번처럼 꽃무늬 커튼이 달린 한식당에 갔다. 그곳은 꽤 벅적대고 있었다. 가이드는 앞쪽의 라이브 음악 밴드와 창문을 피해 멀찌감치 뒤쪽에 테이블을 잡았다. 음악이 흥겨웠다. 가수는 조선족 웨인 뉴턴으로, 새까만 염색머리에 엘비스의 구레나룻과 커다란 금테 안경을 했다. 그가 영화 「사랑과 영혼」(Ghost)의 주제가를 부르기 시작하자, 여성 키보드 연주자가 반주를 맞췄다. 반주자는 여자라기보다는 소년 같은 느낌을 주었는데, 짧은 머리에 흰 셔츠와 청바지를 입고 있었다. 그녀는 이 장소에 안 어울린다는 느낌을 주었지만, 그렇다고 해서 뉴욕의 웨스트 할리우드나 웨스트 빌리지 같은 곳에서 눈에 띌 만한 인물도 아니었다. 그녀는 연주를 하는 중에도 피부가 가무잡잡하고 까불까불한 여종업원과 장난을 쳤다. 그들의 대담함과 서로에게 보내는 노골적인 눈빛에 놀랐다.

지배인이 큰소리로 문제의 여종업원을 불러 우리의 주문을 받게 했다. 그는 계산대를 탁탁 치면서 여종업원에게 불쾌감을 표시했다. 그녀는 하나로 묶어 올린 머리를 찰랑대며 곧 우리 테이블로 왔다. 뒷굽이 낮아 걸을 때마다 타박타박 소리를 냈다. 그녀는 고개를 숙여 인사하고 가이드가 빠르게 읊어 대는 주문을 받아 적었다. 주문을 받아

아들이 있는 풍경

적으면서도 키보드 연주자를 흘끔흘끔 쳐다보았고, 연주자가 웃어 보이자 얼굴이 빨개졌다. 여종업원이 다시 정신을 차리자, 가이드가 기다렸다는 듯이 마지막 주문을 했다. "밥 한 공기는 먼저 주세요." 그러고 나서 나를 보면서 물었다. "혜리 씨, 오늘 밤은 내가 소주 한잔해도 괜찮겠죠?"

그가 하도 정중하게 묻는 바람에 여종업원이 수상쩍다는 듯이 나를 보았다. 술이라는 소리에 걱정이 됐지만, 가이드의 체면을 생각해서 고개를 끄덕였다. 술이 가이드 내면의 광기와 악마를 끌어낼 수 있다는 것을 기억했다.

여종업원이 금세 술병을 들고 돌아왔다. 가이드가 작은 술잔을 가득 채우고는 잔을 옆으로 밀어 놓았다. "술 마시기 전에 할 말이 있어요. 나중에는 횡설수설할 수 있으니까요." 경고조의 말을 끝내고, 내여권을 꺼내 나에게 건넸다. "내일 미국으로 돌아가세요. 큰삼촌과 그의 가족이 준비를 끝내려면 몇 주는 걸릴 거예요. 그때까지는 우리가 여기서 할 일이 아무것도 없어요."

"얼마나 걸릴까요?"

"한 몇 주는 걸릴 거예요. 모든 게 준비되면, 아버지와 할머니를 중국으로 보내세요. 당신은 올 필요 없어요."

"왜요? 내가 뭐 잘못했나요?"

"그런 게 아니에요. 당신이 젊은 미혼의 여성이라는 게 현실이에요. 돈을 전달하는 일은 아버지께서 하시는 게 맞아요." 여종업원이 음식이 잔뜩 놓여 있는 무거운 쟁반을 들고 나타나자, 그가 잠시 말을 멈추었다. 쟁반에는 여러 종류의 나물 반찬과 양념된 소고기, 생선, 그리고 김이 모락모락 나는 밥공기가 있었다. 종업원은 민첩한 손길로 그릇들을 하나하나 내려놓고 가이드 앞에 밥공기를 내려놓더니, 쟁반을 겨드랑이 밑에 끼고 다른 테이블로 가 버렸다.

가이드는 뜨거운 밥공기를 손으로 들어 내 앞에 놓았다. 하얀 쌀밥이 산 모양으로 수북이 쌓여 있었다. 그는 생선 한 조각을 먹음직스럽게 떼어 내 밥 위에 올려놓았다. 나는 생선을 처음 본 사람처럼 눈을 떼지 못했다. 잠시 마음을 가다듬어야 했다.

"남기지 말고 다 먹어요. 보면 항상 밥을 반은 남기더라고요. 농부들이 피땀 흘려 농사지은 거니까 남기면 안 돼요. 밥을 먹어야 힘이 나요." 가이드가 소주잔을 가까이 당기며 말했다. 그의 눈이 나를 정면으로 바라보았다.

나는 딴 데로 눈을 슬쩍 돌렸으나, 그의 얼굴에 나타난 선량함과 나를 위하는 마음을 놓치지 않고 읽었다. 나는 그가 탈북자 돕는 일을 하지 않을 때는 어떤 모습일까 생각했다. 그냥 평범한 시민일까? 그가 대수롭지 않게 몇 마디 한 것 외에는 내가 그의 가족에 대해서 아는 것이 거의 없었다. 좋아하는 색은 무엇일까? 책 읽는 것을 좋아할까? 결혼한 적이 있을까?

"이 모든 일이 끝나면, 당신의 가족에 대해서 그리고 당신이 왜 지금의 일을 하는지 그런 거 더 듣고 싶어요." 내가 말했다.

"아니오." 가이드가 몸을 움츠리더니 잔에서 손을 뗐다. "내 사생활에 대해서는 알 필요가 없어요."

"왜요?"

"당신을 좋아하니까요"

침묵이 흘렀다. 세상이 멈춘 것처럼 식당 안의 모든 소음이 귀에서 사라졌다. 가이드의 눈은 지쳐 보였으나, 속내를 털어놓고 나니 오히려 후련하다는 표정이었다. 그는 매우 다정하면서도 슬퍼 보이는 미소를 지었고, 그의 갈색 눈이 빛났다.

"신라호텔에서 할머니와 엘리베이터에서 내리는 혜리 씨를 처음 본 순간부터 혜리 씨의 모습을 마음에서 떨쳐 버릴 수가 없었어요. 당신의 부모님께 당신을 중국에 보내 달라고 말했을 때, 그분들이 결혼도 안 한 딸이 중국에 가는 것을 허락하실 줄은 몰랐어요. 당신이 정말로 중국에 도착했을 때, 이것이 운명인가 계속 자문했어요. 그리고 우리의 상황에 대해서도 여러 가지를 생각해 봤어요. 우리의 나이 차, 너무나도 다른 사고방식과 생활방식 등등. 당신을 사랑할 수 있는지 여기서 끝내야 하는지를 결정해야 돼요." 그는 한참 동안 말을 잇지 못하다가 드디어 자신의 속내를 털어놓았다. "내가 10년만 젊었어도 당신에게 청혼했겠지만, 지금은 불가능해요."

내 눈에 눈물이 고였다. 내가 감당하기에 벅찬 말들이었다. 손을 뻗어 그를 위로하고 싶었지만 그만두었다. 나는 그저 할 말을 잃은 채, 테이블 위에 있는 냅킨만 만지작거렸다. 그것도 모자라 냅킨이 동전 크기가 될 때까지 접고 또 접었다. 돌이켜 보니 중국에서 지내는 동안 스티븐의 모습이 집요하게 아른거렸던 이유도 이제 알 것 같았다. 둘 다 똑같이 고통에 찬 슬픈 눈빛을 가졌다. 스티븐이 고독과 무기력함 속에서 늙어 가는 모습을 가이드에게서 보았다. 사랑을 갈구하고 열망했지만, 그 소중함을 깨달았을 때는 이미 너무 늦었던 것이다.

"혜리 씨를 위하여." 가이드가 잔을 들어 올렸다. "최고 중에 최고인 혜리 씨를 위하여, 최고를 중국어로는 '타이타이'라 하죠. 남편이 집에서 가장일지는 몰라도, 뭐니 뭐니 해도 최고의 자리는 아내죠." 그가 크게 한숨을 내쉬고, 소주를 입에 털어 넣었다. 다른 곳을 응시하며 술을 음미하다가 삼켰다.

　집안의 여자들이 남편과 아버지에게 그렇게 하듯이, 나도 그의 잔을 공손하게 채웠다. 나를 '최고'로 여겼다는 가이드와의 짧은 만남을 기념하는 의미였다.

　"혜리 씨에게 작별을 고하는 오늘 밤이 울적합니다." 가이드는 고개를 숙여 인사하며 두 손으로 나의 잔을 받았다.

　　　　　　아들이 있는 풍경

XIII

1997년 7월 1일

　할머니와 함께 로스앤젤레스에 도착하던 날은 마침 홍콩이 중국에 반환된 날이었다. 이렇게 중국의 뒷문이 굳게 잠기면서, 탈북자들에게는 주요 경유지였던 홍콩의 문도 닫혔다.

　할머니를 부모님의 집에 내려 드리고 곧장 내 아파트로 돌아와, 흔들의자에 앉아 10시 뉴스를 시청했다. 방송에 잡힌 축제행사와 예식들의 모습은 중대한 정치권력의 이양이라기보다는 올림픽 개막행사와 미스 유니버스 미인대회 행사를 섞어 놓은 것 같은 분위기였다. 할리우드의 거물급 제작자들이 행사들의 안무 작업을 위하여 홍콩으로 날아갔다고 들었다. 제아무리 할리우드의 제작자라고 한들 마이크가 잔뜩 놓여 있는 단상에 퍼붓는 비와 그곳에 서 있는 찰스 황태자의 흰색 제독모자를 타고 흘러내리는 비까지 막을 수는 없었다. 그는 딱딱한 영국식 발음으로 가장 부유한 식민지였던 홍콩의 중국 반환을 선포했다. 매들린 올브라이트 미국 국무장관을 비롯하여 세계 각국에서 참석한 귀빈들의 모습이 화면을 채웠다. 중국인들이 "여왕은 추방되었다. 중국인민공화국 만세!" 같은 구호를 외치는 장면도 있을 줄 알았는데, 모든 것이 우호적이고 순조롭게 진행되었다.

뉴스가 끝나고 밤늦게까지 제리 스프링거 쇼와 데이비드 레터맨 토크쇼를 시청했다. 몸은 피곤했지만, 쉽게 잠들지 못했다. 정확히 말해서 가이드가 꿈에 나타날까 봐 두려웠다. 우리가 다른 상황에서 더 좋은 때에 만났더라면, 그 사람처럼 나를 아껴 주는 사람과 함께 있는 것도 괜찮았을 거라고 생각해 보았다. 하지만 우리가 겪은 것은 낭만적인 사랑과는 거리가 먼 것이었다. 그것은 필요와 힘겨루기에 관한 것으로서 내가 원하는 종류의 사랑은 아니었다. 내가 필요한 것이 있으면 뭐든 나 스스로 얻을 수 있었다. "남자가 꼭 있어야지만 행복한 것은 아니야. 남자가 나를 완전하게 하는 것은 아니라고. 나는 혼자서도 뭐든지 할 수 있어. 혼자서도 완벽해." 나는 이런 말들을 주문처럼 중얼거리며 잠들지 않으려고 노력했다.

나는 꿈속에서 다시 중국에 와 있었다. 꿈에서 나와 할머니는 비 오는 날에 북한의 가족과 함께 창바이 인근에 있는 어느 건물 옥상에 몸을 숨기고 있었다. 비와 냉기가 칼날처럼 날카롭게 얼굴에 파고들었다. 나는 내 몸을 방패 삼아 할머니를 보호하려고 안간힘을 썼다. 나는 뼛속까지 젖어 있었지만, 비 때문에 벌벌 떨고 있는 것은 아니었다. 옆에서 앙칼지게 목소리 높여 싸우고 있는 언쟁으로 인해 겁에 질려 있었다. 애란과 미란이 누군지 알 수 없는 제3의 여성과 큰소리로 다투고 있었다. 이 의문의 여성은 그 모습이 희미했고, 나에게 좀처럼 정체를 드러내지 않았다. 그녀는 북으로 돌아가게 해 달라고 울면서 애원하고 있었다. 애란과 미란은 거칠게 소리치고 있었다. "북으로 돌아가면 안 돼요! 북으로 가면 안 돼요!" 그 모든 상황의 중압감이 너무 커서 그들의 외침 소리를 더 이상 참을 수 없었고, 나도 폭발하고 말았다. "다들 조용히 하라고요!" 그 순간 내 불호령 같은 외침이 거리의 정적을 깼고, 거리가 동요하기 시작했다. 날카로운 호루라기 소리가 울렸고, 험악하게 흔들거리는 서치라이트가 십자형으로 만나며 우리가 숨어 있는 옥상을 훑고 지나갔다. 우리가 있던 건물 전체가 흔들리기 시작했다. 수십 명의 군인들이 우레와 같은 군화 소리를 쿵쿵대며 계단을 오르고 있었다. 나는 할머니 팔 밑에 손을 넣고 필사적으로 들어 올리려 했지만, 너무 무거워서 들 수가 없었다. 어쩔 수 없이 할머니를 끌어 보려 했다. 군화소리와 목소리들이 점점 가까워지면서 점점 더 크게 들렸다. 군인들이 문을 박차고 들어오는 순간 온몸이 땀에 젖어 깨어났다. 심장이 정신없이 쿵쾅대고 머리부터 발끝까지 떨고 있었다.

악몽이 하도 생생해서 내가 중국의 옥상이 아니라, 미국의 아파트에 있다는 사실을 깨닫기까지 족히 1분은 걸렸다. 꿈이었다는 것을 깨닫고도 악몽의 여운이 남아서 또 몸서리쳤다. 절박하게 누군가와 얘기하고 싶었다. 누구에게 이런 얘기를 할 수 있을까? 식구에게조차 꿈에 대한 얘기를 할 수 없었다. 식구에게는 더더욱 얘기할 수 없는 노릇이다. 가족들에게 가이드의 고백과 나의 혼란스런 마음에 대하여 말할 수 없었다. 부모님이 이번 프로젝트를 중단하지는 않겠지만, 나를 제외시킬 것이 뻔했다. 그런 일이 일어나게 할 수는 없다. 나는 이미 이 일에 깊숙이 관여했고, 상황이 점점 복잡해지고 있었다.

미국의 연방수사국(FBI)과 한국의 국가안전기획부(Korean Central Intelligence Agency, KCIA : 현재의 국가정보원 - 편집자 주)가 벌써 정보를 캐고 다녔다. FBI 특수요원 한 명이 중국에서 돌아왔는지를 묻는 메시지를 자동응답기에 남겨 놓았다. 이 마크 오(Mark Oh)라는 사람은 내 책이 처음 출간되었을 당시에, 평양의 광신도들로부터 접촉이나 협박이 있었는지를 물었던 사람이었다. 그는 자신의 배지와 총과 명함을 나에게 보여 주었었다.

그가 지금 시점에 나에게 연락했다는 것이 우연일 수만은 없었다. 그에게 전화하지 않기로 결심했고, 물론 부모님께도 이 일을 알리지 않을 생각이었다. 그들은 안기부 요원이 시내에 있는 의류공장을 불시에 방문했던 사건으로 인하여 이미 많이 당황하셨다. 안기부 요원은 용운 삼촌에 관한 것과 4월에 우리가 압록강 변에 갔었던 일에 대해 이것저것 물었었다. 안기부는 미국의 FBI나 CIA보다 더 두려운 존재로 인식되어 있었다. 안기부라는 조직이 미국의 기관을 모델로 만들어졌다고는 하나, 소련의 KGB와 같이 무한한 권력과 냉혹함으로 잘 알려져 있다.

안기부 요원들이 우리를 비난할까? 생각이 꼬리를 물고 이어졌다. 그들이 우리에 대하여 어떻게 알았을까? 모든 가능성을 다 따져 보았다. 우리 가족 외에 이 일에 대해서 아는 사람은 ABC방송국의 기자뿐이다. 그 외에 누가 있을까? 미국의 CIA가 우리 일에 대해 알고 있을까? 그들이 이 일에 대하여 관할권에 갖고 있을까? 이 일로 인해 우리의 미국시민권이 취소되기라도 하면 어쩌지?

이런 상황에 어떻게 대처해야 할지 몰라서 아버지가 가이드에게 연락했다. 가이드는 처음에는 안기부 요원에게 절대 아무 말도 하지 말

것을 단단히 당부했었다. 하지만 나중에 다시 전화해서 요원들을 만나서 그들이 무슨 얘기를 하는지 일단 들어 보라고 일렀다.

내가 미국에 도착한 지 약 3일 지나서 요원과 만나기로 했다. 아버지가 오전 9시에 푸른색 도요타를 타고 나를 태우러 왔다. 요원은 코리아타운에 있는 데니스(Denny's)라는 식당을 약속 장소로 정했었다. 데니스는 당시 한국인에게 인기가 좋은 식당이었는데, 그에게도 친숙한 장소였나 보다. 데니스는 웬디즈(Wendy's)나 피자헛(Pizza Hut)과 함께 한국에서 처음으로 외식 프랜차이즈사업을 시작한 회사이다.

나는 아버지보다 앞장서서 조명이 밝은 건물로 들어가, 주위를 둘러보았다. 그곳은 전형적인 서민형 식당으로 목소리 큰 중년의 웨이트리스가 꽉 끼고 기름으로 얼룩진 유니폼을 입고 손님을 맞는 곳이었다. 부스에는 오렌지색 플라스틱 의자와 나무결 무늬의 플라스틱 테이블이 있고, 긴 카운터에는 동그란 스툴들이 줄지어 있었다. 식당의 풍경은 창밖으로 보이는 붐비는 주차장으로 마무리됐다.

요원은 벌써 부스에 앉아 메뉴를 고르고 있었는데, 아침식사 스페셜을 먹을지 오트밀을 먹을지 고민하느라 눈썹을 찡그리고 있었다. 그는 그리 스마트해 보이지는 않았다. 입이 작고 평범한 얼굴에 중간 키로, 밤색 정장에다 연녹색의 줄무늬 타이를 하고 있었다. 조종사 선글라스라든지 좀 더 매끈하고 날렵한 모습을 예상했었는데, 기대와는 달리 평범한 회사원 같았다.

나와 아버지가 자리에 앉자마자, 자신을 특수요원 윤이라 소개하고 얘기를 시작하기 전에 웃옷의 주머니에서 메모패드를 꺼내 들었다. 그의 손은 두툼했으며, 깔끔하게 다듬어진 손톱이 특히 눈에 띄었다. 특수요원 윤은 현재의 상황에 대하여 사실에 입각한 간략한 설명을 듣고 싶다고 했다.

"우리에 대해서 어떻게 알게 됐어요?" 목소리를 낮춰 영어로 물었다.

"북한에 관한 것이라면 모든 것을 알아야 하는 것이 우리의 일입니다." 그는 계속 무언가를 메모하고 있었다.

"지금 단계에서 우리가 추진하던 일을 중단하는 것은 비양심적인 행위입니다. 이미 일이 상당히 진행된 상태고, 절박한 사람들이 우리의 도움만을 기다리고 있어요." 아버지가 말했다.

"우리를 도와줄 수 있나요?" 내가 끼어들었다.

윤은 혹시 누가 들을까 하여 주위를 살폈다. "우리 보고 이 일에 관여하라는 말입니까?" 그는 책임지고 싶지 않아 했고, 우리의 요청을 받아들이지 않았다.

ABC방송사의 이름을 이용하여 약간의 압력을 행사해 보기로 했다. "ABC방송사의 기자가 연락해 왔어요. 우리 가족의 이야기를 방송한대요." ABC기자가 비슷한 얘기를 했었으니 거짓말은 아니었다. 역시나 그가 관심을 보였다. 긴장하여 눈썹이 살짝 좁혀졌다가, 이내 거만한 표정으로 다시 돌아왔다.

아빠가 나를 빤히 보시길래 윙크로 신호했다. 그제야 내 의도를 이해하고 잠자코 계셨다. "이 일이 성공하면 한국의 이미지는 당연히 더 좋아지겠죠. 이번 남북적십자회담에 대한 국제여론은 호의적이지 않아요. 우리가 북 측의 엉뚱한 요구에 대해 굽히지 않은 것을 다소 냉정하게 보는 거죠. 그래서 일이 끝나기도 전에 방송이 되어서는 안 되죠." 윤이 손가락 사이로 펜을 굴리며 말했다.

"불행히도 그것은 우리 통제 밖의 일이 됐어요. ABC는 무슨 일이 있어도 우리 이야기를 다룰 거예요. 우리의 이야기가 해피엔딩으로 끝나야 할 텐데요." 내가 순진하게 말했다.

"기자가 누구죠?"

"그것은 말할 수 없어요."

"다른 매체와도 얘기해 봤나요?" 그가 인상을 찌푸렸기 때문에 나도 경계심이 생겼다. 그 표정에서 뭐가 그렇게 위협적으로 느껴졌는지는 모르겠으나, 그의 눈썹이 너무 깔끔하게 정돈되어 있어 공들여서 뽑은 티가 났다.

"나에게는 기자나 작가 친구가 많아요." 내가 허풍을 떨었다.

"누군데요?"

"북에서 어떤 일들이 벌어지고 있는지에 관심이 있는 사람들이에요."

특수요원 윤은 펜을 메모뭉치에 톡톡 치며 잠시 생각에 잠겼다. 그러더니 살짝 미소를 보였다. "필요한 건 다 들은 것 같습니다." 그는 자리에서 일어나면서 계산서를 집어 들었다.

아버지도 계산을 하겠다고 둘이 실랑이를 벌였다. 결국 윤이 계산서를 자신의 바지 주머니에 밀어 넣으면서 실랑이는 끝이 났다. 그가 계산을 끝내고 모퉁이를 지나 주차장으로 사라지는 것을 지켜봤다. 꿍꿍이를 알 수 없는 사람이었다. 만에 하나라도 그의 기관이 우리의 프로젝트를 멈추게 할 의도라면, 방법을 찾아 오히려 그들이 우리를 도울 수 있게 힘을 써야 했다. 아버지도 같은 생각으로 고민하고 있었다. 결국 아버지가 대범한 방법을 하나 생각해 냈다. 한국의 SBS방송국 임원인 학교 친구에게 연락을 한 것이었다. 그 친구 분은 흥분한 목소리로 우리가 거절할 수 없는 제안을 해 왔다. 탈출 과정을 촬영하는 팀의 동행을 허락한다면, 재정적 지원뿐만 아니라 정부관계자들을 통하여 삼촌의 가족이 중국을 벗어나 무사히 한국에 입국하도록 돕겠다는 것이었다.

새로운 국면에 힘이 났지만, 다른 한편으로는 촬영팀이 쫓아다니는 것에 대해서 가이드가 어떻게 반응할지 걱정이 되었다. 우리가 얼마나 절박하게 SBS의 도움이 필요한지를 설득하는 수밖에 없었다.

1997년 7월 24일

가이드는 서울에서 SBS다큐멘터리 팀장을 만나, 두 가지 조건을 지켜 달라는 부탁하에 촬영에 동의했다. 첫 번째 조건은 모두가 한국으로 안전하게 탈출하기 전까지는 어떤 내용도 방송되어서는 안 된다는 것이고, 두 번째는 조력자의 역할을 할 가이드들의 이름과 얼굴을 공개하지 않는다는 것이었다. SBS도 두 가지 조건에 동의했다.

우리가 일을 진행하기 위하여 한창 준비에 바쁘던 때에 예기치 못한 일이 발생했다. 다음 날 급하게 만날 일이 있다며, 나와는 정반대 편에 사시는 부모님과 언니 줄리가 조카 조단을 데리고 내 아파트에 나타났다. 건삼 삼촌과 덕혜 이모는 부득이한 일로 올 수 없었기 때문에, 우리 넷이서 결정에 대한 짐을 떠맡았다.

아버지는 양말 신은 발을 탁자 위에 길게 뻗고 내 꽃무늬 소파에 기대앉았다. 엄마가 바로 옆에 앉아 지갑에서 편지 한 장을 꺼냈다. 엄마는 편지들의 모서리 쪽을 만지면서 조심히 다루었다. "이 편지들은 이제까지 우리가 받았던 편지들과는 달라요. 이 편지들에는 오빠의 진심이 담겨 있어요. 이 편지들은 창바이에 숨어 있는 동안 쓴 것이기

아들이 있는 풍경

때문에 오빠의 솔직한 심정을 담고 있어요." 엄마는 편지를 무릎 위에 놓고 손으로 조심스럽게 구겨진 부분들을 펴서 아버지가 낭독할 수 있게 건넸다.

연로하신 어머니께,

어머니께서 남조선으로 떠나셨다는 말을 듣고, 여기 창바이에서 편지를 씁니다. 매제의 온갖 노력에도 불구하고, 제가 너무 조심하는 바람에 귀중한 시간을 허비하게 만들었습니다. 죄송합니다.

이번에 강을 건너는 동안 네 명 중 두 명이 물에 떠내려가 귀한 목숨을 잃었습니다. 저도 젊은 청년이 돕지 않았다면, 이 자리에 없을 것입니다. 그는 위험을 무릅쓰며 저를 구했습니다. 제가 살아 있는 것은 다 그 청년 덕분입니다.

어머니, 어찌 이 못난 아들을 보려고 그 넓고 넓은 태평양까지 건너오셨습니까? 한량없는 어머니의 사랑을 이제야 깨닫습니다. 장자 노릇도 제대로 못한 저에게 너무나 과분한 사랑입니다. 저는 어머니께 근심과 염려만 끼친 아들입니다. 그 먼 길을 오시고도 아들을 만나지 못했으니, 근심을 덜어 드리지는 못할 망정 또 불효를 저지르고 말았습니다. 강 건너편에 있는 매제와 혜리를 보면서 제가 할 수 있는 일은 그저 끓어오르는 울음을 참는 것뿐이었습니다.

어머니, 이제는 제가 살아온 지난날들에 대해 말씀드릴 수 있습니다. 저의 삶에는 우여곡절이 많았습니다. 어머니와 헤어진 후, 저는 YMCA와 반(反)공산주의단을 조직했습니다. 그러한 활동들로 인하여 청소년 교화소에서 17년형을 받았습니다. 교화소에서 풀려난 이후로는 여기저기 떠돌며 부랑자처럼 살다가, 여자를 만나 가족을 꾸렸습니다. 그러나 1974년에 온 가족이 산으로 추방당해 그 후 유수 같은 세월을 보냈습니다.

어머니, 매제의 친구를 통해 자세한 내용을 들었습니다. 저 혼자 몸이라면 문제될 것이 없겠지만, 저에게는 아내와 자식에 손주까지 있습니다. 그들을 위해서라도 조심해야 하기에, 적당한 때를 기다리겠습니다.

어머니, 각별히 몸 잘 돌보시고, 평생의 소원이신 아들을 만날 때까지 오래오래 사셔야 합니다.

1997년 6월 4일

아들 용운 올림

매제와 혜리 엄마에게,

어머니께서 집에 무사히 도착하셨는지 걱정이 됩니다. 어머니가 아들을 만나겠다는 큰 희망을 안고 태평양을 건너오셨지만, 그렇게 하지 못하셨습니다. 나는 참으로 불효자입니다. 어머니의 사랑이 그지없음을 깨닫습니다. 장남으로서 어머니를 옆에서 모시며 맛난 것도 해 드리고, 이것저것 챙겨 드려야 하는 건데, 지금은 어머니와 형제, 조카들에게까지 짐이 되었습니다.

드디어 강을 건너 중국으로 갔을 때, 어머니는 이미 남조선으로 떠나셨고, 그 가이드는 창바이를 떠나야 했습니다. 하지만 그와 통화를 할 수 있었고, 그가 자세한 사항을 알려 줬습니다. 이것이 가족이 원하는 일이라면, 그의 지시를 따르기로 결심했습니다. 하지만 저는 혼자의 몸이 아니라 아내와 자식, 손주들, 며느리까지 있어 더욱 조심해야 합니다. 강에서 내 옆에 있던 두 명이 강물에 휩쓸려 떠내려가 죽는 것을 내 두 눈으로 똑똑히 보았습니다.

사회주의는 부를 쫓는 데 몰두하고 있고, 돈이 전부입니다. 돈이 있으면 마치 날개라도 생긴 것처럼 느끼죠. 돈이 돈을 낳는다는 말이 있습니다. 우리의 탈출에 많은 비용이 든다는 것을 알고 있습니다. 내 생각을 말하겠습니다. 탈출에 드는 비용을 차라리 우리에게 보내 주면 스스로 사업을 시작하여 가족을 먹여 살리겠습니다. 이것에 대해서도 어머니와 가족과 상의해 주십시오. 하지만 어머니께서 아들을 보는 것을 더원하신다면, 가이드의 지시를 따르겠습니다.

부디 모두 평강하기를.

1997년 6월 14일

아무도, 심지어 자신의 할머니 품에 편히 안겨 있던 조단조차도 움직이지 않았다. 조단은 미국에서 태어난 할머니의 첫 번째 증손자이다. 조단을 위해서라도, 과거의 무게가 그에게 짐이 되지 않게, 이 일을 지속해야 한다고 생각했다.

"오늘 오후 5시까지 가이드에게 답을 줘야 해요. 이제 두 시간 남았어요." 아버지가 넥타이를 느슨하게 풀며 말했다.

"어떻게 하지요? 너의 큰외삼촌이 두려워하는 것 같구나. 큰외삼촌 말마따나 혼자라면 문제될 게 없지만, 손주에 며느리까지 생각해야 하는 상황이다. 큰외삼촌은 북을 떠나지 않고 차라리 그곳에서 지낼수 있게 5만 달러 정도 되는 탈북비용을 보내 달라는 거다. 하지만 어느 것이건 할머니의 선택을 따를 게다." 엄마가 편지를 받아들었다.

"4만 달러인 줄 알았는데요." 줄리가 말했다.

"아니다. 총 금액은 5만에서 6만 달러까지 될 수 있어. 뱃삯으로 약 4만, 나머지는 가이드들의 수고비, 그리고 북한경비원들과 다른 사람들 입막음용으로 필요할 것이다." 아버지가 설명했다.

"우리가 어디서 그런 돈을 구하죠?"

"SBS에서 일부를 지원하기로 했지만, 나머지는 우리가 충당해야 할 게다."

"우리가 돈을 보낸다 해도, 그곳에서 오래 버틸 수는 없을 거예요. 결국에는 발각되고 말 거예요." 내 생각을 말했다.

"나도 혜리와 같은 생각이다." 아버지가 내 의견에 한 표 던지셨다.

우리는 모두 고개를 돌려 엄마를 보았다. 엄마는 몸을 흔들어 조단을 달래면서도 골똘히 생각에 잠겨 눈가에 주름이 잡혔다. 조단은 엄마의 품에 편히 안겨 행복한 표정으로 꿈나라에 가 있었다. 엄마는 품에서 잠든 조단을 살피면서 잠시 더 침묵하였다. "좋아요." 드디어 깊은 한숨과 함께 편지를 내려놓으며 찬성을 표했다.

"좋아요. 이제 우리는 누가 나오게 될 것인지에 대해 결정해야 해요." 아버지가 이따금씩 시계를 훔쳐보며 회의를 진행했다. "우선 여섯 명의 가족과 애란이의 아기가 있어요. 애란이 남편은 제외하죠. 큰아들인 학철이에게는 아내가 있지만, 학철이 건강이 좋지 않아요. 간에 문제가 있다는데, 학철이 같은 경우는 문제가 될 수 있어요."

아내는 탈출에 성공하고 학철이가 올 수 없게 된다면 어떡하지? 이 가능성에 대한 생각이 머리를 떠나지 않고 뱅뱅 맴돌았다.

"아내의 이름이 뭐예요?" 내가 불쑥 물었다. 갑자기 그녀의 이름을 아는 것이 매우 중요한 일로 여겨졌다. 그녀를 누구누구의 아내로 부르는 것은, 누군가의 소유물로 만드는 것이고, 비인간적이며, 언제든지 버릴 수 있는 싸구려 짐으로 여기는 것과 같다고 생각되었다. 그녀는 엄연한 인격체였다. 그녀에게는 부모님과 일가친척이 있겠고 북한에서의 삶이 있었을 텐데, 우리는 이름도 모르면서 그녀의 운명을 결

아들이 있는 풍경

정짓고 있었다.

"이름? 우리도 몰라. 그곳에서는 그냥 며느리라고 불러." 아버지의 대답이었다.

"학철이가 원하는 것은 무엇일까요?" 줄리가 물었다.

"오로지 큰외삼촌, 외숙모 그리고 애란이만 우리의 계획에 대해서 알고 있어."

"학철이에게 얘기해서 선택하게 해야겠지요. 하지만 학철이가 아내 때문에 남기로 한다면, 결국은 아무도 올 수 없게 될 거예요. 오게 되면 모두 함께 와야 돼요." 내가 강조해서 말했다.

"학철이와 아내에게 아이가 있나요?"

"그런 것 같지 않아. 가이드와 최순만이 아이 얘기는 안 했어." 아버지가 대답했다.

"그렇다면 학철이 아내는 북에 남아야 해요. 어쩔 수 없잖아요. 그런 방법 외에는." 줄리의 목소리는 확신에 차 있었으며 냉정했다. "학철이는 아내에게 알리지 말고 그냥 떠나야 해요."

놀라서 언니를 쳐다봤다. 언니는 160센티미터 키에 아담한 체형으로 강인한 외모는 아니었으나, 의지가 단호한 사람이었다. 그녀의 강인한 의지는 주로 얼굴에서 큰 특징을 이루는 진하고 두터운 눈썹과 표정 있는 눈빛에서 나타났다. 장녀로 자라면서 언니는 항상 책임감 있고 믿음직한 맏이의 역할을 감당했다. 덕분에 나의 산만하고 몽상가적인 기질은 가려졌다. 언니는 바이올린을 연마했고 A학점만 받는 우등생인 반면에, 나는 치어리더가 됐고 B학점으로 학창시절을 장식했다. 언니는 검안의가 되어 우리 아버지처럼 괜찮은 한국교포 남자와 결혼했다. 그러는 동안 나는 예술가랍시고 날개를 펴고 별들 사이를 유랑했다. 이런 식으로 언니에게 빚진 게 많지만, 언니는 별로 개의 치 않았다.

학철의 아내 얘기는 진심이 아닐 거라고 믿고 싶었다. "진심은 아니지, 언니?" 언니가 수긍하기를 바랐다.

"줄리 말이 맞다. 학철이 아내가 오면, 그녀의 가족은 또 어떻겠니? 다행히도 아기가 없다니, 아내는 두고 오는 것이 나을 것이다." 엄마가 말했다.

"그럼 평생 왜 남편이 자신을 버리고 갔는지 궁금해하며 살 거예요." 그녀를 위해 싸워야 했다.

"우리 모두 서둘러야 해." 아버지가 재촉하셨다. "우리의 대답이 '예'라면, 가이드는 내가 내일 서울로 가기를 원해."

"내일이오? 아버지가 가세요?" 기운이 빠져 물었다. 가이드가 마음을 바꿔 나의 도움을 또 청하기를 바랐었다.

"1차 비용인 2만 달러를 전달하기 위해, 남자가 나서야 한다."

"그냥 송금하면 안 돼요?" 줄리도 의아해했다.

"가이드가 직접 만나 몇 가지의 비밀암호를 알려 줄 거다. 암호에 따라 그가 어디로 가족들을 데리고 갈 건지 알게 된다. 가족이 강을 건넌 후 그곳에서 그들을 만나게 될 것이다."

"큰외삼촌의 다른 자식들도 같이 나오고 싶은 것인지 아닌지 우리가 어떻게 알아요?" 언니가 불쑥 물었다.

"그들도 나오고 싶어 해. 미란이와 문철이를 강가에서 만나 봤기 때문에 잘 알아." 내가 확신을 갖고 말했다.

아버지가 시계를 가리켰다. 정확하게 5시였다. "좋아, 가이드에게 우리의 답이 '예스'라고 말하겠다. 물론 일곱 사람 모두가 함께 와야 한다고도 말할 거다. 학철이 아내가 합류하기를 원하고 그게 가능한 상황이라면 함께 나와야겠지. 우리는 가이드를 믿어야 해. 결정적인 상황에는 그가 최선의 선택을 해야 할 게다." 아버지가 단호히 말했다.

아버지가 우리의 결정을 전화로 전달했다.

식구들이 다 떠난 후에도 학철 아내의 처량한 처지가 머리를 맴돌았다. 할머니의 고통스러운 세월이 이 여인에게 반복될 것인가? 어떻게 가족을 고통 속에 남겨 두고 떠나오라고 말할 수 있겠는가? 그녀가 어떤 결정을 내리든 떠나오든 그곳에 남든 결코 편치 못할 것을 알기 때문에 마음이 아팠다. 그녀의 이름이 뭐라고 했던가?

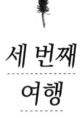

세 번째
여행

XIV

1997년 8월 3일

혹시 미행하는 사람이 있는지 확인한 후에, 가속기 페달을 밟고 라크레센타에 있는 부모님 집을 향하여 전속력으로 달렸다. 후덥지근한 여름 바람이 창을 타고 들어와 얼굴에 감겼다. 7월 27일 아버지가 서울에서 돌아오신 후에, 당장 짐을 싸서 1주일 안에 떠날 준비를 하라고 알려 오셨다. 아버지는 단 이틀간 서울에서 머무르며 가이드에게 2만 달러를 전달하고 SBS팀장을 만났다. 미국에 돌아왔을 때는 지치고 수심 가득한 얼굴이었다. 탈북 예상인원은 9명으로 늘어났고, 학철에게는 한 살짜리 아기가 있는 것으로 확인되었다. 학철의 아내도 시댁에 와 있는 상황이고, 더 이상 지체할 시간이 없었다. 모두 하루하루를 초조히 기다리고 있었다. 5월 20일에 있었던 낚싯배 탈북사건 이후로, 북한당국은 압록강 주변의 경계를 강화했고, 고속경비정으로 해안을 돌면서 적극적인 정찰을 벌이고 있었다.

새로운 탈출 계획을 세워야 하는 상황이었다. 다롄에서 중국해군정을 타고 이동하는 계획 대신에 중국의 육로를 통해 이동하는 것도 괜찮겠다는 판단이 섰다. 하지만 중국의 도움을 기대하기는 어려운 상황이었다. 때마침 베이징 주재 한국영사관에서는 북한의 고위간부였던 황장엽의 망명으로 인하여 중국과 서먹한 상황이 연출되었고, 중국이 오랜 동맹국인 북한을 자극할 빌미를 더 이상 만들지 않을 것이 뻔했다.

북한은 처음에는 남한이 황장엽을 납치했다고 주장하며 보복을 다짐했었다. 황장엽은 조선노동당 최고인민회의 의장으로서, 탈북인사 중 최고위급 인물이었다. 그는 북한의 통치이념인 주체사상을 설계한 인물로 알려져 있으며, 당 중앙위원회 비서직을 맡기도 했었다. 중국 정부는 북한을 달래기 위하여, 황장엽을 곧장 한국으로 보내는 대신 필리핀에서 한 달 체류할 것을 요청했다.

황장엽은 필리핀을 경유하여 7월 11일 필리핀항공 전세기 747기를 타고 서울에 도착했다. 그는 기자회견에서 북한 정부가 인민의 고통을 외면했으며 오로지 무력행사에만 의존하고 있다고 진술했다. 북한은 이미 핵무기와 화학무기를 보유하고 있는 것으로 알려졌다. 그의 진술이 사실이라면, 결국 실패한 남북적십자회담은 정치적인 쇼이며, 왜 북한의 대표자들이 억지를 부리며 회담장을 박차고 나갔는지에 대한 설명이기도 하다.

황장엽과 같이 특권을 누리는 중앙위 최고인사가 망명할 정도면, 일반 주민들의 삶은 어떠했겠는지 짐작이 갈 만했다. 하루라도 빨리

　　　　아들이 있는 풍경

방법을 찾아서 용운 삼촌의 가족을 북에서 탈출시키고, 또 중국을 벗어나게 해야 했다.

나와 아버지는 중국의 모든 인접국들에 대해 알아보았다. 가족들을 피신시키기에 안전하고 용이한 곳이 그리 많지는 않았지만, 마카오하고 베트남이 가능해 보였다. 둘 중에서는 베트남이 더 나았다. 1999년에는 포르투갈의 식민지인 마카오도 홍콩처럼 중국의 통치에 속하게 된다. 베트남은 서방국과의 외교관계를 재개했으며, 1991년 소련 붕괴 이후에는 미국과도 관계를 쌓았고, 한국과는 왕성한 경제협력 관계를 맺어 왔다. 대우자동차 같은 회사는 이미 그곳에 공동벤처 형태의 조립공장을 세웠다. 베트남의 입장에서는 별 볼일 없는 평양보다는 서울과 친밀한 관계를 유지하는 것이 경제적인 측면에서 유리했다.

내가 집에 도착했을 때, 아버지는 두꺼운 100달러짜리 지폐 뭉치를 세고 계셨다. 정확하게 3만 달러였다. 돈을 보고 우리가 하는 일이 단순히 인도주의 차원의 이산가족 상봉이 아니라, 거금이 들어가는 사업이라는 것을 상기했다.

아버지는 돈 뭉치를 1만 달러씩 삼등분했다. 그 이상의 현금은 세관에 신고해야 했다. 100달러짜리 100개를 쌓은 뭉치는 생각보다 부피가 작았고 그리 근사해 보이지도 않았다. 아버지는 입고 계신 헐렁한 청바지의 안주머니 속에 한 뭉치를 숨겨 넣을 수 있었다. 나도 내가 맡은 금액을 파란색 탐폰 상자 안에 넣고 밀봉했다. 화장지도 그렇고 중국에 갈 때는 필요한 용품들을 미리 다 챙겨 둬야 한다는 것을 익히 알고 있었다.

마지막 세 번째 뭉치는 할머니가 맡았다. 할머니는 파랑 빨강 꽃무늬의 스카프 속에 지폐뭉치를 숨겨서 블라우스 아래에 고정시켰다.

할머니의 블라우스는 크림색의 부드러운 시폰직물로 팔꿈치 밑으로 봉긋하게 부풀어 올라 부드러운 느낌을 주었다. 할머니는 예쁘고 생기 있어 보이셨으나, 그 연세에 또다시 먼 여행에 오르시는 것이 여간 걱정되지 않았다. 한 블록을 걸으시는 것조차 큰 모험이긴 하지만, 이번에 중국에서 아들을 만나지 못하면, 1년을 더 기다리게 될지도 모르는 상황이었다. 일단 한국정부의 보호 아래로 들어가면, 모든 탈북자들은 조사를 위하여 구금되고, 다시 재교육시설에 들어가 남한의 생활방식을 배우게 된다. 할머니는 아들과의 만남을 더 이상 지연하고 싶지 않았다. 이미 너무 오래 기다리셨다.

나는 SBS다큐멘터리 팀장의 요구로 중국행에 오르게 됐다. 할머니의 이야기를 글로 쓴 작가가 다큐멘터리에 등장해야 한다는 것이 그의 주장이었다. 다큐멘터리가 아니더라도 나는 이미 가기로 결심했었다. 가이드가 아무리 집에 남아 있으라고 했어도 할머니와의 약속을 지키려는 나의 의지를 꺾을 수는 없었다.

대한항공 카운터 주변은 탑승수속을 밟으려고 몰려든 인파로 어수선했다. 아버지가 다행히도 티켓 담당직원을 설득하여 탑승권과 좌석표를 먼저 얻어 낼 수 있었다. 우리의 좌석은 화장실 가까이에 그리고 비즈니스석과 이코노미석을 구분하는 파란 커튼 바로 뒤에 배정되었다.

등받이를 뒤로 밀어서 편한 위치를 찾아보려 했다. 좁은 틀에 꼭 끼어 뒤틀린 분재 나무가 된 기분이었다. 끙끙대며 몸을 이리저리 돌려보았으나, 별로 신통치 않았다.

아들이 있는 풍경

할머니도 속에 탈이 나 무언가 불편해 보였다. 할머니의 가방을 뒤져 약을 찾았다. 엄마가 선견지명으로 챙긴 약병과 봉지 들을 더듬어 약을 찾았다. 씹어 먹는 약이니 간단하겠다 싶었다. 병뚜껑을 열고, 파스텔 색의 알약 두 개를 할머니의 손에 쥐어 드렸다. 약의 효과를 보지 못하자, 여승무원이 비즈니스석에서 얻어 온 따뜻한 미역국에 밥을 조금 말아 드시게 했다. 대부분은 할머니 블라우스로 흘러 떨어졌다. 냅킨으로 흘린 얼룩을 대충 닦아 드리고, 1등석에서 공수한 양모이불을 덮어 드렸다. 그 외에 내가 더 해 드릴 수 있는 일이 없었다.

좁고 불편한 좌석에 앉아서 서울까지 가는 11시간의 비행은 고통 그 자체였다. 하지만 그게 끝이 아니었다. 다시 중국 선양행 비행기에 오르기 전, 김포국제공항에서 3시간의 체류 시간이 있었다. 공항의 위층 라운지에는 대형 삼성TV와 벤치가 구비되어 있었다. 할머니는 쿠션이 깔린 벤치에 누워 금세 잠이 들었다. 나도 할머니 옆에서 깜빡 잠이 들었는데, 바로 코앞에서 미세하게 들리는 기계음 소리에 잠에서 깼다. 조그만 렌즈가 내 얼굴을 향해 있었다. 고달프고 지친 비행 말미에 비디오카메라를 얼굴에 들이대고 나의 헝클어지고 얼룩진 모습을 기록하는 것은 참 달갑지 않은 일이었다. 하품을 참으면서 일어나 앉았다. 머리와 셔츠를 가다듬으면서 잠을 털어 버리고, 촬영기사를 응시했다. 그는 스물여섯이나 일곱 정도 돼 보이는 청년이었다. 옆머리를 짧게 자르고 헤어젤로 멋을 냈다. 얼굴에는 화상자국이 있었고, 흡사 무대 분장처럼 보이는 두꺼운 검은 테 안경을 끼고 있었다.

손을 뻗어 카메라를 밀어내고픈 마음이 없지 않아 있었으나, SBS와 정부의 지원을 받기 위해 지불해야 하는 대가라는 것을 기억해 냈다. 그 시점 이후로 사생활이 없을 거라는 현실을 받아들여야만 했다.

비디오카메라는 보통 크기의 다이어리 책에 숨겨져서 우리의 일거수일투족을 기록했다. 비행기 타고 가는 내내 비디오카메라는 통로 건너의 식사 테이블 위에 놓여 어김없이 우리를 향해 있었다. 카메라는 선양에 도착한 직후 승강장 통로에서도 우리와 함께했다. 그곳에서는 어깨가 굽고, 코가 축 늘어진 남승무원 한 명이 휠체어를 잡고 기다리고 있었다. 할머니는 걸으시겠다고 막무가내셨지만, 내가 강제로 휠체어에 앉게 했다. 승무원은 휠체어가 내키지 않는 할머니를 힘차게 밀며 옆문을 통해 엘리베이터에 오르고, 또 모든 줄을 지나쳐 앞으로 나아갔다.

우리가 입국 심사대에 이르렀을 때, 웬일인지 그 젊은 촬영기사가 우리 그룹 뒤로 약간 처졌다. 얼굴엔 긴장한 표정이 역력했다. 아까 비행기 안에서 잠시 한가한 틈을 타 그와 대화를 나눴었는데, 그에 대하여 몇 가지를 알게 되었다. 얼굴의 화상은 대학생 시절 민주화시위에 참여했다가 등에 화염병을 맞았다고 했다. 그는 김 씨이고, 현재 프리랜서로 일한다고도 했다. 이번 여행은 두 달 동안에 두 번째의 중국행이었다. 첫 번째 임무는 압록강지역 저편에 펼쳐진 황량한 북한의 모습을 카메라에 담는 것이었다. 비행기를 타려고 옌지로 돌아오다 중국경찰에 체포되었단다. 그들은 그의 장비와 비디오테이프를 압수하고 2주를 구금했다가 추방했다. 왜 변장한 듯한 차림새를 했는지 이해가 갔다.

세관부스에 가려져 촬영기사가 시야에서 사라졌지만, 우리는 인파에 밀려서 출구 쪽으로 계속 움직여 갔다. 건물 밖으로 나오자 밖은 타는 듯이 더웠고, 습기로 숨이 탁탁 막혀 숨쉬기조차 힘들었다.

"그 사람은 어디 있니?" 할머니가 눈을 깜빡거리며 촬영기사를 찾았다.

"곧 오겠죠." 하품을 하며 대답했다. 입을 너무 크게 벌리느라 턱에서 딱 하고 소리가 났다.

"여기에 있을 줄 알았는데. 이번에는 그 사람을 꼭 봐야 하는데."

또 하품이 나왔다. 턱에서 또 소리가 났다. "곧 만나게 될 거예요." 누가 우리를 감시하나 주위를 둘러보면서 대답했다.

촬영기사는 고통스러운 눈빛으로 진땀을 흘리며 택시 승강장에 나타났다. 그는 중국말을 할 줄도 모르거니와, 별로 도움이 되지 않았다. 나는 할머니를 부축하고 있었기 때문에 택시기사와 가격을 흥정하는 일은 고스란히 아버지에게 맡겨졌다. 아버지는 택시에 몸을 기대고 아예 바닥에 널브러져 앉아 있는 택시기사 무리에게 말을 걸어 보았다. 그들은 바지 끝단을 무릎까지 걷어 올렸고, 어깨가 다 드러나는 흰색 러닝셔츠도 까만 젖꼭지가 보이게 돌돌 말려 있었다. 마침 다들 도시락 먹는 일에 열중하느라, 돈 버는 데에는 별로 관심이 없어 보였다. 그중 한 명이 생선가시를 쪽쪽 빨면서, 손으로 요금을 표시했다. 약 20달러에 해당하는 150위안을 요구했다. 외국인이라고 바가지를 씌운 것이지만, 어쩔 수 없이 에어컨 없는 택시에 서둘러 올랐다. 아버지가 쇠창살 사이로 호텔 이름을 밀어 넣었다. 명함 뒤쪽에 세 글자로 된 한자였다. 택시기사는 호텔 이름은 보지도 않고, 뒷면에 금박으로 새겨진 영어 글자에 더 감탄하는 눈치였다. 택시기사는 명함을 실컷 뜯어보고 나서, 트림과 함께 기어를 넣었다.

차가 잠시 흔들리더니 경적소리 요란한 선양의 대로로 달려 나갔다. 거리는 택시, 오토바이, 트럭, 버스 등의 차량으로 붐볐고, 차들은 이미 스모그로 오염된 공기로 연신 검은 매연을 내뿜고 있었다. 우리의 기사는 정지 신호들을 무시하고 달리면서, 성냥갑처럼 생긴 건물들

옆을 쏜살같이 지나갔다.

선양은 그리 아름다운 도시는 아니었다. 콘크리트 건물과 정부 소유의 버려진 건물들, 공장굴뚝들이 우뚝우뚝 솟은 우중충한 도시였다. 하지만 중국 최고 수준의 철도시스템과 잘 개발된 도로망을 가지고 있었다. 17세기 초 무렵에 선양은 만주제국의 수도였으며, 인삼무역의 중심지였다. 19세기 초에 러시아가 점령하여 철도 마을로 산업화시켰으나, 그 후에도 주인이 자주 바뀌었다. 러일전쟁 후에는 승자인 일본이 선양을 점령했다. 1948년 중국공산당이 집권하면서, 마오쩌둥의 신중국은 선양을 1950년대와 1960년대에 추진했던 산업화의 중심 도시로 만들었다. 그러나 시장개혁이 가져온 변화로 선양은 오히려 다롄과 같이 분주한 다른 해안도시에 우위를 빼앗기는 결과를 맞았다.

오늘날 선양은 랴오닝 성의 수도로, 인구 600만의 도시이다. 이곳은 소음과 혼잡과 실업의 도시로 전락했다. 넓고 특징 없는 거리는 무위도식하는 사람들로 가득했다. 몇 세대가 모인 것으로 보이는 대가족이 인도 구석에 자리 잡고 앉아, 부채질도 하고 낮잠도 자며 거리의 모습을 오락 삼아 시간을 보내고 있었다. 빈곤과 협소한 주거공간으로 인하여 거리가 거실이나 부엌, 화장실의 역할을 하고 있었다. 한 여인은 사람들이 오가는 곳에서 요리를 하고 있었고, 한 남자는 오줌이 찌든 건물 벽에 소변을 보고 있었다. 그곳에서 멀지 않은 곳에서는 달랑 거울과 의자를 구비한 간이이발소가 손님을 기다리고 있었다. 한 무리의 남자들이 쪼그리고 앉아 후루룩대며 장수에 좋은 것으로 알려진 국수를 먹고 있었다. 두 여인이 창문틀과 전봇대를 연결하여 만든 빨랫줄에 빨래를 널고 있었다. 우리의 차가 지나가며 내뿜은 더운 열기가 걸려 있는 빨래들을 부풀어 오르게 하여 기이한 연처럼 이리저리 흔들리게 했다.

택시기사가 갑자기 차를 돌렸는데, 골목에서부터 교차로까지 길게 이어진 인력거 대열을 피하기 위해서였다. 인력거꾼들은 진행 중인 차량에 아랑곳하지 않고 좌우를 살피지도 않은 채 움직이고 있었다. 그 야말로 무소불위의 직진이었다.

택시기사는 인력거들을 요리조리 피하고, 모퉁이에서는 잽싸게 회전하면서 대단한 운전 실력을 과시했다. 우리 택시는 어느 인도의 가장자리에 가까이 붙으면서 한번 덜커덕 흔들리더니 갑자기 멈추어 섰다. 우리의 몸이 거의 위로 떴다 내려앉았는데도 기사는 여전히 자랑스러운 표정이었다. 몸을 가다듬으며 택시에서 내리자, 높고 세련된 건물이 앞에 우뚝 솟아 있었다. 글로리아프라자호텔은 이곳에서 내가 본 다른 건물들과는 사뭇 달랐으며, 훨씬 더 유쾌한 인상을 주었다. 이는 타일과 색유리로 외관을 장식하여 반짝반짝 빛나는 고층건물로, 정면에는 세 개의 깃대가 눈에 띄었다. 붉은색의 오성홍기가 바람한 가닥 없이 찌는 날씨에 축 처져 있었고, 양쪽의 흰색 깃발도 꼼짝없이 붙어 있었다. 아버지가 이 호텔을 고른 이유는 직원들이 영어를 잘한다고 들어서이고, 호텔 반대편에 북철도역이 자리하고 있기 때문이었다.

입구에 서 있는 덩치 큰 두 명의 도어맨이 현관을 오가는 인파를 세심히 살펴보고 있었다. 녹색의 유니폼 밖으로 뱃살이 삐져나와 있었다. 덩치가 더 크고 위협적으로 보이는 쪽에게 환하게 웃어 보이면서 환심을 사 보려 했으나, 그는 눈도 꿈쩍하지 않았다. 그냥 포기하고 회전문을 통해 시원한 오아시스로 들어갔다. 호텔에는 그랜드피아노가 있는 바가 있었고, 비즈니스센터, 위성TV룸, 남성용 사우나, 그리고 라테와 이탈리아 에스프레소를 판매하는 유럽풍의 카페가 있었다. 사방에 감시카메라가 작동 중이었다. 사환이 우리를 방으로 안내하는 동안 둘러보니 코너 쪽 천장에 4대의 감시카메라가 있었고 엘리베이터 가까이에 1대가 있는 것이 보였다. 내가 미처 발견하지 못한 것까지 총 몇 개가 되는지 알 수 없는 노릇이었다.

호텔방에 들어가 할머니를 침대 위에 눕게 하고 내부를 찬찬히 살펴보았다. 가이드가 가르쳐 준 대로 손으로 가구와 공기 통로 등을 꼼꼼히 살폈다. 도청장치가 없다는 것을 확인하고 창가 쪽으로 갔다. 우리 방에서는 붐비는 철도역 전체가 희뿌옇게 보였다. 역은 현대적인 디자인의 건물이었으며, 너무 전통적이거나 공산주의 색채를 띠지도 않았다. 자세히 보니 케이크 ― 크림이 층층이 쌓여 있는 11층짜리 바닐라케이크의 한 조각을 연상케 했다. 건물 중앙부에 거대한 검은색 시계가 박혀 있었다. 시계가 3시를 알릴 때, 아버지가 마침 호텔을 나가는 것이 보였다. 공중전화로 우리가 도착했다는 것을 가이드에게 알리기로 되어 있었다. 아버지는 "수염 난 사람에게 서울에서 온 할머니가 새 주소지로 옮겨 갔다고 말해 주시겠어요?"라고 말하기로 되어 있었다. 가이드는 새 주소로 우리가 묵고 있는 호텔과 방 번호를 알게 될 것이었다.

아버지를 기다리려고 했지만, 8시 즈음에 눈이 까칠하고 잠이 쏟아져 죽을 지경이었다. 침대로 비틀비틀 걸어가 푹 쓰러졌다. 안락한 기분에 빳빳한 이불을 잡아당겨 덮고 이내 깊은 잠에 곯아떨어졌다. 아마도 11시나 자정 즈음에 전화가 울려 잠에서 깨었다. 너무나 잠에 취한 나머지 한쪽 눈을 뜰 수가 없어 손으로 눈꺼풀을 젖혀야 할 지경이었다. 손을 뻗어 전화를 찾았으나, 있어야 할 곳에 전화가 없었다. 누

아들이 있는 풍경

군가 가구를 옮겼단 말인가? 나의 부드러운 이집트산 담요도 안 보였다. 내가 어디에 있는 것인지 분간할 수가 없었다. 그러다 주위를 둘러보니 내 옆 침대의 이불이 숨 쉴 때마다 오르락내리락했다. 그제야 정신이 번쩍 들며 하나하나 생각이 나기 시작했다. 전화가 끊기려던 순간에 수화기를 잡아들었다.

"아버지는 어디 있어요?" 가이드였다.

"주무시고 있겠죠." 잠을 쫓으며 대답했다.

"방에 안 계세요. 이렇게 늦은 시간에 밖에 계시면 안 돼요."

"당신에게 전화하러 나가셨었는데요."

"그건 몇 시간 전 얘기예요." 그리고 가이드는 무언가 연기되었다는 얘기를 했다. 그의 이야기에 집중하려고 했으나, 내용을 놓치고 말았다. "할머니 바꿔 줘요." 가이드가 요청했다.

"아침에 통화하면 안 돼요?"

"아니오. 중요한 얘기가 있어요." 가이드가 목소리를 낮추었기 때문에 나도 긴장했다.

할머니 침대 옆에 쪼그리고 앉아 조심히 할머니를 흔들어 깨웠다. 할머니는 꿈쩍도 안 했다. 할머니는 옆으로 몸을 웅크리고 한쪽 팔로 머리를 받치신 채 너무 편히 자고 계셨다. "할머니…… 일어나세요." 한 번 더 흔들자, 주름진 눈꺼풀이 천천히 올라갔다. 잠이 깨셨으나, 그냥 누워 계셨다. 내가 수화기를 건네자, 할머니가 누운 채로 수화기를 귀 위에 턱 올려놓았다.

"여보세요?" 피로로 목소리가 갈라졌다. "누구세요?……. 이용운이라고? 정말이니, 용운아?" 아들의 이름에 흥분하셨다. 한동안 침묵이 흐른 후에 할머니가 대화를 이어 가셨다. "네가 안전해야지, 그렇지 않다면 무슨 소용이 있겠니? 어리석은 짓은 하지 마라……. 물론 고생을 많이 했겠지. 우리 모두가 고생을 했지. 다 말하지 않아도 네 마음을 다 안다. 정신 똑바로 차리고 술 마시지 말거라. 아내를 두고 와서는 안 된다. 네 아이들의 엄마이지 않니?…… 네가 어떻게 할 수 있는 일이 아니다. 그런 말은 하지 마라. 아무 말도 하지 말고 돌아가라. 앞으로 무슨 일이 일어나더라도, 내가 하나님께 보살펴 달라고 기도했다. 안전하게 돌아가거라. 이생 이후에라도 우리가 만날 기회가 있단다." 할머니가 냉정한 어조로 말을 끝내서 놀랐다. 할머니는 몸을 일으켜 앉으시며 태도가 바뀌었다. "수고했어요. 네, 알겠습니다. 아들을 빨리 돌려보내요. 뭐라고요?……. 알았어요. 그 애는 아주 똑똑해요……. 당신 생각인가요? 아니면 그 애의 생각인가요?……. 무슨 소린지 알겠어요."

수화기를 나에게 주셨다. 무슨 대화였는지 생각해 보려 했지만, 상대방의 말을 듣지 않은 상태에서 별로 도움이 되지 않았다.

"모레에 선양에 갑니다." 가이드가 말했다.

"혼자서 오나요?"

"만나면 다 설명할게요. 그때까지는 모두 조심해 주세요. 아버지께서도 우리 일과 관련된 것이 아니라면 이렇게 늦게 다니면 안 돼요. 알겠어요?"

"무슨 중요한 일이 있으실 거예요." 겨우 변명조로 대답했다.

"호텔을 떠나면 안 돼요." 그 말을 마지막으로 전화가 끊겼다.

곧장 할머니에게로 달려가, 상심에 찬 얼굴을 들여다보았다. 무언가 언짢은 표정이었다. "저 가이드란 사람은 말도 제대로 못하는구나. 시간만 낭비하고. 나에게 용운이가 누구냐고 물었어. 내가 내 아들 이름도 모를까 봐? 멍청하기는. 우리는 한밤중에 비행기를 타고 왔는데, 그들은 아직 강을 건너지도 못했어. 애란 엄마가 아직 마음의 결정을 하지 않았는데도 혼자 모든 것을 결정해 버렸나 봐. 어떻게 하려는 건지 모르겠어. 그녀를 납치라도 하겠다는 거냐? 그는 자기 혈육인 아버지와 형도 구출하지 못했다면서. 그래도 나는 수고했다고 했다. 그래야 아들을 놔둘 것 같아서. 그를 믿을 수가 없어. 술을 마시고 있는 것 같아. 둘이 앉아 술을 마시고 있는 모양이야. 혀가 꼬이는 것을 보면 술을 마시고 있는 것이 분명해." 할머니는 혀를 내밀고 방금 들은 말투를 흉내 내셨다. "용운이는 어미가 그립다고 계속 말하더구나. 내가 정신 똑바로 차리라고, 서러움이나 눈물은 나중에 털어 낼 기회가 있을 거라고 했다. 세상에나, 우리가 이 고생을 하고 있는데 술이나 마시고 있으니. 애란 엄마 때문에 인생이 별로 즐겁지 않았다고 불평을 하더라. 저렇게 술이나 마시고 빈둥대면 누가 좋아하겠니?" 할머니는 일어나 화장실로 향했고, 나는 불을 켜 드렸다.

"북에서의 삶이 고달파서 그럴 거예요." 외삼촌을 옹호하고 싶었지만, 마음속 깊은 곳에서 일단 서울에 도착하면 해결해야 할 문제라고 생각되었다. 때로 자유는 획득하는 것보다 누리는 것이 더 어려운 일일 수도 있다. 잘 대처하지 못하게 되면 더 술을 마시게 될 것이었다. 외삼촌의 과음이 할머니를 괴롭힐 것이 뻔했다.

"가이드는 왜 그렇게 술을 마신대?" 할머니가 변기를 내리고 침대로 돌아왔다. 안경을 벗고 틀니를 빼 컵 안에 넣었다. 바닥으로 가라앉더니 작은 거품을 만들었다. "나는 내일 떠난다. 아버지에게 그렇게 알리거라." 할머니가 한숨을 길게 내쉬고 베개에 머리를 누이셨다.

"아침에 해요." 아버지가 어디 있는지 궁금해하며 말을 흐렸다. 이렇게 늦게까지 뭘 하고 계신 걸까?

"빨리 떠나야 한다고 내가 말할 거다."

"내일 생각해요." 어둠이 할머니의 마음을 달래 주기를 바라며 불을 껐다. 코 고는 소리를 기다려 봤으나 들리지 않았다. 우리는 오랫동안 잠을 못 이루고 깨어 있었다. 누가 먼저 잠이 들었는지는 분명하지 않다.

XV

욕실 물소리 때문에 아직 어둑한 아침에 잠이 깼다. 다시 잠들 수가 없어서 이불에서 겨우 기어 나와 욕실로 향했다. 할머니가 흰 러닝셔츠에 헐렁한 속옷바지 차림으로 옆을 지나갔다. 할머니는 그 속옷바지에다 비밀주머니를 손수 만들어 꿰맸었다.

문틀에 기대어 할머니가 하얀색과 파란색이 섞인 꽃무늬 스카프에 돈을 싸서 가슴에 묶는 과정을 지켜봤다. 할머니는 종아리 반쯤 내려오는 폭넓은 주름치마까지 입고서야 나에게 씽긋 웃어 보이셨다. 상심한 모습이 자취를 감춘 것 같아 그나마 조금은 안심이 됐다. 욕실에서 정성 들여 양치질을 하면서 아버지에 대해서 생각했다. 도대체 어디서 무슨 일을 하신 것일까? 혹시 여자와 같이 있었던 것일까? 가이드 때문에 고약한 생각까지 하게 됐다고 생각하니 갑자기 부아가 치밀어 올랐다. 아버지를 의심하는 것은 끔찍한 일이다.

아버지 방으로 오라는 전갈을 받고, 카펫이 두텁게 깔린 복도를 지나 서둘러 아버지에게로 갔다. 방에 들어서자마자 눈에 들어온 것은 다시 우리를 향해 있는 비디오카메라였다. 곧장 긴장이 됐다.

"장모님, 잘 들으세요." 아버지가 시작했다.

할머니가 아버지의 말에 집중했다. 할머니는 창문 쪽에 밀어 붙여진 의자에 두 다리를 가지런히 모으고 기품 있게 앉아 계셨다. 속옷바지 끝이 오렌지색 양말 속에 끼워 넣어진 것이 살짝 보였다.

"장모님, 우리가 선양에 도착하기 전에, 아드님이 애란이와 함께 두 번째로 강을 건너 가이드를 만났습니다. 몸이 아픈 학철이까지 포함해서 거의 가족 모두가 떠날 준비가 돼 있었대요. 막내 문철이가 졸업식에 참석하기를 원했기 때문에 문철이를 기다리고 있었나 봐요. 문철이도 문철이지만 아드님이 아내와 아이들을 통제하지 못한 까닭에 모든 게 지연됐어요."

"어떻게 이 모든 사실을 알게 됐어요?" 궁금한 내가 물었다.

"가이드가 말해 줬지. 다른 얘기도 있었어. 문철이가 돌아오기를 기다리는 동안, 문철 엄마가 어처구니없게도 이번 일을 그르칠 만한 일을 했어. 집을 팔았대. 집값이 60달러도 안 됐다는데, 그냥 두고 떠났어야 했어. 게다가 우리가 보내 준 쌀과 옷가지들을 언니에게 주려고 한 것이 화근이 되어 의심을 사게 된 거지. 나라 전체가 기근으로 사람들이 굶어 죽는 판에, 어디서 쌀과 옷이 생겼는지 그것을 그냥 다 가져가라고 하니까 꼬치꼬치 캐물었겠지. 탈출계획에 대해서 알게 되었을 때, 그 언니가 거의 이성을 잃었나 봐. 비밀경찰인 자신의 아들에게 밀고하겠다고 협박을 했다지."

그때 문에서 작은 노크소리에 이어 전자키 소리가 들려 더 이상 이야기에 집중할 수가 없었다. 손쓸 틈도 없이 문이 활짝 열리고, 청소부가 들어와 있었다. 우리 모두 입을 다물고 벌떡 일어났다. 청소부가 영어나 우리말을 전혀 못 알아듣고, 이런 대화에 무심할 거라고 단정할 수 없는 상황이었다. 즉시 청소부를 내보내고 문에 의자를 붙여 놓았다.

아버지가 좀 더 경계하는 목소리로 이야기를 이어 갔다. "가이드가 외삼촌에게 이제 탈출은 불가능해졌다고 그냥 돌아가라고 했대요. 강을 건너기 전에 혜리의 책을 보여 줬대요. 표지에 있는 사진을 보고, 외삼촌은 아내와 아이들을 포기하더라도 그냥 중국에 머무르겠다고 했대요."

책 얘기에 내 눈썹이 치켜 올라갔고, 다리에 힘이 빠져 의자에 앉았다. 2층 건물에서 뛰어내려 콘크리트 바닥에 떨어진 기분이었다.

"애란이도 자신의 편지가 책 뒤편에 수록된 것을 보고, 굉장히 충격을 받았어요. 애란이도 돌아가고 싶지 않아 했어요. 하지만 가이드가 애란이에게만 은밀히 말했대요. 돌아가서 이모와의 상황을 잘 해결하고, 생활이 다시 예전으로 돌아간 것처럼 꾸밀 수 있다면, 탈출계획도 다시 진행할 수 있다고 말이에요. 지금은 애란이만이 계획을 알고 있는데, 그래야 비밀이 탄로 나지 않을 거예요."

"집에 가자. 이제는 모든 것이 하나님의 뜻에 달려 있다." 할머니가 단념하신 듯 말했다.

"3일 안에 아무 일도 일어나지 않으면, 우리는 이 미션을 포기할 겁니다."

"나는 당장 떠날 거야."

"우리 3일만 기다려요, 장모님."

"당장 떠나. 우리가 더 이상 할 수 있는 일이 없어."

"비행기 표를 구하는 데에 최소한 그 정도는 걸릴 거예요. 이맘때 백두산을 찾는 한국과 일본 관광객이 많아 표가 다 예약되어 있어요."

"이게 다 하나님의 뜻인 것 같지 않니?"

"그런 말씀하지 마세요." 내가 퉁명스럽게 말했다. "왜 이렇게 쉽게 포기하세요?"

"패배조차도 하나님의 뜻인 게야." 할머니가 나의 팔을 잡았다. 할머니 신앙을 내 마음속에 전하려는 것처럼 내 팔을 지그시 누르셨다. 하지만 나는 고난과 순종만을 요구하는 할머니가 신봉하는 종교에 식상해 있었다. 특히 신의 침묵에 식상해 있었다. 할머니가 아들을 만나고, 아들을 비참함에서 구하게 해 달라고 내가 얼마나 많이 기도했던가? 얼마나 오랜 세월 동안 할머니가 기도했던가? 신이 그토록 충실하게 자신을 섬겼던 할머니에게 등을 돌렸을 때, 나는 더 이상 기도할 수 없었다. 신은 할머니로 하여금 재차 고통받게 했고, 나 또한 고통받게 했다. 사람들이 특정 행동이나 동정심의 결여로 인해 비난받는 것처럼 나도 신을 판단하게 됐다. 내 생각으로 신께 잘못이 있다면 그것은 고통을 야기한 잘못이다. 있어서는 안 될 고통들이었다.

"왜 그 사람은 책을 보여 줬대? 그냥 놔두지 그랬어." 할머니가 고통스럽게 말했다.

"장모님, 책을 보여 줘야만 했어요."

"글쎄 왜 그랬대?"

"북의 가족들도 어떤 위험에 처해 있는지 알게 하려고 그렇게 했겠죠." 아버지도 힘겨운 내용을 설명하느라 괜스레 팔을 긁적거려 팔이

아들이 있는 풍경

빨개졌다.

할머니는 듣고 계시지 않았다. 그녀는 같은 질문을 계속 되뇌고 있었다. "왜 책을 보여 줬느냐 말이야?"

"책을 보기 전에 상황이 이미 위험했어요. 이미 벌어진 일을 어찌할 수는 없죠. 우리가 상황을 바꿀 수 있다면, 책을 출간하지 말았어야 하는 거죠."

아버지의 말이 가슴 깊이 파고들었다. 죄책감과 후회가 밀려와 아무 말도 할 수 없었다. 내가 저지른 일을 인정해야 했다. 그래야만 했다. 할머니 앞에 무릎을 꿇고, 두 손을 부여잡고, 눈물의 고백을 시작했다. "다 제 잘못이에요. 멍청한 짓을 한 거예요. 좀 더 잘 알았어야 하는데. 모두 저 때문에 위험에 처해 있어요. 제가 쓴 책으로 인해서요. 제 잘못이에요. 정말 죄송해요, 할머니. 죄송해요."

"울지 마라. 네가 울 일이 아니다. 네가 잘못한 게 없다." 할머니가 내 손을 꼭 잡으셨다. 이번에는 할머니의 비통함이 느껴졌다.

"일어난 일은 어쩔 수 없죠. 책은 이미 세상에 나왔으니, 우리는 이 일을 계속해야만 해요. 그렇지 않으면……." 아버지가 무언가 얘기하려던 참에 할머니가 몸을 돌려 꾸중하셨다.

"왜 애에게 겁을 주나?"

"할머니, 제발 그만하세요." 내가 간청했다. "그들을 도와야만 해요. 꼭 그렇게 해야 해요. 모든 것을 보고 이제 와서 포기할 수는 없어요. 저는 그렇게 할 수 없어요."

침묵이 흘렀다. 할머니의 표정은 멍하면서도 동시에 고문을 앞둔 성자처럼 성스러웠다. 그러고는 냉소적인 어조로 말하셨다. "내가 무얼 할 수 있겠니? 내가 그 사람에게 멈추라고 해도, 그 가이드란 자는 자기 뜻대로 할 사람이다. 나는 그를 믿을 수가 없어. 술주정뱅이라고."

"장모님." 아버지가 씩씩거리며 폴로셔츠를 벗고 바짓단을 무릎까지 걷어 올렸다. 흰색 러닝셔츠와 임시로 만든 반바지 차림으로 몸을 여기저기 긁어 댔다. "가이드는 심리적으로 엄청난 압박을 받아요. 밤에 기분전환으로 술 한두 잔 했다고 그를 나쁜 사람으로 몰지 마세요. 죄인 취급하지 마시라고요."

"그런 말은 안 했어. 억지 부리지 마." 할머니도 화가 나셨다.

나도 모르게 큰 한숨이 나왔다. "할머니, 우리는 가이드가 필요해요. 생각을 바꾸셔야 해요. 지금부터는 기도만 하실 게 아니라 행동으로 보여 줘야 돼요. 우리는 이런 때일수록 서로 의지해야 하고요. 아직 끝나지 않았어요."

할머니는 발로 의자 다리를 감싸며 몸을 의자 뒤로 기댔다. "안 되는 걸 억지로 할 수는 없어. 북의 가족은 그냥 놔두자."

내가 또 끼어들었다. "그냥이오? 저곳에는 평화가 없어요. 사람들을 그냥 놔두지 않아요."

"너는 왜 그렇게 화가 났니?" 할머니가 치마의 주름을 매만지며 말하셨다.

내가 할머니의 손을 다시 꼭 잡았다. "할머니는 자신만 생각하고 계세요. 두려움을 떨쳐 버리세요. 우리도 다 두려워요."

"손이 너무 차구나. 네 마음을 안다. 너는 부담감이 클 때 손이 차. 너 이렇게 걱정하다 병나겠다." 할머니가 내 손을 보듬어 주셨다. "누가 너를 괴롭히는 것을 참을 수 없어. 이 애 손 좀 만져 봐." 할머니가 아버지에게 말했다.

"할머니, 포기하고 떠나시지 않겠다고 약속해요." 내가 간청했다.

"내가 어떻게 혼자 떠나겠니? 나는 네가 하라는 대로 한다. 가라고 하면 가고, 있으라고 하면 있고. 나는 늙은이다. 내가 하는 말이 뭐가 중요해? 나는 저기 바닥에 있는 검은 신발처럼 네가 끌고 다니는 짐이야. 그래도 그 남자는 믿을 수 없어. 그가 무슨 이유로 우리를 이곳에 묶어 두고 있어."

"장모님, 참 너무하십니다." 아버지가 기가 막힌다는 듯이 양손을 들고 빈 손바닥을 위로 펴 보이셨다. "아직도 그를 나쁜 사람으로 생각하시는군요."

할머니가 눈을 가늘게 뜨셨다. "아들이 이곳에 와 있는 것처럼 말했잖아. 그래서 우리는 밤도둑처럼 급히 이곳에 온 거고. 하지만 용운이는 아직도 북한에 있어."

"가이드도 애란 엄마가 집을 팔 줄 알았겠어요? 북의 가족도 가이드에게 숨긴 것이 있었던 거예요. 애란 이모네 가족 중에 비밀경찰이 있다고 알려 줬어야 되는 거죠. 우리가 속마음까지 다 읽을 수는 없는 거니까요."

"하지만 약속을 하면, 목에 칼이 들어와도 지켜야 하는 거다. 잘 생각해 봐라. 뭔가 함정이 있는 거야. 우리가 겁이 나서 지금 어디에 있는지 알리지도 못하게 하잖아."

"장모님은 나쁜 쪽으로만 생각하시고 불평만 늘어놓고 계세요." 아버지가 안경을 벗으셨는데, 거의 폭발 직전이었다. "장모님, 생각해 보세요……."

"나를 가르치려 들지 말게. 그 가이드란 사람은 분명히 무슨 꿍꿍이가 있어. 사위는 그게 안 보이는 거야!"

"장모님, 목소리 낮추세요!"

"모두 그만하세요. 제발 그만하세요." 내가 몸으로 둘 사이를 막아섰다.

할머니도 자리에서 일어나셨다. "나는 혜리 말만 들을 거다." 할머니가 고개를 옆으로 돌리며 말했다.

"좋아요. 그럼 둘이서 알아서 하세요. 저는 집에 갑니다." 아버지가 대꾸했다.

"그래 가려면 가."

"네, 갈 거예요."

"딸을 두고 떠나겠다는 애비가 세상에 어디 있나?"

"제발 좀 그만하세요!" 내가 거의 신경질적으로 소리쳤기 때문에 모두 얼음처럼 굳어 버렸다. 아무도 움직이지 않고 말없이 그렇게 서 있었다. 할머니에게로 몸을 돌려 나가자고 신호했을 때, 그제야 우리를 향해 켜 있는 카메라를 발견했다. 카메라가 방에 있었던 것을 깜빡했던 것이다. 우리가 다투는 내내 켜 있었던 모양이다. 당황스러운 마음에, 카메라를 무시하고 지나쳐 문을 열었다. 할머니는 무슨 영문인지 모르는 눈치였다. 할머니를 부축하다시피 하여 문 밖으로 모시고 나왔다. 진정이 될 때까지 서로를 떼어 놓아야 했을 뿐더러, 나도 마음을 가라앉혀야 했다. 두 분에 대해서 미처 알지 못했던 면을 알게 되었다. 서로에게 악다구니를 퍼붓는 낯선 장면을 보니 겁이 났다.

할머니는 다음 날 아무 일도 없었다는 듯이 행동하셨다. 뿐만 아니라 아버지와 언쟁이 있었던 사실조차 부인했다. 결국 심리적 부담감과

아들이 있는 풍경

여행 피로가 겹쳐서 생긴 이상한 일이라고 치부하기에 이르렀다. 그보다도 가이드가 도착하기로 돼 있어서 기대와 초조함 속에 시간을 보냈다. 두 번이나 샤워를 하고, 부족 춤이라도 추듯이 손발을 흔들며 방을 오갔다.

드디어 6시 45분 즈음에 가이드가 14층 방에 투숙했다. 10시가 다 돼서 우리 방에 노크 소리가 들렸다. 작은 노크 소리였다. 문에 귀를 대고 누구냐고 물었다. 그의 목소리를 확인하고서야 문의 잠금장치를 풀었다. 그는 지난 이틀 동안 잠을 못 잔 것처럼 보였으나, 더 크고 당당해 보였다. 단지 좀 더 말라 보였다. 그가 문에서 할머니의 침대로 옮겨 가며 할머니와 아버지에게 인사하는 동안, 내 눈이 노골적으로 그를 따랐다. 검게 자란 턱수염이 햇볕에 그을린 그의 피부를 더 어둡게 했으며, 입고 있는 흰색 티셔츠도 어두운 피부색을 부각시켰다. 의식적으로 눈을 돌려야만 했다. 그에게 끌리는 것은 위험한 일이었다.

가이드 뒤로 남자 한 명이 더플백을 들고 들어왔다. 그는 땅딸막한 체형의 남자였는데, 유난히 큰 머리와 진한 눈썹이 특징적이었다. 알이 두꺼운 안경을 쓰고 있는 바람에 그의 왕방울 눈이 더 확대되어 보였다. 그는 가이드보다 약간 어려 보였지만, '나도 알 만큼은 안다'는 거만함이 태도에 묻어 있었다. 둘 사이에 알력이 있음을 감지할 수 있었다.

"안녕하세요? 할머니. 저는 SBS프로젝트를 책임 맡은 김천홍입니다." 이 두상이 큰 남자는 공손히 인사를 하고는 등받이의자를 가리켰다. "할머니, 저와 함께 저쪽 테이블에 앉으시겠습니까?"

"여기서도 잘 들립니다. 그쪽에 앉아서 말씀하세요." 할머니는 침대에 앉아 온화하게 그를 바라보았다.

팀장이라는 남자는 의자를 끌고 와 할머니 가까이에 자리 잡고 앉았다. 그는 다리를 쩍 벌리고 팔도 벌리고 앉았는데, 꼭 시합을 앞둔 스모선수 같았다. 삼각대가 세워지고 카메라의 테이프가 돌아가기 시작하자, 그는 다시 할머니를 바라보았다. "할머니, 건강하시기를 바랍니다." 그의 방송용 목소리가 너무 커서 마치 어디선가 배운 기법을 사용하고 있는 것 같았다. "할머니, 저와 우리 취재팀이 중국에 도착한 이후로, 막내아들인 문철이를 기다리고 있었습니다. 그는 모든 졸업행사에 참여하고 싶어 했습니다. 지금 상황에서 졸업은 그리 중요하지 않습니다. 우리는 애란 엄마보고 문철이에게 전갈을 보내 아버지가 편찮으시니 빨리 돌아오라 하라고 일렀었죠. 하지만 애란 엄마는 전갈을 보내지 않았습니다. 망설이고 있었던 거지요. 오로지 당신의 아들 이용운 씨와 아이를 등에 업은 애란이만이 안전한 장소로 왔습니다. 애란이는 남편으로부터 도망 왔어요. 남편은 애란이를 학대했어요. 아내를 때리고 물건을 닥치는 대로 던져서 팔이 멍과 상처투성이였어요." 팀장은 잠시 멈추어 우리로 하여금 애란이 겪은 고초를 상상할 수 있게 했다. 그러고는 너덜너덜한 편지 몇 통을 꺼냈다. 그는 짧고 투박한 손으로 각별히 조심하며 편지를 열어 두 통의 편지를 읽어 주었다. 그 편지들은 애란과 용운 삼촌이 숙모에게 쓴 편지로, 나머지 가족이 빠져나오기를 기다리며 창바이에서 쓴 내용이었다.

어머니 보세요,

왜 강으로 나오지 않으셨나요? 문철이는 돌아왔나요? 어머니, 이번 탈출계획이 외부에 알려지게 되면 우리는 죽은 목숨이나 마찬가지예요. 계속 비밀로 지키기도 이젠 어려워졌어요. 이제는 이 일에 너무 깊숙이

아들이 있는 풍경

들어왔기 때문에 남은 길은 하나뿐이에요. 우리 가족이 살려면 무슨 일이 있어도 강을 건너야 해요. 가족이 오늘 강을 건너지 않으면, 가이드들은 내일 이곳을 떠날 거예요. 나도 혼자서는 떠날 수가 없어요. 가지 않겠어요. 이곳의 안전은 보장되어 있어요. 고모부와 할머니가 이곳에 와 계세요. 그분들이 우리와 함께 움직이며 돌봐 줄 거예요. 할머니는 우리 가족 모두를 남한으로 탈출시킬 계획이세요.

이제 돌이킬 수 없게 됐어요. 아버지가 이미 강을 두 번이나 건넜다는 자체가 용서될 수 없다는 거 잘 아시잖아요. 쌀과 옷을 받은 것도 마찬가지고요. 구호물품을 받지 말았어야 하는 것이며, 강가에서 혜리와 고모부를 만나지도 말았어야 하는 거예요.

모든 일에는 때가 있는 것처럼, 이 일이 지연되면 최악의 상황으로 가게 돼요. 어머니, 저는 그곳에서 동물처럼 사느니 차라리 이곳에서 독약을 마시고 목숨을 끊겠어요. 죽는 게 더 편할지도 몰라요.

어머니, 빨리 결정하셔야 돼요. 오신다면 아이를 여기 남겨 놓고 내가 모시러 갈게요. 이웃에게는 빚을 받으러 강서로 간다고 말해 두세요. 학철이와 함께 간다고 하고, 미란이는 아버지의 고혈압 때문에 따로 아버지와 머무르고 있다고 말해 두세요. 미란이 친구들에게는 미란이 엄마와 강서에 간다고 말하세요. 미란이 직장에는 며칠 휴가를 얻으세요.

어머니께서 남기로 결정하셔도 저는 어머니 곁으로 돌아갈 수 없습니다. 저에게는 돌아갈 곳이 없어요. 더 살아갈 이유도 없고요.

장마가 시작되면 모든 것이 끝장나요. 겁주려는 것이 아니라 진실을 말씀드리는 거예요.

애란 올림

여보,

어제 무슨 일이 있었던 거요? 우리는 이미 밖에 노출됐기 때문에 우왕좌왕할 시간이 없소. 재빨리 움직여야만 하오. 문철이가 만에 하나 못 오더라도 애란이가 하라는 대로 오늘밤 움직여야 하오.

필요한 서류들과 졸업장과 사진을 챙겨 오시오. 그 외에는 필요한 것이 없소. 시간이 없다는 것을 명심해야 하오.

할머니의 표정을 해석하기가 힘들었다. 절망과 웃음이 섞인 묘한 표정이었다.

"애란이는 돌아갔고, 이용운 씨는 애란이가 가족들을 설득하여 다 같이 강을 건너기를 기다리며 남아 있습니다. 매일 1시에 애란이가 애를 업고 강가에 나와 내일이면 문철이가 돌아온다고 신호를 줬습니다. 그렇게 며칠을 보냈어요. 그렇게라도 우리를 붙잡아 두고 싶었겠지만, 솔직했으면 더 좋았을 걸 그랬어요. 드디어 6일째 되는 날 아침, 문철이가 혜산에 도착했어요. 다음 날 1시에 문철, 학철, 애란이 다 강가에 나타나 그날 밤에 이동할 준비가 됐다고 신호했어요. 그래서 저녁 6시에 강가에 나와 지시사항을 듣기로 약속했죠. 6시에 가이드 쪽 사람이 지시사항을 전하려고 헤엄쳐 갔는데, 대신에 이 편지 두 장을 전해 받았대요. 하나는 가이드 앞으로, 다른 하나는 이용운 씨 앞으로 돼 있어요."

아직도 축축하게 젖어 있는 편지가 보였다. 팀장이 조심스럽게 편지를 펼쳐 읽기 시작했다.

가이드 선생님께,

우리 때문에 고생이 많으십니다. 어떻게 감사를 드려야 할지 모르겠습니다. 실망스러운 소식을 전하게 되어 마음이 무겁습니다. 어머니께서도 떠나기로 다 동의했었는데, 이모가 3일에 해대에서 도착하자 마음을 바꾸셨습니다. 우리의 사정을 알게 된 이모는 소리를 지르며 난리를 피웠습니다. 고발하겠다고 위협했지만, 어떻게 가까스로 이모를 진정시켰습니다. 한 달간 이곳에서 지내면서 우리를 감시하겠다고 합니다. 지금 떠나면 너무 위험해 실패할 게 뻔합니다. 광복절 전에는 강가에도 갈수 없을 것 같습니다.

너무나도 죄송합니다. 우리가 시간을 끄는 바람에 일이 지연되고, 손실 또한 크다는 것을 잘 압니다. 지금은 죽고 사는 것이 크게 문제 되지 않습니다만, 현재 상황에서는 어쩔 수 없이 처음의 계획을 버려야 할 것 같습니다. 우리로 인하여 생긴 문제 때문에 매우 맘고생을 하셨을 줄로 압니다. 할머니 기대에 부응하지 못해 가장 죄송합니다. 저희를 기다리는 가족에게도 설명을 부탁드립니다.

다시 한 번 우리를 도와주신다면, 이제는 경험을 해 봤기 때문에 그때는 잘할 자신이 있습니다. 실패는 성공의 어머니라 하지요. 할머니를 생각해서 끝까지 우리를 도와주세요. 끝까지 우리를 지켜봐 주세요.

1997년 8월 6일

애란 올림

아버지 보세요.

건강은 괜찮으신지요?

우리의 계획은 좌절됐어요. 지금 상황에서는 떠날 수가 없게 됐어요.

이모를 오지 못하게 했어야 하는 건데, 지금은 상황이 나빠요. 이후에 벌어질 문제들을 고려해야 돼요. 살벌한 조사가 있을지도 몰라요. 이모가 도착한 이후로 우리 집은 초상집이 됐어요. 게다가 집을 팔아서 지낼 곳도 없어요. 이모가 친척이라고 너무 믿은 것이 잘못이었어요. 엄마가 바보처럼 너무 순진했던 거죠. 생사가 달린 일에는 누구와도 타협해서는 안 된다는 것을 간과한 거죠.

가이드가 한 번만 기회를 더 주면 좋겠어요. 할머니와 고모부를 생각해서라도 우리를 한번 이해하고 끝까지 도와 달라고 부탁해 보세요. 우리에게 어떤 일이 일어날지 모르겠어요. 미래가 암울하고 숨이 막혀요.

이곳을 떠나는 것이 우리 운명이 아니었는지도 모르죠. 아버지께서 돌아오시면 우리의 운명을 결정하지요. 며칠 전에 돈을 탈탈 털어 쥐약을 구입하여 모두 주머니에 지니고 다녀요. 어쩔 수 없는 상황이 오면 죽을 각오를 하고 있어요. 어차피 한 번은 죽는 거라 생각해요.

애란 올림

팀장은 마지막 편지봉투를 열었다. "이것은 이용운 씨가 처형에게 쓴 편지인데, 보내지 않는 것이 좋겠다고 결정했어요."

처형 보세요.

내가 사상이 나쁘다거나 조국을 배신하려는 게 아닙니다. 나는 단지 어머니 평생의 소원을 들어드리고 싶은 것입니다. 어머니를 기쁘게 하는 게 죄가 된다고 생각지는 않습니다.

애란이에게서 들었겠지만, 상황을 다시 설명하겠습니다. 나와 집사람과 아이들과 손주들은 이제 그곳에서 살 수 없습니다. 내 사진이 편지와 함께 태평양을 건너 어머니에게 보내졌고, 어머니의 손녀가 내 사진과 함께 우리의 얘기를 책에서 언급했어요. 내 이름과 아이들의 이름과 직장이 다 공개되고 세상에 알려졌어요. 따라서 우리가 잡히는 건, 그게 오늘이건 내일이건 단지 시간문제입니다.

처형, 제발 우리의 상황을 이해하고 옳게 행동해 주세요. 시간이 급하니, 우리 가족이 오늘 저녁에 움직일 수 있게 허락해 주세요. 한 명도 떨어져서는 안 됩니다. 나는 다시 강을 건너지 않겠습니다. 돌아가느니 차라리 어머니 앞에서 죽겠습니다.

이용운 보냄

"이 편지를 쓴 다음에 아드님은 다시 돌아가기로 했습니다. 그가 돌아가지 않으면, 이모가 으름장 놓듯이 가족을 고발할까 봐 두려웠기 때문입니다." 팀장이 결론적으로 말했다.

할머니가 한숨을 지으셨다. 긴 슬픔의 한숨이었다. 팀장도 말없이 편지들을 봉투에 다시 담으며 시간을 끌었다. 정리를 끝내고는 편지를 긴 봉투에 담아, 졸업장이라도 되는 것처럼 무릎 위에 올려놓았다. 그러고는 다시 분주히 움직이기 시작했다. 이번에는 가지고 왔던 더플백에서 비디오테이프 네 통을 꺼내 침대 위에 가지런히 놓았다. 라벨 표시대로 하나를 골라 캠코더에 끼우고 재생을 눌렀다. 나와 할머니는 더 잘 보려고 몸을 앞으로 내밀었다.

"저게 애란이입니다." 팀장이 손으로 가리켰다.

중년의 여인이 챙이 좁은 모자를 쓰고 발을 씻는 척하며 강가에 앉아 있었다. 아이가 검은 포대기에 싸여 등에 업혀 있었다. 2인치짜리 소형화면인 데다 자주색과 파란색의 그림자가 생겨 형체를 알아보기가 여간 힘들지 않았다. 잠시 후 카메라는 마른 체구의 젊은이가 애란 쪽으로 헤엄쳐 오는 장면을 잡았다. 그가 허벅지 깊이의 물에서 일어섰을 때, 누군지 금방 알 수 있었다. 창바이에서 짬뽕과 그의 아내와 함께 거리를 걷다 놀라서 마주쳤던, 가이드의 조력자인 조선족 동생이었다. 그가 애란에게 말을 걸자, 보초병이 총대를 휘두르며 그들에게 소리치는 것이 보였다.

"저기 총 보이시죠, 할머니. 애란이가 꽤 느긋하게 행동하는 게 배짱이 있어요. 나중에 저 보초병에게는 아이스크림과 맥주를 사 줬어요. 저것은 애란이가 가이드 쪽 사람에게 편지를 건네는 장면이에요."

"누가 이걸 찍었죠?" 할머니가 의심스러운 목소리로 물었다.

"제가 두 명의 촬영기사를 데려왔어요. 그들은 아직 창바이에 있어요. 이 일이 끝나면, 할머니께서 맛있는 식사 한번 사 주셔야 돼요."

"저 여자애는 누구죠?" 할머니는 팀장의 농담에 대꾸도 않고 물으셨다.

화면 저편에는 아홉이나 열 살쯤 돼 보이는 여자아이의 모습이 클로즈업됐다. 얼굴에는 검뎅이가 여기저기 묻어 있고, 먼지 낀 머리는 헝클어진 데다 밤송이처럼 뻗쳐 있다. 부스럼과 상처가 온 팔다리를 감싸고 있었다. 보나마나 버려진 아이였다. 북한의 상황이 너무 나빠 부모가 아이들을 버리고, 심지어는 아기들을 내다 버리기도 한다고 했다. 수천 명에 이르는 이런 아이들이 혜산의 기차역 주변을 배회하고 있고, 압록강 주변의 다른 도시도 마찬가지 상황이었다.

"이 아이는 오랫동안 먹지 못했었습니다. 그래서 우리가 먹을 것과 옷을 주고 하룻밤을 재워 줬는데, 다음 날 어린애들을 잔뜩 데리고 와서 또 구걸을 하더라고요. 북한에서는 사람도 먹는다는 흉흉한 소문이 있어요." 팀장은 이 말과 함께 테이프를 빨리 돌려 우리가 기다리던 장면으로 넘어갔다.

할머니가 화면 가까이로 가시더니 더 잘 보려고 실눈을 뜨셨다. 고개를 이리저리 돌리다가 드디어 한마디 하셨다. "저기 있다. 내가 생각했던 것보다 좋아 보인다." 할머니 얼굴에 생기가 돌았다.

화면의 남자는 전혀 좋아 보이지 않았다. 희끗희끗하게 수염기 있는 수척한 얼굴은 주름투성이였으며, 무언가 조화가 맞지 않았다. 그의 작고 어두운 눈과 동떨어진 느낌으로 입이 움직이고 있었다.

"여기 이 나이 든 남자를 보시면, 아들이 맞다고 생각되십니까?" 팀장이 물었다.

"물론이지요. 내가 아들도 못 알아볼까 봐서?" 할머니가 신경질적으로 대답했다.

"그 오랜 세월이 흘렀는데도 아들을 알아보시는 게 놀라워서 그래요."

"모습이 남아 있어요."

"아드님은 두 분이 헤어진 이후에 일어난 일을 자세히 기억하고 있어요. 할머니를 마지막으로 뵌 것이 1950년 크리스마스 전날이라고 기억해요. 그러고는 해주까지 갔다고 해요."

"맞아요. 해주에서 북한군에 잡혔어요. 용운이 아버지가 피난 떠난 다음 날, 용운이는 교회 친구들과 함께 떠났어요. 내가 옷가지와 음식을 싸 주었죠. 아이들이 해주와 신막 갈림길에서 신막이 위험하니 해주로 가라고 알려 준 늙은 농부를 만났대요. 나도 그 농부를 봤기 때문에 알아요. 그는 커다란 밀짚모자를 쓰고 등에는 지게를 지고 있었어요. 그는 해주로 가면 인천으로 가는 보트를 탈 수 있다고, 신막으로 가면 빨갱이들한테 잡힌다고 했어요. 나는 너무 지쳐서 어찌할

바를 몰랐어요. 나와 아이들은 거의 몇 주 동안 먹지 못하고 잠도 못
잔 채 눈 속을 걸었었죠. 머리 위에서는 비행기의 폭격이 그칠 줄 몰
랐죠. 덕화가 사람들 속에서 용운이 친구 한 명을 알아봤어요. 그는
친구들과 막 헤어져 혼자 남았다고 했어요. 내가 서 있던 바로 그 장
소에 용운이가 방금 전에 있었던 거죠. 애들에게 말했죠. '얘들아, 우
리 빨리 서둘러 가서 해주에서 용운이를 만나자.' 그런데 이상한 일이
지, '해주'라는 말만 들어도 건일이가 발작을 일으키는 거죠. 신막으
로 가겠다고 고래고래 소리를 질러 댔어요. 내가 뚱딴지 같은 소리 그
만하라고 달랬죠. 어린아이가 뭘 알겠어요. 하지만 내 말을 들으려 하
지 않았어요. 신막을 외쳐 대다가 결국 기절했어요. 도대체 뭐가 문젠
지 알 수가 없었죠. 팔다리를 주무르고 마사지를 해 보아도 별 소용
이 없었죠. 건일이가 일어나지 않자, 용운이 친구가 업고 가겠다고 했
어요. 하지만 그때 즈음에는 나도 너무 지쳐서 포기하고 집으로 돌아
가고픈 심정이었어요. 용운이에게 안전할 때 집으로 돌아오라고 전해
달라고 친구에게 부탁하고 그를 보냈죠. 그러고는 떨어진 문짝에다
건일이를 싣고 아이들과 질질 끌면서 신막으로 갔죠. 신막에 가 보니,
길 잃은 개 몇 마리를 빼고는 완전히 텅 빈 마을이었어요. 가장 말끔
한 집을 하나 골라 들어갔죠. 쌀과 김치를 뒤져 근사한 식사를 준비했
죠. 우리 모두 김이 모락모락 나는 쌀밥을 한 공기씩 먹었어요. 아이
들이 너무 오래 굶어서 처음에는 밥을 넘길 수가 없었어요. 밥을 먹지
않으면 혼낸다고 엄포를 놓았더니, 겨우 밥을 먹기 시작했어요. 빨갱
이들에게 쫓기는 상황이었지만, 아이들 배 속에 음식이 들어간 것이
뿌듯해서 그날 밤만큼은 편하게 잤어요. 빨갱이들은 오지 않았어요.
나중에 안 일이지만, 빨갱이들은 신막이 아니라 해주를 습격했대요.

아들이 있는 풍경

용운이는 해주에서 우리를 기다리고 있었는데, 어느 날 밤 징과 꽹과리 소리에 모두 잠이 깼대요. 그러고는 트럭에 실려 어디론가 끌려갔대요. 우리 용운이를 끌고 간 거예요." 할머니는 삼촌의 이름을 말하면서 목이 메었다.

"제가 들은 얘기는 조금 다릅니다. 이용운 씨는 걸어서 평양까지 갔다고 합니다." 팀장이 말했다.

할머니는 기억하시는 바를 고수하셨다. "아니에요. 용운이는 해주에서 빨갱이에게 잡혔어요. 그 늙은 농부는 빨갱이 앞잡이였어요."

팀장이 주머니에서 낡은 메모장을 꺼내 들었다. "이용운 씨와 인터뷰한 내용을 메모해 둔 노트입니다. 평양에 간 다음 이용운 씨는 1951년에 친구와 YMCA와 반공산주의 청년당을 조직했다고 합니다. 이듬해인 1952년에 반동분자로 잡혀 17년의 감옥 형을 받았습니다. 나이에 비해 어려 보였기 때문에, 나이를 속이고 소년교화소로 보내졌습니다. 그곳에서 모범수로 인정되어 몇 년 후에 나올 수 있었습니다. 출소해서는 2년 동안 평양 주변을 정처 없이 떠돌아다니다가 군에 징집되어 갔습니다. 군 복무를 끝내고 1963년에 결혼하여 평양에서 광부용 기기를 만드는 공장에서 일했습니다. 조선선수단협회 운영감독 일도 했습니다. 그러다가 1974년 9월에 가족등록을 하는 과정에서 부모님의 과거사가 드러났습니다. 부모님이 부유한 지주에다 기독교인이었다는 사실이 발각돼 아드님은 최하위 계급으로 분류됐습니다. 아드님은 결국 반동으로 낙인찍혀 양강도 산악지역의 노동 수용소로 추방되었습니다. 그곳은 정치범 수용소로, '죽음의 땅'으로 알려진 곳입니다. 5년 후인 1979년에 출소한 뒤, 아드님과 모든 가족은 평양에서 추방당해 혜산으로 재배치됩니다. 아시다시피 혜산은 배수시설이나 병원, 교통, 식량 등이 없는 열악한 곳입니다. 이용운 씨도 과거를 숨긴 것으로 인해 아내와 많이 다투었다고 합니다. 그의 아내는 경찰 때문에 친정어머니와 작별인사도 제대로 못하고 혜산으로 떠나온 것이 마음에 걸려 아직도 남편을 원망한답니다. 혜산에서는 아이들을 다 먹일 수 없을 것 같아 막내아들을 친정에 남기게 해 달라고 경찰에 요청했지만 잘 안됐나 봐요." 팀장은 자신의 이야기를 극적으로 만들기 위해 잠시 멈추고 창밖을 바라보았다. "아드님은 힘든 삶을 잘도 참고 견뎌 왔습니다. 하지만 지금은 늙고, 어머니의 소식까지 들은 마당에 탈출계획도 무너지고 하여 술을 많이 마십니다."

"그만하세요. 나는 아들이 벌써 여기에 다 와 있는 줄로만 알았었습니다." 이번에는 할머니의 목소리가 담담했고 충격을 받으신 것 같았다.

"그래요, 왜 더 잘 계획하지 못했나요?" 아버지가 가이드에게 물었다. 순간 가이드의 얼굴근육이 긴장했다가 이완됐다.

"이 선생님, 그건 제 생각이었습니다." 가이드가 고백했다. "두 가지의 목적이 있었습니다. 먼저 북쪽 가족의 안전을 고려했습니다. 둘째로 60분짜리 다큐멘터리를 만드는 작업도 고려해야 했습니다. 세 분의 가족이 북의 가족을 기다리는 편이 더 효과적이지요. 그쪽 가족이 세 분을 기다리는 것은 효과가 떨어지는 구성이죠. 시청자가 당시의 상황을 생생하게 느끼기를 바랐던 거죠. 구성적으로는 이게 맞을 겁니다. 그러니까 지금의 불편함을 조금만 참고 기다려 주십시오. 지금 양측 모두 어려운 상황에 있습니다. 그리고 이용운 씨에게는 두 명의 남동생이 있는 것으로 아는데요. 여기 우리 일에는 생사가 달려 있지요. 그런데 왜 그 형제가 아니라 사위와 손녀가 여기에 와 있는 거죠? 그것도 참 이상합니다." 우리 가족 상황의 민감한 부분을 건드리며 가이드가 말했다.

"그게 상황이 좀 복잡합니다." 아버지가 의자에서 자리를 바꿔 앉으며 대답했다. 그는 재빨리 화제를 돌렸다. "이 일이 끝나려면 얼마나 더 걸릴까요?"

가이드가 수염 난 턱을 만지작거리며 앞으로 나섰다. 말하기 전에 혹시 도청당하는 것은 아닌지 주의를 기울였다. "한 사나흘 정도를 생각하고는 있지만, 이런 일에는 무슨 일이 일어날지 아무도 장담할수 없어요." 가이드가 나지막하게 대답했다.

나는 이야기에 집중할 수가 없었다. 내 생각이 이야기보다는 가이드의 손에 가 있었다. 그의 손이 강인하면서도 섬세해 보인다고 생각했다. 햇볕에 그을린 황금빛 피부가 균형 잡힌 뼈대 위에 펼쳐 있었다. 다롄에서는 왜 이런 것을 잘 못 봤을까? 저 손은 어떤 느낌일까 궁금해졌다.

"가족 중에 한 분이 창바이에 가실 수 있다면 도움이 되겠습니다. 친척 분들에게도 용기가 되겠고, 진행이 빨라질 수도 있습니다." 가이드의 말이 귀에 쏙 들어왔다. 눈을 든 순간, 잠시 눈이 마주쳤다. 그는 애써 태연한 척 눈을 돌리며 말을 이었다. "할머니께서 가시는 것도 좋지만 여행이 할머니께 고될 수도 있으니, 이 선생님, 가실 수 있겠습니까?"

가이드가 아버지를 지목한 것에 놀랐다. 나를 마음에 두고 있었던 것이 분명한데, 마지막 순간에 생각을 바꾼 것이었다. "내가 가겠어요." 내가 크고 분명한 목소리로 말했다. 모두가 고개를 돌려 다들 내가 이상한 짓이라도 한 것처럼 쳐다보았다. 곧 부끄러운 생각이 들었지만 손을 옆에 내리고 꼿꼿이 서 있었다. "내가 더 젊으니까 여행이 덜 힘들 겁니다." 나의 설명이었다.

"안 돼요, 위험해요." 아버지가 즉시 반대했다.

내가 원했던 대답은 아니었다. 부모 입장을 내세워 과보호적일 필요는 없었다. 그보다는 차라리 아버지가 나를 지지해 주기를 바랐다. "벌써 두 번이나 가 본 곳이에요." 내가 충분히 할 수 있다는 것을 모두가 알아주기를 바랐다.

"너는 그냥 여기 있는 게 좋겠다. 너는 여자야." 아버지는 강경했다.

여자라니. 반항의 표시로 남자들처럼 오른쪽 다리를 번쩍 들어 발목을 무릎 위에 걸쳐 앉으면서 말했다. "그게 무슨 상관이에요?"

"잘 들어라. 너는 방해만 될 거야. 이건 남자들의 일이야."

기가 막혀 힘이 쭉 빠지면서 마음의 상처도 컸다. 아버지는 나에게 그런 식으로 말한 적이 없었다. 내가 어릴 때부터 어떤 남자 못지않게 훌륭하고 똑똑하며 원하는 것은 무엇이든지 다 이룰 수 있다고 귀가 닳도록 말했었다. 그 자리에서 아버지의 구속에서 벗어나겠다고 목청 높여 선언하고 싶었지만 자제했다. 아버지의 위신을 세워 주기로 했다. 딸이 이런 상황에서 화를 내는 것은 아버지를 수치스럽게 하는 것이다. 이곳에서 여자와 딸들은 특히 더 이런 규율들에 구속된다. 참 불공평했다. 수백 년 전에 이런 식으로 남자와 여자 간의 적절한 역할을 제멋대로 규율화한 공자라는 사람에게 화가 났다. 그는 남자에게만 모든 권력과 특권과 혜택을 부여했다.

팀장과 촬영기사는 정중히 인사하고 긴장된 자리를 피해 나갔다. 가이드는 아버지와 확인할 것이 있어 잠시 더 머물렀다. "무슨 일이 있어도 일을 돕는 사람들의 신분은 보호해 줘야 합니다. SBS가 다큐멘터리에서 우리의 이름을 언급하지 않을 것이며, 이 프로젝트가 완

아들이 있는 풍경

전히 끝날 때까지 아무것도 방송하지 않는다는 것을 보장해야 해요.”

“물론입니다.” 아버지가 고개 숙여 인사하며 재차 안심시켰다.

모두가 방을 떠난 후에, 할머니가 침대에 앉아 나를 관찰하셨다. 평소처럼 내가 마음이 편치 않은 것을 금세 눈치채셨다. 가이드를 따라가고 싶은 마음에 발이 근질근질했다. “뭐가 문제니?” 할머니가 눈썹을 올리며 물으셨다.

“아무것도 아니에요.” 어색하게 미소를 지으며 대답했다. 미소가 효과를 보았는지, 더 이상 묻지 않고 과도로 사과를 깎기 시작했다. 그때 마침 침묵을 깨는 전화가 울려 반갑게 받았다. 가이드였다. 팀장이 내가 찍었던 영상물을 아침에 보자고 했다고 전했다. “팀장이 내가 찍은 영상물을 보겠다고요? 지금요? 좋아요. 지금 가지고 올라갈게요.” 과장된 목소리로 떠들어 뭔가 중요한 일이 의논되는 것처럼 들리게 했다.

“지금은 너무 늦어서 안 되고, 내일 가져와요.” 가이드가 재차 말했다.

“알았어요, 곧 갈게요.” 내 얘기를 끝내고 일방적으로 전화를 끊었다. 테이프 통을 이것저것 잡히는 대로 집어 옷 주머니에 쑤셔 넣었다.

“아버지랑 같이 가거라. 아가씨가 남자들 방에 혼자 가면 못쓰는 법이야.” 할머니가 엄하게 한마디 하셨다.

“금방 올라갔다 올게요.” 건성으로 대답하며 방을 빠져나왔다. 엘리베이터 안에서 거울에 비친 얼굴과 머리를 매만졌다.

노크하기 전에 문 앞에 서서, 눈을 감고 한 손을 배에 얹고 두근대는 가슴을 진정시켜야 했다. 그 정신없는 와중에 약간의 두려움도 섞여 있다는 것에 놀랐다. 내가 무엇을 하려는 건지 스스로에게 물었다. 호기심에서인가, 고마움인가, 아니면 반항심인가? 꼭 이렇게 왔어야만 하나? 이성을 찾았다면 내 방으로 돌아갔어야 했다. 하지만 이성이고 뭐고 없었다. 방문을 노크했다.

촬영기사가 문을 열어 주었다. 담배연기 자욱한 남자들의 굴 안에 들어서서 그들의 따가운 시선을 받자, 다리가 후들거렸다. 작은 테이블 옆에 가이드가 책상다리를 하고 앉아 있는 것이 보였다. 그 작은 테이블은 침대 사이에 놓여 있던 것을 옮겨 임시 미니바로 만든 것이었다. 마개가 열린 조니워커 위스키 병과 맥주 캔들이 그 위에 널려 있었다. 팀장은 양팔을 머리 뒤에 받치고 침대에 느긋하게 기대 있었다.

"여기 왜 왔어요?" 가이드가 이미 익숙한 거만한 어조로 물었다.

내 쪽에서도 그 못지않게 거만한 태도로 대답했으나, 입이 바짝 말랐다. "창바이에 누구를 데리고 가야 한다면, 내가 가야 해요."

가이드가 어떻게 나올지 몰라 숨을 죽이고 기다렸다. 그의 입가에 미소가 살짝 스치더니, 위스키 잔을 들어 올렸다. "어떤 면에서는 꽤 예측 가능하군요."

그제야 안도의 숨을 내쉬었다. "내 생각이 옳다는 걸 다 알 거예요. 내가 더 젊고, 빠르고, 게다가 내 책이 있잖아요."

"혜리 씨가 간다면, 내 다큐멘터리를 위해서는 좋은 일이에요. 우리는 할머니와 손녀가 함께 등장하는 것으로 시작해서, 손녀가 이야기를 이끌어 가게 하면 좋겠어요. 아버지께서 결정하시기에 달린 거죠." 팀장이 자신들의 잔을 다시 채우고, 나에게는 미니 냉장고에서 꺼낸 음료수를 권하며 말했다.

"나도 저거 마시고 싶은데요." 내가 위스키 병을 가리켰다. 위스키를 특별히 좋아하거나 원했던 것은 아니지만, 뭔가 증명하고 싶었다.

팀장은 콜라병을 천천히 거두고 나를 별나다는 듯이 쳐다봤다. 안경을 벗은 그의 눈은 더 개구리 같았다. "아버지가 아셔도 괜찮겠어요?"

　　　　아들이 있는 풍경

호기심 어린 그의 눈을 쏘아보는 것으로 답했다. 그와 그 방에 다른 남자들에게 천천히 분명하게 말했다. 10년 넘게 일을 하면서 독립적으로 살아왔다고. 혼자 힘으로 지냈을 뿐만 아니라 아주 잘해 왔다고 말했다.

그러고는 내가 스스로 나섰다. 위스키를 천천히 한 잔 가득 따라 의자를 찾아 앉았다. 잔을 들어 '건배'를 외치고, 단숨에 비웠다. 눈에 눈물이 왈칵 고였고, 얼굴이 찌푸려졌다. 소독용 알코올을 통째로 마신 기분이었지만, 기침은 겨우 참을 수 있었다.

남자들은 연신 담배를 피우며 내 모습을 지켜봤다. 팀장이 맥아더 장군의 귀신이 들리면 별 무지막지한 짓을 다한다는 알 수 없는 무당 얘기를 중얼거렸다.

"맥아더 장군이 아직도 한국에 있다는 말이에요? 그 사람 한국을 되게 좋아하네요." 촬영기사가 거들면서 남자들이 크게 한바탕 웃었다.

나도 따라 웃었지만, 이야기의 본질은 놓치고 말았다. 나는 팀장과 촬영기사가 언제 자리를 뜰 것인가에 더 신경 쓰고 있었다. 내 생각을 읽기라도 한 것처럼 가이드가 팀장에게 짧게 몇 마디 했다. 팀장이 나를 흘끗 보더니 잔에 있던 위스키를 마저 마시고, 입가심으로 맥주도 들이켰다. 술을 비우고는 팀장이 동료와 서둘러 방을 나갔다.

결국 가이드와 단 둘이 방에 남겨졌다. 긴장되면서도 신이 났고, 역겨우면서도 놀라왔다. 여러 감정들이 몽롱하게 섞여 있었다. 이 안에서 벌어질 수 있는 일들을 상상해 봤다. 웃음이 새어 나왔다. 뭐라도 해야 할 것 같아서, 술을 마시려고 일어났다. 위스키 말고 다른 것을 찾아 미니 냉장고를 뒤졌다. 콜라, 스프라이트, 과일향의 탄산수, 작은 병의 중국술들이 있었다. '왕조'와 '만리장성'이라 이름 붙여진 중국술 중에 '만리장성'을 꺼내 들었다. 이름이 마음에 들어 고른 것인데, 꽤 달달해서 입맛을 다시게 했다.

"이곳에서는 혜리 씨의 역할이 중요하네요. 할머니는 몸이 약하시고, 당신의 아버지와는 신경전이 있어요. 할머니를 위로해 드릴 수 있는 사람은 당신이에요." 가이드가 따뜻하게 미소 지으며 나를 바라보았다.

깊은 한숨이 나왔다. 가이드가 그런 눈으로 나를 보면, 달리 항변할 도리가 없었다.

"알다시피 상황이 복잡해요. 아홉 명이나 되는 다른 사람의 목숨을 걱정하고 있죠."

"아홉이 아니라, 일곱 명의 어른과 두 명의 아이죠." 농담조로 말했다.

"당신은 항상 생각하는 게 삐딱해요. 어쩌면 그게 더 혜리 씨다운 모습이겠죠." 그가 껄껄 웃었다.

나도 달콤한 술맛을 음미하며 같이 웃었다. "SBS팀이 촬영할 수 있게 허락했다는 얘기를 듣고 놀랐어요."

"저 팀장은 별로지만, 그의 작품을 본 적이 있는데, 일만큼은 훌륭해요. 그를 활용할 수 있을 거예요." 가이드가 소매를 걷으며 말했다. 그가 새 88담뱃갑의 포장을 뜯었다. 담배를 꺼내는데 팔목의 흉터로 눈이 갔다.

"병원에는 갔어요?" 상처를 가리키며 물었다. 상처를 거의 만질 뻔했다.

가이드가 자신의 상처를 내려다보며 깨물려 부푼 피부를 손가락으로 스쳤다. "의사가 흉터를 없애려면 수술을 해야 한대요."

"수술할 거예요?"

아들이 있는 풍경

"아니오, 안 하기로 했어요."

"왜요?"

"왜냐하면…… 당신에 관한 추억 때문이죠." 그가 굵은 목소리로 말할 때 심장이 멎는 줄 알았다. 순간 그의 품에 안기고 싶었다. 그게 진심이었다. 그도 내 마음을 알았는지, 놀라면서도 장난스러운 표정으로 나를 쳐다보았다. 그가 조용히 일어나 내 쪽으로 다가오는 시간도 길게 느껴졌다. 얼굴이 화끈거리고, 심장이 요동을 쳤다.

그가 내 앞에 우뚝 섰다.

나는 다음 순간을 기다리며 얌전히 앉아 있었다.

그때 전화벨 소리가 요란하게 울렸다. 가이드가 몸을 돌렸지만, 수화기를 곧장 들지 않았다. 그는 전화를 받을지 말지 망설이고 있었다. 벨이 몇 번 더 울리자, 하는 수 없이 수화기를 받아 들었다. "네?" 그의 음성이 곧 바뀌었다. "네, 잠깐만 기다리세요." 그가 수화기를 나에게 주었다.

속으로 욕을 하면서 전화를 받아 들었다.

"너 거기서 뭐하고 있냐? 지금 새벽 두 시야. 할머니가 무척 걱정하고 계셔!" 아버지가 귀가 따갑게 소리치셨다.

손목시계가 2시를 가리키고 있는 것이, 내가 이 방에 들어온 지 두 시간이나 지났다.

"지금 당장 네 방으로 돌아가라." 아버지가 명령했다.

졸리지는 않았고, 단지 기분 좋게 술 취한 이 순간을 더 즐기고 싶었는데, 결국 마음이 불안해지기 시작했다. 그래서 휘청거리는 다리로 문을 향했다. 문손잡이를 더듬어 찾는데, 두 손이 나를 벽으로 밀쳐 세웠다. 놀라 무언가 말하려는 순간 눈 깜짝할 사이에, 그가 거칠게 키스했다. 뜨겁고 날카로운 키스였고, 그에게서 담배와 위스키 냄새가 났다.

가이드가 내 손목을 꽉 잡아 옴짝달싹 못하게 하고, 다시 키스하려 했다. 나는 그에게서 몸을 빼내 뒷걸음질 쳐 문을 나왔다.

키스의 여파와 술기운으로 인해 비틀거리며 복도를 걸어갔다. 어둑한 호텔방에 돌아왔을 때 할머니의 발에 걸려 넘어질 뻔했다. 할머니는 어둠 속에서 침대 끝에 걸터앉아 나를 기다리고 있었다. "도대체 지금이 몇 시인지 아니?" 할머니가 불을 켜며 소리쳤다. "술을 마시고 있었어?" 할머니의 말이 귀를 따갑게 때렸다.

"쉬, 괜찮아요." 발음을 정확하게 하려고 애를 썼으나 내 귀에도 혀 꼬부라진 소리가 나왔다. 점심을 먹지 않고 마신 술이라 더 쉽게 취한 것 같았다. 바닥이 흔들려서 벽을 잡고 서 있다가 속이 안 좋아 화장실로 달려가 변기를 껴안고 앉았다. 잠시 후에 겨우 욕조로 기어가 물을 틀고 얼굴을 식혔다. 그제야 세면대를 꽉 잡고 겨우 일어설 수 있었다.

기진맥진해서 기다시피 하여 겨우 침대로 갔다. 눈을 감자 방이 또 한 번 흔들리며 빙빙 도는 것 같았다. 참아 보려고 매트리스를 꼭 잡았다. 그때 방문을 쾅쾅 두드리는 소리가 났다.

아버지가 문을 박차고 들어왔다.

"얘가 취했다네." 할머니가 말했다.

아버지가 아랫입술을 꽉 물고 충격과 혐오감이 뒤섞인 눈으로 나를 내려다봤다. "술을 마셨어?" 아버지는 나를 손가락으로 가리키며 끔찍한 죄라도 지은 죄인처럼 대했다.

아버지가 나를 이런 식으로 판단하시다니.

나도 화가 나서 벌떡 일어나 앉았다. 아버지에게 반박하려고 입을

아들이 있는 풍경

여는데 속이 메슥거려 한 발 물러나 침대에 기대앉았다.

"너는 집에 가라." 아버지가 팔을 휘두르며 화가 나서 말했다.

힘한 꼴은 다 봤다고 생각하던 참에 이번에는 가이드의 희미한 얼굴이 아버지 등 뒤로 나타났다. 이 기막히고 불리한 상황에서 자존심을 지켜보려고 어깨를 펴고 고개를 꼿꼿이 들고 있으려 애썼으나, 어깨가 자꾸 기울어졌다.

가이드와 방에 있는 모두가 사라졌으면 좋겠다고 생각하는데, 얼굴들이 점점 더 많아지더니 내 주위를 빙글빙글 돌기 시작했다.

XVI

반쯤 감긴 눈으로 눈동자를 움직여 봤다. 심한 두통이 머리를 때렸다. 이렇게 지독한 두통은 처음이었다. 살갗에 닿는 에어컨 바람도 고통스러울 지경이었다. 돌돌 뭉쳐진 요를 펴 얼굴을 덮으려고 하는데, 할머니가 이불을 걷어 냈다. 일어나라는 신호였다. 할머니는 벌써 세수를 마치고 옷도 갖춰 입으셨다. 고개도 가누지 못하고 팔꿈치에 의지하여 겨우 몸을 일으키고, 다리를 침대 밖으로 내밀었다. 발을 더듬어 바닥을 찾는 데에도 시간이 걸렸다. 젖 먹던 힘까지 다해 겨우 옷을 입고 방문을 나섰다. 숙취쯤은 거뜬히 감당할 수 있다고 보여 주고 싶었다.

조용한 구석 테이블에 앉아 있는 아버지와 동석해서 앉았다. 가이드와 팀장네는 아직도 자고 있는지 보이지 않았다. 음식이 와도 주저

아들이 있는 풍경

하자, 할머니가 토스트와 흐물흐물한 달걀을 접시에 올려 주셨다. 할머니가 버터 바른 토스트를 입에 무시면서 나를 노려보았다. 할머니의 틀니가 음식을 씹으면서 내는 소리가 귀에 거슬렸다.

아랫입술을 깨물며 고개를 돌렸다. 단지 할머니를 달래려고 전혀 내키지 않는 음식을 깔깔한 입에 넣고 억지로 씹어 대고 싶지 않았다. 내게 필요했던 것은 거대한 용처럼 내 머리를 감싸고 있는 숙취에 대한 해독제였다. 재스민 차로 아침을 대신했다. 달고 씁쓰름한 차의 향이 내 입에 남아 있는 매캐한 맛을 없애 주었다.

"과음하는 사람들은 도대체 믿을 수가 없어." 할머니가 경멸조로 선언하였다.

"그러면 좋은 사람들을 다 못 믿게 돼요." 아버지가 대꾸했다.

"그 사람이 딸에게 술을 먹였는데도 자네는 아무렇지도 않나? 그 사람 때문에 저 애가 술을 마시게 됐어."

"그건 가이드의 잘못이 아니죠. 혜리가 더 현명하게 처신했어야죠."

두 분 다 내 의중을 살피며 나를 보았다. 얼굴이 그렇게 욱신대지만 않았어도 모두를 향해 얼굴을 찡그렸을 것이다.

"그는 결혼도 하지 않았어." 할머니가 또 한마디 했다.

"그게 어때서요?" 아버지가 담담하게 응수했다.

갑자기 목이 메고, 입이 떡 벌어졌다. 가이드가 그 나이에 결혼하지 않은 것은 괜찮고, 내가 아직 결혼하지 않은 것은 흠이 된다는 아버지의 논리도 우습게 느껴졌다. 괜히 화가 치밀어 표정관리가 잘 안됐다.

"우리가 상의해야 하는 것은 장모님 아들 부부에게 사랑이 없다는 것입니다. 학철이네도 문제가 있어요. 병원에 입원한 후로 아내가 한 번도 찾아오지 않았고, 생일날에도 연락도 없었대요. 아들과 친정에

가 있다는 얘기가 있어요. 그래서 우리가 그들의 상황에 대해서 잘 몰랐던 거예요. 북의 가족에게 어떤 일들이 일어나고 있는 건지 잘 모르겠어요. 아이들도 그렇고 모두 결혼이 순탄치가 않아요. 모두를 탈출시키기로 한 초기의 계획을 수정해야할 것 같아요." 아버지가 말을 마치고 나를 보았다. "네 생각은 어떠니?"

코웃음이 나와서 손을 입에 가져갔다. 아홉 명의 운명을 결정하는 논의에서는 내 의견을 물으시면서, 내가 술 한잔 마신 것에는 그 난리를 치셨다. 테이블 위에 눈을 고정하고는, 내 감정을 추스르고 이야기에 집중하려고 노력했다. 잠시 후 정신을 차리고, 내가 아는 아홉 명에 대해서 방금 들은 정보를 곰곰이 생각해 보았다. 생각을 정리하는 동안, 붉고 노란 안개에 휩싸인 한 여인의 모습이 떠올랐다. 그녀의 야윈 얼굴을 자세히 볼 수는 없었지만, 얼굴에 검붉은 자국이 보였다. 핏자국이었다. 눈을 깜빡이며 끔찍한 환영을 떨쳐 보려 했지만, 집요하게 남아 있었다. 눈을 몇 번 더 깜빡인 후에야, 현실로 돌아올 수 있었다. 머리가 지끈거리는 두통이 다시 시작됐다. "학철이 아내는 남아야 할 것 같아요." 내가 무슨 말을 하는 건지 깨닫기도 전에 말이 나와 버렸다.

"뭐라고?" 아버지가 놀랐다.

"학철이 아내는 남고, 학철이 아들에 대해서는 학철이가 결정해야겠죠." 이 말을 마치 혀가 찢기는 것처럼 고통스럽고 조심스럽게 한마디씩 뱉었다.

얼굴에서 피가 흐르는 여인의 모습이 흐려지다가 시야에서 완전히 사라졌다.

"네 숙모는?" 아버지가 물었다.

아들이 있는 풍경

숙모를 어쩌란 말인가? "숙모는 오셔야죠. 자식들이 어머니를 남겨 두고 떠나지 않을 거예요." 내 어머니를 생각하며 자신 있게 말했다.

우리는 아침 식사를 마치고 방으로 돌아가 아직도 자고 있을 것으로 예상되는 가이드에게 전화를 했다. 아버지가 상의할 것이 있다고 했다. 어젯밤 바보짓을 한 것 같아 화장실로 숨고 싶은 심정이었다.

긴장되는 20여 분이 지나고 가이드가 문에 나타났다. 그는 여유를 보이며 느긋하게 걸어 들어왔다. 얼굴은 퉁퉁 붓고, 창백한 것이 몰골이 말이 아니었다.

가이드는 할머니로부터 멀리 떨어져 앉았다. 할머니의 눈빛과 입모양으로 심상치 않은 기운을 눈치챈 모양이었다. 램프 옆에 쭈뼛쭈뼛 서 있는 나에게는 눈길도 안 줬다. 나는 부끄러울 것이 하나도 없다는 표정으로 고개를 더 높이 쳐들었다.

"누가 나오게 될지를 다시 생각해 봐야 할 것 같아요." 아버지가 말을 꺼냈고, 가이드는 조용히 경청했다. 분명히 아버지의 말을 진지하게 생각하고 있었다. 그가 무슨 생각을 하는지 마음을 읽어 보려 했으나 무표정이었다. 아버지가 말을 마치자, 머리를 긁적이더니 심사숙고하는 표정으로 머리를 끄덕였다.

"내 목표는 모두를 데리고 나오는 것이지만, 지금 상황에서는 인원 수를 가늠하기가 쉽지 않아요. 애란이 어머니가 남기로 결정한다면, 언니를 잡아 두고 아이들이 도망할 시간을 벌 수 있을 거예요. 하지만 그렇게 되면 문철이도 남을지 몰라요. 그는 엄마와 매우 가까워요. 학철이 아내에 관한 것이라면, 애란이가 그녀에게 상황을 설명할 수 있을 거예요."

"안 돼요. 학철이 아내에게는 알리면 안 돼요. 가족을 고발할지도 몰라요." 할머니의 눈이 커졌다.

"애란이가 강을 건너기 바로 전, 적절한 때에 알게 할 거예요. 하지만 제가 말한 것처럼 제 목표는 모두를 데리고 나오는 겁니다."

가이드가 나갈 통로를 찾는 것처럼, 가슴을 두드리며 일어섰다. 그는 방을 둘러보는 척하며 내 쪽을 쳐다봤다. 그러면서 그 짧은 순간에 아무도 모르게 눈을 찡긋해 보였다. 하마터면 램프 쪽으로 넘어질 뻔했다.

그가 나가는 것을 지켜보면서 왠지 모르는 외로움이 밀려와, 너무도 따라가고 싶었다. 이런 감정을 갖다니 정신이 나갔다고 생각했다. 그는 예측불허에 모르는 구석이 많고, 거만하고 위험한 사람이었다. 그를 잊어야 한다고 다짐했다. 요즈음에 일어난 몇몇 사건만 제외하면 그래도 나는 이성적인 사람이니까.

그 주 일요일 아침 가이드와 팀장이 공항으로 떠난 후, 할머니가 몹시 화가 나셨는데, 아버지와 내가 교회에 데려다 주지 않았기 때문이었다. 안전하지 않기 때문이라고 설명했다. 가이드는 중국에 있는 조선족 교회를 경계하라고 주의를 줬었다. 이들 교회들은 북한의 간첩에게는 엄격한 감시의 대상이고, 공산주의 체제에 위협이 되는 자들을 감시하기 좋은 장소이기 때문이었다. 기독교는 공산주의 신념에 반하는 종교이다. 북한 사회에서 신적인 존재는 위대한 지도자 김일성뿐이었다.

"그 사람이 너희 둘 모두의 마음을 흐리게 만들어서, 그의 속셈이 뭔지 볼 수 없는 거야. 우리 마음에 공포를 불러일으켜서 우리가 모든 것을 두려워하고 그의 말만 듣게 하려는 거야. 비밀스러운 계획을 숨기고 우리를 고립시켜서, 우리를 북으로 납치할지도 몰라. 촬영기사가 우리가 하는 일을 모두 촬영하면서 졸졸 따라다니는 것 봤지?"

"말도 안 되는 얘기예요." 아버지가 코웃음 쳤다. 할머니의 상상력이 활기를 띨수록 아버지는 더 착잡해졌다. 아버지는 할머니의 공포를 어떤 식으로 감당해야 할지 몰랐고, 그들의 대화는 점점 꼬여만 갔다.

"이 사람들 모르게 우리를 보호해 줄 사람이 필요해." 할머니가 재촉하셨다.

"장모님, 지금 무슨 말씀하시는 거예요?"

"바보짓 좀 그만해." 할머니가 쏘아붙였다. "이건 모두 함정일 게야. 빨갱이들이 오늘 밤 우리를 잡으러 올지도 몰라. 나는 이미 살 만큼 살았으니까 상관없는데, 혜리를 보호해야 해. 빨리 행동해야 해."

"할머니랑 얘기해 봐야 소용이 없구나." 아버지는 폭발하여 일어나 싸늘하게 방을 나가셨다.

그날 동안 두 분을 떨어트려 놓는 것은 내 몫이었다. 할머니가 얼마나 공포에 떨고 계신지는 눈빛을 보고 알 수 있었다. 손을 뻗쳐 할머니의 긴장한 손목을 꼭 잡고 말했다. 모든 일이 잘 해결될 테니까 나만 믿으라고.

할머니는 반응하지 않았다. 그저 주위를 둘러보더니 신음하셨다. "어머나, 여기를 떠나지 못하게 되면 어쩌니? 혜리야, 지금 벌어지고 있는 일들을 똑바로 보고, 잘 행동해야 해." 내 팔을 잡고 간청하셨다. "어디 목사님한테 연락해라. 저 사람들은 믿을 수가 없고, 여기서 믿을 수 있는 사람은 목사님뿐이야." 할머니의 손이 내 손목을 꼭 죄면서 팔에 손톱이 파고들었다. 팔을 빼려 했지만, 할머니의 손이 다시 나의 팔을 거머쥐었다. "경호원이 필요해!" 할머니는 비명에 가깝게 소리를 질러댔다.

할머니가 너무 흥분했기 때문에, 할머니의 뜻대로 하겠다고 다짐하고서야 걷잡을 수 없이 심해지던 두려움을 가라앉힐 수 있었다. 할머니는 내가 아버지 방에 전화를 거는 것을 보고야 안도의 한숨을 쉬셨다.

"아버지, 할머니가 여기에 있는 조선족 교회를 찾아서 목사님께 경호원을 부탁하래요. 일단은 말씀대로 하겠다고 해야 할 것 같아요." 영어로 말했다.

"뭐라고?" 아직도 화가 안 풀린 목소리였다.

"그냥 시늉이라도 해요. 이따가 한 몇 시간이라도 호텔을 나갔다 와야 그래 보일 것 같아요."

"우리 일을 아무에게도 알려서는 안 돼. 할머니가 지금 제정신이시니?"

"아버지, 그냥 '시늉만' 하자니까요?"

대답이 없으셨다.

그제야 아버지가 내 영어를 다 이해하지 못했다는 생각이 들었다. 그때까지 아버지는 내가 하는 말을 다 이해한다고 당연하게 생각했었다. 다시 생각해 보니 놀랄 일도 아닐 뿐더러, 오히려 많은 것을 설명해 줬다. 숨을 한 번 크게 쉬고 목소리를 가다듬어 태연하게 행동하려고 노력했지만, 아버지에 대한 반감 때문에 쉽지가 않았다. 다시 설명을 시도했다. "아버지, '시늉'이라고 할 때는, '진짜인 척하자'는 거예요. 할머니가 도움을 청하라고 하니까, 그러는 척하자는 거죠. 이해하시죠? 할머니 기분을 맞추려고 그러는 거예요. 그러니까 나중에 할머니를 만나면, 내가 하는 대로 따라 주세요. 알았죠?"

드디어 내 말을 이해하셨다. "그래. 하지만 이건 옳지 않아. 가이드

아들이 있는 풍경

와 팀장은 우리를 열심히 도왔어. 지금 우리가 해야 할 일은 그들을 간첩으로 모는 대신에, 힘닿는 대로 도와야 하는 거지. 그래서 나도 부탁받은 대로 창바이에 갈 거야. 내일 떠나." 이렇게 얘기 말미에 아버지는 창바이에 간다는 소식을 덧붙였다.

이상하게도 나는 상황을 잘 받아들였다. 언짢기보다는 차라리 가이드로부터 해방되려면 이 편이 낫겠다 싶었다. "좋아요. 할머니와 남게 되는 것은 저니까, 내가 알아서 할게요. 괜찮겠죠?"

"네가 거짓말을 해야 한다면 어쩔 수 없지만, 나는 못하겠다."

"알았어요." 웃으며 전화를 끊었다.

할머니가 궁금해하셨다. "네 아버지가 화가 났니?"

눈을 피하며 아니라고 답했다. 아버지가 가이드와 팀장을 만나러 창바이로 떠난다는 얘기를 차마 할 수 없었다. 할머니를 더 이상 자극하지 않고, 평정심을 유지하게 할 수 있다면 어떤 거짓이라도 꾸며 낼 참이었다. 선양에 온 이후로 할머니의 심리가 점점 불안해져 걱정이었다.

"할머니, 내일이라도 서울로 돌아가고 싶으시면, 공항에 모셔다 드릴게요. 하지만 나와 아버지는 여기 있어야 해요. 지금이 바쁠 때라 좌석도 하나밖에 없어요." 할머니 손을 부여잡고 간곡히 말하면서도, 할머니가 어떤 답을 내놓을지 이미 알고 있었다.

"그럴 순 없어. 너와 함께 있어야 돼. 너를 내 눈에서 떼 놓을 수는 없어." 할머니의 음성은 진지했고, 평소의 모습으로 돌아온 느낌이었다.

볼에 조용히 뽀뽀해 드렸다. "비행기 표는 어떻게 하죠? 아버지 먼저 가시게 하고, 우리는 자리가 날 때까지 기다릴까요? 그 편이 표 구하기에 더 쉬울 거예요." 내가 들어도 그럴 듯하게 들렸다.

"우리와 같이 왔던 촬영기사는 어쩌고?"

머리를 굴렸다. 촬영기사는 압록강 변에서 촬영한 분량을 처리하기 위해 서울로 보내졌었다. 그 테이프들을 지니고 있는 것은 위험했다. 무언가 적당한 구실을 찾아야 했다. "그는 베이징에 다른 일이 있어 벌써 떠났어요."

모든 얘기를 받아들인 후에야 속으로 안도의 한숨을 짓고, 마음이 편해진 것 같았다. 하지만 그다음 날 저녁 어둠이 깔리자, 할머니의 공포 어린 목소리가 다시 방을 채웠다.

"네 아버지가 빨갱이들한테 잡혔나 보다. 아니면 어젯밤에 왜 안 돌아왔니? 아침에도 인사하러 오지도 않고. 전화라도 했을 텐데. 네 아버지는 책임감이 강해서 꼭 우리에게 연락을 했었을 거야. 잘 생각해 봐. 그들이 점점 가까이 다가오고 있어. 네 엄마를 생각해야지." 할머니는 수십 년 동안 쌓인 분노를 한꺼번에 내뿜는 것 같았다.

차분한 목소리로 삼촌의 모습을 담은 비디오테이프를 상기시켰고, 가이드는 우리를 위해 일하고 있음을 강조했다.

"가이드가 북으로 건너가서 찍어 놓고서, 중국에서 촬영한 것처럼 꾸미고 있는 거야. 북으로부터 돈을 받고 있을지도 몰라. 그래서 우리에게 아직 자기 몫의 돈을 요구하지 않은 거야. 우리를 넘기게 되면 받는 돈이 더 많을 거야. 나는 늙어서 별 볼일 없지만, 너는 젊고 예쁘니까 몸값이 비쌀 거야."

"예전에는 저 보고 늙었다면서요?" 농담으로 넘겨보려 했지만, 이미 나의 말을 듣고 있지 않았다.

"빨갱이들은 특히 중요한 사람들을 납치해. 그들은 김대중을 납치했었어. 그를 바다 쪽으로 끌고 가서 배에 실었는데, 수상한 낌새를 알아차린 남한의 안기부 헬리콥터가 따라붙었고, 빨갱이들이 그를

298 　　　　　아들이 있는 풍경

집 주변에 버리고 도망간 거야. 그들은 유명한 여배우도 납치했었어. 홍콩에서 영화를 찍는 것처럼 그녀를 속였지. 홍콩에 도착하자, 그녀의 입을 막고 끌고 갔어. 나중에는 김일성의 아들이 영화를 만든다며 영화감독인 남편마저 잡아갔어. 혜리야, 너는 작가니까 배우보다 더 많은 일을 할 수 있어. 여기에 계속 머무르는 것은 위험해. 어디로든 빨리 도망가야 해." 할머니의 생각은 강도를 더해 갔다.

"중국은 북한과 달라요. 사람들이 그냥 호텔로 쳐들어와 잡아가지는 않아요. 우리는 여권상으로는 미국인이에요."

"바보 같은 소리 좀 그만해라. 테이프로 입을 막고 머리에 자루를 씌워 데려가는데, 여권을 보여 주고 자시고 할 시간이 있겠니? 게다가 미국은 북한에게 힘을 쓸 수 없어. 지금 우리를 도울 수 있는 사람은 목사님뿐이야." 또 같은 얘기를 반복했다. 할머니는 신앙심으로 눈이 가려져, 목사가 봉직을 받으면 마치 성자라도 되는 것으로 생각했다.

"단지 목사라고 해서 무조건 믿을 수는 없어요. 어떤 경우에는 빨갱이 스파이일 수도 있어요."

"못된 것." 할머니는 뒤로 물러서서, 더 이상 말하고 싶지 않다는 듯 나를 노려보았다. "나는 하루속히 이곳을 떠나고 싶다. 빨갱이들이 얼마나 잔인한지 너는 몰라." 할머니의 목소리가 조용하면서도 너무 단호해서 움찔했다. 그 내부에서 살아 본 적이 있기 때문에 저런 생각과 얘기를 한다는 것도 잘 알고 있었다. 사실 우리 나머지는 북한을 멀리서만 보았다. 할머니가 모든 역경을 딛고 보통 사람들이 할 수 없는 일들을 해낼 수 있었던 것은 본능의 힘이었다. 하지만 이번에는 그녀의 본능이 제대로 작동하지 않고 있다.

"그래서 우리가 이 일을 하고 있는 거잖아요. 북의 가족을 빨갱이로부터 구해 내기 위해서요."

"걔들은 그곳에 남아야 할 것 같아. 그게 운명일지도 모르지. 하지만 너는 그곳에 속하지 않아. 견디지 못하고 죽을 거야. 내 아들만 생각할 수가 없어. 이제 너와 네 엄마도 걱정이구나. 너를 잃으면 네 엄마도 오래 살지 못할 거야. 내가 잘 알아."

때마침 걸려 온 전화가 나를 구해 줬다. 감사한 마음과 함께 무릎에 힘이 빠졌다. "아버지의 전화일 거예요." 내가 들떠서 전화를 받았다. 수화기 반대편에서는 숨소리만 들리다 전화가 끊겼다. 네 번이나 반복해서 같은 일이 일어났다. 전화가 울려서 받으면 갑자기 끊어지는 것이었다.

"내 말이 맞지? 그들이 오고 있어." 할머니가 외쳤다. "더 이상 여기에 있을 수 없어." 할머니가 신발을 찾으셨다.

"할머니, 여기 계셔야 해요." 할머니를 잡으려 했지만 나를 뿌리치셨다.

"도움을 요청해." 고통스러워 보이는 할머니의 얼굴이 일그러졌다. 진짜로 숨을 몰아쉬면서 떨고 계셨다. 숨이 차서 힘겨워하며 말을 이으셨다. "네가 똑똑하게 스스로를 보호하지 못한다면, 내가 사람을 찾을 것이다. 옌지에 있는 최순만에게 전화할 거야." 그러고는 신발을 찾으셨다. 할머니가 쭈그리고 앉아 신을 신고 일어나려다 손을 허공에 휘저으셨다.

나는 이를 지켜보며 손을 뒤로 숨기고 떨어져 있었다. 할머니는 비틀거리면서도 드디어 스스로 몸을 일으켜 세웠다. 잠시 여기가 어딘가 하는 표정으로 방을 둘러보더니, 곧 정신을 차리고 문으로 향하였다. 나는 할머니 앞으로 뛰어들어, 한 손은 벽을 짚고 다른 한 손은 욕실 문고리를 잡고 막아섰다. 할머니도 나를 피해 나가려고 몸을 요리조

아들이 있는 풍경

리 움직였다. 지금 할머니가 밖으로 나가 누군가와 얘기를 나눈다면, 상대방은 필시 경찰을 부를 것이다.

"좋아요, 할머니. 목사님을 찾을게요. 지금은 이미 늦었으니, 내일 조선족 구역에 가서 목사님을 찾을게요. 목사님에게 도움을 청할게요."

"정말 그렇게 할 거야?" 눈을 가늘게 뜨고 나를 바라보았다.

"내일 꼭 갈게요." 시간을 벌며, 고개를 끄덕였다.

할머니가 안도의 한숨을 내쉬었다. "좋아……. 좋아……. 목사님한 테만 의논해야 해. 그가 직접 올 수 없다면, 우리가 여기 중국에 갇혔으니, 누군가 다른 사람을 보내 도와 달라고 해. 차를 가져오면 도망치기 더 좋을 텐데."

"알았어요. 그렇게 하겠어요." 그렇게 할머니를 안심시켰다.

다음 날 아침 할머니가 TV를 시청하는 동안, 외출하기 전에 램프스탠드 옆의 전화기 코드를 몰래 빼 놓고, 욕실의 전화벨 볼륨을 낮추었다. 호텔방 문을 조심히 닫고 나와서 보니, 작은 체구의 호텔메이드가 문의 먼지를 닦고 있었다. 그녀는 내가 남의 방에서 나오기라도 한 것처럼 신기하다는 듯이 쳐다보았다. 가볍게 인사하고 그녀를 지나쳐 갔다.

내 목적지는 호텔 로비의 구석진 테이블이었다. 시티투어를 계획하는 관광객인 척하면서, 프런트에서 집어 든 지도를 테이블 위에 펼쳐 놓았다. 화려한 지도의 건물과 거리의 이름들을 눈으로 따라가면서, 내 생각은 온통 할머니에게로 가 있었다. 할머니가 저토록 고집불통이 된 것과 상황이 온통 걷잡을 수 없이 변한 것이 어리둥절했다. 빨갱이보다도 할머니가 더 두려웠다. 다음 며칠을 할머니와 어떻게 보낼 것인가를 걱정하는 마음으로 생각해 보았다. 마치 계산기처럼 며칠이 걸릴지를 머릿속에서 하나하나 따져 보았다. 먼저 아버지가 옌지에 도착하는 데에 적어도 세 시간에서 네 시간이 걸릴 터였다. 그러고 나서 옌지에서 창바이까지 가야 하는데, 도로 사정이 나쁘면 15시간은 족히 걸릴 것이다. 아버지가 합류한 팀이 창바이에 도착할 때는 이미 밤이 늦어 아침까지 기다려야 할 것이다. 강을 건너기 위하여 준비하고 연락하는 데에 하루를 잡고, 모두가 건너온 후에 옷을 갈아입고, 뭐 좀 먹고, 휴식하는 데에 세 시간. 버스를 이용하거나 기차로 선양까지 오는 데에 또 하루. 그렇게 되면 총 69시간 정도 되니, 3일 하고도 7시간 정도 기다려야 한다는 계산이 나왔다.

'할 수 있어!'라고 중얼거리며 기운을 북돋았다.

로비에서 두 시간가량을 보냈다. 더 머물렀다가는 할머니가 내려와 사람들에게 우리의 계획을 떠들어 댈 것 같았다. 방 안으로 들어섰을 때, 욕실의 전화벨이 가늘게 울렸다. 화들짝 놀랐지만, 다행히도 할머니는 듣지 못했다. 마침 낮잠 중이셨다. 세 번째 벨소리에 욕실 문을 조용히 걸고 응답했다.

"누구세요?" 속삭였다.

"나예요." 가이드가 영어로 대답했다.

가슴이 철렁했다. "다들 건너 왔나요?"

"아직요."

"그럼 언제요?"

"외숙모의 언니가 아직도 집에 머무르고 있답니다. 그래서 우리는 옌지에서 대기 중인데, 최소한 4일이나 5일은 기다려야 할 것 같습니다."

"뭐라고요?" 5일이란 소리에 진저리를 쳤다. 나는 3일에 희망을 걸고 있었다. 그게 내가 감당할 수 있는 시간이었다. 갑자기 이전의 삶이 그리워졌다. 내가 좋아하는 책들, 친구들, 아파트, 스타벅스 커피와 같은 일상이 너무 그리웠다. 왜 내가 이 일을 하겠다고 자청했을까? 엄마가 왔어도 되는 걸. 엄마의 오빠가 아니던가? 두 살이나 위인 내 언니가 올 수도 있었는데. 스물여덟의 청년인 내 남동생이 왔어도 남자여서 행동하기가 더 쉬웠을 텐데. 할머니에게도 아들이 둘이나 있는데.

'당신의 책 때문이지요'라고 가이드가 말하는 것 같았다. 아버지가 책이 나오지 말았어야 한다고 했던 말은 가슴에 사무쳤다. 뒷목을 한 손으로 받치며 문에 기댔다. 겨우 버티고 있던 마지막 지지대가 무너지는 느낌이었다. 마룻바닥에 주저앉지 않으려고 안간힘을 썼지만, 버틸 자신이 없었다. "안 돼요. 할머니를 그렇게 오랫동안 감당할 수 없어요."

"해야만 해요."

"할 수 없어요."

"다른 방법이 없어요. 할머니와 관광이라도 해요. 같이 운동도 하고, 웃게 해 드려요." 그가 단호하게 말했다.

"거기서 뭐하니?" 할머니의 쉰 목소리가 들렸다.

재빨리 전화를 끊었다. 4일이나 5일만 더 버티자. 머릿속에 새로운 숫자를 입력했다.

내게도 힘겨운 싸움이지만 할머니에게는 훨씬 더 힘겨운 시간임을 상기했다. 마지막 남은 용기와 의지를 다잡아, 이 일이 끝날 때까지 강하고 차분하게 버티리라 다짐했다.

XVII

다음 날 아침 햇살이 창을 두드릴 때, 제일 먼저 든 생각은 어떻게 시간을 보내나 하는 것이었다. 가이드의 의도가 무엇이든, 일단 그의 말을 따라 관광에 나서기로 했다. 상쾌한 공기 그리고 몸을 움직이는 것이 할머니의 기운을 북돋아 주겠지만, 그보다도 생각을 우선 다른 것으로 돌려야 했다.

할머니는 간청하는 눈빛으로 쳐다보았다. 그리고는 소녀같이 뾰로통한 목소리로 말하셨다. "나는 나가고 싶지 않아."

이 순간을 극복해야 한다는 본능이 나를 단호하게 만들었다. 45분 동안이나 할머니를 달래고 설득하여, 겨우 내 말에 따르기로 했다.

할머니의 팔을 잡고 호텔 입구를 박차고 나갔다. 대기의 열기가 벌써 달아오르면서 뜨겁게 내리쬐는 여름날을 예고했다. 우리의 그림자

아들이 있는 풍경

가 땅에 길게 늘어져, 할머니보다 더 신나게 움직이고 있었다. 할머니가 무섭다며 뒷걸음쳤지만, 할머니의 허리에 손을 두르고 잡아끌며 택시에 올랐다.

택시는 중산광장 옆 분주한 도심의 사거리 주변에 우리를 내려 주었다. 다롄의 중산광장과는 다르게, 이곳에는 거대한 마오쩌둥의 동상이 있었다. 동상은 이 도시의 그 무엇보다도 특징적인 랜드마크였다. 거대한 마오쩌둥은 코트를 두르고 한 손을 든 채 우뚝 솟아 있었다. 그의 주위에는 황홀한 표정의 군인, 농민, 학생, 광부 들이 그의 어록을 한 손에 높이 쳐들고 발로는 중국의 전통을 상징하는 사자를 밟고 서 있었다. 나에게는 마오쩌둥이 신이나 영웅으로 보이지 않았고, 들어 올린 손으로 교통을 정리하고 있는 순경 정도로 보였다. 동상 밑의 군중은 코카콜라 광고에서 콜라를 향해 손을 뻗치고 있는 흥겨운 무리를 연상케 했다.

우리는 동상의 손끝이 가리키는 남쪽 방향을 따라 재래시장으로 들어갔다. 할머니는 길가에 줄지어 있는 과일, 달콤한 먹을거리, 지글거리는 기름에 동동 뜬 과자스틱 따위를 구경하며 거닐었다. 그러다가 과일이 잔뜩 실린 자전거 수레 앞에 멈춰 섰다. 그 옆에는 육고기 좌판대가 있었는데, 도축된 돼지와 개가 목이 고리에 걸린 채 반으로 갈라져 시뻘건 속을 드러내며 걸려 있었다. 통통한 녹색 빛의 똥파리들이 윙윙대며 엄청난 기세로 달려들고 있었다. 팔을 저어 내 머리 주변의 파리들을 정신없이 쫓아내는 동안, 할머니가 분홍빛 금빛으로 잘 익은 복숭아를 살피러 갔다. 앞니가 세 개만 남은 장사치가 그만하라는데도 개의치 않고 과일을 이리저리 만지며 살폈다. 결국 원하는 과일을 고른 후에야 검사를 끝냈다. 할머니가 과일을 가리키며 중국어로 흥정을 하였다. 역시 할머니였다. 먼 과거에 익혔던 중국어를 용케도 기억해 내고 훌륭하게 흥정했다. 1달러도 안 되는 돈으로 복숭아 열 개와, 여지라는 열대과일 한 묶음, 그리고 달콤한 찰떡 한 봉지를 살 수 있었다.

할머니는 정신이 맑고, 두려움도 사라져 완전히 옛 모습을 찾으신 것 같았다. 단지 며칠 전처럼 오래 걷지는 못했다. 걸음 속도가 상당히 느려졌다. 땀을 많이 흘려 과일 거리 끝에 다다랐을 때는 앞머리가 이마에 쩍 달라붙어 있었다. 할머니를 계속 끌고 작은 가게들이 들어서 있는 골목으로 들어갔다. 이런 식으로 녹초가 되면, 흥분하여 또 광기 어린 고집을 부리지 않을 거라 생각했다.

미용실이 눈에 띄어 할머니의 팔을 잡아끌고 안으로 들어갔다. 딱 하나밖에 없는 미용의자에 할머니를 앉혔다. 미용의자 앞에는 천장까지 닿는 대형 거울이 있었는데, 거울 끝에는 인조 덩굴이 테두리 역할을 하고 있었다. 거울은 세 조각으로 깨져서 테이프로 고정을 해 놓았으며, 할머니의 얼굴도 깨져 보였다. 미용의자 옆에는 작은 방에 마사지용 테이블이 놓여 있었다. 그 위 천장에는 흑백의 캘빈 클라인 포스터가 압정으로 붙어 있었는데, 전라의 여인이 타이트한 청바지만 입은 근육질의 남성에게 기대어 있는 모습이었다.

미용실에는 두 여자가 일하고 있었다. 둘 중 더 젊어 보이는 여자는 화장기 없는 까무잡잡한 얼굴에 키가 크고 턱이 발달했다. 더 나이 들어 보이는 여자는 더 예쁘게 정성 들여 화장을 했다. 그녀는 폭포수처럼 흘러내리는 파마머리에, 장식 박힌 청치마, 분홍 카우보이 부츠, 그리고 인조 속눈썹까지 그 모습이 영락없이 중국판 돌리 파튼이었다. 단지 가슴이 빈약한 것만이 진짜 돌리와 다른 점이었다. 돌리는 문지방에 서서 그 도도함과 콧노래 같은 웃음소리로 거리의 손님을 끄는 일을 담당하고 있었다.

손짓으로 할머니의 머리와 돌리의 머리를 가리켰다. 파마를 하면 몇 시간은 축낼 수 있었다. 그녀는 고개를 끄덕이고 할머니 의자를 밀어 분홍색 싱크대로 갔다. 그저 편안히 구경이나 하려던 참에, 검정 염색약을 버무리는 것을 보고 벌떡 일어나 멈춰 세웠다. 할머니의 은빛머리는 영광스러운 왕관과도 같은 것이었다. 머리카락 하나하나에 역사와 사연이 깃들어 있었다. 염색은 용납할 수 없다.

실망한 표정이었으나, 두 여자는 곧 파마약을 준비하기 시작했다. 파마약은 뚜껑이 녹슬고 라벨이 너덜너덜한 유리병에 들어 있었는데, 흑인 스타일의 곱슬머리를 한 아시아 남성의 스케치 그림이 붙어 있었다. 그들이 들고 온 머리 마는 도구도 꽤 낡아 보였다. 그 도구들은 70년대에 엄마가 내 머리에 어설픈 파마를 시행할 때 사용했던 종류였다. 돌리와 그녀의 친구에게 할머니의 머리를 맡겨도 되는 건지 슬슬 의심이 가기 시작했지만, 그저 잘 되기만을 바라며 기다려 볼 수밖에 없었다. 할머니는 불쾌감을 그대로 표현하셨다. 롤러가 타이트하지 않으니 핀으로 고정하라고 지시했고, 중화제가 덜 묻었으니 꼼꼼히 스프레이 하라고 잔소리했다. 평소에 머리에 별로 신경 쓰시지 않던 것에 비하면 오늘은 좀 유별나게 보였다.

모든 과정이 끝나고 머리를 드라이어기로 말리고 나자 라벨의 그림과 같이 뽀글뽀글 파마가 모습을 드러냈고, 할머니에게서는 강한 파마약 냄새가 났다. 나는 흡족하게 웃으며 두둑한 팁을 건넸다. 그것은 할머니 머리도 머리지만, 그들과 함께한 유쾌한 시간에 대한 보답이었다. 갑자기 유쾌했던 미용실을 떠나 새장같이 답답한 호텔 방으로 돌아가는 것이 두렵게 느껴졌다. 그곳은 시계 소리와 공기조차도 나를 압박하는 곳이었다. 돌아가야 한다는 생각이 점점 공포로 변해 갔다. 외국인이 파마한 것을 구경하려는 인파가 미용실 입구를 에워쌌다. 그들은 우리가 떠나간 뒤에도 한참 동안 우리를 가리키며 키득거리고 있었다.

호텔에 도착했을 즈음에 할머니는 많이 지쳐 있었고, 창백한 얼굴은 피로로 기울어졌다. 눈이 감기면서 벌써 잠에 취한 할머니를 겨우 침대에 눕혔다. 포도주 빛의 무거운 커튼을 내리고, 고요 속에서 팔걸이의자에 앉아 있었다. 사방이 너무 고요했고, 할머니의 숨소리조차 들리지 않았다. 놀랍게도 할머니도 미동조차 없어, 내가 몇 번이나 살금살금 다가가 가슴에 귀를 대고 숨소리를 확인해야 했다. 할머니가 괜찮은 것을 확인하면, 내 자리로 다시 돌아와 불침번을 섰다. 우울한 생각은 삼가고 긍정적인 생각으로 기분을 밝게 해 보려 했다. 결국 나는 할머니를 지켜 낼 수호자였던 것이었다.

오후 4시 즈음에 할머니가 잠에서 깨어 내가 TV를 틀어 드렸다. 보통 할머니는 몇 시간이고 TV를 시청할 수 있었다. 한국 채널에서 방송하는 과장된 코미디극을 보시며 좋아라 웃으시곤 했다. 그렇게 많은 것을 겪으시고도, 아직 웃으시는 것을 보면 놀랍기도 하였다. 하지만 해가 지면서 오락도 그 힘을 잃었다. 불타는 오렌지 빛과 황금빛으로 줄무늬를 이루며 내려앉는 해를 막을 수 없는 것처럼, 다시 고개를 드는 할머니의 공포도 막을 도리가 없었다. 마지막 빛이 사그라지고 밤이 우리를 집어삼키자, 나는 미친 듯이 이야기를 마구 만들어 냈다. FBI 요원과 남한의 안기부 직원 그리고 목사님이 거리 청소부로 변장하여 잠

아들이 있는 풍경

복근무를 하고 있으며, 호텔의 청소부들 역시 우리를 돕고 있다는 이야기를 지어냈다. 때로는 내 이야기가 너무 황당해 내 머릿속에서 앞뒤 맥락을 맞추기가 쉽지 않았다. 할머니가 눈치채는 것 같으면, 상황을 모면하기 위하여 새로운 이야기를 가미하는 식으로 진행하다가, 결국 상황만 악화시켰다. 할머니는 흥분하여 공포에 떨며 얼굴을 찌푸렸다.

"네 아버지한테 무슨 일이 생긴 것 같다. 어제 이곳을 떠난 후로 소식이 없었어. 책임감이 강한 사람인데, 이건 네 아버지답지 않아. 너는 딸인데도, 무사태평이구나. 경찰에 알려야 하는 것 아니냐? 언제부터 이렇게 바보가 되어 구경만 하고 있냐? 네가 하는 거짓말은 이제 듣지 않을 거다. 너는 원하면 남아도 되지만, 나는 이 끔찍한 곳을 떠날 거야. 내 여권하고 비행기 표 내놔라." 할머니가 손을 벌벌 떨며 내밀었다.

깜짝 놀라서 할머니를 보았다. 날 두고 떠난다는 말이 가슴을 찔렀다. 이제 나를 떠나겠다고 하셨다. 이 상황은 기분 나쁘게 받아들일 것이 아니라, 할머니가 단지 단단히 겁먹은 것이라며 마음을 달래려 노력했다. 할머니와 다툴 일이 아니었다. 누가 엿듣고 있는지 알 수 없는 일이었다.

뭔가 드릴 것이 있나 방을 둘러봤다. 일단 시원한 음료수를 꺼내 드렸다. 할머니의 거절은 단호했고, 그녀의 입가에서 침이 배어 나왔다. "마실 것은 필요 없어. 여권하고 비행기 표를 내놓으라니까! 빨리 달라고!" 그러고 나서 내 손목을 쥐고 흔드는데, 그 힘이 하도 세서 내가 몸을 움츠렸다.

나는 어찌할 바를 몰랐다. 할머니를 볼모로 잡은 것과 같은 이 상황이 괴로웠다. 시저를 배신한 충복 브루투스가 된 기분이었다. 어찌하면 좋단 말인가? 할머니가 나에게 퍼부어 대는 동안 뭔가 방법을 찾아보려고 머리를 굴렸다. "네가 참 정신이 없구나. 네 아버지도 마찬 가지고. 우리를 이렇게 놔두고 어디론가 떠나 버리다니 참 무책임하 구나. 네 엄마가 결혼할 때 내가 신중해야 한다고 경고했었는데. 내가 좀 더 덕화를 지켜봤어야 하는데, 네 엄마가 고집이 있어서 기어이 제 뜻대로 했구나. 내가 생계를 꾸리느라 '치료'에 바쁠 때, 이 할미 몰 래 네 아버지를 만나고 다녔단다. 네 아버지는 덕화와 만나려고 장교 복을 멋지게 차려입고 교회 주위를 서성이거나, 덕화가 다니던 대학 에서 기다리곤 했었지. 내가 알고는 만나지 말라고 했지. 그는 불교집 안의 아들이었어. 덕화가 불교신자와 결혼하는 것을 보려고 내가 평 양을 떠나 피난 내려와 목숨 걸고 온갖 고생을 한 것이 아니란다. 하 지만 네 엄마의 뜻이 단호했어. 네 엄마는 혼자의 결정으로 그를 집에 데리고 왔어. 그 당시만 해도 젊은 사람들이 그러지는 않았는데, 네 엄마는 배짱이 있었어. 집에 들어가 네 아버지를 처음 본 순간 큰일 났구나 생각했다. 네 할아버지처럼 아주 잘생겼단 말이지. 잘생긴 남 자와 결혼하는 것은 여자에게 큰 짐이 되지."

"그래도 할아버지를 사랑하셨잖아요. 두 분이 또 잘 지내셨고요." 할아버지의 이야기를 통하여 할머니의 마음을 돌려 보기로 했다. 그러 자 할머니는 이미 다 알고 있는 이야기를 또 한 번 술술 풀어 놓으셨다.

할머니와 할아버지의 혼인은 중매쟁이에 의해 성사되었다. 할머니 가 스물두 살, 할아버지 열아홉 살 때의 일이었다. 할머니의 아버지는 형제라고는 누이 하나밖에 없는 집안에서 컸기 때문에, 아이들을 좋 아했으며 자신의 세 딸을 무척 귀여워했다. 아버지는 딸들의 강인함 과 호기심을 칭찬해 주었고, 출가외인이라는 전통에도 불구하고 딸들 에게 정성을 다했다. 할머니는 어릴 때부터 양갓집 규수에게 필요한 신부수업을 받았을 뿐, 사랑 따위는 생각지도 못했다. 당시의 여자들은 그런 것을 꿈에도 생각지 못했다. 하지만 뜻밖에도 귀여운 얼굴을 가진 할머니의 남편은 자상하고 개방적이어서 할머니의 의견을 존중해 주었다. 일제의 통치를 피해 가족이 중국으로 이주했을 때에도, 그는 할머니를 집에서만 지내게 하지 않았다.

할아버지는 할머니가 시작한 참기름 장사를 응원해 주었고, 그 후 아편사업과 식당 여주인으로서 승승장구하는 동안 큰 힘이 돼 주었다. 할머니는 이러한 사업들을 통하여 꽤 많은 돈을 벌었고, 인물 좋은 남편이 양반행세를 하며 살 수 있게 해 주었다. 상류계급의 사람으로서 일을 해 본 적이 없는 할아버지는 호화로운 요정에서 기생들의 치마폭에 싸여 보내는 시간이 많아졌다. 하루는 질투심에 사로잡힌 할머니가 요정에 들이닥쳐 할아버지를 끌고 집으로 왔다.

"남자를 너무 사랑하면, 근심만 한없이 쌓이고 외로운 밤을 보내게 된다. 현명한 여자는 자기를 더 사랑해 주는 남자와 결혼한단다."

"아니오, 사랑은 동등하게 주고받는 것이어야 해요."

"세상일에 동등한 게 어디 있니? 결혼해도 사랑은 왔다가 가기도 하는 것이다. 그게 인생이야. 그래서 사랑 말고 다른 것도 있어야 하는 거야. 사랑만으로 만족할 수 없어. 네가 스티븐을 좋아했던 걸 알아. 하지만 그는 너에게 맞지 않아." 그와 이별한 것을 비밀로 했었는데, 할머니가 어떻게 눈치챘는지 의아했다. "그래서 그 사람과 결혼하는 것에 대해 네가 주저했던 거야, 맞지?"

아무 대답도 할 수 없었다.

"네가 최근에 많은 일을 겪은 걸 알아. 그래도 나를 중국까지 데리고 와 줘서 고마워. 할머니는 너를 알아. 네가 상처받으면, 나도 마음이 아파. 내가 얼마나 울었는지 너는 모를 거야. 아직도 그 사람 많이 생각하지?" 속눈썹이 없는 할머니의 눈에 눈물이 고이더니 눈가의 주름을 타고 흘러내렸다.

"나는 정말 괜찮아요." 억지 미소를 지었다.

솔직한 얘기를 기다리며 할머니가 나를 지긋이 바라보셨다. 나는 단지 스티븐과 함께했던 그 형체 없는 시간을 기억에서 지워 버리고 싶었다. 내 마음을 들키지 않으려고 눈을 돌렸다.

"네가 그 사람을 빨리 잊고 마음의 상처가 낫기를 기도한단다. 너를 아껴 주고 또한 누가 봐도 훌륭한 남편감을 만나게 해 달라고도 기도해. 네가 실수해서 인생을 망치지 않게 보호해 주신 하나님께 감사한다. 너는 매우 소중한 사람이야. 그래서 만약 너와 내 아들 중에 선택해야 한다면, 할미는 너를 구할 거야. 애란이와 미란이보다 너를 구할 거야. 다른 사람과 내 목숨보다도 너를 먼저 염려할 거야. 그러니까 지금 이 일을 안 해도 된다는 거야. 너를 보호해야 해."

"그런 말 하지 마세요." 할머니의 말을 받아들일 수 없었기 때문에 귀를 막았다.

"북의 가족들은 운명에 맡겨야겠지. 하지만 너는 달라." 할머니가 간절한 눈빛으로 내가 이해해 주기를 애원했다.

"그렇게 할 수 없어요. 운명은 돌 위에 새겨진 게 아니에요. 얼마든지 바꿀 수 있어요."

"네가 하나님이라도 되니?" 할머니가 정색을 했다. "나는 오랫동안 아들 만나는 것을 꿈꿔 왔다. 지금도 그렇고. 하지만 네 목숨과 바꿀 생각은 없다. 빨갱이들이 나를 잡아가 죽일 수도 있어. 나는 살 만큼 살았으니 괜찮아. 하지만 그들이 너를 가만두지 않을 거야. 네가 그들의 말을 따를 때까지 몸과 마음을 파괴할 거야."

할머니의 암울한 전망에 속이 뒤틀렸다. 더 이상 듣고 싶지 않았고, 부아가 치밀어 올랐다. 마음을 다잡으려고 다른 상상을 시도했다. 평소에는 쉬운 일이었다. 그냥 허공을 쳐다보면서 집중하면 즐거운 것을 상상해 낼 수 있었다. 할머니의 분노가 계속되는 상황에서 집중력을 잃었고, 할머니의 고함소리가 귀를 파고들었다. "그들이 너를 잡으면 빨리 죽일 줄 알지? 그들은 소처럼 너의 코를 잡아끌고 동네를 이리저리 끌고 다닐 거야. 그러고는 총살하거나 불에 태울 거야. 그 가이드란 사람도 이런 것에 대해서는 몰라. 너희 누구도 몰라. 나는 그곳에 살아 봤고, 감옥에도 가 봐서 잘 알아. 아주 무시무시한 곳이야. 너처럼 젊은 애들이 아는 내용은 조선족에게서 주워들은 얘기뿐이겠지."

"할머니, 제발 그만하세요." 손목시계로 시간을 확인하며 내가 중얼거렸다. 느리게 움직이는 시침이 원망스러웠다.

"너는 그 사람이랑 술도 마시고 친구 어쩌구 하는데. 그는 너무 늙었고, 게다가 다 큰 아이가 있대." 내 반응을 살피느라 잠시 말을 멈췄다.

놀란 내색하지 않으려고 얼굴을 풀고 사무적인 말투로 답했다. "이제는 말을 만들어 내시는군요."

"그 사람이 말 안 했니?" 할머니가 내 쪽으로 몸을 기대며 말을 이었다. "팀장과 촬영기사가 그의 아들에 관해 얘기하는 것을 들었다. 그 사람은 너를 이용하고 있는 거야. 너에게 아랫사람 부리듯이 말하는 것을 보았다. 아주 맘에 안 들어. 너에게 말할 때 좀 더 적당히 거리를 두어야 한다고. 참 속상하구나. 네가 똑똑한 줄 알았는데, 바보가 된 것 같아. 여자는 살아남으려면 머리를 잘 써야 해······."

할머니의 푸념은 끝날 줄을 몰랐다. 이제는 거의 이해할 수 없는 말들을 되뇌고 있다. 마치 내 손이 닿지 않는 먼 곳에 가 계시는 것 같았다. 항상 강인함의 화신이요, 매사에 확신에 차 있던 한 여인이 무너져 내리고 있었고, 나는 사태를 바로잡아 보려고 허둥지둥하고 있었다.

"너는 바보야!" 할머니가 마지막으로 한마디 크게 외치더니, 완전히 기진맥진한 상태가 됐다. 몰려오는 피로감에 결국 침대에 누우셨다. 잠든 모습을 보고 있자니, 할머니 살가죽의 무게가 가냘픈 몸을 내리 누르고 있는 것 같았다. 할머니는 자면서도 근심스럽고 들뜬 모습이었고, 나는 긴장하여 할머니의 옆자리를 지켰다. 내가 옳은 일을 하고 있는 건지 더 이상 확신이 서지 않았다.

할머니는 호텔 방을 떠나지 않으려 했다. 아무리 간곡히 청해도 식사하러 나가는 것조차 거부하셨다. 그래서 식사를 방으로 주문해야 했고, 방은 기름이 응고된 접시와 쓰레기로 너저분해졌다. 방 청소부가 들어와 음식을 치우는 것도 허락하지 않았다. 내가 먹지 않은 음식은 냉장고에 넣으셨다. 나는 식사를 제대로 할 수 없었다. 할머니의 빨갱이 얘기 후로 먹는 즐거움도 사라진 것이었다. 음식 카트가 방으로 들어올 때마다 해로운 것이 들어간 것은 아닌지 점검하게 되었다. 나는 밥을 휘젓고, 고기 조각을 빼내고, 야채를 옆으로 밀어냈다.

이제 특별히 갈 곳도 없고 할 일도 없었다. 하루 종일 하는 일 없이 TV만 시청하고 간간이 불안한 낮잠을 청하는 일과는 진을 빼는 것이었다. 윗몸일으키기를 하거나 글을 써 보려 했지만 잘 안 됐다. 어제가 오늘 같고, 또 오늘이 내일 같은 지루한 나날의 연속이었다. 하루하루가 너무 길게 느껴졌고, 시간 감각을 잃어 갔다. 중국에 와서 얼마나 지난 것인지, 가이드가 며칠 전에 떠난 것인지, 아버지는 언제 떠난 것인지 모든 것이 헷갈렸다. 대략 1주일이 지난 것 같기도 하고, 평생 여기 있었던 것처럼 느껴지기도 했다. 몇 번이고 날짜를 계산해 보다 그만두었다. 의미가 없었다. 중요한 것은 하루가 또 지나 잠들게 될 것이라는 거였다. 악몽에서 깨어나면 — 다롄을 다녀온 이후로 늘 같은 악몽을 꿨다 — 할머니가 내 앞에 무섭게 서 있었다. 나는 놀라서 비명을 지르고 몸을 옆으로 피했다.

"내가 널 지켜볼 거야." 할머니가 험한 얼굴로 소곤거렸다. 할머니의 작은 회색빛 눈이 점점 커져 방에 꽉 찼다. 그 눈 뒤로 광기의 빛이 서려 있었다.

할머니의 눈을 마주할 용기가 나지 않아 엎드려 얼굴을 베개에 파묻었다. 버튼을 눌러 이 모든 것을 끝낼 수 있다면 얼마나 좋을까. 신경이 끝까지 곤두섰다.

"빨갱이들이 쳐들어와 너를 잡아간다면, 차라리 그전에 죽는 편이 나아. 그놈들은 사람을 침대에 눕혀 놓고 호스를 입에 넣어 물이 코로 나올 때까지 물을 먹여. 옷을 벗겨 놓고 가죽채찍으로 때리고, 소나무 가지를 손에 껴서 손가락을 부러뜨리기도 해. 나중엔 너무 고통스러워 죽여 달라고 애원하게 되지. 그런 간청을 들어줄 리가 없지. 그놈들은 사람을 마구잡이로 때리고 강간하여 몸이 퉁퉁 붓고 피부가 다 벗겨지게 만들어. 몸과 마음이 완전히 무너져 세뇌될 때까지 멈추지 않아. 완전히 딴 사람이 되는 거지. 너도 그렇게 될 거야. 왜 내 말을 귀담아 듣지 않니? 그놈들이 얼마나 음흉하고 잔인한지 너는 몰라. 나는 진실을 말하는 거다. 그들이 김대중을 납치하고 바다로 끌고

세 번째 여행　　　315

가, 배에 태웠어." 할머니는 같은 말을 되풀이했고, 고문과 세뇌에 대하여 똑같은 얘기를 지칠 줄 모르고 반복했다.

"나는 김대중이 아니라고요." 우는 소리를 했다. 김대중은 목소리를 높이던 야당 정치인이었다. 민주주의와 인권을 위해 끊임없이 투쟁하던 한국의 넬슨 만델라였다. 1971년 대선에서 박정희 대통령과 겨루었을 때, 박 대통령의 군부통치를 거의 무너트릴 뻔했다. 김대중은 용기와 신념을 가진 뛰어난 웅변가요, 지도자였다. 나는 그저 이혜리일 뿐이었다.

"그놈들이 오늘 밤 너를 잡으러 올 거야. 지금 우리가 잠들기를 기다리고 있을 거야." 이제는 할머니의 목소리가 광기와 공포로 쩌렁쩌렁 울려 댔고, 눈동자는 통제할 수 없이 앞뒤로, 위아래로 움직이며 방의 구석구석, 마루, 천장, 문을 살폈다.

극도의 공포가 내 몸을 휩쓸었고, 머릿속에는 두 개의 언어로 뒤섞인 생각들이 소용돌이쳤다. 아버지와 가이드는 왜 이렇게 시간이 오래 걸리는 것일까? 왜 전화가 없을까? 무언가 잘못된 것이 틀림없다. 혹시 잘못되어 모두가 죽임을 당한 걸까? 내가 얼마나 더 버틸 수 있을까?

"내 여권하고 비행기 표를 내놔라. 빨리 달라니까!" 할머니는 힘이 장사가 되었는지 나를 침대에서 잡아끌어 일으켜 세웠다.

"할머니 제발 그만하시라고요. 여기가 제일 안전해요!" 이제는 거짓말도 제대로 안 나왔다.

"달라니까?" 나의 뺨을 세게 때리셨다. 얼굴이 옆으로 흔들리고 몸이 휘청했지만, 아무 소리도 내지 않았다. 충격에 볼을 잡고 할머니를 쳐다보았다. 그 와중에도 할머니는 참을 수 없는 악담을 퍼부으며 퀴퀴하고 마늘냄새 섞인 침을 내 얼굴에 뿌려 대고 있었다. 이 다급한

아들이 있는 풍경

상황에서 내가 할 수 있는 선택이 무엇인지 생각해 보았다. 하지만 너무 큰 충격과 피로감에 생각을 집중할 수 없었다.

다급함에 램프 옆에 있는 흰색 전화기의 코드를 다시 끼웠다. 할머니의 이글대는 눈이 노려보는 가운데 미국 부모님 집의 전화번호를 돌렸다. 그 순간에도 전화가 도청될 수 있다고 경고한 가이드의 말을 기억했다. 하지만 어쩔 도리가 없었다. 엄마는 할머니의 광기를 잠재울 수 있을 거라고 생각했다. 엄마는 문제가 뭔지 금세 파악하실 것이었다.

중국어로 녹음된 안내가 들렸다. 다시 시도했지만, 손이 하도 떨려서 손가락이 계속 미끄러졌다. 세 번째 시도에 번호를 제대로 눌렀고, 국제전화 교환원이 전화를 연결해 주었다. 수천 킬로미터 멀리에서 벨이 울려 대는 소리가 들렸다. 벨소리가 계속되는 동안 전화기 코드를 만지작거렸다.

"여보세요?" 잠에 취한 엄마의 목소리가 들렸다. 잠이 덜 깨 허스키한 엄마의 따뜻한 목소리를 듣자, 목이 메었다. 통화를 하면서 나의 연약한 목소리가 저쪽 수화기에 메아리치는 소리를 들었다. 할머니가 가이드를 빨갱이로 생각한다는 것, 방에 고립되어 있는 상황, 납치된 여배우와 김대중에 관한 얘기, 방에서 부패하고 있는 음식 등에 관하여 하소연했다. 내가 말을 마치자, 엄마가 깊은 한숨을 내쉬는 모습이 수천 킬로미터 멀리서도 느껴졌다. "내가 할머니에게 말해 볼게." 엄마의 말에 기분이 한결 나아졌다.

할머니에게 수화기를 드렸다. 할머니는 적대적인 표정으로 침묵을 지키다 겨우 수화기를 받아들었다. "뭐라고?" 할머니가 수화기에 대고 화난 듯이 말했다. "너도 그 사람에게 조종당하고 있구나……. 모든 것을 수상쩍게 보는 그 눈을 보면 알 수 있어. 눈이 툭 튀어나온 그 팀장도 마찬가지고……. 아니야, 우리는 집에 못 갈 거야. 뭐라고? 그들이 우리의 방 번호를 안다고? 그들이 오늘 여기로 온다고? 그런데 혜리는 아무것도 모르고 저러고 있는 거니? 알았다. 알았어." 할머니는 무언가 불평하며 수화기를 나에게 주었다.

"혜리야, 할머니의 상태가 생각했던 것보다 더 안 좋다. 빨리 집으로 모셔 와야 해. 지금 정신 줄을 놓으시면, 영영 회복이 어려울지도 몰라. 아침이 되면 이쪽 여행사에 빨리 연락할게. 그리고 프런트에 연락해서 방을 바꿔라. 할머니의 마음이 좀 편해질지도 몰라. 좀 주무시게 해라. 기력이 있어야 비행기를 타실 수 있을 테니까."

"알았어요. 방 바꾸고 집으로 모셔 갈게요." 멍하니 엄마의 말을 되풀이했다. 다시 한 번 더 중얼거리면서 자신감을 찾아보려 했다.

프런트의 직원은 미심쩍어 했고, 무슨 문제가 있는 것인지, 언제까지 머무를 것인지를 물었다. 아마도 청소부가 우리가 방에서만 지낸다는 것과 음식이 썩어 가고 있다는 것을 보고했을 것이다. 나는 직원에게 할머니의 건강이 좋아지면 곧 떠나겠다고 말했다. 직원이 짐꾼을 부르려 해서, 괜찮다고 도움을 마다했다. 또 할머니의 공포가 시작되는 위험을 감수할 수 없었다. 이젠 더 이상 그 끔찍한 일을 감당할 자신이 없었다. 그래서 할머니를 터덜터덜 뒤따르게 하고, 모든 짐을 끙끙대며 날랐다. 방에 도착해서는 문이 제대로 잠겼는지 꼼꼼히 점검했다. 할머니가 지켜보는 동안 방을 이리저리 구석구석 살폈다. 서랍, 캐비닛, 침대 밑, 환기통, 전화, 시계 등을 일일이 손으로 만져 보며 확인했다. 점검이 완전히 끝난 후에야, 도청 따위는 없을 거라고 확신했다. 여전히 마음 한구석을 불안하게 하는 공포가 남아 있었다. 빨갱이가 우리를 잡으러 올지 모른다는 할머니의 말이 귓가를 맴돌았다.

아들이 있는 풍경

XVIII

온몸이 쑤시고 아팠다. 스트레스와, 긴장감, 절망이 뒤섞였던 지난 시간들이 심신에 타격을 주었다. 병의 기운이 온몸으로 퍼졌다. 밤새 잠 못 이루고 몸을 뒤척이며 땀과 악몽으로 점철된 시간을 보냈다. 목이 탔지만, 할머니를 깨우는 것이 두려워 침대에 누워 있었다. 억지로 잠을 청하여 다시 잠이 들었고, 아침에 눈을 떴을 때는 할머니가 보이지 않았다.

할머니를 부르며 램프에 몸을 의지하여 겨우 일어섰다. 내 목소리는 성대가 끊어진 것처럼 쉬고 거칠게 들렸다.

정말 빨갱이라도 들이닥친 걸까?

침입의 흔적이 있는지 일단 방 안을 둘러보았다. 무슨 일이 있었던 것 같지는 않지만, 확신할 수 없었다. 정신이 나갈 지경이었다.

옆으로 쓰러질 듯 휘청거리며 겨우 엘리베이터까지 갔다. 로비와 사람들, 가구까지 다 이상하게 보였다. 열로 인하여 시야가 술 취한 사람처럼 흐릿했고, 대리석 마루를 가로지르며 대걸레질을 하던 청소부와 부딪혔다. 그녀가 나를 물끄러미 쳐다보는 동안 할머니가 말하는 '그들' 중 한 명일 수도 있다는 생각이 들었다. 대걸레와 양동이는 위장이며, 훈련받은 북한의 납치공작원일 수도 있었다. 할머니의 입을 막고 손발을 묶어 지하실의 청소함에 숨겼다가, 국경으로 보낼지 모르는 일이었다. 바로 그때 할머니가 보였다. 할머니는 멀쩡히 컨시어지 데스크 의자에 앉아 계셨다.

"할머니, 여기서 뭐 하세요?" 다리에 힘이 풀려서 데스크를 짚어야 했다.

"코카콜라 하고 있어." 수신자부담전화인 컬렉트 콜(collect call)을 그렇게 발음하셨다. "여기 이 친절한 분이 도와주고 있어." 할머니의 낡은 수첩을 들고 있던 안내원을 가리켰다.

"손녀 분이신가 봐요." 안내원은 낭랑하면서도 중국 발음이 섞인 한국말로 물었다. "아버님께서는 잘 도착하셨나요?"

뒤돌아서 고개를 들며 응답했다. "아버지를 아세요?"

"네, 옌지에 가실 때 비행기 표를 구해 드렸어요. 따님이 작가라고 하셨어요. 즐겁게 얘기 나눴어요. 재미있고 좋으신 분이에요."

그녀가 너무 아는 체하는 것이 언짢았다. 자세히 뜯어보니, 미소와 정중함이 다른 직원들처럼 그저 형식적인 것은 아니었다. 날씬하고 내 또래쯤 돼 보였으며, 작고 부드러운 눈매와 창백할 정도로 하얀 피부에 발그레한 볼을 가졌다. 키는 내 어깨 정도였다. 가슴에 꽂은 명찰에는 '미스 조'로 적혀 있었다. 어쨌건 마음에 들지 않았다. 할머니가

아들이 있는 풍경

그녀와 함께 있는 것도 싫었다.

"죄송해요, 할머니. 이 번호로 전화가 안 돼요." 미스 조는 할머니에게 수첩을 돌려줬다.

"이상하다. 전에는 이 번호로 코카콜라 했는데." 할머니가 어리둥절해하며 귀를 긁었다. 며칠 전 할머니가 낮잠 자는 동안 최순만과 몇몇 사람들의 번호를 교묘하게 바꿔 놓았었다. "아일 비 백(I'll be back, 곧 다시 올게요)." 할머니가 인사하며 유명했던 SF 액션영화의 명대사를 말하셨다. 주인공인 아놀드 슈왈제네거보다 더 맛깔나게 읊으셨다.

우리 방으로 돌아와서 겨우 침대로 기어 올라갔다. 침대에 눕자, 기운이 다 빠져나간 기분이었다. 정신 차려야 한다고 스스로를 다독이며 이를 악물었다. 약한 내 모습은 싫었다. 수 세기에 걸쳐 여성들은 아기를 출산하고도 다음 날 논으로, 목화밭으로 혹은 전쟁터로 일하러 나갔다고 들었다. 겨우 독감에 무너질 수는 없었다.

할머니는 잠시 동안 의심스러운 눈으로 나를 노려보더니 손등으로 열나는 내 이마를 짚으셨다. 고개를 저으면서 싱크대로 가시더니 물을 한 컵 가져왔다. 침대 가장자리에 앉아 갈라진 내 입술에 물을 따라 주셨다. 물이 돌덩이처럼 바짝 마른 목구멍에 내려앉았다. 사레가 걸려 대부분의 물이 밖으로 나왔고 셔츠를 적셨다.

"너는 치료가 필요해." 할머니의 진단이 내려졌다.

저항하지 않았다. 할머니가 꼬집고 때리고 하는 경락마사지가 좋아서가 아니라, '치료'를 하는 동안 할머니의 마음을 다른 곳으로 돌릴 수 있기 때문이었다. 우리 둘의 정신건강을 위해서 어떤 신체적 고통도 참아 낼 각오가 돼 있었다.

할머니는 내 위에 머리를 숙이고 '치료'를 행하는 동안 하나님의 손길이 인도해 주기를 기도했다. 그러고는 검지와 중지 두 개를 사용해서 내 목의 살을 꼬집는 것으로 '치료'를 시작했다. 처음에는 그럭저럭 참을 만했는데, 할머니가 점점 더 열심을 내면서 아프기 시작했다. 다음 순서를 기다리며 몸이 오그라들었다. 할머니가 내 살점을 잡고 소리가 날 정도로 꼬집어 댈 때마다 몸이 긴장했다. 곧 목부터 가슴 부위까지 자줏빛과 보랏빛의 멍 자국이 생겨났다. 어쨌든 고통이 느껴지는 걸 보니까 아직 살아 있는 것은 분명했다.

세 시간 동안의 강도 높은 '치료'가 끝나고, 할머니가 충분히 했다고 선언했다. 할머니의 손도 불에 덴 것처럼 붉어졌다. 하지만 그 어느 때보다 침착한 모습이었다. "이제 좀 쉬어라. 곧 몸이 좋아질 거다." 다시 내 이마와 볼의 열을 확인하셨다. 나를 아껴 주고 돌봐 준다는 느낌을 갖게 해 줬다. 며칠 동안 겪은 정신적 고통과, 신체적인 피로 후에 절실하게 필요했던 위로였다. 일어나 할머니를 끌어안고 싶었지만, 마라톤을 뛴 것처럼 지쳐서 몸이 따라 주지 않았다. 겨우 눈만 움직일 수 있었다. 창 쪽으로 눈을 돌려 와인색 커튼 틈으로 보이는 하늘을 응시했다. 잉크처럼 검은 하늘에 빛나는 달과 반짝이는 별들을 바라봤다. 예전에 로스앤젤레스에서는 광활한 하늘을 바라보며 머나먼 이국에는 어떤 일들이 벌어질까 상상하곤 했었다. 이제 지구의 반을 돌아 이곳에서 같은 하늘과 같은 달을 바라보고 있자니, 집이 너무도 그리웠고 가슴을 파고드는 향수에 젖어 들었다. 창문틀로 기어 올라가 유리창에 얼굴을 기대고 달빛을 가까이서 받고 싶었다.

눈을 감고 이곳을 떠나는 것을 또 상상했다. 내가 너무 좋아하면서도 당연하게 여겼던 단순한 일들, 유쾌한 경험들을 떠올렸다. 설거지하고, 빨래하고, 청소하던 것조차도 그리워졌다. 감상에 빠져 있던 나를 우울한 현실로 부른 것은 욕실에서 울리는 전화벨 소리였다. 밖은 아직 어두웠다. 지금이 어제와 같은 밤인지, 다음 날인지 분간할 수 없었다. 다른 날일 수도 있는 것이 하늘이 다르게 보였기 때문이다. 별이 없었다.

천천히, 아주 느리게 뻐근한 다리를 절뚝거리며 방을 가로질러 욕실로 갔다. 온몸이 쑤셨다.

"어디 가니?" 할머니가 날카롭게 물었다.

"샤워 좀 하게요."

"이렇게 늦은 시간에?"

"땀을 많이 흘려서요."

"몸은 좀 괜찮으냐?"

"네, 좋아요. 하지만 좀 끈적끈적해요." 전화가 끊기지 않길 바라며 대답했다.

"내가 도와줄게."

"아니오. 지금은 몸이 훨씬 가벼워요. 혼자 할 수 있어요." 할머니의 답을 듣지 않고 욕실 문을 닫았다. 문틈에 수건을 끼워 넣고, 샤워기의 물을 틀고, 변기뚜껑 위에 앉았다. 샤워기에서 물이 콸콸 쏟아져 나오기 시작했고, 욕실은 곧 수증기로 뿌예졌다. 벨소리가 열 번쯤 울렸을 때야 수화기를 낚아채 귀에 눌렀다.

"할머니를 준비시켜라." 아버지가 속삭이고 전화를 끊었다.

희망과 기대로 심장이 뛰었다. 모두가 우리 쪽으로 달려오는 모습을 떠올려 봤다. 어림잡아 한 15시간 후면 모두가 이곳에 도착할 것이다. 조금 더 버틸 수 있다. 곧 만난다는 생각으로 겨우 평정심을 유지할 수 있었다. 15시간 후면 이 초조한 기다림과 광기로부터 벗어날 것이다.

새벽 4시 즈음에 욕실 전화벨이 또 울렸다. 이불을 걷고 막 일어나려는데, 할머니도 눈을 떴다. 주무시면서도 뭔가 들은 것 같았고, 간밤에 있었던 일을 눈치챈 것 같았다. 할머니에게는 소위 '육감'이라는 게 있었는데, 내 일거수일투족을 꿰뚫는 안테나 역할을 했다.

할머니의 눈을 피하면서 욕실로 향했고, 수건으로 틈을 막고 물을 틀어서 다시 한 번 방음의 효과를 시도해 봤다. "여보세요." 손으로 수화기를 가리며 속삭였다.

"혜리야." 아버지가 거칠게 숨을 몰아쉬며 내 이름을 불렀다. 문제가 있음을 직감했다. "네 개의 짐만 강을 건넜다."

전화기를 떨어트릴 뻔했다. 전화기에서 마구 쏟아져 나오는 정보에 쉼표를 붙이고 싶었지만, 아버지의 말과 그가 전한 뉴스의 파장이 너무 커서 몸이 부들부들 떨리기 시작했다.

"팀장은 일단 그들을 할머니에게로 데리고 갈 작정이다."

"안 돼요. 그가 그런 것을 결정할 수 없어요." 욕실 문고리에 눈을 고정하고 작게 속삭였다. 지금의 상황이 어처구니없어 입술을 깨물었다. 갑자기 우리의 계획이 실패한 것처럼 느껴졌다. 그들을 내버려 두라고 한 할머니의 판단이 옳았을 수도 있다는 생각이 들었다. 이건 있을 수 없는 일이다. 네 명만 빠져나오고 다섯이 남겨졌다. 변기를 뜯어 바닥에 던져 버리고 싶은 심정이었다. 하지만 진정하자고 중얼거렸다. 감정을 추슬러야 했다. 숨을 크게 들이마시고 정신을 차려 다시 말을 이어 갔다. "일단 돌려보내는 것은 어때요?"

"설득해 봤는데, 차라리 죽는 편이 낫대."

가이드가 수화기를 들었다. "할머니께 어떻게 해야 할지 여쭤 보세요."

"이런 소식을 어떻게 알려요? 이럴 수는 없는 거예요." 가이드에게 따져 물었다.

"그들을 돌려보낼 수 없다면 짐들을 빨리 옮겨야 해요. 여기에 두기에는 너무 위험해요."

"일단 돌려보내세요. 반도 나오지 못한 것은 있을 수 없는 일이에요."

"애란이 생각으로는……."

"애란 언니가 옆에 있어요? 바꿔 주세요."

"왜요?"

"바꿔 주세요!" 소리쳤다. 질문에 답할 시간이 없었다. 애란을 기다리는 동안, 그간 있었던 혼란스러운 사건들의 이모저모를 생각해 보았다. 머릿속에서 폭죽이 터진 것 같았다.

잠시 후 애란의 북한 억양이 들렸다. "여보세요?"

단호한 목소리로 나의 생각을 전했다. "애란 언니, 꼭 모두가 함께 와야 해요."

"나도 알아. 그렇게 하려고 아버지와 무척 노력했어. 강을 건너라고 애원하는 편지도 썼어. 하지만 말을 듣지 않아."

"다시 한 번 해 봐요. 또 편지를 써 봐요. 필요하다면 백 번이라도 시도해야 해요. 절절한 마음을 담은 최고의 편지를 써서 보내요. 제발 강을 건너라고 애원해 봐요." 그렇게 말했지만 나조차도 이게 최선의 방법인가 의심스러웠다. 변기 위에 앉아 무언가 더 효과적인 해결책은 없는지 머리를 이리저리 굴려 보았다. 별로 신통한 생각이 떠오르지 않자 욕지기가 나왔다. 바로 그때 한 가지 생각이 스쳐 지나갔다. 가이드를 바꾸라고 했다.

"무슨 일인데요?"

"내가 하나 생각한 게 있는데요. 내 책을 보내서 다른 식구들도 애란 언니와 외삼촌이 알고 있는 내용을 깨닫게 해 줘요."

"책은 부피가 너무 커요. 국경 경비에게 빼앗길 수도 있어요."

"그럼 겉표지와 마지막 장만 찢어서라도 보내요."

잠시 침묵이 흐르더니 가이드가 흡족한 목소리로 말했다. "아주 좋은 생각이에요. 그 방법이라면 효과가 있을 것 같아요. 우리도 가능한 한 빨리 갈게요. 자정 전 11시 45분 즈음에 로비로 내려가 짬뽕의 아내를 만나요. 우리가 조금 늦어진다고 기다려 달라고 해요." 통화가 끝났다.

변기뚜껑 위에 앉아 몸을 덜덜 떨다가 진정하고, 또 몸이 떨리기를 반복했다. 나와 아버지는 사실상 통제권을 상실한 상태였다. 통제권을 행사한 때도 없었다. 지금은 가이드와 팀장이 모든 일을 추진하고 있다. 팀장이 자신의 다큐멘터리를 완성하기 위하여 어떤 상황까지 감수할지 궁금했다. 어째서 가이드도 모두에게 이토록 큰 대가를 치르게 하면서도 이 일을 감행하려는 것일까? 어쨌건 모든 문제가 잘 풀려야 했다. 그렇지 않다면 예전의 일상으로 돌아갈 수 없을 것 같았다.

문을 두드리는 소리가 들렸다. 순간 몸이 굳었다. "그 안에서 뭐하니?" 할머니가 문을 쾅쾅 두드리며 물었다.

"곧 나가요. 다 끝났어요." 옷을 벗어 던지고, 샤워기에 머리를 적시면서 대답했다. 큰 수건으로 몸을 감싸고 다른 하나는 터번처럼 머리에 둘렀다. 욕실문을 열었을 때, 할머니는 멀리 서서 눈을 가늘게 뜨고 나를 훑어보고 있었다. 손이 또 떨리기 시작했다. 떨리는 손을 감추려고 양팔을 교차시켜 겨드랑이 밑에 넣었다.

"그 안에서 뭐하고 있었니?"

할머니께는 못할 짓이라고 생각했다. 세상은 불공평하다고 했던가.

"샤워했어요."

"또?"

"잠도 안 오고, 달리 할 일도 없어서요." 수건으로 가린 채 다시 침대로 기어 올라갔다.

할머니가 또 이마를 짚으셨다. "얼굴이 창백하다. '치료'를 해야겠어." 옷 안자락에서 항상 비밀 주머니에 지니고 다니는 경락마사지용 주걱을 꺼내셨다.

무엇이든 또 시간을 보낼 수 있다는 생각에 기꺼이 몸을 맡겼다. 차가운 주걱을 내 팔에 대고 물을 윤활유 삼아 마사지를 시작했다. 할머니가 피로해질 때까지 꽤 한참을 움직이셨다. 조금 기진맥진해졌을 때, 낮잠을 주무시라고 청했다. 그러나 다시 내 허벅지를 마사지하기 시작하셨다. 아버지와 모두가 도착할 때까지 돌아가며 온몸을 마사지할 수 있다고 생각했다.

할머니의 치료 덕분인지 일이 잘 풀릴 거라는 희망 때문인지, 몸이 한결 가벼워졌다. 죽도 먹고 옷도 입을 수 있었다. 바지를 끼어 입고 티셔츠를 걸치면서 혼자 중얼거리고 있는 것을 깨달았다. 머릿속에서 생각을 정리하고, 무엇을 먼저 처리해야 할지 일의 경중을 따지느라 중얼거리는 버릇이 생겼다.

저녁 10시가 되자 안절부절못했다. 손목시계를 계속 확인하며 볼을 살짝살짝 때렸다. 혼자 문을 나서려면 할머니와 큰 전쟁을 치러야 할 것 같았다. 화장실에 가는 것조차 할머니가 의심의 눈초리로 따라다니는 상황이었다. 잘 먹힐 것 같지 않은 핑계를 하나 찾았다. "커피가 떨어졌어요. 아래층 카페에 가서 커피 좀 마시고 올게요."

"이리로 가져오라고 주문해라."

"직접 가서 사 마셔야 더 싸요." 할머니가 이번 프로젝트의 비용을 계속 걱정하고 있는 것을 알고 있었다. 갑자기 갓 내린 커피 한잔이 진짜로 간절해져서, 입에 침이 고였다. 역시 따듯한 커피 한잔이 주는 매력이 있다. 그래서 내가 커피를 달고 살았겠지.

"나도 같이 간다."

"할머니에게는 피곤해요."

할머니는 벌써 내 뒤에 바짝 붙었다. "피곤하지 않아."

"빨리 돌아올게요."

"방해하지 않을게." 할머니는 벌써 문에 서 계셨다.

"할머니, 제발 이런 거는 혼자 하게 해 주세요."

"왜 자꾸 혼자 하려고 해?" 내 팔을 잡으셨다.

진퇴양난의 상황에서, 커피는 일단 포기했다. 나를 눈에서 떼 놓지 않으려 하셨다. 그때 더 이상 숨길 수 없다는 판단에 이르렀다. 할머니를 의자에 앉히고, 북의 가족이 드디어 탈출했다는 소식을 전했다. 인원수는 언급하지 않았다. 할머니가 감당하실 수 있을 거라 판단되는 사실만 얘기했다. 욕실에 걸려 온 두 번의 전화는 아버지였다고 설명했다. 아버지는 서울에 간 것이 아니라 그들과 함께 있고, 할머니는 이제 곧 아들을 만나게 될 것이라고 알려 줬다. 모든 얘기가 끝났을 때, 책상에 기대는 제스처로 모든 것이 사실임을 강조했다. 할머니는 반응이 없었다. 내가 쉴 새 없이 떠드는 동안 나를 지켜보면서, 내가 하는 말들보다는 하지 않은 이야기에 더 몰두하고 있었다.

"거짓말이 아니라는 것을 어떻게 믿을 수 있겠니?" 내 손을 가슴에 갖다 댔다.

"모두 오고 있니?"

"그러길 바라고 있어요." 나의 진심이었다. 할머니 스스로가 나머지 내용에 대해서 알게 될 거라고 조심히 생각했다.

"내 눈으로 내 아들의 얼굴을 보기 전에는 못 믿겠다." 냉정하게 말했지만, 할머니도 내 말이 진실이기를 누구보다 간절히 원하는 것을 표정으로 알 수 있었다. "거봐라. 너를 포함해서 모두가 나를 속이는 바람에 이젠 아무것도 못 믿겠어."

"큰외삼촌이 지금 이리로 오고 있다는 것이 진실이에요."

"너는 그렇게 쉽게 믿을 수 있는지 모르지만, 나는 너무 겁이 나서 기도했다. 가이드 그 사람이 진심으로 우리를 돕는 거라면 그를 보호해 주십사 기도했고, 만약 그렇지 않다면 그의 눈코가 떨어져 나가도 상관없다고 말이야. 그들은 모두 와야만 해. 모두 함께 와야만 해." 할머니는 무릎 위를 손으로 만지작거리다가, 며칠 만에 처음으로 밝게 웃어 보이셨다. 얘기를 하는 동안 할머니는 예전의 생기를 찾으셨다. 내가 알던 할머니의 모습으로 돌아온 것을 곧 깨달았다.

방을 나가기 전에 전화기 코드를 다시 꽂아 놓고, 티셔츠 위에 잿빛 재킷을 걸치고 호랑이무늬 스카프를 목에 둘렀다. 여름날 저녁의 옷차림치곤 너무 껴입은 것이지만, 온몸에 더 선명해진 붉고 푸른 멍 자국을 가려야 했다.

"조심해라." 할머니가 주의를 줬지만, 눈빛은 초롱초롱했다.

열심히 고개를 끄덕여 답하고, 새장을 벗어나는 기분으로 방을 나왔다. 엘리베이터 안으로 막 들어섰을 때, 불이 나가면서 한 번 크게 흔들리더니 멈춰 섰다. 칠흑 같은 암흑 속에 갇혔다. 머리가 쭈뼛쭈뼛

서고, 맥박도 소용돌이쳤다. 망할 놈의 빨갱이 얘기가 또 생각났다. 용기를 내 한 걸음 앞으로 나가 두 손으로 버튼 조작판을 찾았다. 버튼이 손에 잡혀, 모든 버튼을 마구 눌러 보았다. 다행히도 밑의 버튼 하나를 눌렀더니, 엘리베이터가 다시 한 번 흔들리더니 문이 열리면서 복도의 불빛이 새어 들어왔다. 하지만 문은 어린애 하나 겨우 빠져나갈 공간만큼만 벌어졌고 내 히프가 틈에 걸릴 것 같았다. 힘을 주어 문을 더 밀어 보려 했으나, 꿈적도 안 했다. 할 수 없이 숨을 깊게 들이마시고, 좁은 틈으로 몸을 들이밀고, 비틀어 가며 겨우 비집고 빠져나왔다. 골반과 귀가 스쳐서 얼얼했다. 자유로운 몸이 되자, 어두침침한 복도를 되돌아 깜깜한 방에 남겨진 할머니에게로 갔다.

"할머니?"

"거기 누구요?" 할머니의 목소리에 또다시 공포가 서렸다.

"어디 계세요?"

"저리 가!"

바닥을 더듬거리며 겨우 창가까지 갔다. 커튼을 걷어 달빛과 다른 건물의 조명이 들어오게 했다. 저쪽 구석에 한 마리의 동물처럼 몸을 동그랗게 웅크리고 납작 엎드려 있는 할머니를 발견했다.

"할머니, 내 손 잡아요." 몸을 숙이며 팔을 내밀었다.

할머니는 머리를 보호하려는 듯이 손을 들어 막는 시늉을 했다.

"저 혜리예요." 부드럽게 애교 떨며 말했다.

할머니는 눈을 몇 번 깜빡였다. "혜리니?"

"네, 할머니. 저예요."

할머니의 회색 눈이 왕방울만 해졌다. "아이고, 하나님 감사합니다. 놈들이 너를 잡으러 온 줄 알았다."

"할머니, 중국에서는 이런 일도 있는 거예요." 목소리에 경쾌함을 담아 말하였지만, 내 주장에 진실성이 있는지는 알지 못했다.

할머니가 구석에서 꿈쩍하려 하지 않아, 할머니 옆으로 다가가 감싸 안았다. 할머니의 몸이 얼음덩어리처럼 차갑게 느껴졌다. 위로 세워 보려고 어깨를 들어 올려 보았지만, 소용없었다. 할머니는 몸을 앞뒤로 흔들기 시작했다.

그렇게 30분가량 할머니를 안고 몸을 흔들며 앉아 있으려니, 갑자기 불이 들어왔다. 할머니는 아직도 공포를 다 떨쳐 버리지 못하였다. 얼굴은 그 어느 때보다 창백했고 일그러졌다. 나는 어찌할 바를 몰랐다. 이대로 할머니를 혼자 두고 나갈 수도 없었지만, 약속한 11시 45분이 다가오고 있었기에 방에 남아 있을 수만도 없었다. 가이드는 11시 45분이라는 시간을 특별히 강조했었다.

"할머니, 저 로비에 내려가 봐야 해요. 아시겠지요. 금세 돌아올 테니까, 문 잠그고 계세요." 할머니를 부축해 일어나 보려 했다. 할머니는 문으로 향하는 나의 손에 매달렸다. "꼭 문 걸고 체인을 거세요. 곧 돌아올게요. 모든 게 잘될 거예요." 할머니의 손을 한 번 꾹 누르고, 손가락을 하나하나 뺐다.

문을 닫고 나오자 내 뒤에서 문이 잠기는 소리와 체인 거는 소리가 들렸다. 엘리베이터에 다시 오를 용기가 나지 않아, 계단을 택했다. 아직도 뻣뻣한 다리를 조심스럽게 가누며 계단을 하나씩 내려갔다. 2층에 도착했을 때, 두 번째 정전이 발생했고, 하마터면 발을 헛디뎌 넘어질 뻔했다. 겨우 난간을 붙잡고 균형을 잡았다. 난간을 잡은 채로 1층까지 내려올 수 있었고, 비상구를 통해 로비로 들어섰다. 열 개는 넘어 보이는 촛불이 로비를 밝히고 있었다. 주위를 살펴 재빨리 전화를 찾았다. 전화를 받는 할머니의 목소리와 숨소리가 모두 안정적이어서 안심이 됐다. 로비를 지나 사람들이 무리 지어 있는 곳을 이리저리 둘러보았다.

짬뽕의 아내가 입구와 거리가 내다보이는 카페의 테이블에 앉아 있었다. 그녀는 색 바랜 청바지에 줄무늬 셔츠와 내가 북의 가족에게 전해 달라며 건네주었던 검정색의 후드 재킷을 입고 있었다. 별로 언짢지 않았다. 무엇이라도 또 줄 수 있었다. 아는 얼굴을 보는 것만으로도 너무 반가웠다. 나와 눈이 마주쳤을 때, 무언가 다급한 표정을 지었다가, 다시 표정을 바꾸어 무관심한 태도로 자리에 앉으라는 신호를 했다. 나도 아무렇지 않은 듯이 반대편 의자에 앉았다. 가까이서 보니 눈 밑이 부어 있었고, 예전의 발랄함도 찾아볼 수 없었다. 손을 뻗어 그녀의 손을 잡고, 낮은 목소리로 우리 가족 때문에 고생이 많다고 사례의 말을 전했다.

"괜찮아요." 작게 속삭이며 그녀가 자신의 손을 내 손 위에 얹고 토닥였는데, 눈물이 나올 뻔했다.

"너무 반가와요. 어떻게 이곳에 왔어요?"

"아침에 일찍 기차로 와서 당신의 친척들이 머물 곳을 알아봤어요."

"가이드와 아버지와 함께 창바이에 있었나요?"

"아니오, 하지만 옌지공항으로 모시러 갔을 때 잠깐 뵈었어요. 아주 좋은 분이세요."

마지막 말에는 대꾸하지 않았다. 미스 조의 경우와 마찬가지로 젊은 여성이 아버지에 대해 호감을 표하면 괜히 신경이 쓰였다. 왜 그런가 곰곰이 생각해 보니, 엄마의 얼굴이 떠올랐다. 두 분의 결혼이 사랑과 믿음에 기초한 것이 아니라면 내가 믿는 모든 가치가 흔들리는

아들이 있는 풍경

기분이었다. 너무 심각하게 생각하지 않기로 했다. 나는 가이드의 메시지를 전달하고, 입구에 눈을 고정했다. 회전문 입구 밖에는 몸집이 큰 가드 두 명이 호텔 앞에서 밤손님을 내리는 택시를 모니터링하고 있었다. 몇몇 택시들이 호텔 앞으로 다가왔다가 태울 손님이 없는 것을 확인하고는 그냥 지나갔다.

역 정면에 달린 시계가 약간 느려서, 내 손목시계의 시간과 비교하며 강박적으로 번갈아 확인했다. 15분의 여유를 둔 것은 도착시간에 대하여 낙관적인 전망이었던 것 같았다. 새벽 1시가 되자, 할머니가 엘리베이터에서 내렸다. 할머니의 고무신 바닥이 대리석 마루에 스치면서 끼끽 소리를 냈다. 할머니에게 의자를 내주면서 둘을 소개시켰다. 할머니는 짬뽕의 아내를 유심히 쳐다보았다.

"내 아들을 아나요?"

"아니오, 직접 만나보지는 못했어요."

"그러면 가이드는 알겠군요."

"네, 저와 남편이 이번 일에 가이드를 돕고 있어요."

할머니의 얼굴이 굳었다가 풀렸다 다시 굳어졌다. 할머니의 마음이 바뀌어 경계심이 올라가는 것이 보였다. 그때 택시의 불빛이 할머니의 시선을 빼앗아, 할머니가 창가로 달려가 창에 얼굴을 바짝 대고 섰다.

제발 그들이었으면 좋겠다고 생각했다. 기다림에 지쳐 가고 있었다.

택시의 빨간 불빛이 다른 차들과 마찬가지로 또 멀리 사라져 갔다. 할머니가 멀어지는 택시의 불빛을 물끄러미 바라보고 있었다. 하지만 나의 눈은 택시보다는 우리를 감시하는 가드를 의식하고 있었다. 그들의 눈이 내 뒤에 무언가를 좇아 옆으로 왔다 갔다 했다. 창문에 비친 모습에는 안경을 쓴 왜소한 남자가 신문으로 얼굴을 가린 채 로비에 앉아 우리를 엿보고 있었다.

나는 할머니 쪽 테이블로 다가가서 재촉했다. "늦었어요. 위층에 가서 기다리죠."

할머니는 불만을 표하면서도 따라나섰다.

"그냥 내가 하라는 대로 따라 주세요. 할머니를 위해서예요." 할머니의 손목과 팔을 잡아끌었다. 반항심에 할머니의 몸이 경직되는 것이 느껴졌지만, 손의 힘을 늦추지 않았다.

"당신은 어떻게 할 거예요?" 할머니가 짬뽕의 아내에게 물었다.

"저는 여기서 조금만 더 기다릴게요." 짬뽕의 아내가 정중하게 대답했다.

"집에 가서 눈 좀 붙이지 그래요." 할머니가 제안이라기보다 명령조로 말했다.

"감사합니다. 하지만 저는 여기서 조금 더 있을래요." 고개 숙여 인사하며 말했다.

나도 고개 숙여 그녀의 인사에 답했다.

방에 돌아오자, 할머니는 한참 동안 말이 없었다. 나와 마찬가지로 말하는 것이 두려워 보였다. 우리는 침묵 속에 옷을 입은 채로 침대 위에 나란히 누워 있었다. 할머니를 꼭 안아 드렸다. 오늘 밤 드디어 모두가 고대하던 시간이 온 것이다.

그날 밤 내내 긴장을 늦출 수 없었으며, 잠을 이룰 수도 없었다. 아무리 졸려도 눈을 부릅뜨며 버티고 있었다. 그렇지 않고 잠이 들면, 무언가 끔찍한 일이 일어날 것만 같았다.

XIX

아침 6시 30분에 요란하게 울려 대는 전화 소리에 할머니가 잠을 깼다. 아버지가 호텔방에서 건 전화였다. 갑자기 밀려드는 안도감에 기절할 것 같았다. 5분 후, 나와 할머니는 양치와 세수도 생략하고 아버지가 묵는 방으로 향하였다.

아버지는 이제 막 샤워를 마치고 바다색의 푸른 셔츠를 입고 있었다. 사향과 비누냄새가 어우러진 상쾌한 모습의 아버지를 보니 간밤의 악몽은 누그러들고 약간 현기증이 났다. 하지만 아침 햇살에 비친 아버지의 얼굴을 자세히 보니, 마법은 달아나고 적나라한 모습이 드러났다. 그 당당하던 체구는 쪼그라든 것 같았고, 더 작아진 얼굴은 피로에 찌들고 우울해 보였다. 이마에는 불그스레하게 베인 상처도 있었다. 상처를 살피러 앞으로 다가섰다. 7일 전 마지막으로 본 이후로 모습이 이토록 많이 변한 것이 믿기지 않았다.

아버지는 이번 여행에 대한 나머지 이야기를 들려주셨다. 우리를 떠난 후, 즉시 옌지로 갔고, 그곳 공항에서 짬뽕과 그의 아내를 만났다. 둘은 아버지를 가이드와 팀장이 머물고 있는 안전장소로 데리고 갔다. 그들의 차가 7층짜리 건물에 가까워지자, 아버지는 그 건물을 단번에 알아봤다. 예전에 묵었던 곳으로 최순만의 사위가 5층에 살고 있던 바로 그 아파트였다. 짬뽕과 그의 아내는 이 사실을 모르고, 바로 위층의 방을 렌트한 것이었다. 그들은 몰래 아버지를 6층까지 숨겨서 데리고 갔고, 일단 들어가서는 나오기가 쉽지 않았다. 내가 할머니와 가구 딸린 호텔방에서 갇혀 있는 동안, 아버지는 창바이는커녕 옌지의 아파트에서 꼼짝 못하고 있었던 것이다.

외숙모의 언니가 혜산을 떠나기 전에는 움직일 수도 없는 상황이었다. 하루에 한 번 애란이 강가에 나타나 소식을 전하였다. 애란은 매번 손으로 X를 표시해, 상황이 좋지 않음을 알렸다.

3일 정도를 기다린 후, 가이드와 아버지는 드디어 창바이로 출발할 때가 됐다고 판단했다. 짬뽕이 운전하여 창바이까지 갔고, 국경 마을에 사는 조선족 형제의 집에 둘을 내려 주었다. 조선족 형제의 집은 벽돌과 합판으로 지어진 방 한 칸짜리 집으로, 거리 몇 개만 지나면 바로 압록강이었다. 그 집의 뒤뜰에는 작은 토굴이 하나 있었는데, 아버지와 가이드가 애란의 신호를 기다리며 숨어 지내기 좋은 장소였다.

마침 광복절이었던 8월 15일, 아버지는 애란을 만나기 위해 강가로 갔다. 변장을 위해 낡은 녹색 셔츠를 걸치고 바지를 반으로 잘라 입고

아들이 있는 풍경

슬리퍼를 신었으며, 서구식의 안경은 벗었다. 아버지는 비누와 수건을 들고 꼬마아이를 대동하여 강가로 갔다. 물가에 쪼그리고 앉아 씻는 척하면서 애란이 나타나기를 기다렸다. 바로 그날, 애란이 아이를 업고 나타나 원을 그리면서 모든 것이 잘 해결되어 외숙모의 언니가 드디어 떠났음을 알려 왔다. 응답으로 아버지는 '내일'을 외치면서, 세 개의 손가락을 높이 들어 3시를 표시했고, 이로써 내일 새벽 3시에 모두가 강을 건너야 한다는 안내가 전달된 것이었다.

가이드와 조선족 형제, 아버지, SBS팀, 그리고 심지어 북한 쪽 경비대까지도 비상대기에 들어갔다. 이틀 전에 조선족 동생이 경비대와 그의 상관에게 이미 손을 써 놨었다. 장시간의 흥정 끝에, 아홉 명의 사람이 안전하게 강을 건너는 가격으로 10,000위안에서 4,000위안(465달러)까지 깎을 수 있었다.

약속된 시간에, 겨우 용운 삼촌, 학철, 그리고 아기를 등에 업은 애란만이 강에 나타났다. 문철이 또 달아난 것이다. 그는 탈북하지 않기로 결심했다고 한다. 최근에 당에 가입하면서, 졸업 후에는 직장도 약속받았다고 한다. 그래서 굶주림으로 기절하면서도 반드시 졸업하겠다는 강한 의지를 보인 것이었다. 문철은 대학 뒷산에서 풀을 뽑아 삶아 먹어 가며 공부할 정도로 학업에 열중했다고 한다. 이제 당에서 약속한 직장이 그에게는 생명줄이 되었다.

문철로 인하여 그의 어머니도 남았다. 모두가 탈북하게 되면 문철이 죽게 될지도 모른다는 생각에 떠나기를 거부했다. 미란은 떠날 준비를 다 마쳤었는데, 엄마가 신발 신던 딸을 안으로 끌고 들어갔다. 결국 미란은 울며 애원하는 엄마를 두고 떠날 수가 없어서 남았고, 문에서 아버지, 오빠, 언니를 배웅해야 했다.

학철은 탈북에 대한 계획을 아내에게 말하지도 않았다. 단지 할머니를 만나기 위해 강을 건넜다가 돌아오겠다고 한 것이다. 처음에는 그녀도 함께 가겠다고 했다가, 떠나기 3일 전에 아이가 아파 병원에 입원하게 되었다. 아이의 병세는 호전이 됐으나, 이번에는 아이 엄마가 마음을 바꿔 친정부모와 있겠다고 했다. 대신 할머니에 대한 인사로, 다음 날에 빨간색 우산을 들고 강가로 나오겠다고 약속했다. 남편과 작별하던 학철의 아내는 이것이 마지막 인사가 될 줄은 꿈에도 생각지 못했던 것이다.

네 명이 강둑에 도착했을 때, 경비대가 학철의 팔을 잡고 얼굴을 때렸다. 경비대는 강둑에서 비키라고 소리 질렀다. 겁에 질린 학철은, 잡힐 경우에 대비하여 몸에 지니고 있던 쥐약이라도 꺼내 입에 넣을 작정이었다.

애란이 학철을 말리고, 경비대에게 할머니를 만나러 가게 해 달라고 간청했다. 경비대는 혼란스러워졌다. 그들이 받은 명령에는 3시에 아홉 명이 건너가기로 예정되어 있었기 때문이다. 애란의 그룹이 명령 받았던 같은 그룹인 것을 확인한 경비대가 강을 건너도록 허락했고, 일행은 물에서 그들을 기다리고 있던 조선족 동생을 만났다.

조선족 동생이 앞장서고 서로에게 매달리며 일행은 탁한 강물을 한 걸음씩 걸어서 건넜다. 다행히도 강물이 허리께까지 줄어 걸어서 건너는 것이 다른 때보다는 수월했지만, 두렵기는 매한가지였다. 진흙으로 이루어진 중국의 국경 쪽으로 한 걸음씩 옮길 때마다, 총소리가 들리는 것 같았고, 총알이 살을 파고드는 것 같았다. 드디어 모두가 무사히 강을 건너 중국땅에 도착했다. 465달러로 생명을 건질 수 있었던 것이다.

모두 강둑을 지나자, 조선족 동생은 그들을 인도하며 재빨리 돌담을 넘었고, 어둡고 미로 같은 골목길들을 빠져나갔다. 불빛이 어둑한 벽돌집에 도착해 자신들을 기다리고 있는 아버지를 보았을 때, 모두 땅바닥에 주저앉아 눈물을 흘렸다.

하지만 네 명만 빠져나온 것을 보고 아버지는 충격에 빠졌다. 다섯이 북에 남게 된 것을 깨닫자, 아버지는 너무 화가 나서 어쩔 줄을 몰랐다. 아버지가 돌아가야 한다고 제안했고, 그들은 그럴 바엔 차라리 죽는 편이 낫겠다고 거부했다.

어쩔 수 없이 가이드와 아버지는 그들과 함께 창바이에서 빠져나오기로 결정했다. 더 이상 조선족 형제네 집에 머무르는 것은, 모든 사람을 위험에 빠트리는 일이었다. 네 명의 탈북가족은 서둘러 요기를 하고, 옷을 갈아입고, 얼굴을 씻었다. 더 이상 지체할 시간이 없었기에, 아침 6시 안개가 걷히고 하늘이 금빛으로 물들 때 즈음에는 모두가 떠날 준비가 돼 있었다.

원래 가이드는 세 대의 차를 마을의 각각 다른 장소에 준비해 놓았다. 하지만 그룹이 반으로 줄어, 차 한 대는 버리고 가기로 했다. 가이드, 팀장, 촬영기사, 조선족 동생, 그리고 학철은 앞차에 탔다. 학철은 신분증이 없었기 때문에 이 길을 이미 여러 번 운행한 경험이 있는 중국인 운전자의 앞차에 올랐다. 이 중국인 운전기사는 창바이에서 선양으로 가는 서부지형의 모든 길을 꿰뚫고 있었다.

짬뽕이 운전하는 그의 빨간색 택시에는 외삼촌, 애란과 아기, 아버지, 그리고 또 다른 촬영기사가 동승했다. 두 대의 차는 1.5킬로미터 간격으로 달리면서 워키토키로 연락을 주고받았다. 말을 주고받았다기보다는 신호를 교환했다. 앞서가는 차가 한 번을 클릭하면 뒤차에게 멈추라는 경고였으며, 두 번의 클릭은 차를 버리고 숲 속 깊이 숨으라는 신호였다.

두 대의 차는 창바이를 벗어나 한 시간 거리의 첫 번째 경비초소에 도착하기 전에 신호 연습을 한 번 해 보았다. 가이드는 모두에게 모든 가능성을 열어 두고 각별히 주의할 것을 거듭 당부했었다. 증가하는 탈북자들이 숲에 숨어드는 것을 의식하고 중국이 국경지역에 대한 경비를 강화했다고 설명했다. 몇몇 절박한 탈북자들은 가정에 침입해 음식을 훔쳤다고도 했다. 그 결과로 중국인들은 탈북자들을 발견하면 열심히 보고했고, 경찰도 그들을 찾아내 북으로 되돌려 보내는 데에 혈안이 되어 있었다. 북으로 송환되는 탈북자들에게는 끔찍한 보복이 기다리고 있었다. 1996년 12월 26일자 「동아일보」 기사에 따르면, 400명이 넘는 탈북자들이 중국당국에 의해 체포되어 북에 송환된 것으로 집계되었는데, 이는 명백한 국제법 위반이었다.

탈북자들이 체포되지 않는다 해도 생존의 가능성은 희박했다. 그들은 악천후나 험악한 지형 등 최악의 자연환경을 만나거나, 아니면 호랑이, 흑곰, 표범이나 다른 맹수들의 표적이 되기가 일쑤였다.

첫 번째 경비초소에 다다랐을 때, 학철, 애란과 아기, 외삼촌은 초소를 돌아가기 위해 차에서 내렸다. 두 차가 요금을 지불하고 안전하게 초소를 지나는 동안 조선족 동생이 이끄는 가족은 들판을 걸어갔다. 그러고는 앞에 먼저 도착해 기다리고 있던 두 차에 다시 올랐다.

선양까지 반쯤 되는 거리에 두 번째 초소가 있었는데, 어깨에 기관총을 멘 군인들이 길을 막아섰다. 가이드는 즉시 워키토키를 두 번 클릭하여 위험을 경고했다. 짬뽕이 신호에 응답하여 갑자기 브레이크를 밟는 바람에, 탑승자 모두의 몸이 앞으로 쏠렸고 아버지는 계기판에 이마를 부딪쳤다. 탈북가족과, 조선족 동생, SBS의 촬영기사는 재빨리 숲 쪽으로 피신했다.

사람들이 눈에서 사라지기를 기다렸다가, 짬뽕은 갔던 길을 돌아나와 얼룩덜룩한 바리케이드 가까이로 차를 운전해 갔다. 두 명 중 한 명이 창가에서 아버지를 내려다보고 있는 동안 무뚝뚝한 군인이 짬뽕을 검문했다. 먼저 신분증을 요구했다. 아버지도 그 무뚝뚝한 군인에게 여권을 건네주었다. 아버지의 감청색 미국여권을 본 두 군인이 짬뽕과 아버지에게 총을 겨누었다. 군인들은 아버지가 무슨 일로 국경에 왔는지 답을 요구했고, 아버지는 관광차 온 것임을 여러 번 강조해야 했다. 군인들은 미국 스파이가 아닌지 의심하며 비자와 여권을 자세히 살핀 후, 차를 뒤지기 시작했다. 그들은 후드, 트렁크, 좌석 밑의 공간까지 샅샅이 뒤졌고, 아무것도 발견하지 못하자 그제야 통과를 허락했다.

짬뽕은 택시를 출발했고, 몇 분 후에는 먼지 이는 흙길을 달리고 있었다. 한 5, 6킬로미터를 더 달린 차들은 목조 가옥으로 보이는 정비소에 멈춰 섰다. 앞차는 수리 중인 것처럼 후드를 올린 채 주차돼 있었다. 짬뽕도 차를 세우고 역시 후드를 올렸다. 찌는 날씨에 그렇게 3시간을 기다린 후에야, 애란의 일행이 숲 쪽에서 비틀거리며 걸어 나오는 모습을 볼 수 있었다.

조선족 동생은 일행을 이끌고 숲 속 깊이까지 들어갔으며, 언덕을 넘어 작은 움막집들로 이루어진 마을을 지났다. 그는 마을과 사람들의 눈에 띄지 않게 이동하기로 되어 있었으나, 애란의 상태가 좋지 않아 지름길을 택했던 것이다. 애란은 푹푹 찌는 더위와 장거리 여행으로 심한 구토증상을 호소했다. 이동 중에도 차는 애란을 위해 몇 번을 멈춰 서야 했다. 애란은 구토와 탈수로 체력이 너무 약해졌고, 이런 모습을 지켜본 아버지는 애란이 이 힘겨운 여행을 견뎌 낼 수 있을지 걱정이 됐다. 그녀는 축 늘어진 채 흔들리는 차 안에서 제 한 몸 버티기도 힘든 상태였으나, 다행히도 아기는 울음소리 하나 내지 않았다. 숨 막히는 더위 속에서 울퉁불퉁한 길을 흔들거리며 달리는 동안, 아기는 아무 소리 내지 않고 힘없는 엄마의 팔에 안겨 있었다.

새벽 4시, 애란의 일행이 강을 건넌 지 25시간 만에, 두 대의 차는 진흙이 범벅이 되어 선양에 도착했다. 그러고는 즉시 짬뽕의 아내가 아홉 명을 위해 준비해 둔 안전장소로 갔다.

이야기를 마치고, 아버지는 금테 안경을 벗고, 눈물을 닦아 내듯 두 손으로 얼굴을 쓸어내렸다. 그러고는 두 손가락으로 콧날을 잡고 꾹꾹 눌렀다.

아버지의 표정에 어두운 그림자가 스쳐 지나가면서 얼굴을 찌푸렸다. "애란이가 남은 사람들을 데리고 나올 계획을 한 번 더 세워 보자고 간청했지만, 엄마와 문철이를 설득할 길이 없어요. 둘은 진정한 공산당원이에요. 엄마는 친정 쪽으로는 전쟁 중에 월남한 사람도 없고, 열여덟 살 때부터 당원이었대요."

아버지는 중국 남자들처럼 가래를 기침으로 끌어내 냅킨에 뱉었다. 그러고는 체념한 듯 의자 깊숙이 앉으며 한숨을 내쉬었다. "자식들 중에는 문철이가 엄마를 설득할 수 있었을 텐데, 지금은 졸업장에 사로잡혀 학교로 다시 떠난 거죠. 문철이가 생각을 바꿨으면 지금 모두가 강을 건너와 있었겠죠. 나도 화가 나면서도, 문철인들 어찌 알겠어요. 태어나서부터 공산주의 선전만 듣고 자랐는데요. 게다가 스물다섯이면 가장 이상에 빠지기 쉽고 열정적인 나이예요."

아버지의 말이 머리로 파고들었다. 나를 버리고, 문철의 입장에서 생각해 봤다. 그는 어쩌면 밖의 세상에 대해서 아는 것이 하나도 없고, 얼마나 많은 일이 가능한지 모를 것이다. 그가 아는 것은 오로지 당이 주입한 선전들이다. 물론 당은 방송과 신문을 철저히 통제했다. 평양에 있는 중앙방송국에는 3개의 채널만이 있다. 다른 도시들은 그나마 한 개의 채널만 받는다. 북한에는 두 개의 AM라디오 네트워크와 한 개의 FM라디오 네트워크가 있다. 라디오 다이얼도 정해진 주파수만 수신하도록 고정돼 있어, 북한주민에게 진실을 드러낼지 모르는 모든 외부방송은 차단되었다.

"책은 보내졌나요?" 내 목소리가 불길하게 낮게 들렸다.

"뭐라고?"

"내 책이오. 보냈나요?"

"애란이 편지와 함께 책의 겉 페이지와 마지막 장을 돌돌 접어 작은 뭉치로 만들어 미란이에게 전달됐다. 하지만 책에 이름들이 적혀 있는 것을 보고도, 당을 배반할 수 없다고 한다."

"공포는 사람을 마비시키고 현명한 결정을 할 수 없게 만든다. 빨갱이들이 공포를 통하여 주민을 통제하는 거야. 세뇌당하는 거지." 할머니가 치맛단으로 눈을 닦으며 말하셨다.

"가족의 반이 이미 떠났고, 북에는 더 이상 희망이 없다는 것을 깨달으면 애란 엄마도 올 것이다."

"만약에 오지 않으면요?" 내 목소리가 떨렸다.

아버지가 손등으로 상처를 누르며 뭔가 곰곰이 생각했다. 우리가 아버지의 답을 기다리고 있다는 것조차 잠시 잊은 것 같았다. 그러고는 기도하는 모습으로 손바닥을 맞대고 입술에 갖다 댔다. 드디어 아버지가 나를 바라보며 나직이 말했다. "더 이상 우리가 할 수 있는 일이 없지." 그러고는 무언가를 말하려는 것처럼 입을 열었으나, 차마 말을 잇지 못했다. 대신 아버지는 고개를 끄덕였다.

흥분으로 가슴이 떨렸다. 오랜 공포 끝에 희망이 찾아오더니, 아드레날린이 혈관을 타고 흐르다가 순수한 에너지로 전환됐다. 나는 방을 날아다니며 아기용품들을 가방에 주워 담았다. 줄리 언니가 애란의 아기를 위해 선물패키지를 준비했었다. 언니는 우유병이니, 종이 기저귀니, 베이비 크림, 물티슈, 체온계, 고무젖꼭지, 턱받이, 아기 옷, 우유 따위를 사 두었다. 우유에는 모유만으로는 부족할지 모르는 비타민과 영양소가 들어 있었다. 언니는 아기가 우유를 소화하지 못할 경우를 대비해 두유까지 준비했었다. 나로서는 생각도 못할 일이었다. 언니는 그런 식으로 현명하고 사려 깊은 데가 있었다.

가방을 두 번 잡아당겨 지퍼를 채우고 어깨에 멨다. 방문을 나가려다가 비디오카메라 가방에 눈이 멈췄다. 거의 까먹을 뻔했다. 다시 돌아가 가방을 잡아 들었다.

우리는 바쁘게 움직였다.

오랜만에 할머니를 걱정하며 걷지 않아도 됐다. 하지만 멍이 든 목뒤의 근육을 당겨 대는 어깨의 가방들은 무거운 닻처럼 느껴졌고, 며칠 동안 운동을 하지 못한 다리는 힘이 없고 뻣뻣했다. 우리는 서로에게 몸을 부딪치기도 하면서, 같은 걸음으로 계단을 내려가 로비를 지났다. 현관에 다가갈수록 기분이 좋아졌다. 회전문을 힘차게 열고 드디어 공기가 상쾌한 밖으로 나왔다. 햇빛에 눈이 부셔 순간 휘청했다. — 거의 13일 동안 어두운 방에 갇혀 있다 나오니 태양이 역광을 비췄다 — 손으로 눈을 가리자 작은 점들이 사라지고 사물을 제대로 볼 수가 있었다. 손을 치우고 몸을 뒤로 살짝 젖히고 심신을 하늘을 향해 열었다. 태양과 상쾌한 공기가 정신을 맑게 해 주었으며, 앞으로 있을 재회를 위한 에너지도 불어넣어 주었다. 택시를 찾아 조용히 할머니 옆에 자리 잡고 앉았다. 할머니는 여러 상황을 고려해 볼 때 꽤 잘 버티고 계셨다. 강렬한 눈빛만 빼면 매우 편안해 보였다.

5분 뒤 택시는 화려한 궁전 앞에서 갑자기 멈춰 섰는데, 궁전은 초록과 노랑의 타일이 지붕을 장식했고 각 코너에는 비늘이 덮이고 발톱이 보이는 황금용이 터를 보호하는 모습으로 앉아 있었다. 선양 고궁은 동쪽의 구시가지 중심에 위치해 있었다. 이 왕궁은 중국의 문화혁명기에도 파괴되지 않고 보존된 두 왕궁 중 하나였다. 1625년에 건축을 시작하여 1636년에 완공된 궁전으로서, 청 왕조의 창건자가 지낸 곳이며, 선양이 만주의 수도였음을 증명하는 곳이었다. 베이징 자금성의 축소판인 이 궁은 유명한 관광지였다. 입장권 판매소 위쪽에 걸려 있는 녹슨 간판에 색 바랜 붉은 글씨로 'Wisitor'(방문객을 뜻하는 'Visitor'의 오타)라는 영문이 쓰여 있었다. 35위안이면 방문객은 누르하치 황제와 그의 아들이 보석으로 장식된 왕좌에 앉았던 고대의 왕궁 터를 둘러볼 수 있었다.

가이드가 왜 이렇게 눈에 띄는 곳을 약속 장소로 정했는지 의아했다. 인도가 비좁아 서 있던 사람들이 도로 쪽으로 떠밀려 내려오는 바람에, 택시에서 내리는 동안 사람들에 휩싸였다.

"혜리!" 누가 내 이름을 불러서 둘러봤다. 짬뽕의 아내가 붐비는 거리의 인파를 헤치며 이리로 오고 있었다. 옆에 대기 중인 택시에 타라고 손짓했다. 나는 뒷좌석에 올라 할머니와 아버지 사이에 자리 잡았다.

짬뽕의 아내가 중국어로 지시하자, 기사가 굼뜨게 고개를 끄덕이고 기어를 내렸다. 택시는 털털대고 흔들리면서 몇 개의 블록을 지나 다시 우리가 온 방향을 향했다. 옆으로 글로리아프라자호텔이 점점 커졌다가 다시 작아지더니 시야에서 사라졌다. 택시가 도로를 벗어나 주택가의 인도 옆에서 섰을 무렵에는 땀을 흘리고 있었다. 기숙사처럼 다닥다닥 붙어 있는 건물들은 실제로 어느 회사가 관리하는 직원용 관사였다. 다시 한 번 가이드의 논리를 따져 봤다. 회사 직원들이 살고 있는 관사가 과연 얼마나 안전할까?

청바지를 잘라 만든 반바지 주머니에 손을 끼워 넣고 앞에서 걷던 짬뽕의 아내가 모퉁이를 돌면서 우리에게 움직이지 말라고 신호하고 사라졌다. 더운 대낮에 길가에 남겨진 처지였다. 등을 내리쬐는 햇빛이 점점 더 강렬해졌다. 어디선가 갇힌 고양이인지 아기인지 울음소리가 나서 주위를 둘러보았다. 주변의 사람들이 우리를 빤히 쳐다보고 있는 것을 깨닫고 소름이 끼쳤다. 한 여인은 의자에 앉아 밝은 노란색 실타래를 옆에 놓고 뜨개질을 하고 있었고, 버스정류장에는 무뚝뚝한 표정의 사람들이 줄지어 있었으며, 아이들은 손수레에서 아이스크림을 사고 있었다. 이 모든 사람들이 우리를 의심의 눈으로 쳐다보는 것 같았다.

짬뽕의 아내가 모퉁이에 다시 나타났을 때, 날씬하고 아이처럼 매끈한 피부를 햇볕에 그을린 사내가 나타났다. 그가 누구인지 금세 알아볼 수 있었다. 가이드를 돕던 조선족 동생으로 녹색팬티 바람에 압록강을 건너 애란의 편지를 받아 왔던 사람이다. 밝은 대낮에 가까이서 보니, 그의 눈동자는 매우 투명했고 보통의 동양인들처럼 짙은 갈색이라기보다는 황금빛에 가까운 눈을 가지고 있었다.

조선족 동생은 할머니의 팔을 잡더니, 몸을 살짝 돌려 우리 나머지 사람들에게 자신이 블록 끝에 이르기 전까지는 따라오지 말라고 지시했다. 블록 끝까지는 대략 60보 정도 되는 거리였다. 나는 본능적으로 할머니를 잡았다. 할머니를 남에게 맡기는 것이 익숙지가 않았다. 어릴 때부터 할머니를 곁에 두고 싶어 하던 버릇이 있었다. 하지만 어쩔 수 없이 할머니를 놓아야 했다. 할머니의 모습이 멀어질수록 할머니의 은색 머리에 눈을 고정하고 끝까지 눈에서 놓지 않았다. 할머니의 반짝이는 은빛 머리는 마치 길을 밝히는 불빛 같았고 그 외의 모든 것은 희미해졌다.

조선족 동생이 목표지점에 이르렀을 때, 우리 세 명도 고개를 살짝 숙인 채 같은 길을 걷기 시작했다. 블록 끝 지점에서는 자갈 깔린 뜰을 가로질러 건물들이 음산한 미로처럼 겹쳐 있는 구역으로 들어갔다. 공산국가의 도시계획에서 방향 감각은 무시되고, 다만 주요 고려사항은 최소한의 공간에 최대의 인원을 수용하는 것으로 보였다.

조선족 동생이 할머니를 이끌고 뒤쪽에 있는 7층짜리 박스형 건물 안으로 들어가는 동안, 내 눈은 할머니에 고정돼 있었다. 입구에 들어서자, 남자와 할머니가 계단 밑에서 가파른 계단을 올려다보고 있었다. 안전가옥은 맨 위층이었다. 나보다 덩치가 작은 조선족 동생이 할머니를 업고 오르겠다고 제안했지만, 할머니는 고집 세게 거절하고 계단을 오르기 시작했다. 할머니의 심장이 힘겹게 요동치며 다리를 허우적거리는 모습이 상상됐다. 할머니는 겨우 3층에서 기진맥진했다. 숨을 몰아쉬며 난간에 기대어 다리의 무게를 덜고 있었다. 할머니는 결국 항복했고, 우리는 할머니를 젊은이의 등에 맡겼다. 놀랍게도 160센티미터 정도밖에 안 되는 키와 날렵한 몸매을 지닌 남자는 꽤 강단이 있었다. 그는 할머니를 업고 나머지 층계를 다 올라갔다.

드디어 마지막 층에 도착했다. 우리 모두 거칠게 숨을 몰아쉬었다. 나는 허리를 숙이고 손으로 무릎을 짚은 채 고개도 들지 못했다. 어느 정도 숨을 고르고 할머니의 상태를 살폈다. 땀에 젖은 머리카락이 이마에 쩍 붙어 있었고, 봉긋했던 블라우스 소매는 맥없이 처져 있었다. 나의 시선을 의식한 할머니가 떨리는 손으로 머리를 가다듬고 블라우스의 소매를 매만졌다.

"할머니, 괜찮으세요?"

"괜찮아. 들어가자." 다시 한 번 기운을 차려 보는 할머니의 숨소리가 힘겹게 들렸다.

할머니의 지시에 따라 조선족 동생이 철문에 귀를 대고 조심스럽게 노크로 신호했다. 마치 기다렸다는 듯이 요란한 소리를 내며 문이 반쯤 열렸다. 할머니를 뒤따라 안에 들어서자마자 제일 먼저 눈에 띈 것은 작은 빨간 불빛이 반짝이는 비디오카메라였다. 나는 다소 거칠다 싶게 카메라를 밀어 할머니가 설 수 있는 공간을 마련했다. 촬영기사가 조금 비켜 준 좁은 공간에 쪼그리고 앉아 할머니의 신발을 벗겨 드렸다. 신발을 신고 벗는 행위는 우리에게 깊이 배어 있는 문화이다. 신발을 벗으면서 집안을 훑어봤다. 가구가 거의 없는 거실은 주방을 겸하고 있었고, TV와 피아노가 있었다. 무엇보다 눈에 띈 것은 거실의 반을 차지하는 화장실로, 투명한 유리문을 통하여 흰색 변기와 욕조

아들이 있는 풍경

가 훤히 들여다보였다. 집주인이 화장실을 자랑하려고 투명 문을 달았나 보다 생각했지만, 그에 대해서는 말하지 않기로 했다.

팀장이 우리 왼쪽으로 닫혀 있는 방문을 열심히 가리켰다. 실내를 또 한 번 둘러보며, 가이드는 어디 있나 찾아보았다. 이 얇은 벽 뒤에 북의 가족이 있다는 것을 알고 있었다. 수년 동안 용운 삼촌과 애란에 대해 궁금해하고 이 순간을 상상만 하다가 드디어 여기에 모인 것이었다.

지금이 모두가 학수고대하던 그 순간인 것이다.

문에 다가가면서 심장이 요동쳤다. 순간 내 흥분이 갑자기 공포로 변했다. 이 사람들이 누구란 말인가? 할머니가 아들인지 확신할 수 없다면 어떻게 하지? 빨갱이들이 아들 행세를 하는 거면 어쩌지? 진짜 가족이라면 곧바로 알아보고 진한 정을 느껴야 하는 것 아닌가? 나에게 혹시 아무런 감정이 생기지 않아서, 표정에 티가 나면 어쩌지?

할머니가 제일 먼저 들어갔다. 나는 문을 열어 드리고, 뒤를 따랐다. 땀 냄새와 시큼한 악취가 코를 찌르는 가운데, 세 명의 낯선 사람이 땀으로 번지르르한 얼굴에 어색한 미소와 함께 우리 앞에 서 있었다. 몸이 부르르 떨렸다. 얼굴이 너무 수척해서 포로수용소에서 빠져나온 사람들 같았다. 학철의 얼굴에는 검은 얼룩과 붉은 반점들이 있었고, 그의 마른 몸은 새로 입은 감청색 반바지와 티셔츠 안에 감춰져 있었다. 셔츠의 어깨 부분이 삐쭉 나와 있는 것이 꼭 옷걸이에 걸려 있는 모습이었다. 남아처럼 짧은 머리에 검은 바지와 하얀 블라우스 차림의 여자가 애란이었다. 애란은 나보다 단지 6개월 위인데도, 피부는 풍파에 변색되고 얼굴은 부어 있었다. 그녀의 젊은 듯 늙어 버린 슬픈 얼굴을 들여다보니, 젊음과 아름다움의 흔적이 남아 있는 모습이 북한에서의 고된 삶에 대해 많은 것을 말해 줬다.

애란과 학철 사이에 서 있는 외삼촌은 마치 과거에서 온 살아 있는 유령 같았다. 그의 절박한 탈북자의 모습은 좀체 머리에서 떠날 것 같지 않았다. 가죽만 남은 것 같은 얼굴에서 움푹 파인 볼과 돌출한 광대뼈는 마치 해골을 연상케 했다. 이마에는 깊은 주름이 골을 이뤘고, 다듬지 않은 하얀 콧수염 옆에도 깊은 팔자주름이 선명했다. 이마 뒤로 넘긴 머리도 정수리 부분은 백발이었고, 단지 두꺼운 눈썹만이 진한 검은색으로 작은 초승달 모양의 눈을 가지고 있었다. 동공처럼 검은 홍채는 차고, 깊고, 텅 비어 보였다.

우리의 도착으로 놀라고 흥분한 가족은, 곧장 할머니에게로 달려가 서로 부둥켜안고 이름을 부르며 울었다.

"어머니, 어머니, 아이고, 어머니!" 외삼촌은 반복해서 할머니를 부르며 흐느껴 울었다.

"할머니, 할머니, 할머니!" 학철과 애란도 감정이 복받치는 목소리로 할머니를 불렀다.

그들은 그렇게 한참을 서로를 붙들고 서 있었다. 할머니를 부르며 흐느끼던 소리는 리듬이 느려지더니 나중에는 기괴하게 울부짖는 소리로 들렸다. 할머니는 조용히 눈물을 흘리면서 서 있었다. 눈물이 얼굴의 주름을 타고 처진 입가로 흘러내리는 동안, 할머니의 턱이 떨렸다.

문 앞에서 이 가슴 아픈 장면을 보고 있자니 가슴이 먹먹해졌다. 나도 목이 메어 오고 차마 볼 수가 없어 눈을 돌려야 했다. 몇 분이 지나서야 마음을 가라앉힐 수 있었다. 다시 가족을 보니까, 세 명이 동시에 나에게로 다가와 떨리는 손으로 팔을 두르고 꼭 안았다. "혜리야, 혜리야." 세 명의 목소리가 울부짖었다. 식구들이 내 목을 감싸고

땀 묻은 뜨거운 얼굴을 등과 목에 기대는 바람에 내 다리가 버티지 못하고 이내 모두 바닥에 주저앉았다. 우리는 그렇게 팔과 다리가 서로 엉킨 채 서로를 잡고 앉아 있었고, 결국은 내 몸을 빼내야 했다.

할머니가 기도를 시작하셨다. 할머니의 목소리는 나지막하게 우리 머리 위를 떠돌았고, 무슨 말인지 이해하기 힘들었다. 다른 사람들도 할머니를 따라 엄숙히 고개를 숙이고 손을 모았다. 나는 두 눈을 굴리며 할머니의 꼭 쥔 손부터 외삼촌의 맨발까지 이리저리를 둘러봤다. 외삼촌의 발은 뒤틀리고 기이하게 생겼으며, 두꺼운 발톱은 누렇게 갈라져 있었다. 눈길을 위로 옮겨 외삼촌의 카키색 작업바지와 흰색 티셔츠, 외삼촌의 가느다란 목, 드디어 얼굴을 보았다. 파리 한 마리가 볼과 코 주위를 날아다녔다. 외삼촌은 파리 따위는 신경도 안 쓰는 눈치였다. 외삼촌의 얼굴을 찬찬히 뜯어보면서 닮은 점이 있나 살폈다. 적어도 할머니와 나의 엄마와 나하고는 닮은 데가 없어 보였다.

"아멘." 할머니가 기도를 끝내셨다. 할머니는 휴지뭉치로 눈을 두드리며 눈물을 닦았다.

"어머니, 우리 평생의 소원을 이루었습니다." 외삼촌이 할머니 앞에 무릎을 꿇으며 중얼거렸다.

"나머지 아이들과 애란 엄마도 와야 한다." 할머니가 진지하게 말했다. 그러고는 무언가 생각났다는 듯이 무릎 꿇고 앉아 있는 외삼촌에게 다가가 물었다. "우리가 평양에서 다녔던 교회 이름이 뭐였지?"

"상복교회요." 외삼촌이 곧바로 대답했다.

"그래, 맞아." 할머니가 겸연쩍게 웃으시며 말했다. "네 여동생 덕화가 물어보라고 했다."

이제 내 차례였다. 엄마가 나에게 맡겼던 색 바랜 사진 한 장을 꺼냈다. "이 분을 아세요?"

용운 삼촌이 한쪽 눈을 손으로 가리고 다른 쪽 눈에 사진을 가까이 가져가 살펴보더니, 크게 웃었다. "아무렴 아버지의 얼굴도 못 알아볼 줄 알았나? 아버지는 인물이 좋으시고 훌륭한 어른이셨지." 외삼촌이 자랑스럽게 말했다.

이 쭈글쭈글한 노인은 이용운 외삼촌임에 틀림이 없었다.

사실 그의 대답과 그가 알고 있는 것 때문이 아니라 그저 느낌으로 알았다. 그 깨달음과 함께 깊은 슬픔이 온몸에 퍼졌다. 외삼촌을 볼 때 안타까움과 함께 참담한 기분도 들었다. 자유를 얻은 대가로 가족을 잃은 이 기막힌 상황에 대한 참담함이다.

"모두가 다 왔으면 얼마나 좋았겠니. 나머지 가족도 꼭 와야 해. 모두 와야 해." 할머니가 재차 중얼거리셨다.

그때 귀를 찢는 우렁찬 어린 아기의 울음소리에 화들짝 놀랐다. 옆에 나무침대를 보았다. 몸집이 큰 아기가 대나무 돗자리 위에 엎드려 울고 있었다. 아기는 거친 천으로 기저귀가 채워져 있었고, 소풍용 돗자리를 잘라서 만든 것으로 보이는 싸구려 비닐이 기저귀를 감쌌다. 기저귀와 비닐은 로프로 고정돼 있었다. 무엇보다 놀란 것은 내가 예상했던 것보다 엄청나게 큰 아기의 덩치였다. 뒤통수가 눈에 띄게 납작한 것만 빼면, 아기는 무척 건강해 보였고 발육 상태도 좋았다.

"어머니의 손주예요." 외삼촌이 아기가 우는 중에 말했다. 아기의 이름은 고철혁인데, '불출'로 부르기도 한다고 했다. 남과 북을 넘나들었던 연극인 '신불출' 씨의 이름에서 땄다고 했다.

아기 불출은 할아버지의 말을 들으면서 딸꾹질을 하고 칭얼거렸다. 하지만 웬일인지 다른 아기들처럼 허공으로 팔다리를 차 대지 않고,

귀여운 하트 모양의 입으로 침을 배냇짓하며 얌전히 엎드려 있었다. 애란이 인형을 잡듯이 아기의 팔을 잡고 가뿐히 들어 올려 트림을 유도했다. 그것도 통하지 않자, 애란이 블라우스의 단추를 풀고 검붉은 젖꼭지를 꺼내 아기의 입에 물렸다. 아기는 사레에 걸려 캑캑대며 엄마의 가슴을 밀어 댔다.

"내가 안아 봐도 돼요?" 내가 용기를 내봤다. 애란이 기꺼이 아기를 넘겨줬다.

아기 불출은 덩치에 비해 그리 무겁지는 않았으나, 오줌 지린내와 아기 땀 냄새가 났다. 아기의 깃털처럼 부드러운 머리에는 땀이 송골송골 맺혀 습했다. 내가 머리를 닦아 주자, 슬픈 눈망울로 나를 올려다봤다. 그 눈망울의 무게가 느껴졌다. 이미 너무 많은 것을 겪고, 잃은 눈망울이었다.

"혜리는 결혼했니?" 외삼촌이 불쑥 물었다.

"최순만은 약혼했다고 하던데요?" 애란이 대답했다.

"네, 만나는 사람이 있었는데요. 혜리가 결혼은 원치 않았습니다."

비디오에 불쌍하게 비칠까 봐 걱정이 됐는지, 아버지가 나서서 대답하면서 나를 구해 주었다.

애써 태연한 척했지만, 가는 곳마다 결혼 얘기가 따라다니는 것이 죽을 맛이었다. 결혼이나 아이를 낳는 것으로 여자의 가치를 가늠한다는 생각 자체에는 반기를 들면서도, 사실 내 몸의 모든 세포가 나의 아기 갖기를 간절히 원했다. 이런 생각들로 인하여 얼굴이 화끈거렸다. 갑자기 입고 있던 재킷이 거추장스럽게 느껴졌고, 목에 둘렀던 표범무늬 스카프가 목을 조이는 것처럼 답답해서 재킷과 스카프를 벗어 던졌다.

그 순간 모두가 놀란 눈으로 내 목과 팔을 쳐다봤다. 할머니가 만들어 놓은 멍과 꼬집힌 자국들이 있다는 것을 기억해 냈다. 특히 애란이 충격받은 것 같았다.

"괜찮아요. 할머니가 해 주신 '치료'예요."

그래도 여전히 놀란 표정들이었다.

"진짜로 괜찮다니까요. 아프지 않아요." 치료의 방식을 설명하려고 했는데, 아기 불출이 다시 울기 시작했다. 가방에 손을 뻗어 아까 챙겼던 우유병을 꺼내 아기에게 권했다. 아기는 딱딱한 고무젖꼭지가 낯설었는지 살짝 오므린 손으로 병을 밀었다. 다시 한 번 시도해 봤다. 이번에는 미지근한 두유 몇 방울을 아기 입에 넣어 맛을 보게 했다. 아기는 입에 안 맞는지 두유를 뱉어 냈다.

불출은 이제 악을 쓰고 울고 있고 입에서는 우유가 질질 새어 나왔다. 어떻게 달래야 할지 몰라 학철에게 아기를 건넸다. 학철은 아기의 목을 받치면서 조심히 아기를 받아들었다. 학철이 아기를 흔들면서 자신의 손가락을 아기의 입에 넣어 빨게 했더니, 울음이 잦아들고 삼촌의 헐렁한 품에 파고들었다.

학철에게 왜 처벌이 엄중할 것을 알면서도 아이와 아내를 두고 왔는지 묻고 싶었다. 나도 역시 그들을 포기한 것으로 생각돼 마음이 몹시 괴로웠다.

"왜 천이와 아내를 두고 왔어요?" 모든 것을 알고 싶다는 생각에 결국 질문을 하고 말았다.

학철은 얼굴을 내리깔고 답하지 않았다.

나도 물러서지 않았다. "아내와 아들을 사랑하지 않나요?"

너무 솔직하고 당돌한 내 두 번째 질문에 방에 있는 다른 가족에게

서 어색한 웃음소리가 새어 나왔다. 어떻게 생각해도 좋았다. 나를 위해서 어떠한 설명이 필요했다. 사랑만이 인류에게 남은 유일한 희망이라 믿고 싶었다. 우리를 구원할 것은 쌀이나 돈이나 위대한 지도자가 아니라고 속으로 중얼거렸다.

"물론 사랑합니다." 학철이 또다시 고개를 떨구었다. "아내에게 모든 진실을 털어놓을 수 없었어요. 처음 결혼했을 때 할머니가 미국에서 살고 계신다고 말할 수 없었어요. 그건 아내에게 자랑스럽게 말할 수 있는 게 아니었어요. 아내와 아들을 위해 나도 남고 싶었어요. 하지만 할머니도 이것을 원한다고 아버지가 말씀하셨어요."

그의 말을 받아들일 수 없었다. 할머니가 무엇을 원한단 말인가? 그건 이유가 될 수 없었다.

"아픈 아기를 두고 온 것……. 지금은 뭐가 뭔지 잘 모르겠어요." 학철이 갈피를 잡지 못하고 힘겹게 말했다.

바로 그것이었다. 아이를 두고 왔다는 사실이 나를 너욱 화나게 했다.

애란이 남동생을 위해 나섰다. "미국에 계신 건삼 작은아버지한테서 첫 번째 편지를 받고 할머니가 살아 계시다는 소식을 듣기 전까지는 아버지가 혼자 집을 떠나 며칠이고 어디를 다녀오시곤 했어요. 어디 가시냐고 물으면 일곱 명 가족의 생사를 확인하러 간다 하셨어요. 저는 확인하는 것은 어려운 일이라고 생각했어요. 1989년에 당 조직 중에서 해외동포를 담당하는 부서가 아버지를 불렀어요. 책임자는 해외에 가족이 있느냐고 물었고, 아버지는 물론 없다고 대답했지요. 나중에 그들이 또 불러서 다른 가족에 대해 물었고, 그때 다른 나라에 가족이 살아 있음을 알려 줬어요. 하지만 어디인지는 말해 주지 않았어요. 그 소식 이후로 우리 가족은 또 다른 소식이 있나 기다렸지만, 아무런 더 이상의 정보를 얻지 못했어요. 1990년에 내가 평양에 있을 때, 그 사무실에 찾아가 가족에 대해서 더 알고 싶다고 도와달라며, 우리에게는 유일하게 남은 가족이라고 간청했어요. 그때 건삼 삼촌의 편지를 주면서 답장해도 된다는 허락을 받았어요. 그 이후 미국에서 돈 100달러를 동봉한 편지가 올 때마다 당은 90달러를 취하고 우리에게 10달러를 줬어요. 북에서는 식량배급이 중단된 상황이었기 때문에 그 10달러로 우리 가족이 지난 6년을 버틸 수 있었어요. 지난 6년 동안 정말로 하고 싶은 말은 편지에 쓸 수 없는 상황에서 미국의 가족이 방문하기만을 하염없이 기다리며 지내는 것은 괴로웠어요. 마침내 더 이상은 견딜 수 없다고 판단하게 됐어요. 나는 너무나도 절박했고 임신 중이었어요. 최순만이라는 사람을 만났는데, 돈을 주고 미국에 갈 수 있게 해 준다면 도와주겠다고 했어요. 그는 미국의 가족과 통화가 된 다음에야 우리를 잘 대해 주기 시작했어요. 돈을 조금 빌려줘서 암시장에 물건들을 몇 개 내다 팔 수 있게 해 줬어요."

"나도 너희를 방문하려고 많이 노력했다." 할머니가 침울하게 중얼거렸다.

"처음 6년은 오시는 걸로 믿고 기다렸어요. 기다리고 또 기다렸지요." 애란이 말했다.

"심지어는 당이 집도 수리해 주더라고요." 용운 삼촌이 설명했다. 그들의 당은 해외 방문객이 쇠퇴하고 무너져 가는 북한의 실상을 보는 것을 꺼렸다.

아버지가 우리 쪽 사정에 대해 설명하기 시작했다. "북한이 해외동포 방문을 허락하기 시작했을 때, 우리는 1993년에 방문을 계획하고 있었지만 다시 북한의 문이 닫혔다. 그래서 다시 미국에 있는 한국 여행사가 운영하는 단체관광 프로그램을 찾아 겨우 준비가 끝나 가는데, 공산당에 충성을 맹서하는 서류에 서명해야 한다는 거야. 거절하고는 보증금만 떼어 먹혔지."

"그래 오시지 않아서, 평양에 몇 번 더 가서 무슨 일인지 알아봤어요. 그들은 계속 올 거라고 말했지만, 이제 보니 그럴 수 없는 상황이었네요." 애란이 한숨 섞인 목소리로 말했다.

"어머니, 전쟁 중에 북한을 어떻게 빠져나갔어요? 저는 북한에 계셨던 것으로 생각했어요. 대동강에서 집으로 되돌아가신 것으로 생각했어요." 용운 삼촌이 물으면서 할머니의 손에 자신의 손을 얹고 부드럽게 비볐다. 할머니가 손을 빼고는 눈물을 훔치셨다.

"나는 네 동생들하고 폭파로 부서진 다리 위를 겨우 기어서 건넜다. 덕혜는 내 등에 업혀 있었지. 덕화만이 보트를 타고 강을 건넜다."

"다리를 기어서 건너셨다고요?" 용운 삼촌의 떨리는 목소리에는 경외감이 깃들여 있었다.

그해 겨울 여느 때와는 다르게 대동강이 얼지 않았다. 낚싯배와 낡은 범선이 사람들을 강 건너로 실어 나르고 있었다. 남으로 가는 길을 가로막고 있는 강을 건너기 위하여, 사람들은 이미 만원인 배에 오르려고 필사적으로 싸웠다. 여아들도 남자들처럼 사납게 욕을 하며 서로를 밀쳐 댔다. 당시에 열한 살이었던 덕화, 나의 어머니만이 악착같이 부여잡고 배에 오를 수 있었다. 그래서 할머니와 남자아이들은 폭파로 모양을 잃은 다리로 기어 올라갔다. 다리의 양쪽 끝은 그래도 형체가 남아 있었으나, 가운데에는 휘어진 철근만이 겨우 남아 있었다. 그럼에도 불구하고 사람들은 먼저 가기 위해 서로를 밀고 당기면서 다리 위로 아슬아슬한 걸음을 옮겼다.

"아버지의 누이와 누이의 가족은 어떻게 됐죠? 어머니와 함께 피난했나요?"

"네 고모부만 살고 다 죽었다. 고모부도 그 후에 어떻게 됐는지 모른다."

"모두 돌아가셨다고요?"

"네 아버지 쪽으로는 모두 단명하셨다. 그래도 네 아버지보다는 다들 오래 사신 거지."

"아, 아버지는 너무 일찍 돌아가셨어요." 용운 삼촌이 한탄조로 말했다. 어린 시절을 회상하는지, 삼촌의 눈동자가 좌우로 움직였다.

그 즈음에 팀장이 모두 할머니 주위에 모여 달라고 요청했다. 그때 갑자기 나타난 가이드가 고개를 끄덕이자, 그제야 모두가 팀장의 말대로 움직였다. 가이드는 일부러 카메라를 피해서 방 뒤쪽에 서 있었던 모양이었다.

용운 삼촌은 철재 접이식 의자에 할머니와 어깨를 나란히 하고 앉았다. 삼촌이 눈을 크게 뜨자 흰자위가 충혈된 것이 보였다. 카메라 앞에서 극도로 긴장한 눈치였다. 모두가 같은 표정인 것이 그럴 만도 하겠다 싶었다.

"이용운 씨." 팀장이 방송용 목소리로 이름을 불렀다.

이름이 호명되자 외삼촌이 의자 가장자리에 등을 펴고 몸을 곧추세우며 앉았다. 입을 하도 꽉 무는 바람에 상처가 아문 일자형 흉터 모양을 만들었다.

"머리가 하얗게 센 어머니를 만나 뵙고 또 손주가 생겨 할아버지가 된 것에 대해 어떤 기분이 드세요?"

"아들이 그렇게 꼬부랑 할아버지가 되지는 않았어요." 할머니가 팀장을 흘겨보며 한마디 하셨다.

팀장도 동의한다는 듯이 고개를 끄덕였다. "이용운 씨, 할머니께서 살아 계시다는 것을 맨 처음 알았을 때, 어떤 기분이었어요? 굉장히 떨렸을 것 같은데요?"

"말문이 막혔었죠." 외삼촌이 가이드를 흘끗 보면서 작은 목소리로 중얼거렸다.

"조금만 크게 말해 주세요." 팀장이 요구했다.

"말문이 막혔어요!" 삼촌이 목소리를 한 단계 높여 대답했다.

"왜죠?"

"모두 죽은 줄로만 알았었으니까요. 어머니가 살아 계시다는 소식을 처음 접했을 때, 집으로 달려가 모두에게 알리고 싶었어요. 하지만 겁이 나서 그럴 수 없었죠." 외삼촌이 할머니의 손을 잡고 다정하게 손등을 문질렀다. 할머니는 외삼촌의 손을 잡아 주지 않았다. 무슨 생각을 하시는지 통 알 수 없는 표정으로 딱딱하게 앉아 계셨다.

"할머니, 아들을 잃어버린 것보다는 차라리 죽은 것을 확인했다면 마음이 더 편했을까요?" 팀장은 할머니로부터 더 감정적인 반응을 이끌어 내려고 일부러 어려운 질문을 던졌다.

"내 보는 앞에서 세상을 뜨고, 내가 잘 묻어 주었다면 그토록 가슴이 아프지 않았겠죠. 아들이 살아 있다는 것을 처음 알았을 때, 몸은 건강한지 먹을 것은 있는지 모든 게 걱정이었어요. 자식 중 두 명이 함께 남았다면, 서로 도우며 살 것이니 마음이 더 편했겠죠. 혼자 남겨졌다는 것이 내 마음을 더 괴롭혔어요." 할머니가 손을 빼더니 마치 고통을 쥐어짜 내는 것처럼 블라우스의 앞자락을 꽉 쥐었다. 할머니가 아무것도 해 줄 수가 없어 더 안타까워했던 것을 나는 잘 알고 있었다.

"한국에 가면 어머니께 뭘 해 드리고 싶습니까? 생각해 보신 적 있나요? 할머니에게는 시간이 많지 않습니다."

"제가요?" 외삼촌이 멍하니 눈을 깜빡였다.

"네, 뭘 해 드리고 싶으세요?"

외삼촌이 할머니 쪽으로 고개를 돌렸다. "어머니, 내가 장남이니까 마땅히 할 도리를 하고 싶어요. 저희와 함께 살아요. 제가 돌봐 드리고 싶어요." 외삼촌이 두 손으로 할머니의 손을 다시 잡았다.

할머니가 또 손을 놓으시더니 몸을 뒤로 빼셨다. 외삼촌의 눈을 피하는 눈치셨다. "그럴 필요는 없다. 내가 가는 곳마다 모든 사람들이 나와 함께 살려고 한다." 이상한 말을 하셨다.

방에 숨통을 조이는 침묵이 흘렀다.

"어머니, 따뜻한 밥 한 끼는 차려 드릴 수 있게 해 주세요." 외삼촌은 멀리 도망가려는 풍선을 잡아 내리려는 듯이 이번에는 할머니의 팔을 잡았다.

팀장은 계속 밀어붙이며 인터뷰를 이어 나갔다. "이용운 씨, 한국에 가면 그 외에 무엇을 하고 싶으세요?"

용운 삼촌이 잠시 생각에 잠겼다. "우선 교회를 위해서 뭔가 좋은 일을 하고 싶어요." 외삼촌은 갑자기 감정에 복받쳐 어릴 적 불렀던 찬송가를 기억하고 노래하기 시작했다.

예수 없이는 희망이 없네.
예수는 내 생명이요 내 친구라네
예수를 떠나서는 한 순간도 살 수 없네.
아침에 주를 생각하며 눈을 뜨고

밤에 잠자리 들 때 주를 생각하네.

들에 나가 일할 때 주가 나를 보호하고

집에 홀로 있을 때 주의 사랑 느끼네.

물고기가 물을 떠나 살 수 없듯이

예수 없이는 살 수 없네.

애란이 경고의 눈빛을 보내자 외삼촌이 노래를 멈췄다.

"아버지는 나쁜 사람이에요. 찬송가를 마음속 깊은 곳에 저렇게 숨기고 있었으니 진정한 공산당원은 될 수 없었겠죠. 숙청당하거나, 총살당했을 거예요." 애란이 흐트러진 앞머리를 쓰다듬으며 긴장한 목소리로 웃었다.

그녀의 대답에 깜짝 놀랐다.

"그래도 김일성을 비난하지는 않았다." 외삼촌이 급하게 변명조로 말했다.

북한의 시스템과 이념은 너무 강력한 것이어서 가족들끼리도 서로 등을 돌리게 할 수 있는 것이었다. 당을 비난했다가는 배우자나 아이들도 아버지를 고발할 수 있는 곳이었다. 북한에서 이러한 상황은 일반적이었다.

"애란 씨, 중국에서 잠시 지내면서 생각이 혹시 바뀌었나요?" 팀장이 물었다.

애란이 침을 삼키고 허리를 폈다. 용감한 표정을 지으려 했으나, 이내 눈을 내리깔고 죄책감을 보이며 고개를 끄덕였다. "저는 평생 조국이 지상에서 으뜸가는 나라이며, 우리의 사회주의 제도가 최고라고 배워 왔습니다. 우리의 노래와 이야기는 그런 생각을 반영하죠. 당은 우리 북조선은 어느 민족보다 잘 산다고 선전을 했죠. 당은 우리에게 집과 식량을 주고……." 그녀는 갑자기 말을 중단하고 괴롭다는 듯이 눈을 감았다. 그녀가 다시 눈을 떴을 때는 눈물이 볼을 타고 쏟아지기 시작했다. 그렇게 한참을 말이 없다가 겨우 목메는 소리로 한마디 했다. "북조선에서의 삶은 끔찍했어요."

애란은 참담해 보였다. 외삼촌과 학철도 공감한다는 듯이 고개를 끄덕였다. 그 둘은 애란이 설명하는 바를 정확하게 이해했기 때문이었다. 위대한 지도자 김일성에 대하여 부정적인 발언을 한다는 것은 감히 아무도 생각할 수 없는 일이었다. 그들이 차마 입으로 말할 수는 없었으나 그들의 고뇌하는 눈빛이 고통을 대변해 주고 있었다.

팀장이 침묵을 깼다. "이 선생님, 여기에 앉으시죠." 그는 아버지에게 다 쓰러져 가는 의자 하나를 권했다. "지금 어떤 생각이 드세요?"

아버지는 몸을 뒤로 젖히고, 앞에 가지런히 놓인 손을 뚫어져라 쳐다보았다. "여기 이 자리에 북의 가족 중 네 명만 함께하는 데에 대하여 죄책감을 느낍니다. 내가 마치 큰 죄를 지은 기분이에요. 우리는 세 가족을 떼어 놓았습니다. 상황이 복잡해지고 장모님께서 북의 가족을 그냥 두라고 하셨을 때, 그렇게 할 수 없었습니다. 내 딸이 쓴 책이 벌써 나쁜 사람들의 손에 들어갔을 수도 있고요. 그렇다고 딸을 비난하는 것은 아닙니다. 혜리가 책을 쓰고, 북한에 반대하는 연설을 하며 여기저기 다닐 때에, 혜리와 좀 더 진지하게 얘기 나누지 못했던 저 자신을 자책하는 겁니다. 북한을 화나게 하는 것은 위험한 일입니다." 아버지가 한숨 지으셨다.

"창바이에서 혜리의 책을 처음 접했을 때, 이용운 씨가 우리 아버지인 것이 발각되면 우리 가족은 끝난 것이라 생각했습니다. 당에 잘 못하면, 죽임을 당하거나, 불구가 되거나, 아니면 추방당하는 것이 일반적이기 때문입니다. 그래서 떠나야 한다는 생각을 더욱 굳혔습니다. 살아야 했으니까요." 애란이 말했지만 마지막 부분에서는 무언가 희망을 잃은 것처럼 들렸다.

"살아야 했다고." 할머니가 쉰 목소리로 이상하게 웃었다.

"살아야 했어요. 할머니께서 우리에게 나쁜 일이라면 오라고 하셨겠어요? 이것이 우리에게 안 좋은 일이라면 왜 고모부께서 그 모든 궂은일을 마다하지 않고 하셨겠어요? 나는 내 아이를 위해서라도 강을 건너야 했어요."

"자, 이제 됐습니다." 가이드가 끼어들었다. "이 선생님, 내 동생이 세 분을 밖으로 안내하여 택시에 안전하게 태워 드리겠습니다."

"벌써요?" 내가 벌떡 일어나 믿을 수 없다는 듯이 쳐다봤다. 우리 가족의 재회가 그런 식으로 너무 갑자기 끝난 것에 당황스러웠다. 그곳에 있은 지 한 시간도 채 지나지 않았다. 나는 적어도 하룻밤은 같이 지낼 것으로 생각했었다.

애란, 외삼촌, 학철 모두 낙담한 표정이었다. 그들도 좀 더 시간을 갖고 싶은 표정이 역력했지만, 천천히 일어섰다. 그들은 웬일인지 가이드의 말에 고분고분 따랐다. 벌써 아까부터 가이드가 앉으라고 하면 앉고, 허리를 펴라 하면 펴고, 말하라고 할 때만 말하는 그런 눈치였다. 그들의 삶에 한 명의 독재자가 떠나고, 또 다른 독재자가 나타난 모습인 것이 영 불쾌했다.

모두가 모여 기념사진을 찍고 작별인사를 끝낸 다음, 나는 오랫동안 끼고 있던 쌍가락지를 빼서 애란의 손에 쥐어 주었다. "한 개는 미란이를 만나게 되면 끼워 줘요." 내 목소리가 겨우 들릴락 말락 하게 속삭였다. 만나면 무슨 말을 할까 여러 번을 연습하고 상상했건만, 아무 말도 생각나지 않아 더 이상 말을 이을 수가 없었다.

애란이 가느다란 고리로 연결된 두 개의 반지를 내려다봤다. 반지를 두 손으로 꼭 쥐면서 눈가에 눈물이 고였다. 무언가 따뜻한 위로의 말을 건네고 싶었지만 그마저도 불가능했다. 위로의 말은커녕 애란의 얼굴을 제대로 볼 수도 없었다. 네 명만 구했다는 참담한 생각이 마음을 끈질기게 괴롭히며 남아 있었다. 가족을 두고 떠나온 애란, 외삼촌, 학철에게도 책임을 묻고 싶은 생각도 조금 있었지만, 그들도 북한의 독재하에 경직된 사상을 주입받아 왔고 끔찍한 시스템은 가족마저도 파괴한 것이었다.

아들이 있는 풍경

XX

1997년 8월 20일

첫 재회 이후 중국에 머무는 동안 우리는 외삼촌과 가족을 만나지 못했다. 그들은 때 빼고 광내고 머리를 단장하느라 바빴다. 가이드는 하루에도 몇 번이고 양치하고 세수할 것을 조언했던 것이다. 학철은 특히 이 과정이 필요했는데, 그의 피부는 그야말로 숯덩이처럼 새까맣고 햇볕에 깊이 그을려 있었다. 그는 공대를 졸업했는데도 당이 아버지의 과오를 물어 광산의 막노동꾼으로 배치했었다. 애란도 유사한 차별을 겪었다. 그녀는 북한의 명문 김일성종합대학에 지원했었지만, 북한 사회에서 최하위 교육기관인 상업학교에 배치됐다. 애란은 궁리 끝에 방법을 찾아 신의주경공업대학에 다니게 됐다. 졸업 후에 맥주

공장에서 일하다가 결혼했다.

내가 이해할 수 없었던 것은 누나나 형이 받은 처우를 보고도 문철은 당이 자신을 총애하고 보호해 줄 것이라고 믿었다는 점이었다. 문철이 혜산에 돌아와 가족의 반이 떠난 것을 보고 북한에는 더 이상 기대할 미래가 없다는 것을 깨닫기만을 여전히 바랐다.

조선족 형제는 미란이 강가에 나와 문철이 23일에 집에 돌아올 예정임을 알려 왔다고 전해 주었다. 미란이 학교에 있던 문철에게 통화를 시도했었던 것이다. 일반 주민은 전화를 쓸 수 없고 오로지 당국의 사무실, 공장, 협동농장, 직장 등지에서만 가능한 일이었다. 다행히도 미란은 전화교환원으로 일했다. 그녀는 몰래 개인 전화를 걸 수 있는데, 즉시 문철에게 전화했던 것이다. 아버지에게 중증의 심장마비가 왔으니 서둘러 집에 오라고 전했다.

가이드는 문철과 나머지 가족에게 마지막 기회를 주기 위해 창바이로 떠날 채비를 하고 있었다. 그는 가족 재회의 날에 내가 찍었던 사진들을 가지러 호텔에 들렀다. 사진과 함께 애란의 편지를 동봉해 강을 건넌 후에 있었던 일에 대해 알려 주려는 계획이었다. 애란은 직접 만나 뵌 할머니, 중국의 발전한 거리들, 맛있는 음식들에 대해 썼다.

나는 가이드의 창바이 행에 동행하기를 무척이나 원했는데, 모험이나 국경을 다시 보고픈 마음에서라기보다 가이드를 신뢰할 수 없었기 때문이었다. 그는 상당히 논리적인 사람이지만 사람들을 다루는 데는 매우 어설펐다. 이번 일을 시작한 이래로 우리 친척들에게 어떻게 신뢰를 주고 용기를 북돋아 줘야 하는지 도무지 모르는 것 같았다. 외삼촌이 그를 따른 이유는 북한에서 명령을 따르는 일에 길들여졌고 또한 할머니를 만나고픈 절박함 때문이었다. 이번에 문철과 다른

아들이 있는 풍경

가족을 설득하려면 더 노련한 수완이 요구될 것이었다. 무엇보다도 따듯한 말과 부드러운 격려가 더 통할 것이다. 이런 일에는 내가 더 적격이라고 생각했다. 가이드의 뻣뻣함이 다른 가족을 주저하게 만들 수도 있다고 판단했다.

내 눈은 가이드가 창 쪽으로 천천히 걸어가 강인하면서도 섬세한 손을 난간에 걸치는 동안 그의 모습을 좇았다. 따사로운 아침 햇살이 그를 감싸 안았고 방 안의 침대 왼편을 밝게 비췄다. 일전에 할머니가 했던 말을 기억하고 결혼반지를 끼는 왼손의 약지를 살피려고 했지만 잘 보이지 않았다.

가이드는 해를 잠시 쳐다보다가 커튼을 내려 햇볕을 쫓아 버렸다. 금세 방이 암울하게 느껴졌다. 그는 뒤돌아 말없이 나를 정면으로 쳐다봤다. 그가 내 마음을 읽고 있는 듯했지만 나도 때를 기다려야 했다. 나중에 아버지나 할머니 없이 단 둘이 대면해서 얘기하는 편이 나의 뜻을 관철시키는 데에 용이할 서라 판단했다.

"커피 좀 만들어 주겠어요?" 그는 나의 여자로서의 역할을 상기시키려 했다.

화가 나 얼굴이 화끈거렸지만 즐거운 듯 미소 지으며 구석으로 가 커피포트의 플러그를 꽂았다. 물이 끓기를 기다리는 동안 가이드가 아버지에게 무언가 속삭였다. 아버지가 허리의 벨트를 풀어 바지의 깊은 주머니에서 10,000달러를 꺼내 가이드에게 건넸다. 할머니와 나도 마찬가지로 할당받아 숨겨 놨던 돈을 꺼내야 했다. 돈을 꺼내기 전에 잠시 머뭇거렸다. 다롄에서 결국 배를 빌리지 않았는데도 전액을 건네야 한다니 이해할 수 없었다.

"아직도 배로 움직일 예정인가요?" 내가 결국 물었다.

"그 방법은 이제 고려하지 않아요." 가이드가 대답했다.

"그렇다면 왜 그렇게 많은 돈이 필요하죠?"

"맞아요, 그 돈을 다 어디에 쓰게요?" 할머니도 한마디 하셨다.

"가족이 두 그룹으로 나뉘었기 때문에 모든 비용이 두 배로 늘었습니다. 국경 경비대를 또 매수해야 하고 내 조력자들에 대한 수고비도 당연히 늘어나겠죠. 이번에는 더 많은 액수를 요구할 거예요. 모든 상황에 대비해야 해요."

"하지만 전체 액수가⋯⋯." 내가 재차 물었다.

"내 커피는 어떻게 됐지요?" 또 커피 타령이었다. 야비한 미소가 그의 입가를 스치고 지나갔다.

한마디 톡 쏘아 주고 싶었지만 내 성질을 죽였다. 대신 몸을 돌려 물이 끓고 있는 커피포트로 향하였다. 설탕과 분말크림을 넣고 세 잔의 커피를 준비했다. 나전칠기로 장식된 쟁반에 커피를 받쳐 할머니와 아버지께 드리고 나머지 잔을 가이드에게 건넸다. 가이드가 한 모금 마시고 얼굴을 찡그리는 모습을 흡족하게 바라보았다. 그의 커피에 호텔에 구비된 분홍색 설탕포장을 여섯 개나 털어 넣었었다.

가이드가 커피를 한 모금 더 마시더니 돈을 챙겼다. 그는 입을 오므렸다가 혀를 차는 소리를 내고는 방을 떠났다. 커피는 마시지 않았다.

짬뽕의 아내가 6시에 전화해서 애란의 그룹이 필요한 물건들을 사러 가자고 제안했을 때, 가이드와 따로 얘기할 기회가 있을 것이라 직감했다. 쇼핑이란 생각에 나도 신이 났지만, 웬일인지 할머니도 나를

아들이 있는 풍경

조이고 있던 고삐를 늦추고 자유를 허락하셨다. 할머니가 마음을 바꾸기 전에 호텔 문을 박차고 뛰어나와 서둘러 택시에 올랐다.

혼자 외출하여 친구를 만날 수 있다는 것에 그저 신이 났다. 쇼핑처럼 일상적인 일에 관심을 가진 지 꽤 오래된 느낌이었다. 지갑을 살펴보니, 먹을거리를 조금 사 먹고 선물 몇 개를 살 현금은 있었다. 저절로 흥이 났다.

몸을 움직이고 싶은 생각에 모퉁이를 돌자마자 바로 택시에서 내렸다. 길거리를 혼자 나돌아 다녀서는 안 된다는 것을 알고 있었지만, 조선호텔까지 남은 거리를 걸으면서 해방감을 맛보았다. 서두를 이유도 없었고, 날씨도 상쾌했다. 향긋한 참기름과 마늘 냄새를 실은 시원한 미풍이 밝은 노란색의 스카프를 목 주위로 나부끼게 했고, 하나로 묶은 내 머리의 꽁지가 찰랑대는 것도 기분 좋았다.

호텔의 회전문을 힘차게 밀고 들어가자 짬뽕의 아내가 보였다. 그녀는 옆이 트인 감색의 롱스커드와 두 줄 단추 장식의 상의로 한껏 멋을 냈다. 머리는 반짝이는 보석 장식이 달린 핀들로 고정되어 있었다.

그녀 뒤로 보이는 한산한 카페 안에 가이드가 앉아 있었다. 그의 테이블 위에 놓인 커피 두 잔과 담배꽁초 가득한 재떨이가 그가 그곳에 장시간 머물렀음을 말해 줬다. 가이드는 거만한 태도로 담배를 톡 치면서 자신 쪽으로 올 것을 신호했다. 갑자기 화가 치밀어 올랐다. 그와 말하고 싶은 생각이 없어졌고, 무언가를 부탁하기는 더 싫었다. 이제 무릎 꿇고 빌지 않으리라 생각하고 몸을 돌리려는데, 짬뽕의 아내가 내 팔을 꽉 잡고 친근함을 과시했다.

"가서 그와 얘기해요." 그녀가 채근했다.

"내가 왜요? 그는 야비한 사람입니다." 내가 한 손을 내 허리에 대며 오만하게 대꾸했다.

짬뽕의 아내는 나를 흥미롭게 쳐다봤다.

"잘 알잖아요. 그가 할 줄 아는 것은 나에게 명령하는 것뿐이에요. 그런 태도에 질렸어요."

"조선남자들은 다 그런 식이에요."

그녀의 눈망울이 장난스럽게 확대됐다. "내 남편도 끔찍해요. 양말 하나도 빨지 않으면서 나를 항상 몰아대요. 다들 그래요. 혜리, 가이드는 좋은 사람이에요. 가끔 까다롭기는 하지만, 당신을 끔찍이 생각하는 것을 알아요. 여자한테 그렇게 하는 것은 처음 봐요."

그녀의 말이 반갑지 않았다.

"가서 말해요. 제발, 나를 위해서라도 그렇게 해요." 짬뽕 아내의 애원이 하도 간절해 거절할 수 없었다. 그녀의 팔에 이끌려 카페로 들어서면서 아버지나 할머니가 뒤따라오는 것은 아닌지 확인했다. 가이드의 테이블 앞에 이르러서는 언짢은 감정을 감추지 않았다. 그는 결코 호남형은 아니었다. 광대뼈가 너무 불거져 있고, 얇고 밋밋한 입술은 고집스럽게 일자로 다물어져 있었다. 완고한 턱의 피부도 울퉁불퉁하고 흉한 흉터 하나가 자리하고 있었다. 일전에 있었던 키스 사건을 기억하고 쥐구멍에라도 들어가고 싶었다.

"앉아요." 여전히 담배 든 손으로 테이블 건너의 금속제 의자를 가리켰다.

나는 백(bag)을 탁자에 던지다시피 하며 앉았고, 그 바람에 커피가 사방으로 튀었다. 그러고는 일부러 돌아앉아 그에게는 차가운 옆모습으로 대했다.

"이제 둘 다 바보짓 그만하고 우리 즐거운 시간 보내요." 짬뽕의 아내가 긴장을 풀어 보려고 말했다.

"혜리 씨, 오늘 엄청 예뻐 보이네요." 가이드가 너무 거침없이 말해서 내가 오히려 얼굴을 붉혔다.

짬뽕의 아내가 만족스러운 듯이 크게 웃어 보였다.

나는 천장을 올려다보면서 기가 차다는 듯이 말했다. "당신 미쳤어요."

짬뽕의 아내가 내 손을 쓰다듬으며 웃었다. "좋아요, 이제야 둘이 대화를 하는군요." 그녀는 장난기 어린 눈을 반짝이며 일어나, 혼자 쇼핑을 하러 호텔을 나섰다. 그러고 보니 오늘 약속은 함정이었으며, 그녀는 나와 쇼핑하려던 것이 아니었다.

가이드는 피우던 담배를 재떨이에 이리저리 움직이다가 급기야 완전히 짓이겨 껐다. 도대체 무슨 생각을 하고 있는 건지 알 수 없었다. 그를 어느 정도 파악했다고 생각했었는데, 이해하기 힘든 인물이란 것을 깨달았다.

"나한테 뭐 화난 거 있어요?" 그가 어깨를 으쓱하며 물었다.

"창바이에 가게 해 준다면, 얘기가 달라지겠죠." 나는 상냥한 목소리로 물으며 그의 팔도 살짝 잡았다. 그는 자신의 손으로 내 손을 감싸더니, 내 엄지에 걸려 있던 반지를 만지작거리며 말했다.

"전에 당신의 매력에 반한 적이 있었죠."

"그래서 갈 수 있나요?"

"아니오." 그는 자신의 판단이 옳다는 것을 스스로에게 다짐하듯 중얼거렸다.

나는 손을 빼 가슴에 팔짱을 하며 그를 쏘아보았다. "내 말대로 외삼촌보다는 애란을 설득하면서 일을 진행했으면 지금 즈음 우리는 모두 서울에 가 있을 거예요. 그녀가 더 효과적으로 가족의 결정을 이

끌어 내고 상황을 신속히 정리했을 거예요. 당신이 너무 외삼촌만 믿었기 때문에 일이 지연되고 혼란만 가중됐어요. 외삼촌이 자기연민에 빠져 술로 슬픔을 달래는 동안 외숙모는 집을 팔고 언니와 연락했어요. 문철은 학교로 달아났고요. 지금은 엉망이 됐어요." 나는 이 모든 말을 거침없이 퍼부었다.

"당신 말이 맞을지도 몰라요. 하지만 내 대답은 같아요. 창바이에 함께 갈 수 없어요."

"너무 불공평해요." 내가 받아쳤다.

"죽음은 불공평한 거예요."

"내가 미란하고 외숙모에게 말할게요. 강을 건너야 한다는 확신을 줄 수 있어요."

"자, 얌전히 커피나 마셔요. 당신이 좋아하는 식으로 블랙이에요." 그가 커피를 코앞에 들이 밀었다.

"나는 싫으니까, 당신이나 마셔요." 내 목소리가 올라가면서 불만이 그대로 표출됐다. 그의 잘난 체하는 태도, 남성우월주의, 그의 모든 것이 진저리가 났다.

"혜리 씨, 그러지 말아요. 왜 이렇게 감정적이죠? 잘 생각해 보세요. 당신이 끼면 상황이 복잡해져요."

"여자가 일을 더 잘 감당하고 똑똑하게 처리할 수 있다는 것을 당신의 자존심이 허락지 않는 거겠죠. 인정하고 싶지 않겠지만 사실이에요. 당신 속이 훤히 들여다보인다고요. 당신은 속으로는 나약하다고요. 겁내고 있다고요!" 나는 그의 얼굴 가까이에 내 검지를 흔들어 대며 악다구니를 썼다.

그의 검은 눈이 분노로 이글거렸고, 얼굴과 목은 붉으락푸르락해졌

아들이 있는 풍경

다. 그가 왕년에 폭력조직의 일원이었다는 것도 처음으로 기억났다. 바로 그때 마치 신호라도 받은 것처럼 내 뒤의 창문 안으로 요란한 돌풍이 휘몰아쳤다.

"손을 치워요." 가이드가 위협적인 목소리로 말했다. 그는 나를 한 대 치려는 듯이 손을 쥐었다 폈다 하고 팔의 근육에도 힘을 줬다 뺐다 하며 머뭇거렸다. 조금 겁이 났다. 그가 만약에 나를 때린다면, 남자들이 자신들의 필요와 입맛에 따라 법과 전통을 만들어 내는 이곳에서 내가 대응할 방도가 별로 없었다.

나는 패배감으로 손을 내렸다.

"젠장!" 그는 욕을 중얼거리며 손을 치웠고, 손을 어찌해야 할지 모르는 듯이 자신의 머리를 쓰다듬었다. 그러고는 재킷 안주머니에서 뜯지 않은 88담배 한 갑을 더듬어 꺼냈다. 담뱃갑의 끝을 손바닥에 톡톡 치더니 포장을 뜯어 담배 한 개비를 꺼냈다. 곧 코로 희뿌연 담배연기를 뿜어내더니, 이내 긴장을 풀고 자제력을 되찾은 것처럼 보였다.

"당신의 아버지께서 허락하신다면, 함께 가겠어요." 이번에는 별일 아니라는 듯이 말했다.

"다시 한 번 말하겠지만, 나는 아버지의 허락은 필요하지 않아요. 나는 직장을 가지고 있고 나의 생활비를 내가 벌어서 써요. 물 마시고 싶을 때 마시는 것처럼 나에 관한 결정들은 내가 내려요. 이 점을 기억하기를 바라요." 나는 목소리를 낮추고 빠르고 격하게 말함으로써 나도 세상을 겪을 만큼 겪었고 알 만큼 안다는 것을 말하고 싶었다.

"나도 한국 남자고, 아버지도 마찬가지예요. 한국식은 이런 거예요."

나는 대답하지 않았다.

"우리에게는 두 가지 선택이 있어요. 딱 두 가지뿐이에요. 그게 뭔지 알아요?"

내가 자신의 말을 이해했는지 시험하는 이런 식의 문답 게임과 마치 심오한 얘기라도 꺼낼 것처럼 나를 떠보는 이런 대화법엔 이미 식상해 있었다.

"혜리 씨." 그가 내 이름을 다정히 불렀다. 인정하고 싶지는 않지만, 그의 반쯤 감은 듯한 눈을 보면 마음이 흔들렸다. 그런 눈으로 가까이서 나를 응시할 때면 심장이 두근거리고, 미칠 것만 같았다. 도대체 뭐가 문제여서 내게 이런 감정이 생기는 것일까? 이렇게 흔들려서는 안 되는 것이었다. 이런 상황을 인정하고 싶지도 않았다.

"우리는 결혼해서는 안 돼요. 차라리 아이를 갖는 편이 나아요. 그게 아니라면 이번 일이 끝나면 서로 만나지 않으면 돼요."

그의 말이 너무 황당해서 할 말을 잃었다. 결혼은 아니라면서 아이를 낳아야 한다고? 도대체 무슨 생각으로 결혼을 운운한단 말인가? 무슨 생각으로 자신을 연인으로 자처하고 나선단 말인가? 갑자기 그의 우스꽝스러운 제안에 악의에 찬 웃음이 나왔다. 높은 음에, 다소 목소리가 떨리고 사람이 벼랑 끝으로 몰렸을 때 나오는 그런 웃음이었다.

그는 몸을 더 곧추세워 앉았다. "뭐가 그렇게 웃겨요?" 그가 투덜댔다.

"나는 당신의 내연녀로 아기를 낳는 일보다 더 큰 야망을 가지고 있는 사람이에요."

"왜 그런 말을 해요? 당신이 내연녀는 아니죠."

"그래요? 당신 아내와 아이는 어쩌고요?" 나는 손깍지를 끼고 턱으로 가져가 턱을 괴었다.

"누가 나에게 아이가 있다고 해요?"

"누구든 상관없어요. 관심 없어요." 나는 한숨을 쉬며 일어섰다. 등을 돌려 자리를 뜨려다 멈춰 섰다. 천천히 몸을 돌려 테이블 쪽으로 몸을 낮추고 그의 귀에 속삭였다. "아직도 당신이 천하에 무례한 사람이라고 생각해요."

그가 이를 꽉 깨무는 걸 보니 제대로 정곡을 찌른 것 같았다.

나는 일부러 신발굽 소리를 내며 걸어 나갔다.

밖에는 비옥한 땅에서 올라오는 묘한 냄새와 습기로 공기가 무거웠고 비가 퍼붓고 있었다. 알루미늄 색의 구름이 얼마 남지 않은 햇살마저 가려 버려 거리는 어두워졌고, 비에 젖은 차의 헤드라이트가 뱀의 비늘처럼 번득였다. 호텔 현관의 지붕에서 비를 피하며 택시를 기다리고 있던 행렬에 합류했다.

택시는 글로리아플라자호텔 현관 가까이에 나를 내려 주었다. 택시 기사에게 팁을 듬뿍 주고, 얼굴에 부딪히는 비를 뚫고 호텔로 질주했다. 젖어서 미끄러운 대리석 바닥을 가로질러 곧장 아버지가 묵고 있는 방으로 향했다. 세 번 노크를 하고는 젖은 옷차림과 비 맞은 냄새를 풍기며 거침없이 쳐들어갔다.

울고 계셨는지 아니면 술 한잔 걸치고 계셨는지 눈이 충혈돼 있었다. 별로 궁금하지도 않았다. 흠뻑 젖은 나의 모습을 보고 욕실에서 수건을 들고 나오셨다. 간단히 머리와 옷의 물기를 닦아 낸 다음, 방문의 용건을 알렸다.

"왜 내가 가면 안 되는지 설명해 주세요." 아버지가 정색을 했다.

"이건 장난도 아니고, 어린애 놀이도 아니야." 아버지가 영어로 말하셨다.

"저는 갈 거예요." 내가 단호하게 말했다.

"왜 아버지의 말을 거역하려는 거지?" 아버지가 충혈된 눈을 가늘게 뜨며 말했지만 나를 보고 있는 것 같지 않았다.

"이제 나를 반항아로 보시는 거예요? 다롄에 보낼 때는 그렇게 생각하지 않으셨잖아요."

아버지가 답답한 마음에 다시 한국어로 말하셨다. "상황이 달라졌어."

"맞아요. 상황이 달라졌어요. 아버지는 지금 무슨 일이 일어나고 있는지 제대로 이해하지 못해요."

"내 말 잘 들어라. 이번 창바이 여행 때 그곳이 얼마나 위험하고 무서운 곳인지 깨달았다. 나도 더 이상 그곳에 가고 싶지 않을 정도야."

"저는 무섭지 않아요."

"우리 다 잡힐 뻔했어."

"그래도 지금은 무사하잖아요."

"특히 여자들에게는 절대로 안전하지 않아. 정말 심각한 일이야. 그곳에서는 여자들을 납치하기도 해"

"그건 남자의 경우도 마찬가지예요."

"혜리야, 머리 아프다. 우리 셋은 내일 서울로 떠나는 거야."

"저는 안 갈 거예요." 당당한 척 애써 봤지만, 보채는 어린아이의 구슬픈 엄포와 같은 것임을 이미 알고 있었다.

"내 말을 따르든지, 아니면 이번 일은 여기서 끝낸다. 더 이상 말하고 싶지 않아."

아버지의 마지막 말에 내가 하려던 말은 무색해지고 말았다. 내 아버지는 이러지 않았었다. 이곳에서 아버지의 모습이 변했는데, 그 변한 모습이 싫었다. 그는 나에게 입 다물고, 묻지도 말며, 얌전히 있기만을 바랐다. 아버지의 배신이 남긴 상처가 가장 참혹했다.

아들이 있는 풍경

수건을 탁자 위에 내려놓고, 방을 걸어 나왔다. 내 심정은 의기소침하다 못해 신경이 거의 무감각하게 되었다. 무기력하면서도 또 의식은 말짱해 폭우 속으로 다시 나갔다. 호텔 주변 후미진 곳을 찾아 앉았다. 비상구 입구에 처량한 불빛이 어렴풋이 빛나고 있었다. 그곳에 앉아 밤에 내리는 빗소리를 들으며 으스스한 풍경을 감상했다. 여름날의 폭우가 굉장한 기세로 비를 퍼부으면서 건물들의 윤곽을 희미하게 지워 버렸다. 멀리서 천둥소리가 약하게 들렸지만 여파는 강하게 느껴졌다. 잠시 후 또다시 천둥소리가 들리더니, 하늘이 불꽃을 내보이며 갈라졌다.

번개와 함께 더 많은 비가 내렸다. 처음 보는 것처럼 굵은 빗방울들이 더 굵고 세어지면서 머리와 목을 타고 흘러내렸고, 내 모습을 지우고 얼굴을 때리면서 하염없이 흘러내렸다.

XXI

1997년 8월 21일

가이드와 짬뽕은 나머지 다섯 명의 가족을 설득하여 강을 건너게 하기 위해 창바이로 갔다. 짬뽕의 아내는 애란의 일행을 베이징까지 데리고 가기 위해 남아 있었다. 그들은 더 이상 선양의 안전가옥에 머무를 수 없는 상황이었다. 어느 날 집주인이 불쑥 찾아왔었는데, 겁먹고 불안해하는 애란과 일행을 보고 뭔가 수상해하는 눈치였다고 했다. 가이드는 베이징에 또 다른 안전가옥을 마련해 놓았었다. 나머지 가족이 강을 건널 때까지 그곳에 숨어 있게 할 계획이었다. 일단 아홉 명의 가족이 다 모이게 되면, 모두 베이징발 하노이행 기차를 타고 베트남에 가서 한국대사관으로 들어갈 계획이었다.

아들이 있는 풍경

선양에서 베이징까지 기차를 타고 가려면 아홉 시간은 족히 걸리는 거리였다. 쨤뽕의 아내는 장거리여행을 위해 1등석 침대칸을 두 개 예약했다. 침대칸에는 두 세트의 푹신한 2층 침대와 침구류, 커튼, 도자기 차 세트가 구비되어 있었고, 서구식 변기가 있는 욕실까지 설비되어 있었다. 애란과 아기는 이모저모로 두 모자를 신경 써 주던 SBS 촬영기사와 한 칸을 쓰기로 했고, 쨤뽕의 아내는 용운 삼촌, 학철과 함께 다른 칸을 사용하기로 했다.

애란과 일행이 베이징행 기차를 타고 달리던 시간에 나와 아버지와 할머니는 작별할 기회도 없이 비행기에 몸을 실었다. 가이드는 그렇게 하는 편이 덜 위험하다고 판단했다. 솔직히 나도 마음이 편해졌다. 가이드와 마주치지 않고, 아무 일 없었다는 듯이 행동하기를 잘했다는 생각이 들었다.

서울에 도착해서 나는 로스앤젤레스행 비행기로 갈아타기 위해 공항터미널에 남았고, 아버지와 할머니는 세관으로 향했다. 아버지는 할머니를 김 장로님의 치료 글리닉까지 모시고 가기로 돼 있었다. 할머니의 정신적 육체적 건강을 위해서라도 이번 일이 끝날 때까지는 비행기로 미국과 한국을 오가느니 서울에 남아 있는 편이 더 나았다. 나는 한시라도 빨리 그곳을 떠나고 싶었다. 나중에 안 사실이지만, 내가 안전하게 비행기에 오르던 때에, 에스컬레이터를 타고 내려가던 아버지와 할머니는 밑에서 기다리고 있던 안기부 직원에 의해 에스코트돼 공항을 나갔다고 한다. 안기부 직원은 할머니와 아버지를 안내해 입국 심사대와 세관을 지나쳐 전용 입구를 통해 공항을 빠져나갔다고 했다. 거리로 나오자 검은 세단이 기다리고 있다가 할머니와 아버지를 태웠다. 그는 단도직입적으로 중국에 다녀온 이유를 물었다. 아버지가 가장이므로 당연히 이번 프로젝트를 지휘한 인물로 생각했고, 나에게까지는 여파가 오지 않았던 것이다. 아버지는 어쩔 수 없이 이번 일의 자초지종과 고생한 내용을 밝혔고, 이야기 말미에는 탈북가족을 남한으로 데려올 수 있게 해 달라고 간청했다. 안기부 직원은 아무것도 약속하지 않았다. 그는 단지 어떻게 도울 수 있는지 알아보겠다고만 했다.

안기부 직원의 모호한 태도는 안심보다는 불안을 유발했다. 그들에게는 무슨 일이든 가능했다. 아버지가 나중에 설명한 바에 따르면 할머니가 얘기하던 한국 여배우는 실제로 공산당에 납치됐었다. 하지만 김대중을 납치한 것은 안기부라는 게 아버지의 설명이었다. 김대중은 1971년 선거에서 박정희 대통령의 정권에 대하여 큰 위력을 보였고, 그 후 '골칫거리'로 부상했다. 1973년 김대중이 민주주의 회복을 위한 세를 모으기 위해 일본을 방문하던 중에 중앙정보부(당시 국가안전기획부의 명칭)와 비밀경찰이 김대중을 납치한 사건이 있었다. 요원들은 김대중이 머물고 있던 호텔로 쳐들어가 입을 틀어막고, 눈을 가린 채 작은 배에 태워 바다로 나갔다. 전 세계가 들고 일어나 그의 무사귀환을 요구하지 않았다면 죽임을 당했을지도 모르는 일이었다. 김대중은 남한의 고향 가까이에서 풀려났다.

로스앤젤레스 국제공항 출구를 나오자마자, 포장도로에 서서 달콤한 바닐라향이라도 음미하듯이 매연 섞인 공기를 깊이 들이마셨다. 너무 덥지도 않고 스모그도 많지 않은 최상의 날씨였다. 하늘은 파스텔 톤의 파란색으로 화창했고, 솜사탕 구름이 점점이 흩어져 있었다.

아들이 있는 풍경

나는 양팔을 활짝 벌리고 도시의 정취를 온몸으로 느꼈다. 세상 어느 곳에 비할 데 없이 편한 내 집에 돌아온 것이다. 무언가 미국적인 것을 해 보고 싶은 생각이 들었는데, 가령 피클이 듬뿍 얹히고 케첩 소스가 뚝뚝 떨어지는 먹음직스러운 햄버거를 먹는 것이었다.

내 룸메이트였던 티파니가 그녀 남자친구의 녹색 혼다를 타고 마중 나왔다. 차에서는 옅은 향수냄새가 풍겨 나왔고, 음악이 요란하게 쿵쾅대고 있었다. 티파니는 내가 없던 2주 반 동안 많이 변해 있었다. 짧은 흑인 곱슬머리 대신 어깨까지 내려오는 붙임머리를 곱게 땋아 정수리에 모아 고정했다. 땋아 올린 머리가 초콜릿색 피부와 고양이 눈을 돋보이게 했다. 소녀처럼 앳되고 어려 보였다.

"할머니는 어떠셔?" 티파니가 밝게 미소 지으며 물었다.

"잘 지내셔." 티파니 옆 좌석에 편하게 자리 잡고 한쪽 무릎을 곧추세워 앉으면서 내가 대답했다. "할머니는 서울에서 좀 더 계실 거고, 아버지는 며칠이면 돌아오실 거야."

"너는 어때?"

사실 햇볕에 그을리고 기분은 엉망진창이었다. "괜찮아. 집에 오니까 너무 좋다." 센추리대로를 따라 줄지어 선 기하학적인 건물들이 눈부시게 반사하는 빛을 차단해 보려고 선글라스를 꺼내 썼다. 묘하고 괴로운 나의 심경을 티파니에게 다 털어놓을 수는 없는 노릇이었다. 친척의 탈북 이야기는 아무에게도 말할 수 없는 비밀이었다. 나의 친구들은 아시아 여행이 책 홍보와 관련됐을 거라 추정했고, 내 이웃들도 으레 홍콩에 있는 남자친구를 만나러 갔겠거니 했다.

"그래서, 어떻게 된 거야? 뭐 재밌는 얘기 있어?"

비버리힐스를 지나 웨스트 할리우드에 들어설 때까지 티파니가 신나게 떠들어 대는 우스갯소리를 잠자코 들었다. 우리는 눈 깜짝할 사이에 나무가 줄지어 선 낯익은 구역에 들어섰다. 티파니는 휙 방향을 틀어 인도 옆에 차를 붙이고 나를 내려 줬다. 당장 집으로 뛰어들어가고 싶었지만 그럴 기운조차 없었다. 중국에서 끝까지 버티게 했던 에너지가 바닥난 기분이었다. 내가 겨우 팔을 들어 인사하자 티파니는 기어를 올리고 남자친구를 만나러 사라졌다.

비틀대며 아파트 안으로 들어가 침실 앞에 멈춰 섰을 때, 마음이 진정되지 않고 뭔가 불안했다. 날씨는 더웠고 목에 먼지가 걸려 간질간질 기침이 나왔다. 창문을 활짝 열어젖히고 난간에 앉았다. 따사로운 햇살과 꽃향기가 여름임을 실감나게 했다. 내가 없는 동안 새싹들도 크고 빨간 꽃봉오리를 피웠다. 지난 4월에 읽다가 만 책이 그대로 바닥에 뒹굴고 있었다. 헤밍웨이의 『파리는 날마다 축제』(A Moveable Feast)였다. 책을 집어 들어 먼지를 조금 털어 내고 침대 옆 램프 곁에 놓았다. 전화의 빨간불이 깜빡이고 있었다. 메시지를 듣기 위해 재생 버튼을 눌렀다. 줄리 언니였다. "야, 한바탕 반란을 벌였다며. 돌아오면 연락해."

이를 꽉 물었다. 언니의 농담이 신경을 건드렸다. 나는 결코 반항아도, 문제아도 아니었다.

갑자기 내 삶에 집중하고 활기를 불어넣고픈 생각이 들었다. 몸은 지쳐 있었지만 무언가 해야겠다는 충동이 일었다. 침대 위에 걸쳐 있던 낭만적인 모기장과 크림색 실크 커튼을 내리고 그림도 찢어 버렸다. 대나무 돗자리를 걷어 치워 버리고, 모든 가구를 방의 중앙으로 밀었다. 다음으로 발판사다리를 내오고, 테이프, 신문, 페인트용 롤러와 지난해에 사 둔 페인트를 꺼냈다. 아파트에 변화를 주려고 샀었는데, 스티븐이 색깔이 마음에 들지 않는다고 하여 보관해 뒀던 페인트였다.

신문지를 마룻바닥에 깔고 30센티미터 자를 휘저어 페인트를 섞었다. 이런 종류의 일을 해 본 적이 없었지만 설명서를 읽는 것도 내키지 않았고, 누군가에게 묻고 싶지도 않았다. 그냥 내 식으로 해 버렸다.

분홍색 롤러를 페인트 통에 담근 후, 지중해풍의 푸른색으로 벽을 칠하기 시작했다. 페인트가 얼굴과 머리에 뚝뚝 떨어졌고, 심지어는 입에까지 들어와 페인트의 맛이 혀끝에 느껴질 정도였다. 허리가 아프고 어깨가 쑤셔도 멈추지 않고 계속했다. 오랜만의 육체적 노동에 기분 좋았고, 잡념을 쫓아 주었다. 방 분위기도 한결 달라진 것이 내 수고가 헛되지 않음을 증명했다. 하루 만에 내 삶을 개선한 느낌이었다.

하지만 그날 이후 모든 것이 다 틀어져 버렸다. 수상한 장난전화가 걸려 오기 시작하더니, 때로는 한 시간에 대여섯 번씩 전화벨이 울리면서 밤낮을 가리지 않고 계속됐다. 메시지를 남기지도 않으면서, 누군가 수화기 저편에 침묵하며 있었다. 몇 번이고 발신자를 확인해 보려 했지만, 추적이 불가능한 전화였다. 결국 초조해져서 전화를 일절 받지 않고 자동응답기로 전화를 걸러 냈다. 드디어 신원미상의 발신자가 메시지를 남기기 시작했을 때, 발신자가 가이드라는 것을 알고 놀라지 않을 수 없었다.

"혜리 씨, 나예요." 삐~

"혜리 씨, 할 얘기가 있어요." 삐~

"왜 나한테 연락 안 했죠?" 삐~

"연락해 주세요. 당신이 연락해야지, 내가 이렇게 계속 연락하게 만들면 안 되죠." 삐~

"당신과 통화하고 싶어요. 왜 내 말을 무시하죠?" 삐~

전화를 이렇게 피하다 보면 그가 제 풀에 죽어 나를 잊겠거니 생각했지만, 악의에 찬 메시지들이 쌓이기 시작했다. 이틀이 지나면서 더 이상 버틸 수 없다는 것을 알았다. 그의 메시지는 점점 더 전투적이 되었고 위협적이었다. 또다시 전화벨이 울리기에 수화기를 들었다. 잡음이 삑삑거리고 자동차 소리가 들렸다.

"혜리 씨? 당신이에요?"

"네." 내가 단조로운 목소리로 대답했다.

"왜 나를 이렇게 서운하게 대해요?" 그가 윽박질렀다. 내가 무언가 대답하려는데, 그가 말을 잘랐다. "나는 당신을 위해서 뭐든지 했어요. 사람의 마음을 이상하게 만들어서 당신만 생각나게 만들고, 당신은 나쁜 여자예요. 당신은 도대체 뭐예요? 나한테 뭐하는 사람이냐고요? 내가 누군지 알아요?" 그는 씩씩댔다.

나는 대답하지 않았으며, 그의 말을 받아치지도 않았다. 그럴 마음도 없었다. 무시당하고 겁박당하고 실망하는 것에도 이골이 났다. 입 다물고 앉아, 여자답게 굴어 봐야겠다고 생각했다. 남자들 마음대로 맘껏 해 보라지.

"별 볼일 없어요. 보잘것없는 놈이라고요." 그가 말했다.

그의 저자세가 별로 감동스럽지도 않았다. 그저 통화를 빨리 끝내고 싶었다. "이제 끊어야겠어요." 수화기를 막 내려놓으려는 순간에 그가 소리쳤다. "혜리 씨, 사랑한다고요."

수화기를 내려놓았다. 콧마루를 짚고 지그시 누르면서, 마지막 세 마디의 말이 불러일으킨 숱한 감정들과 씨름했다.

잊어버리자.

부엌으로 걸어가 찬장을 열고 안을 들여다봤다. 술 한잔하기에는 너무 이른 아침이었지만, 녹색사과 그림이 붙어 있는 와인이 눈에 들어왔고 갈증이 났다. 와인병을 들어 올려 어설프게 한 잔 가득히 따랐다. 와인을 마시며 어쩌다가 이 지경까지 왔는지 내가 했던 말과 행동들을 떠올려 봤다. 지금은 옴짝달싹할 수 없는 위험한 상황이다. 좀 더 이성적으로 행동했어야 하며, 관심을 덜 보이고, 그저 명랑하게 지냈어야 했다. 이제 우리의 프로젝트에 대해 통제권을 가진 이 사람이, 아홉 명의 생사보다 나에 대한 왜곡된 감정에 빠져 정신을 못 차리고 있는 것이다.

전화벨이 다시 울렸다. 놀라서 뒷걸음치다가 냉장고에 부딪혔고, 손에 들었던 유리잔이 깨졌다. 몸이 휘청거리며 넘어질 뻔했지만, 싱크대 끝을 잡고 버텼다. 응답기가 망가졌는지 귀를 찢는 벨소리가 멈추지 않고 계속해서 울려댔다. 소리를 막아 보려고 눈을 꼭 감았지만, 별 소용이 없었다. 동네사람들을 다 깨울 것 같아 마지못해 수화기를 들어 올렸다.

"만나고 싶어요." 말끝이 흐린 것이 술에 취한 모양이었다.

"도대체 왜 이러세요?"

"왜냐고요? 정말 모르겠어요?"

내 손에서 피가 흐르고 있었다.

"신라호텔에서 처음 본 순간부터 당신의 얼굴을 마음에서 떨쳐 버릴 수 없었다고요." 그가 잠시 침묵하더니 키득거리며 웃었다. "웃기는 얘기 해 줄까요?"

"해 보세요." 나는 시답잖은 이야기에 고개를 흔들고 있었다.

가이드의 목소리가 진지해졌다. "수년 동안 여자에 관심이 없었어요. 젊은 시절에는 여자와 함께 있으려면 술에 취해야만 가능했어요.

나는 여자들을 만족시키지 못했죠. 그것이 괴로웠고, 여자들은 나를 싫어했죠. 그럴 때는 화가 나 한참을 무작정 걷곤 했어요. 나이가 들면서 그 이유가 그들을 사랑하지 않았기 때문이란 것을 깨달았어요. 하지만 사랑하는 사람을 만나면 달라질 것을 알아요." 그의 여운 서린 목소리에서 너무 많은 것을 털어놓은 것에 대한 괴로움과 공포를 느꼈다.

그래도 가이드를 조금은 이해할 수 있을 것 같았다. 그는 여자를 진심으로 사랑해 본 적이 없었던 것이다. 사랑의 마법이 주는 달콤함과 위로를 한 번도 경험하지 못했던 것이다.

"만나야겠어요. 그곳으로 갈 거예요." 가이드가 말했다.

"안 돼요. 미란이와 나머지 가족은 어쩌고요?"

"당신이 걱정하는 것은 그것뿐이군요. 내 생각은 조금도 안 하는군요. 다들 나를 이용만 하고 있어요." 그는 경멸하는 투로 말했다.

그의 질문에 대답하려고 하자, 내 말은 듣지도 않고 법원에서 범죄인을 심문하듯이 나를 공격하고 터무니없는 이유를 들어 비난했다. 점점 지쳐 가면서 머릿속으로 해결 방법을 찾아보았다. 그의 말에 따르는 것 외에 방법은 없었다. 그렇지 않으면 우리가 하던 일을 중도 포기하게 될지도 모르는 일이었다. 가이드 없이는 아무것도 할 수 없다는 것을 잘 알았다. 그는 모든 연락망, 안전가옥, 조력자들, 경험을 손에 쥐고 있었고, 무엇보다도 5만 달러에 이르는 비용이 이미 지불되었다.

"좋아요. 내가 중국으로 가겠어요." 내가 지쳐서 대답했다.

"차라리 27일에 서울에서 만나요. 그때까지 술만 마실 거예요." 가이드가 악담과 함께 전화를 끊었다.

이렇게 서울행을 혼자 결정했다. 여행준비를 하면서 내 역할이 뭔지를 곰곰이 생각했다. 가이드와의 관계를 바로잡아 일에 집중할 수 있게 하면 나는 집에 올 수 있다. 물론 가족이 모르게 이번 여행을 진행해야 한다.

8월 25일 중국에서 돌아온 지 4일 후에, 내 아파트의 현관문을 걸고 여행 가방을 메고 뒤편의 계단을 걸어 내려갔다. 내 차는 거실 아래층인 차고에 있었다. 천장의 형광등이 어슴푸레 푸른빛을 발하고 있었고, 인적도 없었다.

삐뚤게 주차돼 있는 빨간 컨버터블 미아타 한 대를 곡예하듯이 피해 운전석까지 갔다. 내 차의 도어에 키를 넣는 순간 열쇠구멍이 부서져 있는 것을 발견했다. 누군가 차에 침입했던 것이다. 다행히도 도난당한 것은 없었다. 다른 차들도 무사해 보였다.

어두컴컴한 차고를 천천히 뒷걸음질 쳐 빠져나온 다음, 다시 내 아파트로 올라갔다. 떨리는 가슴으로 현관의 키를 찾아 문을 열고 들어가서 문을 단단히 걸었다. 곧장 전화기로 가서 수화기를 들었시만 누구에게 전화해야 할지 몰랐다. 보안관? 경찰? FBI? 또 어디가 있지? 어떤 식으로 차분하게 설명해야 할까? 누가 침입했는지를 파악하기도 불가능했다. 안기부 요원일 수도, 빨갱이일 수도, 그도 아니면 좀도둑이 스테레오를 훔치려다 달아난 것일 수도 있었다.

일단 안전하게 택시를 불러 공항으로 가야겠다고 결정했다. 공항으로 떠날 채비를 하던 중에 창바이에 있는 짬뽕에게서 수신자부담 전화가 걸려 왔다. 가이드와 팀장이 미란과 접촉하기 위해 강가에서 기다리던 중 체포됐다는 소식을 전했다. 그들을 체포한 기관이 중국 쪽인지 북한 쪽인지는 아직 파악하지 못했다고 했다.

짬뽕이 전한 소식은 가슴이 펄쩍 뛸 정도로 충격적인 것이었고, 나는 보이지 않는 적을 의식한 듯이 사방을 둘러보았다. 집안 구석구석을 돌면서 창문을 살피고, 커튼을 내리고, 문들이 잠겼는지 확인했다. 일단 집이 안전한 것은 확인됐지만, 내 상상력이 만들어 내는 끔찍한 생각들로부터 안전한 방은 없었다.

빨갱이들이 가이드와 팀장을 무력으로 제압하는 모습을 상상했다. 두 사람은 황소처럼 코가 뚫린 채 끌려가면서 물살 센 강을 건너고 있었다. 빨갱이들은 그들을 세상과 차단된 깊은 산속의 골짜기로 끌고 갔다. 골짜기 아랫녘에는 감시견과 자동소총으로 무장한 군인들이 망을 보는, 감시탑이 눈에 띄는 거대한 수용소가 있다. 가이드와 팀장은 자본주의국 미국의 악마를 도왔다는 죄목으로 앙상하고 누더기를 걸친 수천 명의 수용자들이 보는 앞에서 즉결사형에 처해졌다.

환영은 더 선명해지면서 이번에는 미란, 외숙모, 문철, 학철의 아내와 아기가 함께 묶여 있다. 그들의 몸에 휘발유가 뿌려지고 있었다. 불이 붙여지기 전에 그들은 모두 무릎과 팔과 목에 총상을 입었다. 죽음이 엄습하는 찰나에 그들의 몸이 불에 휩싸였다.

그럴 리가 없다고 큰소리로 중얼거리며 생각을 멈춰 보려 했지만 마음대로 되지 않았다. 할머니의 공포증이 나에게도 전염된 모양이었다. 사형 장면이 계속 떠올랐고, 불꽃이 눈에 아른거렸다. 며칠을 그렇게 안절부절못하며 아파트에서 지냈다. 서울행 비행기는 연기해 놓고, 가이드와 팀장과 북의 가족들 안위를 걱정하며 답답한 시간을 보냈다.

8월 29일 내 서른세 번째 생일 날, 아버지가 로스앤젤레스에 돌아오신 후에야 걱정을 놓을 수 있었다. 아버지는 할머니를 동반하지 않고 혼자 오셨지만, 가이드와 팀장이 풀려났다는 소식을 전해 주었다. 그들은 촬영장비를 들고 강둑을 기어 다니다가 발각돼 체포됐고, 장비와 촬영분은 압수당했다. 하루 동안 심문당하다가 풀려나서 비행기에 태워졌다. 가이드는 잡히기 전에 서울에 있는 할머니와 아버지에게 미란으로부터 온 편지 세 장을 사람을 통해 보냈다.

존경하는 고모부님,

많은 고생과 길고 긴 여정을 거쳐 조국에 오신 것을 잘 알고 있습니다. 우리가 고모부와 가이드 동무가 해 준 모든 일들에 감사하지 않아서가 아니라, 모든 가족이 한꺼번에 사라지면 당이 우리를 찾기 위해 고모부를 감시할 것입니다. 게다가 우리는 중죄인이요, 변절자가 되는 것이며, 그 결과는 죽음보다 더한 것입니다.

나와 문철 오빠는 한창 젊고, 우리의 때와 있을 곳, 그리고 운명을 어느 정도 알고 있지만, 조카와 올케 언니가 걱정돼요. 학철 오빠가 떠난 후, 나와 어머니는 할머니께서 증손자를 보고 싶어 하신다며 강을 건너가라고 설득했지만 소용없었어요. 올케 언니는 며칠이면 오빠가 돌아올 것이라고 굳게 믿고, 매일 강가에 나와 오후 늦게까지 서성이다 돌아가요. 아기 천이도 코에 염증이 심해 많이 아프고 아빠를 찾으며 계속 울어요. 우리가 어떻게 할 수 있는 상황이 아니라, 그저 불안에 떨며 시간을 보내고 있어요.

아버지와 언니가 사라진 것은 사람들이 아직 눈치를 못 챘어요. 하지만 학철 오빠는 치료를 받고 있었기 때문에 문제가 될 수 있어요. 그러니 고모부, 제발 학철 오빠를 설득해서 돌려보내 주세요.

16일 언니가 떠나던 날, 나도 준비가 돼 있었어요. 하지만 어머니를 혼자 두고 떠날 생각을 하니 발걸음이 떨어지질 않고 눈물이 앞을 가렸어요. 어머니의 손을 차마 놓을 수 없었어요.

왜 이렇게 헤어져야 하나요? 얼마나 마음이 아픈지 모르겠습니다.

가족이 떠난 후 한 시간 뒤 저녁 7시에, 강으로 나가 조선족 동생을 찾아보았으나 만나지 못했습니다. 그날은 9시까지 기다리다가 집에 돌아왔습니다. 그날 이후 계속 강가로 나가 소식을 기다리다가 드디어 조선족 형으로부터 아버지와 나머지 가족이 모두 안전하게 강을 건넜다는 소식을 들었습니다.

고모부, 우리가 뒤에 남은 것으로 인하여 다른 가족이 무사히 강을 건널 수 있었다고 믿어요. 육군 부대장이 우리 집을 찾아 왔고요, 길주에서 친척도 다니러 왔고, 최순만 아저씨도 들렀어요. 최 씨 아저씨는 거의 매일 들러 식구들이 어디 갔느냐고 물어요. 애란 언니는 돈을 벌러 갔다고 말했어요.

이렇게 사람들이 예고도 없이 드나드는데, 나라도 남아 있기를 잘했다는 생각이 들어요. 어머니만이 남아 있었다면 의심을 샀을지도 몰라요.

문철 오빠와 통화를 했는데, 졸업식이 21일에 끝났대요. 23일에 학교를 떠날 계획이었는데요, 어제 군인용 차와의 충돌로 기차사고가 났대요. 그래서 문철 오빠는 25일에나 집에 도착한대요.

제가 생각이 너무 많아 편지가 두서없네요.

고모부, 저희 걱정은 마시고 아버지와 애란 언니를 잘 돌봐 주시기를 바라요. 학철 오빠는 돌려보내 주세요. 우리는 오빠가 필요해요.

드디어 우리 가족이 다 모이게 되면 저도 저의 기쁨을 함께 나눌게요.

미란 올림

사랑하는 할머니,

할머니께서는 우리를 위하여 태평양을 건너 조국에 오셨는데, 우리가 할머니의 마음만 더 아프게 한 것 같아 괴로운 심정입니다. 당장 달려가 할머니를 만나고 싶지만, 큰 강이 우리를 막고 있네요.

어머니가 늙고 약해 제가 아버지와 함께 떠날 수 없었다는 소식을 들으셨을 줄로 압니다. 요즈음에 어머니의 눈이 많이 상해 있어요. 걱정을 많이 해서 충혈이 심하고 앞도 잘 못 보세요. 할머니께 기쁜 소식을 전해 드리지 못해 죄송합니다. 다른 하고 싶은 말도 많지만, 통일이 될 때까지 오래오래 건강하시기를 제일 바랍니다.

할머니, 제가 어느 곳에 있든지 할머니의 사랑을 절대 잊지 않겠어요. 꿈에서라도 할머니, 고모부, 혜리 언니를 만나기 바라요.

조국에서
미란 올림

보고픈 애란 언니,

날이면 날마다 우리는 언니와 아버지 걱정뿐이에요. 올케언니 때문에도 머리가 아파요. 이모 아들도 문제예요. 그는 거의 매일 와서 우리를 살피고 가요. 언니가 떠난 날은 화포로 갔느냐고 묻기에 그렇다고 했어요.

17일 아침 7시에 경비대원에게 물을 것이 있어 나갔어요. 내키지 않아 했지만, 그가 알려 준 것은 언니가 중국에서 돈 받을 것이 있어서 강을 건넜다고 했어요. 그다음부터는 내 마음이 편해졌어요.

이 편지를 받게 되면, 학철 오빠를 돌려보내요. 오빠가 그냥 떠났으면 문제될 것이 없을 터인데, 사람들에게 말한 모양이에요. 게다가 치료 중에 떠난 것도 그렇고, 오빠 직장의 관리인도 어디에 갔느냐고 자꾸 물어요. 어떻게 해야 할지 모르겠어요.

아무리 조국을 떠났다 해도, 조국에 누를 끼쳐서는 안 된다고 생각해
요. 우리를 위한 거라 생각해 줘요. 그렇지 않으면 우리가 죽게 될지도
몰라요.

미란 올림

우리가 계획하고 또 고생하며 진행했던 모든 수고에도 불구하고,
우리에게는 더한 고통과 눈물과 안타까움만이 남았다. 마음속으로
미란과 나머지 가족에게 하루라도 빨리 강을 건너야 한다고 간청도
해 보고, 험한 말도 하고, 사정도 해 보았다. 그렇게 하지 않으면 그들
의 운명이 어떻게 될지 상상조차 할 수 없었다.

네 번째
여행

XXII

애란과 그녀의 일행이 압록강으로부터 멀어지면 멀어질수록 미란과 나머지 가족에게는 죽음의 그림자가 다가오고 있는 것처럼 느껴졌다. 가이드가 풀려난 후에 혹시 서울로 오라는 지시가 있을까 봐 기다렸지만, 그는 끝내 연락하지 않았다. 1주일 후에 그는 베트남에서 아버지에게 연락해 왔다. 가이드는 8월 29일에 국제여객선을 통해 다시 중국으로 잠입했던 것이다. 이 여객선은 밤에 인천을 출발하여 아침에 다롄에 도착하는 배였다. 가이드는 다롄에서 기차로 베이징까지 갔다. 애란을 비롯한 첫 번째 그룹을 중국에서 빼내고, 그들에 대한 책임에서 벗어나고 싶었던 것이다.

가이드는 애란과 일행에게 새 옷과 새로운 헤어스타일을 시도했다. 애란과 외삼촌에게는 가짜 금테 안경을 쓰게 하고, 학철에게는 황금빛 시계와 테니스화를 착용하게 했다. 때 빼고 광내고 한 결과로, 모두의 모습은 한결 더 깔끔해졌고 피부색도 뽀예졌다. 더 자연스럽고 자신감 있게 보이기 위해 심지어 걸음걸이도 연습했다. 그들은 연습한 대로 허리를 쭉 펴고, 고개를 들고서 가이드와 SBS팀과 함께 무사히 기차에 올랐다. 짬뽕과 그의 아내, 조선족 동생은 너무 오래 집을 비운 터라 의심을 사지 않기 위해 집으로 돌아갔다.

기차는 베이징을 출발하여 2박 일정으로 하노이에 도착할 예정이었다. 이 노선은 바로 전년도인 1996년 2월부터 운행을 시작했다. 이 기차는 중국을 대각선으로 가로지르면서 남서부의 다양한 지형과 지역을 지난다. 둘째 날에 기차는 광시(廣西) 지역에 도착했다. 광시는 동북 지역에 베트남과 국경을 이루고 있었으며, 이 국경 지역은 특히 암벽으로 이루어진 급경사면과 깊은 계곡으로 인해 중국에서도 가장 험한 산세를 자랑했다.

애란과 그녀의 일행은 유명한 '유이관(友誼關)' 검문소에서 기차를 내려 멀리서 대기했고, 가이드가 검문소 근처에 배치된 베트남 군인들과 거래를 시도했다. 가이드는 애란의 그룹이 국경을 통과할 수 있도록 베트남 군인들에게 어느 정도의 미화를 지불해야 했다. 그룹이 걸어서 국경을 건너는 동안, 가이드와 SBS팀은 랑손(Lang Son) 지역의 육로를 통해 베트남에 정식으로 입국했다. 국경을 지나 재회한 그룹은 미리 고용한 택시에 올랐다. 그들은 흐엉리엔(Hoang Lien) 산맥을 따라 남쪽으로 이동하면서, 소수민족들이 작은 목조오두막에서 살고 있는 오지들을 통과했다. 그 후에 국경에서 남쪽으로 약 1.5킬로미터 떨어진 마을인 랑손에서 좁고 울퉁불퉁한 흙길인 1번 국도에 들어섰다. 그들은 이 도로를 따라서 수백 킬로미터를 계속 달린 후 한국대사관이 있는 하노이에 도착했다.

수도인 하노이의 크기는 약 60만 평에 달하고, 도심은 4개의 구역으로 이루어져 있었다. 대한민국 대사관은 바딘 구역(Ba Dinh District) 내에 위치했는데, 이 구역에는 프랑스 식민시대 이후 지금까지 그대로 보존된 고전양식의 건축물들이 즐비하게 늘어서 있고, 이 건물들은 각국의 대사관저로 사용되고 있었다. 대한민국 대사관은 거대한 대우 호텔 내부에 위치했는데, 이 건물은 현지와의 합작투자로 만들어진, 가장 거대하고 비싼 최신식 호텔이었다.

애란과 일행은 자유로 가는 마지막 문턱에서 갑자기 주저하는 모습을 보였다. 북한을 떠나온 이후로 감정의 기복이 심했는데, 새로운 환경에 대하여 즐거워하다가도 뒤에 남아 있는 가족에 대한 죄책감으로 우울해지곤 했다. 이제 어떻게 해야 할지 갈피를 못 잡았다. 일단 대사관에 들어가 정치망명을 요청하고 나면, 이전으로 되돌아갈 수 없는 것이었다. 그들의 운명은 그런 식으로 봉인되는 셈이었다.

가이드는 애란과 일행에게 하룻밤 동안 모든 것을 면밀히 다시 생각해 볼 시간을 주기로 했다. 그날 밤 호텔 방에서 묵으면서, 애란은 악몽에 시달렸고 여러 번을 발작하듯 깨어났다. 애란은 아기를 꽉 끌어안으면서, 현재 판단력이 약해진 어머니와 미란이 어떻게 살아남을 것인지 걱정했다. 하지만 동시에 앞날이 창창한 아들을 생각지 않을 수 없었다. 그녀는 재혼하지 않고 여생을 오로지 아들과 아버지와 남동생을 위해 살겠노라고 다짐했다. 그것이 그녀에게는 구원의 길이었다.

애란, 외삼촌, 학철은 눈물을 머금고 계획을 단행하기로 했다.

일행은 베트남에 도착한 다음 날, 비장한 마음으로 대우호텔이 위치한 킴마(Kim Ma) 거리로 향했다. 그들은 엘리베이터를 타고 4층으로 올라간 후, 대사관 안으로 달려들어 가 북한난민이라고 알린 뒤 정치망명을 요청하기로 되어 있었다. 문제는 그들이 엘리베이터를 타 본 적이 없어서 건물 안에 들어서자, 어디로 가야 할지 난감해했다는 것이다. 결국 가이드가 길을 안내하며 마지막 여정의 몇 걸음을 동행해야 했다. 엘리베이터의 문이 열리자마자 가이드는 식구들을 안으로 밀어 넣고 4층을 누르고는 재빨리 자리를 떴다.

10분쯤 지나서 가이드는 어떻게 됐나 알아보기 위해 다시 엘리베이터 앞에 섰다. 문이 다시 열렸을 때는 놀랍게도 애란과 학철, 용운 삼촌이 벌겋게 공포에 질린 얼굴로 여전히 그 안에 서 있었다. 그들은 아마도 다른 층에서 내렸다가 대사관을 찾지 못하자, 다시 엘리베이터를 타고 반복적으로 위아래를 오르내린 모양이었다.

아버지가 전한 이 일화를 듣고 있으려니, 장면이 머리에 떠오르면서 '바보 삼형제' 따위의 이야기가 생각났다. 가족의 생사가 달려 있었다는 심각성만 빼면, 그 상황은 우스꽝스러운 일이 아닐 수 없었다.

미란과 나머지 가족에 대한 희망을 잃어 가던 무렵, 9월 6일에 드디어 그들이 압록강을 건넜다는 소식을 들었다. 애란의 그룹이 강을 건넌 지 20일 만의 일이었다.

갑자기 모든 일이 그렇게 절망적으로 보이지 않았다. 가이드가 체포된 이후로 나는 아파트에 틀어박혀 거의 두문불출했다. 오랫동안 일기를 쓰면서 시간을 보냈다. 이런 식으로 글을 쓰기 시작한 지는 꽤 오래됐다. 내가 하고 싶은 말과 감정을 떠올리는 데에 시간이 그리 많이 걸리지 않았다. 감정과 표현들이 지면을 채우며 거침없이 쏟아져 나왔다. 그러다가 잠시 멈추고 내가 썼던 표현과 단어들을 손으로 짚어 가며 다시 읽어 보니, 벼랑 끝까지 밀렸던 나의 심정과 절박함이 왠지 두렵게까지 느껴졌다. 그럼에도 불구하고 강박적으로 계속하여 글을 썼고, 글을 쓰는 것이 나의 유일한 구원인 양 내 감정들을 지면에 쏟아 냈다. 불안하면서도 때로는 뒤죽박죽으로 엉킨 내 생각들을 정리하면서, 때로는 무너져 버릴 것만 같았던 위기의 순간들을 견딜 수 있었다. 내 속에서 들끓고 있던 부정적이고 나쁜 생각들이 머리를 타고 흘러 내려와 어깨와 팔을 지나 손끝에서 종이로 녹아내리는 기분이었다.

그렇게 정신없이 글쓰기에 몰두하고 있던 어느 날, 아버지께서 전화하여 더할 나위 없이 좋은 소식을 전해 주신 것이다. "나머지 가족들도 드디어 강을 건넜대. 믿겨지니?" 물론 매우 기뻐하셨다. 나는 묵은 체증이 몸에서 다 빠져나가고, 몸이 가볍게 붕 뜨는 기분이었다. 상쾌한 공기를 깊이 들이마시며 기분이 너무 좋아서 온몸이 간지러웠다. 그 동안 쌓였던 모든 감정을 분출하면서, '야호!' 하고 크게 소리 질렀다.

그들이 결국은 해냈다!

9월 5일 미란이 조선족 동생에게 신호를 보냈다. 미란은 내 아버지, 즉 고모부가 가까이서 도와주십사 청했다. 문철이 혜산의 집으로 돌아온 후, 아버지와 형과 누나가 집을 떠났으며 게다가 집도 이미 팔린 상태라는 것을 알았을 때, 그들의 미래가 암담하다는 것을 깨달았다. 그래도 여전히 문철은 북에 남아야 한다고 생각했다. 하지만 시간이 지나면서 네 식구가 없어진 상황을 더 이상 숨길 수 없는 지경에 이르렀다. 경찰이 진실을 알게 돼 가족을 체포하러 오는 것은 시간문제였다.

더 이상 지체할 시간이 없었다. 하지만 내 아버지는 미국에 와 있고, 가이드는 베트남에 있었다. 며칠이 지나서야 누군가가 그들에게 갈 수 있는 상황이었다. 이때 조선족 형제가 큰 결정을 내렸다. 비용 문제는 나중에 생각하고, 우선 가족들을 빼내 오기로 결심한 것이었다. 그들도 목숨을 걸고 도움을 청하는 가족의 안타까운 상황을 외면할 수 없었던 것이다.

두 형제는 자정에 강을 건너는 계획을 세웠다. 그들은 모아 두었던 돈을 털어 4,000위안을 북한 경비대에 지불하고 가족들의 안전을 확보했다. 자정이 되자 미란, 외숙모, 문철, 그리고 학철의 아내와 한 살 된 아기까지 다섯이 강가에 나타났다. 조선족 형제는 물에서 대기 중이었다. 미란의 그룹이 물로 들어서려는 순간, 무슨 이유에서인지 갑자기 경비대가 교체되었다. 그들은 탈출계획을 취소할 수밖에 없었다. 가족이 새 경비대에 의해 강둑으로 내쫓기는 긴박한 상황이었지만, 다행히도 2차 만남의 장소와 시간을 서로에게 신호할 수 있었다. 가족은 일단 애란이 살다가 버리고 떠난 집으로 피신하여 아침까지 숨어 있었다. 그들은 혜산의 옆 동네인 위연동에서 밤 11시에 다시 만나기로 약속했었다. 가족이 약속된 장소에 도착했을 때, 조선족 형제는 나타나지 않았다. 기나긴 기다림의 시간이 지나고, 약속 시간에서 여덟 시간이 지난 오전 7시에 드디어 조선족 형제가 강 저편에 나타나 강을 건너라는 신호를 보냈다. 그곳은 강의 폭은 좁았으나 물이 깊어 더 위험했으며, 강한 물살은 가슴께까지 올라왔다. 그들은 서로를 꽉 잡고 아기를 물 위로 받쳐 들고, 조선족 형제의 지시를 받으며 조심스

아들이 있는 풍경

럽게 한 걸음씩 앞으로 나아갔다.

모두 강을 무사히 건넌 다음에는 서둘러 조선족 형제의 집으로 이동했다. 허겁지겁 요기를 하고 옷을 갈아입었다. 차량이 마련되면 선양으로 이동해 가이드를 만날 계획이었다. 아홉 시간을 기다린 끝에 새벽 4시에 두 대의 차가 준비됐다. 조선족 형제 중 형이 문철을 태우고 앞차를 운전했다. 조선족 동생이 미란과 외숙모, 학철의 아내, 아기를 태우고 뒤차에 올랐다. 이번 여행에서는 애란의 그룹 때와는 다른 길을 택해 선양으로 갔다. 이번 길은 더 돌아가야 하는 지루한 여행이지만, 검문소와 기관총을 든 군인들을 피해 갈 수 있는 길이었다.

선양까지 가는 장시간의 고된 여행 내내, 두 대의 차는 차멀미가 심한 미란과 외숙모를 배려해 10여 미터 간격을 유지하며 이동했다. 가족이 차에서 내려 피신해야 하는 상황에서는 문철이 뒤로 달려가 여자들을 도울 수 있었다.

그렇게 약 30시간을 달린 후 그들은 녹초가 되고 다소 넝한 상태로 선양에 도착했다. 그로부터 며칠 뒤에는 가이드와 팀장이 안전가옥에서 그들을 만났다. 가이드는 조선족 형제를 창바이로 돌려보내고, 짬뽕과 그의 아내를 불러 베이징까지의 여행을 준비하게 했다.

가이드는 북의 가족을 남한의 관광객처럼 보이게 하기 위해 이틀 동안 옷을 사들이고 열심히 씻고 단장하게 하면서 분주히 움직였다. 준비가 끝난 일행은 9월 11일 모두 기차에 올랐다. 베이징에서는 베트남으로 향하는 대신 또 다른 안전가옥으로 이동해서 대기하기로 했다. 첫 번째 그룹에 대한 망명 승인이 이루어지지 않은 상태에서 같은 루트를 따라 이동함으로써 외부인이 부당한 방식으로 탈출을 주도했다는 불필요한 의심을 사고 싶지 않았다. 일이 이상하게 꼬이게 되면,

가족들이 북으로 송환되고 가이드와 조력자들의 신분이 노출될 수도 있었다. 가족이 자의로 그리고 주도적으로 탈북을 감행했음을 증명해야 했다.

애란의 그룹에 대한 조사과정이 끝나 보호조치가 필요한 탈북인이라는 점이 확인될 때까지 미란의 그룹은 중국에 숨어 있어야 했다. SBS팀이 정부관계자를 통해 확인한 바에 따르면, 대한민국 대사관은 중국이나 베트남뿐만 아니라 북한과의 관계 악화를 피하겠다는 목적으로 애란의 그룹에 관한 사건에 유엔난민기구(UNHCR)가 관여해 줄 것을 요청했다는 것이다. 일이 해결될 때까지 외삼촌과 학철과 애란은 각각 분리된 대우호텔의 객실에서 머물렀다.

미란의 그룹이 하루나 이틀만 더 빨리 강을 건넜더라면, 애란의 그룹이 대사관에 들어가는 것을 막았을 테고 모두 함께 들어갈 수 있었을 것이다. 지금 상황에서 우리가 할 수 있는 일은 그저 기다리는 것뿐이었다. 그러나 조사가 길어지면서 며칠이 몇 주가 됐고 결국 한 달 가까이 기다리는 신세가 되자, 미란의 그룹은 가이드와 SBS팀을 의심하기 시작했다. 그들은 가이드와 SBS팀원들이 북한의 요원일지도 모르며 자신들이 죽을 운명에 처해 있다고 생각하게 되었다. 심지어는 아기 천까지도 카메라를 피해 숨고 울음을 터뜨리곤 했다. 팀장은 커져만 가는 그들의 공포를 잠재우기 위해 애란의 그룹이 할머니를 만나던 장면을 찍은 영상을 보여 주었다. 영상을 보고 난 후에도 그들의 의심과 공포는 누그러들지 않았다. 그들은 기다림이라는 늪에 갇혀 처음에 품었던 희망을 잃어 갔고, 그들을 두고 먼저 떠나간 가족과 그들이 뒤에 남기고 떠나온 가족들을 생각하며 비통함에 빠졌다. 양심의 가책으로 하루하루가 고통이었다.

아들이 있는 풍경

문철은 고통을 술로 달랬다. 그러다 술에 취하면 엄마와 미란과 심하게 다투었다. 그는 고향을 등지고 떠나오게 된 것에 대해 모두에게 화풀이를 했다. 그는 그럭저럭 이전에 살던 곳에 만족했었다. 그는 당과 어버이 지도자께서 평생을 지도해 주고 먹고살게 해 줬는데, 자신이 그들을 배반한 것이라고 생각했다. 그는 자신의 배반에 대해 마음이 편치 않았다.

감정들을 절제하기도 쉽지 않았다.

가이드는 문철과 가족들이 달아나거나 무언가 위험한 일을 저지르지는 않을까 염려했다. 가이드는 아버지에게 전화해서 중국에 와서 긴장감을 풀어 달라고 호소했다. 처음으로 나를 선택하지 않은 것이 반가웠다. 나는 아직 그를 만날 준비가 되어 있지 않았다. 그가 단지 일에 집중하기만을 바랐다.

아버지는 중국에 오래 머물지는 않았다. 베이징으로 날아갔다가 4일 만에 녹초가 돼 돌아왔다. 아버지는 지옥 같은 시간을 보냈으나, 그래도 짧은 시간에 가족들을 진정시킬 수 있었다. 아버지는 가족들에게 가이드와 SBS팀을 신뢰해도 된다고 설명했다. 하지만 학철의 아내는 어떻게 할 도리가 없었다. 그녀는 먹지도, 수면을 취하지도 않고, 울기만 했다. 미란은 그녀에게 할머니가 늦게나마 외삼촌의 환갑잔치를 준비하셨고, 증손자도 와 주기를 바란다고 거짓말을 했던 것이다. 곧 되돌아갈 줄로만 알고 따라나선 것이다. 학철 아내의 친정아버지는 애당초 딸이 중국에 다니러 가는 것을 탐탁지 않게 여겼지만 어머니가 겨우 승낙했던 모양이었다. 그 어머니조차도 그것이 딸과 생이별이 될지 알지 못했던 것이다.

갑자기 수수께끼가 풀리는 기분이었다. 다롄에서 돌아온 이후로 꿈

꿨던 악몽의 주인공은 — 꿈에서는 애란과 미란이 큰 소리로 말리는 가운데 정체를 알 수 없는 여인이 돌아가게 해 달라고 울며 간청함 — 학철의 아내였던 것이다.

학철의 아내가 괴로워하는 것을 보고, 아버지는 진정으로 돌아가기를 원한다면 북한으로 돌아갈 수 있게 돕겠다고 제안했다. 내가 학철의 아내였어도 쉽지 않은 결정이었으리라. 부모님도 생각해야 하고 아이도 생각해야 하는 어려운 결정임에 틀림없었다.

학철의 아내가 두 종류의 결정을 앞에 놓고 괴로워하는 동안, 수년에 걸쳐 형성돼 온 정치적 신념은 조금씩 흔들리기 시작했다. 당에게 속아 왔다는 깨달음에 이르자 눈물이 하염없이 흘러내렸다. 애란의 경우와 마찬가지로 그들은 평생 그들의 사회주의 제도가 세상에서 최고라고 배웠고 그렇게 믿어 왔다. 학철의 아내가 중국에 발을 들여놓는 순간, 그것이 진실이 아니었음을 자신의 눈으로 직접 목격했다. 중국인들은 북한의 주민처럼 칙칙하고, 통제받는 삶을 살고 있지 않았다. 창바이만 해도 그들이 떠나온 곳에 비하면 신천지였다. 그렇게 많은 음식, 많은 색깔들, 차들, 그리고 길에서 자유롭게 얘기 나누고 있는 사람들을 본 적이 없었다. 처음으로 이제 막 두 살이 된 아들을 위하여 미래를 그릴 수 있겠다는 생각이 들었다.

천이 두 살이 되는 생일을 축하하기 위해, 아버지는 베이징에서 서양식 생일파티를 열어 주었다. 아버지는 밖으로 나가 초를 많이 올릴 수 있는 화려한 케이크를 사 왔다. 아버지가 '생일 축하' 노래를 부르는 동안, 다른 가족들은 노래에 맞춰 박수를 치며 새로운 세계의 문화를 받아들였다.

한국에서 '돌'이라고 하는 첫 번째 생일은 매우 의미 있는 관습이었

아들이 있는 풍경

다. 현대 의술의 혜택을 보지 못했던 때에 많은 아기들이 첫해를 살아남지 못했기 때문에 '돌'은 '환갑'만큼이나 축하받는 생일이었다. 이제 막 걸음마를 뗀 아기는 색동저고리를 입고 상징적인 물건들이 놓여 있는 상 앞에 앉혀졌다. 펜, 책, 돈, 음식, 실, 활, 그리고 단도 같은 물건들을 통해 아기의 미래를 점쳐 본다는 것이었다. 아기가 펜이나 책을 고르면 학자가 될 가능성이 있다는 뜻이며, 돈이나 음식은 부를 상징했다. 실은 장수를 활이나 단도는 전사나 군인이 될 운을 타고난 것으로 해석됐다.

천이 생일 케이크의 촛불을 끄던 순간에 천의 엄마는 고향으로 돌아가지 않겠다고 결심했다. 이제 천이 자신을 위해 어떠한 미래를 선택하든 간에 너무 높거나 실현 불가능한 미래는 아닐 것이다.

나중을 위해서 팀장은 가족이 북으로 돌아갈 의향이 없음을 진술하는 것을 세 번에 걸쳐 촬영했다. 만에 하나라도 그들이 후에 남한에 노착하여 마음을 바꾼다거나 납치되었냐는 둥의 이상한 소리를 하는 경우를 대비한 것이다.

불행히도 그 촬영 테이프가 우리의 불안함을 해소해 주지는 못했다. 미란의 그룹이 베이징에 있는 동안 학철의 아내에게 차마 알릴 수 없었던 충격적인 소식을 전해 들었다. 최순만이 혜산에 들렀다 돌아오면서 내 부모님께 연락을 해 왔다. 북한의 비밀경찰이 애란의 집과 외삼촌의 가족이 살던 집에 쳐들어와 단서를 찾아 집 안을 샅샅이 뒤졌다는 것이었다. 없어진 물건이 가족의 사진들과 중요 문서라는 것을 발견하고 거주자들이 탈북한 것을 알게 됐다. 애란의 남편과 학철 아내의 친정부모가 즉시 체포됐다. 최순만이 전하기를 경찰은 이들 가족의 소식이 아직 방송에 보도되지 않은 것으로 봐서 아직 미국이나 남한에 도착하지는 못한 것으로 판단했다. 경찰은 가족이 중국을 빠져나가는 데 어려움을 겪고 있는 것으로 생각했다.

전화 말미에 최순만은 자신의 가족이 미국에 갈 수 있도록 우리가 비자와 항공료를 도와줄 것을 노골적으로 요구해 왔다. 최순만은 조선족 형제의 이름과 연락처를 알고 있다고 밝혔다. 미란이 강을 건넌 후 조선족 형제의 집에서 지내는 동안, 혼란스럽고 불안한 마음에 몰래 최순만에게 전화해서 도움을 청해 보고자 했던 것이었다. 그 결과로 조선족 형제는 창바이를 떠나 잠적해야 했다.

미란의 행동은 자신의 탈출을 도왔던 사람들을 큰 위험에 빠트리는 결과를 낳았다. 지난 몇 달을 돌이켜 볼 때, 미란이 비록 절박한 심정에서 취한 행동이지만, 그것은 상상할 수 없는 참사를 불러올 수도 있었던 위험한 행동이었다.

이제는 절대로 돌아갈 수 없는 상황이 되었다. 이제는 돌이킬 수 없었다.

XXIII

_1997년 10월 13일_

떠날 준비를 끝냈다. 미리 여행 가방을 싸 놓고 언제라도 떠날 준비를 해 두었기 때문에, 눈 깜짝할 사이에 아파트를 빠져나올 수 있었다. 이것은 오래된 습관이었다. 심지어는 여행용 겉옷도 옷장 문에 걸어 두었기 때문에, 옷만 걸치면 중국으로 떠날 준비가 끝난 셈이었다.

이번 여행은 가이드가 요청한 것이었다. 가이드는 조선족 형제의 도움을 받지 못하는 상황이었기 때문에 미란의 그룹을 새로운 안전 가옥으로 이동시키는 데에 내 아버지의 도움이 필요했다. 미란의 그룹이 현재 묵고 있는 곳은 베이징대학에 유학 중인 어느 한국 여학생의 거처였다. 미란의 그룹은 벌써 한 달 가까이 그곳에 머물렀기 때문에 이웃이 수상하게 여길 수도 있었고, 여학생에게도 힘든 일이었다. 빨리 어디론가 이동해야 했다.

이번에는 할머니도 아버지에게 베이징에 데려가 달라고 부탁한 모양이었다. 할머니는 건강도 안 좋았고, 미란의 그룹이 서울에 도착할 때까지 기다릴 수 없다고 판단하신 모양이다. 할머니는 무엇보다도 내가 그룹과 동행하는 것을 원치 않으셨다. 할머니는 분명 내가 중국에서 술 마시고 잔뜩 취했던 것을 잊지 않은 것이었다. 나 역시 그 입맞춤, 말다툼, 정신 나간 전화 메시지들을 똑똑히 의식하고 있었으며, 가이드와 마주하는 것이 두려웠다. 하지만 나는 할머니의 정신건강이 더 염려됐다. 선양에서 할머니의 공포는 아버지도 감당하기 힘겨운 지경에 이르렀고, 두 분은 결국 폭발하고 말았다. 내가 중재역할을 해야 했다. 아버지도 마음이 놓이지 않았다. 아시아로 가실 때마다 뭔가 조금씩 달라졌다. 아버지의 어딘가에 숨어 있던 가부장적인 생각이 고개를 들어, 여자는 남자에게 고분고분하며 순종적이어야 한다는 태도를 취하셨다. 아버지가 원래 그런 분은 아닐 텐데 환경에 영향받는 것 같았다. 그곳에서는 어릴 때부터 '효도'에 대하여 각별한 가르침을 받는다. 아버지도 어릴 적에 처음 배운 것이 그런 유교적 가치였겠지만, 미국에서 그리고 독립심이 매우 강한 아내와 살면서 이전의 신념이나 행동으로부터 벗어나게 됐다.

우리가 떠나기 전, 엄마가 나를 잠깐 불러 세워 아버지를 이해하라고 타일렀다. 아버지에 대한 나의 적대감을 눈치채신 모양이었다. "우리가 지금 하는 일은 모두에게 힘겨운 일이지만 아버지에게는 더욱 그러하다. 이렇게 힘겹고 위험한 일을 아버지처럼 마다하지 않고 하는 사위가 세상에 그리 많지 않을 게다. 아버지는 할머니를 위해서 정말

큰일을 하고 있는 거야." 엄마가 나에게 일깨워 준 것이다.

엄마의 일깨움에 부끄러운 마음이 들어 나도 마음을 고쳐먹고 아버지의 어려움을 이해해 보기로 했다. 아시아에서 아버지는 마치 영화 속의 능숙한 배우처럼 새로운 인물로 재탄생하셨다. 그곳에서는 동양인 남자로서 받던 차별감이나 영어를 잘 못해 느끼던 불안감도 떨쳐 버린 듯 자유롭게 행동하셨다. 나도 나대로 달라졌다. 나는 내가 그곳에 잘 어울리지 않는다는 생각에 냉소적으로 변했고, 여자로 태어난 것에 대한 보상심리로 평등과 존중을 소리 높여 부르짖곤 했다. 이런 혼란으로 균형감각을 잃고, 특히 아버지와 대화하는 데에 어려움을 겪었던 것이다. 하지만 우리가 마쳐야 할 일을 위하여 모든 어색한 상황은 뒤로하고 앞으로 나아가기로 했다.

동이 틀 무렵에 나와 아버지를 태운 비행기는 서울에 도착했고, 우리는 비행기를 갈아타기 위해 움직였다. 팀장인 김천홍 씨가 기다리고 있었다. 그는 우리와 함께 베이징에 가기로 되어 있었다. 수염을 길러 모습이 좀 변해 있었는데, 입가의 수염이 통통한 볼살과 턱을 가려 줬다. 그는 감청색과 노란색이 섞인 바람막이 잠바를 입고, 목의 칼라를 세웠다.

그의 옆에는 할머니가 눈에 띄게 반짝이는 빨간색 재킷을 입고 휠체어에 앉아 계셨다. 휠체어 때문은 아니지만 왠지 더 늙어 보이셨다. 멍해 보이고 초점이 흐린 눈동자로 인해 여든다섯이 아니라 아흔다섯 살로 보였다. 이번 일을 지켜보시면서 10년은 더 늙으신 것 같았다.

몸을 숙여 할머니와 포옹했다. 할머니의 볼이 뜨거웠고, 옷에서 오줌냄새가 올라왔다. 자신도 모르게 옷에다 실례를 한 것이다.

"어제 네 명이나 치료했다. 좀 과로한 것 같아." 쉰 목소리로 말하시고는 숨이 넘어갈 것처럼 기침을 했는데, 이로 인해 얼굴은 붉어지고 입가에는 침이 고였다. 할머니는 휴지를 찾아 백 속을 더듬었다. 휴지가 없는지 이번에는 한 번 사용하여 꼬깃꼬깃 구겨진 휴지를 옷 주머니에서 꺼내셨다. 그러고는 요란한 기침 소리를 내며 누런색의 가래를 휴지 위에 뱉어 내고는 유심히 들여다보셨다. 다른 때였다면 당장 병원으로 모시고 갔을 상황이었다.

"왜 그렇게 몸을 혹사하셨어요?" 할머니가 부서지기라도 할까 봐 내 손을 살짝 등에 올려놓았다.

"네 부모에게 돈을 보태려고 조금이라도 더 벌고 싶었어. 지금 벌써 돈이 많이 들어갔을 거다." 할머니가 한숨지으셨다.

할머니를 탓할 수 없었다. 우리 모두가 한 푼이라도 더 보태고 싶은 같은 심정이었기 때문이다. 우리가 사용한 중국 왕복 항공료와 호텔 비용만 해도 신용카드로 겨우 충당하고 있었다. 현금이 절실히 필요한 때였지만 아무것도 쉬운 것이 없었다.

실내가 덥고 탁한 비행기가 이륙 전에 지상에서 너무 오래 머무르는 바람에 할머니가 방향감각을 잃었다. 할머니는 출발도 안 했는데 벌써 중국에 도착한 것으로 착각했다. 이륙 후에 비행기는 겨우 2시간을 날았다. 로스앤젤레스에서 출발해서 밤새 날아 하루가 꼬박 걸렸던 고된 비행에 비교하면 이것은 '식은 죽 먹기'였다.

비행기가 베이징의 수도공항에 도착하자 승객들이 통로로 밀려 나와 짐을 내리느라 분주했다. 내가 좌석 밑에서 짐을 꺼내는 동안 할머

아들이 있는 풍경

니가 승객에 떠밀려 통로 쪽으로 나갔다. 고개를 들어 보니 할머니가 사방으로 떠밀리고 있었다. 안전벨트를 재빨리 풀고 할머니를 불러 봤지만, 벌써 네 줄은 앞서 계셨다. 카메라 가방을 메고, 할머니의 백을 가슴에 꼭 붙들고 할머니 쪽으로 몸을 밀며 앞으로 나아갔다. 할머니가 승객에 떠밀리지 않게 내 몸을 가까이에 붙이고 지탱했다. 놀란 할머니가 손을 뻗어 나를 잡았다. 할머니의 손에 힘이 없었다.

다행히도 아버지와 팀장이 뒤쪽에서 나타나 할머니가 계단 내려가시는 것을 도왔다. 날씨는 아직 쌀쌀하지 않았다. 아직 여름 날씨였지만, 너무 덥지도 습하지도 않았다. 공기도 상쾌하고 하늘은 유난히도 청명해서, 세상만사가 잘 풀릴 것만 같은 날이었다.

계단 아래 포장도로 위에는 휠체어가 준비돼 있었고, 그 옆에는 커다란 귀에 삐뚤삐뚤한 치아를 가진 도우미가 서 있었다. 할머니가 자발적으로 휠체어에 앉으시는 것을 보고 놀랐다. 이전의 고집은 어디로 가고 지친 기색이 역력했다.

도우미의 덕으로 우리는 줄에서 기다리지 않고, 깃발을 든 여행 가이드가 이끄는 한 무리의 외국인을 지나 출입국 심사대 앞에 섰다. 위쪽에는 검은색으로 '중국에 오신 것을 환영합니다!'라는 문구가 새겨져 있었다. 중국을 상징하는 오성홍기를 제외하고는 모든 것이 단조롭고 방치된 분위기였다. 바닥과 벽도 닳고, 천장에는 오랫동안의 빗물 누수로 얼룩이 있었는데, 얼룩이 날개 달린 괴물 상을 만들었다.

전형적인 녹색 유니폼의 기운 없어 보이는 출입국 관리소 직원이 도착증명서, 여권, 건강증명서 등을 확인하고 그 위에 서명하게 했다. 옆쪽에 '내국인'이라고 표시된 구역에서 거무스름한 피부에 뻣뻣한 머리의 남자가 어려움을 겪고 있었다. 그의 서류들은 철저히 확인됐고, 무뚝뚝한 세 명의 출입국 관리소 직원들이 번갈아 가며 살피고 있었다. 남자는 이런 차별대우에 익숙하다는 듯이 묵묵히 상황을 견디고 있었다. 그는 실크로드 근처 북서부 지역의 소수민족인 위구르인이었다. 그들은 수 세기 동안 터키어와 아랍문자를 사용해 왔고, 이슬람교도이며, 몽골인과 인도-이란인의 혼혈이었다.

우리가 자리를 떠날 때까지 출입국 관리소 직원들은 그의 여행서류들을 뜯어보고 있었다. 우리가 출입국 심사대와 세관을 지나 짐을 찾는 데에는 채 20분도 안 걸렸다. 문제는 팀장이 보이지 않는다는 것이었다. 그는 출입국 심사대에서 어디론가 사라졌다. 나는 사람들이 오가는 분주한 인파 속에서 내 카메라 가방을 메고 있을 팀장을 찾았다.

심사숙고 끝에 카메라를 가져오기로 결정했었다. 위험천만한 일이었지만, 팀장의 촬영분을 또 빼앗기거나 할 경우에 대비해 카메라가 한 대 더 필요하다고 판단했다. 게다가 SBS팀과의 관계도 불안했다. 우리가 서로 협력하는 것에 대해 구두로 동의는 했지만, 서류를 통해 확인하지는 못했다. 종국에 그들이 우리를 배반할 수도 있었다. 방송 일을 오래 하다 보니 그런 일도 종종 겪었다. 내가 가장 우려했던 것은 그들이 약속을 어기고, 모두가 무사히 대한민국에 도착하기도 전에 우리의 이야기를 방송으로 내보내는 경우였다. 아무도 일이 이렇게 길어질 줄 몰랐다. 대한민국 정부가 혹여라도 탈북자들을 거부하는 경우에는 가족들은 기약도 없이 중국에서 숨어 지내야 할 것이다. 그런 상황이 온다면, 무슨 일이 있어도 방송을 막아야 했다. SBS가 그렇게 많은 시간과 돈을 투자하고 방송을 포기할 수 있을까?

내 성화에 아버지는 SBS의 임원인 옛 친구에게 연락하여 계약서를 요청했었다. 그 친구분은 계약서는 나중에 작성해도 된다고 아버지를

아들이 있는 풍경

설득했다. 아버지가 몇몇 조건을 내걸면서 계약서 작성을 재촉하자, 오해가 생겼다. 한국에서는 친구 간에 계약서 따위보다는 친분이나 신뢰가 더 중요한 것으로 여겨지기 때문이었다. 아버지는 친구를 언짢게 하고 싶지 않아 더 이상 계약서를 거론하지 않았다. 우리는 SBS팀과 좋은 관계를 유지해야 했다.

드디어 세관에서 가방을 올려놓고 있는 팀장을 발견했다. 검사관이 무슨 말인지 중국어로 소리치자 팀장이 못 알아들은 척하는 것이 보였다. 팀장은 안경을 코 위로 올렸다 내렸다만 하고 있었다. 순식간에 세 명의 직원이 더 나타났다. 모두는 뭐라고 동시에 떠들어 대며 팀장의 짐을 조사했다. 그들은 비싼 카메라보다 조니워커 위스키 병과 말보로 담배상자에 더 관심을 보였다. 이게 사회주의의 변형된 모습일지는 모르지만, 어쨌든 그들은 작은 일 하나를 처리하는 데에 너무 많은 시간을 낭비했다.

이 소란 중에 나는 세관 테이블로 걸어가 내 카메라를 집어 들었다. 나는 출구를 찾아 나갔고, 아버지와 할머니가 내 뒤를 따랐다. 밖으로 나와서 우리를 감시하는 사람이 있나 주위를 한 바퀴 둘러봤더니, 택시기사들뿐이었다. 그들은 중국어로 터무니없이 비싼 요금을 부르며 우리를 유인하려 했으나, 우리는 그들을 쫓아내고 팀장을 기다렸다.

20분이 지나서야 팀장이 나오면서 우리에게 손을 흔들었다. 이마가 땀으로 번들거리며 우리 쪽으로 서둘러 왔다. 그는 유창한 중국어로 택시기사와 흥정을 했다. 부처의 상을 부적처럼 계기판 앞에 붙이고 다니는 기사와 겨우 적당한 가격을 흥정할 수 있었다.

공항에서 도심까지는 시간이 꽤 오래 걸렸다. 우리는 일본차가 즐비하고 매끈하게 정리된 8차선 도로를 타고 1시간 정도를 달렸다. 비숫하게 생긴 고가도로들이 줄지어 있었다. 도시에 가까워지자 우리의 택시는 빠르게 달리는 차들을 비껴 재빨리 우회전하면서 출구로 들어섰다. 거리는 교통과 공사로 혼잡했으며, 말쑥하게 차려입고 통 넓은 바지나 염색머리로 멋 부린 사람들과 학생들로 붐볐다. 사람들은 걷거나 자전거를 타고 있었으며, 버스도 자동차도 상점도 사람들로 가득했다. 지구 인구의 5분의 1인 10억의 인구가 중국에 살고 있다는 것이 실감났다. 거리를 가득 메운 수많은 사람들을 보면서 중국의 1가구 1자녀 정책을 이해할 수 있을 것 같았다. 중국의 위협은 핵무기가 아니라 과밀한 인구에 있는 듯했다.

베이징은 내가 경험한 중국의 여느 도시와도 달랐다. 모든 것이 거대했고 곧게 뻗은 선들과 함께 그 규모는 가히 인간의 범주를 넘어섰다. 수도에서도 주요 거리인 창안제(長安街)는 곧게 뻗은 거대한 도로로, 베이징의 두 명소를 보기 위해 분주하게 움직이는 관광객들로 넘쳐나고 있었다. '천상의 평화의 문'이라는 톈안먼 광장은 중국의 중심이며 세계에서 규모가 가장 큰 광장이기도 하다. 다양한 조각상들로 장식된 이 콘크리트 광장은 축구경기장 9개를 합친 넓이를 자랑하며 역사적인 건축물들과도 인접해 있었다. 이곳이 바로 1949년 10월 1일에 마오쩌둥이 중화인민공화국의 탄생을 선언하며 붉은 깃발을 올린 곳이었다. 그러나 1989년 자유, 개혁, 부패척결을 외치던 평화 시위자들에 대한 군부의 유혈진압이 전 세계에 방송되면서 이곳은 비극적인 장소라는 오명을 얻기도 했다.

맞은편에는 톈안먼 광장의 사회주의 분위기와는 극적인 대비를 이루는 황궁이 위치하고 있었다. 명청 왕조 때 평민이 황궁의 두꺼운 진홍색 벽에 접근하는 것조차 금지됐다고 하여 '자금성'으로 더 잘 알려

아들이 있는 풍경

진 궁전이다.

해자를 두른 입구 위의 벽에는 실물 크기의 마오쩌둥 초상화가 걸려 있었다. 그 양옆에는 큰 글씨로 '중화인민공화국 만세!'와 '세계 인민 대단결 만세!'라고 쓰인 슬로건이 눈에 들어왔다. 수도의 다른 곳에 세워졌던 거대한 초상화와 동상들은 다 철거되고, 그 자리를 대신해 프랑스산 코냑, 일본의 전자제품, 미국의 패스트푸드 등을 홍보하는 네온사인이 들어섰다. 그런 연유로 유일하게 남아 걸려 있는 이 거대한 초상화는 특히 깊은 인상을 남겼다. 마오쩌둥의 기운이 그 공간을 지배하는 것 같았다. 밖을 응시하는 그의 쌍꺼풀눈에서 슬픔 같은 것이 느껴졌는데, 한때는 신적인 존재요, 모든 권력을 가졌던 자가 더 많은 것을 이루고자 했지만, 거대한 목표에 미치지 못했다는 그런 슬픔이었다.

안전조치로 택시를 한 번 갈아타기 위해 임페리얼펠리스호텔 앞에서 내렸다. 엄청난 인파와 함께 거대한 콘크리트 거리를 걸으면서, 내가 갑자기 하찮은 존재로 느껴졌다. 우리는 관광객과 부딪히고 넘어질 뻔하면서 겨우 보행자를 피해 서행하던 택시 하나를 세웠다. 이번 택시기사는 느리게 움직이는 차량과 자전거 사이를 빠져나가기 위해 경적을 마구 울려 댔다. 경적도 효과가 없자, 이번에는 도로의 중앙에서 위험스런 U턴을 감행하다가 버스와 부딪힐 뻔했다.

우리는 도심의 내부순환도로를 벗어나 더 작은 거리를 따라 달렸고, 공원들과 베이징동물원 그리고 꼬불꼬불 끝없이 이어지는 회색 골목길들을 지나 호텔에 도착했다.

번쩍이는 로비에는 투자 금융인들로 보이는 한 무리의 남자들이 랩톱 컴퓨터를 들고 핸드폰으로 대화하면서 접수대 주위를 둘러싸고 있었다. 아버지와 팀장이 필요한 접수서류를 작성하는 동안 할머니와 나는 로비 뒤쪽에 물러나 있었다.

가이드가 어디에 있는지 궁금했다. 호텔 어딘가에 있을까? 그가 전화로 했던 고백을 기억하자 두려움과 긴장감이 마음에 번졌다. 그를 만나면 어떤 일이 벌어질지 그리고 그를 어떻게 대해야 할지 알지 못했다.

접수절차가 다 끝나고 할머니의 허리를 잡고 방으로 향했다. 할머니는 유난히 발을 끌며 걸었고, 너무 가벼워 업어 드리고 싶었다. 복도 끝에서 두 명의 남자가 거대한 화분 옆에서 우리 쪽을 주시하다가 사라졌다. 할머니를 재촉해 방으로 갔다.

방에 들어오자마자 할머니를 목욕시킬 준비를 했다. 아까 냄새나던 옷은 세탁을 맡길 참이었다. 할머니는 옷을 벗는 것도 힘겨워했다. 겨우 팔을 들어 옷을 벗고 몸을 부축해 욕조 안으로 인도했다. 발가벗은 할머니의 몸을 보니 눈에 띄게 살이 빠졌고 쇠약해져 내심 놀랐다. 다리와 엉덩이의 살이 쪼그라들었고 피부가 축축 처졌다. 1988년에 골프공 크기의 담석 두 개를 제거했던 2센티미터 정도의 수술자국이 배 밑으로 선명했다. 그 옆으로는 자몽 하나가 들어 있는 것처럼 피부가 불룩했다. 할머니가 돌아가실 것으로 생각한 의사가 꼼꼼하게 봉합하지 못해 생긴 결과였다. 아들을 보고 죽겠다는 할머니의 의지가 목숨을 구한 셈이었다. 하지만 선양에서 슬픈 마음으로 아들을 만난 이후로 할머니의 의지와 체력이 시들어 가고 있다. 모두가 자유의 품에 안길 때까지 버티시지 못하고 회한을 간직한 채 눈을 감으실까 봐 걱정이 됐다.

할머니를 눕히기 위해 침대를 정리하고 있는데, 흐르는 물소리 사

아들이 있는 풍경

이로 할머니의 기침소리가 들려왔다. 가래가 그렁거리고, 숨이 끊어지는 기침소리가 울릴 때마다 고통이 내 몸을 훑고 지나갔다. 목욕을 마친 할머니가 엄마가 챙겨 넣은 산뜻한 파자마를 입고 걸어 나왔다. 샤워로 혈색이 도니 얼굴이 이제 훨씬 좋아 보였지만, 할머니의 눈동자는 아직도 흐릿했다. 예전에 공포로 가득했던 눈이 이제는 피로하고 지쳐 있었다.

침대에 눕히는데, 할머니의 손이 떨려서 흔들렸다. 침대 담요로 발을 잘 감싸고, 겉의 이불을 어깨까지 잘 덮어 드렸다.

"언제 애들을 볼 수 있을까?" 할머니가 작은 목소리로 물었다.

"내일이오." 오늘의 상태로는 어떤 일도 어려울 것 같았다. "오늘은 푹 쉬셔야 해요." 나라도 그렇게 말하지 않으면 할머니는 괜찮다고 하실 분이었다.

할머니는 무언가 할 말이 더 남은 것 같았으나, 이내 잠들어 버렸다. 눈이 시려서 밝은 천장 불은 끄고, 은은한 램프 불을 켜고 의자를 당겨 할머니 옆에 앉았다. 할머니는 이따금씩 눈을 떴다가 다시 잠들곤 했고, 나도 의자에 몸을 기댄 채 졸기 시작했다. 잠이 든 지 얼마 지나지 않아 문에서 노크소리가 들렸다. 눈을 번쩍 뜨고 몸을 세워 앉았다. 시계를 보니 거의 저녁 9시였다.

노크소리가 더 커지면서 문을 열라고 재촉했다.

할머니가 몸을 일으키려 해서 내가 가만히 있으라고 신호했다. 나는 여행가방과 상자들이 널브러진 바닥을 지나 문으로 갔다.

"누구세요?" 이 시간에 소동을 피우는 상대가 누군지 궁금하여 물었다. 요즈음에는 문을 열기 전에 상대를 확인하는 버릇이 생겼다.

"김천홍입니다."

체인은 걸쳐 놓은 채 조심스럽게 문을 살짝 열어 보았다. 커다란 눈의 팀장이 안경 너머로 웃음 지으며 내 앞에 서 있었다. 뒤로 물러서서 문을 열자, 불이 켜지면서 강한 빛이 눈을 때렸다. 키가 작고 통통한 젊은 남자가 팀장을 뒤따라 들어왔다. 그들은 구석을 돌아 할머니가 일어나 앉아 있는 것을 보더니, 젊은 남자가 갑자기 할머니에게로 돌진해 달려들었다. 할머니는 남자의 몸에 깔려 침대머리에 기대 있었다. 나는 어안이 벙벙해 눈을 동그랗게 뜨고 이 놀라운 광경을 그저 바라만 보고 있었다. 마치 기괴하고 희미한 꿈을 꾸고 있는 것처럼 모든 장면이 느리게 움직였다. 나도 모르게 손을 뻗어 그를 할머니에게서 떼어 내 벽으로 세게 밀었다.

"이 사람이 술에 취했냐?" 할머니가 혼란스러운 표정으로 물었다.

"할머니!" 젊은이가 울부짖었다. "저예요. 문철이에요."

순간 할머니의 눈동자에 생기가 돌았다. 할머니가 몸을 벌벌 떨며 손을 내밀어 문철을 만졌다. "문철이라고? 어머나, 어머나, 정말로 너니? 드디어 나왔구나." 할머니는 숨 가쁘게 말하고는 문철을 끌어안았다. 문철도 할머니의 허리를 꼭 끌어안고 머리를 무릎에 파묻었다. 그들은 그렇게 한참을 꼼짝 않고 있었다. 굵은 눈물방울이 할머니의 볼을 타고 흘러내렸다. 아들인 외삼촌을 만났을 때보다 더 많은 눈물을 보이시는 것이 마치 할머니가 오랫동안 찾던 아들은 문철인 것 같았다.

문철은 손등으로 눈물을 닦고는 나에게 인사하기 위해 일어났다. 그는 나와 비슷한 키에 어깨도 벌어지고 너무 마르지도 않았다. 이는 삐뚤고, 색이 누렇게 바랬으며, 피부는 거칠고, 벌써 주름이 있어 나이 들어 보였지만, 광산에서 일했던 학철만큼 거무죽죽하지는 않았다.

문철은 앞주머니에 손을 넣고 어깨를 웅크리고 고개를 숙인 채 어색하게 서 있었다. 그가 서 있는 포즈와 헐렁한 바지, 빨강 녹색의 줄무늬 셔츠, 커 보이는 가죽신발 등의 옷차림이 문철을 중년의 중국인처럼 보이게 했다. 문철이 직접 옷을 고른 건지 아니면 가이드나 팀장의 패션 감각이 반영된 것인지 궁금할 정도였다.

"안녕하세요?" 문철이 부드럽게 인사했다.

나도 모르게 문철의 팔을 살짝 때렸다. "한번 그렇게 해 주고 싶었어." 내가 농담조로 말했다.

문철은 꿈적 않고 고개를 떨구었다. "나는 맞아도 싸요. 더 세게 때려도 돼요."

문철의 후회 섞인 말과 비통한 얼굴을 보니 일을 지연시킨 것에 대하여 정말로 한 대 때려주고 싶던 마음이 다 사라졌다. 그는 이미 내가 상상할 수도 없는 많은 것을 겪었다. 그를 안아 주려고 끌어당겼다. 그는 어색한 듯 거리를 두고 서서 내 쪽으로 쓰러지지 않으려고 애쓰면서 내 포옹에 응했다.

"나도 마음이 풀렸어. 문철이가 안전하게 여기 있는 것만으로도 기뻐." 그의 마음을 편하게 해 주려고 밝게 웃어 보였다. 가족으로서 닮은 데를 찾아 그의 얼굴을 찬찬히 살폈다. 그의 눈은 돌아가신 할아버지를 닮았다고 생각했다. 미간이 유난히 긴 초승달 모양의 눈썹과 넓은 이마는 할머니로부터 받았다.

머쓱해진 문철이 대충 자른 자신의 머리를 쓰다듬었다. 어깨로 비듬이 내려앉았다. "머리를 이렇게 잘라 놨어요."

"보기 좋은데." 칭찬을 건네고 졸업은 했는지 내가 물었다.

문철이 내 눈을 피하며 고개를 끄덕였다.

"졸업장은 가지고 왔어?" 궁금한 마음에 물었다. 애란이 유일하게 챙겨서 내려온 것은 기저귀가방이었다. 외삼촌이 그 하고많은 물건 중에 가지고 내려온 것은 궐련을 말기 위한 담배쌈지였다.

"졸업장이라기보다는 자격증이에요." 문철이 천천히 말을 이었다.

"그걸 가져오기는 했는데, 다른 서류와 가족사진들과 함께 찢어 버렸어요. 혹시 잡히기라도 했을 때 우리의 신분이 탄로 날까 봐 겁이 났어요."

"어떻게 결국 북한을 떠날 생각을 하게 됐니?" 할머니가 기운 없이 물으셨다.

"아버지가 심장마비로 쓰러지셨다는 연락을 미란 누나가 했을 때 곧장 집으로 왔어요. 그런데 아버지는 집에 안 계셨어요." 문철은 말을 멈추고 근심에 찬 얼굴로 자신의 손바닥을 뚫어져라 봤다. 그러고는 생각난 듯이 속내를 털어놓기 시작했다. "처음에는 많이 울었어요. 어머니에게 어떻게 해야 하느냐고 물었지요. 그러자 떠나는 것이 우리의 운명이라고 대답하셨어요. 저는 그냥 남아서 결과를 감당하는 것이 살아남을 가능성이 더 높다고 생각했어요. 떠났다가 어떤 더 나쁜 상황을 맞게 될지 알 수 없었어요. 국경을 넘는다는 것은 평생 상상도 못했거든요."

북한의 주민에게 외부 세계에 대한 정보가 차단돼 바깥 세상에 대해 무지하다는 것이 나에게는 특히 이해하기 힘든 부분이었다. 서구에서도 특히 미국에 살면서 나는 원하건, 원치 않건 항상 넘쳐 나는 뉴스와 정보 속에 살고 있었다.

"네 엄마도 같이 왔니?" 할머니는 모두가 빠져나왔다는 소식을 이미 들었음에도 불구하고 또 물으셨다. 문철을 통해 확인하고 싶으셨던 것이다.

"네." 문철이 할머니 침대 끄트머리에 털썩 앉아 매트리스를 잡았다.

할머니가 가슴을 쓰다듬며 안도의 탄성을 지르셨다. 그러고는 또 울기 시작했다. "얼마나 다행인지 모르겠구나. 가족이 남겨졌다는 생각에 내 마음이 찢어졌었다……." 그다음에 이어진 말들은 울음과 기침에 섞여 분간할 수 없었다. 할머니는 가래를 올려 휴지에 뱉으셨다.

"나를 낳아 주신 어머니를 위해 왔습니다. 자라면서 어머니의 속을 많이 썩였어요. 어머니는 제가 정직하고 바른 사람이 되라고 애쓰시며 가르치셨어요. 제가 좀 제멋대로 하는 편이어서 나쁜 길에 들어설까 봐 걱정이 많으셨어요. 저를 많이 사랑해 주시고 항상 저를 위해 사셨어요. 하지만 어머니는 예전이나 지금이나 고통을 많이 겪으셨어요." 문철은 다시 말을 멈췄다.

잠시 후 마음을 진정시키고 다시 말을 이었다. "아버지가 왜 술을 많이 드시는지 이해가 가요. 보통은 삶이 힘들고 마음먹은 대로 되지 않을 때 술을 마시죠. 아버지는 자신이 세상에 혼자 남은 고아로 알고 사셨어요. 가족들에게조차 말하실 수가 없었어요."

할머니는 뭔가 문철의 말에 탐탁지 않아 하셨다. "이제부터는 바르게 살아야 한다. 술도 마셔서는 안 돼."

"술이 치료의 역할을 하기도 해요. 고통을 잊을 수 있게 해 주니까요. 저도 마음이 좋지 않을 때 술을 마셔요. 형이 형수와 조카를 두고 떠나고, 아버지도 떠나셨다는 말을 듣고 마음이 차갑게 식었어요. 우리 가족을 생각할 때마다 술을 먹었어요." 문철은 안타까운 마음에 몸을 부들부들 떨며 바닥을 내려다봤다.

"네 아버지는 아주 명석하고 용기 있는 젊은이였다. 겨우 열여섯 살 때 김일성에 반대하는 피켓을 들고 학교 주위를 행진했다. 빨갱이들한테 피 터지게 맞아도 물러서지 않았다. 그게 네 아버지의 진짜 모습이다. 빨갱이들이 하나님을 부인하라고 해도 끝까지 거부했더란다." 할머니가 파자마의 옷깃으로 눈물을 훔치셨다.

문철은 믿을 수 없다는 듯이 올려다봤다. 아버지에게 그런 면이 있는 줄은 몰랐던 것이다. 그는 한동안 눈을 감고 손을 무릎에 가지런히 놓은 채 말없이 앉아 있었다. 무언가 깊은 생각에 잠겼다.

"문철, 무슨 생각을 해?" 문철이 마음의 고통을 후련하게 털어놓게 하고 싶어 물었다.

"여러 가지를 생각해요. 친구들도 생각나고 또……." 그는 또 말을 잇지 못하고 멈칫했다.

그의 얼굴을 지켜보다 걱정스러운 생각이 스쳐 지나갔다. "혹시 여자친구가 있었어요?"

문철이 천천히 고개를 끄덕였다. "우리는 4월에 약혼했고, 졸업 후에 결혼할 계획이었어요."

약혼녀가 있었다는 얘기에 깜짝 놀랐다. 마음을 가라앉히고 목소리를 가다듬어 다음 질문을 했다. "약혼녀가 문철이 어디에 있는지 알아?"

그는 내 질문에 답하지 않았다. 그러나 곧 비통하면서도 결의에 찬 목소리로 말했다. "더 이상 지나간 일에 대해 생각지 않을 거예요. 앞을 생각하고 내가 무엇을 할 것인지만 생각할 거예요."

그의 목소리에 숨겨진 상처와 분노를 눈치챈 내가 부드럽게 말했다.

"말은 그렇게 하지만 마음속에는 풀리지 않은 분노가 있는 것 같아."

"맞아요. 하지만 이것은 아버지와 해결해야 해요. 아버지를 만나면 앉아서 내 속마음을 털어놓을 거예요."

"무슨 말을 할 거야?"

문철의 얼굴이 일그러지고 눈물이 볼을 타고 흘러내렸다. 그는 나와 눈을 마주치면 하고 싶은 말을 다할 수 없다는 듯이 내 눈을 피해 멀리 봤다. "나는 버림받은 아들이며, 내 발로 걸어서 돌아왔다고 말할 거예요. 아버지도 뭔가 새로운 감정을 가지시겠죠." 그는 다시 침묵으로 돌아갔고, 노인처럼 어깨를 축 내려뜨렸다.

나도 물러섰다. 그의 고통이 느껴졌다. 우리 일이 다 잘될 거라고 너무 낙관했었나 보다. 그들이 겪게 될 숱한 위험과 시련을 알았더라면, 우리의 프로젝트를 끝까지 밀고 나가는 것에 대해 그렇게 쉽게 결정하지 못했을 것이다. 5개월 전 이 모든 것을 결정하기 전에 훨씬 더 많은 고민의 시간을 보냈을 것이다.

XXIV

할머니가 기침 때문에 잠이 깨셨다. 기침이 발작처럼 심해지더니 몸이 뒤틀리고 얼굴이 붉은 보랏빛으로 변했다. 할머니가 왜소한 몸을 웅크리고 누웠다. 차차 기침이 멎었고, 할머니도 기진맥진하여 다시 잠들었다. 할머니는 볼과 턱살이 축 처진 채 천진난만한 모습으로 반듯하게 누워 계셨다.

아침 식사에는 나 혼자 가기로 했다. 그 무엇보다도 할머니에게 필요한 것은 편하게 쉬는 것이었다. 그래서 혼자 아버지를 만나러 내려갔다. 다행히도 아버지는 푹 주무신 모습이었다. 나는 풍성한 뷔페를 돌아 할머니가 드실 따뜻한 죽과 김치 한 종지와 내가 마실 커피를 들고 테이블로 돌아왔다. 커피는 콩이 문제인지 아니면 제대로 내려지지 않았는지 맛이 영 별로였다. 커피향이 주던 위로도 이젠 힘을 잃었다. 하루라도 빨리 일을 끝내고 싶은 마음뿐이었다.

간밤의 갑작스러운 방문에 대해 전해 들은 아버지는 팀장이 무책임하게 행동했다며 화가 나셨다. 어쩌면 반대로 그 사건은 무책임의 소산이 아니라, 미리 계산된 일이었을 수도 있다. 한밤중에 문철을 데리고 온 불의의 습격을 통해 할머니의 눈물을 카메라에 잡고 싶었던 것이다. 할머니가 감정적으로 준비돼 있는 것은 원치 않았다. 다큐멘터리를 찍는 입장에서 지난번 용운 삼촌과의 재회 때에는 극적 효과가 약했기 때문에, 이번에는 편집되지 않은 생생한 눈물을 영상에 담고자 했던 것이다. 가이드는 어디에 있는 것이며, 왜 팀장이 문철을 데리고 호텔을 돌아다니게 허락했는지 이해가 안 됐다. 둘 사이에 무슨 꿍꿍이가 있는 것 같았다. 우리가 알지 못하는 모종의 거래가 있었음을 직감했다.

갑자기 낌새가 이상해서 돌아보니, 문철과 가이드가 우리 쪽을 향해 걸어오고 있었다. 밤새 술이라도 마셨는지 얼굴은 붉고 머리는 헝클어져 있었다. 가이드의 눈에는 광기가 서려 있었고, 몰골도 더 부스스했다. 그는 내 맞은편에 앉아 의외로 차분히 사물을 지켜봤다. 잠시 우리의 눈이 마주쳤는데, 그의 눈빛이 강렬했다. 가슴이 두근거렸다. 나는 그에 대하여 말도 안 되는 복잡한 감정을 가지고 있었다. 우리의 첫 만남이 어색하고 적대적일 것임을 알았지만 가능한 한 아무렇지 않게 넘어가기를 바랐다. 내가 열망하고 바라는 것은 가이드가 아니라고 스스로에게 다짐했다. 단지 그의 존재가 나에게 짜릿한 무언가를 선사한 것은 맞는 것이고, 중국에서 겪은 외로움이 위험과 결합되어 키스까지 하게 된 것이었다.

나는 그의 눈을 피해 다리가 긴 여종업원이 김이 나는 커피포트를 들고 우리 테이블로 다가오는 것을 열심히 쳐다봤다. 그녀의 꽉 끼는 유니폼은 중국의 전통의상인 청삼(青衫)처럼 한쪽에만 단추가 있었고 허벅지까지 맵시 있게 트여 있었다. 진한 눈 화장에 마스카라를 한 여종업원이 가이드를 잠시 호기심 어린 눈으로 쳐다봤지만, 그는 별로 신경 쓰지 않았다.

나는 커피를 마저 마시고 리필을 부탁했다. 여종업원은 가이드의 잔도 다시 채워 주었다. 문철이 잔을 들고 이리저리 살펴보자 그의 잔에도 커피를 따랐다. 문철이 당황했다. 문철은 내가 커피 마시는 모습과 가이드가 설탕과 크림을 넣는 것을 곁눈질했다. 그는 가이드를 따라 하기로 하고는 우유를 붓고 설탕을 4봉지나 뜯어 넣었다. 그러고는 너무 과했나 싶어 걱정스러운 표정을 지었다.

문철과 대화를 시작하려다가 그의 강한 북한 사투리로 인해 괜한 의심을 살까 봐 관뒀다. 그가 뷔페에서 가져온 음식을 보니 스크램블에그, 베이컨, 소시지, 국수볶음, 수박 두 조각과 방울토마토였다. 그는 음식을 음미하듯이 한입씩 천천히 먹었다. 그의 의자가 테이블과 너무 멀어 불편해 보여서 더 당겨 앉으라고 하려다가 그것마저 멈췄다. 괜히 눈치 보게 만들고 싶지 않았다. 가이드는 끊임없이 문철에게 어떻게 해야 하는지 말하고 있었다. 허리를 펴고 앉으라 하고, 포크를 제대로 사용하라고 하고, 입 닦으라, 파인애플은 이렇게 먹는 거다 하면서 잔소리가 과했다. 문철과 얘기를 끝낸 가이드는 아버지에게 자신의 계획을 말했다. 미란의 그룹을 중국의 최북단에 위치하고, 기차로 5시간 거리에 있는 헤이룽장 성(黑龍江省)의 성도 하얼빈으로 옮기겠다는 것이었다.

나는 이동에 반대였다. 하얼빈은 더 위험해 보였다. 그 지역은 베이징보다 북한에 더 인접했고 외국인도 많지 않았다. 지역주민들은 외부인을 보는 것에 익숙지 않았다. 베이징에는 각국 대사관이 있고 다국적 기업들이 들어와 있어 외국인이 특별하게 눈길을 끌지 않는 곳이었다. 이곳에는 KFC나 A&W 루트비어와 같은 프랜차이즈 식당을 쉽게 찾을 수 있었다. 나는 내 의견이 무시될까 봐 일단 조용히 앉아 있었다. 더 이상 남자들에게 이래라저래라 휘둘리고 싶지 않았다. 이젠 내 의견을 목소리 높여 표현하지 않기로 했다.

가이드는 내가 커피를 흔들며 잔을 만지작거리는 것을 지켜봤다. 가이드가 나를 생각하고 있는 것을 의식하고 얼굴이 벌겋게 달아올랐다. 아버지가 뭐라고 말하는 소리가 들렸지만 귀가 윙윙거려 분명하게 알아들을 수 없었다. 가이드도 아버지의 말에 귀 기울이지 않고 있었다. 잠시 정적이 흐르더니 가이드가 잠긴 목소리로 말했다. "뭐라 그러셨어요?" 그의 목소리의 울림이 속삭이듯이 내 말초신경을 자극했다.

"시골에서는 그들이 더 눈에 띄지 않을까요?" 아버지가 나와 같은 염려를 표했다.

"그렇게 생각할 수도 있겠지만, 반드시 그렇지만은 않아요. 이곳 베이징에서는 잡히면 정말로 문제가 커져요. 시골에서는 경찰이 웬만하면 그냥 넘어가 줍니다."

"이곳에 사는 지인이 하나 있습니다. 그 친구가 가족이 지낼 만한 곳을 찾을 수 있게 도와줄지 몰라요."

누구를 말하는 것일까? 맞은편에 앉아 있는 아버지를 쳐다봤다. 베이징에 아버지의 친구가 있는 줄은 전혀 몰랐다.

"제가 모르는 사람은 믿을 수 없습니다." 가이드가 대답했다.

가이드는 아무런 감정을 보이지 않았다. 나처럼 지난 몇 달간 그를 유심히 관찰한 사람만이 그가 손으로 머리를 쓰다듬는 동작의 의미를 가늠할 수 있을 것이다. 아버지의 간섭이 싫은 것이었다. 아버지가 가이드 자신의 생각에 무조건 따라 주기를 바랐던 것이었다.

"내 친구를 만나 보고 나중에 결정하면 어떨까요?"

"그 친구라는 분이 누구시죠?

"선교사입니다."

"나는 선교사를 신뢰하지 않습니다."

아버지의 오른쪽 볼 근육이 일그러지고 입은 굳게 다물었다. 화가 나신 것이다. "내가 그를 잘 알아요. 믿을 수 있는 사람입니다." 아버지가 이를 악물며 응수했다.

"이 선생님, 제가 도와 드리는 것을 원하시나요? 아니면 이 일을 혼자 진행하시겠습니까?" 가이드의 목소리는 나뭇잎을 스치는 바람처럼 가냘팠다.

"당연히 안전은 무엇보다 중요해요. 내 친구는 전적으로 믿을 수 있는 사람이라고 했습니다." 아버지는 격노하여 굳은 얼굴로 받아쳤다. 아버지가 자식인 우리를 대할 때를 제외하고 누군가와 이렇게 대립하는 것은 처음 봤다.

가이드는 감정을 억누르려고 애쓰면서 입가를 조심히 닦았다. 그러고는 접시를 옆으로 밀어 놓고 손을 테이블 위에 올려놓았다. "그럼, 이 선생님, 알아서 하세요." 가이드는 자리를 박차고 일어나 식당을 떠났다. 문철은 음식을 씹으며 허겁지겁 가이드를 따라 뛰어나갔다.

아들이 있는 풍경

가이드가 남기고 간 말들이 귀에 메아리치는 동안 그가 혹시 다시 돌아오나 확인하러 힐끔힐끔 뒤를 돌아봤다. 그가 우리의 반응이 어떨지 시험하고 있는 것도 잘 알고 있었다. 그는 자신이 스스로를 통제할 줄 알며, 주변 상황에 대하여도 절대적인 통제권을 원한다는 것을 보여 주고 싶었던 것이었다. 뿐만 아니라 그는 우리에게 등을 돌릴 수도 있는데, 만약 그렇게 된다면 이 프로젝트를 종료시킬 수 있는 지식과 수단을 손에 쥐고 있다.

나와 아버지는 서로를 말없이 한참 바라보았다. 아버지는 이마에 땀을 흘리며 창백한 얼굴로 침묵하고 계셨다. 분노와 두려움을 잠재우려 애쓰면서, 팔짱을 낀 채 한참 동안을 그렇게 앉아 계셨다. 아버지가 감정을 어느 정도 추스르고는, 눈을 찌푸리며 방금 일어난 일을 따져 보기 시작했다. 상황을 이리저리 짜 맞추며 도대체 무슨 일이 일어난 것인지 파악하려고 애쓰셨다.

"가이드에게 뭔가 다른 일이 있는 것 같아. 뭔가 다른 생각을 하고, 초조해하는 것처럼 보이지 않았니?" 아버지가 진지하게 물었다.

나는 죄책감을 느끼며 주저주저 대답했다. "글쎄요, 별로 못 느꼈어요."

아버지는 안경을 벗고 충혈된 눈을 비비셨다. 콧등에 안경자국이 붉게 남은 아버지의 얼굴에는 근심이 가득했지만, 어떤 결의도 엿보였다. 아버지가 드디어 행동에 나설 참이었다. 이제 더 이상 뒷짐 지고 다른 사람들이 우리 일을 끌고 가는 것을 구경만 하고 있을 수는 없었다. 먼저 가이드가 손을 쓰기 전에 미란의 그룹을 새 안전가옥으로 이동시켜야 했다. "우리의 가족이고, 우리가 직접 나설 차례야. 안 그러면 결국에는 우리의 책임으로 남을 거야." 아버지가 말했다.

아버지의 눈빛과 표정은 사뭇 진지했고, 소중한 사람이 다쳤을 때처럼 마음가짐이 완전히 바뀌셨다. 갑자기 아버지가 자신감에 찬 모습으로 분주히 움직이기 시작했다.

아버지는 곧장 호텔을 빠져나가 공중전화로 지인에게 연락했다. 그날 정오에 주름이 많고 머리숱이 빠진 노신사가 말끔한 회색정장 차림으로 우리 호텔방에 나타났다. 아버지는 그를 '사장님'으로 불렀는데, 그는 사실 사업가 행세를 하는 개신교 선교사라고 했다. 나는 중국이라는 붉은 대륙에 예수의 씨앗을 심기를 희망하는 이 하나님의 비밀요원에게 호기심이 생겼다. 그의 활동이 발각되면 그를 비롯해 아내와 아이들까지도 엄중한 조사를 받고 송환될 것이다. 비밀 지하 교회는 불법이었고, 사이비 종교집단으로 간주됐다. 하지만 더 큰 위험은 자국민에게 있었다. 그들은 정부가 허가한 합법적인 교회에 다니는 것만 허락됐고, 지하교회에서 예배하다 걸리면 감옥에 가거나 구타당했다. 최악의 경우 처벌이 죽음으로 끝날 수도 있었다. 그런 박해에도 불구하고 사장님의 교회는 계속 성장하고 있었다.

할머니가 침대에서 힘겹게 몸을 일으키면서 주름진 눈을 구겨진 벨벳 커튼처럼 힘겹게 떴다. 할머니가 미소 지으며 사장님께 의자를 권하자, 사장님이 공손히 인사하며 자리에 앉았다.

아버지가 흰색의 두터운 돈 봉투를 내놓고, 더 얇은 다른 봉투 하나를 더 꺼냈다. "이것은 감사한 마음의 작은 표시입니다."

"이건 필요 없습니다." 사장님이 두 번째 봉투를 거절하는 바람에 봉투가 두 분 사이를 다섯 번이나 왔다 갔다 했다.

"정 그러시면 이곳에서 하시는 일에 쓰세요." 아버지가 고집했다.

"그러면 말씀하신 용도에 쓰겠습니다." 사장님은 고개 숙여 인사한 후 봉투에 대하여 조용히 감사의 기도를 했다. 기도가 끝나자 사장님이 고개를 들며 물었다. "베이징에는 무슨 일이세요?"

"지난 4월에 북한에 있는 가족을 만나러 왔던 여행의 연장입니다. 그 가족이 지금 다 북한을 빠져나왔어요."

사장님이 그의 작고 깔끔한 손을 모으며 환호했다. "잘됐네요. 정말 잘됐습니다."

"가족의 반은 지금 안전한 곳에 있는데, 반은 중국에 갇혔어요."

"현재 많은 탈북인이 이곳과 러시아에 숨어 있어요. 그 수가 수백 명, 수천 명은 되는 것으로 추정해요. 비극적인 일이에요. 남북이 같은 사람들인데, 우리 정부가 그들의 입국을 허가하지 않고 있어요. 우리나라도 그렇고 어느 나라건 난민을 거부하는 것은 부끄러운 일이에요. 당신의 가족에게는 당신들이 있으니 정말 행운인 셈이죠. 중국을 빠져나가는 데 얼마나 오래 걸릴 것 같아요?"

"우리도 확신할 수가 없어요, 그동안 숨어 있을 안전한 곳이 필요해요."

"교회로 보내야 돼." 할머니가 푸념과 한숨 섞인 복소리로 말했다.

"할머니, 그건 좋은 생각이 아니에요." 사장님이 재빨리 주의를 줬다. "위험해요. 이곳에 있는 두 개의 허가받은 교회에는 스파이들이 쫙 깔려 있고요, 경찰은 지하교회들을 단속해요. 가족이 지낼 만한 곳이 하나 있기는 해요. 나와 가족이 사는 아파트 단지에 빈 아파트가 하나 생겼어요. 그곳은 교통이 좀 불편하지만 안전해요. 먼저 살던 사람들이 한국에서 온 선교사들이어서, 새로 온 한국인을 보고 이웃들이 이상하게 여기지도 않을 거예요. 나와 아내가 옆에서 지켜보면서 가족이 필요한 것들을 챙겨 주기도 좋고요."

"이렇게 큰 짐을 드려도 되는 건지 모르겠습니다. 이러지 않으셔도 됩니다……." 사장님의 답변을 기다리며 아버지가 말끝을 흐렸다.

"절대로 짐이라고 생각하지 않습니다. 저희는 이런 일을 돕기 위해 중국에 온 것입니다."

새 장소와 지금의 상황이 잘 맞아떨어졌다. 나와 아버지는 당장 새 장소를 보러 가기로 했다. 어쩔 수 없이 할머니는 호텔에 남겨 두고 가야 했다. 할머니의 기침은 낫지 않고 오한까지 겹쳤지만 병원에 가는 것은 거부하셨다. 병원에 오래 머물러 가족을 못 만나게 될까 봐 두려우셨던 것이다. 할머니를 위해서 내가 할 수 있는 건 겨우 타이레놀 두 알을 드리는 거였다. 할머니는 순순히 약을 받아 삼키고 무거운 눈으로 침대에 누우셨다.

숙소는 똑같이 생긴 고층 아파트들이 여럿이 모여 있는 큰 단지에 있었다. 개발업자들은 사람들이 길을 잃지 않고 건물을 구별할 수 있게 하기 위해, 크고 붉은 숫자로 콘크리트 건물들을 표시해 놓았다. 건물들 사이를 조심히 걷다 보니, 금발의 백인이 보라색 자전거 바구니에 채소를 잔뜩 싣고 지나가는 것이 보였다. 분명 우리보다 더 이국적인 외모에도 불구하고, 아무도 그를 특별히 신경 쓰지 않는 것을 보고 마음이 놓여 고급스런 건물들 안쪽으로 더 깊숙이 들어갔다. 안쪽에는 대규모의 공사가 한창 진행 중이었다. 크레인들이 건물의 지붕 위로 드리워져 있었다. 적어도 여섯 채 정도의 빈 건물이 허물어지고 있는가 하면, 약 40채 정도의 새 콘크리트 건물들이 놀라운 속도로 올라가고 있었다.

우리가 보러 가는 아파트는 더 멀리 뒤쪽 왼편에 있었다. 그 건물은

아들이 있는 풍경

다른 건물보다는 오래돼 보였고 카나리아 새처럼 진한 노란색으로 칠해져 있었다. 셀 수 없이 많은 콘크리트 건물과 빨간색 숫자를 본 후에 눈앞에 나타난 노란색은 더할 나위 없이 상쾌했다. 누군가가 3층 발코니에 정원을 흉내 냈다.

사장님이 어둡기는 하지만 통풍이 잘되는 원룸형 아파트 안으로 우리를 안내했다. 먼지가 앉아 탁해진 전등으로 인하여 방이 물에 잠긴 것처럼 뿌옇게 보였다. 둘러보니 방은 거의 텅 비어 있었다. 옷장만 한 크기의 부엌에는 소형 가스레인지와 싱크대가 있었고, 욕실에는 얼룩진 좌변기와 욕조가 있었다. 그게 전부였다. 공간의 황량함과 차가운 시멘트 바닥이 어우러져 감옥을 연상케 했지만, 미란의 그룹에게는 문제될 것이 없었다. 벽면에 몰딩 장식이 없고, 수납공간도 부족하고, 배관에 좀 문제가 있고, 감옥 분위기가 나면 어떠랴. 충분히 살 만하고 마침 비어 있고 안전했다. 결국 안전이 가장 중요한 관심사였다.

사장님의 도움으로 그 아파트를 렌트하기로 결정했다. 집주인은 보증금으로 3개월치 월세를 선불로 요구했다. 우리는 사장님에게 3개월분의 월세인 775달러에다 기타 요금과 생활비를 추가하여 총 1,000달러를 지불했다.

최순만에게 사기당한 이후로는 도움을 주려는 사람 모두를 의심하게 됐다. 항상 숨은 동기나 조건들이 따라붙었다. 사장님의 경우는 달랐다. 사장님이 종교인이고 신뢰감을 주는 부드러운 목소리에 친절함을 베풀어서가 아니었다. 사장님도 우리를 절실히 필요로 했다. 아버지가 알려 준 바로는 로스앤젤레스에 있는 아버지가 다니는 교회가 그의 선교활동과 가족을 후원하고 있다는 것이었다. 교회는 매달 800달러를 후원하고 있었는데, 보통 중국인의 월급이 그것의 8분의 1 정도인 것을 감안하면 상당한 금액이었다.

우리가 호텔로 돌아왔을 때 가이드는 프런트에 메시지를 하나도 남겨 놓지 않았고 전화도 받지 않았다. 아침 식사 이후로 연락이 두절된 것이다. 우리는 그가 나타날 것인지, 그게 언제가 될지, 그의 의도가 무엇인지 전혀 알 수가 없었다.

"마음의 준비를 해라. 아파트가 준비되면 우리가 신속히 움직여야 한다." 할머니를 살피려고 라운지 바에서 일어서는 나에게 아버지가 당부했다. 아버지가 한잔하시려는 것 같아 오후 4시는 좀 이르다고 생각하며 아버지의 당부도 한 귀로 흘려들었다. 하지만 그동안 발로 뛰며 수고하셨으니 바에서 잠시 쉬어 가도 될 거라고 이해해 보려고도 했다.

호텔방 문을 열자마자 마주친 사람은 뜻밖에도 가이드였다. 그는 비워진 그릇을 담은 쟁반을 들고 서 있었다. 그렇게 서 있는 그를 보자 심장이 막 뛰었다. 우리를 걱정시킨 것에 화가 나 그 자리에서 목을 조르고 싶었지만, 한편으로는 돌아온 것이 반가워 달려들어 안아 주고 싶었다.

"할머니 기침을 좀 가라앉히려고 따뜻한 만둣국을 가져왔어요." 그가 살짝 미소 지으며 내가 통로를 지나갈 수 있게 비켜 주었다.

할머니는 내가 들어온 것을 알아차리지도 못했다. 할머니는 무릎을 구부려 웅크린 채 모로 누워 계셨고 축 늘어진 손에는 휴지를 쥐고 계셨다. 힘겹게 숨 쉬고 계셨고 틀니에서 희한한 소리가 났다.

가이드는 방에 잠시 머무를지 나갈지 결정을 못하고 있었다. 나는 평정심을 찾으려 노력하며 냉담하게 서 있었다. 나는 그의 눈길을 피하기 위해 방의 반대편 구석으로 걸어가 뭔가를 찾는 척하면서 얼굴

아들이 있는 풍경

을 커튼 뒤에 묻었다.

가이드가 내 뒤에서 헛기침을 했다. 나는 가까이에서 그의 기척을 느끼고 놀라 램프를 넘어트릴 뻔했다. 그의 숨결이 목뒤에서 느껴질 정도였다. 비누와 땀과 향수가 섞인 냄새가 코로 들어오면서 다리에 힘이 풀리는 것 같았다. 마음을 단단히 먹고 다리에 힘을 주고 몸을 돌려 그를 마주보았다.

"저, 나는 그저……." 그가 말을 꺼내려다 멈칫멈칫 말을 잇지 못했다. 그가 겨우 다시 입을 열었다. "저녁 식사 같이 할래요?"

나는 입을 벌린 채 한참을 멍하니 있다가 그가 나를 저녁 식사에 초대했다는 것을 겨우 깨달았다. 나는 이 상황을 어떻게 잘 요리해야 할지 궁리하며 그를 물끄러미 바라보았다. 그가 원하는 게 있으니 나도 이 상황을 잘 활용해 보기로 했다. "오늘 아버지와 함께 그 지인을 만났어요." 그의 눈치를 살피며 말했다.

가이드는 한쪽 눈썹을 올리며 재미있다는 표정으로 나를 보았다. 이런 상황에서 그의 눈이 반짝이는 것이 결코 즐거워서가 아니라는 것도 잘 알고 있었다. 나는 부드럽게 말을 이어 갔다. "그는 LA에 있는 부모님의 교회에서 온 선교사예요."

"이미 당신의 아버지에게 그 선교사는 믿을 수 없다고 말했는데요." 그가 단호하게 대답했다.

"그렇군요." 나는 부드럽고 상냥하게 대답하려 애쓰며 대화에 집중했다.

"저녁 식사 하겠어요?" 그가 재차 물었다.

"그렇게 하면 그 선교사를 만나 보겠어요?"

"아니오."

"그럼 식사가 무슨 의미가 있어요?"

"나 혼자 먹지 않아도 되니 좋죠."

"나는 혼자도 잘 먹어요. 나는 항상 혼자 식사해요."

가이드는 손에 든 쟁반과 그릇을 쳐다보며 내가 한 말을 곰곰이 생각했다. 그가 다시 나를 바라보았을 때 그의 싸늘한 시선에 섬뜩했다. 그는 뭔가 결심한 표정이었다.

"나도 혼자 식사 많이 해요. 너무 자주 그러죠." 그는 나직이 말한 다음 천천히 문 쪽으로 걸어가 문을 닫고 나갔다.

나는 문을 걸어 잠그며 한숨지었다. 그에게 더 친절하게 대했어야 했나 생각했다. 그의 목소리에서 경계심을 감지했다. 함께 저녁 식사하면서 도와 달라고 할 걸 그랬나 하고 후회했지만, 이미 너무 늦었다. 내가 뭔가 일을 틀어 버린 것 같아 겁이 났다. 내가 또 그의 체면을 구긴 건가? 이번 일의 의미와 그 파장으로 발생할 문제들을 이모저모 생각하느라 머리가 복잡하고 예민해졌다. 바로 그때 아버지로부터 전화가 왔다. 가이드가 아파트를 살피러 가는 것에 동의했다고 했다.

그날 밤 내가 할머니를 돌보고 있는 동안 아버지는 가이드에게 아파트를 보여 줬다. 가이드는 새 안전가옥에 흡족해했다.

XXV

다음 날 할머니를 목욕시키고 옷 입히는 일은 만만치 않았다. 할머니는 하루가 다르게 몸이 쇠약해지고 있었다. 이제는 서 있는 것조차 힘겨워하셨다. 외출을 준비하는 내내 한쪽 팔을 내 몸에 얹고 기대고 계셨지만, 우리는 드디어 준비를 끝낼 수 있었다. 처음으로 며느리와 손주들을 만나는 자리를 위해 옷도 미리 골라 놓았었다. 그것은 흰색과 검정이 섞인 긴소매 원피스로 허리가 모아져 잘록해 보이면서도 수수한 옷이었다. 그 위에 분홍색 카디건을 걸치고 목에 빨간 스카프를 코디하고 나니 색의 조화가 완벽하지는 않았으나 그럭저럭 보기 좋았다. 마지막으로 혹시 지난번처럼 옷에 실례할 경우를 대비해 꽃향기 나는 향수를 뿌려 드렸다.

"준비되셨어요?" 카메라 가방을 집어 들며 내가 물었다.

외출 준비로 기운을 쏙 빼고 한바탕 곤욕을 치른 후이지만, 할머니가 고개를 끄덕이셨다.

오후 3시 45분경에 우리는 모두 이전의 안전가옥을 향하여 출발했다. 아직 새 아파트로 이사하지 않은 상황이었다. 아버지와 가이드가 택시를 잡고 먼저 떠났고, 할머니와 나와 팀장은 다음 차에 차례로 올랐다.

모두 자리에 앉자 팀장이 할머니 쪽으로 고개를 돌려 장난기 어린 목소리로 말했다. "할머니, 나머지 가족을 만나시면 지난밤처럼 또 우실 거예요?"

"그건 내가 하고 싶어서 하는 게 아닙니다."

"아드님을 만났을 때보다 문철을 보고 왜 그렇게 눈물 흘리셨어요?"

"눈물을 흘려야만 우는 건가요? 속으로 울었습니다. 아들의 가족이 북에 남겨졌다는 사실에 가슴이 찢어졌습니다. 그렇게 생명의 희생을 무릅쓰면서까지 아들을 만나려고 한 것은 결코 아니었습니다. 이번에는 아들과 얘기를 나눌 것입니다. 우리는 서로에게 할 얘기가 참 많습니다."

"할머니, 외삼촌은 오늘의 자리에는 안 계세요. 애란, 학철과 베트남에 계시잖아요."

할머니는 내가 상기시킨 정보를 머리에 입력하시더니 내 팔을 다독이셨다. "요즈음에 내가 원하던 걸 다 얻었어. 너와 네 아버지 덕분에 복에 겨워 지낸다. 내 생전에 책을 써 줘서 고맙다. 죽기 전에 너에게 보답을 해야 하는데. 내 말이 맞지?" 할머니는 생기가 넘쳤다. 목소리에도 에너지가 넘쳤다.

우리의 택시가 불과 몇 분을 달리면서 세 번 정도 방향을 바꾸자,

눈에 익은 건물들이 나타났다. 흰색의 대리석이 인상적인 베이징대학의 정문이다. 베이징대의 외관은 아름다운 가을 색의 담쟁이 넝쿨이 웅장한 건물의 벽을 타고 올라가 덮어 버리는 미국 동부의 대학들을 닮았다.

팀장이 택시기사에게 바쁘게 움직이는 사거리에서 내려 달라고 부탁했다. 사거리에는 소란스럽게 흥정하는 노점상들과 그들의 마차, 면도 도구와 긴 면도날을 들고 줄지어 서 있는 야외 이발사들로 붐볐다. 택시는 길가에서 청소 중인 청소부를 살짝 비켜 끽 하는 소리를 내며 인도 가까이에 섰다.

내가 할머니를 도와 내리고 있는 동안 팀장이 운전석 옆 좌석에서 내리더니 별다른 지시 없이 혼자 길을 건넜다. 그를 쫓아갈 수 없는 상황이었다. 할머니는 겨우 뒷좌석에서 내려 허리를 펴셨다. 나는 도움을 청하려고 아버지나 가이드가 혹시 주변에 있는지 찾아봤다.

우리뿐이었다.

할머니를 부축하고 인도의 장애물들을 피해 가며 횡단보도 앞에 섰다. 그곳에는 속도를 내며 씽씽 대고 달리는 자동차와 트럭을 통제할 만한 신호등이 없었다. 보행자 우선의 원칙이나 차선 따위는 무시되고 있었다. 베이징의 도로를 건너는 것은 뉴욕 도심의 거리를 건너는 것과 비슷했다. 더 심한 것은 양보를 모르고 아슬아슬 곡예하듯 달리는 셀 수 없이 많은 자전거들이었다. 나는 한 손을 들어 차들을 방어하고 또 다른 손으로는 할머니를 부축한 채 천천히 대로를 건넜다. 몇 차례 할머니를 잡은 내 손의 힘이 세어지면 할머니가 숨차 하면서도 걸음을 재촉했다.

길을 건너자, 건물 벽에 기대어 한가히 담배를 피우고 있는 팀장이 눈에 들어왔다. 그는 나를 보고 골목 안으로 몸을 숨겼다. 나는 할머니를 끌고 골목 쪽으로 다가갔다. 지저분한 작업복을 입은 사람이 골목에서 나와 우리 옆을 지나갔다. 그는 수상하게 걸으면서 일부러 내옆을 스치며 갔다. 오싹하게 소름이 끼쳤다. 골목 입구에 들어서자, 양 옆으로 어둡고 지저분한 다세대 건물들이 늘어섰다. 건물에서 나오는 소음들이 골목에 메아리쳤고, 긴장감과 함께 정신을 똑바로 차려야 된다고 생각했다. 내 눈은 고르지 못한 통로 길을 살피며 걸었지만, 막연한 위험을 의식하며 연신 옆을 힐끔거리고 있었다. 어느 창문에 걸린 커튼 뒤에서 수상한 인기척이 느껴졌다.

골목 끝에서 방향을 틀자, 팀장이 또 다른 골목길을 따라 내려가다가 아파트처럼 생긴 건물 안으로 들어가는 것이 보였다. 미로 같은 골목길에서 길 잃은 기분이었다. 팀장을 놓치지 않으려고 할머니를 재촉하는데, 할머니는 이미 지쳐서 이상할 정도로 조용해졌다.

건물에 들어서자 복도는 터널처럼 어두웠고, 시궁창같이 불쾌한 냄새가 났다. 복도 끝에서 푸르스름한 빛이 약하게 새어 나왔다.

"잘 안 보이는구나." 할머니가 작게 중얼거렸다.

할머니가 나를 느낄 수 있도록 할머니의 양손을 꼭 잡았다. 나는 발로 복도를 더듬고 목소리로 할머니를 안내하며 뒷걸음질로 전진하기 시작했다. 복도 깊숙이 어둠을 헤치며 걷고 있으려니 목에 소름이 끼쳤다. 목의 서늘한 느낌이 사라지지 않고 거미가 기어가는 느낌이 들어 손을 빼 목을 쓸었다.

"아이고!" 내 손을 놓친 할머니가 소리를 질렀다.

"저 여기 있어요. 여기예요." 다시 할머니의 손을 잡았다. 나는 공포에 떠는 할머니와 나 자신을 위해 계속 말을 했다. 할머니는 타닥타닥

아들이 있는 풍경

불규칙한 발소리와 숨찬 소리를 내며 계속 움직였다. "제가 꼭 잡고 있어요. 잘하고 계세요."

드디어 우리는 푸른 회색빛 안으로 걸어 들어갔다. 불빛에 힘입어 복도 안을 둘러보니 쓰레기가 쌓여 지저분했고 회벽은 금 가고 곰팡이가 슬어 있었다. 양쪽으로 난 철문이 삭막한 지하 감방을 떠올리게 했다. 눈을 부릅뜨고 이리저리 살피는데, 저 앞에서 이리 오라고 손짓하는 가이드가 보였다.

잠시 서서 쉽지 않을 다음 일에 대하여 할머니가 마음의 준비를 할 시간을 드렸다.

"기다리게 하지 말자." 할머니가 들릴락 말락 한 목소리로 말했다.

할머니가 숨을 크게 들이마시고 마지막 힘을 모아 드디어 발걸음을 뗐다. 문에 도착하기까지 꼭 열세 걸음이었다. 13이라는 숫자는 생각하기 나름인 것 같다. 미국에서는 저주의 숫자이지만, 나에게는 행운의 숫자였다.

문이 열리고 우리가 조심스럽게 들어섰다. 팀장과 원피스 차림의 키가 크고 피부가 흰 여자만이 우리를 기다리고 있었다. 여자는 안전가옥을 제공한 서울의 유학생이었다. 아버지를 포함하여 모두가 어디에 있는지 안 보였다. 팀장이 무언가 말해 주기를 기대했지만, 그는 그저 촬영에 몰두하고 있었다. 우리가 알아서 적당히 행동하라는 눈치였다. 긴장감으로 입이 바짝 말랐다.

팀장을 밀고 앞으로 나아가 집 안의 풍경을 꼼꼼히 눈으로 살폈다. 이곳은 특이할 게 없는 평범한 작은 방으로 파란색 카펫이 깔려 있고, 천장까지 닿은 책장에는 교재와 책들이 빼곡히 정리돼 있었다. 사치품이라면 TV세트와 에어컨 정도였다. 부엌도 좁아 옆 구석에 밀어 넣은 허리 높이의 냉장고가 있고, 가구라고는 TV를 올려놓은 나무 테이블뿐이었다.

팀장이 극적 효과를 더하기 위해 가족들을 방에서 기다리게 한 모양이었다. 부엌 양옆으로 두 개의 방문이 보였다. 신발을 막 벗어 재낀 우리는 직감에 의존해 왼쪽 문으로 향했다. 손잡이를 돌려 문을 열자마자 문이 활짝 열리면서 외숙모와 미란이 달려 나와 우리를 마구 끌어안았다. "불쌍한 것들." 할머니가 탄식했다. "아이들을 만나게 되니 너무 감사합니다. 하나님은 위대하십니다. 매일 주님을 위해 살겠습니다. 하나님 감사합니다." 할머니의 기도는 급기야 흐느낌으로 변하면서 '한' 많은 세월 동안 가슴속 깊이 꾹꾹 눌러놨던 분노와 슬픔과 후회의 감정을 쏟아 놓으셨다.

나도 울음이 나올 법한데, 울어야 할 이유가 많은데, 이상하게도 허전하고 아무 감정이 생기지 않았다. 가족과 함께한다는 의미에서 그리고 카메라를 의식해서라도 울고 싶었지만 소용이 없었다.

"혜리야." 외숙모가 얼굴 가까이서 내 이름을 불렀다. 외숙모의 머리는 염색하고 파마를 새로 해 까맣고, 왼쪽 눈을 가렸던 거즈를 제거해 뿌연 각막이 보였다. 다른 한쪽 눈은 건강해 보였으나 생기는 없었다. 오랜 시련과 고난으로 활기를 잃은 것 같았고 눈가와 입가의 주름은 호두 껍질 같았다.

미란은 엄마와 반대였다. 그녀는 빨간 볼에 미소를 머금고 있었고 생기발랄했다. 입술에 바른 화사한 오렌지색 립스틱이 한 송이의 꽃과 같은 분위기를 만들어 냈다. 그녀가 고개를 살짝 기울일 때 급하게 바른 것 같은 진한 파운데이션이 햇살에 드러났다.

미란이 나를 꼭 끌어안았다. 160센티미터가 채 안 돼 보이는 키에 비해 강해 보였다. 중국에 와서 체중이 늘었다고 하더니 체구도 통통했다. 체중이 는 것은 좀 걱정이 됐다. 그 부분에서는 식구 모두가 비슷했다. 미란은 전혀 탈북난민처럼 보이지 않았다. 미란을 비롯하여 가족들이 좀 헐벗고 불쌍한 정치망명자로 보일 필요는 있었다. 대사관에서 그런 공감을 얻어 내야만 했다.

미란이 팔을 풀고 옆으로 비키자, 아버지와 문철이 뒤에 서 있었다. 그들 뒤에 또 다른 사람의 얼굴이 눈에 들어왔다. 한 번도 본적은 없지만 누구인지 금세 알아차렸다. 내가 꾼 이상한 꿈에서 눈물 흘리며 울부짖던 여인이었다.

학철 아내의 이름은 전정순이었다. 그녀의 이름이 북소리처럼 귓가에 둥둥 울려 댔다. 그녀는 황새처럼 약간 날카로운 얼굴형에 콧대가 높았고 검고 작은 눈매를 가졌다. 그녀의 볼과 입술은 붉었고 머리는 귀 위로 너무 짧게 잘려 있었다. 꼭 맞는 은색의 터틀넥 밑으로 날씬한 몸에 비해 유난히 큰 가슴이 눈에 띄었다.

정순은 눈을 내리깔고 아들 천을 앞에 부둥켜안은 채 주변에만 머물렀다. 천을 나이 들어 보이게 하는 이마의 주름도 엄마를 닮았다.

여러 번 고민했던 것처럼 부모님이 체포됐다는 얘기를 해 줘야 할지에 대해 잠시 생각해 보았지만 역시 답은 '아니오'였다. 그녀가 김일성의 어록을 줄줄 외우면서 우리가 그녀를 납치했었다고 주장한들, 북한의 고등학교에서 수학교사였던 그녀의 이전 삶으로 돌아갈 수는 없을 것이다. 그녀는 변절자의 아내로 낙인찍힐 것이고, 그녀의 아들도 오로지 김일성과 김정일에 대한 절대적 복종만을 강요하는 미래가 없는 국가에 남겨져야 했을 것이다.

갑자기 정순이 고개를 들었다. 눈이 마주치면서 잠시 당황했고, 내가 어색하게 웃었다. 그녀는 놀랍도록 침착했다.

"안녕." 밝은 표정으로 인사해 봤지만 이내 후회했다. 그녀의 차가운 눈빛에서 고뇌와 분노를 읽었고, 그녀가 나에게 원망의 소리를 할 것 같았기 때문이었다. 그 순간에 그녀가 이미 부모님에 대한 소식을 알고 있음을 깨달았고 내가 위로할 수 없다는 것도 알았다. 헤아릴 길 없는 그녀의 고통에 나는 할 말을 잃었다. 어설픈 사과의 말이 머릿속을 맴돌았다. 평생에 누군가에게 그렇게 미안해 본 적은 없었다.

정순은 그렇게 홀로 서 있다가 아이를 데리고 방을 나갔다. 다른 사람들도 따라 큰 방으로 옮겨 갔고 단지 미란만이 남았다. 그녀는 내 주의를 딴 데로 돌리려는 듯이 다정하게 내 팔짱을 꼈다. 그녀의 상냥함과 샴푸의 달콤한 향기가 내 마음을 위로했다.

"지금 일어나고 있는 모든 일을 믿을 수가 없어요." 그녀가 강한 북한식 어조로 말했다. 말할 때마다 그녀의 눈꺼풀이 파르르 떨렸다. 그녀가 매우 지적이고 활달한 여성임을 단번에 알아봤다. 그것만으로도 미란이 마음에 들었고, 그녀의 모든 게 궁금해졌다.

미란은 내가 묻지 않아도 지난 5개월 동안 있었던 일을 술술 풀어 놓았고, 나는 넋을 잃고 그녀의 이야기를 들었다.

가이드의 조력자와 조선족 형제 중 동생이 처음으로 미란의 집을 찾아왔을 때, 부모님과 미란만이 집에 있었다. 그들이 '이용운' 씨를 찾는 것을 보고 경찰이 잡으러 온 줄 알고 깜짝 놀랐다고 했다. 그래서 외삼촌은 집 안에 숨었고, 이용운 씨가 나타나지 않자, 이번에는 미란을 찾았다. 자신의 이름까지 듣자, 미란은 어쨌건 이 한밤중의 불청객을 만나 봐야겠다는 생각이 들었다. 조선족 동생은 내가 신라호텔에서 가이드에게 건네주었던 사진 중에 하나를 미란에게 들이대며 사진 속의 남녀를 아느냐고 물었다. 그녀가 모른다고 대답하자, 그들은 자리를 떴다. 따지고 보면 미란이 거짓말을 한 것은 아니었다. 그녀의 말은 사실이었다. 나는 잔디밭에서 외삼촌 옆에 앉아 있는 여인의 사진을 외숙모로 착각했었다. 그녀는 최순만의 아내였으니, 미란이 모른다고 한 것이 당연했다. 내가 사진을 건넬 때 더 주의했어야 하는데 그 작은 실수로 인해 시간이 또 지연된 것이었다.

다음 날 조선족 동생이 또 집에 찾아왔다. 이번에는 사진 속의 남자를 가리키며 아는 사람이냐고 물었다. 이웃사람들이 낯선 사람을 수상히 여기길래, 미란은 사진 속의 남자가 아버지임을 고백했다. 그러고는 이웃이 조선족 동생을 고발하기 전에 집에서 나가게 하기 위해 아버지는 멀리 가셔서 부재중이라고 거짓말을 했다. 3일 후에 그는 다시 나타나 할머니의 생신 사진과 함께 만남의 시간과 장소를 명시한 쪽지를 건넸다. 쪽지는 이번 기회를 놓치면 안타까운 일이며, 나중에 후회하게 될지도 모른다고 주의를 줬다. 외삼촌은 나중에 어떤 불행이 닥칠지 몰라 걱정하며 따르기로 했다.

6월 4일 조선족 동생은 외삼촌을 튜브에 싣고 압록강을 건너 가이드를 만날 수 있게 하였다. 강을 건너는 동안 그날 따라 물살이 하도 세 하마터면 강물에 휩쓸려 떠내려갈 뻔했다. 조선족 동생의 재빠른 대처와 수영 실력 덕분에 외삼촌께서 익사를 면했던 것이다. 조선족 동생은 그날 외삼촌을 구하기 위해 거의 죽을 뻔했고, 종아리가 심하게 찢어지는 부상을 입었다. 그날 비슷한 시각에 강을 건너 중국으로 가려던 다른 두 남자는 우리 가족보다 운이 없었다. 개헤엄으로 강을 건너다 물에 휩쓸려 떠내려갔다. 방금 옆에 있던 사람들이 사라져 버린 것이다.

외삼촌은 강을 건너면서 심신이 상당히 충격을 받았기 때문에 며칠 동안 조선족 동생네 집에 머무르며 체력을 회복해야 했다. 집으로 돌아갈 시간이 됐을 때 탈북계획에 대해 가족과 논의할 것을 안내받았다. 탈북계획에 대해서 전해 들은 가족은 아홉 명이 모두 한꺼번에 떠나는 것은 불가능할 것이라 판단하여, 먼저 애란과 아기만 보내는 것을 고려했다. 이웃들에게는 먹고살 방도를 찾아 돌아다니다가 죽었다고 얘기하기로 했다. 하지만 결국 외삼촌과 학철까지 떠나게 되자 그들의 부재를 숨기기가 어려워졌다. 나머지 가족들은 남아 있다가는 결국 사형당하거나, 불구가 되거나, 살기 힘든 곳에 버려져 죽게 될 운명이라고 판단하게 됐다.

여기까지 말하고 미란은 입을 벌린 채 한참 동안 말을 잇지 못했다. 그러고는 나직한 목소리로 말했다. "우리는 이모와 천의 엄마에게 죄를 지었어요. 그래서 마음이 아파요." 눈물이 볼을 타고 흘러내렸다. 나는 어찌할 바를 몰랐고, 미란도 화제를 바꾸는 게 더 좋다고 생각했는지, 슬픔을 떨쳐 버리려는 듯이 어깨를 으쓱했다. "이곳은 너무 좋아요. 우리는 맛있는 반찬에 하루 세끼를 먹고 반찬도 항상 대여섯 가지는 돼요. 여기서는 다른 사람 부러워할 필요가 없어요. 그저 감사해요." 미란이 행복하게 웃으며 한숨지었다.

이토록 편하고 자유롭게 얘기하는 이 젊은 여성을 뚫어져라 쳐다봤다. 그녀의 순진함과 자신감에 놀랐다. 억압적이고 순응을 강요하는 체제조차도 그녀에게서 밝게 웃고, 또 솔직하게 표현하는 능력을 빼앗지는 못한 것이다. 그녀에게서 경계심이라고는 찾아볼 수가 없었다.

외숙모가 밖에서 저녁 식사하라고 부르는 소리에 내 생각을 멈췄다. 미란이 벌떡 일어나 내 손을 잡았다. 나는 그녀의 손에 이끌려 밖

아들이 있는 풍경

으로 나갔고, 거실에는 낮은 상에 맛있는 음식이 잔뜩 차려져 있었다. 하루 종일 시장 보고 음식을 준비했다고 했다. 특별히 준비한 떡을 보니 마치 추석상 같았다. 속에 단팥이 들어간 반달 모양의 떡이 가지런히 놓여 있었다.

나도 할머니와 외숙모 사이에 자리를 잡고 앉았다. 미란은 바로 앉지 않고 부엌 오른편에 있는 방문으로 갔다. 미란이 노크하며 불렀다. "가이드 동무." 미란이 문을 살짝 열고 들여다볼 때, 가이드가 다리를 꼬고 침대에 걸터앉아 담배를 피우고 있는 것이 보였다. 그와 눈이 마주쳤다.

"미란, 잠시 들어올래요?" 미란이 그의 말에 따라 문을 닫고 방으로 들어갔다. 나도 모르게 질투심이 났다. 미란에게 질투심이라니 우스운 상황이었다. 가이드의 행동은 일부러 나를 떠보려는 것이라고 생각됐고, 그러한 의도는 최악의 악취미이고 결코 옳지 않은 일이라고 느껴졌다.

할머니가 식사 기도를 하시는 동안 머리를 숙이고 손을 무릎에 모으고 내 우스운 감정을 가라앉혔다. 할머니 옆에 앉아 있었지만 할머니의 기도 소리는 너무 작아 한 마디도 알아들을 수가 없었다. 다른 사람들도 마찬가지였지만 우리는 예의로 움직이지 않고 조용히 앉아 있었다. 기도가 끝날 때 '아멘'을 외칠까 생각했지만 결국은 하지 않았다.

식사가 시작되자 모두가 엄청난 식욕으로 잔뜩 쌓였던 음식들을 먹어 치우기 시작했다. 나는 질게 된 밥과 콩죽, 좀 딱딱한 떡, 싱거운 김치, 그리고 수분기 없는 불고기를 조금 먹은 후에 뒤로 물러나 다른 식구들이 먹는 것을 구경했다. 아버지도 일찌감치 수저를 놓으시고 이를 쑤시고 있었다.

"혜리야, 음식이 맛이 없니?" 외숙모가 식사 중에 걱정하는 얼굴로 물었다.

"맛있어요." 나는 떡을 한 입 물어 들었다. 떡을 다 먹은 것처럼 보이려고 외숙모가 보지 않는 틈을 타서 죽 안에 묻었다.

잠시 후 미란이 방에서 나왔다. 그녀는 나와 외숙모 사이에 앉아 콩죽을 잡았다. 둘이 무슨 얘기를 나누었는지 궁금했지만 미란은 아무 말 하지 않았다.

조금 시간이 지나자 우리가 겪은 모든 일에도 불구하고 우리는 편한 마음으로 가족적인 만찬을 즐기고 있었다. 우리는 북한과 비교하여 중국 생활의 좋은 점들을 이야기했다. 정순과 문철도 밝은 표정이었다. 창바이에서 선양을 거쳐 베이징에 오는 여정은 지치고 위험하면서도 흥미진진했으며, 중국은 그들 앞에 조금씩 천천히 모습을 드러내 보여 줬다. 가족은 농부들의 고된 노동도 보았고, 도시에서도 피할 수 없는 극심한 빈곤과 기차역에서의 관료주의 등을 목격했다. 그래도 모든 것이 북한보다는 낫다는 결론에 이르렀다.

미란은 미국에서의 우리 생활에 대해서 듣고 싶어 했다. 아버지는 진지하면서도 호기심에 찬 청중을 상대로 미국의 민주주의 제도에 대해 설명했다. 미국에서는 시민이 4년마다 직접 지도자를 뽑을 뿐만 아니라 지도자가 크게 잘못했을 때에는 탄핵할 수도 있다는 소리를 듣고 모두 깜짝 놀랐으며, 이사할 권리, 직장을 선택할 권리, 종교를 선택할 권리가 있다는 얘기 등을 경청했다. 가족들은 아버지의 백과사전적인 지식과 견해 들을 들으면서 말들이 만들어 내는 새로운 가능성과 새로운 세상에 마음을 빼앗겼다. 내가 사는 로스앤젤레스의 아파트 가격과, 내가 차를 가지고 있다는 것과, 내 룸메이트가 흑인이

아들이 있는 풍경

마찬가지였다. 그는 그 또래의 다른 아기들처럼 신이 나서 움직였고, 갈수록 강해지는 목소리와 다리의 힘을 마음껏 시험하고 있었다. 그가 흥분해서 지르는 소리와 외침은 귀를 찌르며 방에 메아리쳤다. 그는 춤추며 걷다가 넘어지고 일어나서 다시 흔들어 대며 즐거운 시간을 보내고 있었다. 그는 자신의 춤을 선보였는데, 검지로 허공을 찌르고 흔들면서 걷다가 스모 선수처럼 앉는 동작을 모두 앞에서 해 보였다.

"어디서 그런 걸 배웠니?" 내가 박수쳤다.

"티이-비이-" 천이 쌩긋 웃어 보였다.

"아이고 이뻐라." 할머니가 칭찬해 줬다.

"이놈, 많이 컸구나." 아버지가 천을 높이 들어 올렸다가 무릎 위에 앉혔다. 천이 품에 포근히 안기더니 기어 올라가 아버지의 귀를 두 손으로 잡아당겼다. 아기가 아버지를 무척 좋아했다. 사실 모두가 그랬다. 여자들은 마치 영웅이라도 귀향한 것처럼 아버지 주위를 맴돌았다. 그녀들은 맥주나 커피를 권하고 그의 농담에 웃으며 재미있어 했다. 천도 아버지와 깔깔대고 웃었다. 아버지가 커피를 마시면 천도 따라 했다. 천의 엄마도 말리지 않고 마시게 뒀다. 이곳에서 커피는 음식처럼 여겨졌다.

커피를 다 마신 천이 전화기 쪽으로 갔다. 아이는 수화기를 들어 어딘가에 전화를 거는 시늉을 했다.

"아빠!" 귀여운 목소리로 말하더니 다시 어딘가에 걸었다. "할아버지!"

갑자기 시끌벅적하던 밥상의 대화 소리가 잦아들었다. 겉으로는 모두 "아이고 이뻐라, 그놈 참 똘똘하네" 하고 있었지만, 보이지 않는 불안한 기류가 있었다. 방 안을 가득 채우는 긴장감을 느낄 수 있었다. 천도 뭔가 이상했는지 엄마에게로 돌아와 품에 안겼다. 천이 어려서 지금의 상황을 이해하지 못하는 것이 차라리 다행스러웠다. 그렇지 않으면 아기와 엄마를 남겨 두고 아빠가 혼자 떠났다고 어떻게 말해 줄 수 있겠는가?

정순이 격하게 아기를 꼭 끌어안았다.

"천의 엄마는 어때요? 한국에 가면 뭐 하고 싶어요?" 내가 방어벽을 허물어 보고자 부드럽게 물었다.

정순은 나를 흘끔 보더니 고개를 돌렸다. 나의 심리적 접근을 막아 내려는 듯이 미간을 찌푸렸다. 모두가 숨죽이고 정순을 기다렸다.

"내가 잘 먹고 잘 지낼 때마다 부모님 걱정이 돼요. 하지만 이제 앞으로 어떻게 살아야 할지에 집중하려고 노력해요. 다른 사회에 대해서도 배우고 싶어요. 우리는 북한의 사회주의 체제가 세상에서 최고라고 배웠어요. 거짓을 진실인 줄 알고 살았다는 것과 그들이 우리를 속였다는 것이 참으로 한이 됩니다." 그녀는 긴장한 듯 작은 소리로 말했다.

정순이 너무 솔직한 속마음을 털어놓은 것과 그것은 동시에 변절을 의미한다는 점 때문에 불편해하는 것을 알 수 있었다. 다른 사람도 비슷한 불안함을 겪고 있었다. 이들 네 명은 처음으로 사람들 앞에서 당의 이념에 이의를 제기한 것이다. 이전에는 당이 교육하는 모든 것을 다 받아들였었고, 당에 따르면 북한은 최상의 지상낙원이었다. 내 견해로는 북한의 고립주의와 허풍은 다른 나라에 비해 떨어지는 기술이나 경제력에 대한 열등감을 보완하려는 시도에 지나지 않는다.

북에서 온 가족이 진정한 자유의 의미를 이해하기까지는 적응의 시간이 필요할 것이다. 남한의 사람을 신뢰하게 되는 데에도 시간이 걸릴 것이다. 우리는 같은 민족이고, 같은 언어를 쓰고, 같은 고대역사와 미래를 공유함에도 불구하고, 그들은 평생 우리를 적으로만 생각하며 살아왔던 것이다.

떠날 시간이 되자 마음이 내려앉았다. 아버지와 가이드는 바로 그날 밤에 미란의 그룹을 새 안전가옥으로 이동시키려는 참이었다. 우리는 미란의 그룹과 세 시간을 함께했고, 애란의 그룹을 만날 때보다 두 시간을 더 함께 보낸 것이지만, 그래도 여전히 시간이 부족하다고 생각되었다. 시간은 그렇게 순식간에 지나갔다.

미란이 다시 한 번 내 팔을 잡았다. 그녀가 두려워하는 것이 느껴졌고, 나도 그곳에 가족을 두고 떠나고 싶지 않았다. "금세 다시 만나게 될 거야." 확신을 주고 싶었지만, 한동안 만날 수 없으리라는 것을 알았다. 우리는 내일 베이징을 떠나 김 장로가 운영하는 치료 클리닉에서 할머니를 치료받게 하려는 계획이었다. 할머니는 북의 가족이 서울에 도착할 때까지 서울에 남아 계실 계획이고, 아버지와 나는 로스앤젤레스로 돌아갈 것이다. 두 번째 그룹과 가이드가 언제 한국에 도착할지는 알 수 없는 상황이었다. 그래도 당분간 먹고 입고 지낼 곳은 있다고 위로했다.

외숙모가 주름을 펴고 웃어 보려 했지만 마음을 누르는 근심과 염려의 무게가 너무 커서 잘 되지 않았다. 정순의 표정을 살펴보니, 그녀도 우리와의 작별을 아쉬워하는 것 같았다. 정순은 몸집이 아주 작고, 두려움에 떨고 있었으며, 고독해 보였다. 나는 말없이 정순을 쳐다봤다.

아무도 자리를 뜨려 하지 않자, 아버지가 수습에 나섰다. "오늘은 이별이 아니고 좋은 미래를 향한 출발입니다. 다시 만날 때까지 처남 댁과 조카들은 잘 지내고 잘 먹고, 특히 천의 엄마에게 잘 대해 주기를 바라요."

정순은 대답하지 않았다. 그녀는 마룻바닥에 앉아 아버지의 얘기를 들었다는 표시로 고개만 살짝 끄덕였다. 하지만 눈물이 볼을 타고 흘러내렸다. 천의 갈색 눈망울은 막연한 호기심에 의아해했고, 엄마가 우는 것을 보자 이내 따라 울기 시작했다.

정순의 부모님을 기억하고 마음이 찢어졌다. 나는 정순에게로 다가가 위로의 뜻으로 팔을 토닥였다. 정순은 마음 둘 곳 없이 그렇게 앉아 있었다. 내 온 힘과 마음을 담아 그 둘을 꽉 껴안아 주고 싶었다. 모든 게 잘될 거라고 약속하고 싶었지만 이제 나조차도 믿을 수가 없는데, 어떻게 그들에게 괜찮을 거라 위로할 수 있단 말인가?

아버지가 말을 이었다. "비록 지금 마음은 무겁겠지만, 아까 말한 것처럼 지내야 해요. 아들의 장래만을 생각해야 해요. 한국이 더 살기 좋은 곳이라는 것은 내가 약속할게요."

나는 작별이 싫어서 제일 먼저 아파트를 나왔다. 내 뒤에서 문이 쾅 하고 닫혔다. 어둡고 냄새나는 복도에서 기다리고 있자니, 꼬리가 긴 쥐 한 마리가 내 발 주위를 서성거렸다. 그 쥐도 방향감각을 잃고 나갈 곳을 찾아 우왕좌왕하고 있었다.

유학생이 할머니를 모시고 나왔다. 아버지는 호텔로 돌아가 잠바와 속옷, 비상약, 건조식품 등이 담긴 가방을 가져오기로 되어 있었다.

학생이 어두운 복도를 앞서서 걸었다. 우리는 아까 걸었던 길을 그대로 따라 거리로 나왔다. 전조등을 밝게 켠 자동차가 회전하면서 우리를 환하게 비추고 지나갔다. 차가 지나간 다음 학생이 우리에게 몸을 돌려 말했다. "친척들이 우리 집에서 지내는 거, 저는 괜찮아요. 정말로 문제될 게 없어요. 다 좋은 사람들이에요"

나와 아버지는 놀라서 서로를 쳐다봤다. 가이드가 우리를 속인 것이다. 미란의 그룹이 다른 지낼 곳을 찾아야 한다는 것은 그녀의 생각이 아니라 가이드의 생각이었던 것이었다. 그가 왜 그런 생각을 했는지 생각해 보았다. 여러 가지 가능성을 살펴봤지만, 아무리 생각해봐도 나를 다시 만나기 위해서 꾸민 일이 아닌가 하는 의구심을 떨쳐버릴 수가 없었다.

XXVI

1997년 11월 23일

추수감사절 연휴였다. 우리는 감사할 게 많았지만, 온전히 감사를 올리지 못했다. 무엇보다도 기다림에 지쳐가고 있었다. 모든 일이 시작된 지 벌써 7개월이 지나가고 있었지만, 우리가 아는 건 또다시 7개월을 기다려야 할지도 모른다는 것이었다. 가이드는 우리에게 참고 기다리라고 했지만 우리 인내심의 바닥이 드러나고 있었다. 가이드는 다음 주쯤에는 좋은 소식이 있을 거라고 했다. 그런 식으로 몇 주를 보내고 있었다. 가이드조차도 상황을 제대로 파악하지 못하고 추측만 하고 있는 실정이었다. 그도 가족이 두 그룹으로 나뉘고 프로젝트가 이렇게 길어질 것으로 예측하지 못했었다. 한국에서는 12월 18일에 대

아들이 있는 풍경

통령 선거가 예정돼 있었고, 아시아는 경제위기에 놓여 있었기 때문에 두 그룹 모두 어중간한 정치적 상황에 놓여 있었다. 아시아 지역의 통화가 줄어들었고, 대한민국은 건국 이래 최악의 경제위기를 겪고 있었다. 국가부도 위기에 놓여 국제통화기금(IMF)에 도움을 요청해야 하는 상황이었다. 국가의 미래는 불확실했고 모두가 불안해했다. 안기부는 대선 결과의 추이에 따라서 우리를 도울 것인지를 저울질하고 있었다.

누가 대통령에 당선되든 간에 우리는 어떻게든 미란의 그룹을 중국에서 벗어나게 해야 했다. 결국 아버지와 내가 방법을 찾아야 한다는 것을 깨달았다. 우리가 그저 뒷짐 지고 앉아 누군가가 결정해 주기를 기다리고만 있을 수는 없는 노릇이었다. 결국에는 우리가 결과를 책임져야 한다고 아버지가 말했었다.

안기부는 몽골이 미란의 그룹을 피신시키기 위한 또 다른 루트가 될 수 있다고 암시한 적이 있었다. 우리 중에서는 아무도 몽골을 고려 대상에 포함하지 않았었다.

아버지가 안기부, 가이드, SBS와 부지런히 연락하면서 지내던 기간 중에, FBI의 마크 오가 나에게 다시 연락해 왔다. 그는 자신의 명함을 내 아파트의 문 밑으로 밀어 넣고 갔다. 그가 나에게 무슨 용건인지 궁금하여 내 아파트에서 만나자고 제안하자, 알았다며 곧장 운전하여 왔다. 큰 키와 그을린 피부에 꽤 잘생긴 하와이풍의 외모를 지닌 이 남자는 눈에 안 띄게 움직여야 하는 비밀요원보다는 모델이 더 잘 어울렸다. 그의 하얗고 곧은 치아와 살짝 휜 코, 그늘진 갈색 눈, 그리고 미소 짓는 입은 첫눈에 누구나 호감을 갖게 하면서 전형적으로 말쑥한 미국인의 인상을 주었다. 그의 잘생긴 외모를 떠나 뭔가 매력적인 것이 있었는데, 머리에 떠오른 단어는 '카리스마'였다. 그가 악수를 청했고 나는 웃으며 악수에 응했다. "그동안 어떻게 지냈어요?" 그가 힘 있게 악수하며 물었다. "책 쓰는 것은 요즈음 어때요? 뭐 새로운 거 쓰고 있나요?"

그의 질문들은 너무 인위적이거나 암시적이지 않고 단순하고 직설적이었으며, 그로 인해 오히려 경계심을 갖게 했다. "최근에는 글을 쓰지 못했어요. 그냥 할머니하고 많은 시간을 보내고 있어요."

"좋아요. 그때 할머니에 대해 쓴 책과 관련하여 있었던 그 일은 어떻게 됐어요? 무슨 문제는 없었나요?" 그가 웃으며 물었다. 그는 지난해에 책과 관련하여 내가 받았던 익명의 우편물에 대하여 묻는 것이었다. 익명의 우편물에는 님 웨일즈가 김산의 삶과 항일 투쟁을 그린 책 『아리랑(Song of Arirang)』이 들어 있었다.

이 흑색 표지의 제본 책에는 서명이나 메모도 없었다. 솔직히 그 책을 어떻게 받아들여야 할지 몰랐다. 그 책에 대하여 잊고 지낼 즈음에, 한밤중에 익명의 전화가 오기 시작했다. 허스키한 목소리의 남성은 나에 대해서 이것저것 캐묻고 내 인생관에 대하여 질문하면서 친구가 되려는 척했다.

FBI는 그냥 전화번호를 바꾸든지 이사하라고 조언했었다. 그때만해도 나의 상황이 국가안보에 문제될 일이 전혀 없었지만, 지금은 나를 잠재적인 골칫거리로 간주하는 것 같았다. 마크 오는 자신의 매력을 무기로 나의 중국 여행과 그곳에서의 행적에 관하여 정보를 캐내려고 했다. 그는 내가 공산주의를 옹호하는 것인지 혹은 공산당에 가입한 것은 아닌지 등등에 관해 알아내려고 했다. 그는 비용 처리된 핸드폰을 나에게 권하며 "당신을 보호하기 위해서입니다"라고 부드럽게 말했다. "혜리, 기억하세요. 무슨 문제가 생기거나 얘기 나눌 사람이 필요하면 연락해요."

"당신이 내 편인지 아닌지 어떻게 알죠?" 내가 농담조로 던졌다.

"나는 검은 중절모를 쓰지 않아요. 대답이 됐습니까?" 그가 이를 드러내며 환하게 웃었다.

나는 전화기를 정중하게 받아들었다. 마크 오가 떠난 다음에 전화기를 신발상자 안에 숨겨 옷장 구석에 놓았다. 내가 아는 사람 중에 나와 가족을 도와줄 사람이 있는지 생각해 보았다. 내가 지난 몇 년 동안 잠깐이라도 만났던 사람들의 명단을 다 살펴봤다. 한 사람이 머리에 떠올랐다. 그는 어느 사교모임에서 잠깐 만난 사람으로, 스티븐의 고위급 친구가 소개시켜 주었었다. 이 인물은 한국정부의 인사와 북한의 고위급 인사에다 미국 국무부까지 두루두루 연줄이 닿아 있는 사람이었다. 그는 세 정부 모두로부터 인정받는 인물이었다. 그의 중재와 노력으로 최악의 경우 한반도가 전쟁으로까지 치달을 수 있었던 의심과 공포의 상황을 반전시켰다고 한다. 그는 긴장을 완화하기 위해 비공식 통로의 대화를 중재하였었다.

내 아파트의 전화기는 안전하지 않았기 때문에 전화를 걸기 위해 공중전화를 찾아 거리로 나갔다. 워싱턴 DC의 전화번호 안내원에게 전화하여 몇 차례의 시도 끝에 내가 찾던 사람과 통화할 수 있었다. 그의 주선으로 국무성 내 유럽 지부 담당자인 리처드 쉬프터 대사와의 만남을 약속받았다. 왜 진작 이 방법을 시도하지 않나 하는 생각이 들었다. 탈북가족을 미국으로 데려오는 것은 어떨까? 나는 미국 시민이고 그들은 나의 친척이 아닌가. 일단 생각이 여기에 미치자 하루라도 빨리 대사를 만나고 싶었다. 그가 빌 클린턴 대통령에게 상황을 알려 미란의 그룹이 중국을 벗어나게 하는 데, 미국정부의 도움을 얻을 수 있을지도 모르는 일이었다. 아니면 적어도 가족이 탈북과정에서 겪은 참혹한 얘기들을 듣고, 마음이 동하여 우리의 명분을 옹호하고 정치망명을 허가하도록 국무성을 설득해 주기를 희망했다.

12월 첫째 주에 야간비행기로 워싱턴으로 날아갔다. 정부가 문을 닫는 크리스마스 휴일 전에 도착해야 했다. 미국의 수도를 방문한 것은 이번이 처음이었다. 쉬프터 대사가 일하는 웅장한 건물의 계단을 오르면서 제퍼슨과 애덤스를 기억했고, 지미 스튜어트의 영화 「스미스 씨 워싱턴에 가다(Mr. Smith Goes to Washington)」를 떠올렸다. 나는 대통령을 만나러 가는 여학생마냥 흥분해서 들떠 있다가, 보안대에서 금속탐지장치를 지나고 가방이 철저히 수색되는 동안 조용해졌다. 그곳에서 이름표를 받으면서 건물 안에선 항상 착용해야 한다는 얘기를 들었다.

개인비서가 나타나 나를 대사의 집무실로 안내했다. "안녕하세요, 곧 대사님을 뵙게 될 것입니다."

대사의 집무실에는 커다란 나무 책상과 밤색 가죽소파, 안락의자들, 그리고 유리 장식장들이 빼곡히 들어서 있었고 나는 조금 긴장됐다. 대사가 서서 반갑게 맞아 주었다. 그는 190센티미터는 돼 보이는 장신에 대머리 지고 따뜻한 미소를 지닌 노신사였다. 혈색 붉은 얼굴을 보아 하니 와인을 꽤나 즐기는 것 같았고 자신의 직위와 업무에 만족스러워하는 모습이었다.

대사는 먼저 나에게 마실 것을 권하고, 미국시민으로서의 첫 번째 권리와 책임은 나의 관심 사안을 대표해 줄 수 있는 국회의원에게 투표하는 거라는 말을 했다. 나는 그가 능숙하게 전달하는 공허한 말을 한마디, 한마디 예의 갖춰 경청하면서, 결국은 하원이나 상원 의원에게 편지 쓰라고 조언하고 있다는 것을 깨달았다.

실망스러우면서도 답답했다. 우리에게는 그럴 만한 시간이 없었기 때문이다. 내가 너무 많은 것을 기대했었나 보다. 대사가 나의 가족을 미국으로 데리고 올 수 있다고 생각했던 내가 너무 순진했다. 충격적인 사실은 미국은 북한의 탈북자를 받아들이지 않는다는 것이었다. 1997년 9월 8일자 「뉴스위크」지에 실린 기사문 'CIA가 대어를 낚아 올리다'에 따르면 한국전쟁 이후로 미국이 북한의 망명자를 받아들인 경우는 딱 두 번뿐이었다. 이집트 주재 북한대사 장성길이 바로 전년도에 카이로 근무지에서 이탈해 미국의 CIA요원의 품으로 달려들어 온 사건이 있었다. 비슷한 시기에 외교관으로 암거래를 통해 김정일에게 외화를 조달하던 그의 형과 그 가족이 사라졌다가 후에 CIA의 보호관찰을 받았다. CIA가 두 형제를 설득했을 거라는 추측이 있었는데, 카이로는 평양 중동 간 무기 암거래의 본산지였기 때문이었다. 장 씨는 북한이 시리아와 이란 두 지역에 건설한 미사일 공장에 대한 자세한 정보를 가지고 있었을 것이다.

목숨과 교환할 만한 기밀정보를 가지고 있지 않은 일반 주민들은 어쩌란 말인가? 누가 그들을 도울 것인가? 누가 우리를 도울 것인가?

우리는 스스로 모든 것을 해결해야 했다. 우리는 닫힌 문들에 노크를 할 계획이었다. 다행히도 우리에게는 수단이 있었다. 우리가 조심하고 주저하면서 결정한 모든 결정들 중에서도 가장 잘한 것은 탈북 과정을 기록하고 촬영한 것이다. 나와 아버지는 가이드와 미란의 그룹이 몽골에 도착하면 탈북 장면들을 세상에 공개하고 한국정부에게 문을 열어 달라고 탄원할 계획이었다.

1997년 12월 10일

한국의 대통령 선거일 8일 전에 SBS를 통하여 안기부로부터 예기치 못한 메시지를 전달받았다. 메시지는 간단했다. '미란의 그룹이 움직이기에 좋은 때가 왔다. 하지만 몽골의 한국대사관은 피해라. 그들은 몽골정부의 심기를 건드리고 싶지 않아 한다.'

왜 지금 시점에 메시지를 보냈을까? 안기부는 내가 워싱턴에 갔었던 것과 우리가 이야기를 공개하려는 계획에 대해 눈치챘을 가능성이 있다. 이유가 뭐든 우리는 계획대로 진행하기로 했다.

아버지와 나는 즉시 인터넷을 검색했다. 우리는 베이징에서 몽골의 수도인 울란바토르까지의 도로와 철도 노선을 부지런히 확인했다. 지도상에는 간단하게 보이는 노선들이 최신식 버스나 혹은 고속기차로 움직인다 해도 실제로는 대단한 체력과 인내심을 요하는 여정인 것을 깨달았다. 베이징발 몽골행 기차는 수요일 아침에 베이징을 떠나, 다음 날 아침에 울란바토르에 도착하지만 연체구간들이 있었다. 중국몽골 간 국경에서는 몽골의 관료들이 여권 검사를 하는 데에 최장 6시간이 걸릴 수도 있었다. 게다가 기차가 야밤에 국경을 넘고 승객들은 지쳐 있기 때문에 관료들의 등쌀에 시달리게 될 가능성도 있었다.

미란의 그룹이 좁은 공간에서 수백 킬로미터를 달리고 두려운 사막을 지나는 30여 시간의 여정을 견딜 수 있을지도 걱정이 됐다. 게다가 이미 쫓기는 몸이기 때문에 기차나 버스로 이동하는 동안 중국경찰, 몽골 국경관리인, 북한의 비밀경찰에게 발각될 여지도 충분히 있었다. 가이드와 아버지는 비행기 여행이 빠르고 안전하겠다는 결론에 이르렀다. 두 시간이면 몽골에 도착하는 것이었다.

미란의 그룹은 12월 10일 가이드와 짬뽕과 그의 아내의 안내를 받으며 가짜 여권과 서류들을 들고 베이징의 수도공항에 도착했다. 출발 며칠 전에 가이드는 가족들의 사진을 찍어 짬뽕의 아내에게 건넸고, 그녀는 중국의 암시장에서 서류를 만들었다. 모두가 예민해졌고 염려가 많았다. 가이드는 아기 천이 떠들다가 혹시 비밀이 탄로 날까 봐 걱정했다. 천은 조용히 입 다물고 있어야 하며 엄마에게조차 말하지 말 것을 재차 교육받았다. 가이드는 또한 미란과 외숙모의 멀미에 대비하여 귀 밑에 붙이는 패치를 준비했다.

붐비는 공항에서 두 명의 몽골 출신 가이드가 합류했다. 이즈음에 짬뽕과 짬뽕의 아내는 조용히 공항을 빠져나갔다. 두 명의 새 가이드는 외숙모의 아들들로 가장하여 그룹을 출발 게이트로 안내했다. 가이드는 그룹에서 떨어져 혼자 탑승했다.

오전 8시 50분에 모두는 중국항공에 탑승해 착석했다. 몽골 가이드는 안전벨트를 착용하고 벗는 방법을 조용히 보여 줬다. 가족들이 내릴 때 벨트를 벗느라 쩔쩔매게 되면 쓸데없이 사람들의 이목이 집중되기 때문이었다. 9시 25분에 비행기가 활주로를 달리기 시작해 곧 공중에 떴다. 미란과 가족들은 첫 비행이 두렵다기보다는 가짜 여권이 발각되거나 천이 떠벌리게 될까 봐 더 안절부절못했다. 비행기가 안정고도에 들어서서 매끄럽게 비행하게 돼서야 미란과 가족들은 드디어 한국에 가게 되나 보다 생각했다.

미란과 가족이 울란바토르에 도착했을 때는 폭풍우가 잦고 매우 추운 시기였다. 기온은 영하 10도였다. 가족은 그들이 다른 세상에 왔나 싶었다. 몽골 사람들은 모피 모자에 긴 가운을 입고 있었고 '게르' (gers)라고 불리는 흰색 텐트에서 살고 있었다.

몽골 가이드들은 그룹을 데리고 시내에 있는 호텔로 가 방 세 개를 예약했다. 문철은 정순과 아기 천과 함께 묵으면서 가족으로 가장했고, 미란은 엄마와 함께 그리고 가이드는 몽골 가이드와 함께 투숙했다. 아버지는 안기부로부터 입국허가를 받기 위해 동분서주하고, 모두는 아버지의 지시를 기다리고 있던 와중에 정순이 아기가 병이 난 것 같다고 걱정했다. 천은 말이 없이 조용히 자리만 지키고 있었다. 정순이 어디 아프냐고 무엇이 문제냐고 물어도 대답하려 들지 않았다. 나중에 알고 보니, 천은 입 다물고 있으라던 가이드의 지시를 어김없이 열심히 따르고 있었던 것이다. 어린 나이에도 어른의 지시에 따르는 것에 잘 훈련돼 있었던 것이다.

이틀이 지난 12월 12일에 드디어 안기부로부터 모두가 기다리던 허가가 나왔다. 안기부는 아버지에게 다음 대한항공 편에 가족들을 태워 서울로 보내라고 안내했다. 모두는 즉시 정오에 출발하는 비행기에 오르기 위해 차에 올라 공항으로 향했다. 출국 게이트에서 네 명의 안기부 직원이 지켜보는 가운데 가이드는 미란의 가족에게 작별인사를 고했다. 미란은 이것이 가이드와 마지막이며 그가 떠난다는 생각에 이르자 눈물을 흘리기 시작했다.

"이분들이 이제 당신들을 돌봐 줄 겁니다. 이분들을 믿고 따르세요." 그는 가족들을 위로하고, 이별의 의식은 생략한 채 유유히 군중 속으로 사라졌다.

비행기는 정오에 울란바토르를 출발해 4시간 후에 서울에 도착했다. 서울에 도착하자마자 직원들은 미리 대기시켜 놨던 차량에 가족을 태우고 시내에 위치하는 어느 철통보안의 건물로 그들을 이동시켰다. 그들을 태운 차가 건물의 게이트에 다가가자 문이 자동으로 열렸다가 닫혔다. 문 안에 갇힌 미란은 이곳이 혹시 정치범 수용소는 아닌가 하고 의심해 봤다. 식구들이 뿔뿔이 흩어져 각자 다른 방으로 안내되고, 사진 찍고, 강도 높은 취조가 진행되자 미란은 두려워지기 시작했다. 가족들은 북한에서 그들의 삶에 대해서 질문받았고, 가족적 배경과 정치적 신념으로 인해 어떤 박해를 받았는지 등에 관해 심문받았다.

강도 높은 심문이 끝난 후 모두는 각기 다른 숙소로 보내졌다. 이렇게 3일을 떨어져 지낸 후 미란은 도대체 무슨 일이 일어나고 있는 건지 걱정으로 신경과민 상태가 됐다. 그녀는 하루도 더 못 버틸 것 같아 식구들을 만나게 해 달라고 간청했다. 미란은 아버지, 학철, 애란과 아기는 어떻게 됐는지 알려 달라고도 간청했다. 안기부는 가족의 행방이나 안전과 관련하여 어떠한 정보도 내놓지 않았다. 미란은 너무 지치고 두려워 눈물을 흘리면서 주저앉았다.

미란의 생일인 12월 15일에 드디어 두 그룹은 극적으로 해후했다. 만나기 전까지 애란과 외삼촌과 학철은 북에 남은 가족이 북을 탈출한 사실도 새까맣게 모르고 있었다. 그들도 10월 20일 한국정부가 지불한 항공편으로 극비리에 서울에 도착했고, 그 이후로 두 달가량을 격리되어 지냈다.

안기부 직원은 모두를 회의실로 안내했다. 직원이 미란을 이끌고 긴 복도를 지나갈 때, 미란은 무슨 일이 일어나는 건지 매우 혼란스러웠다.

"어디 가는 거죠?" 미란이 불안해 물었다.

"생일 파티를 하면 어떨까 해서요." 직원이 회의장 문을 열면서 대답했다. 그곳에는 부모님을 비롯하여 언니와 오빠, 모든 식구들이 생일케이크 주위에 모여 있었다.

잠시 동안 정적이 흘렀다. 모두가 긴장되고, 두렵기도 하고, 믿기지 않는 순간이었다. 그들은 잠시 서로를 바라보기만 하다가 서로에게 팔을 벌리고 달려갔다.

1997년 12월 25일

나는 크리스마스를 기념할 생각이 전혀 없었다. 부모님이 그다음 날 저녁 모두 한국으로 출발하기 전에 교회에 참석하여 감사예배를 드리자고 성화였다. 안기부는 이제 대선이 끝났으니, 우리가 회견에 함께하기를 원했다. 한국의 넬슨 만델라로 불리는 김대중이 적은 표 차로 대통령에 당선됐다. 여당의 후보가 나뉘는 바람에 표가 갈렸다. 72세의 나이에 그리고 4번의 출마, 납치, 체포, 사형선고, 망명, 가택연금 등의 숱한 사건들을 겪은 후에 이 나라를 이끌 그의 시간이 드디어 도래한 것이다. 그의 승리는 민주주의의 승리이기도 했다.

하지만 나는 부모님과 동행하여 교회에 갈 마음이 없었다. 나는 나에게 온 카드들을 읽으면서 혼자 조용한 크리스마스와 신년을 보내고 싶었다. 크리스마스 날에 '탠두리 하우스'(Tandoori House)에서 인도 음식을 배달시켜 집에서 혼자 먹었다.

음식이 도착한 다음, 노란색 치킨카레와 밥을 담은 용기들을 빈 테이블 위에 가지런히 올려놓았다. 스테레오에서는 다이안 리브스의

아들이 있는 풍경

「다리들(Bridges)」이 흘러나왔다. 음식과 음악이 나를 위로해 줄 것으로 생각했지만 실상은 그렇지 못했다. 이제 모든 일이 끝났건만 오매불망 기다리던 소식이 선사해 줄 줄 알았던 해방감보다는 절망감이 나를 사로잡았다. 구출 작전은 내 삶으로부터 피난처를 제공했던 것이다. 내 삶보다 위대한 무언가에 집중함으로써 내 역할을 감당할 수 있었다. 내가 계속 달리는 동안은 모든 것을 잘하고 있는 척할 수 있었다.

이제 더 이상 내 현실로부터 도망칠 수 없었다.

CD기의 노래가 끝난 지는 이미 오랜데, 손목시계의 무거운 초침 소리를 들으며 한참을 앉아 있었다. 세상에 혼자 남은 것 같은 지독한 외로움이었다. 항상 삶의 목표가 뚜렷했던 내가 이렇게 길 잃은 모습은 참담했다. 내 미래가 과연 어떤 모습일까? 삶의 중간 지점에서 미혼에 아이도 없고 이렇게 헤매고 있다니. 이런 모습은 내가 기대했던 서른세 살의 모습이 전혀 아니었다.

"이제 어떻게 되는 거죠?" 나는 허공에다 대고 외쳤다.

가슴속 깊은 곳에서 생각이 하나 천천히 떠올랐다. 그것은 내가 지금의 시련을 잘 감당한다면 결국은 내가 원하던 것을 찾을 수 있게 되리라는 생각이었다.

마지막
여행

XXVII

내 정신은 또렷했다. 오랜만에 꿀 같은 단잠을 잤다. 아침까지 한 번도 깨지 않고 푹 잘 수 있었다. 눈을 떴을 때 시계는 10시 20분을 가리키고 있었고, 나는 재충전된 느낌이었다. 다시 일어설 준비가 되었다. 부모님과 함께 비행기 좌석에 앉으면서 이젠 내 앞길에 놓여 있을 그 무엇과도 마주할 수 있을 것 같았다.

비행기가 이륙하면서 창밖을 내려다봤다. 공항의 풍경과 야자수 그리고 태평양으로 이어진 고속도로가 보였다. 날이 흐려 곧 모든 것이 시야에서 사라졌다. 비행기가 구름 위까지 고도를 높이자 어둑어둑 푸른빛을 띠면서 맑고 아름다운 하늘이 펼쳐졌다.

엄마는 가족을 만날 생각에 들떠 있었다. 엄마는 근 30년 동안 만나 보지 못한 친구와 친척들에게 주려고 커피, 초콜릿, 화장품 따위를 큰 여행 가방들에 가득가득 채워 넣었다. 모든 것이 다 한국에 있고 달러당 환율이 890원에서 1,560원으로 오르면서 그곳의 가격이 더 싸다고 설명을 했지만 소용이 없었다.

"집에 가다니 믿기지가 않는구나." 엄마는 긴장한 듯 하이 톤으로 웃으셨다. 한국을 '집'으로 표현하신 것은 처음이었다. 엄마가 방금 말한 '집'이라는 말에서 애절한 향수가 묻어났다. 엄마가 얼마나 한국을 그리워했으며 지난 47년 동안 얼마나 힘겨운 삶을 살았는지는 아버지가 기념으로 병에 담아 온 압록강 물을 대하는 엄마를 보고 깨달았다. 한국전쟁 중에 국군이 압록강에서 후퇴하게 됐을 때, 많은 병사들이 당시 한국에서 가장 맑고 깨끗하다고 알려진 압록강 물을 병에 담아 이승만 대통령에게 가져갔다고 한다. 사실 아버지가 담아 온 물은 탁해 보였기 때문에 깔끔한 성격의 엄마가 쏟아 버릴 줄 알았다. 하지만 내가 틀렸다. 엄마는 그 물로 손과 얼굴을 씻으셨다.

"세상에서 가족이 제일 중요한 거야." 엄마가 내 눈을 들여다보며 말하셨다. 엄마의 눈동자가 춤추듯 움직이다가 큰 미소로 변했다. "이제 너도 인생을 즐기고 행복하게 살면 좋겠다. 너는 특별한 여성이고 무엇이든 원하는 것을 성취할 수 있는 사람이야. 하지만 나는 네가 자신의 가족을 일구는 문제에 있어서 아무것도 놓치지 않기를 바라. 너의 꿈을 이해하고 성원해 줄 수 있는 사람을 찾아. 그러면 너는 더 큰 날개를 달게 되는 거야."

"그런 사람이 없으면 어떻게 해요?"

엄마는 마치 뭔가를 알고 있다는 표정으로 입가에 미소를 머금었

아들이 있는 풍경

다. "그런 사람은 꼭 있을 거야. 그를 만나면 알아보게 될 거야. 마치 천사가 너를 위해 하늘에서 내려온 것처럼 말이야. 게다가 할머니하고 나하고 너를 위해 얼마나 많이 기도했는데. 하나님의 서랍장이 우리의 기도문으로 꽉 찼을 테니 걱정 말아라."

사실 나는 걱정하고 있지 않았다. 이제 스티븐에 대한 감정을 겨우 정리했는데, 남편감을 찾는 것은 내 주요 관심사가 아니었다. 내가 그 어느 때보다 명확하게 깨달은 것이 있다면 내 기이한 삶에서 모든 일이 그냥 우연으로 일어난 것은 아니라는 것이다. 그 특별한 사람을 만나는 데에 혹 47년이 걸린다 해도, 나는 기꺼이 그 믿음을 고수할 것이다. 그냥 어중간하게 타협하지는 않을 것이다. 다시는 남자에게 맞추려고 하지도 않을 것이다. 그가 올바르게 나에게로 올 것이다. 그때에는 밀고 당기는 게임을 할 필요도 없겠고, 문화 차이로 속 끓일 필요도 없겠고, 공허한 약속들을 하지 않아도 될 것이다.

내 스스로에게 그렇게 될 거라고 다짐했다.

미국에서 싣고 온 물건이 잔뜩 든 가방을 밀며 김포공항의 자동문을 통과하자, 할머니의 흰색 파마머리를 금세 알아봤다. 할머니는 김 장로가 미는 휠체어에 앉아 새벽에 도착하여 피곤에 찌든 인파를 뚫고 경사로를 올라오고 있었다. 할머니는 지난번 작별할 때 입으셨던 것과 같은 옷을 입고 계셨고, 허리까지 내려오는 크림색 재킷을 걸치셨다. 우리와 눈이 마주치자, 마음이 밝아지는 따뜻한 미소로 나를 맞아 주셨다. 할머니의 안색이 조금 더 좋아졌고, 표정도 밝아졌고,

더 건강해 보였다. 할머니의 체력이 견뎌 낼 수 없을까 봐 걱정했던 때도 있었지만 용케도 잘 버텨 주셨다. 우리 모두가 잘 견뎌 주었다.

나도 반갑게 웃으며 할머니를 향해 걸어갔다. 모여 있던 친척들이 왁자지껄한 소란으로 우리를 반겼고, 여러 명의 손이 우리를 감싸 안았다. 엄마는 자신을 반기는 여러 시선에 압도되어 정신을 못 차릴 지경이었다. 그것은 영광스러운 귀환이었다. 오랫동안 만나지 못했던 사촌들이 엄마를 따라 옛 시절을 기억해 냈다. 그들의 대화는 간간이 웃음으로 끊겼고, 그들은 더 이상 존재하지 않는 옛 동네와 함께 놀던 곳과 사람들에 대해 이야기했다.

회전문을 지나 김 장로의 봉고차로 향하면서 눈발을 불러올 것만 같은 북극의 강풍과 마주쳤다. 서울이 12월에 얼마나 추운지 하마터면 잊을 뻔했다. 휘몰아치는 바람에 날리는 가죽잠바의 앞자락을 애써 두 손으로 여미며 차로 향했다. 봉고차 내부도 바깥만큼이나 추웠고 냉장고였다. 우리가 내쉬는 입김으로 이내 창이 뿌예졌다. 봉고가 구불구불한 공항 도로를 빠져나오는 동안, 엄마는 창을 비벼 닦아 그 틈으로 밖을 내다봤다. 엄마는 얼굴을 유리에 가까이 대고 철제와 유리로 이루어진 반짝이는 풍경들을 열심히 쳐다봤다. 현대적인 도시 서울의 모습에 다소 실망하시는 것 같았다. 엄마는 서울을 떠났던 해인 1968년의 모습을 상상했을 것이다. 당시는 전쟁 후 폐허가 됐던 서울이 이제 막 재건을 시작하던 때였고, 엄마의 가족은 피난민으로서 근근이 살아가던 때였지만 아련한 향수를 불러일으키는 때이기도 하다.

"사람들의 얼굴이 아시아인인 것만 빼면 서울이 꼭 LA 같네. 참 신기하다." 엄마가 눈썹을 올리며 경기가 어떤지 물었다. 가족의 재회라는 사건 외에 모두가 생각하고 있던 주제는 무너져 내린 경제와 IMF

구제금융이었다. 도시는 여기저기에 IMF 세일이니 IMF 점심특선이니 하며 IMF를 홍보하는 문구들투성이였다. 놀랍고도 인상적이었던 것은 친척들의 태도였다. 그들은 현재의 상황을 한탄하기보다는 어쩌면 국가에게 기회가 될 수 있다고 생각했다. 그들에게서 '우리는 건재하며 이 상황을 싸워 이길 것이다'라는 각오가 엿보였다.

김 장로는 사람들이 그동안 전력을 너무 많이 낭비했고, 정신 차릴 때가 됐다고도 했다. 여름에는 에어컨을 과용하고 겨울에는 가열기 등을 앞다퉈 사용하는 사회가 됐다는 것이다. 한국도 다른 나라들처럼 물질적 부와 성공에 집착하게 됐다. 사람들은 상품과 서비스를 구매하고 소비하는 데에서 행복과 안정을 찾았다.

"괜찮아요. 이제 온 나라가 함께 힘을 모아야 합니다. 그래야 통일도 앞당기고 진정한 행복도 얻게 될 겁니다." 김 장로가 선언했다.

내 생각은 꼬리를 물고 이어졌다. 이 민족이 겪은 시련들에 대해서 생각해 봤다. 한글이 그대로 보존됐다는 점과 일본, 중국, 몽골, 러시아 등지의 세력으로부터 침략당하고 종속되고 식민화되는 시련을 겪으면서도 근 4000년 동안 한민족의 정체성을 지켜 왔다는 것은 놀라운 일이다. 시련과 전쟁의 흔적들은 어느덧 사라지고 서울은 로스앤젤레스같이 현대적인 도시로 탈바꿈했다. 또한 한국은 대우, 현대, LG, 삼성과 같은 산업기업을 낳았다. 자수성가한 사람, 가난한 사람, 농부, 군인, 건설자 등 모두가 힘을 모아 이룩한 일이며, 이는 이 민족이 지금의 경제위기도 극복할 수 있음을 보여 주는 것이다. 한국인의 정신력은 굳건하고 그들에게는 불굴의 의지가 있다. 이제 민주적인 대통령이 나라를 이끌고 번영의 길에 다시 들어서면, 어쩌면 부모님 살아생전에 평화통일을 보게 될지도 모르는 일이었다.

우리가 묵을 호텔 '코리아나'는 태평로에 위치했다.

호텔 입구에서 유니폼을 입은 도어맨이 문을 열어 줘서 모두가 안으로 들어갔다. 에스컬레이터를 타고 한 층을 올라가서야 로비가 나왔는데, 로비는 대형 크리스마스 화환과 포인세티아 식물로 장식돼 있었다. 흥겹고 가벼운 파이프오르간풍의 음악이 흐르고 있었다. 로비가 산뜻하고 훈훈한 것이 반가우면서도 놀랐다. 잠시 전에 오는 길에 나누었던 걱정 어린 소리들을 들으면서 난방 없는 우중충한 분위기를 상상했기 때문이다.

사환이 우리를 8층으로 안내했다. 방은 작고 소박했지만 TV, 깨끗한 침구, 생수 등이 잘 갖춰져 있었다. 아버지가 코리아나를 숙소로 잡은 이유는 가족 상봉이 덕수궁에서 있을 것으로 예정됐기 때문이다. 중대한 기자회견이 이루어질 장소로 좀 생뚱맞아 보이기는 했다. 어쨌든 망명 후에는 기자회견을 열기로 안기부와 약속했었다. 그들은 이번 기자회견을 통하여 경제위기와 실패한 북한원조사업으로 만들어진 부정적인 이미지를 버리고 새로운 모습을 보여 주고 싶었던 것이다. 우리가 그 정도는 해 줄 수 있다고 생각했다. 묘기를 부려 보라고 요청했어도 아마 기꺼이 시도했을 것이다.

나와 할머니가 방 하나를 같이 쓰고, 부모님이 옆의 방을 사용하기로 했다. 할머니는 어머니가 특별히 할머니를 위해 손수 만들어 온 벨벳 정장이 마음에 들지 않는 눈치였다. 할머니는 그저 하루빨리 다음 날이 오기만을 기다리셨다. 할머니는 외삼촌과 그 가족이 서울에 도착한 이후로 만나 보지 못했다. 그들이 이렇게 가까이에 있는데도 만날 수 없다는 것에 힘들어 하셨다.

나로 말할 것 같으면 서두를 일이 없었다. 나는 이 마지막 여행을 즐기고 매 순간을 음미하고 싶었다. 관광도 하고, 영화도 보고, 음식도 먹어 보고, 노래는 못하지만 노래방이라고 부르는 곳에도 한번 가 보고 싶었다. 아쉽게도 호텔에 남아 있어야 했는데, 안기부 직원이 기자회견 일정에 대한 간단한 브리핑을 진행하기로 돼 있었기 때문이었다.

할머니와 방에서 기다리는 동안 궁금한 것이 하나 있었다. 오랫동안 묻고 싶었던 것인데 마침 기회가 돼 용기를 냈다.

"외삼촌이 딸이었어도 이렇게 오랫동안 찾으셨겠어요?"

할머니는 눈썹을 올리며 조용히 미소 지으셨다. "인생을 살다 보니 생각이 바뀌었다. 딸이 소중하다는 것을 깨달았다."

"엄마가 만약 북에서 나오지 못했다면⋯⋯."

"내가 직접 가서 찾았을 거다." 할머니가 숨차 하며 말씀하셨다.

"딸이 없으면 아무 소용없어. 잘 키운 딸이 열 아들 부럽지 않다는 말이 있지 않니?"

내가 간절히 듣고 싶었던 말이다. 감동받지 않을 수 없었다.

안기부 직원은 다음 날 오전 8시가 돼서야 나타났다. 그가 부모님의 방으로 들어오자 우리는 모두 일어섰고, 그는 자신을 특수요원 김 씨로 소개했다. 그는 진한 청색 양복을 맵시 있게 차려 입었고 갈색 트렌치코트를 걸쳤다. 그는 널찍한 얼굴에 이마가 높고 입술이 얇았다. 그가 다리를 꼬고 편하게 의자에 앉자 바지와 어울리지 않는 양말이 드러났다. LA에 있는 데니스에서 아버지와 만났던 요원보다는 이 사람이 여유 있고 상냥해 보였다. 그래서 더 경계하며 앉아 있었다.

우리는 모두 그의 말을 잘 듣기 위해 그의 주위로 모여 앉았다. 그는 차분하면서도 친근한 말투로 가족 상봉은 덕수궁에서 외신기자들이 참석한 가운데 있을 것이라고 확인해 줬다. 가족 상봉 후에 우리는 기자회견이 예정된 건물로 안내될 것이라고 했다. 우리는 답변을 간단히 하고 구체적인 사람들의 이름을 언급하지 말라는 설명을 들었으며, 국제평화를 위해서 탈북에 관련된 제3국도 언급하지 말 것을 안내받았다. 그는 이러한 말들을 하면서 특히 나를 주시했고, 그다음에는 기자회견 후의 일정에 대해 설명했다.

기자회견 후에 아홉 명의 가족은 도시 밖으로 옮겨질 예정이다. 그러고는 한국 사회에 적응하기 위한 '재교육'이 3개월에서 길게는 6개월간 안기부의 감독과 재정적 지원하에 이루어질 것이다. 탈북인 지원 프로그램은 더 길게 진행됐었는데, 최근의 경제상황으로 인하여 기간이 단축됐다고 했다. 안기부는 탈북자들이 가능한 한 빨리 한국 사회에 적응하기를 원했다. 탈북자들은 낯선 사람과 사기꾼에 대처하는 법, 대형 몰에서 쇼핑하는 방식, 그리고 '샴푸' '슈퍼마켓' '아스피린' '컴퓨터'처럼 한국 사회가 상용하는 외래어들에 대해 배운다. 그들이 공산주의 사회에서 21세기로 이동하는 변화를 잘 이해하게 되면, 그 이후에 무료주택을 제공받고 새 직장에 대해서도 지원을 받게 된다.

"적응하는 데에 더 많은 시간이 필요하면 어떻게 되죠?" 내가 물었다.

"그럴 수도 있죠, 특히 문철의 경우가 그렇죠. 그는 어려움을 겪고 있습니다. 북한 세뇌교육의 효과를 바꾸기 위해서는 주의 깊은 교육이 필요합니다." 안기부는 문철이 안보에 위협에 되지 않는다는 점을 분명히 했다.

"형의 아내인 전정순 씨도 어려움을 겪을지 모릅니다." 아버지가 주의를 환기시켰다.

"네. 그녀는 나와 얘기 나눌 때 거의 울 뻔했습니다. 부모님을 생각하면서 본인이 이곳에 있을 권리가 없다고 생각합니다. 제 생각으로는 그녀는 두고 오는 것이 더 좋지 않았을까요?"

불만과 불편한 감정이 방을 가득 채웠다.

"그들 모두가 지금 마음이 복잡하고 심지어는 후회를 할지도 모릅니다. 하지만 우리는 그런 점을 이해해야만 합니다." 아버지가 차분히 말했다.

특수요원 김 씨는 미간을 약간 찌푸리며 말했다. "우리 모두 적응과정과 사회 합류가 잘 진행되기를 바랍시다."

할머니가 말씀하셨다. "그렇게 될 거야. 아이들을 위해서도 그렇게 해야지."

짧은 설명회가 끝나자 특수요원은 의자에서 일어나 방을 나갔다. 그가 떠난 후 엄마의 안색이 변했다. 인상을 쓰고 있는 모습이 무언가 골똘히 생각하고 있었다. 엄마는 내 쪽으로 몸을 돌려 중대한 요청을 했다. 지난 7개월 동안 일어났던 일에 대해서 글로 쓰지 말아 달라는 것이었다. 나는 천장을 올려다보며 해답을 찾아보았다. 쉬운 결정이 아니었다. 안기부의 승인을 거쳐 연초에 방송되기로 정리된 SBS의 다큐멘터리와는 다르게 내가 기록한 내용들은 지극히 사적인 것이다. 내 은밀한 감정들과 사건들이 세밀히 기록돼 있다. 내가 원한다 하더라도 그 내용들을 세상과 공유할 수 있을지 자신이 없었다. 책을 한 권 더 쓰겠다고 생각해 본 적은 없었다. 하지만 이제 막상 그 질문을 마주하고 나니 엄연히 나의 삶을 바꾼 이 경험에 대해서 쓰지 않겠다고 약속할 수도 없었다. 또한 내가 기록한 경험은 북한의 암울한 현실에 대한 것이기도 하다. 물론 그냥 잊고 내 일상으로 돌아가는 것이 더 쉬운 일일지도 모른다. 일단 집필을 시작하게 되면, 그리고 그 일을 제대로 하려면, 그 모든 경험을 다시 살아야 하기 때문이다. 그 전망은 나를 불안하게 했다. 게다가 지난 몇 개월간의 나의 행적 중에는 부끄러운 행동도 더러 있었다. 나도 체면을 잃게 될까 봐 두려웠다.

"어떻게 글을 안 쓸 수가 있겠어요? 우리가 겪은 얘기를 세상에 들려줘야 해요." 창가에 서 계시던 아버지가 불쑥 말하셨다.

아버지가 어떤 말을 하실지 궁금해졌다.

"우리가 평생 혜리의 책을 의식하며 살게 된다 할지라도, 그것은 어쩔 수 없이 감당해야 하는 작은 희생이 되겠죠. 그래도 우리의 이야기는 알려져야만 해요. 그렇지 않다면 우리의 모든 노력은 단지 우리가 원하는 것을 얻었다는 것 외에 아무 의미가 없죠. 혜리는 우리가 어떤 힘겨운 과정을 겪었는지 그리고 사람들이 자유를 얻기 위해 어떤 시련과 위험들을 감당했는지에 대해 알려야 해요. 그리고……." 아버지는 잠시 말을 멈추더니 두 손을 모아 입에 갖다 대면서 말을 마치셨다. "그렇게 함으로써 혜리는 더 훌륭한 여성이 되겠죠."

아버지를 정면으로 바라봤다. 햇빛에 비춰진 아버지 얼굴의 구석구석을 다 볼 수 있었다. 이마와 눈가에는 주름이 생기기 시작했다. 보기 좋았던 그을린 피부는 어디 가고 입술 밑에는 흉한 물집까지 잡혀 있었다. 처음으로 62세인 아버지가 나이에 맞게 늙어 보였다. 의심할 여지없이 지난 몇 개월간 지속된 엄청난 스트레스가 노화에 한몫했을 것이다. 나와 아버지는 침묵하고 있었지만, 그 어느 때보다 더 많은 대화를 나누고 있는 기분이었다. 아버지의 이글거리는 눈빛에서 나에

아들이 있는 풍경

대한 사랑과 자부심과 보호본능을 읽을 수 있었다. 그는 나를 배신하거나 실망시키지 않은 것이었다. 아버지가 하신 이 모든 일은 한편으로 나를 위한 것이기도 하다. 그의 연세에는 은퇴 후의 여유로운 삶을 즐겨 마땅하시다. 아버지는 지금까지 성공적인 삶을 사셨고 존경받으며 편하게 사실 권리를 쟁취하셨다. 자식으로서 그의 여생을 돌보는 것이 마땅한 도리일진대, 아버지는 나를 위험에서 보호하기 위해 내 곁에서 그 험한 시간들을 보내신 것이다.

"계속 써야 한다." 아버지가 격려해 주셨다.

XXVIII

1997년 12월 30일

부모님의 방은 옷이 여기저기 널브러져 어수선했다. 아버지는 평화롭게 신문을 읽으려고 일찌감치 아래층으로 내려가셨고, 나와 할머니는 킹사이즈 침대머리에 몸을 기대고 엄마를 지켜보며 앉아 있었다. 엄마는 살색 속치마 바람으로 화장대에 앉아 화장을 하고 있었다. 번들번들 광이 나는 크림을 능숙하게 얼굴에 바르고 약간 짙어 보이는 파운데이션을 그 위에 펴 발랐다. 그러고는 눈을 커 보이게 하는 검은 아이라이너를 칠하고 눈썹을 덧칠했다. 연극배우가 분장한 느낌이었다. 입술은 장밋빛 핑크로 칠하면서 원래 입술보다 두툼하게 보이게 했다.

"3시간 남았다." 할머니가 시간을 확인해 주셨다. 할머니는 이미 검

아들이 있는 풍경

은 벨벳의 외출복을 다 갖춰 입으셨고 오전 6시에 준비를 모두 끝내셨다. 오늘은 특별히 행사를 위해서 내가 머리를 만져 드리는 것을 허락하셨다. 할머니의 머리를 가지런히 빗고 부풀리고 스프레이를 뿌리며 정성을 다해 봤지만, 조각상처럼 뻣뻣해졌다고 불만을 표하셨다.

나는 그날 아침 재빨리 준비를 마쳤다. 샤워하고 간단히 화장하고 머리를 하나로 묶어 올리고 옷 입는 데에 20분밖에 걸리지 않았다. 화장이건 옷이건 생활비이건 최소한도로 생활하는 것에 잘 훈련돼 있었고, 나에게는 효율적이었다.

엄마는 입술 화장까지 마친 후 거울에 얼굴을 이리저리 돌리며 만족스러워했다. 니트로 된 겉옷을 입었더니, 바람이 한바탕 불어닥친 것처럼 머리가 헝클어졌다. 내가 냉큼 가서 손가락을 브러시 삼아 정리해 드렸다. 오늘은 할머니의 날인 것 못지않게 엄마의 날이기도 했고, 엄마가 근사하게 보이기를 바랐다. 집에서 요새를 지키며 가업을 관리하고 자금줄의 역할을 한 사람은 바로 엄마였다.

엄마가 진주귀걸이를 끼우면서 흥분으로 손이 떨렸다. 엄마는 귀걸이를 다 걸고 두근거리는 가슴에 손을 얹고 중얼거렸다. "어머나!" 엄마의 심정은 그렇게 한마디로 표현됐다.

"엄마, 멋져요." 거울 앞에 서 있는 엄마 뒤로 다가가며 말했다.

"너도 예쁘다." 우리 둘 다 소녀처럼 깔깔대고 웃었다. 그러고는 엄마가 몸을 돌려 조용히 나를 마주 봤다. "혜리 씨" 엄마가 그런 식으로 존칭어를 붙여 나를 부른 것은 처음이었다. "어제 이후로 많이 생각했다. 아버지의 말이 맞아. 우리만을 생각하기보다는 대의를 생각해야 할 것 같아."

"맞아." 할머니도 사려 깊은 표정으로 동의하셨다. "어젯밤 꿈에 성령이 또 내게 말했어."

"그거 좋은 일이네요, 어머니. 뭐라고 그래요?" 엄마가 흥분하여 말했다. 할머니의 꿈은 항상 잘 맞았다. 공산당이 집안의 남자들이 어디에 숨어 있는지를 말하라며 할머니를 잡아가 감옥에 넣었을 때, 할머니에게는 말하는 것과 기도하는 것조차도 허락되지 않았었다. 기도하다가 들킨 사람들은 숲으로 끌려가 총살당했다. 절망한 할머니는 한밤중에 변기로 사용하는 더러운 양동이 위에 기어올라 나가게 해 달라고 기도했다. 그녀는 집에 돌아가야만 했다. 어린아이들과 이제 한달 된 아기에게 엄마가 필요했다. 먹을 것은 없었고, 도시에는 포탄이 퍼붓고 있었다. 할머니를 감옥에서 빼내 줄 만한 연줄이나 돈도 없다. 할머니에게 남은 것은 신앙밖에 없었고 기도하다 오물 위에서 잠들면서도 매일 밤 간절히 기도했다.

어느 날 밤 양동이 위에서 잠이 든 후에 꿈에서 이름을 부르는 천사의 소리를 들었다. "백홍용 씨, 나를 따라오세요." 목소리의 주인공은 온통 하얀색 옷을 입고 있었다. "이쪽으로 오세요." 할머니는 목소리를 따라 어두운 콘크리트 터널 안으로 들어갔다. "나를 믿으세요." 여인은 말했고, 할머니는 그녀를 믿고 깜깜한 터널을 따라갔다. 목소리의 주인공은 여간수였다. 하지만 할머니는 두렵지 않았다.

터널 깊숙이까지 따라가자 끝에 불빛이 보였다. 불빛에 다다르자 산꼭대기가 눈에 덮인 아름다운 골짜기 푸른 언덕과 맑은 호수가 나왔다. "들어가세요." 여인은 호수에 들어가라고 손짓했다. 수영을 못하는 할머니가 두려워하자 여인은 "안전해요"라고 안심시켰다. 그 여인의 달콤한 목소리에 위로받은 할머니는 목까지 물에 몸을 담갔다. 물의 찬 기운이 피부로 느껴지며 정화되는 기분이었다. "당신은 이제 자유의 몸이에요." 여인이 말했다.

다음 날 감옥에 갇힌 지 29일째 되는 날에 간수가 할머니의 이름을 불렀고, 할머니는 자유의 몸이 되었다.

할머니가 간밤의 꿈 얘기를 하는 동안 나와 엄마는 숨죽이고 들었다.

"성령이 어젯밤에 나에게 보여 줬어." 할머니는 같은 말을 반복하고 목을 가다듬었다. "아버지의 집이었는데, 손님들을 위해서 소고기를 많이 요리해야 한다고 어머니가 말했어. 혜리와 대건이를 비롯해 모든 손자손녀들이 천사들처럼 호수에서 수영하고 있었고, 많은 사람들이 그걸 보러 와 있었어. 사람들이 혜리와 손주들을 보면서 어떻게 저리도 수영을 잘할까 하고 생각했지. 그래서 내가 생각했지. 미국에서 배웠나 보다 하고."

"수영하는 게 뭐가 특별해서요?" 내가 싱겁게 물었다.

"너는 다르게 수영하는 방식을 보여 주고 있었어. 너는 미국에서 훈련받았기 때문에 뭔가 세상을 다르게 보고 다르게 대하는 게 있어. 우리 민족은 오랫동안 통일을 위해 노력해 왔지만 그 꿈을 이룰 수가 없었어. 너처럼 한국인의 모습을 가지고 미국적인 노하우를 가진 사람이 해낼 수 있을 거야."

"그래서 네가 이 이야기를 써야만 하는 거야. 그렇지 않으면 이건 다 우리만 좋으라고 한 일인 게야." 엄마가 따뜻한 손으로 내 얼굴을 부드럽게 어루만졌다. 엄마의 손길이 축복처럼 느껴졌다.

기다림의 시간이 끝나자 모두가 안도했다. 모두 일어나 외투를 걸쳤다. 엄마는 아껴 두고 입지 않던 밍크코트를 꺼내 할머니 어깨에 걸쳐 드렸다. 비싼 밍크코트의 등장으로 나는 툴툴거리며 불만을 표하고 말았다. IMF의 상황에 비춰 볼 때 너무 사치스러워 보였다. 나는 밍크코트는 두고 가자고 했고 엄마는 입어도 된다고 맞섰다. 엄마는 할머니가 멋지고 당당하게 보이기를 원했다.

"오늘은 중요한 날이다. 아들을 만나는 날 할머니가 최고로 멋을 부려도 되는 거야." 엄마는 당당하게 눈을 반짝이며 선언했다.

갑자기 할머니는 아들과의 상봉을 기억해 냈다. "용운이를 곧 만나는구나."

할머니는 아들과 헤어졌던 즐거우면서도 고달팠던 시절의 순수함과 앞으로 다가올 좋은 날들에 대하여 상념에 잠기는 것처럼 보였다.

약속 시간인 1시 30분에 특수요원 김 씨가 하얀색 봉고차를 타고 나타났다. 모두 서둘러 차에 올랐다. 차 안에는 검은 정장 차림에 심각한 표정을 한 두 명의 남자가 꼿꼿하게 앉아 있었는데, 우리에게는 인사말조차도 건네지 않았다. 어떻게 해서 안기부 일을 하게 되었느냐고 묻고 싶은 충동을 꾹 참고, 뒷좌석 할머니와 엄마 사이에 앉았다. 아버지는 조수석에 앉으시면서 우리가 잘 있는지를 확인했다.

차가 분주한 태평로 거리를 달리기 시작하자, 혈관의 흐름이 빨라졌고 소름이 끼쳐 온몸이 따끔거렸다. 우리는 차들을 지나고 몇 개의 대형 호텔을 지나 드디어 목적지에 도착했다.

덕수궁은 태평로의 시청 건너편에 위치해 있었다. 이 궁궐은 주변 마천루들의 그림자에 가려져 다소 왜소해 보였다. 우리가 탄 차는 높은 기와담장을 지나 대문 안으로 들어갔고, 담장 안에 들어서자 도시의 혼잡한 교통이 만들어 내던 소음과 경적 소리들이 잦아들었다.

아들이 있는 풍경

잠시 후, 누군가가 운전기사 앞의 유리를 탁탁 치는 소리에 깜짝 놀랐다. 특수요원 김 씨가 장갑 낀 손으로 유리를 두들겨 대고 있었다. 운전기사는 요란한 소리와 함께 자갈들을 튀기며 차를 움직여 최대한 잔디 가까이에 차를 붙인 후 엔진을 껐다. 우리 앞에는 영국인 건축가에 의해 설계된 웅장한 모습의 신고전주의 건축물이 하나 모습을 드러냈다. 이것은 처음으로 지어진 서양식 건축물이라고 한다. 2차 세계대전 말 한국의 신탁통치를 결정한 미소공동회의가 열렸던 곳이기도 하다. 왼쪽으로는 궁궐의 전통적인 건축물들이 있었는데, 창에는 규칙적으로 짜 맞춰진 나무 틀 장식이 있었고 그 안으로는 창호지 문이 있었다.

　봉고차의 문이 요란한 소리를 내며 열렸다. 내가 제일 먼저 내려 할머니를 도왔다. 할머니는 내 어깨를 꽉 쥐고 한 다리씩 움직이면서 힘겹게 차를 내려왔다. 할머니의 벨벳 바짓단이 뒤집혀져 몸을 숙여 바지를 정리하고 있는데, 아버지가 정중하게 엄마의 팔을 잡아 내려 주었다. 엄마는 몸을 펴면서 소녀다운 수줍음과 긴장으로 머리를 매만졌다. 두 다리를 벌리고 당당하게 서 있는 아버지에게 엄마는 몸을 맡기고 기대 있었다. 둘이 참 잘 어울린다고 생각하는데 아버지가 사랑 가득한 눈으로 엄마를 바라보셨다.

　"자, 시간이 됐습니다." 김 요원이 시계를 내려다보며 말했다.

　신호가 떨어졌다. 할머니의 팔을 잡으면서 흥분되고 긴장됐다. 엄마가 할머니의 다른 팔을 잡자 우리 넷은 마치 서로를 들어 올리는 모습으로 팔과 팔을 걸고 걷고 있었다. 가장자리에 얼음 테두리가 있는 부드러운 잔디를 밟으며 건물로 발을 옮겼다. 우리는 건물의 옆을 돌아 그와 똑같이 생긴 다른 건물로 연결되는 통로를 향하면서 꿀 같은 달콤함으로 몸이 붕붕 뜨는 기분이었다.

"지금 이 순간이 믿기지가 않아." 엄마는 감정이 복받쳐 턱이 떨리면서 거의 울고 계셨다.

반면 할머니는 마음이 편해 보였다. 침착한 노인의 표정이다. 할머니는 궁궐, 결혼예복 입은 사람들, 기자들 등 지금 주변에서 벌어지고 있는 우스꽝스러운 소란도 의식하지 않는 듯했다. 옆에서는 알록달록 밝은색의 바람막이 잠바를 입은 기자들이 망원카메라를 우리에게 고정시켜 놓고 카메라를 봐 달라고 외치고 있었으나, 우리는 우리를 둘러싼 안기부 요원들의 지시에 따르며 걸었다. 그들은 우리에게 두 건물을 이어 주는 탁 트인 잔디 쪽으로 나아가라고 안내했다. 모퉁이를 돌자, 북한을 탈출한 아홉 명의 가족이 잔디 위에 한 줄로 서 있는 것이 보였다. 그들은 우리에게 다가오지 않고 초조하게 기다리고 있었다.

그들의 변한 모습에 깜짝 놀랐다. 모두 인물이 훤해졌다. 머리는 멋지게 잘라 모양을 냈고 검은색 정장을 차려 입었다. 용운 삼촌과 외숙모와 애란은 안경을 처방받아 쓰고 있었다. 가장 많이 변한 사람은 학철이었다. 그는 완전 딴 사람이 돼 있었다. 그의 얼굴은 훨씬 젊고 밝아 보였고, 깊이 팼던 주름도 눈에 띄게 없어졌다. 피부도 황갈색으로 매끈해져 꽤 잘생겨 보였다.

학철의 옆에는 정순이 아기를 안고 수줍게 미소 지으며 서 있었다. 문철도 조금 웃어 보이며 그들 옆에 건장히 서 있었다. 그들이 함께 서 있는 모습을 보는 것은 이루 말할 수 없는 행복인 동시에 슬픔이기도 했다. 백화점에서 구매한 훌륭한 옷과 멋진 이발과 미소 띤 모습 뒤에는 그들이 겪은 사건들과 상황들이 존재한다. 오래된 충성심, 배반, 삶의 철학, 불신과 같은 문제들이 다 잊힌 것은 아닐 것이다. 모두가 씻을 수 없는 상처를 입었다.

아들이 있는 풍경

모두가 갑자기 깨어나 현실로 돌아온 것처럼 울부짖기 시작했다. 그다음 순간은 서로 포옹하고 몸이 흔들리고 서로 부딪치고 하는 동작의 연속이었다. 우리의 몸은 서로에게 안기어 하나의 커다란 덩어리가 됐고, 우리의 눈물방울도 섞였다. 우리는 입김을 내뿜으면서 그렇게 서서 웃고 울고 탄식했다.

엄마의 울음소리가 가장 컸다. 엄마가 흐느껴 울다가 숨을 고르는 동안 어깨가 오르락내리락했다. 용운 삼촌이 엄마를 너무 꽉 끌어안아 엄마가 숨이 막힐 것 같았다. 삼촌이 포옹하자 엄마의 울음소리는 더 커졌다. 엄마는 쭈글쭈글한 얼굴로 입을 크게 벌리고 아이처럼 울었다. 외삼촌은 짧고 빠른 소리로, 엄마는 깊고 느린 소리로, 두 분이 만들어 내는 통곡소리는 묘한 화음을 이루었다. 나는 엄마가 전쟁의 악마와 유령들을 다 쏟아 내길 바랐다. 그것들이 더 이상 엄마를 괴롭히지 못하도록.

외삼촌이 주저하며 할머니에게로 비틀비틀 걸어갔다. 할머니가 팔을 벌리자 외삼촌이 할머니의 품으로 달려들었다. 할머니는 외삼촌을 아기처럼 품에 앉고 토닥거렸다. 마치 그간 외삼촌이 겪은 해를 털어 내 버리려는 것 같았다. 외삼촌은 얼굴을 할머니의 품에 묻고 평생의 한을 눈물로 풀었다.

드디어 자유를 찾았다.

나는 그 의미를 만끽하며 눈을 감았다. 뜨거운 눈물이 흐르고 마음에 평화가 왔다. 이런 평화를 경험한 게 언제인지 기억나지 않았다. 크게 한숨을 내쉬면서 고요한 영원함 속에 내 몸을 맡겼다. 바로 그 순간 내 몸을 둘러싼 기운이 너무 황홀하고 성스러워 마치 침례를 받는 기분이 들었다.

눈을 떴을 때 애란이 코앞에 서 있었다. 애란과 외삼촌과 학철에 대하여 어떤 감정인지 생각하며 서 있자니 많은 생각이 만화경같이 다양한 모습으로 밀려왔다. 연민인가? 아니면 사랑인가? 아마도 그 모두일 것이며 거기에 존경을 추가해야 할 것 같다. 단지 우리만을 믿고, 친숙했던 모든 것을 버리고 떠나오기까지는 대단한 용기가 필요했으리라. 애란의 강인함이 아니었다면 우리 모두는 이렇게 만나지 못했을 것이다.

나는 애란을 끌어당겨 품에 안았다. 애란도 나를 감싸 안고 우리는 한참을 그렇게 서 있었다. 애란이 내 목을 하도 세게 끌어안아 그녀의 깨끗한 옷깃에 내 얼굴이 닿을 지경이었다. 애란의 품에 매달려 있던 아기도 우리 둘 사이에 끼인 채 조용히 있었다.

애란이 울면서 그녀의 눈물과 더운 입김이 내 볼에 느껴졌다. 그녀가 격은 수년간의 고뇌가 느껴져 내 마음을 흔들었다. 우리의 몸이 하나가 되면서 새로운 힘이 생겨났고 그 힘은 몸의 떨림도 잠재워 주면서 울음을 웃음으로 변하게 만들었다. 이제야 똑똑하고 매력적인 애란의 원래 모습을 볼 수 있었다. 또 끌어안고 싶었으나, 애란은 가족이 있는 곳으로 갔다.

아홉 명의 가족은 할머니 앞에 반원을 그리며 섰다. 모두가 손등을 이마에 올리고 예의를 갖춰 잔디 위에서 큰절을 올렸다.

할머니는 품위 있는 모습으로 서서 자식들의 절을 받았다. 할머니는 너무도 아름다운 모습으로 두 손을 앞에 모으고 눈을 살짝 감고서 계셨다. 할머니의 입은 기도 중이셨다. 이 놀라운 광경에서 할머니의 인생은 한국의 비극적인 역사의 산증인이며, 통일을 향한 염원과 운명의 상징이었다.

내가 만약 신의 위대함을 또 의심하게 된다면 나는 이날을 두고두고 기억할 것이다.

아들이 있는 풍경

XXIX

_1997년 12월 31일_

연말 마지막 날 내 생각은 가족상봉에서 가이드에게로 옮겨 갔다. 덕수궁에서 혹시나 해서 그의 모습을 찾아봤지만 그는 그곳에 없었다. 그의 땀의 결과로 만들어진 행사에 나타나지 않은 것이 의아했다. 미국으로 돌아가기 전에 그를 만나 우리 사이에 남아 있는 일을 풀어야겠다고 생각했다. 단지 그를 기억에서 지워 버리고 존재하지 않았던 사람으로 치부해 버릴 수는 없는 노릇이었다. 그와의 문제를 더 이상 회피하고 싶지 않았다. 새해를 새롭게 시작하고 싶었다. 그의 연락처를 수소문해서 만나자고 했을 때 그가 거절하면 어쩌나 했지만 다행히도 그는 나오겠다고 했다. 그에게 시간과 장소를 선택하라고 하자,

4시에 롯데호텔의 윈저카페에서 만나자고 했다.

카페는 유화 그림들이 걸려 있는 꽤 고급스러운 곳으로 한편으로는 영국의 술집을 닮은 구석이 있었다. 각각의 테이블에는 은은한 촛불이 기분 좋게 흔들리고 있었고, 실내는 꽤 한산했다. 한 무리의 비즈니스맨과 남녀 한 쌍이 반짝반짝 빛나는 긴 나무 카운터에 앉아 있었다. 가이드가 뒤쪽 후미진 곳에 앉아 있는 것이 보였다. 그는 가죽의자에 깊숙이 몸을 기대고 다리를 쭉 뻗고 앉아 있었다. 그의 옷차림은 다소 의외였다. 깔끔하게 다림질한 검은색 바지에 검은색 터틀넥 스웨터를 입었고, 그 위에 회갈색의 재킷을 걸치고 있었다. 그의 모습이 멋스럽고 산뜻해 보였는데, 그가 평소에 입지 않던 스타일이었다.

나는 대리석 위에 하이힐 소리를 또각또각 내며 가구들을 요리조리 피해 그에게로 걸어갔다. 평소에는 너무 화려하거나 야하거나 비싼 옷을 삼가는 편이지만, 오늘만큼은 빨간색 시폰 원피스를 입었다. 내 옷차림이 서울의 겨울 거리에는 어울리지 않았지만, 그날만큼은 나에게 적절하다고 판단했다. 그 옷은 호텔에서 가방 안의 옷을 다 꺼내 펼쳐 보고 마음에 드는 것을 찾지 못해 고급 부티크에서 산 옷이었다. 그 옷을 입으니 예쁘다는 자신감이 생겼고 여성스러워 보였다.

가이드가 천천히 일어섰다. 그의 검은 머리에 윤기가 흘렀고, 새삼 그의 외모에 분명 끌리는 점이 있다는 것을 다시 깨달았다. 그에게는 분명 매력이 있었는데, 매끈하고 완벽하다기보다는 뭔가 투박하고 딱딱한 그런 종류의 매력이었다.

가이드가 다가와 내가 재킷 벗는 것을 도와주었다. 그가 내 드러난 목선과 옷매를 힐끔 보는 것이 느껴졌다.

"고마워요." 그의 정중함에 미소로 답하면서 푹신한 의자에 앉았

아들이 있는 풍경

다. 가이드가 나를 위해 와인을 미리 주문해 놓았다. 와인을 봤으나 마시고 싶은 생각은 별로 없었다.

"할머니는 잘 지내시죠?" 그는 안부 묻는 것으로 대화를 시작했다.

오랜 친구가 모처럼만에 만나 인사말을 주고받는 것처럼 앉아 있으면서, 1년 가까이 지내는 동안 그가 말해 준 몇 가지 외에는 그에 대해서 아는 것이 별로 없다는 것을 깨달았다. 그는 속내를 알 수 없는 복잡한 사람이었다. 이제 모든 일이 끝난 마당에 별 문제 될 것이 없겠지만 단순한 호기심에 왜 우리 일을 도왔는지 알고 싶어졌다. 그 질문이 머리에 꽉 차 있었다. "왜 그 일을 했어요?"

"당신 말고 또 이유가 있겠어요?" 그가 부드럽게 웃으며 말했다.

얼굴을 붉히며 또 물었다. "이런 종류의 위험한 일을 자주 하나요?"

"이렇게 항상 질문이 많아요?" 그가 여전히 웃는 얼굴로 받아치고는 조용하고 심각한 어조로 말했다. "당신의 책 말미에 보면 당신이 할머니에게 묻는 장면이 나오죠. '인생에서 바꾸고 싶은 것이 있다면 무엇이에요?' 할머니는 이렇게 대답하셨죠. '내가 한 가지를 바꿀 수 있다면 그것은 내 첫아이의 운명이다. 그게 나의 한이란다.' 나는 할머니의 심정을 이해합니다." 그는 말을 멈추고 잠시 망설이다가 다시 물었다. "내 아버지의 이름을 말한 적이 있나요?"

"아니오, 아버지의 성함이 뭐예요?" 얼굴에 흘러내린 머리를 쓸어 올리며 내가 물었다.

"나의 아버지의 성함은…… 이용운입니다. 내가 북에 있는 아버지와 형을 찾았을 때는 이미 너무 늦었습니다. 아버지는 돌아가시고 안 계셨어요. 아버지를 구하지 못했어요. 그게 제 한입니다"

우리의 눈이 마주쳤다. 이제 알 것 같았다. 그에게도 개인적인 이유가 있었던 것이다. 그것은 또한 그의 조국애와 동포애와 통일에 대한 염원과 섞여 있었다. 내가 그를 오해했던 것 같다. 그는 삶을 두려워하기보다는 도전하고 불의를 바로잡기 위해 노력한 것이었다. 그는 수년 동안 가족과 헤어져 사는 대가를 치르면서도 옳다고 믿는 일을 꾸준히 해 온 것이다. 가이드에 대해 더 알고 싶었지만 우리의 시간은 거기까지라는 것을 알고 있었다. 그렇지 않으면 너무 많은 얘기를 다시 시작해야 할 것이었다.

그래서 테이블에 놓여 있던 그의 손을 잡았다. 그의 손이 차가웠다. 가이드가 손을 들어 내 손에 자신의 손바닥을 마주 댔다. 손가락에 그의 피부가 느껴졌다. 거의 남이라고 할 수 있는 이 남자가 내가 올해에 만난 많은 사람들 중에 그 누구보다 많이 나를 겪었다. 그는 나를 너무 잘 알고 나의 가시 돋친 모습과 상처를 모두 보았다. 나는 그에게 수모를 겪기도 했지만 또한 용기를 얻기도 했다. 그는 나로 하여금 모험을 감행하게 했고 대담하게 만들었으며 나 자신에 대해 진지하게 생각할 기회를 주었다.

"고맙습니다. 당신은 용감했어요." 내가 드디어 말했다.

"그런가요?"

"아주 많이." 내가 고개를 끄덕였다.

그가 부드럽게 나를 쳐다봤고 나는 숨을 죽였다.

그 순간 우리 둘 사이에 묘한 교감이 스쳐 지나갔다. 둘 다 다시는 만나지 못할 것이며 각자의 길을 가게 될 것을 알았다.

"내가 10년만 더 젊었으면……." 가이드가 말을 시작했으나 그의 말은 허공으로 사라져 버렸다. 더 말할 필요도 없었다. 그의 얼굴과 눈빛이 그의 심정을 대변하고 있었다. 나는 그곳에 앉아 그가 마음을 가다듬을 때까지 한참을 기다렸다.

"이제 당신의 가족과 미래가 있는 미국으로 돌아가세요."

"내가 그렇게 하지 않는다면요?"

"그럼 나를 따라 중국이건 몽골이건 어디든지 가요. 그리고 그곳에서 밥 먹고 사랑하면서 살죠. 설령 당신이 그런다 해도 내가 겁이 나서 도망칠 거예요. 당신에게는 불공평한 일이니까요."

나도 입을 열었으나, 말을 잇지 못했다. 그의 말에 감동했으나 뭐라고 해야 할지 몰랐다.

내가 주저하는 것을 보고 가이드가 내 손바닥에 입 맞추고 내 손을 천천히 놓았다. 그는 환하게 웃는 얼굴로 의자에 다시 기대앉았다. 이제 떠날 시간이었다.

가이드는 내가 일어나 재킷과 옷을 집어 드는 것을 가만히 지켜봤다. 몸을 돌려 걸어 나오는데, 그의 눈이 나를 따르며 계속해서 걸으라고 재촉하는 것만 같았다.

호텔을 나와 어둠이 깔린 거리로 들어서니 입김이 나올 정도로 쌀쌀했다. 바람이 불어와 재킷의 옷깃과 치맛단을 휘날리며 지나갔다. 다른 여성들처럼 바람에 날리는 치마를 내리려고 멈춰 서지 않았다. 나는 거리낌 없이 걸었다. 걸음을 옮길 때마다 부드러운 치마가 허벅지에 달라붙는 감촉이 좋았다. 매섭게 추운 날씨에도 내 몸은 열기로 반짝였다. 이 모든 감각은 내가 살아 있음을 실감하게 해 주었다. 나는 주위의 모든 것을 만끽했다. 오렌지처럼 떠 있는 둥근 달을 보았고 검푸른 하늘에 반짝이는 별들도 보았다. 거리에 반짝이는 네온사인, 낙엽들, 자갈들을 보았고 앞에서 나부끼는 치마들도 보였다.

나는 살아 있었다.

과연 누가 이들을 도울 것인가?

　　SBS 방송국은 1998년 1월 1일과 2일에 걸쳐 우리 가족의 극적인 탈북기를 4시간 분량의 다큐멘터리로 방영함으로써 경제난국의 시기에 통일의 의미를 되새겼다. 이후 방송국은 엄청난 시청자 반응에 힘입어 한 달 후인 구정 연휴에 다큐멘터리를 재방송했다.

　　현재 나의 친척들은 대한민국에서 살면서 굶주림과 공포에서 벗어나 감사하며 지내고 있다. 용운 삼촌과 그의 아내는 은퇴 후, 커 가는 손주들과 시간을 보내고 교회에 다니며 이웃 주민들과 교류하며 잘 지내고 있다. 나의 사촌들은 남한에 도착한 후 정부의 도움으로 직장을 얻을 수 있었다. 학철은 시청의 환경부서에 취직했고, 그의 아내 정순은 중학교에서 수학을 가르쳤다. 1998년에 그들은 건강한 둘째 아들을 얻었다. 문철은 제철공장에서 일을 시작했고 결혼도 했다. 미란은 육군하사와 결혼해 귀여운 두 아들의 엄마가 됐다. 애란은 탈북여성 1호 박사가 됐다. 그녀는 현재 탈북인들의 한국사회 정착을 돕는 다양한 활동을 전개하고 있다.

나는 탈북을 통해 구해 낸 소중한 생명들을 생각할 때마다 하루하루를 감사하는 마음으로 보낸다. 또한 나의 친척들에게 존경의 마음을 보낸다. 그들의 용기와 희생과 믿음이 아니었다면 탈북은 가능하지 않았을 것이다.

거의 20년이 지난 지금도 미국에 있는 내 집에 앉아 그때의 영상들을 보며 당시를 떠올리면, 할머니와 아버지와 함께 중국을 누비고 있는 화면 속의 여인이 나라는 것이 믿기지 않는다. 우리가 그토록 위험하고 대담한 일을 해냈다고 생각하면, 지금도 가슴이 두근거리고 손이 떨린다. 아무도 성공할 거라 생각지 못했지만 신의 은총과 할머니의 끝없는 기도에 힘입어 우리는 불가능을 가능으로 만들었고, 탈북의 현실을 처음으로 세상에 알리기 위해 이 모든 과정을 비디오에 담았다. 세상에 알려야만 했다. 1997년 당시만 해도 북한 주민의 삶은 철저히 장벽에 가려져 있었고, 아시아에서 벌어지고 있던 북한 주민의 탈북현상에 대해 알려진 바가 거의 없었다.

"우리의 이야기를 세상에 알릴 의무가 있어. 자유를 갈망하는 절박한 사람들이 어떤 일을 겪게 되는지 세상에 알려야 해."

LA의 안락한 삶으로 돌아온 후, 아버지의 말이 머리를 맴돌았다. 하지만 나는 중국에서 돌아온 후 만신창이가 돼 있었다. 기억들을 다시 떠올리는 것은 상당한 심적 고통을 동반했다. 하지만 시간이 지나면서 내가 아무 일도 하지 않는 동안 어딘가에서 무고한 생명들이 희생되고 있다고 느껴졌다. 이후에 2년 동안 온전히 우리의 이야기를 집

필하는 데 집중했다. 진행이 느려질 때는 조급한 마음에 나를 자책하기도 했지만, 되도록 모든 일어났던 일을 정확하게 기술하고 싶었기 때문에 시간이 걸렸다. 때로는 심신이 지쳤고 극도의 불안과 피로에 항복을 선언하고픈 때도 있었다. 이제 더 이상 한 장도 쓸 수 없을 것처럼 느껴지던 최악의 순간에 내 마음 속에 깨달음이 왔다. 이 힘든 암흑의 시기를 인내하며 견뎌내면 내가 보아야만 하는 어떠한 진실에 눈뜨게 되리라는 깨달음이었다. 책을 마치고 할머니가 돌아가신 후에야 그 깨달음의 의미를 이해했다.

할머니는 2002년 미국에서 책이 발간되는 것을 보시지 못하고 발간 몇 달 전에 돌아가셨다. 책의 판매가 부진하자 많은 사람, 특히 할머니를 실망시켰다는 자책과 슬픔에 방에 틀어박혀 기도로 용서를 구하며 시간을 보냈다. 작가가 될 재능과 자격이 없었다며 자책의 시간을 보내던 중 미국의 유명 방송인 오프라 윈프리로부터 연락을 받았다. 침대에서 벌떡 일어나 마구 소리를 질렀다. 그다음 여러 방송 매체와 대학기관 그리고 강연회에서 전화가 쇄도했고, 급기야는 테드 케네디 상원의원의 초청으로 워싱턴 DC에 가서 이민법 관련 청문회에서 증언하게 됐다.

신과 할머니께서 내 기도에 응답한 셈이고, 나 역시 그들의 목소리를 들었다. 그 힘겨웠던 구출의 과정은 어떤 의미에서 자기발견으로 귀결되는 여정이기도 했다. 내 경험을 통하여 단지 '나는 누구인가'라는 질문뿐만 아니라 '어떻게 세상을 살 것인가'에 대한 답을 찾았다. 이제 미국인으로서, 한국인으로서, 여성으로서, 그리고 작가로서 나에게 역할과 책임이 있음을 통감한다. 뒤에 남겨진 자들을 위해서라도 당당하게 그들의 이야기를 들려줘야 할 책임을 느낀다.

내 이야기는 내가 경험하고 기억하는 그대로이며 좋은 것뿐 아니라 나쁜 기억까지도 그대로 적었다. 이야기에서 그 누구도 크고 작은 실수를 피해 가지 못했지만 굳이 미화하고 싶지도 않았다. 우리가 실수 투성이의 인간임을 보여 주기 때문이다. 하지만 어떤 경우에는 도움을 준 사람들의 신원을 보호하기 위해 몇몇 이름과 장소를 바꾸기도 했다. 이 이야기는 결국 오랜 진통 끝에 빛을 보게 된 것이다.

할머니의 이야기가 드디어 한국어로 번역되어 한국 독자들을 만나게 된다니 더할 나위 없이 기쁘다. 내 미국 출판사 에이전트가 오랫동안 한국어판 출간을 시도했었으나 정치적 상황이나 출판사의 여건이 적절치 않아 무산되곤 했다. 모든 일에는 다 때가 있다는 말처럼 오늘에서야 때가 온 것이다.

이제 책의 출간을 앞두고 무대 뒤에서 생명의 위협에도 굴하지 않고 탈북을 도운 영웅들에게 감사의 말을 전하고 싶다. 내가 비록 이야기를 전하기는 하지만 작가 자신도 영웅이 될 수 없다. 할머니와 나의 엄마, 아버지, SBS 촬영팀 그리고 가이드가 그 주인공이다. SBS 촬영팀에 감사의 마음을 전한다. 그들의 도움이 없었다면 나의 친척들은 다른 탈북자들처럼 아직도 중국에서 은둔생활을 하고 있을지도 모른다. 내 삶의 영웅인 아버지께 감사드린다. 그는 사위로서 그 누구보다도 신실하고 용감한 아들의 역할을 해냈다. 탈북을 돕는 일에 신념을 가져 주신 것에 감사드리고 당신의 부족한 둘째 딸을 항상 믿어 주신 것에 감사드린다. 또한 가이드가 해 준 모든 일에 감사드린다. 가이드를 잊지 못할 것이다. 할머니께서 그와 그가 하는 정의로운 일들을 굽어 살펴 줄 것으로 믿는다.

마지막으로 우리의 이야기에 함께해 줄 독자에게 감사드린다. 내 가족의 이야기를 독자와 나눔으로써 터무니없는 북한의 독재와 그 치하의 사람들에게 어떤 일들이 일어나는지를 조명하고 싶었다.

불행하게도 1997년 이후 상황이 크게 달라지지 않았다. 미국을 비롯하여 다른 나라들이 탈북자들에 대한 보호를 거부하고 있기 때문에 송환을 두려워하는 수많은 탈북자들이 중국, 러시아, 몽골 등지에서 숨어 지내고 있다. 재정적 지원이나 인맥이 없는 경우 이들이 얼마나 오래 버틸 수 있을지는 알 수 없다.

과연 누가 이들을 도울 것인가?

이 이야기는 한 가족이, 한 사람이 그리고 하나의 행동이 세상에 변화를 가져올 수 있으며 우리는 그렇게 서로 연결돼 있음을 증언한다. 우리가 이 연결성을 이해할 때 드디어 평화가 가능해진다.

아들이 있는 풍경

감사의 글

가능한 실명을 사용했지만, 내 가족을 도왔던 도처의 사람들의 신원을 보호하기 위해 몇몇 이름과 날짜 인상착의 등을 바꾸기도 했다. 그들 모두에게 감사의 마음을 전한다.

내 책을 위해 더할 나위 없이 훌륭한 출판사를 찾아준 에이전트 제니퍼 루돌프 월쉬에게 감사한다.

헌신과 우아함을 보여 준 뛰어난 편집자들과 그들의 스태프에게도 고마움을 전한다.

탈북을 돕던 미션의 시기에 우리 가족을 위해 기도하고 성원을 보내 준 모든 친구들에게도 감사의 마음을 전한다. 나의 고마운 친구들은 드니스 라일라, 리 안 킴, 데비 키, 존 송, 스테이시와 피터 배 부부, 에스더 킴, 지니 올랜더, 사라 해리스 그리고 로스앤젤레스의 새한한 인장로교회 교인들 등이다.

　마지막으로 나의 가족에게는 항상 고마운 마음뿐이다. 그들의 사랑이 없었다면 나는 글을 쓰다가 방향을 잃고 영양실조에 걸렸을지도 모른다.

아들이 있는 풍경

초판 1쇄 인쇄 2016년 2월 22일
초판 1쇄 발행 2016년 2월 29일

지은이 이혜리
옮긴이 노은미

펴낸이 김연홍
펴낸곳 디오네

출판등록 2004년 3월 18일 제313-2004-00071호
주소 서울시 마포구 방울내로7길 45(망원동)
전화 02-334-3887   팩스 02-334-2068

ISBN 979-11-5774-311-7 03840